KB079041

비밀한 연애

일면식 장편소설

VOL. 3

비밀한 연애 VOL. 3

초판 1쇄 인쇄일 | 2022년 3월 10일
초판 1쇄 발행일 | 2022년 3월 22일

지은이 | 일면식
펴낸이 | 박성면
펴낸곳 | (주)동아

출판등록 | 제406 - 3960100251002007000071호
주소 | 경기도 파주시 문발로 115, 세종대학교출판부 206호
전화 | (031)8071 - 5201
팩스 | (031)8071 - 5204
E - mail | bear6370@hanmail.net

정가 | 12,800원

ISBN 979-11-5641-190-1 (04810)
        979-11-5641-187-1 (set)

SEOUL TOWER

secret love

비밀한 연애

일민식 장편소설

VOL 3

CHIC
NOVEL

c o n t e n t s

6. 연애의 비밀 (3)

통로가 한번 트이자 많은 것들이 기억났다. 나는 일하러 나와서도 수시로 생각에 잠겼다. 곱씹을수록 자세한 장면들까지 복구되는 듯했다.

"……."

때마침 불쑥 떠오르는 장면이 있었다. 정리하다 말고 나는 카페 한구석에 머리를 박았다. 왜 그랬을까. 고정원한테 창피한 짓을 했다. 울면서 매달린 행동, 여과 없이 뱉은 본심들이 떠오르자 괴로워서 눈이 꽉 감겼다.

'나한테 돈 좀 그만 써, 제발……'

'뭐?'

'헤어진다잖아, 사람들이……. 나중에 지쳐서 헤어진다고……'

횡설수설하는 걸 고정원은 불평 한마디 없이 들어 주었다. 나는 짧게 끝내지 않고 안겨서 한참이나 더 불안을 토해 냈다. 김강우에게 들었던 설교나, 그날 후배들에게 들었던 연인 간 균형에 관한 이야기까지. 흘려 듣는다고 한 게 사실은 쌓여 있었는지 멈춰지지 않았다. 고정원은 무시하지 않고 꼬박꼬박 반응해 주었다.

'그런 생각 하는지 몰랐어. 우리가 겨우 그런 걸로 헤어질까 봐 무서워했어?'

나를 어르고 달랬다. 웃겨 주고 싶었던 건지 엉뚱한 소리도 했다.

'차라리 다른 걱정을 하는 게 나을 것 같은데.'

'내가 너 아무도 모르는 곳으로 데려가면 어쩔 건지. 거기서 너랑 나랑 단둘이서만 살자고 하면 어쩔 건지.'

'내가 정말…… 너밖에 모르는 정신병자라면 어쩔 건지.'

'그런 걱정을 해 봐, 인휘야.'

고정원이 다정할수록 서러운 감정만 깊어졌다.

'몰라, 안아 줘…….'

건물 사이에서 칭얼댔다. 성인 남자가 어린애처럼 매달려 비벼 대는 꼴이라니. 만약 내가 목격했다면 경악하고 소름 끼쳤을 것 같다. 하지만 당시 나는 그런 걸 생각할 겨를 없이 취해 있었다. 단순히 술뿐만 아니라 격해진 감정에도. 그리고 고정원은 언제나처럼 이목을 신경 쓰지 않았다. 질질 짜느라 더러워진 내 얼굴에 입을 맞추고 안도감이 들 때까지 안아 주었다.

회상을 끝내고 고개를 들었다. 카페 안은 딴짓을 해도 될 만큼 한가했다. 나는 카운터 근처의 스탭용 의자에 앉았다. 울컥거리는 건지 울렁거리는 건지 모를 가슴께를 문질렀다. 그리고 이내 구비된 종이에 무언가 끄적거리기 시작했다. 마음이 동할 때 만들어야지, 아님 시도도 못 할 것 같아서.

"……."

무턱대고 글자부터 써넣기로 했다. 뽀뽀 쿠폰이 제일 무난하겠지. 기본적인 것부터 해 놓고 나머지는 아이디어가 생길 때마다 만들면 될 것 같았다.

막상 만드는 사이 열심을 내게 됐다. 나는 어느새 메모지의 가장자리에 테두리까지 그려 넣고 있었다.

"……되게 어렵네."

몇 번의 실패 끝에 쿠폰 몇 장이 완성됐다. 오그라드는 내용의 쿠폰은 손수 제작한 탓에 허접해 보이기까지 했다. 좋아할진 모르겠는데 보고 웃기는 할 것 같았다. 솔직히 웃어 주면 그걸로 성공이었다.

"……."

실실거리다 말고 이맛살을 찌푸렸다. 불청객처럼 착잡함이 들이닥쳤다. 그날, 어쩌다 이희운이 등장해서 그런 대화를 나누게 된 건지는 아직 몰랐다. 대체 무슨 일이 있었던 건지 기억이 없으니 답답했다.

고정원은 이희운한테 선을 지키라고 했다. 볼 수 있게 해 줄 때 선을 지키라고. 무엇보다 그 말이 신경 쓰이는 부분이었다.

시력을 못 쓰게 한다니. 그렇게까지 폭력적인 말을 한 이유가 뭐였을까. 짐작도 안 됐다. 차라리 전부 왜곡된 기억이었으면 싶었다. 하지만 어투까지 녹음된 것처럼 선명했기 때문에 그럴 가능성은 없었다.

'남자끼리란 자각이 있으면 더 조심하는 게 맞지 않나요.'

이희운이 했던 말이었다. 우리 사이를 들켰다는 건 분명해 보였다. 그 말에서 미뤄 보면 우리가 사귀는 걸 알 만한 결정적 장면을 목격한 게 아닌가 싶다. 내가 울면서 고정원한테 안겨 있었으니 가능성이 다분했다.

적당히 마실 걸 그랬다고 후회해 봤자였다. 나는 양손으로 눈두덩이를 짓눌렀다. 짙은 한숨이 나왔다. 이따 고깃집에서 만나면 뭐라고 설명을 하지. 이희운에게 마땅히 해야 할 해명이 떠오르지 않아 암담했다.

최악의 상황을 상상하다 고개를 저었다. 그렇게는 안 되게 해야지 싶어 마음을 굳게 다잡았다. 무거운 책임감과 빽빽이 짙은 자기혐오가 가슴을 짓누르고 있었다.

경직된 어깨가 내려간 건 식사 타임이 되어서였다. 이희운은 별다른 기색을 보이지 않았다. 식사 시간이 되자 내 맞은편으로 앉았고, 사람들과 잡담에 어울리면서 내게도 평범하게 말을 건네 왔다. 마주한 눈빛에서는 혐오감도 불쾌함도 느껴지지 않았다. 나로서는 일단 그게 안심이었다. 한숨 돌리고 식사에 집중할 수 있었다.

"근데 왜 이렇게 오늘 얘 눈치를 봐요?"

"예?"

나는 떨떠름하게 반문했다. 질문한 사람은 옆에 앉은 형이었다.

"아니, 볼 때마다 계속 힐끔힐끔 눈치 살피고 있는 거 같아서."

그렇게 알기 쉽게 굴었나 싶어 당황스러워지던 참이었다. 이희운이 대뜸 끼어들어 말했다.

"제가 얼마 전에 차였거든요."

"어?"

"연애 문제로, 형한테 상담 좀 했었어요. 아무튼 제가 계속 다운돼 있으니까 신경 써 주시는 거 같은데, 형, 저 이제 괜찮아요."

"아…… 으응, 그럼 다행이고."

아주 틀린 말은 아니었지만 사실도 아니었다. 내가 왜 그러는지 알면서 곤란해하지 않게끔 변명해 주고 있다는 걸 알았다. 배려하고 수습해야 하는 입장이 바뀐 것 같아 고마우면서도 면목 없었다.

다들 풀어진 분위기 속에서 식사하고 있었다. 나는 혼자 생각이 많아져서 조용히 밥만 먹었다.

"아, 진짜로? 그 사람들 게이였어요?"

"난 들어올 때부터 딱 알겠던데."

원치 않게 청각이 곤두섰다.

"분위기부터 달라. 그리고 걸음을 이러고 걷는데 어떻게 몰라."

연장자인 사람이 희화화해서 흉내 내자 좌중에서 웃음이 터졌다.

"솔직히 역겹긴 하더라."

"역겹죠, 당연히. 걔네 완전 더럽고 문란하고, 사회 암적인 존재들이잖아요."

옛날이었으면 생각 없이 넘어갔을 발언이었다. 지금은 확고하게 불편함을 느꼈지만 그렇다고 이의를 제기할 용기가 있는 것도 아니었다.

"사실 더럽다고 할 만한 사람들은 어느 집단에나 있죠."

이희운이 한 말이었다. 담백한 투로 끼어든 한마디에 다들 젓가락질을 멈췄다.

"여자 친구나 와이프 있으면서 주기적으로 성매매하고, 틈만 나면 새로운 여자 만나서 성병 퍼뜨리고 다니고. 그런 남자들은 정말로 사회 암적인 존재들이니까."

말한 당사자인 이희운은 표정부터 가벼웠다. 단지 주위 사람들만 굳어져 식사 자리는 어느새 냉기가 흘렀다.

"그렇다고 남자들이 다 그렇게 역겨운 건 아니잖아요. 아, 형 혹시 성매매 같은 거 해요?"

단순한 취향을 묻는 것처럼 스스럼없는 질문이었다. 아까까지만 해도 신이 나서 떠들어 대던 사람이 안면을 확 굳히며 질색했다.

"미쳤냐. 난 더러워서 그런 데 안 가."

다들 파고들긴 싫은 부분인 듯했다. 곧장 다른 이야깃거리가 등장하며 묘했던 분위기가 무마되었다. 나는 겨우 컵을 들어 깔깔하게 멘 목을 축였다. 컵을 내려놓을 때는 이쪽을 보고 있던 눈과 마주쳤다.

"……."

이희운의 표정은 꼭 그랬다. 내가 괜찮은지 안색을 확인하는 것 같았다. 멋쩍어진 내가 시선을 피하자 묵묵히 다시 밥을 먹었다.

나는 제대로 먹지 못했다. 여러 가지 의미로 얹힐 것 같았다. 무엇보다 미안한 마음 때문에 고개를 들 수가 없었다. 나는 이희운이 어떤 애인지 겪어 봐서 알고 있었다. 그랬으면서 지레 겁먹고 나쁜 쪽으로 우려했던 게 미안했다.

식사 후에도 속 깊은 배려가 이어졌다. 인휘 형, 부르는 소리에 돌아보자 이희운이 나를 가게 뒤편으로 이끌었다.

"저기, 형이 왜 자꾸 제 눈치 보시는지 알겠는데……."

낮춘 목소리는 겨우 들릴 정도의 크기였다. 이희운은 주저하듯 하면서도 확실하게 의사를 전했다.

"걱정 안 해도 돼요. 저 그런 사생활 어디 가서 말하고 다닐 정도로 제 정신 아닌 놈 아니에요. 그리고 어차피 전 무슨 일이 있든 형 편이고, 애초에 저도……."

사이로 잠시 정적이 생겼다 사라졌다.

"다른 말을 하려는 건 아니고 그냥……. 그것만 알아주셨으면 해서요."

무거운 가슴팍이 들썩였다. 그만 일하러 가 보겠다고 말하며 내 어깨를 가볍게 두드린 이희운은 지체 없이 홀로 돌아갔다. 나는 잠시 얼빠진 사람처럼 서 있다 뒤따라 가게 안으로 들어갔다.

세팅하느라 그릇을 옮기는 중이었다. 손이 갑자기 수전증처럼 떨리길래 놀랐다. 최대한 침착하게 마무리하고 나자 어쩐 일인지 남은 힘마저

죽 빠졌다. 진이 다 빠진 듯했다. 나는 그제야 내가 긴장의 끈을 놓았다는 걸 깨달았다. 방금 있었던 이희운과의 대화 이후 완전하게 안심한 상태가 된 것 같았다.

솔직히 많이 무서웠다. 행여 소문이라도 날까 봐 노심초사했다. 고정원이 어떤 피해라도 입게 될까 봐. 그게 우리 관계에 어떤 식으로든 부정적인 영향을 미칠까 봐.

생각지도 못했던 따뜻한 배려였다. 방어벽처럼 쌓아 두었던 무언가가 와르르 무너진 것 같았다. 안도를 넘어서서 위로를 받은 느낌을 어떻게 표현할 수가 없었다.

이희운에게 잘해 주겠다고 다짐했다. 앞으로 힘든 일이 있으면 꼭 돕겠다고. 일을 하는 내내 속에 새겨 넣듯 몇 번이나 다짐을 반복했다.

휴식이 지나고부터는 몰아치듯 바빴다. 익숙해졌다곤 해도 손님이 연이어 몰려들자 처음 겪는 일처럼 우왕좌왕이었다. 순서대로 돌아가기만 하면 어떻게든 해치울 수 있었다. 하지만 중간중간 까다로운 요구가 끼어들게 되면 체력적 정신적 소모는 배가 되었다.

"우리 거기 말고 여기 앉고 싶은데."

안내해 드린 손님이 다른 자리를 가리켰다. 막 손님들이 빠져나가 지저분한 테이블이었다.

"아, 네."

대답한 나는 쫓아가 급하게 치웠다.

"아, 근데 여기 자리가 좁네. 그냥 저기로 앉을게, 괜찮지?"

치운 자리에 앉자마자 손님이 변덕 부렸다. 어쩔 수 없이 세팅된 식기들을 한 번 더 옮겼다. 급하게 옮기느라 물통이 넘어질 뻔하자 거슬렸는지 비꼬는 말이 날아들었다.

"뭐, 자리 바꿨다고 짜증 내나?"

"아뇨. ······죄송합니다."

그 뒤로도 지나갈 때마다 나를 불렀다. 술을 더 가져다 달라거나 반찬을 더 가져다 달라거나. 사소한 주문이었다. 벨을 누르면 근처의 직원이 갔을 텐데 굳이 내게만 시켰다. 한 번은 정신없어서 응답하지 못하고 지나치자 큰 소리로 욕설을 섞기도 했다.

다른 손님들로부터도 불만이 많았다. 주문이 늦는데 언제 나오냐. 고기 양이 적어진 것 같다. 컵이 더러우니 바꿔 달라. 다소 유난한 불평과 요청 등이 한꺼번에 몰렸다. 겨우 한숨 돌릴 정도로 해치우자 어느덧 먹은 밥은 흔적도 없이 소화돼 있었다.

"와, 여기 장사 잘되네. 안 힘들어요?"

자리를 치우고 있는데 누군가 말을 붙였다. 돌아보자 웬 남자 손님과 눈이 마주쳤다. 익숙해서 누군가 했더니 그 손님이었다. 변덕스럽게 자리를 바꾸고, 꼬투리 잡아 언짢은 티를 내던 그 손님.

"밥은 먹고 해요?"

욕설을 섞던 험악함은 어디로 가고 친근하게 굴고 있었다. 손님을 무시할 수는 없는 일이라 나는 조용하게 대꾸했다.

"예, 저희 중간에 밥 먹는 시간 따로 있어요."

"아아······. 근데 몇 살? 너무 어려 봬서."

남자가 한쪽 입꼬리만 끌어 올려 웃었다. 취기가 느껴지는 표정이었다. 눈빛부터 어딘가 정상적으로 느껴지지 않았다.

"저 20대예요. 성인 맞습니다."

구체적인 나이를 알리고 싶지 않아 뭉뚱그렸다. 그 맞은편 앉아 있던 다른 남자가 실실거리며 물었다.

"우린 몇 살로 보여요?"

곤란하기만 했다. 잘 모르겠다고 말꼬리를 흐리고 돌아섰다. 바쁜 건 맞지만 보기보다 더 바쁜 척 동작을 빨리했다. 너저분한 음식물 쓰레기와 그릇들을 서둘러서 날랐다.

더 이상 말을 붙여 오지 않는 것에 안심하며 자리를 뜨려던 순간이었다.

"……맛있게 생겼네. 남잔데."

중얼거리는 목소리에 심장이 철렁했다.

"……."

잘못 들은 건가 싶어 돌아보았다. 남자는 테이블 밖으로 내민 다리를 건들거리며 술을 기울이고 있었다. 시선은 이쪽을 향한 채였다. 팔부터 손목까지 이어지는 뱀 문신이 눈에 띄었다. 그러고 보니 독특한 느낌이었다. 헤어스타일도 옷차림도, 그 나이대 흔한 직장인처럼 보이지 않았다.

"와서 한잔 마시고 해요. 힘든데."

"예? 아뇨, 안 돼요."

황당한 제안에 손사래 쳤다.

"사장 무서워서 그래? 뭐라고 하면 내가 따져 줄게."

불쑥 다가와 팔을 잡아끌었다. 끌려간 나는 엉덩이를 뒤로 빼며 사양했다. 내가 잡힌 팔에 힘을 주자, 남자도 똑같이 힘을 더했다. 여기서 잘못 움직였다가는 자칫 몸싸움이 될 것 같아 제대로 반항할 수도 없었다. 한 번도 처해 보지 못한 상황을 맞닥뜨린 머릿속이 하얗게 질리며 나는 쩔쩔맸다.

조금 뒤 다른 손이 끼어들지 않았다면 마지못해 술을 마셨을지도 몰랐다.

"손님, 취하셨는데요."

난입한 목소리를 따라 모든 고개가 들렸다.

"알바생한테 술 권하시면 안 돼요. 조용히 드시다 가세요."

저지한 사람은 이희운이었다. 싸늘해진 눈으로, 경고하듯 손님을 내려다보고 있었다. 손님이 붙잡고 있는 내 팔 위로 무겁게 손을 얹었다.

"……."

소란하던 남자는 입을 다물었다. 다만 한껏 치켜뜬 눈초리로 이희운을 노려보았다. 지켜보고 있자니 심장이 졸아들었다. 불량한 눈빛은 살인이라도 저지를 것처럼 섬뜩했다. 내 팔을 붙든 남자의 손은 떨어지지 않았고, 그 위를 감싼 이희운의 손도 마찬가지였다. 두 사람이 서로 쳐다보고만 있었다. 일촉즉발의 아슬아슬한 대치에 두통마저 느껴지려 했다.

싱거운 한마디가 터져 나왔다.

"미안하네, 우리가 취해 가지고."

입꼬리만 부자연스럽게 끌어 올린 남자가 말했다.

"가서 일 봐."

그 말을 끝으로 손아귀가 풀리자 나는 겨우 안심했다. 사람들에게 들리지 않도록 조용히 흉곽을 부풀렸다 꺼뜨렸다.

뻐근한 팔을 주무르고는 서둘러 자리를 옮겼다. 지저분한 테이블로 돌아가 치울 것들을 이동식 카트에 옮겨 담았다. 제가 할게요. 이희운이 서빙 카트의 손잡이 부분을 잡으며 말했다. 서로 하겠다고 시간을 끄는 것도 좀 그래서 순순히 양보했다.

주방에 가까워졌을 무렵이었다. 불현듯 이상한 느낌을 받고 돌아섰을 때 나는 두 눈을 한껏 치떴다. 어디서 가져왔는지 쟁반을 들고 쫓아오는 남자가 보였다. 가속을 붙여 이희운 쪽으로 달려오는 걸 보고 나는 생각할 것도 없이 달려들었다.

탕!

둔중한 통증이 번졌다. 골 전체가 흔들리는 걸 느끼며 바닥으로 쓰러졌다. 손님으로 추정되는 누군가의 비명 소리가 가게 안을 울렸다.

"형!"

아찔한 충격이 지나고 나자 눈이 뜨였다. 어질거리긴 했어도 별다른 이상은 느껴지지 않았다. 눈앞에는 무척이나 놀라고 기겁한 얼굴이 보였다. 이희운은 나를 내려다보고, 나와 눈을 마주치고 나선 벌떡 몸을 일으켰다.

"야, 희운……!"

말릴 새도 없었다. 무거운 주먹을 휘두르는 이희운이 시야를 가득 채웠다.

퍽, 퍽, 퍽……!

처참할 만큼 가격당하고 있었다. 붙들린 남자의 몸이 헝겊처럼 흔들렸다. 얼마 지나지 않아 남자의 일행이 가담했다. 셋이 한꺼번에 몰려들어 이희운을 가격하자 굳어져서 지켜보던 알바생들도 뛰어들어 말렸다. 욕설과 고함, 한데 섞여 부딪치는 소리, 식기가 쏟아지며 깨지는 소리들로 혼란해졌다. 순식간에 아수라장이 됐다. 남아 있던 손님들도 눈치 보며 자리를 떴다.

나는 어지러운 머리를 잡고 간신히 일어났다. 말리기 위해 휘청거리면서도 난장판에 끼어들었다. 그러는 사이 고래 싸움에 새우 등 터지듯 몇 대를 더 맞았다.

"뭐 하는 거야, 지금!"

다급하게 외치는 사장님의 목소리가 들려왔다. 하지만 만취한 사람들을 상대로 상황을 정리시키기에는 역부족이었다.

* * *

정신 차려 보니 경찰서까지 다녀와 있었다. 어쩌다 이렇게까지 됐는지 몰랐다.

"제정신이야, 새끼들아?! 손님이 취했으면 그냥 고분고분 맞춰 주고 돌려보내야지 패싸움을 해? 하, 나……."

이희운에게 맞은 손님은 부상 정도가 심했다. 문제가 될까 봐 걱정했는데, 다행히 빠르게 쌍방 합의를 보고 나올 수 있었다. 이희운도 일행 셋에게 일방적으로 당한 상처가 꽤 컸던 데다 상대측 남자가 전과가 있는 사람이었다. 후방에서 했던 선공격에 싸움으로 번지기까지의 태도까지. 우리에게 불리한 상황이 아니었다.

"그릇 다 박살 난 거 어쩔래, 니네."

문제는 사장님과 가게 상황이었다.

"지나가던 사람들까지 다 구경시키고, 홍보 대단들 해, 아주? 야, 이희운 넌 알바 주제에 앞뒤 분간 못 하고 어디서 성깔을 부려. 누구 장사 말아먹으려고. 가게 매출 떨어지면 네가 책임지고 메꿀 수 있어, 어?!"

"죄송합니다."

"그러니까 씨발 죄송할 일을 왜 벌이냐고, 왜!"

열이 있는 대로 오른 사장이 이희운의 뺨을 연속으로 후렸다. 경악한 나는 사이를 비집고 들어가 중재했다. 그렇잖아도 다치고 지친 애한테 손찌검까지 하는 건 아니었다.

"저기 사장님, 그렇다고 때리실 건……."

항의하기도 전에 이번에는 이희운이 가로막았다.

"사람 구해졌다고 들었는데, 내일부터 그만 나오겠습니다. 지금까지 일한 돈은 변상해 드리는 차원에서 안 받는 걸로 할게요."

더러워서 못 받겠네요. 중얼거린 이희운이 핏물 밴 입술로 요구했다.

"아, 그리고 저는 몰라도 인휘 형 급여 계산은 제대로 해 주세요. 혹시

이 일 핑계로 차감하거나 안 주시면 그땐 저희도 법적 대응 할 테니까. 그렇게 되기 전에 부탁드리겠습니다."

"허, 이 새끼 말하는 거 완전 어이없네……."

사장은 기가 찬 표정으로 헛숨을 뱉어 냈다. 그러거나 말거나 묵례한 이희운은 사물함에서 제 짐을 챙겨 밖으로 나갔다. 안절부절못하던 내가 표정을 살피자 인상을 찌푸린 사장에게서 나가라는 손짓이 돌아왔다. 나도 마찬가지로 꾸벅, 고개만 숙이고 짐을 챙겨 나왔다.

"이희운!"

앞서가고 있는 이희운을 불러 세웠다. 무시하고 몇 걸음 더 나아가던 이희운은 내키지 않는 것처럼 한숨을 내쉬고는 멈춰 섰다.

"너 왜……."

타박하려던 입이 굳어졌다. 거리의 네온사인에 비친 이희운의 새삼스러운 몰골에 나는 할 말을 잃었다. 성한 곳 없이 멍들고 찢기고 피딱지 생긴 얼굴은 현란한 동시에 몹시도 음울했다. 차마 괜찮냐고 물을 수도 없을 만큼.

"……응급실부터 가자."

어깨를 붙들어 이끌자 이희운이 뿌리쳤다.

"됐어요, 오늘은. 다음에 제가 알아서 갈게요."

"……."

표정에서부터 피로감이 전해져 왔다. 노동만으로 버거웠을 텐데 싸움에, 경찰서에, 마지막엔 욕먹고 손찌검까지 당했으니 얼마나 고단할까 싶었다.

"그래도 일단 따라와. 약국은 가야 돼, 너."

이번에도 뿌리칠까 봐 엄격하게 말했다.

"형 말 들어라."

쐐기를 박고서 먼저 성큼성큼 앞서나갔다.

"……"

따라오지 않을까 봐 조마조마했다. 돌아보자 그래도 이희운은 얌전히 뒤를 따르고 있었다. 그사이 나는 휴대폰으로 검색을 했다. 약국을 찾는데 이 주변에는 늦게까지 영업하는 약국이 보이지를 않았다. 그냥 돌려보내는 민망한 상황을 피하기 위해 계속 찾아봤지만, 그나마 가까운 24시간 약국은 버스를 타고 적어도 몇십 분 가야 하는 거리였다.

방황하다가 차선책으로 택한 곳은 편의점이었다. 가까운 편의점에 들어가 연고와 밴드를 고르고, 배를 채울 만한 것들도 몇 개씩 골랐다.

"너도 먹고 싶은 거 골라."

말해도 이희운은 아무것도 고르지 않고 그저 멀뚱멀뚱 지켜보고만 있었다.

편의점을 나오자 이것저것 담긴 봉투가 묵직했다. 완전히 말수를 잃은 이희운은 사거리로 나와 내게 꾸벅 고개를 숙였다.

"들어가세요, 형."

이대로 갈 생각은 아니었다. 같이 있으면서 좀 다독여 준 뒤에 돌아갈 생각이었다. 나를 도와주다가 온갖 고초를 겪은 후배에게 최소한 그 정도는 해 주고 싶었다.

"너 자취하는 데 어디야?"

묻는 말에 내내 잠겨 있던 이희운의 눈동자가 이채를 띠었다.

"……네?"

"이거, 같이 먹어야지."

흔들어 보이자 시선이 내 손에 들린 봉투로 내려갔다. 어쩐지 멍해 보였다.

"그거…… 저랑 먹으려고 산 거예요?"

"어. 그래서 내가 먹고 싶은 거 고르라고 했잖아."

입을 무겁게 닫고 있던 이희운은 곧 땅이 꺼져라 한숨을 내쉬었다. 그리고 스스로 머리칼을 흩뜨리며 후회하는 듯한 기색을 보였다.

"방 더러운데……. 치우고 올걸."

"잘 보일 사이도 아니고, 오버한다. 얼른 가자. 슬슬 배고파진다."

재촉하자 이희운은 말없이 앞서나갔다.

자취방은 10분 만에 도착했다. 그 앞에서 나는 10분을 추가로 더 기다려야 했다. 이희운은 청소를 해 놓고 나서야 안으로 들여보내 주었다. 더럽든 말든 보통 남자들끼리 신경 안 쓰는데 이희운은 털털해 보이는 녀석이 의외로 이런 데서 민감했다.

들어가 본 방은 생각보다 굉장히 좋았다. 가구도 그렇고, 몇 번 가 봤던 동기들의 자취방보다 훨씬 꾸며 놓고 사는 느낌이 났다. 조급하게 살림살이를 맞추느라 너저분했던 내 자취방과도 수준 차가 상당했다.

전체적인 색감은 브라운으로 통일돼 있었다. 침대 근처로 조명을 밝혀놔서 그런지 아늑했다. 책상, 거울, 수납장 등 각각 디자인이 기본적이고 군더더기 없었다. 낮은 침대 옆으로는 그물 형태의 철제 파티션이 설치돼 있어 잡다한 물건들이 소품처럼 걸려 있었다. 전체적으로 실용적이면서 깔끔했다.

"좋다."

"……좋긴요. 아무 데나 편한 데 앉아 계세요."

바닥에 앉아 봉투에 든 음식들을 밖으로 꺼냈다. 그동안 이희운은 분주하게 무언가를 찾는 것처럼 주변을 왔다 갔다 하며 어쩐지 산만했다.

나는 계속 신경 쓰였던 휴대폰을 열어 보았다. 다행히 고정원으로부터는 아무런 연락도 도착해 있지 않았다. 연락 없을 시간이기는 했다. 경찰서를 다녀오는 난리까지 겪었지만 아직 아르바이트가 끝나기까지 한 시간 정도 이른 시각이었다.

남은 배터리 용량이 간당간당했다. 저번에 떨어뜨려서 액정이 망가진 뒤로 이상하게 배터리가 빨리 닳는 증상이 생겼다. 이러다 멋대로 꺼질 때도 있었다.

"희운아, 혹시 너 폰 어디 거 써?"

"저 S사 거요."

"아, 알았어."

안타깝게도 맞는 충전 단자는 못 구할 것 같았다. 원래 나도 가지고 다니는데 오늘은 아침에 바빠서 깜빡했다. 남은 배터리를 보며 나는 서둘러 메시지를 작성했다.

[오늘은 안 데리러 와도 될 거 같아 ㅜㅜ]

[사실 가게에 좀 일이 생겨서 ㅜㅜ]

[자세한 건 집에 가서 말해 줄게]

[배터리 때문에 연락 안 될 수도 있어]

뭔가 허전한 느낌이 들어서 하나 더 보냈다.

[이따 봐 자기]

큼직한 하트 이모티콘까지 덧붙이고 나자 기막힌 타이밍으로 휴대폰이 꺼졌다. 나는 까맣게 암전된 액정을 보며 불안감에 잠겼다. 하지만 충전을 해서 연락이 된다고 하더라도 불안한 건 마찬가지일 듯했다. 지금 상황 자체가 고정원이 싫어할 만한 상황이고, 이희운과 이렇게 있는 게 전에 했던 약속을 깨는 행동이라 실은 무척 초조했다. 정말 특수한 상황이라 어쩔 수 없었다는 걸 알게 되면 그래도 이해해 주겠지만······.

한숨을 내쉬고 얼굴을 벅벅 문질렀다. 조금만 있다가 집으로 가면 되니까, 지금은 해야 할 일에 집중하는 게 나을 것 같았다.

"배고플 텐데 먼저 먹고 계시죠, 왜."

주방에서부터 이희운이 컵을 가져왔다. 뒤쪽으로는 들어올 때까지만 하더라도 없었던 웬 초 같은 게 켜 있었다. 부산스럽게 뭘 하나 했더니 저걸 켜느라 그런 모양이었다.

"뭐야, 저거?"

"그냥, 선물 받은 건데 저도 처음 켜 봐요. 공기 정화 해 준다고 하길래……."

달달한 과일 향 같은 게 나는 것 같았다. 나는 킁킁거리다 말고 꺼내 두었던 연고와 밴드를 이희운에게 건넸다.

"약 발라, 얼른."

"형은, 머리 괜찮은 거예요? 어디 봐요."

이희운은 다가와 내 후두부를 살폈다. 처참한 얼굴을 하고선 남의 안 보이는 상처나 챙기는 꼴이었다.

"……혹 났네요. 형, 혹시 조금이라도 머리 아프거나 속 울렁거리거나 해요?"

"아니, 전혀."

"아무튼 최대한 빨리 병원 진찰받아요. 머리 다치는 건 진짜 위험해요."

걱정스럽게 말한 이희운이 속에서 치미는 숨을 내쉬었다.

"그 미친 새끼가 진짜 사람 머리를……."

찌푸린 얼굴과 목으로 단숨에 핏기가 돌았다. 나는 그걸 보고 있다가 툭 내뱉었다.

"미안하다, 내가."

"형이 뭐가요?"

"그냥…… 다."

잘 따르는 동생이라 잘해 주고 좋은 모습만 보이고 싶었다. 정반대로만 흘러가는 상황들이 미안하고 아쉽기만 했다.

"……."

이희운은 말이 없었다. 그저 가만히 손을 뻗어 탁자 위의 과자 봉지를 부스럭거리며 벗겼다. 이희운은 과자 한 조각을 입 안에 넣더니 또 하나를 집어 이번에는 내 입에 넣었다. 나는 무심코 받아먹었다.

"제가 형한테 미안하죠. 손님 응대도 그렇고, 못 참고 죽어라 팼으니까."

"야, 그건……."

"더 정확하게는 미친놈 하나 때문에 우리가 피해 본 거고요."

"……어."

혹시 자책할까 봐 나는 한 번 더 강조했다.

"근데 너는, 하나도 잘못한 거 없으니까."

알아요, 하고 희미하게 웃어 보인 이희운은 몸을 일으켰다.

"저 약 좀 바르고 올게요."

"어어, 그래."

혼자 남은 동안에는 어색하게 주변을 둘러보았다. 벽 한 면에는 사진들이 꽤 많이 붙어 있어서, 헤매던 시선이 자연스레 그쪽으로 쏠렸다.

친구들과 찍은 사진, 외국 거리를 배경으로 한 독사진, 직접 찍은 걸로 보이는 풍경 사진. 그중에 모퉁이에 있는 사진이 눈에 띄었다. 산 정상에서 찍은 단란한 가족사진이었다.

밴드를 붙이고 나오는 이희운을 보며 나는 사진을 가리켰다.

"부모님 사이 되게 좋아 보이신다."

부모님이 양 볼을 맞대고 찍으셨기에 한 소리였다.

"……좋으셨어요, 그때는."

무심한 대꾸에 나는 굳어지고 말았다. 그러고 보니 지난번에 집안에 일이 있다고 했던 게 한발 늦게 생각났다. 난처해서 이러지도 저러지도 못하는 사이 이희운이 운을 띄웠다.

"저번에 왜 공원에서, 제가 집안 돈 문제 얘기 꺼냈었잖아요."

"아, 응."

이희운은 입꼬리 한쪽을 끌어 올리며 말했다.

"최근에 저희 엄마가 삼촌한테 보증 서 준 게 문제가 돼서……."

심각한 내용이었지만 덤덤하게 흘러나왔다. 듣고 있자니 우리 집 사정과 비슷한 데가 있었다. 급격하게 경제적 상황이 나빠진 것. 돈 때문에 부모님 사이가 틀어지신 것 등. 공감되는 사정이 많아서 나도 진지하게 들었다.

"아빠가 돈에 민감해졌어요. 내가 알던 사람이 맞나 싶을 정도로. 그러다 보니까 돈이 뭔지, 가족이 뭔지. 되게 회의적으로 변하게 되더라고요."

그걸로 물꼬가 트이면서 여러 이야기가 오가게 되었다. 주로 내가 들어주고, 이희운이 말하는 쪽이었다. 시간이 흐름에 따라 자세도 점점 편해졌다. 누가 먼저랄 것도 없이 바닥에 드러누워 있었다. 먹다가, 얘기하다가, 편안한 분위기였다.

어느 정도 쏟아 내자 더 이상 할 말이 없는지 이희운이 입을 다물었다. 안락한 침묵이 잔잔하게 깔려 있었다. 힐끗 살펴본 얼굴은 기분이 한결 나아진 듯 보였다.

"형은 사람을 되게 편하게 해 주는 거 같아요."

"……내가?"

"얘기도 되게 귀 기울여서 잘 들어 주고."

겪어 보지 않은 이야기에 섣부르게 참견할 수 없었다. 말재주도 없어서 할 수 있는 건 호응하며 들어 주는 것뿐이었다. 재주도 능력도 아니지만 그래도 편함을 느꼈다니 다행이었다.

"형, 저 운동 그만둔 거…… 왜 그만뒀는지 기억하세요?"

이희운이 넌지시 물었다. 한 손으로는 후드 끈을 만지작거리고 있었다. 나는 잠시 생각하다가 답했다.

"그, 코치님이랑 안 좋은 일 있었다고 하지 않았나?"

이희운이 고개의 방향을 틀자 마주 보는 구도가 되었다.

"기억하시네요."

"응."

"저 그때…… 정말로 넌더리 나게 싫었거든요. 그런 강압적인 방식도 그렇고, 습관적인 폭력 같은 것들도 그렇고. 저희 아빠도 상당히 가부장적인 분이라 어려서부터 익숙하긴 했는데…… 그래서 더 넌더리 났을 수도 있고요."

먼 곳을 바라보듯 생각에 잠긴 눈이 보였다.

"근데 아무튼, 사실 그만두기까지 그게 직접적인 원인은 아니었어요."

"그럼?"

"……제일 결정타는 부상 때문에요."

이희운은 크게 헛기침을 뱉었다. 그리고 운동을 그만두게 된 더 큰 이유에 대해 차근히 설명했다. 들어 보니 안타까운 사연이 또 있었다. 잦은 부상으로 발목이 좋지 않은 상태에서 엎친 데 덮친 격으로 무릎 부상을 당하는 바람에 더 이상 선수 생활을 할 수 없게 된 배경이었다.

"한동안은 '부상'이라는 단어만 봐도 힘들었어요. '발목'이나 '무릎'이나 뭐 그런 관련 있는 단어들만 봐도 속이 울렁거리고."

"……"

"사람들한테도 솔직하게 말이 안 나와서……. 언젠가부터 제가 싫어서 그만둔 것처럼 얘기하고 있더라고요. 저 나름 트라우마였던 거 같아요. 너무 하고 싶었고 너무 원했던 일이라, 못하게 됐을 때 충격 같은 게 컸겠죠, 아무래도."

힘들었겠다, 하는 틀에 박힌 말조차 할 수가 없었다.

"그럴 때가 제일 허무해요. 멀쩡한 다리로 훈련도 받고, 대회도 나가고…… 그런 꿈 꾸다가 깼을 때. 진짜, 하루 종일 이상해요 기분이."

이희운은 초점이 사라진 것처럼 멍한 표정을 지었다. 여태 힘든 얘기를 꺼내면서도 내내 웃어 놓고 처음으로 웃지를 않았다.

마음이 안 좋았다. 그동안 애써 밝게 행동하려고 노력했구나 싶었다. 솔직히 나는 이희운의 좌절감이 뭔지 몰랐다. 살면서 그렇게 뭔가를 원해 본 적도, 하고 싶었던 적도 없었다. 잘 이해할 순 없지만서도……. 만약 '간절히 원하는 것'의 대상이 사람이 된다면 그 고통이 어떤 건지 알 수도 있을 것 같았다.

"……."

손을 뻗어 어깨를 두드려 주었다. 꼭 어린아이 같은 표정을 짓길래 나도 모르게 머리통도 쓰다듬어 줬다. 이희운은 위로받는다는 걸 아는지 고분고분 가만히 있었다.

안타깝게도, 이제는 타이밍이 좀 애매했다. 시간이 벌써 한 시간가량 흐른 게 보였다. 서랍 위에 놓인 전자시계를 확인하자 잊었던 초조함이 살아났다. 슬슬 갈 준비를 하지 않으면 안 될 것 같았다. 나는 미안함을 느끼면서도 조심스레 머리에서 손을 떼어 냈다.

탁.

손이 붙잡히는 바람에 강제로 동작이 멈췄다. 일어나려다 말고 내려다보며 눈을 깜빡였다. 왜 이러나 싶어서 입을 떼려는데 이희운이 말했다.

"계속, 해 주세요."

꺼풀이 벗겨진 듯한 목소리였다. 갈라진 음성과 삽시에 충혈된 눈을 본 나는 숨을 삼켰다. 이희운이 다가오며 거리를 좁혔다. 붙든 내 손을 자기 머리로 이끌면서.

"어……."

나는 당황하면서도 더듬더듬 손을 움직였다. 이희운의 벌게진 눈시울에서 금방이라도 눈물이 흐를 것 같았기 때문이었다. 이렇게까지 힘든 상태였나. 위로받을 데가 없었나 보다 하고 생각하자 장난스럽게 반응할 수도 없었다.

"……."

서로가 상당히 불편한 자세였다. 내 쪽으로 다가온 이희운의 발치 밑으로는 작은 탁자가 놓여져 있었다. 그 탓에 이희운은 다리를 구부려야 했고, 내 팔 밑으로 들어오느라 넓은 어깨도 구부려야 했다.

나는 강아지 같단 생각이 들었다. 시골에 사시는 삼촌네 백구 생각이 났다. 사람을 좋아하는 그 개는 짧은 줄에 목이 걸려 켁켁거리면서도 조금이라도 가까워지려고 갖은 애를 썼다. 쓰다듬어 주면 언제까지고 손길을 받으려고 어떤 자세든 마다하지 않았다.

만져 주면 발라당 뒤집어져 좋아하는 모습이 애처롭기까지 했었는데. 잘 지내나 문득 궁금해졌다. 삼촌이 오지로 이사를 가신 뒤로는 근황을 알 수 없게 돼 버렸다.

다른 생각에 잠겨 있던 의식이 퍼뜩 돌아왔다. 손 위로 겹쳐지는 체온을 느낀 직후였다. 내 손을 감싸 잡는 이희운의 마디 굵은 손이 보였다. 손끼리 한데 겹쳐지고, 그 모습이 이질적인 장면처럼 위화감을 조성했다.

그리고 이어지듯, 혹은 끊어지듯 시야가 어두워졌다.

"……."

뭐지.

방금.

무언가가 입술을 짓눌렀다. 연고 냄새가 났던 것 같기도 했다. 따뜻하고 부드러운 게 분명 내 입술에…….

사실을 제대로 자각하기도 전에 한 번 더 입술에 동일한 감촉이 닿았다.

주저하는 듯한 숨결이 느껴졌다. 묶어 놓듯 강렬하게 주시해 오는 시선도. 한참이나 참아 낸 것 같은 숨이 하아, 떨리며 쏟아졌다.

뭐야, 이게.

두꺼운 손이 허리를 감쌌다. 닿는 체온에 쭈뼛 소름이 돋았다. 입술이 당겨졌다. 아니, 빨렸다. 벌어진 줄도 몰랐던 안으로 부피를 가진 무언가가 진입한 순간이었다. 나는 꽁꽁 묶인 것처럼 움직일 수 없던 충격에서 가까스로 벗어날 수 있었다.

퍽, 하고 힘껏 밀어 낸 반동으로 상체가 튕겨져 나갔다.

"……."

허억, 숨을 들이켰다. 눈앞엔 나를 보는 이희운이 있었다. 눈빛이, 나를 보는 두 눈의 기운이 너무 이상했다.

허겁지겁 몸을 일으키자 이희운도 나를 쫓아 일으켰다. 내 어깨를 붙잡고 다시 입술을 맞붙여 왔다.

퍽!

아까보다 묵직한 마찰음이 울렸다. 주먹으로는 얼얼한 통증이 번졌다. 고개가 돌아간 이희운이 보였다. 상처투성이인 얼굴을 보며 나는 입만 뻐끔댔다.

왜 이런……. 어쩌다 이런…….

생각이 봉합되지 않았다. 뒤틀린 것처럼, 세상이 뒤틀어진 것처럼 어지러웠다.

"아."

입에서부터 외마디가 툭 터졌다. 이제야 알겠어서였다. 이희운이 좋아한다던 사람이 누군지.

그걸 알게 되자 도저히 여기 머무를 수 없었다. 가방을 집어 들고 서둘러 자취방을 나섰다. 등 뒤로 부르는 소리가 들렸지만 무시했다. 덜덜 떨리는 손으로 겨우 신을 신고 빠져나왔다.

제발 따라 나오지 않길 바랐다. 한참 걷다 돌아보자 길목에 어렴풋이 인영이 서 있었다. 그때부터는 힘껏 뛰었다. 방향은 생각 않고 무조건 나아갔다.

쫓기는 것처럼 전력으로 뛰던 중이었다. 치솟는 오심을 못 참고 주저앉아 토했다. 아까 먹었던 과자나 음료수들이 그대로 게워져 나왔다. 구토는 신물이 오를 때까지 계속되었다.

"욱……."

열 오른 눈가를 문질렀다. 매서운 오한처럼 몸이 덜덜거리며 떨고 있었다. 쥐어 짜내듯 심하게 게워 내서인지 누가 조르듯 목구멍도 아팠다.

"정원아."

……이름을 부른 것만으로 눈시울이 뜨끈해졌다. 나는 명치에 날카롭게 걸린 숨을 느끼며 한 번 더 웅얼거렸다.

"정원아……."

미칠 것만 같았다.

7. 연애의 비밀 (4)

집으로 가는 버스를 놓쳤다. 망연해진 나는 전광판을 올려다보았다. 화면은 썰렁했다. 야심한 시각인 만큼 운행하는 버스가 거의 없었고, 아마방금 놓친 차가 막차인 듯했다.

"⋯⋯."

왼쪽 어깨가 얼얼하게 아팠다. 오는 길, 몇 번이나 넘어질 뻔하다가 누군가와 부딪쳤었다. 몇 번이나 조아리며 사과한 뒤 고개를 들자 눈앞에는 황당하게도 전봇대가 있었다. 힘이 쭉 빠진 나는 허탈하게 웃을 기운도없이 그대로 정류장까지 걸어왔다.

이제 어쩌지.

걸어가지 못할 건 아니지만 시간이 좀 걸리는 거리였다. 택시를 생각하고 차도를 보자 몇 대가 지나치고 있었다. 빈 차는 발견할 수 없었다. 시간이 지나도 마찬가지였기 때문에 두어 번 허무하게 손을 흔들다가 말았다. 꺼져 버린 휴대폰이 간절했다. 택시도 부르고, 무엇보다 기다리고 있을 고정원에게 연락을 해야 했다.

"후."

내뱉으며 정류장 벤치에 앉았다. 가라앉은 줄 알았던 울렁거림 때문이었다. 지금부터 해야 할 일들을 떠올렸더니 몸이 거부 반응을 일으켰다. 단단하게 쥔 주먹으로 가슴팍을 때렸다. 그래도 나아지지 않아서 몇 차례 반복했다. 숙취에 시달리는 것 같은 신음이 터졌다. 억지로 헛구역질까지 했지만 나아지진 않았다.

더는 시간을 지체할 수 없었다. 일단 걷기로 마음먹고 일어섰다. 휘청거리던 다리는 다행히 힘이 많이 돌아와 있었다.

쭉 걸었다. 빠른 걸음으로 걷다가 집 근처에 다다르고부터 속도를 냈다. 가까워질수록 조급증이 치솟아 아예 전속력으로 뛰기 시작했다. 고정원이 불안해하고 있을 거란 예감이 들면서 천천히 걸을 수가 없었다.

헉, 헉…….

턱까지 차오른 숨을 몰아쉬었다. 너무 전력을 다했는지 현기증이 일어 어찔했다. 다행히 더 달릴 필요 없이 오피스텔 앞 주차장이었다.

헐떡임이 잦아들 때까지 기다렸다. 구부렸던 등을 펴자, 마주한 공동 현관의 스크린 도어에는 내 모습이 비치고 있었다. 넋 빠진 사람처럼 이상한 얼굴. 그 얼굴을 끝까지 쳐다보지 못하고 눈길을 떨궜다.

……어떡하지.

수십 번을 반복한 혼잣말이 또 터져 나왔다. 잊고 있던 불안감이 거대해지며 숨통을 조였다. 이제 어떡해야 되지. 기세 좋게 뛰어와 놓고 현실감이 밀려들고 있었다. 아무리 봐도 집에 들어갈 수 있을 것 같지가 않았다.

들어가지도, 떠나지도 못했다. 몇 분간 지질하게 출입구 앞을 맴돌기만 했다. 귀가가 늦은 차 한 대가 주차장 안으로 들어오는 게 보였다. 전조등 빛에 주변이 환해지고, 나는 고개 숙여 자리를 피했다.

수상한 사람처럼 보일 것 같았다. 의심받기 전에 움직일까 고민했지만 조용히 구석에 머물렀다. 이어서 시동이 꺼지는 소리와 거칠게 차 문 닫히는 소리, 잠기는 소리가 차례로 들려왔다.

가까워지는 발소리는 성마른 느낌이었다. 별로 쳐다볼 생각은 없었는데 그 평범치 않은 낌새에 무심코 올려다보았다.

"……."

그리고 얼어붙었다. 나는 눈꺼풀을 깜빡거렸다. 절대 착각할 수 없는 사람이 눈앞에 있었다. 차에서 내린 사람은 고정원이었다. 굳어진 표정으로 코앞까지 다가와 있었다.

설마 나 찾느라 돌아다닌 건가. 순간적으로 그런 생각이 들었다. 의심이 확신이 되면서 눈앞은 컴컴해졌다. 나는 그저 막연히 집 안에 있을 거라고 생각했다. 걱정하고 화내면서도 안에서 기다릴 줄 알았는데.

한 걸음 정도 떨어진 거리였다. 나는 어떤 말도 못 하고 굳어져 있었다. 죄스러워 눈을 내리깔자 희게 질린 고정원의 손이 보였다. 초조했다. 그럴 리 없지만 고정원의 손안에 든 휴대폰이 악력에 부서질 것만 같았다.

"……어."

"……."

"아……."

수도 없이 머릿속으로 연습했다. 너무 늦었지. 미안해. 여느 때처럼 말하며 껴안아 줄 생각이었다. 하지만 현실은 발화 단계부터 불가능이었다. 아무리 입을 벌려 봤자 나오는 소리라고는 어물거리는 감탄사였다. 연속되는 실패에 눈앞이 아찔했다. 머릿속은 하얗게 비었다.

지금 내 표정이 어떻지.

의식이 미치자 얼굴을 보이고 싶지 않았다. 고개를 튼 직후였다. 고정원은 내 팔을 잡아당겼다. 속수무책으로 끌려간 나는 가슴팍에 부딪치며 안겼다. 강력한 근육과 골격이 구속해 왔다.

익숙한 체온과 냄새가 풍겼다. 무언가 참을 수 없이 자극되는 걸 느꼈다. 안도되지만 안도할 수 없는 상황에 문득 목 안쪽이 뜨거워졌다. 손이 허리를 받치고, 마치 자기한테 흡수시키려는 것처럼 압박해 왔다.

콜록. 등허리부터 뒷덜미까지 짓누르며 올라오는 힘에 기침이 터졌다. 밀려나는 줄도 모르는 사이 등 뒤로 벽이 닿았다. 고정원은 그때부터 깊게 호흡했다. 들이켰다 내쉬었다 아주 천천하게 반복하며 관자놀이 부근으로 콧날을 짓눌러왔다. 숨결이 뜨거웠다.

바짝 맞붙은 상체 탓에 커다란 흉곽이 부풀 때마다 심장이 두근거리는 압박감을 느꼈다. 어지러웠다. 그리고 애틋했다. 고정원이 나를 얼마나 걱정했었는지 피부로 전해지는 듯했다.

"……원아."

힘겹게 불렀다. 응답하듯 고정원은 얼굴을 밀착했다. 가벼운 애무를 되풀이하듯 우리는 뺨을 조금씩 문지르며 맞댔다. 숨이 겹치는 걸 느끼며 눈을 들자 시선이 마주쳤다. 별안간 심장이 쿵쾅거리며 뛰기 시작했다.

예상과는 전혀 다른 모습이었다. 몸짓만큼이나 애틋할 거라 상상됐던 눈빛은 지나치게 서늘할 뿐이었다. 노골적인 관찰의 기색으로 깊어진 눈동자가 입술께로 내려갔다.

"……"

서로 입술을 쳐다봤다. 숨결은 섞여도 입술은 닿을 듯 말 듯 애매하게 자리를 지키고 있었다. 키스할 듯이 아슬한 거리를 유지하던 고정원은 이내 몸을 떨어뜨렸다.

"집에 가자."

나지막한 한마디에 나는 홀린 것처럼 끄덕였다. 그리고 앞서는 고정원의 뒤를 엉거주춤 따랐다. 감싸고 있던 체온이 사라지자 썰렁했다. 팔뚝을 문지르며 공동 현관으로 들어섰다. 내려오는 엘리베이터 앞에서 나는 옆을 힐끔거렸다. 무표정한 옆모습을 올려다보다 괜한 기침을 하기도 했다.

어색한 침묵으로 엘리베이터를 거치고, 곧이어 무사히 집으로 들어올 수 있었다.

"……."

바닥으로 툭, 가방을 내려놓았다. 오전에도 봤던 익숙한 풍경이 꼭 며칠 만에 돌아온 것처럼 굉장히 새삼스러운 느낌이었다.

"씻을래?"

고정원이 물었다. 음률처럼 부드러운 물음에 지친 기색이 묻어났다. 고정원은 외출복을 입고 있는 상태였다.

"……아, 어."

한 박자 늦게 머뭇거렸다. 행동이 하나하나 의식돼서 매끄럽지 못했다. 맞은편에서 웃통을 잡아 올려 벗는 고정원이 보였다. 이어서 하의까지 벗는가 싶더니 버클만 풀어 놓고 내게 다가왔다. 고정원은 내가 입은 옷가지들을 한 꺼풀씩 벗겨 주었다.

"……."

바지가 내려가자 미처 확인 못 했던 흔적이 드러났다. 허벅지에 시퍼런 멍이 몇 개나 들어 있었다. 머리만 맞아서 여기에 이런 게 생겼을 줄은 몰랐다.

"그, 가게에 일이 생겼다고 했잖아. 사실 그게 엄청 큰 사건이었어. 완전 가게 뒤집어지고 난리 났거든. 웬 진상 손님이 와서……."

허둥지둥 설명했다. 왜 사고가 났고 어떻게 마무리됐는지까지.

"……그래서 우리 다 경찰서 다녀오고, 사장님 화내시고…… 정신 하나도 없었어 정말로."

산만하게 늘어놓은 설명 중 이희운에 관한 건 없었다. 이희운이 도와준 것도, 이희운 자취방에 간 것도……. 거기에서 일어났던 일은 일절 꺼내지 않았다. 꺼낼 수 없었다.

"너한테 술을 따르라고 했어?"

나직한 물음에 퍼뜩 정신이 들었다.

"어? 아, 아니, 그냥 와서 술 마시라고……."

"……."

상하의 모두 벗겨지고 없었다. 어느새 하나 남은 속옷으로 긴 손가락이 파고들었다. 튀어나온 앞섶을 스치는 손길에 허리춤이 떨렸다.

"어디 만졌어?"

술을 마시라며 시비 걸었다는 말이 전부였다. 어디를 만졌다고 한 적도 없는데 고정원은 벌써 손님이 나를 만졌다는 가정하에 묻고 있었다. 팔이 끌어당겨졌던 건 사실이라 우물쭈물 털어놓았다.

"팔……을."

왠지 내가 성추행이라도 당한 것처럼 상황이 돌아갔다.

"아니, 근데 그게 뭐 이상하게 만지거나 그런 건 아니고……."

"그럼?"

끌어 내려진 드로즈가 발등으로 툭 떨어졌다.

"……."

태도가 어딘가 냉랭하게 느껴지면서 나는 말문이 막혔다. 고여 있는 줄도 몰랐던 침이 목구멍으로 넘어갔다. 고정원은 천 조각 하나 걸치지 않은 내 하반신을 묘한 눈으로 훑으며 물었다.

"거긴 어디였어."

"……어디?"

"나한테 마지막으로 연락했던 장소."

당황하지 않으려 했는데 일순 눈이 빠르게 깜빡였다.

"어, 거기…… 거기가, 가게에 제일 나이 많은 형 있거든. 그 형이 자취하는 데."

태연한 척 답하며 이제 끝났다는 생각이 들었다. 있었던 일을 숨기는 걸로 모자라 구체적인 거짓말까지 해 버렸다. 이걸 들키면 나에 대한 고정원의 신뢰가 바닥날 게 분명했다.

후회하는 와중에도 나는 추가적으로 거짓말을 늘어놨다. 그 형에게 평소 도움을 많이 받았다느니. 오늘도 나 때문에 맞아서 미안한 마음에 들렀다 왔다느니. 의심을 피해야겠다는 생각에만 사로잡혀서 뵈는 게 없었다.

"……."

고정원은 반응이 없었다. 가만 쳐다보기만 하는 태도에 주눅 들어 나도 입을 다물었다. 뭔가 알고 있는 걸까. 생각하자 목구멍이 바짝 말랐다. 우리가 쓰는 위치 추적 앱이 뒤늦게 떠올랐다. 전원이 꺼지기 전 마지막 위치는 남아 있을 텐데. 나는 차가워진 손끝으로 가렵지도 않은 뒷머리를 긁적이며 물었다.

"혹시…… 어플에 뜬 내 위치……. 거기까지, 찾으러 갔었어?"

침묵하던 고정원은 차분한 몸짓으로 시계를 풀었다.

"갔었어. 너무 늦길래."

울고 싶었다.

"만……났어?"

빤히 쳐다보던 고정원의 눈이 이번에는 가느스름해졌다. 뜻을 파악할 수 없는 표정이었다.

"누구를?"

"어……."

"아무도 없던데."

"……."

다행히 이희운과 마주치거나 하지는 않은 듯했다. 시야가 까매지는 어지러움을 느끼며 눈을 문질렀다. 안심하는 한편으로 여전히 불안감이 널뛰고 있었다. 하나를 숨기니까 그 하나 때문에 숨겨야 할 것들이 불어났다. 숨이 막혔다.

"왜. 거기서 무슨 일 있었어?"

무슨 일.

그 말에 하나의 장면이 번갯불처럼 빠르게 떠올랐다 사라졌다.

"……아니."

대답하는 목소리는 짓눌려 있었다.

불행한 확정처럼, 지금부터 모든 걸 돌이킬 수 없다는 걸 알았다.

함께 씻고 방으로 돌아왔다. 침대에 눕기 전 고정원은 허벅지 멍에 연고를 발라 주었다. 그런 다음 여느 때처럼 팔베개를 해 주었고, 나도 여느 때처럼 안겼다.

"잘 자."

인사한 고정원이 내 이마로 입술을 눌렀다.

"잘……."

호응하려던 나는 얼굴을 피했다. 이마를 스쳐 입술로 내려오던 고정원이 가만 동작을 멈추자 어둠 속에서 눈이 마주쳤다.

"졸리다……."

어설프게 수습했다. 자연스럽게 굴었어야 하는데 실수하고 말았다.

"……잘 자."

다시 인사하고 팔을 둘렀다. 아직까지 고개를 들고 있는 고정원을 끌어당겼다. 목덜미에 입을 맞추자 그제야 고정원은 옆으로 누웠다. 나는 얼굴이 짓눌릴 정도로 품에 파고들었다.

습관처럼 고정원은 내 뒷목을 감쌌다. 두피까지 원을 그리며 움직였다. 생각에 잠긴 것처럼 느릿한 움직임이었다.

"부어 있어."

손이 올라오며 후두부를 감쌌다. 오늘 가격당했던 부위였다. 그 위를 쓰다듬는 손길은 아주 조심스러웠다. 깨지기 쉬운 걸 만지듯이.

"……."

코가 맵다 싶었다. 뜬금없이 눈물이 나오고 있었다. 손바닥으로 눈을 꾹 누르고 주먹을 쥐어 비벼 봤지만 그칠 기미가 아니었다.

"좀 아파서, 머리가."

이쯤 되니 안 우는 척할 수도 없어서 변명했다.

"아, 창피하게."

억지로 웃는데 입가가 경련했다. 진정되지 않아 돌아누운 나는 이불을 끌어 올려 얼굴을 덮었다. 하지만 금세 고개가 돌아갔다.

"그냥 둬. 너 우는 거 익숙하니까."

고정원은 조금 얄밉게 말했다.

"아픈 부위가 눌려서 그래."

변명해 놓고 그 상태로 좀 울었다. 훌쩍거리는 창피한 소리가 이따금씩 방 안을 울렸다. 고정원은 가만히 내 턱을 붙잡고 있었다. 쓰다듬어 줄 줄 알았는데 그건 아니었다.

"내일……."

"어?"

"병원부터 가."

"……응."

대답하고서 품 안에 안겨 눈을 감았다. 여전히 속이 갑갑했지만 일단은 아파서 우는 걸로 넘길 수 있어 다행이었다.

그 뒤로 어둠이 익숙해지도록 잠은 오지 않았다. 뒤척이는 것까지 의식해서 악순환이었다. 얼마나 더 그런 상태가 이어졌을까. 자세를 여러 번 바꾸며 고정원과 나는 분리되었다. 눈앞에는 고정원의 등이 있었다. 고르고 느리게 내쉬는 숨을 나는 가만히 구경했다. 흉부가 부풀어 오르는 게 보였다. 천천하면서도 크게 팽창하고 있었다. 그러나 꺼질 때는 생각지도 못했던 한숨이 짙게 깔렸다.

아직 잠든 게 아니었구나.

생각하자 더 이상 그 등을 구경할 수 없었다.

"……."

모든 게 생경했다. 모든 게 그대로인데 전부 다 변해 버릴 수도 있다는 게 이상하고 서글펐다. 어서 밤이 끝났으면 싶었다. 동시에 이대로 아침이 오지 않았으면 싶기도 했다. 꽤 시간이 흐른 뒤에야 나는 잠들 수 있었다.

아침에 일어나서는 병원부터 갔다. 비용도 그렇고 내키지 않았는데 고정원의 주도하에 CT 촬영까지 하게 되었다. 검사 결과 두개골이나 뇌 쪽에는 아무런 이상이 없었다. 단지 표피에 혈종이 잡혀 혹이 나 있다고 했다. 혹을 가라앉혀 주는 약을 처방받았고, 얼떨결에 고정원이 시키는 대로 상해 진단서까지 발급받았다.

"근데, 이거는 왜……?"

"혹시 필요할까 봐."

고정원은 그렇게만 대답할 뿐이었다. 더 이상 묻기도 뭐해서 잠자코 있다가 조심스럽게 말했다.

"나 알바 갈 시간 애매해서, 밥은 건너뛰어야겠다. 정원이 너는 점심 여기서 사 갈래? 여기 왜, 우리 저번에 먹었던 도시락 맛있는 데 있잖아."

"갈 필요 없어."

"……어?"

"너 다쳐서 못 나간다고 연락해 뒀어."

"……."

워낙 뜻밖이라 어안이 벙벙했다. 연락을 해 뒀다니. 자세히 묻자 이른 아침 내가 자고 있을 때 해결해 두었다고만 말했다. 지나치게 압축된 설명이었다. 마지막엔 통보처럼 덧붙였다.

"서빙 일은 그만두는 걸로 했으니까 앞으로도 나갈 필요 없고."

"뭐? 갑자기 무슨…… 왜……?"

도착한 차 앞에서 나는 흐리멍덩하게 물었다. 진척되는 상황들이 감이 안 잡혔다.

"……."

우리는 일시 정지 된 것처럼 멈춰 서 있었다. 차의 손잡이를 붙들었던 고정원은 등줄기를 세우는가 싶더니 반대로 내게 질문했다.

"계속 나갈 생각이었어?"

"……."

"그래, 인휘야?"

부드럽게 물었다. 그게 어째서인지 내게는 위협이나 겁박처럼 느껴졌다. 나는 버벅거리듯 어설프게 고개를 저었다.

"……아니."

시선이 주변을 헤맸다. 혼나는 기분이었다. 내가 굳어진 걸 눈치챘는지 고정원이 굳이 이쪽으로 걸어왔다.

"인휘야."

"응."

나는 눈도 잘 못 마주치고 대답했다. 짧게 숨을 내쉰 고정원은 달래듯 자상한 음색으로 말했다.

"……안아 주고 싶은데 밖이라 못 하겠네."

"……."

"고생했어, 검사받느라."

말하며 어깨를 한 번 주물러 주었다. 안는 걸 대신하듯. 그리고 문을 열어 나를 앉히고, 벨트까지 매 주고 나서야 제자리로 돌아갔다.

멈춰 있던 차는 곧 매끄러운 커브를 그리며 빠져나갔다.

"도시락 사 갈까? 집에서 같이 먹게."

도로를 내달리기 시작하면서였다. 부정맥처럼 맥박이 뛰었다. 집으로 돌아가 밀폐된 공간에서 단둘이 있을 걸 생각하니까 그랬다. 최악의 상황들이 머릿속에서 멋대로 그려지고 있었다.

"여기 근처에 있는 A타워에서 먹으면 안 돼? 나온 김에 구경도 좀 하고……."

사람이 많은 곳으로 가고 싶었다. 정신이 팔리기 쉬운, 시끌벅적한 곳. 오락거리가 많은 곳으로 가면 심각한 상황 같은 건 벌어질 리 없었다.

"그래, 그러면."

다행히 고정원은 내 의견에 따라 주었다.

차질 없이 몇 분 뒤, 우리는 복합 쇼핑센터에 도착했다. 식당가에서는 멕시코 음식집으로 들어갔다. 내가 선택한 곳이었다. 손님이 몰려 있었고, 무엇보다 테이블 간격이 좁은 게 마음에 들었다. 이런 곳이라면 사적인 대화가 나오기 힘들어 보였다.

"와, 이것도 맛있겠다."

메뉴판을 펼치고 들뜬 기색을 비쳤다. 어제 구토를 해서인지 아무것도 먹고 싶지 않았지만 의욕적으로 굴었다. 주문하고 음식을 기다리는 동안에도 내내 떠들었다. 마땅한 화제를 찾지 못해 영양가 없는 잡음만 늘어놓는 식이기는 했다.

"멕시코 사람들 하루 다섯 끼 먹는다는데 진짤까?"

"……"

고정원은 드물게 잘 호응하지 않았다. 희미하게 웃거나 눈을 내리깔기만 했다. 그런 반응을 보며 갈수록 수렁에 빠지듯 말이 꼬여서 나도 끝내 입을 다물었다.

그러다 나직한 외마디를 내뱉은 건 고정원이었다.

"아."

물을 홀짝이던 나는 뭔가 해서 쳐다봤다.

"준다는 걸 깜빡했네."

코앞으로 쇼핑백 하나가 내밀어졌다. 상단부에 찍힌 상표가 눈에 띄었다. 굳이 쇼핑백을 열어 보지 않아도 내용물을 단박에 알았다.

"……."

내릴 때 뭔가 챙기는 것 같긴 했다. 그게 내 선물일 줄은 몰랐는데. 내 용물의 값어치도 그렇고 나를 위해 준비했다는 사실에 도망이라도 치고 싶어졌다.

"열어 봐."

차마 봉투에 손댈 수도 없었다. 난처했다. 난처하다 못해 서글프기까지 한 심정이었다. 상기되려는 표정을 감추기 위해 이마를 문지르며 물었다.

"이거, 휴대폰…… 아니야?"

"내 거랑 같은 모델로 샀어. 좋다고 했던 거 생각나서."

당혹스러웠다. 디자인과 기능이 좋기에 부럽다는 식으로 말하기는 했었다. 아무 생각 없이 한 말이지 사 달라고 했던 게 아니었다.

난감한 몇 분이 흘렀다. 어떻게 해야 기분을 상하게 하지 않고 거절할 수 있을지 고심 중이었다. 단어를 고르고 고르다가 최대한 조심스럽게 입을 열었다.

"근데…… 정말 미안한데, 나 이거 못 받을 거 같아, 정원아. 그때 내가 깨진 거 수리해서 쓰겠다고 했었는데……. 잊어버렸어?"

조심스레 거절의 의사를 비치자 주문한 음식이 나왔다. 잠시 대화가 끊겼다.

"굳이 수리 맡길 거 없어. 그 정도로 깨진 건 바꾸는 게 나아."

고정원은 무심하게 말했다.

"……바꿔도 내가 바꾸려고 했지……."

"어차피 환불 기간 지났어. 써."

"……."

언제 샀기에 환불 기간이 지났다는 건지 이해되지 않았다.

"이거 언제 산 건데?"

"글쎄."

눈길을 돌렸던 고정원이 다시 나를 봤다.

"깨졌던 다음 날인가."

"……."

조금 허무해지는 대답이었다.

"그래도 이렇게 비싼 건 나한테 상의라도……."

"액정 깨진 뒤로 전원 자주 꺼지는 거 알아. 또 고장 난 거 핑계로 연락 못 했다고 하지 말고 그냥 써."

"……."

억지로 식사하다 목이 메서 물을 마셨다. 맛이 안 난다 했더니 속 재료를 아무것도 넣지 않고 빵 반죽만 먹고 있었다.

"일부러…… 아니, 아냐. 아무것도."

하려던 말을 밍숭한 반죽과 함께 삼켰다. 일부러 고장 핑계로 연락을 안 했다는 식의 말이 억울했지만 사실 따질 입장도 아니었다. 뭐든 내 잘못이 맞았다.

삭막했던 식사를 마치고 나왔다. 불편한 위를 문지르다 고정원이 돌아보는 바람에 화들짝 손을 내렸다.

"집에 갈까."

가자고 하지 않을까 예상하고 있었다. 때문에 기다렸다는 듯이 제안이 튀어 나갔다.

"영화 보러 갈래? 이번에 마블 신작 나온 거. 진짜 재밌을 거 같던데."

짧은 공백 후 좋은 대로 하라는 허락이 떨어졌다. 식사 때 분위기가 안 좋아 걱정했는데 화난 건 아닌 듯해서 다행이었다.

시네마 있는 층을 향해 몇 층 더 올라가야 했다. 우리는 에스컬레이터를 타고 이동했다. 다섯 층은 더 올랐을까. 연결된 영화관 구역으로 막 들어선 직후였다. 내 팔을 잡아끈 고정원이 이해되지 않는 소리를 했다.

"눈물이 날 정도로 받기 싫은 거야?"

"……뭐?"

"그렇게 시근덕거릴 만큼 내가 사 준 게 받기 싫은 건가 궁금해서."

어찌나 당황스러운지 말문이 막힐 뻔했다. 그러나 늦지 않게 알아차렸다. 휴대폰 문제로 신경전을 하고 나와 눈시울을 붉혔으니 오해할 만도 했다.

내 행동이 문제였다. 에스컬레이터를 타고 오르는 동안, 나는 딴생각에 잠겨 있었다. 사람들이 너무 고정원을 쳐다봤고, 고정원이 피곤하겠단 생각이 시초였다. 나 때문에 어젯밤부터 고생하고 오늘도 연이어 고생이구나. 내가 계속 지치게만 하는구나. 그런 생각을 했더니 눈물이 나올 것 같아서 이를 악물어 가며 참고 있었다.

"아니, 난 그런 게 아니라……."

해명을 하려는데 시작도 전에 막혔다. 너한테 미안해서 눈물이 날 것 같았다고 털어놓기 어려웠다. 말문이 막힌 나는 우선 이목을 피해 구석진 곳으로 이끌었다.

"내가 표정을 좀, 굳히고 있었던 건 맞는데……."

변명 거리를 찾다가 겨우 입을 열었다.

"사실 아까 갑자기 배가 아팠어서 그랬어. 급하게 먹었더니 잠깐 얹혔었나 봐. 진짜야. 그리고 휴대폰은…… 내가 받기 싫은 게 아니라, 너도 알잖아. 염치없고 미안해서 그러는 거."

내 해명을 들은 고정원이 혼잣말하듯 말했다.

"미안해야 할 건 안 미안하고, 왜 그런 게 미안할까."

"……."

"모르겠는데 이번에도 내가 이해해야 돼?"

군더더기 없는 목소리와 어투에 경직되어 바라봤다.

"주면 그냥 받아, 인휘야. 뭐든. 내가 주는 건 그냥……."

강압적으로 시작한 말은 중간에 한숨으로 한 번 누그러졌다.

"다 받아 줬으면 좋겠어. 어차피 우리 사이에 네 거 내 거, 그런 개념 난 모르니까."

마지막은 부탁하는 듯한 어조로 끝맺어졌다.

"……."

가슴에 날카로운 게 걸린 듯했다. 알겠다는 한마디만 끝나겠지만 그 한마디가 가장 힘들었다. 단순한 문제가 아니었다. 단순히 염치나 관계의 균형 문제만이 아니라……. 나는 이미 경제적으로나 정신적으로나 고정원에게 과도하게 의존하고 있었다. 이 이상이 되면 내가 어떻게 변할지 짐작하는 것만으로 두려웠다.

아예 자기한테 종속되라는 소린가. 무책임하게 무조건 기대라고 하는 고정원이 야속했다.

"생각 없이 주는 대로 다 받고. 너한테 다 맡기고. 다 기대고. 그래서 내가 성인 구실 못 하고 너한테 의존만 하고 아무것도 못 하는 인간 돼 버리면, 그땐 어쩌려고. 너는 그러면 좋겠어?"

"좋아, 나는."

대답이 너무 쉬워서 그만 당황했다.

"그, 그럼 균형이, 서로 균형이 안 맞잖아. 그럼 너도 나중엔 진짜로 지쳐서……."

"그러니까 버틸 거 없이 한쪽으로 넘어오면 돼."

균형 맞출 필요도 없게.

"……."

말장난이나 다름없는 소리였지만 가슴이 덜컥했다. 볼이 확 달아오른 것도 느꼈다.

"이제 그만 가."

우겨 대면 말이 통하지 않을 게 뻔했다. 황급히 자리를 벗어나는데 팔뚝이 잡혔다.

"얘기 안 끝났어."

"……해, 그러면."

돌려세워진 상태에서 눈길을 피했다. 나올 말을 기다리는데 고정원은 그 뒤로도 가만히 붙잡고만 있었다. 의아하게 올려다보자 눈이 마주쳤다.

"……."

피로한 눈이 보였다. 지친 듯, 아니면 기가 찬 듯 고정원은 인상을 찌푸렸다.

"어디 아파? 왜 그래……?"

걱정하며 묻자 고정원이 대수롭지 않게 말했다.

"너랑 자고 싶어서."

"……."

자자는 말이 아니었다. 지금 너랑 자고 싶어서 자기도 황당하다는 투였다. 습격처럼 던져진 말 앞에서 나는 어떻게 반응해야 할지 몰랐다. 수면의 의미가 아니라 성적인 의미라는 게 확실해서 더 그랬다.

"그……."

입을 열자마자 잡혔던 팔이 놓였다.

"가자, 그만."

고정원은 그렇게 말하고 돌아섰다.

"……."

커다란 등이 보이자 눈꺼풀이 바르르 떨렸다. 나는 얼른 거리가 벌어지지 않게 뒤따랐다. 뒤따르면서, 잔열이 남은 팔과 손을 주무르듯 매만졌다.

영화는 원하는 걸 보기 어려웠다. 보려고 했던 것과 그다음으로 볼 만한 것도 매진이었다. 다음 회차도 매진인 데다, 그 이후로는 너무 오래 기다려야 했다. 꼭 특정 영화를 봐야 할 필요는 없었기 때문에 우리는 당장 관람 가능한 영화를 택했다.

상영관은 놀랄 만큼 텅텅 비어 있었다. 앞쪽, 그리고 중간에 두 사람씩 앉아 있을 뿐이었다. 이제 막 광고를 끝내고 오프닝이 시작되려 했다. 고정원과 나는 발권한 대로 맨 뒷자리에 착석했다. 잘 보이냐고 묻는 말에 나는 끄덕여 보였다. 내가 똑같이 잘 보이냐고 묻자 고정원은 어째선지 한참 뒤에야 좋아, 하고 답했다.

느린 호흡으로 시작된 오프닝이었다. 내내 잔잔한 느낌으로 흘러갔다. 배우들도 잘 모르는 얼굴들이었다. 솔직히 집중이 하나도 안 돼서 나는 계속 딴생각에만 빠져 있었다.

생각은 대부분이 그런 것들이었다. 결정적인 실수의 순간과 그에 따르는 후회 같은 것들. 고정원 말을 좀 더 잘 들을걸, 좀 더 조심하고 경계심을 가질걸. 그런 이제 와서 쓸모도 없는 한탄으로 가슴이 너덜너덜해지고 있었다.

사실대로 털어놔야 해.

불쑥 떠오른 생각은 '그랬다간 헤어질 수도 있어' 하고 뒤따른 생각에 완전히 꼬리를 내렸다. 영영 고정원을 못 보게 될 수도 있다는 아주 희미할지도 모르는 가능성만으로 나는 정신이 나갈 것 같았다. 그건 안 됐다. 헤어지는 건 죽어도 안 됐다.

"추워?"

"……어?"

처음엔 왜 묻는지 몰랐다. 내려다보고 나서야 내 손이 떨리고 있다는 걸 알았다.

"아니, 어, 약간."

몰랐는데 손이 차가워진 상태였다. 고정원은 무릎 위 널브러진 내 손을 사이에 있는 팔걸이로 올렸다. 그리고 꽉 맞잡아 깍지를 꼈다. 체온을 나눠 받은 손은 금방 떨림이 잦아들었지만 어쩐지 흉부가 옥죄듯이 불편해졌다.

"……."

무감각하게 스크린을 좇던 중이었다. 지잉-. 가방 안에서 진동이 울렸다. 무음으로 바꿀 생각으로 손을 뻗던 나는 불시에 동작을 멈췄다. 연락 온 사람이 이희운일지도 모른다고 생각하자 손끝이 굳어졌다.

"확인해 봐."

바로 옆에서 목소리가 울렸다.

"……괜찮아. 광고야."

"보지도 않고?"

"안 봐도 돼, 굳이."

이어져 있던 손이 풀어졌다. 붙잡고 있던 손을 쭉 뻗은 고정원은 이번엔 내 가방을 뒤졌다.

둑둑둑둑.

거센 고동이 가슴팍을 쳤다. 여기서 말리면 수상해 보일까. 아님 지금이라도 빨리 낚아채야 하나. 그런 갈등으로 초조하게 마르는 사이 휴대폰을 꺼내 든 고정원이 메시지를 확인하고 있었다. 나는 곁눈으로조차 엿볼 수 없었다.

"⋯⋯."

휴대폰은 곧 가방 안으로 되돌아왔다. 별다른 기색 없이 되돌려주는 걸로 봐서 정말로 광고거나 별거 아닌 메시지였던 듯했다.

헐떡헐떡 심장이 목구멍 밖으로 튀어나올 것 같았다. 곧 무너질 것 같은 감정의 동요를 숨기며 나는 거의 필사적으로 앞만 봤다.

"재미있어?"

잔잔한 영화는 사운드가 화려하지 않았다. 옆자리의 나직한 목소리가 더없이 선명하게 들려왔다. 재미를 판단할 수도 없을 정도로 집중이 안 되는 상황이었다. 나는 고개를 끄덕이며 거짓말을 했다. 재미없다고 하면 나가자고 할까 봐 이대로 시간을 보내고 싶은 마음에서였다.

"왜 나 안 봐."

안 들리는 척 계속 스크린만 쳐다보며 '응?' 하고 대꾸했다.

"보기 싫은가 봐."

장난인 걸 알지만 어쩔 수 없어서 얼굴을 마주했다.

"아니⋯⋯ 영화 보고 있으니까 그러지. 너도 얼른 봐. 집중하면 재밌어."

고정원이 웃었다. 이유를 알 수 없었다. 빤히 나를 쳐다보더니 고개를 기울이며 말했다.

"오늘따라 왜 이렇게 거짓말을 잘하지."

"⋯⋯."

잘못 들은 건가. 그럴 리가 없었다.

"인휘야."

어둑한 시야의 프레임으로 싸늘하게 굳은 눈빛이 가득 찼다.

"이희운이 너한테 왜 미안해?"

"……."

마침내였다.

그 안에 칼날처럼 날카로워진 심이 보였다.

8. 연애의 비밀 (5)

　수많은 선택지가 머리를 스쳤다. 아무것도 아닌 것처럼 내놓을 답을 찾던 나는 눈을 감았다. 그리고 물에 젖은 개처럼 도리질 쳤다. 쿵쾅거리는 맥박 때문에 토할 것 같았다. 이상해 보였을까. 미친 듯이 초조해졌지만 최대한 멀쩡한 얼굴로 받아쳤다.

　"미안하다고 해, 이희운이? 뭐지."

　"……."

　"아, 혹시 그게, 그거…… 그건가. 아아, 이제 뭔지 알겠다."

　이제야 생각난 척 입을 벙긋거렸다.

　"그, 가게서 싸움 났을 때. 이희운도 같이 손님 말렸었거든. 그때……."

　뒤죽박죽이었다. 뭉쳤던 침이 넘어가며 부자연스레 말이 끊겼다. 앞뒤가 맞게 말하고 있는 건가. 안면 근육이 제대로 움직이고 있는 건가. 마치 관객 앞에서 처음 보는 대본으로 연기를 시작한 배우가 된 것 같았다.

"그때 어쩌다가, 내가 이희운 대신 한 대 맞았었어."

스크린이 전환되며 밝은 빛이 쏟아졌다. 빛에 노출된 고정원의 동공이 작게 조이는 모습이 현미경으로 보듯 또렷했다. 가슴이 콱 막히는 기분이 들었다. 이미 내뱉은 말들이 하나하나 실수처럼 느껴지고 있었다.

"아. 대신이 아닌가. 대신이라기보다는 그, 손님이 쟁반 같은 걸로 내려치려고 했었거든? 내가 반사 신경 좋잖아. 엉겁결에 확 막은 거야 그걸. 암튼 별것도 아니었는데 걔 입장에선 놀라고 되게 미안했나 봐. 나는 어떻게 하다 보니 아무 생각 없이 막은 건데. 별로 아프지도 않았고⋯⋯."

누덕누덕 이어 붙인 설명은 조잡하게 끝맺어졌다.

"⋯⋯."

한마디 할 법도 한데 고정원은 입을 다물고 있었다.

"특별히 이희운을 도와준 게 아니라, 나는 정말로 걔가 아니라 누구라도 똑같이 했을 거고⋯⋯."

무언의 강박을 견디지 못하고 변명을 보태던 나는 금세 꼬리를 내렸다.

"⋯⋯근데, 내가 생각이 짧았던 거 같아."

미안해.

작게 사과를 덧붙이며 죄책감에 휩싸였다. '미안해야 할 건 안 미안하고, 왜 그런 게 미안할까' 영화관에 들어오기 전에 들었던 지적이 속을 찔렀다.

"부어 있더라."

가볍게 올라온 손이 턱을 잡았다. 손가락이 아랫입술을 눌렀다.

"여기도 맞은 거야?"

너무 놀라면 가만히 있어도 몸이 내려앉는 물리적 충격을 느낄 수가 있었다. 아까부터 벌써 몇 번이나 그런 충격을 느끼면서 나는 눈꺼풀을 껌뻑거렸다.

"무슨. 거길, 내가 왜 맞아."

입술이 달라 보이는 건가. 그럴 리가 없는데.

"……아, 알러지 탓인가. 반찬이 안 맞았는지 거기서 먹고 나니까 가려워서, 비볐어, 계속."

급조한 핑계 속에는 어느 정도 사실도 포함됐다. 강제로 입맞춤당한 감촉을 다른 감촉으로 덧입히고 싶어서 수시로 문질렀으니까. 잠깐의 마찰로 입술이 부푼 건 아닐 테니 그런 내 행동이 부기의 원인일 거라 짐작했다.

"……."

물속에 잠긴 것처럼 호흡이 부자유했다. 이런 거짓말을 얼마나 더 할 수 있을까.

"말도 안 되는 생각이 들었어."

말하며 고정원은 내 입술을 쳐다봤다.

"키스를 안 해 주길래."

"……."

"혹시 다른 사람한테 말 못 할 짓이라도 당하고 온 건가."

느리게 감은 필름 같았다. 지금 이 순간이. 보기 좋은 입술도, 단정한 속눈썹도 모두 지나치게 천천히 움직이는 것처럼 보였다.

"그런 미친 생각을 하느라……."

"……."

"잠을 못 잤어."

"……."

우습지.

뒤따른 말에 나는 동조하지 못했다. 얼른 부정부터 해야 한다는 이성적인 판단을 따라 간신히 굳은 혀를 움직였다.

"그런…… 왜, 그런 거 아냐. 정말, 절대 아니야."

"그러게. 절대 있을 수 없는 일인데."

지긋하던 시선이 거둬졌다. 손을 잡으며 고정원이 말했다.

"네가 피하면 나는 불안해지거든."

나는 조급하게 터지려는 호흡을 조절하며 부정했다.

"피한 거 아닌데."

"그래?"

대꾸한 고정원이 코앞으로 고개를 숙였다.

"근데 지금도 피하는 것처럼 느껴져, 난."

눈썹의 촘촘한 결이 보일 정도로 가까운 거리였다. 고정원의 태도는 장난스러운 것 같으면서도 그게 아니었다.

설마 떠보는 건가. 떠보는 거면 뭘 어떻게 해야 하나.

과부하에 걸려 있던 내가 대뜸 상체를 기울였다. 입술끼리 맞댔다. 최대한 조용한 접촉이었지만 소리가 났다. 쪽, 점막이 떨어지는 마찰음이 영화 사운드 새로 민망한 존재감을 드러냈다.

"이제 안 불안하지."

공공장소에서 할 만한 행동이 아니긴 했다. 하지만 이 상황을 풀 만한 다른 방법이 생각나지 않았다.

"……."

숨결은 닿아도 대답은 없었다. 쳐다보는 눈이 뭘 요구하는지는 적나라해져 있었다.

안 되는데.

이 이상 할 순 없었다. 상식적인 사람이라면 그래서도 안 됐다. 하지만 무슨 일인지 엄격한 마음은 오래 지속되지 못했다. 나는 홀린 것처럼 고정원에게 입술을 붙이고 있었다.

춥.

춥.

윗입술과 아랫입술을 차례로 빨았다. 안쪽으로 혀를 넣어 문지르고, 치열을 건드렸다. 혀와 입술은 적당한 세기로 잡아당겼다 풀어 주길 반복했다. 더운 숨이 올랐다. 하는 입장에선 야릇한 기분이 드는데 상대의 반응은 어째 시큰둥했다.

"이제 안 불안하지."

작게 헐떡이며 아까와 같이 물었다.

"……아직. 모르겠는데."

내리깐 목소리는 억누르는 것처럼 들렸다. 덤덤한 척하는 건지 정말로 덤덤한 건지 알 수 없었다.

"그만하자. 우리 영화 봐야 되잖아."

싫다는 것처럼 고정원이 다가왔다. 내 아랫입술을 물어 당겼다. 아. 아프진 않지만 엄살처럼 신음이 터졌다. 벌어진 입 속으로 혀가 들어왔다.

"하……."

입술이 떨어질 때마다 녹녹한 숨이 쏟아졌다. 불안했다. 주변을 살필 생각으로 눈을 떴다가 나는 깜짝 놀랐다. 뜬 눈으로 이쪽을 주시하는 고정원이 보였다. 원래 이렇게 쳐다보면서 하는 타입이었나.

고정원은 아예 방향을 틀었다. 잡고 있던 손을 풀고, 내가 앉은 좌석의 좌우 팔걸이를 각각 붙들었다. 입맞춤이 격렬해지면서 거의 내게 쏟아지듯이 무게를 싣고 있었다.

휩쓸려서 빨리고 빨아 댔다. 그러면서도 갈피를 못 잡았다. 고정원의 어깨를 붙잡다가 밀어 냈다가, 변덕스럽게 굴었다. 받아 주고 싶으면서도 여기서 이러면 안 된다는 생각이었다.

"응…… 으음……!"

전기가 통한 것처럼 발끝이 자지러졌다. 그만해야 되는데. 이제 진짜 안 될 거 같은데. 생각하는데 옷 속에 손이 들어왔다. 늑골을 매만진 손바닥이 위를 향했다. 굵은 손가락이 튀어나온 유두에 걸리자 의지와 상관없이 비명이 터졌다.

벌떡 일어나며 밀어 냈다. 손바닥과 어깨가 부딪치며 퍽, 하고 뭉툭한 소리가 났다.

"……."

일어서자마자 보이는 광경에 흠칫 어깨가 떨렸다. 객석 앞까지 소리가 들렸는지 몇 명이 이쪽을 돌아보고 있었다.

"나…… 화장실 좀."

고정원의 얼굴을 살필 여유도 없었다. 나는 어정쩡하게 구부린 자세로 도망치듯 상영관을 빠져나갔다.

복도 끝 화장실에는 아무도 없었다. 한 면 전체를 채운 대형 거울 앞에서 나는 어딘가 불편한 사람처럼 몸을 웅크렸다. 불편한 건 사실이었다. 유두가 바짝 섰고 아래는 살짝 젖은 감이 느껴질 정도로 발기해 있었다. 얇은 면을 들추고 울룩불룩 튀어나온 모양새들이 거추장스러웠다.

뭐 하고 있는 건가 자괴감이 들었다. 공공장소에서 선 넘는 행동을 한 것도 그렇지만 다른 의미로도 복잡한 심정이었다. 내가 하고 있는 모든 행동들이 질 나쁜 기만처럼 느껴졌다.

"아……."

고개를 꺾으며 탄식을 터뜨렸다. 이 상황의 발단이 된 메시지가 생각났기 때문이었다. 쥐었다가 다시 놨다가. 망설이던 끝에 나는 휴대폰을 꺼내 들었다.

"……."

[미안해요 형]

짧은 문자를 보자 고정원이 했던 말이 오버랩됐다.

'이희운이 너한테 왜 미안해?'

그 말을 들었으니 메시지 내용은 짐작하고 있었다. 미안해요 형. 실제로 보니 지나치게 간결해서 오히려 얼마나 미안해하고 있는지 알 것 같았다.

"으……."

현기증 때문에 주저앉았다. 이 모든 것들을 다 그만두고 내려놓고 싶다는 생각이 들었다. 전부 솔직하게 털어놓고 매달려서 빌고 싶었다. 그런 충동에 강렬하게 휩싸였다.

헤어지게 될까 봐 무서워서 그랬다고, 내가 앞으로 더 잘하겠다고. 고치라는 대로 고칠 테니까 한 번만 봐줄 수 없겠느냐고. 구차하게 비는 말들이 머릿속에서 쏟아졌다. 지금이라면 당장 무릎을 꿇어서라도 용서를 빌 수 있을 것 같았다.

하지만 기세 좋게 일어서자마자 발이 묶였다. 조금 전 상영관에서 극구 부정하던 내 말들이 생각나면서 어쩔 수 없었다.

말도 안 되는 생각.

미친 생각.

절대 있을 수 없는 일.

그렇게 표현하던 고정원의 말들도 떠올랐다.

"……."

족쇄를 차고 있는 것 같았다. 들키면 끝장이야. 어디선가 들리는 위협적인 경고에 압도당해 뒷덜미가 서늘해졌다.

"어떡하지. 어떡해."

중얼거리면서 뒷걸음쳤다. 텅 빈 화장실을 빙빙 배회했다. 산만한 배회가 어느 정도 끝난 뒤에는 평정심을 찾으려 노력했다. 손을 씻고 얼굴에도 물을 끼얹으며 정신을 되돌렸다. 너무 오래 자리를 비워도 이상하게 생각할 테니 슬슬 가 봐야 하는 시점이었다.

얼굴을 마구 닦아 내고 심호흡을 거듭했다. 똑바로 하면 된다. 나만 잘하면 된다. 혼내듯이 혹은 독려하듯이 중얼거리고 나서야 겨우 밖으로 나섰다.

"……."

출입구를 나서다 말고 나는 우뚝 멈췄다. 화장실 옆으로 이어진 복도 한쪽에 사람이 서 있었다.

"……언제부터 여기 있었어?"

안에서 혼잣말하던 게 들렸을까. 심장이 좁아붙는 것 같았다. 고정원은 묻는 말에 대답이 없었다. 여기까지 따라와 놓고는 가만 쳐다보기만 하는 행동 때문에 더욱 속이 타들어 갔다.

"그냥 안에서 기다리지 왜……."

탓하는 투로 말이 나갔다. 신경이 예민해지는 걸 느꼈다. 들키고 싶지 않은 게 있다 보니 작은 행동에도 곤두섰다.

"이희운하고 연락했어?"

고정원은 조금도 생각지 못한 말을 꺼냈다.

"……뭐? 아니."

황당해서 얼굴이 풀어졌다. 벽에서 등을 뗀 고정원이 손을 내밀었다.

"내가 봐도 돼?"

손이 내 휴대폰을 향해 있었다. 직접 확인해 볼 수 있겠냐는 태도였다.

"……."

얼떨결에 휴대폰을 내밀었다. 고정원은 그걸 받아 들었다. 그리고 내 앞에서 연락망을 하나씩 체크했다. 새로운 흔적이 없는 걸 확인하고 나서야 조용히 돌려주었다.

아무 일 없었던 것처럼 앞서가는 고정원의 뒤를 따랐다. 나는 휴대폰을 만지작거리며 왠지 모를 충격에서 벗어나기 힘들었다. 이상할 정도로 충격적이었다. 당연하다는 듯 검사하는 고정원이나 순순히 보여 주는 나나.

"어, 우리 여긴데……!"

들어가야 할 상영관 앞이었다. 스쳐 지나는 바람에 불러 세웠다.

"그만 보고 나가. 다른 짓만 하고 싶어지니까."

덧붙인 고정원은 무심하게 앞서나갔다. 나도 속으로 그 말에 동의하며 그 뒤를 따랐다. 더는 밀폐된 장소로 들어가고 싶지 않다는 생각이 들었다.

시네마를 벗어난 고정원의 기분이 한층 저조해진 걸 눈치챘다. 말을 걸어도 묵묵부답이었다. 단순히 생각에 잠긴 건지 고의적인 건지 구분이 어려웠다. 에스컬레이터를 타고 내려가는 동안 실없는 농담을 건네도 형식적인 웃음조차 볼 수 없었다.

"커피 마시고 들어갈까?"

"아니."

듣기 좋은 저음이 짧게 대꾸했다.

"그럼 뭐 더 먹고 싶은 거 없어? 내가 사 줄게."

"그럴 필요 없어."

심지어 이쪽을 보지도 않았다.

"……."

어디서부터 문제였던 걸까. 짚이는 게 너무 많았다. 작은 것들이 하나씩 쌓여서 이렇게 된 것 같기도 했다. 어쩌면 고정원도 속으로는 나를 불신할지 모른다는 생각이 들었다. 내 행동이 수상했던 만큼 의구심을 품는 게 어떻게 보면 당연했다.

그 부분은 어쩔 수 없지만…… 그래도 당장 기분은 풀어 주고 싶었다. 나를 향해 웃지 않는 고정원을 보는 게 괴롭기도 했다.

아, 쿠폰.

돌연히 준비했던 이벤트가 떠올랐다. 고정원을 주려고 만들었던 쿠폰이 마침 수중에 있었다. 나중에 주려고 계획하고 있었지만 이런 때라면 분위기를 풀기 좋을 것 같았다. 어떻게 주면 깜짝 놀래 줄 수 있을지 고민하다가 아이디어가 떠올랐다.

나는 고정원을 붙잡고서 말했다.

"잠깐만. 나 아무래도 커피 너무 먹고 싶어서. 잠깐만 들러도 돼?"

"그렇게 해."

승낙을 받고 카페로 향했다. 둘이서 뒤편에 있는 카페 안으로 순조롭게 들어섰고, 나는 메뉴판을 올려다보며 물었다.

"진짜 아무것도 안 먹어? 아, 에스프레소 마실래? 너 가끔씩 그거 마시잖아."

"그냥 너 먹고 싶은 거 시켜, 인휘야."

귀찮아하는 게 느껴졌다. 가슴이 싸해진 나는 고개를 주억거렸다. 별거 아닌 행동에 상처를 입는 게 스스로도 황당했다. 이게 뭐 상처받을 일이라고, 안면 근육이 경직되는 느낌이 들어서 일부러 더 크게 웃으면서 주문했다.

"아이스 아메리카노 하나요."

주문한 커피는 금방 나왔다. 나는 몰래 가방에서 꺼내 놓은 쿠폰을 컵홀더 위로 겹쳤다. 고정원은 연락이 왔는지 휴대폰 메시지를 확인하고 있었다. 그 모습을 보며 놀라게 해 줄 계획으로 호들갑을 떨었다.

"우와, 정원아, 이거 봐. 나 방금 여기서 엄청 좋은 쿠폰 받았어."

"……."

"완전 너 쓰라고 만들어진 거 같은데? 이거 봐 봐."

앞으로 쿠폰을 내밀었다. 동시에 어디선가 진동음이 들려왔다.

"……잠시만."

전화를 받으며 고정원이 양해 구하듯 손바닥을 들어 올렸다. 하필이면 그 손바닥에 무턱대고 들이댄 쿠폰이 부딪히고 말았다. 열 장이나 되는 쿠폰이 우수수 바닥으로 떨어졌다.

'네, 말씀하세요' 전화를 받는 목소리가 어렴풋이 멀어져 갔다. 나는 사방으로 흩어지는 쿠폰을 쫓아 허리를 숙였다.

"뭐야, 이거?"

사람들이 피식피식 웃는 소리가 들려왔다. 뒤에까지 종이가 날아간 듯했다. 안에 적힌 내용이 내용인 만큼 이대로 사라지고 싶었다. 모른 척하고 나갈까. 충동이 들었지만 고개를 숙인 채로 가서 냉큼 주웠다.

"여기요."

다 주운 줄 알았는데 하나가 불쑥 내밀어졌다. 나는 벌게진 얼굴로 꾸벅 숙이며 건네받았다. 백지 부분이 위였으면 좋았으련만 '뭐든지 OK 쿠폰'이라고 손수 적은 글자가 보이고 있었다.

진땀 나는 시간이었다. 쏟아진 열 장을 모두 회수하고 나니 후끈 식은 땀이 뺐다. 차가운 커피를 단숨에 비워 버리고 밖으로 나섰다.

"아까 뭐 주려고 한 거야?"

막 통화를 끝낸 고정원이 나를 보며 물었다.

"……아냐, 암것도."

열기 스민 목덜미를 문지르며 어물쩍 넘겼다. 다시 꺼낼 엄두가 안 나다음 기회에 줘야 할 것 같았다.

"그래."

대꾸하는 고정원은 별로 관심 없는 느낌이었다. '내려갈까' 말해 놓고 긴 다리로 훌쩍 앞서가기에 나는 황급히 쫓아갔다.

"……누구한테 온 전화였어?"

"아버지."

"아……."

자세히 물을 수 없는 분위기였다. 왠지 아까보다도 안색이 나빴다.

"……아!"

느닷없이 어깨가 뒤로 밀리며 통증이 일었다. 누군가와 부딪친 걸 알고 연신 죄송하다 고개를 숙였다. 추스르고 다시 앞을 보니 고정원은 저만치 앞서가고 있었다.

"……."

보호자를 놓친 애처럼 조바심 내며 쫓아갔다. 인파 속에서 따라오든 말든 나를 챙기지 않고 가는 고정원의 모습이 너무 낯설었다. 이런 적은 사 권 이후로 처음인 것 같았다.

"같이 가."

가까스로 걸음을 맞춰 나란해졌다. 거리를 떨어뜨리고 싶지 않아서 나는 용기 내 고정원의 팔꿈치를 붙들었다. 쳐다보기라도 할 줄 알았던 고 정원은 큰 보폭 그대로 걷기만 했다. 서운해서 슬쩍 팔짱으로 바꿔 봤다. 여전히 신경 쓰지 않길래 최종적으로는 대담하게 손을 잡았다.

지나치는 사람들의 시선이 느껴졌다. 남들만 우리 손을 신경 쓰고 정작 고정원은 자기가 잡힌 줄도 모르는 사람처럼 굴고 있었다. 맞잡은 손은 곧 떨어질 듯 헐거웠다.

끔찍한 초조함을 무시하려고 애썼다. 이럴 때일수록 침착한 게 좋다는 걸 알았다. 감정적으로 굴면 후회만 남고 어긋나기 쉬운 법이었다.

"······기분이 안 좋은 거야? 어디 아픈 건 아니지?"

잡은 손을 흔들면서 말했다. 내가 할 수 있는 가장 간질거리는 말투였다. 고정원은 그제야 나를 쳐다보았다. 내려다보고선, 잘 들리지 않는 크기로 대꾸를 했다.

"신경 쓸 거 없어."

"······."

가슴이 차갑게 식었다. 자주 하던 말인데도 표정과 말투가 다르니 이렇게 선 긋는 것처럼 들릴 수가 있었다.

지하 주차장까지 몇 층 남아 있지 않았다. 조금만 더 내려가면 되는 상황이었다. 나는 '잠깐만' 하고 충동적으로 고정원을 이끌었다. 향한 곳은 부출입구였다. 밖으로 나가자 지상으로 연결되는 계단과 함께 정원 같은 협소한 공간이 나왔다.

외진 곳에서 다짜고짜 고정원을 끌어안았다. 고정원을 바깥에 세우고 안쪽에 내가 들어선 구도였다. 체격 차이로 가려지기 때문에 우리는 가끔씩 밖에서 이런 식으로 스킨십을 했다.

"정원아."

부르며 가슴팍에 얼굴을 묻었다. 좋은 냄새를 들이켜면서 등을 어루만졌다.

"너 왜 그래······."

"······."

무서워서 더는 아무렇지 않기가 힘들었다. 내가 저지른 잘못도 무서웠고 무엇보다 고정원이 평소와 다르게 구는 게 무서웠다. 가식이라도 좋으니까 다정하게 대해 줬으면 하는 생각이 들 정도였다.

"자기야."

평소처럼 좋아해 주길 기대하며 낯 뜨거움을 무릅쓰고 불렀다. 그런데 뱉어 놓고 보니 너무 무뚝뚝했다. 그 상태에서 얼굴을 들어 올려다봤다. 한 번 더 나직하게 속삭였다.

"응? 자기야……."

감정이 담겨선지 부르는 것만으로 애틋한 기분이 들었다. 바투 붙인 몸에 체온이 오르며 근육들이 수축했다. 의도치 않게 몸을 비비적거린 것처럼 돼서 약간 민망했다.

"……."

얼마간 반응이 오지 않았다. 조금씩 걱정이 스미기 시작할 무렵이었다.

"……하."

고정원이 고개를 돌리며 헛웃음을 뱉었다.

아까와는 다른 의미로 근육이 조였다. 나는 멍청하게 입 벌린 채 올려다봤다.

"너 지금…… 네가 어떻게 보이는지 모르지."

"……어?"

닿는 시선이 형용할 수 없이 이상야릇했다. 이런 표정을, 이런 목소리를 나한테 왜 내는 건지 몰랐다. 발가벗기는 듯한 시선에 냉기와 소름이 번갈아 내달렸다.

"다른 남자 집에서 태연하게 자기야 불러 가며 안심시키고."

"……."

"밖에서 또 아무렇지도 않게 자기야, 몸 달은 것처럼 아양 떠는 거."

"……"

"솔직히 좀 낯선데."

머리가 하얘졌다. 우발적으로 한 걸음 물러나자 무방비했던 팔뚝이 콱 붙들렸다.

"근데 기막힌 건 내가 그때마다 휘둘린다는 거야."

"어……"

신음처럼 목울음이 새어 나갔다.

"인휘야, 네가 그럴 때마다……"

"……"

"내가 정신을 못 차려."

……아.

발이 어딘가로 움푹 빠질 것 같았다.

"어제 너 어디 있었는지 알아."

쿵, 하고 귓가가 울리며 상체가 휘청였다. 심장이 떨어진 건지 내가 떨어진 건지 헷갈릴 정도였다. 덜덜거리며 몸 전체가 흉하게 떨리기 시작했다.

"거기서 뭐 했어?"

바람피운 거냐고 묻는 듯한 추궁에 머릿속이 무너졌다.

"내가 거기 왜 갔냐면……"

횡설수설하면서 설명을 시작했다. 이희운이 내게 했던 배려와, 내가 도와줄 수밖에 없었던 상황들. 어떤 흐름으로 이희운네 집까지 가게 됐는지, 이유를 들어 최대한 합리적으로 말하려 애썼다. 중간중간 사과도 했다. 했던 말을 하고 또 하면서 순서가 뒤엉키는 것 같았다. 무슨 말을 어떻게 하고 있는 줄도 모르겠어서 그저 빌고 또 빌었다.

"그래서 키스했어?"

키스라는 단어에 발작하듯 터졌다.

"아니! 아니야, 그런 거 아니야."

왈칵 눈물이 터졌다. 원하는 대로 말이 제대로 나오지 않아서 애탔다.

"나는, 정말로 사고 때문에 갔다가…… 너한테 거짓말하려고 그런 게 아니라……."

"그거 알아?"

고정원은 끝까지 듣지 않고 끼어들었다.

"나는 네가 이희운 대신 다친 게 네가 당한 짓만큼이나 화가 나."

"……."

"둘이 왜 그렇게 애틋하지."

"그런 거 아니야!"

머리가 흔들릴 정도로 크게 외쳤다. 여기가 밖이라는 걸 재차 인식하고 나서야 소리를 낮췄다.

"정말 아니야, 그런 거. 나는 이희운이 나를 따르고 그냥 친동생 같아서 챙긴 거지 애틋하고 말고 할 것도 없는데……. 정원이 너가 하라는 대로 다 피하다가 어제만 어쩌다……. 믿어 주면 안 될까? 정말, 다 사고였어 그냥. 내 의지랑 상관없이 일어난 사고는 나도 어쩔 수가 없잖아."

"확실해? 키스도 사고인 거?"

나는 턱이 빠져라 끄덕거렸다.

"내가 일어섰는데, 아니다, 바닥에서 쉬고 있었는데 그때 갑자기……."

"얼마나."

뭘 묻는 건지 알아듣지 못하다가 서둘러 답했다.

"그냥 몇 초간?"

"상상하면 돌 거 같으니까 네 입으로 설명해. 어디까지 어떻게 했는지."

"이, 입술을 빨아 당겨서, 내가 바로 밀치고······."

"옷 벗겼어?"

낮게 윽박지르며 고정원이 나를 가까이 끌었다. "그래?" 아프게 쥐어 오는 힘과 흥분한 숨결이 느껴졌다.

"그런 일 없었어 진짜로. 그냥 내가 밀어 내고 때려서, 때리고 나는 곧장 뛰쳐나와서······."

말을 끝맺기도 전에 고정원이 움켰던 내 팔을 놓았다. 돌아서서 빠르게 걷는 뒷모습은 분노에 휩싸인 사람처럼 보였다. 나는 불안정한 걸음으로 뒤쫓았다.

"저, 정원아."

맨날 나란하던 걸음이 오늘따라 너무 빨랐다.

"어디 가······!"

부르자 계단을 향하던 고정원이 휙 돌아보았다.

"너 지금 이러는 이유에 이희운도 포함되는 거면 확실하게 말해. 이희운한테 갈까 봐 걱정하는 것처럼 보이는데 내가 맞게 이해했어?"

차분한 분노가 느껴졌다. 나는 넋이 나가서 올려다보았다.

"······그런 생각 한 적도 없어."

이마에 불거진 핏대가 보였다. 한창 섹스 중에 튀어나오던 것보다 위협적으로 두드러져 있었다. 고정원이 제 큰 손으로 눈가를 가리자 터질 것 같던 혈관도 가려졌다. 한숨을 내쉬고 손을 떼어 냈을 땐 그새 눈자위가 충혈돼 있었다.

"집에 가서 기다려."

"같······이, 같이 가 나도."

닿을 듯 말 듯 슬며시 팔을 붙들고 부탁했다. 떨어지고 싶지 않았다.

화내도 좋으니까 같이 있고 싶었다.

"그냥 말 들어."

고정원은 그런 내 손을 붙잡아 제자리에 돌려놓았다. 나는 위축되면서도 지지 않고 거듭 고정원의 팔에 손을 올렸다. 제발, 하고 다그친 고정원이 완전히 지친 기색을 내비쳤다.

"이러다 정말 정신 나간 짓 할 거 같아."

그러니까…….

"가, 인휘야."

"……."

거스를 수 없는 명령을 받고 제자리에 묶였다. 고정원이 계단을 올라 모습을 감출 때까지, 나는 저주에 걸린 것처럼 꼼짝도 할 수 없었다.

* * *

벌을 받는 것 같다는 생각이 들었다. 예전에 내가 싸우면서 했던 나쁜 행동들을 이제 와서 돌려받는 것 같다는. 그런 불길하고도 서글픈 생각이 지워지지 않았다.

그때는 이해되지 않았다. 나는 터질 것 같은 머릿속을 정리하기 위해 거리를 두고 싶을 뿐이었다. 고작 며칠을 못 참아서 미행하고 강제적으로 약속을 어기고……. 고정원의 그런 행동들은 감정싸움에서 우위를 차지하고 싶을 뿐이라고 여겨졌다.

고정원은 그때 어떤 기분이었을까. 이렇게 미칠 것 같았을까. 이렇게 정신이고 몸이고 너덜하게 뜯겨 나가는 것 같은 심정이었을까.

"읏……."

멀어지는 뒷모습을 쫓으며 애가 끊었다. 기절할 지경이었다. 속이 문드러진다는 말의 실제적인 의미를 알 것 같았다. 정말로 아프게 문드러지고 있었다.

아…….

사람들 사이로 조금만 가려져도 안타까웠다. 목을 한껏 뺐다. 한눈팔다 행방을 놓치는 일이 없도록 집중했다. 남들보다 넓은 등은 찾기는 쉬웠지만 속도 차로 거리가 좁혀지지 않고 있었다.

"정원아……. 정원아……."

혼자만 들릴 목소리로 쉼 없이 불렀다. 내 의지와는 상관없이 기도를 외듯 중얼거리게 됐다. 누군가와 어깨를 부딪쳤을 때도 멈춰지지 않았다. 뭐야, 불쾌하게 내뱉는 사람을 보지도 않고 죄송하다 중얼거리며 고정원만 쫓았다. 이러다 아주 놓쳐 버릴 것 같은 두려움 때문에 제정신이 아니었다.

그나마 다행인 건 차에 타지 않았다는 점이었다. 고정원은 밖으로 나와 무턱대고 앞으로만 나아가고 있었다. 목적지가 있다기보다는 폭주하듯 닿는 대로 걷는 것처럼 보였다.

열심히 뒤따르던 중 사거리에서 발이 묶였다. 고정원은 이미 저만치 멀어지고 있었다. 차들이 연달아 지나치며 앞을 가로막았다. 나는 초조하게 발을 구르다 차들이 지나간 횡단보도를 무단으로 건넜다.

쫓으면서도 쫓기는 것처럼 불안했다. 사라졌을까 봐 무서웠는데 고정원은 다행히 보이는 곳에 머물러 있었다. 얼마 떨어지지 않은 횡단보도였다. 가만히 신호를 기다리는 모습을 보며 바짝 목구멍이 조였다. 눈에 보이는데도 없어질 것처럼 불안해서였다. 겨우 따라잡았을 때는 헉헉거리며 숨이 찼다.

"……원아."

개미 목소리로 불렀다. 부르고 나서 팔에 손을 올렸다. 몇 번이나 주저하다가 취한 행동이었다.

"나 좀, 봐 줘."

소맷자락을 내 쪽으로 잡아당겼다. 우두커니 서 있던 고정원은 성가신 듯 손길을 걷었다. 매달려 있던 손이 초라하게 떨구어졌다.

다시 시도해도 결과는 같았다. 눈앞에 선 건장한 몸은 마치 거대한 벽 같았다. 그 자체로 거절을 표시하고 있는 것처럼 보였다.

"……."

자극해 봤자 상황이 악화될 뿐이었다. 매달리기보다는 하라는 대로 떨어졌다가 가라앉은 뒤 대화든 사죄든 하는 게 가장 좋은 방법인지도 몰랐다. 나로서도 그런 이성적인 생각은 들었다. 하지만 실제로 그렇게 해야겠다는 마음은 조금도 생기지 않았다. 머릿속엔 온통, 여기서 놓치면 큰일이라는 생각뿐이었다.

좀만 더 쫓아가면. 좀만 더 용서를 빌면. 그러면 고정원이 마음을 풀고 나를 안아 줄 것 같은 희망도 있었다. 그런 간사한 마음이 드는 건 현실 부정이기도 했다. 나는 고정원이 이렇게 나를 외면하고 거절하는 게 믿기지 않았다. 직접 보고 겪으면서도 잘 믿어지지 않았다. 아무리 겪어도 익숙해질 수 없을 것 같았다.

"……."

손을 쳐다보다가 팔을 뻗었다. 이번에도 거절당할 걸 예상하고 한 행동이었다. 커다란 손에 내 손을 살짝 넣었다. 좁은 면적을 움켜쥔 손이 수전증처럼 떨렸다.

민망할 정도의 손 떨림 때문인지, 고정원은 가만히 있었다. 내치지 않는다고 해도 여전히 거절처럼 느껴졌지만 그래도 괜찮았다.

신호가 초록색으로 바뀌었다. 닿아 있는 안도감을 느낄 새도 없이 고정원은 긴 다리로 훌쩍 앞섰다. 내가 있다는 걸 전혀 모르는 듯한 태도였다. 미약하게나마 부풀었던 희망이 우스울 정도로 쉽게 꺼졌다.

빠른 걸음에 뒤처지지 않으려고 애썼다. 고정원이 여유 있게 몇 걸음 나아갈 때 나는 뛰다시피 해야 속도를 맞출 수 있었다.

"잠깐, 잠깐만. 나 할 말 있는데⋯⋯."

막 들어선 골목에서 입을 뗐다. 크게 부르지 않아도 들릴 만한 간격이었다. 주변에 소란한 방해물은 아무것도 없었다.

"할 말 있다고, 정원아."

대담하지 못한 목소리가 떨리기까지 했다. 무시와 거절이 주는 타격을 몇 번이나 겪은 탓에 겁먹을 수밖에 없었다.

"⋯⋯."

안 들리는 건가 싶게 무반응이었다. 다가가서 냅다 손을 잡았다. 남들 앞에서 할 만한 행동은 아니었지만 오늘은 벌써 몇 번이나 하고 있었다.

"너 걸음 원래 이렇게 빨랐어? 진짜 쫓아가기 힘들⋯⋯."

끝까지 내뱉기도 전이었다. 손이 풀렸다. 걸음을 멈춘 고정원이 나를 내려다봤다.

"뭐 해, 너 지금."

"⋯⋯."

웃으려고 했다. 그러나 힘준 입술에 경련만 일었다. 기습당한 것처럼 아무 말도 안 나와서 그냥 올려다봤다. 마주 보고 있는 몇 초가 박제된 것처럼 길었다.

"그만 따라와."

짧은 경고를 남기고 고정원은 돌아섰다.

"⋯⋯."

따라가야 되는데.

생각하면서도 자리에 박혀 있었다. 더 차가운 눈초리를 받으면 어떡해야 할지. 이것보다 더 낯선 모습을 보게 되면 어떡할지. 생각하자 뒤따라갈 기세가 단번에 꺾였다.

가까스로 정신을 차리고 나서야 뛰어갔다. 여기서 고정원을 놓치는 것보다 무서운 건 없다고 생각하니까 또 쫓아갈 힘이 났다.

그새 어디로 사라진 건 아니겠지. 안달하며 내다보자 김빠질 정도로 쉽게 포착됐다. 고정원이 키가 커서 오늘만큼 다행인 적이 없었다. 훌쩍 뛰어나온 뒷모습을 지표 삼아 주저 없이 나아갔다.

제법 거리를 좁혔다. 가까워졌지만 애타는 마음은 여전했다. 어디까지 갈 생각인지 궁금했다. 내가 지금 따라가고 있는 건 알고 있는지. 아니면 알고 있어서 이러는 건지. 고정원의 생각은 가늠도 안 되고, 허덕이며 쫓는 일은 끝이 보이지 않았다.

그러다 순간적으로 발목을 접질렸다.

"……으악!"

층계가 꽤 남은 계단에서 호되게 엎어지고 말았다. 고정원만 보며 부주의하게 걷던 게 사고 원인이었다. 화려하게 나동그라진 탓에 모두 이쪽을 주목했다. 계단을 오르던 사람들, 앞을 지나치던 사람들.

그 사이에서 고정원만 유유히 나아가며 돌아보지 않았다.

"……."

추하게 넘어졌으니 차라리 안 본 게 낫다. 자위하듯 생각하며 엎어진 몸을 일으켰다. 시멘트 바닥에 쓸린 무릎이 쓰라려 끙, 앓는 소리가 났다.

손바닥도 무릎도 까진 상처로 피가 스몄다. 사람들로부터 계속해서 쏟아지는 시선과 관심이 느껴졌다. 창피했지만 먼지만 털어 내고 일어나 걸음을 재촉했다. 아파 죽겠는데 아파할 시간도 정신도 없었다. 고정원을 놓치면 안 됐다.

절뚝거리다가 나중에는 멀쩡하게 걸었다. 대로를, 골목을, 횡단보도를, 공원을. 많은 곳을 지나쳐 갔다.

고정원의 걸음은 처음보다 많이 느려져 있었다. 그래서 나도 조금이나마 더 수월하게 거리를 좁힐 수 있었다. 뒷모습이라도 기색을 살피며 걸을 수 있는 게 지금으로선 고마운 일이었다.

넘어질 때 다친 부위들이 욱신거렸다. 아마 지금 고정원은 이런 하찮은 상처와는 비교도 안 될 정도로 아프겠지 싶었다.

"……정원아."

북받치는 감정을 억누르지 못해서 불렀다.

"고정원!"

크게 부르자 지나치던 사람들이 돌아봤다. 고정원만 아무것도 들리지 않는 듯 걸어갈 뿐이었다. 기죽을 만큼 완벽한 뒷모습을 보며 공기가 차단된 것 같았다. 아득하고, 막막했다.

오늘따라 날씨가 유난히 좋았다. 공기는 맑고 하늘은 화창했다. 주말의 번화가는 채도 높은 풍경들 속에서 평화로운 소음들로 가득 차 있었다. 일상적인 경치와 소리와 냄새들이 우리를 스쳐 지나갔다.

"나는……."

갈라지는 목소리였다. 잠긴 목을 조용히 가다듬었다. 나는……. 뒷말이 잘 나오지 않아 똑같은 소리를 한 번 더 반복하게 됐다. 땀인지 눈물인지, 얼굴에 묻은 정체불명의 물기를 닦아 내며 다시 입을 벌렸다.

"나는 진짜 너 사랑해."

주위에 누가 있건 말건. 혐오스럽게 보건 말건. 늘 신경 쓰던 타인의 시선 같은 게 처음으로 안중에도 안 들어왔다. 다른 사람들이 나를 어떻게 생각하든 정말로 하나도 상관이 없었다.

"⋯⋯너무 많이 사랑해."

속 타고 애처로운 기분이 들었다. 제대로 알려 주고 싶은데. 뻔한 말들과 볼품없는 표현들만 나와 힘없이 흩어졌다. 마음을 똑바로 표현할 수가 없었다.

그때 고정원이 우뚝 멈춰 섰다.

놀란 나도 멈춰 섰다. 전방만을 주시하며 뜨겁게 타는 입술을 열었다 닫았다 했다.

감정을 삭이는 걸까. 등이 느리게 부풀었다 꺼지는 게 보였다. 나는 아주 미묘한 변화도 놓치지 않으려고 온 신경을 끌어모았다. 눈시울이 다 시큰했다.

제발. 제발 한 번만.

끓는 감정을 삼키며 속으로 부탁했다. 고정원은 아직 그 자리 그대로였다. 금방이라도 이쪽을 돌아볼 것 같아서 울렁거렸다. 손을 꽉 쥐고 있다가 참지 못해 한 발자국 다가갔다.

하지만 모든 건 간절함에서 비롯된 착각일 뿐이었다. 고정원은 끝내 돌아보지 않았다. 넓은 어깨가 사람들 틈을 비집고 들어가며 시야에서 가려졌다.

"⋯⋯."

땅에 붙들린 것 같았다. 아주 땅속으로 처박힌 게 아닌가 싶을 정도로 조금도 움직여지지 않았다. 고정원의 뒷모습이 모퉁이를 돌아 보이지 않게 됐다. 그걸 지켜보면서도 나는 자리에 서 있었다.

계속 그렇게 있었던 것 같다. 사람들의 방해물이 된다는 걸 깨닫고 구석을 향했다. 거기서도 가만히 서 있는 게 전부였다. 눈을 뜨고 있어도 시야에 맺히는 상은 사람도 풍경도 아니었다. 앞을 보고 있었지만 인상들이 흐릿했다. 아무것도 안 보고 있는 상태나 다름없었다.

아.

갑작스레 한기 같은 차분함이 찾아왔다. 고정원이 나한테 아주 많이 화났고, 어쩌면 이미 정떨어졌을 수도 있다는 현실이 조금씩 받아들여지는 듯했다.

쫓아가서 빌고 싶은 마음은 여전했다. 그런데 그럴 수 없었다. 정말로 딱 한 번만 더 거절당하면 그때는 감당할 수 없을 것 같았다. 어쩌면 진심으로 죽고 싶어질지도 몰랐다.

죽고 싶다니. 미쳤다고 생각하며 고개 저었다. 내가 얼마나 나약해져 있는지 알 것 같았다.

긍정적인 방향으로 사고를 몰아갔다. 헤어지자는 말을 들은 것도 아니었다. 지금은 감정이 격해져서 그렇지 차차 풀어질 거라 생각하기로 했다. 애써 좋은 방향으로 생각하니 숨 쉬는 게 편해지는 느낌이었다.

서 있던 곳을 벗어났다. 왔던 쪽을 향해 거슬러 올라갔다. 이제, 고정원이 했던 말대로 집으로 가서 기다리는 것밖에 할 수 있는 일이 없었다.

가까운 역을 찾아보려 했다. 휴대폰을 켰는데 불현듯 어지러웠다. 기진맥진한 것처럼 팔다리에 힘이 없었다. 나는 본능에 이끌리듯 이어진 골목으로 터덜터덜 들어갔다. 그리고 아무 데나 구석진 건물의 외곽에 걸터앉았다.

"후……."

쉬다 일어날 생각으로 벽에 머리를 기댔다. 녹녹한 피로감이 몰려와 눈을 감았다. 무릎을 가슴에 붙여 옹송그렸다. 얼굴을 파묻자 왠지 안락하게 느껴졌다.

용서가 안 된다고 하면 어떡하지. 그동안은 콩깍지가 씐 거고 이번 일로 벗겨지게 된 거면. 그래서 내가 싫어졌으면 어떡해야 하지.

밀려드는 생각만으로 끔찍했다. 나는 손안의 팔을 힘껏 쥐었다.

집에 가자. 얼른 가서 고정원이 올 때까지 기다리자. 그래서 고정원이 오면 문 앞에서 맞아주자.

의지를 다지면서도 몸은 자리에 그대로였다. 근육이 빠져나간 것처럼 힘이 들어가지 않았다.

"……."

한동안 쭉 그러고 있었다. 무기력한 상태가 이어졌다. 얼마나 지났는지 어렴풋이 느껴졌지만 행동을 취하지는 못했다. 머릿속은 흐름이 끊긴 것 같았다. 움직이는 것보다 아무것도 하지 않고 시간을 버리는 쪽이 쉬웠다.

속절없이 시간들이 지나갔다. 어느덧 피부에 닿는 바람이 서늘해져 있었다. 웅크린 자세로 있었던 만큼 등이 뻐근해진 것도 느꼈다. 그 통증만으로 얼마나 오래 버티고 있었는지 짐작이 갔다. 고개를 들자 거리는 붉게 해가 저무는 중이었다. 정말로 일어나지 않으면 안 되는 때였다.

집에 가도 되는 건가.

가야겠다 했던 의지가 이제는 의구심으로 바뀌어 있었다.

"……."

툭툭, 어깨를 두드리고 일어났다. 가벼운 스트레칭으로 뻐근함을 달랬다. 갑자기 불안감이 가슴께를 가로지르기도 했다. 고정원이 집에 먼저 와 있으면 어쩌나, 걱정이 든 까닭이었다. 마음이 조급해지자마자 잽싸게 건물을 빠져나갔다.

골목에 진입한 후였다. 누군가와 부딪쳤고, 나는 죄송하다는 뜻으로 고개를 숙였다. 가 보려는데 팔이 아플 만큼 세게 붙잡혔다. 놀라서 돌아보자 기우뚱, 몸이 쏟아졌다.

엄청난 힘이었다. 어어어, 하며 부지불식간에 딸려 가고 있었다.

"……."

잔뜩 굳어진 입매가 보였다. 그리고 날카로워진 눈매도. 나는 고정원을 허상 보듯이 봤다. 어떻게 여기 있을 수 있는지 이해되지 않았다. 갔다가 되돌아온 건가. 설마 이 주변에 계속 있었던 건 아닐 텐데. 우연히 마주친 걸까. 여러 가정이 떠올랐지만 무엇 하나 명확하지 않았다.

하늘은 노을로 물들었고, 우리는 왔던 거리를 되돌아가고 있었다. 처음에는 끌고 가듯 하던 고정원도 지금은 손을 붙들고 있었다.

"……."

나는 잡고 있는 손을 내려다보았다. 이 장면이 굉장히 감격적으로 느껴졌다.

"타."

붙잡힌 손에 정신이 팔려 있는데 고정원이 명령했다. 앞을 보니 택시한 대가 멈춰 서 있었다. 고정원은 열린 문으로 나를 먼저 태웠다. 그리고 차에 올라 'A타워 앞으로 부탁드립니다' 하고 행선지를 말했다.

푹신한 시트가 등에 닿자 어깨에 힘이 빠졌다. 왔을 때처럼 한참을 걸어서 되돌아갈 줄로만 알았다.

택시가 출발하고, 막힌 걸 감안해도 빠르게 목적지에 도착했다. 차로 이동해 보니 상당히 가까운 거리였다. 걸어서 쫓아갈 때는 정말로 먼 거리처럼 느껴졌었기 때문에 어쩐지 허무하기도 했다.

곧장 쇼핑센터의 주차장으로 향했다. 그제야, 우리 차에 탈 수 있었다. 차에 오름과 동시에 익숙한 냄새들이 반겨 주었다. 가죽 시트 냄새, 차량용 방향제 냄새. 그 익숙함에 안심이 됐다. 길었던 하루를 마무리하고 집으로 돌아간다는 실감이 났다.

그러나 그런 기분도 오래 못 갔다.

차는 집이 아닌 다른 방향으로 빠지고 있었다. 고속도로를 타고 막힘없이 달리는 차 안에서 나는 당혹감을 느꼈다.

"……."

말을 꺼내기 어려웠다. 운전하는 옆모습을 살피듯 힐끔거렸다. 전방을 향한 무감한 눈과 아직까지도 굳게 당겨진 턱이 보였다. 차 내부는 낮은 주행음만 울렸다. 라디오나 음악 같은 소음이 없어 숨소리를 내는 것도 거북했다.

물어볼까 어떡할까. 고민하다가 방금 막 이상함을 깨달은 척 능청스럽게 물었다.

"어, 왜 우리 여기로 왔지? 이쪽 집 가는 방향 아니지 않아?"

"……."

몇 분을 기다려도 묵묵부답이었다. 더 물어서 보채 봤자 아무런 말도 해주지 않을 것 같은 예감이 들어 나도 입을 다물었다.

차 안은 고요했다. 주행하는 동안 고정원은 소리라는 걸 내지 않았다. 자동으로 운전되는 차 안에 혼자 있는 게 아닌가 착각이 들 정도였다. 정말 무서울 정도로 조용해서 숨도 안 쉬는 것처럼 느껴졌다.

나는 흐리멍덩하게 창밖을 내다봤다. 무념무상이었다. 한계 지점을 넘어 탈진된 건지, 감정에 쏟을 기운이 남아 있지 않았다. 그저 멀뚱멀뚱 스치는 경치를 바라보았다.

울창한 산림이었다. 마지막으로 눈에 담았던 장면. 잠든지도 몰랐다가 깜빡 눈을 뜨자 창밖 경관이 바뀌어 있었다. 언제 이렇게 구석까지 온 건지 몰랐다. 지나고 있는 곳은 전원 풍경의 좁은 도로였고, 바다가 가깝게 펼쳐져 있었다.

밤이 되어 어둑어둑했다. 밖을 살피다 말고 나는 밑이 아릿한 걸 느꼈다. 오줌이 꽉 찼다는 신호였다. 중간에 화장실 한 번 들르지 않았으니 마렵지 않을 리 없었다.

"……."

고정원은 묵묵히 운전을 계속하고 있었다. 오줌보가 터질 것 같은 지경인데도 세워 달라 소리가 안 나왔다. 다리에 힘을 주고 발을 초조하게 문질렀다. 손바닥을 손톱으로 꾹꾹 누르며 참다가 정말 일 치르겠다 싶어 입을 열었다.

"저, 나, 화장실 좀……."

한적한 시골길이라 차는 무리 없이 세워졌다. 나는 안전띠를 풀고 후다닥 내려갔다. 허겁지겁, 풀밭을 향해 서서 벨트에 손댔다.

팔부터 손가락까지 저릿했다. 잘 때 베고 잔 영향이었다. 둔해진 손끝이 말을 듣지 않아 잘 풀어지지 않았다. 이러다 지릴 것 같다고 생각한 때 고정원이 다가왔다. 손을 뻗은 고정원은 능숙하게 벨트와 버클을 풀고, 내가 어찌할 바 모르는 사이 성기를 꺼냈다. 붙들어 조준까지 시켜 주었다.

더는 못 참았다. 방광에 가득 차 있던 소변이 우렁찬 소리로 터져 나왔다.

"……웃."

입술을 말고 시선을 피했다. 차의 전조등 빛 때문에 별로 보고 싶지 않은 것들이 너무 잘 보였다.

가뜩이나 많은 양은 오래도 나왔다. 마지막 한 방울까지 배출되자 불가항력적으로 발끝까지 진저리 쳤다. 밀착한 온기가 한층 더 선명하게 느껴지는 순간이었다.

갈무리하고 옷을 정리시킨 고정원은 내게서 몸을 떨어뜨렸다. 나는 고개를 떨군 채 소름 돋은 팔뚝을 문질렀다. 여러 가지가 혼합된 복합적인 감정이 스쳤다. 가끔, 고정원이 이런 식으로 배뇨 활동까지 간섭할 때마다 그랬다. 나로서는 어떻게 해야 할지 모르겠는 기분이었다. 당황스럽기도 하고, 어쩔 땐 짜증스럽기도 했다.

"……."

근데 이번만큼은 낯 뜨겁긴 해도 싫지는 않았다. 무시받기만 하다가 다시 관심을 받은 게 기뻐서인지 심지어 약간 들뜨기도 했다. 오줌 뉘어 준 걸로 이렇게까지 기분 좋아지는 게 내가 봐도 한심하다 싶으면서도 어쩔 수 없었다.

조금 기가 살아서 물었다.

"우리, 지금 어디 가는 거야?"

"……."

"운전…… 힘들 텐데. 괜찮은 거야? 힘들지는 않고?"

고정원은 차 문에 기대서 있었다. 연거푸 묻는 내 쪽으로 시선을 던졌다. 하지만 어떤 대꾸도 하지 않았고, 조용히 운전석에 올라탔다.

그걸 보는데 속이 급격히 나빠졌다. 왜 이러나 싶게 등줄기가 식고 땀이 났다. 알 수 없는 울렁거림이 심해지고 있었다. 차멀미를 하진 않았던 것 같은데.

"욱, 웩……!"

쭈그려 앉아 구역질하자 시큼한 위액만 쏟아졌다. 차 문을 열고 나온 고정원이 옆으로 다가왔다. 몇 번 더 헛구역질을 하자 등을 두드려 주었다. 아무것도 안 나올 때까지 내 등을 토닥거렸다.

"다 했어?"

묻는 말에 끄덕거렸다. 손등으로 입가를 훔쳤다. 몸을 일으키는데 다리 힘이 풀렸다. 비틀거리는 나를 고정원이 붙들어 주었다. 나는 기회를 놓치지 않고 품 안에 파고들었다.

"미안해."

감정을 억누르는 목구멍이 따끔따끔했다. 잠자코 있던 고정원은 감긴 내 팔을 떼어 내려 했다. 기척을 느낀 내가 힘주어 파고들었다. 단단한 가슴팍의 감촉이 애틋하고 아쉬웠다. 그래서 할 말을 정리할 새도 없이 비위 맞추듯 구차하게 굴었다.

"내가, 내가 어떻게 하면 돼? 말만 해 주면 다 할 테니까, 할 수 없어도 할 테니까 그러니까……."

"……."

"헤어지자고만 하지 마."

아.

말해 놓고 상기했다. 내가 예전에 고정원한테 헤어지자고 한 적 있다는 걸. 싸우는 와중에 한 말이라 진심은 아니었지만 어떻게 그런 말을 그리 쉽게 할 수 있었나 싶었다.

"제발……. 어?"

무서워서 요동치는 감정을 느꼈다.

"내가 잘할게. 한…… 번만, 한 번만 봐줘."

북받쳐서 중간중간 끅끅거리는 소리가 섞였다. 말을 마치자 뺨을 타고 눈물이 떨어졌다. 나도 내가 우는 게 지겨워서 고정원도 그럴 거라 짐작이 갔다. 흐느낌을 멈추려고 코에 힘주어 숨을 참았다.

"내가 헤어지자고 할 것 같아?"

나지막한 물음이 파고들었다. 축축하게 잔상을 남기는 듯한 음성이었다. 스산해지는 공기를 느끼며 나는 품에서 벗어났다. 그리고 고정원의 얼굴을 확인했다.

"말해 봐, 인휘야. 내가 너를……."

놔줄 것 같아?

고정원은 겨우 끌어 올리는 것처럼 말했다.

"……."

말하는 방식도 그렇고, 예상을 벗어나는 대답 앞에서 얼어붙을 수밖에 없었다. 아니, 대답 때문이 아니라 음산하게 도사린 기운 때문인지도 몰랐다. 습하고 침침한, 일상적이지 않은 기운.

"아직도 날 모르지, 너는."

"……."

"내가 헤어지자고 하면, 너는 헤어질 수 있는 거야? 그래? 얼마간 힘들어하다가 또 다른 사람 만나고. 그 사람이랑 입 맞추고 살 맞추고, 할 수 있어, 너? 그게 가능해?"

화내고 있었다. 언성을 높이진 않았지만 차갑게 나를 힐난하고 있었다. 말하는 내용들이 귓속으로 파고들어 자리를 잡는 듯하다 우르르 와해됐다. 안심해야 하는 건지 불안해야 하는 건지 알 수 없었다. 마주하고 있자니 꽁꽁 얼어붙기만 했다.

"너는 나한테 헤어지자고 할 수 있을지 몰라도 나는 못 해."

그 말에는 기어이 무너지듯 가슴이 아팠다. 이미 헤어지자 홧김에 말한 전적이 있으니 죄스러웠다.

"아냐…… 왜 그렇게 말해. 나도 못 해. 예전에는 싸우다 그냥 홧김에……."

변명 사이로 고정원이 말했다. 단호한 어투로.

"나한테 헤어지자 해도, 나는 너 안 놔."

"……."

"내가 헤어지자고 하면…… 너 안 놓을 자신 있어?"

컴컴한 사방에 스며들 것처럼 어두운 눈이 나를 꿰뚫었다. 나는 입술을 떨었다. 자신은 당연히 있었다. 절대로, 죽어도 놓지 않을 자신이 있었다. 그런데 떨렸다. 목이 꽉 메서 말이 안 나갔다. 고정원이 화났을 때 특유의 분위기와 눈빛에 짓눌리는 기분이었다. 대체 화나면 사람을 왜 이렇게 무섭게 몰아붙이는지 몰랐다. 조롱하듯이. 깔아뭉개듯이.

"……자신 있어."

간신히 메인 목으로 답했다.

"글쎄. 확신이 안 드는데."

고정원이 미약한 웃음을 흘렸다. 거기서 확 치솟는 열을 느꼈다.

"왜…… 그렇게 말하는데, 진짜."

목소리가 덜덜 떨리기 시작했다.

"너 신이야? 어떻게 내 마음을 아는데. 나를 그렇게 전부 다 알아? 내가 자신 있다는데 니가 뭔데. 너 나 못 믿네, 고정원. 그렇게 못 믿으면서 왜 사귀는데, 대체!"

볼품없이 사지를 떨면서도 퍼부어 댔다. 화가 나서 숨이 뜨거웠다. 서운해서 정말 돌아 버릴 것 같았다. 고정원은 가만히 날 내려다보고 있었다. 나도 눈에 힘을 주고 쏘아보았다.

"그러게. 나 너 왜 사귀지."

"……."

"지겹다, 너."

방금 들은 충격적인 소리가 귓가에서 채 흩어지기도 전이었다. 고정원은 아픈 말을 차례로 보냈다.

"우유부단하고, 눈치 없고."

"……."

"밑도 끝도 없이 사람 지치게 해."

"……어."

벙긋거리던 입에서 혼란한 외마디가 터졌다. 그동안 이렇게 느끼고 있었구나. 깨달음과 동시에 고정원이 뱉은 한 마디 한 마디가 생살에 박히는 듯했다. 유리 파편처럼 날카로운 조각이 연약한 장기를 찢어 놓는 것 같았다.

나는 발작처럼 고정원을 밀어 내고 뛰쳐나갔다. 추호도 더 듣고 싶지 않았다.

"왜. 나는 너라면 다 좋은 줄 알았어?"

모래사장을 가로지르는데 금세 붙들렸다. 쫓아온 고정원은 나를 가슴께로 바짝 끌어당기고 낮은 음성으로 조롱했다.

"듣기 좋은 말만 해 줘야 하는데 아니라서 화나?"

마주한 얼굴을 팩 돌려 버렸다. 무서운 건지 서러운 건지, 턱이 부들부들 떨리고 있었다. 반박하고 싶었지만 하지 않았다. 하지 못했다.

"앞가림할 능력은 안 되면서 자존심은 세우고 싶고."

"……."

"하는 일마다 실속 못 챙기고 끌려다니기만 하면서 칭찬은 받고 싶고."

반사적으로 귀를 틀어막았다. 무능력함을 지적당하는 게 괴로웠다. 발버둥 치자 고정원은 내 양쪽 팔뚝을 붙들었다. 그걸로 모자라 거의 끌어안으려 했다.

"정신 빼놓고 있다 추행당하고 왔어도, 무조건 위로받고 싶고 그래?"

이런 말을 하려고 이렇게 뜨겁게 밀착하는 건가. 화가 났다. 나는 힘없는 주먹으로 가슴팍을 쳤다.

"위로받고 싶다고 생각한 적 없어. 난 그냥 너한테 너무 미안해서……."

"그러게 하지 말라는 걸 왜 해서 그 꼴을 당해!"

고정원이 큰 소리 내자 가슴이 벌렁거렸다. 나도 눈을 질끈 감고 악다구니를 썼다.

"그럼 어떡하라고, 나한테!"

"……."

"그렇다고 일을 안 할 수도 없는데! 나는 최선을 다할 수밖에 없는데 어떡해. 나는, 우리한테도 최선을 다한 건데……."

정말로 그랬다. 내가 할 수 있는 건 다 열심히 했다. 나는 고정원이 소중했고 우리가 소중했을 뿐이었다.

후두둑 눈물이 쏟아지자 고정원이 나를 끌어당겼다. 울컥해서 밀어 냈다. 밀리는 듯하다가도 고정원은 내게 달라붙었다. 입을 맞추려 들었다. 고개를 피했다. 하지 말라고 주먹 쥐어 때렸다. 힘껏 버티고 닿는 대로 투닥거렸다. 하지만 끈질기게 닿아 오는 입술을 피할 수는 없었다.

"흐음……!"

삼키려는 것 같았다. 머리통을 붙들고 허리를 감싸 자기한테 가뒀다. 나는 각도가 바뀔 때 일부러 입술을 깨물었다.

고정원은 물러나지 않았다. 광포한 흥분감이 번진 눈으로 쳐다보더니 다시 삼켰다. 반항하면 할수록 입맞춤만 깊어졌다. 입가가 아릴 정도로 파고들어 왔다. 밖이고 안이고 잔뜩 삼켜졌다.

무엇 하나 내 마음대로 되지 못했다. 앞으로도 그렇게 될 수 없다는 걸 깨닫고는 반항을 포기했다. 발버둥을 멈추자, 파고든 입술이 겨우 조금씩 부드러워졌다.

"음……."

겹쳐진 두 몸뚱이가 모래사장을 뒤뚱거렸다. 아무 데도 기댈 곳이 없었다. 오로지 서로에게만 서로를 지탱하고 있었다. 그 구속감이 세상에 우리 둘밖에 없는 듯한 착각을 불러일으켰다. 억지로 포개졌던 내 팔은 어느새 고정원의 허리에 감겨 있었다. 하아, 뭉쳤던 숨이 터뜨려졌다. 우리는 벅찬 호흡으로 입술을 빨아 댔다.

미워 죽겠는데도 좋아 죽을 것 같다. 부당한 모순을 느끼며 나는 음란하기 짝이 없는 행위에 동조했다. 뜨거운 입 구멍을 벌리고, 열에 달뜬 살덩이를 섞고, 솟아오르는 서로의 침을 빨았다.

진득한 미련을 남기며 떨어지자 한숨부터 흘러나왔다. 흐린 숨을 내쉰 고정원은 귓가에서부터 뺨을 애무했다. 손이나 입술이 잠시도 떨어질 줄 몰랐다.

"……고집 세울 줄만 알지. 순진해 빠져서."

누그러진 음성이었다. 나는 어둠 속에서 그걸 느꼈다. 입술이 젖어서는 관자놀이 부근에 달라붙었다. 갈라진 속삭임이 밤공기 중으로 흘러나왔다.

"나한테 얼마나, 어디까지 네 마음대로 해도 되는지."

"……."

"아직도 감이 안 와?"

취한 것처럼 달콤하면서도 혼란했다. 속도 상했다. 나는 왜 고정원이 원하는 대로 해 줄 수 없는 걸까 자책감이 들었다. 내가 고정원을 위한다고 하는 일이 고정원은 못마땅하고 싫었다. 또 고정원이 나를 위한다고 하는 일이 나는 부담스럽고 미안했다.

알려 주고 싶었다. 아무것도 안 해 주고 옆에만 있어 줘도 나는 완벽하게 행복하다고. 그런 내 마음을 설명해 볼까 하다가 빈약한 어휘로 망칠 거 같아서 입을 다물었다.

쏴아아, 파도 밀려오는 소리만 반복됐다. 사방의 어둠이 영원히 이어질 것처럼 느껴졌다. 긴 침묵을 깨뜨린 건 이번에도 고정원이었다.

"나는 너한테 평생 이용당해도 아무런 불만 없는데."

그게 이해하기 어려운가.

마지막은 정말로 의아해하는 중얼거림이었다.

"……"

얼마간 숨을 죽였다. 평생이라는 단어가 주는 묵직한 무게감이 가라앉았다. 시골 밤의 어둠은 도심보다 깊었다. 낯선 장소가 주는 독특한 정취가 공기 중에 감돌았다. 우리는 한자리에서 조금씩 움직이고 있었다. 희미한 가로등 빛에 습윤한 안광이 비쳤다. 나는 다급하게 고정원의 뺨을 더듬었다. 다행히 단단한 뺨은 물기 없이 말라 있었다.

망설이다 아주 작게 고백했다.

"……나는 너만 있으면 되는데."

내 마음을 아는지 모르는지, 고정원은 재차 입술을 겹쳤다. 우리는 그렇게 밤바다에서 오래도록 서로를 부둥켜안고 있었다.

* * *

차 안에서 깜빡 잠이 들었다. 눈을 떴을 때는 영문을 알 수 없는 낯선 곳이었다. 비스듬하게 기운 천장이 보였다. 시야가 또렷해지자 나는 벌떡 몸을 일으켰다.

펜션으로 보이는 복층 건물이었다. 2층인 것 같은데 어떻게 여기까지 올라왔는지 기억이 없었다. 게다가 입고 있는 옷도 처음 보는 옷이었다. 얼마나 푹 잤는지, 옷이 갈아입혀지는 것도 몰랐다. 방에는 침대가 두 개였는데 나는 안쪽 침대에서 눈을 떴다.

고정원을 찾느라 주위를 둘러보았다. 창밖으로 이어진 테라스가 눈에 띄었다. 자세히 보자 거기에 누군가 있었다. 검은색 옷을 입고 있어서 얼핏 있는 줄도 모를 뻔했다.

"뭐 해?"

테라스로 들어가 물었다. 앉아 있던 고정원이 뒤돌아보았다. 다가가자 여전히 실핏줄이 터진 눈자위가 보였다.

"피곤해 보인다, 너. 운전도 고됐을 텐데 좀 자 두지."

"나도 좀 잤어."

고정원은 내 허리를 끌어 자기 허벅지에 앉혔다.

"근데 여기는 어디야?"

"……"

묻는 말에 정적이 생겼다. 뭔가 또 잘못한 건가. 덜컥 겁이 났다. 내가 질문하면 고정원이 무시하는 상황이 오늘 겪었던 공포감을 상기시켰다.

"펜션."

"……"

"가족끼리 가끔 오는 곳인데. 조망 괜찮지?"

하마터면 쪽팔리게 울먹일 뻔했다.

"……밤이라 잘 안 보여, 바보야. 근데, 여긴 왜……?"

내 물음에 고정원은 눈을 내리깔았다. '그러게' 무의미하게 대꾸하며 내 팔뚝을 주무르고 있었다.

"같이 오려고 계획한 지는 꽤 됐는데. 어쩌다 보니 오늘 오게 됐네."

같이 오려고 했다니 처음 듣는 소리였다. 그동안 내가 대화 중에 뭔가 놓친 게 있었나 생각하는데 고정원이 나를 일으켰다.

"배고프지. 밥 먹자."

"어? 뭐 있어?"

고정원은 스테이크를 제안했다. 나는 좋다고 대답하고 같이 아래층을 향했다.

계단으로 내려가면서는 몇 번이나 감탄했다. 실내가 정갈하면서도 분위기 있게 디자인돼 있었다. 갖가지 다른 형태의 조명이 곳곳에 설치된 게 특히나 멋있었다. 한 면이 훤히 내다보이는 시원한 창의 구조도 마음에 들었다.

내부를 둘러보듯 구경하고 나서 식사를 했다. 식사 중 대화는 거의 없었지만 어색함이나 불편함은 없었다. 확실히 고정원은 평상시 같았다. 나도 그렇고 우리 둘 다, 휘몰아치던 감정이 거의 진정된 것 같았다. 몇 시간 전까지만 해도 별 음침한 생각이 다 들었는데…….

기나긴 여정의 여행을 마치고 돌아온 기분과도 흡사했다. 다 지나고 나니 하루간 벌어진 일들이 며칠에 걸친 것처럼 길게 느껴졌다.

"그럼 여기는 일박으로 빌린 거야?"

나는 주변을 살피며 물었다.

"음, 빌렸다기보다는 들른 거라고 해야 할 거 같은데. 소유지라서."

"어? 아아."

가족끼리 온다는 말의 뜻을 알 것 같았다. 별장 같은 개념인 듯했다.

"그럼 여기 허락 안 받고 우리 맘대로 이렇게 써도 되는 거야?"

"늘 비어 있으니까 괜찮아. 여기만 있는 것도 아니고."

"……그렇구나."

개인적인 휴식 공간이라는 걸 알게 되니 얼떨떨했다. 게다가 여기만 있는 것도 아니면 이렇게 대단한 곳을 또 갖고 있다는 얘기였다.

"주변이 다 산인 거잖아. 공기 깨끗하겠다."

"차로도 꽤 깊숙이 들어와야 하는 곳이라. 아무도 없어, 우리밖엔."

"진짜?"

"어떻게 보면 고립된 느낌일 수도 있는데, 반대로 생각하면 자유로운 거니까. 계속 같이 오고 싶었어."

말을 듣고 주변을 둘러보자 왠지 정적으로 느껴졌다. 산중에 우리 둘만 있는 느낌이었다.

"아, 그러고 보니 내일 월요일이네. 가기 싫다. 여기 완전 천국 같은데."

"……."

아쉬워서 말하자 고정원은 대꾸가 없었다. 물컵을 들어 한 모금 넘기는 게 보였다. 내리깐 눈과 다물린 입이 좋지 못한 심기를 드러내고 있는 것처럼 보였다. 내가 과민한 탓인지 아니면 정말로 사실이 그런 건지 구분이 안 됐다.

나는 우물거리며 생각에 잠겼다. 씹는 속도가 현저히 느려졌다. 흐물해진 고기를 전부 삼켜 낸 뒤에도 정신이 팔려서 새롭게 음식에 손을 못 댔다. 나는 포크와 나이프를 내려놓고 머뭇머뭇 이마를 문질렀다.

"저기 있잖아."

고기를 썰던 고정원이 이쪽을 쳐다봤다. 나는 입 안에서만 맴돌던 말을 꺼냈다.

"우리 아예 며칠만 수업 제낄까?"

"……."

"여기 너무 좋아서 그냥 가기 아쉬운데. 간만에 둘이서 느긋하게 보내도 좋을 거 같지 않아?"

지긋하게 보는 시선은 의외라고 말하는 것처럼 보였다.

"진심이야?"

"아, 학교 째는 건 좀 오번가."

덥석 그러자고 할 줄 알았는데 나만의 생각이었던 듯했다. 고정원은 가만히 눈을 내리깔았다.

"며칠간 여기서 뭐 하려고."

"뭐…… 별거 없는데."

무심하게 고기를 써는 모습을 보며 늘어났다.

"평소대로 너랑 껴안고, 뒹굴고, 같이 놀고 밥도 해 먹고…… 뭐 뽀뽀도 하고……."

"……그리고?"

"……그거도 하고."

"그거?"

"어, ……사, 랑, 나누는 거."

그냥 섹스라고 할 걸 그랬나. 표현이 오글거리는 것 같아서 열이 올랐다. 고정원은 사람 민망하게 벌게진 얼굴을 계속 쳐다봤다. 고기도 썰다 말고, 양팔을 대기 상태처럼 테이블 위에 얹어 놓고 있었다. 재밌는 걸 구경하는 태도였다.

보기 좋은 입매가 휘었다.

"하루 종일?"

"어? ……어."

종일.

짧고 작게 대꾸했다. 나이프를 쥔 고정원의 두꺼운 손끝이 살짝 꿈틀댔다. 완전히 생각에 잠긴 눈을 하고서, 고정원이 느리게 입술을 달싹였다.

"섹스하고……. 섹스보다 더한 것도 하고?"

순식간에 분위기가 야릇해졌다.

"……너 마음대로."

섹스보다 더한 게 뭔지는 모르겠지만 사실 뭐든 상관없었다.

"인휘 네 생각을 말해."

"난, 좋아."

불쑥 대답했다.

"내가 너한테 잘못했잖아. 뭐든 다 해 주고 싶기도 하고……. 그리고 그냥 하는 말이 아니라, 너랑 하는 건 무조건, 좋아. 솔직히."

부끄러운 말을 해 놓고 올려다보았다. 깊은 눈매 속 눈동자가 보였다. 내게 틀어박혀서 조금도 움직이지 않고 있었다.

달그락. 포크와 나이프를 내려놓는 소리가 어떤 신호탄 같았다. 냅킨을 집어 든 고정원은 점잖은 몸짓으로 입가를 눌렀다. 그리고 일어나 반 바퀴를 돌아 내 옆으로 다가왔다.

"배 금방 꺼질 텐데. 더 먹어 두는 게 낫지 않겠어?"

"……."

씰룩거리는 팔 근육이 시야에 들어왔다. 그런 걸로도 자극이 되는지, 덩달아 나도 허벅지가 움씰 조여들었다. 더 먹고 싶어도 이미 입맛이 사라진 걸 느꼈다.

"다 먹었어. 근데……."

좀 씻고 오겠다고 말하려 했다. 고정원은 그새 내 입술을 빨아 당겼다. 혀가 들어와 입 안의 기름기를 쓸어 갔다. 성미 급한 손길은 팬티와 바지를 한꺼번에 벗겨 내리고 있었다.

* * *

섹스 후에는 침대에 늘어졌다. 나는 팔베개를 베고서 잠들었다가 깼다가를 반복했다. 무드등 하나만 켜져 있어 사위는 어두웠다. 고정원은 꽤 오랫동안 내 머리카락을 만지고 있었다.

"너 왜 안 자?"

설핏 잠이 깬 나는 잠긴 목소리로 물었다.

"미안. 계속 만져서 신경 쓰였어?"

손길이 떨어졌다.

"아니. 그냥 피곤할 텐데 왜 안 자나 해서."

"이제 슬슬 자려고."

말한 고정원은 빛을 전부 차단했다. 이내 잔잔하게 흐르던 음악까지 끄자 방 안은 순식간에 까맣고 조용해졌다.

"잘 자."

인사한 고정원이 이마에 뽀뽀를 했다. 나는 굳이 끌어당겨 입술에 입 맞췄다. 어제는 찔려서 차마 하지 못했던 굿나잇 키스였다. 흐음, 기분 좋은 한숨을 내쉬며 파고들었다. 다리 한 짝을 들어 턱 겹쳐 올리자 울림통 낮은 웃음이 흘러나왔다.

우리는 얼마 안 가 고른 숨을 내쉬며 잠에 빠져들었다.

"……."

번쩍, 눈이 뜨인 건 새벽녘이었다. 나는 명치에 걸린 숨을 깊게 들이켰다가 내쉬었다. 하아……. 가파르게 차올라 헐떡거리고 있는 호흡이 느껴졌다. 울컥거리며 북받친 울음도.

"어디 아파?"

묻는 목소리에 놀라서 옆을 봤다. 곧 침대 옆의 등이 켜지며 시야가 환해졌다. 고정원의 걱정하는 얼굴이 밝은 빛에 드러났다. 어쩐지, 조금도 잠들지 않았던 것 같은 얼굴이었다. 아직까지 안 잤던 거냐고 물어보려다가 이마를 문질렀다.

"아니, 아픈 거 아니야……."

깨기 직전 악몽을 꿨다. 꿈에서 나는 엄마를 쫓고 있었다. 혼잡한 거리에서, 불안하게 몇 번이고 엄마를 부르며 따라갔다. 잡힐 듯 말 듯 해서 애가 탔다. 쫓아가느라 넘어졌지만 엄마는 돌아보지 않았다. 엄마의 옆에는, 손을 붙잡은 누나가 있었던 것 같기도 했다. 울부짖어도 통하지 않아서 얌전히 쫓아가고 또 쫓아가기만 했다. 깰 무렵에는 어쩐지 눈앞의 등이 고정원으로 바뀌어 있었다.

"……."

절망스러운 느낌이 남아 있었다. 현실로 돌아왔는데도 꿈에서 느꼈던 서러움이 쉽게 가시지 않았다. 아마 오늘 고정원을 쫓아다녔던 게 영향을 미친 듯했다.

"악몽 꿨어?"

묻는 말에 나는 순순히 그렇다고 답했다.

"……나 나왔어?"

그 질문에는 솔직해지지 못해서 고개를 저었다.

"그냥, 엄마가 나온 거 같은데……."

그리고 열없이 웃어 보였다.

"내가 불렀는데도 안 쳐다봤어. 어렸을 때 그런 적 있었거든. 사람 많은 장소에서 엄마 손 놓쳤는데, 그냥 가시더라고. 나 그날 처음으로 미아보호소 가 봤는데……. 그때 꿈 꿨나 봐."

"……."

괜히 말했나. 뱉어 놓고 나니 청승맞아서 뺨을 긁적였다.

"오늘 많이 힘들었지."

진지하게 묻는 말에 반사적으로 웃음이 나왔다.

"무슨……. 너야말로 힘들었지, 나 땜에."

말하면서 울적한 느낌이 들었다. 다 해결된 마당에 그럴 이유가 없어서 이해되지 않았다. 이미 몰아친 감정은 한바탕 휩쓸고 다 지나갔는데. 맛있는 저녁을 먹었고, 기분 좋게 섹스도 했고, 잠들기 전까지 분위기도 좋았는데.

출처 모를 우울감에 잠겨 나는 이불자락을 만지작거리고 있었다.

"어떡할지 모르겠어."

고정원이 덤덤히 내뱉었다.

"후회돼."

"……뭐가?"

"너 상처 준 거."

오늘 했던 말과 행동들을 곱씹느라 잠을 이루지 못한 듯했다. 그래서 그랬구나. 이제야 어렴풋이 느껴지던 고정원의 가라앉은 기운이 이해됐다. 때린 놈은 다리 못 뻗고 잔다는 말처럼, 그럴 만한 상황이었지만 화 내 놓고 마음이 편치 않았던 모양이었다.

"너도 나한테 상처받아서 그런 거잖아. 괜찮은데……."

내가 중얼중얼 말을 보태자 고정원은 침묵했다. 나는 얇은 이불의 촘촘하게 짜인 조직을 뚫어지게 보고 있었다. 보는 걸로 모자라 손으로 만지며 붕 뜬 간격을 기다렸다.

"너 하고 싶은 거 다 하게 해 주고 싶어."

"……."

"편하게 해 주고 싶은데……."

아랫입술로 손가락이 올라왔다. 고개를 들면서 말랑한 살이 꾹 눌렸다. 나는 희미하게 불안감을 느꼈다. 혹시 지금도 이희운이 나한테 한 짓을 떠올리고 있는 건가 싶어서.

"어떡하지."

말하는 음성이 정말 갈피를 잃은 것처럼 느껴졌다.

"……왜?"

"네가 다른 사람한테 곁을 내주는 게 싫어."

"……."

"누가 널 알고, 만지고, 그렇게……."

어금니를 꽉 무는 것 같았다. 튀어나오는 턱 근육이 보였다.

"다른 건 다 참는데 그건 안 돼."

마주한 눈이 흐려졌다.

"……너 여기 가두고 싶어져."

목구멍 안에서 삭이듯, 소리가 울렸다. 단지 겉으로만 격정적이지 않을 뿐이었다. 감정적으로 완전히 휩쓸린 게 느껴졌다. 놀란 나는 엉덩이를 떼고 상체를 들었다.

"야……."

혼란스럽게 부르며 고정원을 안았다.

"왜 그래 너…… 바보야, 너 진짜 왜 이래……."

가슴팍에 끌어안고서 토닥토닥 타일렀다. 무서웠다. 무서운 생각에 사로잡힌 고정원이 무서웠다. 정말로 괴로워 보여서, 정말로 원하는 것처럼 보여서 무서웠다. 대체 왜 이러는 건지 몰랐다.

"너 진짜, 과해, 너무. 정말, 내가 뭐라고……."

진심으로 안타까웠다. 예전에 싸우면서 들었던 비슷한 말도 생각났다. 감정이 격해지면 고정원은 이런 생각에 휩싸이는 모양이었다. 대체 내가 뭐라고 이런 생각을 갖는지 몰랐다. 고정원은 잠시 내 목덜미에 파묻혀 있었다. 언제나처럼 냄새를 맡는 것 같았다.

"나는 너만 중요해졌어."

뱉어 내는 숨결이 소름 돋게 뜨거웠다.

"네가 이렇게 만들었어."

눈이 반쯤 감겨 있었다.

"……어떻게 좀 해 줘."

체온 높은 손이 내 손을 잡았다. 자기 뺨에 얹었다. 뻔뻔스러우면서도 애절했다. 정말로 그랬다. 태연한데 또 조급했다. 나도 뜨거워져 있었다. 나를 원한다고 온몸으로 말하는 사람이 눈앞에 있었다. 그 사람이 내가 사랑하는 사람이었다. 당연히 달아오를 수밖에 없었다.

우리는 험악해진 숨결을 섞으며 옷을 벗었다. 부둥켜안았다. 어쩌다 이렇게 됐지, 생각하면서도 나는 요구대로 성기를 만져 주었다. 가슴팍도 팔뚝도 목덜미도, 전부 쓰다듬었다. 고정원은 일일이 반응했다. 꿈틀거리고. 거칠게 신음하고. 나를 붙들었다.

"앗, 흐앗."

아직 뒤가 축축했다. 성기를 왈칵 삼켰다. 안쪽 살들이 일제히 달라붙는 게 느껴졌다. 따뜻한 살덩이에 찰싹 붙어 꼭꼭 물어 댔다. 그걸 느끼는지 고정원이 강하게 전율했다. 나를 끌어안고 쳐다봤다. 열에 들뜬 눈으로 관찰했다. 그리고 뜨거운 숨을 가져다 댔다. 아주 느리게 입을 맞췄다. 감촉 하나도 놓치고 싶지 않은 것처럼.

"으응……!"

나는 매미처럼 달라붙었다. 앉아서 다리를 꽉 휘감고 있었다. 훗, 훗, 울어 대며 엉덩이도 조였다. 큰 움직임은 하나도 없었다. 그냥 서로 바싹 끌어안기만 했다. 그것만으로도 너무 좋아서 까무러칠 것 같았다.

"아, 좋아."

탄탄한 상체를 끌어안았다. 좋다고 연거푸 말했다. 좋으니까 자꾸 나왔다. 흥분한 고정원이 내 살결을 쓰다듬었다. 절로 허리가 움직이며 앞뒤로 문질러 댔다. 큰 손이 머리를 감싸 왔다. 눌러서 더 꽉 끌어안게 만들었다. 고정원은 앉은 채로 움직였다. 거의 비비는 수준의 마찰이었다. 꽉문 상태에서 진동만 주는. 하지만 우리는 그걸로 거의 동시에 사정했다.

"하……."

쏟아 내고 난 뒤였다. 침대밑에 등이 닿았다. 내려다보는 고정원이 보였다. 많이 흥분했었는지 울고 난 것처럼 눈이 발갰다. 언뜻 절절해 보이기까지 했다.

이렇게 내가 좋을까.

이렇게 좋으면서 오늘 낮엔 어떻게 그렇게 무시했나 싶었다.

"……."

나는 머리칼을 쓸어 넘겨 주었다. 마음이 몰랑몰랑했다. 아까 밥 먹다 말고 섹스했을 때랑은 또 달랐다. 지금이 훨씬 좋았다. 우리가 온전하게 통하는 것 같았다. 고정원도 그렇게 느끼는지 손끝 하나까지 애틋했다.

"근데. 솔직히 너 진짜 너무했어."

"응?"

속말이 스스럼없이 튀어나왔다.

"낮에 너 내가 따라가다 넘어진 거 봤지. 어떻게 그걸 그냥 가냐. 완전히 떼구루루 뒤집어졌구만."

투정 겸 농담 겸 뭐 그런 의미였다.

"미안해."

고정원이 진지하게 사과했다. 상처가 난 손바닥에 입술을 갖다 대기도 했다. 누울 자리 봐 가며 발 뻗는다고 했다. 가볍게 꺼낸 말이었는데, 이런 식으로 나오니까 괜히 울컥거렸다. 꾸역꾸역 억눌렀던 섭섭함이 형태를 갖추고 터져 나왔다.

"……나보고 지겹다고 하고."

"……미안해."

"눈치 없다 하고……."

"미안. 잘못했어."

죄스러운 표정으로 사과가 이어졌다. 기계적인 말이 아니었다. 진심이 스며 있었다. 고정원은 일부러 내 칭찬도 했다. 바닷가에서 했던 폭언을 덧씌우듯이. 사소한 것까지 칭찬을 아끼지 않았다. 몇 개는 억지라 웃음이 터졌다. 아무튼 풀어 주려고 갖은 애를 쓰는 게 느껴졌다.

우리는 방 안에 있는 욕조로 들어갔다. 따뜻한 물에서 몸을 겹쳤다. 욕조 주변으로 동그랗게 조명이 밝혀져 있어 무드를 즐기기에 딱 좋았다. 나는 분위기에 취해 들떴다. 젖어서 미끄러운 손을 잡았다가 뺐다가 장난을 쳤다. 고정원도 기분이 좋아 보였다. 나를 꽉 끌어안고 치대는 응석까지 부렸다.

"……근데."

갑자기 궁금해졌다. 길고 굵은 손가락을 붙잡고서 물었다.

"그거보다 더한 게, 뭐야?"

"그거?"

머뭇거리다가 섹스, 하고 작게 덧붙였다. 고정원은 묻는 게 그거였냐는 듯이 아, 하고 싱거운 외마디를 뱉었다.

"그러게. 뭘까."

"……."

알아맞혀 보라는 뉘앙스가 아니었다. 자기도 궁금하다는 투였다. 나는 어이가 없어서 돌아보았다.

"네가 하자며."

따지자 고정원은 젖은 속눈썹을 밑으로 포갰다 떴다. 기다란 눈매 아래로 눈동자가 생각에 잠긴 것처럼 흐려졌다.

"그냥 가끔 나 혼자 그런 생각해."

너랑 섹스보다 더한 게 하고 싶다고.

말해 놓고 반응을 살피듯 내려다보던 고정원은 이내 내 귓등이 뭉개지도록 입술을 얹었다.

"……."

나는 이제 와서 말의 함의를 되짚어 보며 미간을 좁혔다. 그렇게, 사람을 쥐어 짜내고 삼킬 것처럼 해 대면서도 머릿속으로는 그런 생각이 든다는 게 어찌 보면 기함할 일이었다. 날 대체 어떻게 하고 싶은 거냐고, 농담 반 진담 반으로 따지려다 말았다. 손가락을 놓자 이번에는 고정원이 얽으며 붙들었다.

"같이 알아볼까."

나는 한숨을 내쉬며 대꾸했다.

"내키지 않아."

"왜?"

고정원이 웃으면서 물었다.

"평생 숙제 될 것 같아."

일부러 곤란한 표정을 지으며 인상 썼다. 고정원은 내 허벅지를 주물렀다. 야한 짓을 하며 집적거리고 싶은 듯했다. 나는 양쪽 무릎을 끌어안고 모르는 척했다.

밑으로 들어온 손이 성기에 닿았다. 화들짝 놀라서 으아, 소리쳤다. 들러붙는 몸을 밀어 내자 욕조 밖으로 물이 넘치며 튀었다. 움직임이 예상 가능한 뻔한 방어와 뻔한 공격이 시작됐다. 키득거리며 주고받는 장난은 씻는 내내 이어졌다.

* * *

통유리로 일광이 침투했다. 마치 자연의 한가운데에 있는 것 같았다. 어디를 봐도 눈이 아프게 부실 정도로 밝았다. 거실 탁자 위로는 갓 만들어 따끈한 음식들이 올라와 있었다.

"푹 자지. 밥은 대충 해서 먹어도 되는데……."

자는 동안 혼자 만들어 놓을 줄은 몰랐다. 가짓수도 너무 많아서 황송했다. 양식에서부터 한식까지, 넉넉한 양을 보며 한 끼에 다 먹을 수 있을까 싶었다.

"이리 와. 먹게."

대단해서 앉을 생각도 못 하고 있었다. 잡아당겨지고 나서야 나는 러그 깔린 바닥에 엉거주춤 자리 잡았다.

고정원은 나란히 앉아 있다가 한 번 더 자리를 옮겼다. 등 뒤로 바투 붙는 체온이 느껴지고, 탄탄한 몸이 겹치는 게 느껴졌다. 의도하지 않게 내가 안긴 것 같은 포즈가 되어 있었다. 서로 식사하기에는 불편한 자세라는 생각이 들면서도 굳이 입 밖으로 꺼내지는 않았다.

음식들은 하나같이 맛있었다. 게다가 손을 쓰지 않아도 자꾸만 입 안에 들어왔다. 나 한 입 먹이고, 본인 한 입 먹고. 고정원은 영락없이 아이 둔 부모처럼 굴고 있었다. 이러려고 거실의 낮은 탁자에 차린 건가 싶었다.

"야아, 내가 먹을게. 너 제대로 못 먹잖아."

"잘 먹고 있어. 난 좋은데."

더 맛있고.

"……."

"인휘는 맛있어?"

갓난쟁이 다루는 투로 고정원이 물었다.

"……응. 맛있어, 눈물 나게."

닿은 피부가 근질근질했다.

"아, 해 봐."

눈앞에 무언가 내밀어졌다. 뭐가 했더니 육질이 연해 보이는 고기였다. 순순히 입을 벌려 받아먹고 나자 입가로 소스가 묻었다. 휴지를 찾을 필요도 없이, 고정원이 먼저 닦아 주었다.

"……."

먹으면서 나는 또 한 번 생각했다. 고정원은 비위가 좋다고. 내가 먹고 수저에 남은 음식을 마저 먹는다거나. 내 입에 묻은 걸 그대로 먹는다거나. 정말로 아무렇지 않아 했다. 사귀면서 익숙해진 부분이지만, 민망함이 사라지는 건 아니었다.

엉덩이가 자꾸 꼼지락거리게 됐다. 고정원의 느린 심장 박동이 등에서 느껴지고 있었다. 딱 붙은 거리감이 틈틈이 의식됐다. 벅찬 느낌이 들면서 좀만 먹어도 배가 불렀다. 하아, 가쁜 한숨을 내쉬자 고정원이 걱정스럽게 물었다.

"잘 못 먹네. 어디 안 좋은 거 아냐?"

"……아냐."

그래도 식사는 계속됐다. 먹다가 쪽, 먹다가 쪽. 틈틈이 뽀뽀를 하는 파렴치한 짓까지 해 가며 그릇을 깨끗하게 비웠다.

집 안에 풀장이 딸려 있을 줄은 몰랐다. 어느 정도 소화가 되고 나자 고정원은 나를 밖으로 이끌었고, 그곳에서 뜻밖에 수영장을 만났다. 한쪽 면 전체가 폴딩도어로 되어 있었다. 다 젖혀서 완전히 야외수영장처럼 만들 수도 있는 모양이었다. 풀장 건너편으로 먼 풍경이 내다보이고, 바깥으로 이어진 테라스에는 파라솔과 선베드가 마련돼 있어 안락해 보였다. 구경하는 것만으로 들뜨기에 충분한 곳이었다.

"여기."

고정원은 내게 수영복을 건네주었다. 언제 내 것까지 구비해 놨는지 몰랐다. 빨리 물에 들어가고 싶어 우왕좌왕하자 웃음기 섞인 목소리가 들렸다.

"아무도 안 보니까 여기서 갈아입어."

사방이 뚫린 곳에서 고정원은 벌써 상의를 벗고 있었다. 뻘쭘하게 서 있다가 나도 구석에서 탈의를 했다.

"으악!"

스윔 팬츠를 입자마자 몸이 공중에 떴다. 힘이 뻗치는지, 고정원은 그새를 못 기다리고 나를 들고 갔다. 나는 떨어지거나 미끄러질까 봐 꽉 매달려 있었다.

물에 들어가자 청량감이 확 번졌다. 나를 안고서 고정원은 거침없이 한가운데로 나아갔다. 수영장은 눈으로 보던 것보다 길이감도 있고 폭도 넓었다. 생각보다 깊이도 있는 것 같았다. 수심이 어느 정도냐는 물음에 고정원은 1.5미터가량 된다고 답했다. 일반적인 풀빌라들과 비교해 풀장이 크게 설계된 거라고도 했다.

혼자 마음껏 수영해 보고 싶었다. 천천히 몸을 떨어뜨리고 나아가는데 팔이 얽혔다.

"어디 가."

"어디 가긴."

수영장 안에서 갈 데가 어딨다고. 나는 헛웃음을 뱉으며 팔을 떼어 냈다. 쓸데없이 큰 체구가 방해물처럼 주위를 맴돌았다. 어떻게 된 게 잠시도 안 떨어지려고 했다.

처음에는 물장구를 치며 도망갔다. 그러다 그게 놀이가 되고, 아슬아슬한 장난이 됐다. 언제나 그렇듯 내가 도망가는 역할이고 고정원이 나를 잡는 역할이었다. 잡히면 숨도 쉬기 힘들 만큼 꽉 끌어안겨 깨물림당해야 했다. 잡히지 않으려고 스릴이 넘쳤다. 결정적인 순간마다 고함이 터지고 웃음이 터졌다.

"이제 잠수 대결 할까?"

나는 젖은 머리를 털어 내고 물었다.

"이기면 뭐가 좋은 거야?"

"딱밤. 이긴 사람이 한 대 때릴 수 있어. 어때?"

"……."

고정원은 대답이 없었다. 좋은 건지 싫은 건지 이도 저도 아닌 표정이었다.

"좋아."

다소 김빠진 듯한 웃음과 함께 승낙이 떨어졌다. 자신 없어 하는 태도를 보니 왠지 이길 수 있을 것 같아서 기대감이 생겼다. 하지만 막상 시작되고 나서는 승부가 한순간에 시들해졌다. 첫판부터 고정원이 이긴 것까지는 문제가 없었다. 문제는 이겨 놓고 딱밤을 약하게 때렸다는 점이었다. 정말, 시시할 만큼 살살 때렸다.

재미없으니까 제발 세게 때리라고 정색한 다음 판에서 다시 고정원이 이겼다. 정색한 게 효과가 있었는지, 그때는 정말로 아프게 때렸다. 머리통 전체가 흔들리면서 눈앞에 별이 뜰 정도였다.

게임인 줄 알면서 순간 울컥했다. 그만하겠다고 하는 걸 우겨서 한 판 더했다. 마지막 판에서는 내가 이겼고, 조금도 신나지는 않았다. 신날 수 없었던 게 져 준 티가 너무 많이 났다. 고정원은 내가 좋아할 거라 생각했는지 한 대 더 때려도 된다며 쓸데없는 배려까지 했다. 혼자 열 올린 게 바보 같아져서 그냥 이마에 뽀뽀나 해 주고 끝냈다.

유치하게 놀 만큼 논 뒤에는 각자 수영을 했다. 나는 헤엄치는 걸 엄청 좋아하는 편도 아니고, 그냥 물에 들어간 것만으로 기분이 좋아서 나중에는 구경만 했다.

고정원은 수영 실력마저 완벽했다. 묵직한 몸이 물장구도 거의 일으키지 않고 미끄러지듯 나아가는 모습은 아무리 봐도 인상 깊었다. 전문적으로 배운 건가 하는 감상이 들 만큼 절제된 균형미가 있었다.

물끄러미 쳐다보고 있기는 했다. 젖은 얼굴을 쓸어내리는 모습이라든가, 수영 선수보다 육감적으로 발달된 체형 같은 걸. 눈이 마주치자 나는 훔쳐보던 사람처럼 눈길을 피했다. 알아차린 고정원이 스르르 다가와 내게 몸을 붙였다.

"……."

움직이기 힘들었다. 허리에는 굵은 팔이 감겨 있었다. 서로한테 짓눌리는 감촉이 의식되면서 허리춤이 자동으로 뻣뻣해졌다. 젖은 육체가 코팅된 것처럼 반짝거리는 게 시야에 들어왔다. 각진 몸 곳곳으로 송글송글 매달린 물방울도 보였다.

얼굴로 손이 다가오자 나도 모르게 눈을 감았다.

"아직도 좀 빨갛네."

이마에 손이 스쳤다. 아까 게임하면서 맞았던 게 그제야 생각났다.

"······얼마나 세게 때렸는지 알겠냐."

불퉁하게 중얼거렸다.

"더워?"

"어, 뭐 조금."

"가슴까지 빨개졌는데."

놀림당하는 기분이 들었다. 은근한 어조만으로 능글거리는 표정이 보이는 듯했다. 벌게진 걸 보이고 싶지 않아서 얼굴을 파묻어 버렸다. 고정원은 나를 안은 채로 다시 수영장의 수심 깊은 한가운데로 들어갔다.

수영이나 장난 같은 건 아무것도 안 했다. 그냥 가만히 부둥켜안고만 있었다. 아무런 소음이 들려오지 않아서 기분이 묘했다. 정말 외딴 곳에 단둘만 있다는 게 실감이 났다.

"······."

우리는 언젠가부터 서로를 쳐다보고 있었다. 물속에서 마주 안고, 하염없이 시선을 맞췄다. 쑥스러운 느낌은 더 이상 없었다. 감미롭게 감기는 물과 체온만 느껴졌다. 어떻게 이렇게 생겼지. 마주 보면서 새삼스럽게 감탄했다. 찬양에 가까운 칭찬은 입 밖에 내지 않고 몰래 속으로만 했다.

몸이 조금씩 뒤로 밀리며 등에 벽이 닿았다. 짓눌리며 더욱 밀착된 상태로 우리는 눈 맞추는 일을 계속했다.

"가끔 너 보면 이상한 기분 들어."

습윤한 눈동자가 아래서 위로 움직였다.

"······이상한 기분?"

물어놓고 나야말로 기분 이상해졌다. 당장에라도 음담패설이 나올 것 같아서 조마조마했다. 하지만, 잇따른 말은 의외로 추상적이었다.

"갑자기 추락하는 기분."

"……."

"뭔지 알아, 그거?"

무슨 말을 하고 있는 건지 알 듯 모를 듯 했다. 나도 가끔씩 고정원을 볼 때 장기들이 덜컥 주저앉는 느낌을 받았다. 그거랑 비슷한 걸까.

아무튼 단순하게 내가 엄청 좋다는 말로 들렸다.

"응."

대답한 나는 뜨거워진 입술을 가져다 댔다.

사방이 뚫려 있다는 게 어색했다. 고립된 곳이라는 걸 알면서도 사람이 나타날까 불안했다. 소리를 참으려고 입술을 물었다.

"윽……!"

훤한 대낮에 선들선들 불어오는 바람결이 피부로 느껴졌다. 선베드의 푹신한 쿠션에 엎드려 무릎을 지탱했다. 손잡이를 붙들자 라탄 소재의 건조하고 맨들거리는 감촉이 손바닥에 감겼다.

"흡……."

긴장해서 그런가 압박감이 대단했다. 뒤를 벌리고 들어오는 게 살덩이가 아니라 쇠기둥 같았다.

"아파……."

웬만해선 아프다고 하고 싶지 않았다. 아프다고 하면 뭘 할지 알고 있었기 때문이었다. 예상대로 고정원은 밀어 넣었던 성기를 빼냈다. 빼내자마자 둔부를 양쪽으로 벌리고, 그 사이로 얼굴을 붙였다.

욱신거리는 뒷구멍에 축축한 혀가 밀려 들어왔다. 훗, 숨을 삼키며 입술을 물었다. 들러붙어 빠는 소리를 따라 찌르르한 느낌이 번지고 있었다.

혀가 안을 쑤시고 입술이 흡입력 있게 주변을 모아 삼켰다. 그때마다 구멍부터 갈라진 회음이 들썩거렸다. 그 박동을 즐기는 것처럼 뜨거운 한숨이 쏟아졌다. 나는 죽을 맛인데 고정원은 느긋하게 웃기까지 했다.

"이제 넣어, 빨리……."

눈시울까지 뜨끈해져 있었다.

"처음부터 해 줄걸. 미안."

바라지도 않는 사과를 해 놓고 고정원은 자세를 잡았다. 성기의 두꺼운 머리가 다시 밀려 들어왔다. 두꺼운 부분이 지나면 더 두꺼운 부분이 밀고 들어오는 익숙한 감각을 느끼면서 나는 최대한 힘을 빼려 노력했다.

"흑."

다 삼키니까 흐느낌이 샜다. 자리 잡은 성기는 안을 넓히듯 천천히 드나들었다.

"내가 앉을게."

어느 정도 속이 벌려진 느낌이 났다. 자세를 바꾸겠다 예고한 고정원은 성기를 빼고 나를 들어 올렸다. 위치를 바꿔 아래로 내려간 고정원이 선베드에 기대앉았다. 나는 자리를 잡아 주는 대로 자연 경관이 보이는 바깥쪽을 향해 돌았다. 서서히 앉으며, 아직 다물리지 않은 구멍으로 살덩이를 밀어 넣었다.

"큿……."

깊어질 수밖에 없는 체위였다. 내장이란 내장이 다 얼얼했다. 힘겨워서 앞쪽으로 풀썩 엎어졌다. 엉덩이를 들자 그나마 삽입이 얕아지는 것 같았다. 끙끙거리며 앞뒤로 움직였다. 허리를 들었다 놓았다 하며 성기를 뱉어 냈다 머금었다 했다.

시원찮은 움직임마저도 얼마 이어 가지 못했다. 고정원이 메마른 신음을 뱉으며 둔부 한쪽을 쥐어짜듯이 움켜잡았다. 못 참겠는 모양이었다.

"이리 와 기대."

끌어당기는 대로 몸을 젖혔다. 배에 든 성기가 깊은 데를 찌르면서 얼굴이 찌푸려졌다. 나는 고정원의 가슴에 등을 기댄 채 완만하게 움직였다. 느리적느리적 앞뒤로 비벼 대는 게 고작이었다.

"음."

넓은 손바닥이 가슴팍을 덮었다. 다른 손은 내 성기를 가볍게 감싸 쥐었다. 별다른 애무는 없었다. 그저 내가 들썩이며 움직일 때마다 저절로 마찰될 뿐이었다. 꾸준하게 유두가 단단해지고 성기가 끈적해졌다. 애타는 느낌을 좇아 몸 전체가 격렬하게 들썩이기 시작했다. 속의 민감한 지점이 좀 더 제대로 비벼지길 바라며 몸을 찧었다.

"아흣, 흣, 으읍……."

터지는 신음을 참기 힘들었다. 입술을 한껏 말아 깨물었다.

"아무도 못 들어, 소리 내."

고정원이 잔뜩 흥분해서 긁히는 음성으로 부추겼다. 나는 울먹이면서 목에 힘을 주었다. 주변에 누가 없다는 걸 알아도 뻥 트인 야외다 보니 그렇게 쉬운 게 아니었다.

성기를 가만 쥐고만 있던 손이 힘을 주어 움직여 댔다. 유두는 굴려지고 잡아당겨졌다. 눈이 질끈 감기고 허리가 뒤틀렸다. 벗어나려 하자 팔이 올라와 앞을 둘렀다. 고정대처럼 어깨 전체를 짓누르고 자유롭지 못하게 했다. 있는 대로 허리가 젖혀졌다. 쫓기는 듯한 쾌감이 사지를 그렇게 몰아가고 있었다.

좋아. 너무 좋아.

밖이고 뭐고 더는 뵈는 게 없었다.

"정워아, 아으, 아……!"

곧 튕겨져 나간다는 생각밖에 안 들었다. 나를 붙드는 팔에도 꽈악 힘이 서렸다.

"흐아……!"

나는 돌덩이처럼 딱딱해진 팔을 붙들고 울었다. 의지를 벗어난 들썩거림이 갈수록 격렬해지는 중이었다.

급박한 긴장감이 몰아쳤다. 고정원이 양쪽 무릎을 세웠다. 받치고 있던 하반신이 폭발시키듯 속을 찍어 올려 댔다. 머리 꼭대기까지 거세게 뒤흔들렸다.

"앗, 윽, 아아, 아, 아……!"

물이 엄청나게 차오르는 느낌을 받았다. 두 발이 허공에 끌려가듯 붕 뜨는 것도 같았다. 그 거대한 감각이 감당 안 돼 본능적으로 소리를 질렀다. 그때였다. 거꾸로 처박히는 듯한 충격과 동시에 귀두에서부터 물이 팍 쏟아져 나왔다.

전신이 부들부들 떨렸다. 시야가 완전히 뒤집혔다.

"……."

팔다리가 경련의 여운처럼 움찔거렸다. 감겼던 눈이 뜨이며 찬찬히 주위가 밝아졌다. 제대로 눈을 뜨고 나서야 나는 내가 짧게 기절했다는 걸 알았다. 나를 안은 고정원이 내 눈두덩을 벌려 가며 상태를 살피고 있었다.

"괜찮아?"

사정한 지 얼마 안 된 얼굴에는 흥분감이 남아 있었다. 씨근거리는 숨을 고르며 고정원은 내 안색을 살폈다. 나도 양 뺨과 전신으로 열감이 남아 있었다. 민망한 기분에 앞서 이게 다 뭔가 어리둥절했다.

"……괜찮아."

대답하자 안심한 표정이 보였다. 이마를 짓누른 입술이 얼마 동안 움직이지 않았다. 아무래도 놀란 것 같았다. 이렇게 경련까지 하며 정신을 잃은 건 처음 있는 일이긴 했다.

"당분간 너 무리하면 안 되겠다."

중얼거린 고정원은 일어나서 비치 타월을 가져왔다. 그리고 그대로 나를 감싸 안아 펜션 안으로 향했다. 나는 다 쏟아 내고 난 뒤의 나른함을 이기지 못하고 늘어지듯 안겨만 있었다.

* * *

씻고 나오자 무기력했다. 세상만사 뒤로하고 고정원한테 기대 있었다. 아무것도 안 하고 소파에 늘어지는 것만으로 성이 찼다.

고정원이 뻗은 손으로 내 머리칼을 만지작거렸다. 손길이 하도 부드러워 잠들 것만 같았다.

"졸려?"

끄덕이자 내려온 손이 가슴팍을 둥글게 문질렀다.

"좀 더 잘래?"

"아니."

손을 겹치고 나는 어리광처럼 뺨을 문질렀다.

"……고마워."

우러나온 진심을 중얼거렸다.

"뭐가."

"그냥. 다."

정말로 모든 게 감사했다. 벼랑까지 갔던 상황이 풀려서 그런 것도 있고, 행복감에 취해서 감상적이 된 감도 없잖아 있었다. 어쨌든 하나하나 고맙고 소중한 건 진심이었다.

"미안했어. 너한테 계속 거짓말했던 거."

속에 담겨 있던 말도 선선하게 나왔다.

"있는 대로 다 말해야 되는데, 무서우니까 말이 안 나와서……."

"나도 알아."

"근데 정말로 거짓말하는 거 힘들었어. 다른 사람이면 몰라도 너한테는 못 하겠더라. 앞으로는 진짜, 그럴 일도 없겠지만 뭐 숨긴다거나 안 그럴게. 절대."

겪어 봤으니 앞으로 두 번은 겪지 않을 것 같았다.

"나도 잘한 거 없어."

고정원도 반성하는 것처럼 말했다.

"여유 없게 몰아붙였잖아."

"……."

"이번에 알았겠지만……. 인휘가 생각하는 것처럼 나 너그러운 성격 아니야."

그 말에는 별로 동의하지 않았지만 토를 다는 것도 뭐해서 잠자코 있었다.

"솔직히 말하면 자제력 같은 건 보통 이상이라고 생각했었는데."

"……."

"너한테 하는 거 보면 바닥 수준인 것 같아."

고정원은 홧김에 한 언행들을 아직도 후회하는 것처럼 보였다. 오히려 나로서는 홧김에 터뜨려 준 게 고마웠다. 감정적으로 한 번 터졌기 때문에 화가 가라앉았을 테니까.

"애인 일에 이성적이면 그게 더 이상한 거 같은데."

말하며 주섬주섬 돌아앉았다.

"나도 네가 누구랑 단둘이 있다가 그런 일 당하고 들어왔다고 하면 그 땐······."

현실도 아닌데 말하면서 기분이 더러워졌다. 더 생각하기 싫어서 입을 꾹 다물었다. 상상만으로 화를 내는 게 웃긴지 고정원이 웃었다. 웃으면서 등받이에 비스듬히 머리를 기댔다.

"······."

그 모습을 보며 엉뚱하게도 가슴이 찡했다. 기댄 모습이 편안해 보인다는 생각을 했을 뿐인데.

"있잖아."

나는 고정원의 커다란 손을 양손으로 붙들고 주물거렸다.

"앞으로는 둘 다 숨기는 일 없이 뭐든 말하자. 그게 맞는 거 같아. 나도 집에 돈 문제나, 뭐 그거 말고도 너 신경 쓸까 봐 얘기 잘 안 하고 그런 거 있었는데······."

"······."

"오히려 거리감만 생기는 거 같아. 오해도 생기는 거 같고. 아무튼 자질구레할 정도로 터놓는 게 훨씬 좋다고 이번에 깨달았어, 나도."

가만히 듣던 고정원이 시선을 깔았다. 생각에 잠긴 것처럼.

어째 좀 묘하다 싶었는데 정말 뭐가 있는 것 같았다. 곤란한 듯이 짧게 구겨지는 이마가 보였다.

"······왜 그래?"

"말해야 하나 생각이 들어서."

"뭐?"

"말 안 하고 넘어간 게 있거든."

뭔가, 전에 없이 심상치 않은 느낌이었다.

"……뭔데 그게?"

고정원은 별일 아니라고 했다. 이미 해결된 일이라고도 덧붙였다. 그런 안심시키려는 태도 때문에 나는 더 불안하기만 했다. 뭔데 그러냐고 안달 내자 고정원은 내키지 않는 것처럼 설명했다.

설명은 시종일관 대략적이고 압축적이었다. 하지만 하나하나가 충격적이었다. 내용을 요약해 보자면, 지난 두 달 동안 고정원은 스토킹을 당했다. 새벽 늦게 전화를 걸거나, 메시지로 나체 사진과 함께 음란한 요구를 하거나. 가장 무서운 건 집으로 찾아와 차 사고를 일으킨 부분이었다. 경비실에서 연락 왔던 주차장 추돌 사고가 그 사람의 짓이었다. 나도 확실히 기억하고 있었기 때문에 더욱 소름 끼쳤다.

무엇보다 놀라운 건, 상대가 여자가 아닌 남자였다. 고정원이 다니는 피트니스 센터의 데스크에서 일하던 남자라고 했다. 이름과 휴대폰 번호 같은 개인 정보를 알고 있는 이유가 거기에 있었다. 사는 곳은 미행으로 알았고, 연락을 받아 주지도, 만나 주지도 않아서 찾아와 사고를 일으켰다고 했다.

신고와 처벌이 수월했던 게 천만다행인 점이었다.

"……그 사람 나이는?"

"20대 중반쯤."

"새, 생긴 건? 험악한 인상이야?"

"글쎄. 평범해 보이는 인상이었던 것 같은데."

"……."

막연히 험상궂은 인상을 떠올리고 있었다. 평범해 보이는 사람이라고 하니 섬뜩했다.

대체 고정원한테 무슨 짓을 하려고 했던 걸까. 생각하면 당장에라도 그 남자를 어떻게든 하고 싶었다. 패든 가두든, 뭐라도 해서 두 번 다시 근처에 얼씬도 못 하게 하고 싶었다. 폭력적인 생각을 하느라 신경의 다발이 일제히 조여들었다. 과격한 분노로 손이 떨리는 걸 고정원이 감쌌다.

"뭘 이렇게 떨어."

"진작에 말하지. 이게 어떻게 별일이 아니냐. 너는 진짜……."

감정이 격해지려 하자 고정원이 안아 주었다. 나는 열 오른 눈가를 어깨에 비볐다.

"응. 그래서 지금이라도 말하는 거야."

"……."

"실제로 금방 처리되기도 했고. 신경 쓰게 할 만한 가치 없었어."

대시하는 건 당연하게 여자들이었다. 상대가 동성이 될 수도 있다는 건 생각도 못 했다. 게다가 이번 일은 어떻게 봐도 범죄였다. 잘못하다 해코지라도 당했으면 어떡할 뻔했나, 생각하는 것만으로 피가 식었다.

"괜히 말했나. 이렇게까지 심각해질 일 아니었는데, 정말."

끌어안은 팔에 힘을 줬다.

"안 무서웠어?"

"바빠서 무서울 시간도 없던데."

고정원은 능청을 떤 뒤에야 솔직하게 말했다.

"좀 피곤하긴 했어. 혹시 너한테 무슨 일 생길까 봐 신경 곤두섰던 것도 있고."

그동안 내가 너무 안일하게 살고 있었다. 그런 생각이 강하게 들었다. 나는 품에서 벗어나 얼굴을 마주 보고 말했다.

"앞으로는 신중하게 행동할게, 나도. 정신 똑바로 차리고, 네가 하지 말란 건 무슨 일이 있어도 안 할 거야."

“……”

“아, 근데 알바는 어쩔 수 없으니까 빼고. 그래도 인간관계 같은 건 나도 이번에 느낀 게 있으니까……”

허둥지둥하는데 의견이 끼어들었다.

“그럼 차라리 가이드라인 같은 걸 정할래. 구체적으로.”

가이드라인이라니 생소했다. 어떤 걸 말하는 건가 조금도 감이 잡히지 않았다. 내가 못 알아듣는 게 보였는지 고정원은 조목조목 언급을 시작했다.

“예를 들면……”

“응.”

“이성이든 동성이든 개인적으로 연락하지 않기.”

“……”

“사적인 대화 하지 않고, 사적인 정보 알려 주지 않고.”

“……”

“단둘이 만나지 않기.”

거기에는 부연이 잇따랐다.

“불가피하게 단둘이 만나야 할 상황에서는 나를 부르거나, 그게 안 되면 연락해 두고 반드시 밀실은 피하는 걸로.”

이런 거였구나. 알아들은 나는 고개를 끄덕였다.

“그리고 스킨십하지 않기. 하지 않기라기보다는 허용하지 않기라고 해야겠다, 너한테는. 다른 사람이 만지게 내버려 두지 말았으면 좋겠어. 어깨에 팔 두르는 가벼운 스킨십도 포함해서.”

“알았어.”

내용은 생각보다 간단했다. 특별할 건 없었다. 어떻게 보면 연인 간에 암묵적으로 지켜지는 일반적인 사항들이었다. 다만 그동안 이성에게만 적용되던 범위가 확장되어 동성을 상대로도 적용된다는 점이 다를 뿐이었다.

이런 정도라면 나도 지킬 자신 있었다. 구체적인 기준이 생기니까 헷갈리지 않아 편할 것 같기도 했다. 종이든 휴대폰이든 입력해서 문서화해 두면 좋겠다 싶어 일어났다.

"아예 써 놓을게."

엉덩이를 뗀 나를 고정원이 붙들어 앉혔다.

"기다려. 더 생각 중이야."

끝난 줄 알았는데 조항이 남은 모양이었다.

"이것도 추가해. 이름 불러 주지 않기."

고정원이 은근하게 요구했다.

"오빠나 형 호칭 허락하지 않기."

"뭐야, 그게."

나는 황당해서 가슴팍을 밀어 냈다. 그러자 고정원은 내 주먹을 붙잡고 끌어당겼다. 투닥거리며 장난을 치느라 소파에 먼지가 일었다. 서로 힘 조절이 안 되면서 엉킨 몸이 털썩 한쪽으로 넘어가기도 했다.

덮치듯 위로 올라온 고정원이 나를 내려다보았다.

"쳐다봐 주지 말고……"

받치고 있던 팔이 위로 올라가며 고정원의 자세가 더욱 낮아졌다.

"웃어 주지 말기."

장난인 줄 알면서도 헷갈렸다. 웃음기가 하나도 없었다.

"와…… 그건 너 진짜, 장난 아닌데?"

두 손 두 발 다 들었다는 식으로 대꾸했다. 아무리 농담이라 해도 나로선 못 할 발상이었다.

"응. 장난 아닌데."

느긋하게 대꾸한 고정원이 입술을 가져다 댔다. 그러고는 목덜미부터 여기저기를 입술로 물기 시작했다. 웃음이 안 터질 수 없었다. 자지러지듯 몸뚱이를 틀자 손까지 올라왔다. 본격적인 간지럼이 시작되면서 쉬지 못하고 웃었다. 괴로워서 등이 휘고, 고개가 젖혀졌다.

"아, 흑, 그만······!"

고정원이 아래로 내려갔다. 티셔츠는 말려 올라갔다. 홀쭉하게 당겨진 배에 입술이 달라붙었다.

"으학!"

뜨거운 바람이 불어 넣어졌다. 북, 소리가 났다. 완전히 어린애들한테나 할 법한 장난이었다. 못 참고 밀어 내자 뱃가죽이 잇새로 잡아당겨졌다. 얇은 살갗이 늘어나는 감촉이 아찔했다.

입술이 위로 올라오며 유두를 머금었다. 헉, 숨이 갈라졌다. 짓궂기만 하던 입술이 탐욕스러운 기세를 띠더니 가슴을 빨아 대기 시작했다. 결국 나는 휙, 몸을 일으켰다.

"······."

행동이 저지된 고정원은 애매한 자세로 굳어 있었다. 성적 흥분으로 인해 어둡게 침잠한 눈이 보였다. 나는 깜짝 놀랐다. 놀라긴 했지만, 장난치다 그럴 분위기가 되는 건 원래 곧잘 있는 일이기는 했다.

심장이 두근두근 빠르게 뛰고 있었다. 숨도 못 쉬고 웃어 댔기 때문인 것 같았다. 눈앞에는 젖어서 벌어진 입술이 보였다.

야릇한 고양감이 번지며 나는 천천히 몸을 기울였다. 아랫입술끼리 닿을 듯 말 듯 했다. 갑작스레 고정원이 몸을 뺐다.

"슬슬 배고프지 않아?"

"어······?"

"간단히 먹을 만한 것 좀 가져올게."

뭐라 대꾸할 새도 없었다. 주방으로 향하는 뒷모습만 보였다.

"……."

그럴 분위기인 거 아니었나? 뭐지? 갑자기 하기가 싫어졌나? 뜬금없는 태도에 별별 생각이 들었다. 얼떨떨하게 잠시 생각에 잠겨 있었다. 그리고 곧 변덕스럽게 구는 이유를 알아차렸다. 나는 목덜미를 문지르며 주방으로 따라갔다.

"……언젠 종일 하자며."

툭, 등을 건드렸다. 고정원은 식탁에서 음료수를 만들고 있었다. 아일랜드 식탁 위로는 패키지가 낯선 수입 과자들도 늘어져 있었다.

"너 혹시 아까 나 기절했던 것 때문에 그래?"

그렇다 아니다 말도 없었다. 그저 묵묵히 하던 일만 했다.

"야, 그건, 너무 좋아서 그랬던 건데."

"……."

"나는 모자라. 더 하고 싶어, 솔직히."

내 말을 듣고도 고정원은 덤덤한 표정으로 스툴에 앉았다. 아무것도 안 들리는 듯한 태도로 앉더니, 내게 먹을 걸 권했다.

"여기서 먹자."

하지만 무심한 태도가 정말 무심해 보이지는 않았다. 귓바퀴가 상기돼 있기 때문이었다. 그걸 보며 나는 웃음을 참고 옆으로 앉았다. 음료수가 담긴 잔을 만지작거리다가, 밑으로 슬쩍 손을 뻗었다. 당연히 유혹하는 의미였다. 미끄러지듯 허벅지 안쪽을 쓰다듬자 근육이 솟았다. 갈라진 선이 움푹 패는 게 느껴졌다.

고정원은 내 손을 떼어 내려 했다. 나는 교묘하게 피했다. 한가운데로 나아가 성기를 그러쥐기까지 했다. 주무를 때마다 살덩이가 삽시에 부풀었다. 그러지 않으려 해도 기가 찬 웃음이 샜다. 너무나도 쉬운 반응이 귀엽게 느껴졌다.

"장난감 같아."

정말 어릴 때 갖고 놀던 장난감 생각이 났다. 일부러 아무렇게나 주물럭거리며 거칠게 취급했다. 중간에 고정원이 '하지 마' 말하며 내 손목을 그러쥐었다. 성기는 쥐기 힘들 정도로 커져 있었다. 터질 것 같은 흥분감이 고스란했다. 일부러 '싫어?' 묻자 '싫어' 하고 거짓말인 게 뻔한 대답이 나왔다.

"······조인휘."

부르는 걸 무시했다. 다리 사이로 내려가 무릎을 꿇었다. 억지로 팬츠를 끌어 내리고, 푹 솟은 성기를 올려다봤다. 또 한숨이 들렸다. 그러거나 말거나 젖기 시작한 귀두를 머금었다. 깊숙이 빨아 주자 머리채를 붙들어 왔다. 처음에는 잡아당겨 빼려는 것 같더니 끙, 앓자마자 힘이 약해졌다.

손길은 의도가 갈수록 모호해졌다. 말리는 건지, 아니면 더 하라고 밀어 넣는 건지. 전혀 구분이 안 됐다. 허벅지 근육이 금방이라도 끊어질 것처럼 꿈틀거렸다. 귀두에서부터 새어 나온 짠맛이 혀를 적셨다.

"읏······."

살덩이를 뱉어 내고 일어섰다. 열기가 식을세라 곧장 고정원에게 달라붙었다. 귀에 입술을 붙이고 손바닥으로는 귀두를 문질거렸다. 끈적끈적, 흥분한 증거를 보란 듯이 늘어뜨리며 도발했다. 그것도 아주 놀리는 말투로.

"야, 너 이래 놓고 싫다고?"

"······."

몇 초간 정적이 흘렀다. 몇 초, 아니, 몇십 초. 생각보다 긴 시간이 흐르는 바람에 긴장했다. 나를 보는 눈빛이 아슬아슬했다. 좋지 않은 의미로 경계를 넘나드는 눈이었다. 어딘가 몹시 화가 난 사람처럼 보였다. 내가 생각했던 반응은 이런 게 아니었는데.

"하……."

다소 신경질적인 한숨이었다. 고정원은 과격해진 악력으로 내 어깨를 떼어 냈다. 손안에서 미끄덩한 살덩이가 튕겨 나갔다.

"아니, 난 놀리려고 한 게 아니라 그냥……."

당황해서 변명을 늘어놓으려 했다.

"알아."

일축하며 고정원은 일어났다. 피로한 듯 얼굴을 감싸 쥐었다. 손 위로는 험악하게 좁혀진 이마가 보였다. 새삼 꼴이 엉망이기도 했다. 내가 벗긴 바지는 허벅지쯤 걸쳐 있고, 속옷 사이로 성기가 튀어나와 있었다. 꺼덕, 꺼덕. 벌겋다 못해 거무죽죽하게 달아오른 살 기둥이 혼자 음산한 리듬을 탔다. 근데 그게 야한 분위기가 아니라 싸한 분위기였다. 나는 졸지에 큰 잘못을 저지른 기분이 되었다.

"……."

고정원의 목이 점점 붉어졌다. 귓바퀴도, 성기도. 확실히 아까보다 피가 몰려 있었다.

……화를 삭이는 게, 맞나?

의구심이 들었다. 어쩐지 고정원이 참고 있는 건 화가 아니라 다른 부분인 것 같았다. 아니, 같은 게 아니라 확실했다. 이런 걸로 화낼 리 없다는 확신이 뒤늦게 들었다. 나는 고정원의 발등을 밟고 올라섰다. 얼굴을 감싼 손을 치우는 동시에 입술을 맞췄다.

쿵-!

후두부가 세게 부딪혔다. 얼얼하다고 느끼자마자 양손이 위로 묶였다.

"……."

욕정에 잠식된 눈이 나를 봤다. 한 꺼풀 벗겨진 것처럼 번들거리고 있었다. 피부가 따끔하고, 긴장으로 조인 복부가 차오른 숨 때문에 들쑥날쑥했다. 눈앞의 넓은 가슴팍도 그랬다. 거친 호흡결이 느껴졌다.

턱 밑으로 입술이 닿으면서 어깨가 떨렸다. 고정원은 내 목덜미에 얼굴을 처박았다. 숨을 들이켰다가 뱉어 냈다가. 잘근거리기도 했다. 어떻게할 바를 모르는 것처럼 들썩거렸다. 나직한 숨소리가 고통스럽게 들렸다.

고정원은 성질 급하게 옷을 벗었다. 그리고 아래를 움켜쥐었다.

"큭……!"

굵은 살덩이가 굵은 손 안에 잡혀서 날뛰는 게 낱낱이 보였다. 성기는 계속해서 크기를 키웠다. 힘을 주체 못 하는 동물을 간신히 잡아 가둬 놓은 것 같았다.

"……읏."

지켜볼 뿐인데 입에서 이상한 소리가 났다.

"아……."

물기 어린 살 소리와, 바닥에 깔리는 신음 소리가 겹쳐졌다. 고정원은 내 눈을, 내 입술을 쳐다보면서 꾸준히 성기를 매만졌다. 거칠게 마사지하던 손은 시간이 지날수록 부드럽게 움직이고 있었다. 진정된 살덩이를 살살 달래는 듯했다.

지켜보면서 나는 입이 자꾸 벌어졌다. 숨이 차고, 탄식이 터졌다.

움직임은 끝으로 치달을수록 험악해졌고, 고정원은 묶어 두었던 내 손을 가져다 성기에 얽었다. 그리고 뽑아낼 것처럼 흔들었다. 그 몸짓을 따라 팔부터 상반신이 하염없이 흔들렸다. 사납고 거친 몸짓에 휩쓸리는 내내 얼굴이 달아올랐다.

"큭······! 아······!"

얼마 안 가 성기가 울컥울컥, 토해 냈다. 끈끈한 정액이 우리의 손을 뒤덮었다. 놀랍도록 많은 양으로, 야릇한 냄새도 풍겼다.

잡혔던 손이 해방되면서 겨우 피가 돌았다. 고정원은 내 뺨에 가볍게 입을 맞추어 왔다. 그러고는 입 주변을 닦아 주었다.

"······."

이제 보니 턱 아래까지 침으로 흥건했다. 흐르는 줄도 몰랐다. 내가 그렇게까지 집중했었다고? 아니라고 하고 싶지만 누가 봐도 정신 빼놓고 구경한 꼴이었다. 바지 한가운데가 두둑해진 것도 민망했다. 무슨 변태도 아니고.

"그, 너······."

쫓기듯 말을 뱉어 냈다.

"전에도, 나 잘 때 옆에서 혼자 한 적 있지."

"······."

"나 그때 살짝 깨 있었었는데. 너 몰랐지?"

핫.

어색한 웃음으로 끝맺었다. 끝맺자마자 후회가 됐다. 민망함을 감추려고 아무 말이나 막 뱉고 말았다. 그때 일은 그냥 모른 척 넘어갈 생각이었는데.

"······아."

나지막한 감탄사였다. 흐릿한, 묘한 웃음도 잇따랐다.

"하루도 안 빼고 했었는데."

이어진 말에 나는 귀를 의심했다.

"뭐?"

반문하면서도 혼란했다. 잘못 들은 건가.

"너 씻지도 못하고 잠들면, 그런 날은······."

나올 말에 집중하고 있었다. 하지만 고정원은 말끝을 흐리기만 했다. 뭘 했기에 똑바로 말을 맺지 못하는 건지, 도저히 뒷말을 예상할 수 없었다. 서빙 일을 끝내고 오면 종종 뻗어 버릴 때가 있었다. 씻지도 못하고 소파에서 잠들면 아침에는 늘 침대였다. 그러고 보면 늘 옷이 갈아입혀져 있었다.

"그런 날은, 뭐?"

재촉했다. 고정원은 어물쩍 넘어가려 했다. 나를 안고는 목에 스민 땀기를 핥았다. 젖은 손이 옷을 들추고, 두근거리는 가슴팍을 더듬어 왔다.

"뭐야……."

말을 안 해 주니까 더 찝찝했다.

"읏……!"

갑작스레 얼굴이 가까워졌다. 고정원은 내 귀를 빨기 시작했다. 쪽쪽 쪼이면서도 나는 계속 궁금한 걸 물었다.

"근데 아까, 뭐였어? 그런 날은 뭐?"

안 씻어서 엄청 더러웠을 텐데. 그런 날은 냄새가 심해서 도저히 못 했다는 건가.

"그런 날은……."

말하며 고정원은 몸을 떨어뜨렸다. 눈이 마주쳤다.

"뭐겠어, 바보야."

뒤통수가 휙 끌어당겨졌다. 입술이 겹쳐지면서 눈이 감겼다. 솔직히 그런 날은 뭘 했는지 아직도 알 수 없었지만 아무래도 상관없기도 했다. 고정원에게 팔을 둘러 감싸자 정성스러운 입맞춤이 이어졌다.

우리는 그 뒤로 지칠 때까지 애무를 했다. 삽입은 하지 않았다. 그저 빨고 다시 빨고……. 고정원은 내 발바닥까지 맛보듯이 혀로 굴렸다.

몇 번이고 절정까지 갔다. 나중엔 눈이 무거워지면서 애무를 받다 잠이 들었다. 연이은 사정은 졸도하듯 곯아떨어지기에 충분했다.

* * *

더위와 갑갑함 속에서 깼다. 일어나 보니 고정원의 품 안이었다. 한창 벗고 뒹굴다가 잠들어 버린 걸 기억해 냈다.

"응......."

기지개를 켜고 이불을 들췄다. 맨살을 드러낸 고정원의 상체가 보였다. 정작 나는 후드 티로 바꿔 입혀져 있었다. 이불을 덮고 안겨 있기까지 했으니 더워서 깨는 것도 당연했다.

고정원은 푹 잠든 것처럼 보였다. 꿈을 꾸는지 이따금씩 눈꺼풀 밑으로 안구가 느릿하게 움직였다. 왠지 엄청 오랜만에 보는 듯했다. 이렇게 완전하게 긴장을 풀고 있는 걸. 나는 이마를 덮은 머리칼을 살금살금 넘겨주었다. 속눈썹 밑으로 진 그늘과 가파른 콧대가 만들어 낸 음영이 내려다보였다. 평화로운 풍경이었다.

다시 침대에 누웠다. 크고 단단한 손을 만지작거리며 혼자 노닥거렸다. 통유리 너머로는 해가 저물고 있었다. 보랏빛 구름으로 뒤덮인 하늘이 장대했다. 무심코 고정원을 쳐다봤다. 깨울까. 둘이 나가서 저녁 먹기 전까지 걷다 오면 딱 좋을 것 같았다.

어깨에 손을 댔지만 깨우지는 못했다. 피로가 누적됐을 텐데 미안해서였다. 시계를 보자, 해가 지기까지 남은 시간은 짧았다. 지금이 아니면 밤에 나가기도 애매할 것 같았다. 혼자라도 다녀오지 뭐. 생각하고서 나는 몸을 일으켰다.

현관문을 열어젖히자 상쾌한 공기가 쏟아졌다. 나는 잠시 숨을 들이켰다. 언덕에서 밑으로 계단이 길게 이어지고 있었다.

"와."

둘러보며 나는 새삼 감탄했다. 넓게 펼쳐진 들판이 보였다.

"저기에도 뭐가 있었네."

산책로를 향해 걸으며 혼잣말했다. 멀어지고 나니 보이는 것들이 있었다. 건물 아래쪽으로 작게 공간이 마련돼 있었다. 테이블, 벤치, 파라솔 딸린 선베드와 해먹 등. 또 다른 휴식 공간인 듯했다. 주변의 풀들은 전부 짧게 관리가 되어 깔끔했다. 정원 관리는 누가 해 주시나. 쓸데없는 궁금증도 스쳤다.

뒤로는 전부 산이었다. 앞으로는 곳곳에 나무가 있는 평지. 한참 내달려도 끝이 나오지 않을 만큼 크기가 널찍했다. 노을 덕인지 뭐든 근사해 보였다. 고정원도 같이 걸었으면 더 좋았을 텐데. 아쉬운 마음에 내일은 산책부터 해야겠다고 다짐했다.

아늑하게 뚫린 산책로를 따라 걸었다. 여기는 확실히 건물의 주변처럼 정돈된 느낌은 아니었다. 풀이 우거져 자연스러운 멋이 있었다. 멀리 내다보이는 산등성이들은 수채화 그림처럼 보이기도 했다.

경치에 감탄하다가 이런저런 생각도 깊어졌다. 현실적으로 돌아가면 해야 할 일이 많았다. 수업을 연달아 쨌으니 학점 관리도 더 빡세질 게 분명했다. 아르바이트는 하나 그만두게 됐지만, 제일 예민한 문제가 남아 있었다.

이희운은 어떻게 해야 될까.

생각하자 한숨이 났다. 입맞춤당한 직후에는 정말 패닉이었다. 구역질이 날 정도로 거부 반응이 일기도 했고. 지금에 와선 이렇다 할 감정이 남아 있지 않았다. 내 감정이 어떻다기보다는 이희운이 안타깝다는 쪽으로 생각이 기울고 있었다. 집안일에, 그날 벌어진 사고에. 정신적으로 많이 지친 상태였을 거라 짐작됐다.

"후……."

잘 마무리 짓고 싶은데 방법을 몰랐다. 솔직하게는 우리 관계만 신경 쓰고 싶었다. 고정원만 신경 쓰고, 고정원만 위하고. 근데 그럴 수는 없었다. 세상에 우리 둘밖에 없는 것처럼 지내는 건 불안했다. 정상적인 사람 구실을 못 하게 될 것 같았다. 막연하면서도 실제적인 불안감이었다. 그래서 자꾸 행동이 애매해졌다. 차라리 내가 고정원처럼 대담했다면 아무런 문제가 없었겠지만…….

도돌이표처럼 생각에 빠져 있었던 것 같다. 나아간다는 자각도 없이 나아가면서. 어느 순간 나는 하염없던 걸음이 멈추었다.

"……."

주변은 더 이상 붉은빛이 아니었다. 해 넘어간 사방이 어둑해져 있었다. 걸어온 길을 되돌아보자 별장이 제법 멀어 보였다. 언제 이렇게 거리를 벌렸는지 몰랐다.

몇 시지?

확인하고 싶어도 휴대폰이 없었다. 지금쯤이면 고정원이 깼을지도 몰랐다. 짧게 갔다 올 생각이라 메모도 써 두지 않았는데. 괜히 불안해진 나는 뒤돌아 걸음을 재촉했다.

"조인휘!"

……처음에는 잘못 들은 줄 알았다.

"……조인휘!"

산책로의 초입. 부리나케 달려간 자리에서 나는 못 박혔다. 계단을 내려와 있는 인영이 보인 순간이었다. 그 인영은, 고정원이 맞았다. 무슨 일인지 건물의 펜스 바깥쪽까지 살피고 있었다.

"……."

근육질의 상체에 눈이 박혔다. 눈을 크게 뜨고 다시 봤다. 아무리 봐도 위에 아무것도 걸치지 않은, 자던 모습 그대로였다. 급한 일이 생긴 건가. 무슨 일이라도 있는 건가. 머리가 바쁘게 돌아가는 반면 팔다리는 굳어졌다. 왜 저렇게 찾는 거지 싶었다. 단련된 육체는 아주 분주한 동시에 아주 차분하게 움직이고 있었다. 무섭도록 몰두하는 사람의 것처럼.

나를 찾는 게 아니었나.

일순 그런 생각이 들기도 했다. 나를 찾는 거라면 저렇게 미친 듯이, 당장에라도 어떻게 할 것만 같은 기운을 풍길 리 없었다.

반대편 길목으로 뛰어가는 게 보였다. 침이 꾹 넘어갔다. 여기 있다고 알려 줘야 할 것 같은데. 뭐에 겁을 먹은 건지 가슴만 불안하게 뛰었다. 그러는 사이 고정원이 방향을 바꾸었다. 이쪽으로 빠르게 근접하는 게 보였다.

보폭이 큰 걸음은 곧 달리기로 변했다. 눈 깜짝할 사이 지척으로 거리를 좁혔다. 수풀 사이에 서 있던 나와 대번에 맞닥뜨리게 되었다.

쥐 죽은 듯 정적이 이어진 후였다.

"……어디 가."

을씨년스러운 울림이 내려앉았다.

"……."

나는 고정원의 얼굴을 올려다보았다. 어떤 기세로 주변을 뒤지고 여기까지 온 건지 알고 있었다. 쉽사리 입이 떨어질 리 없었다.

"어디 간 게 아니라, 난 그냥…… 그냥 여기 잠깐 산책 나온 건데."

변명할 일이 아닌데 변명하고 있었다. 고정원이 왜 이렇게 심각한지를 모르니까 마냥 불안했다.

"같이 나오려고 했는데, 너 곤히 자길래 깨우기 싫어서…… 잠깐만 걷다 온다는 게 좀 늦어져서……."

고정원은 가만히 서 있었다. 아무 생각 없는 것처럼. 혹은 무수한 생각에 압도된 것처럼. 무슨 일 있느냐고 묻기도 어려웠다. 상당히 황망해 보였다. 성난 것처럼 보이기도 했다. 결국 가장 걱정되는 걸 먼저 물었다.

"무슨 일 있는 거야?"

"……."

마른 입술을 축이며 달리 질문했다.

"너…… 화났어?"

"……."

고정원은 답하지 않았다. 나는 그 침묵을 이해할 수 없었다. 어떠한 상상의 여지조차 주지 않는 침묵이었다. 무거운 정체 가운데 시간이 더디게 지나갔다. 영영 떨어지지 않을 것 같던 입술은 건조하게 벌어졌다.

"아니."

"……."

"화나지 않았어."

경직된 하관이 다시 움직였다.

"화난 게 아니라 그냥…… 걱정돼서."

그 말은 어딘가 어색하게만 들렸다. 늦은 타이밍 때문인지. 딱딱한 어투 때문인지. 그것도 아니면 지금까지 보여 준 행동과의 괴리감 탓인지 나도 몰랐다.

"들어가자."

몇 발자국 다가온 고정원이 내 손을 잡았다. 나는 어, 대꾸하며 힐끔

곁눈질을 했다. 고정원은 팔뚝부터 손등까지, 힘줄이며 근육들이 신경질적으로 부풀어 있었다. 그 팽창의 흔적들이 뭘 뜻하는지 알 듯 모를 듯했다.

아직 초저녁인데도 많이 어둑했다. 건물 주변으로만 조명이 설치돼 있어 컴컴해지면 여긴 위험할 것 같았다. 그래서 그런 건가. 고정원이 왜 이렇게까지 과민하게 걱정했는지 혼자서 추측해보았다.

"……."

걷다 말고, 나는 슬쩍 엄지손가락으로 손등을 건드렸다. 가만가만 부드럽게 쓰다듬기도 했다. 받아 주지 않을 것 같던 고정원도 조금 지나자 내 행동을 똑같이 따라 했다. 쓸고, 꾹꾹 누르고. 장난을 되풀이해 주고받는 사이 긴장이 풀어졌다.

"저녁으로 바비큐 해 먹으면 어때?"

계단을 오르며 고정원이 부드러워진 톤으로 말했다.

"좋지."

"네가 맛있다던 소시지 사 놨는데."

"어, 그거 진짜 맛있었는데."

일상적인 대화를 하면서도 얼떨떨한 느낌은 남아 있었다. 잠시 어디 홀린 기분이었다. 무슨 일이 벌어졌던 것 같기도 하고 아무 일 없었던 것 같기도 했다. 아무튼 일단 별일은 아닌 듯해 다행이었다.

들어와서는 바로 저녁 준비를 했다. 냉장고에 있던 갖가지 재료들을 가지고 야외 바비큐장으로 향했다.

"먼저 가 있을래? 나도 옷 입고 갈게."

"응, 알았어."

이런저런 준비를 하는 사이 고정원이 돌아왔다. 긴팔 티셔츠 차림이었다.

"맥주도 있는데 가져올까?"

뺨에 입을 맞추며 고정원이 물었다.

"괜찮아. 여기 있는 것부터 마시자."

"그래, 그러면."

돌아온 고정원은 웬일인지 수다스러워져 있었다. 눈에 보이는 대로 화제 삼아, 이것저것 늘어놓았다. 어릴 때 입이 짧아 뭘 안 먹었었다는 얘기. 가족 캠핑 중 옥수수를 먹고 호되게 체해서 지금도 싫어한다는 얘기. 어렸을 땐 친척끼리 캠핑이 꽤 자주 있었고, 어쩔 수 없이 성실히 참여했었다는 얘기. 친척 동생들과 놀아 주기 귀찮아서 10분 만에 아이들 재우는 법을 터득하게 된 얘기 등.

굳어졌던 시간을 상쇄하듯 우리는 내내 웃었다. 각자 먹기보다 먹여 줄 때가 더 많았고, 포크를 잡는 것보단 서로의 손을 잡는 때가 더 많았다. 음식과 대화를 나누는 사이 밤은 깊게 저물고 있었다.

"배 나왔네."

밤공기가 좋았다. 식후에 발코니의 난간에 기대어 있었다. 뒤에서부터 껴안은 고정원이 내 배에 손을 댔다.

"……너무 맛있었어, 소시지가."

대답하자 고정원이 후, 코웃음 지었다. 손은 여전히 볼록한 부분을 만지작거리고 있었다. 떼어 내려 하자 훨씬 민감한 곳을 만지려 들었다. 하는 수 없이 원래 위치로 돌려놓았다.

"겨울 되면 또 올까?"

나는 벌써부터 다음 일정을 기약했다. 너무 좋아서 떠나고 싶지가 않았다.

"그래, 그러자."

"산책로도 진짜 좋더라. 내일은 해 뜨자마자 산책부터 할래?"

"좋아."

간결하게 답한 고정원이 한숨 쉬며 내게 기댔다. 내 어깨에 턱을 올리고 얼굴을 바짝 붙였다. 우리는 맞닿은 뺨을 문질렀다.

"……근데 있잖아……."

"응?"

조심스레 운을 뗐다. 넘어가려고 했는데 생각할수록 뭔가 걸렸다. 담아 두고 찜찜해하기보다는 대놓고 묻는 편이 나을 것 같아서 입을 뗐다.

"아까 밖에서 왜 그렇게 나 찾은 거였어?"

옷도 안 걸치고, 하는 뒷말은 안으로 삼켰다.

"아니, 말도 없이 사라져서 걱정한 건 알겠는데……. 네가 너무 과하게 걱정한 거 같아서, 왜 그랬나……."

"……."

찌르륵 풀벌레 우는 소리가 넘어왔다. 내 손마디를 주무르던 고정원이 툭 내뱉었다.

"가 버렸을까 봐."

"뭐?"

농담을 하는 건가 했다. 돌아서서 마주 보고 물었다.

"진심이야?"

"……."

"내가 왜? 너 여기 두고 내가 가 버린다고? 아니, 나 차도 없고 아무것도 안 가지고 나갔는데?"

자기도 말이 안 되는 걸 아는지 고정원은 묘한 표정을 지었다.

"……그러게."

입버릇처럼 그렇게, 말해 놓고 또 알 수 없는 소리를 했다.

"그냥 무시해. 내가 떳떳지 못해서 그런 거니까."

갈수록 오리무중이었다. 떳떳지 못할 건 또 뭔지. 이유를 알면 납득할 수 있을 줄 알았다. 그런데 이유를 듣고 나니 더 복잡해지는 기분이었다.

"뭐가 떳떳지 못해? 너 뭐 유부남이냐."

나름 웃기는 말이라고 했는데 고정원은 웃지 않았다. 가만히 내 뺨을 어루만지며 정적을 끌기만 했다. 그리고 스치는 바람처럼 조용히 내뱉었다.

"······내가 너무 솔직했었나. 걱정했어."

"······."

뭐가 너무 솔직했다는 건가. 짐작해 봐도 지금 이 상황에서 떠오르는 대화가 없었다. 내가 화나서 먼저 가 버릴 만한 소리를 고정원이 했던가. 되짚어 봤지만 바닷가에서 싸울 때 약간 험하게 오갔던 것 빼고는 없었고, 그것마저도 다 풀고 지나간 일이었다.

"너 생각보다 이상한 걱정 많이 하는구나."

머뭇머뭇 팔을 뻗었다. 묵직한 몸통을 힘주어 끌어안았다. 속으로는 무슨 말을 해 주면 좋을지 생각하고 있었다.

"사실 난 가끔씩 너랑 헤어지는 꿈 꾸는데."

고심 끝에 나온 말은 부끄러워서 숨겼던 속 얘기였다.

"혼자 불안해져서 너 꽉 끌어안거든? 그러면 네가 자다가도 마주 안아 줘서, 엄청 마음 놓이던데······."

나도 근거 없는 불안을 느낄 때가 있었다. 그래서 내가 위로받는 방식으로 나도 위로를 주고 싶었다. 그런 걱정은 내 꿈만큼이나 터무니없는 거라고 안심시켜 주고 싶었다.

"······."

한참을 껴안고 있다가 팔을 풀었다. 한 것도 없는데 민망해져서 목을 긁으며 딴청 피웠다. 고정원이 손끝으로 나를 만졌다. 뺨이며 귓불이며 계속 추근거렸다.

"아."

손가락이 귓구멍이나 콧구멍을 짓궂게 파고들었다. 장난을 피하느라 고개를 기울이는데 눈앞에서 설핏 웃는 게 보였다.

"……사랑해."

목소리가 바람결을 타고 흐트러졌다.

"……어?"

나는 못 들은 척 되물었다.

"뭐라고 했어?"

속내를 아는지, 고정원은 순순히 반복해 주었다.

"사랑해."

"……."

문득 궁금해졌다. 내가 사랑한다고 하면 고정원도 똑같을지, 알고 싶었다. 고정원도 나처럼 이렇게 소름이 끼칠지. 몸속이 간지러울지. 발끝까지 쥐난 것처럼 찌릿할지. 유치한 생각을 읽은 것처럼 고정원이 웃었다. 나도 따라 웃었다. 그리고 고백했다.

"사랑해."

매 순간 사랑한다고, 그렇게 말해 주고 싶었다.

9. 연애의 비밀 (6)

일상으로 복귀하고 시간이 쏜살같았다. 풀빌라에서 여유롭게 바비큐 파티를 하던 게 벌써 일주일 전이었다.

현실은 아르바이트를 하나 관뒀어도 바쁜 게 나아지질 않았다. 과제 하다가 수업 들어가고, 수업 끝나면 조모임 가고, 조모임 끝나면 다시 과제하고. 하루가 대개 그런 식이었다. 그래도 여행으로 충전하고 와서인지 전보다 하루하루가 피폐하지는 않았다. 여행지에서 단둘이 보냈던 여러 가지 추억들을 자양분 삼아 기분 좋은 날들이 지속되고 있었다.

학교는 어수선했다. 축제를 앞두고 있는 탓이었다. 생각해 보면 나도 작년에는 학생회도 아니면서 돕느라 분주했었다. 올해는 그럴 겨를도 없고, 축제라곤 해도 남의 일처럼 까마득하게 느껴질 뿐이었다.

[인휘야

[우리 점심 여기서 괜찮아?]

고정원으로부터 메시지가 왔다. 음식점 위치도 첨부돼 있었다. 바로 좋다는 답장을 보내고 강의동을 빠져나왔다. 시간은 아직 30분 정도 여유가 있었다. 근처에서 발표할 PPT만 다듬다가 가면 될 것 같았다.

"인휘 형!"

목청 큰 부름에 등이 흠칫 떨렸다. 돌아보자 낯익은 얼굴이 보였다.

"아아, 안녕."

우민규였다.

"점심 먹으러 가세요? 같이 가실래요?"

말하며 우민규가 넉살 좋게 웃었다. 나는 미안한 표정으로 말했다.

"미안, 약속이 있어서."

"아, 아쉽네요……."

금세 표정이 시무룩해졌다. 다음에 애들이랑 같이 먹자고 말하려던 차였다.

"형은 축제 준비하러 안 오세요?"

우민규가 눈을 빛내며 물었다.

"바빠서 시간이 잘……."

"축제 때는 오시는 거 맞죠? 꼭 오셔야 돼요."

이젠 거의 울상이었다. 못 간다고 말해 줘야 하나. 축제 기간에는 멀리 나가서 데이트를 할 예정이었다.

"요새 저 죽겠어요, 이러다. 동아리 부스 준비도 돕고 있는데 와……."

망설이기 무섭게 푸념이 쏟아졌다. 축제 준비에 대한 푸념으로 시작해 사생활까지, 화제가 휙휙 바뀌었다. 얼마 전 소개팅 상대와 틀어진 이야기까지 술술이었다. 수다는 장장 20분을 넘기고 나서 끝났다.

"이거 먹을래?"

헤어지기 전에 과자 하나를 건넸다. 주머니를 뒤져 나온 에너지바였다. 주변에 당장 사 줄 만한 게 없길래 아쉬운 대로.

"헉, 감사해요……! 아껴 먹을게요."

호들갑스럽게 좋아하니까 미안해졌다. 별것도 아닌데. 다음에는 꼭 밥 한 끼 사 줘야 할 것 같았다.

"맞다!"

큰 소리에 놀라 고개가 들렸다.

"형, 혹시 이희운 왜 그러는지 아세요?"

불쑥 튀어나온 이름에 한 번 더 놀랐다.

"어, 희운이가 왜?"

"아니, 걔 요새 진짜 수상해요."

우민규는 푹 한숨을 내쉬었다.

"학교도 제대로 안 나오는 것 같더라고요. 얼굴은 누구랑 쌈질을 했는지 못 볼 꼴을 해 가지고, 뭐 휴학할 거라는 말도 있고……. 이래저래 골치 아픈 거 같던데 혹시 아세요?"

"……아니, 나도 잘 모르겠네 그건."

"네에……. 형은 왠지 아실 거 같았는데."

그 길로 헤어지고 바로 약속 장소로 향했다. 뜻하지 않은 만남에 시간이 지체돼서 다른 걸 하지는 못했다.

"……."

싱숭생숭했다. 얼굴이 못 볼 꼴이라느니 휴학을 할 것 같다느니. 들었던 말들이 자꾸 맴돌았다. 그날 이후로 이희운과는 한 번도 연락하지 않았다. 우연히 마주치는 일도 없었으니 당연히 어떻게 지내는지도 알지 못했다.

쭉 이렇게 불편하게 지내는 건 못 할 짓이었다. 만약 휴학 얘기가 사실이라면 한 번 보기는 해야 할 것 같았다. 고정원에게 말하고, 셋이 다 같이 보는 방향이 좋겠지 싶었다.

약속 장소로 들어가기 전이었다. 나는 건물을 한 번 훑어봤다. 상호명과 건물 외관을 보고 나니 기억이 되살아났다. 분명히 전에 한 번 왔던 곳이었다. 전에, 이희운을 껴서 고정원과 다 같이 밥을 먹었던 그곳이 맞았다.

문을 열고 들어서자 고정원이 보였다. 창가의 맨 끝자리였다. 다른 사람과 동석한다는 말을 듣지 못했다가 맞은편에 웬 남자가 앉아 있길래 의아했다. 누구지? 궁금해하며 뒷모습을 쳐다봤다. 코앞까지 다가가서야 나는 그게 이희운이라는 걸 알았다. 정말로 이희운이 앉아 있었다. 얼굴에는 얼룩덜룩 멍 자국을 달고서.

어서 와, 알은체한 고정원이 의자를 끌어당겨 주었다.

"한 번은 보고 끝내야 할 것 같아서."

"아, 어어, 잘했……어."

떨떠름한 입가를 문지르며 자리에 앉았다.

"……오셨어요."

"아, 응."

나는 마주쳤던 눈을 반사적이라고 할 만큼 잽싸게 돌렸다. 콜록, 헛기침을 해 놓고 왠지 갈증이 나서 물을 찾았다. 꿀꺽꿀꺽 들이켜고 나자 손끝으로 긴장이 스몄다.

왜 이러지.

메뉴판을 받고, 주문까지 모든 게 얼렁뚱땅이었다. 기다리는 동안 냅킨을 접고, 찢고, 오른쪽 다리를 떨어 댔다. 침착한 시늉도 힘든 와중에 억지로 끌어들일 만한 화제도 없었다. 기어이 예의가 아닌 줄 알면서 휴대폰만 쳐다봤다.

음식이 나오고 나서도 거북함은 여전했다. 결정적으로 셋 다 말이 없었다. 고정원이 일부러 배려해서 마련해 준 자리였다. 어떻게든 대화를 시작해서 잘 마무리 지어야 할 타이밍인데 현실은 눈을 맞추는 것부터 난감했다.

손님이 거의 없는 내부는 조용하기만 했다. 식사는 나만 하고, 고정원도 이희운도 음식에 손을 대지 않았다.

"희운아."

부르는 소리에 음식을 삼키던 목이 조였다.

"불편하면 먼저 일어나도 돼."

"……."

"할 말 있을 텐데, 하고 가."

그 할 말의 내용이라는 게 뻔했다. 이런 곳에서, 이런 식으로 할 말은 분명 아니었다. 갑작스레 사과를 받게 될 줄은 몰랐기 때문에 나는 당황스럽기만 했다.

이러지도 저러지도 못하고 그저 버겁게 조여 오는 공기만 느끼고 있었다.

"……죄송해요, 인휘 형."

사과의 말이 들려왔다.

"어……."

불쑥 고개 들자 일그러진 눈이 보였다.

"제대로 사과드리고 싶은데 그동안 못 했어요. 얼굴 보는 것도 불편하실 것 같아서."

이제 보니 상당히 말라 보였다. 얼굴에 난 상처도 그때 내가 때려서 생긴 걸 텐데. 예상보다 훨씬 심해서 마음이 한없이 불편해졌다.

"어⋯⋯. 사과 받을게. 나 이제 정말로 신경 안 쓰니까 너도⋯⋯."

"⋯⋯네."

"⋯⋯."

"감사해요. 안 받아 주실까 봐 걱정했는데."

얼굴이 너무 안 좋아서 도리어 내가 잘못한 입장 같았다.

"야, 너 밥 좀 제대로 먹고 다녀라⋯⋯."

엉겁결에 내뱉은 소리에 이희운이 쓰게 웃었다. 그럴게요, 하고 작은
대꾸가 뒤따랐다.

"형도 너무 무리하지 마요."

"⋯⋯."

"전부터 계속 말하고 싶었는데⋯⋯."

말끝을 늘이며 이희운이 내 눈을 봤다.

"누구한테든 억지로 맞춰 줄 거 없어요."

이게 무슨 말인가 싶었다. 이런 말이 나오게 된 배경을 이해하지 못한
나는 그저 말하는 상대만을 뚫어지게 쳐다볼 뿐이었다.

"어떤 관계에서든, 저는 형 의사가 제일 중요하다고 생각해요. 싫으면
싫다고 말도⋯⋯."

지금 왜 이런 말을 하나, 뚜렷한 의문을 가지기도 전이었다.

"할 말이 그렇게 많아?"

고정원이 끼어들었다.

"아니면 생각해 보니까 배가 고픈가. 밥 더 먹고 갈래?"

"⋯⋯."

묻는 말이었지만 그만 가 보라는 소리로 들렸다. 이희운도 그렇게 느꼈
는지 불편한 침묵이 감돌았다.

"인사 정돈 할 수 있다고 생각하는데요."

"글쎄……."

나직한 말꼬리에 희미한 조소가 스몄다.

"억지로 사람 붙들어 놓고 추행한 장본인이 할 말은 아닌 것 같아서."

"……."

"……."

찬물 뒤집어쓴 것처럼 조용해졌다. 이희운도 나도 '추행'이라는 단어 앞에서 똑같이 얼어붙었다. 내부는 지나치게 조용한 음악이 흐르고 있었고, 드문드문 손님이 자리한 테이블 간의 간격도 넓었다. 우리 주변만 스피커를 끈 것처럼 소음이 전멸했다.

이걸로 끝이구나.

상황이 상황인 만큼 그대로 나가도 이상할 게 없었다. 나는 당연히 이희운이 나갈 거라 예상하고 있었다.

그런데 아니었다. 이희운은 가만히 앉아 있었다. 삭이는 듯한, 긴 한숨을 내쉬었다.

"선배가 할 말은 더 아닌 것 같은데요."

상황이 심상치 않게 흘러간다는 건 인지했다. 말려야 하나, 눈치를 보고 있던 중이었다. 말릴 새도 없이 기묘한 발언이 튀어나왔다.

"진짜 범죄잖아요. 당신이 하는 짓은."

"……야, 이희운."

놀라서 말렸다. 범죄라니. 그런 과격한 단어를 쓸 이유가 어디에도 없었다.

"나라면 그런 거 안 해요, 절대."

"응."

받아치긴커녕, 고정원은 담담하게 동조했다. 여유롭게 첨언하기까지 했다.

"그러니까 내가 가진 거겠지. ……네가 아니라."

포크 떨어지는 소리가 날카롭게 울렸다. 이희운이 주먹으로 내리친 테이블이 쾅, 하고 울렸다.

"그딴 식으로 소유물처럼……."

"말해도 되는 관계도 있어."

나랑 조인휘처럼.

"……."

이희운은 티 나게 얼굴을 붉혔다. 고정원을 쳐다보는 눈이 이보다 험악할 수 없었다. 눈에서 불길이 일었고, 당장이라도 튀어나올 것처럼 주먹이 떨렸다. 격한 반응은 보는 사람의 가슴을 벌렁거리게 했다.

"……이런 말까진 안 하려고 했는데……."

이희운이 나를 봤다.

"언제든 도움 필요해지면, 나한테 연락 줘요 꼭. 이 사람 완전히 제정신 아닌 것 같으니까."

나는 뻐끔대던 입을 다물었다.

"……."

……왜.

왜 이런 말을 들어야 하는지. 신경질에 가까운 의문이 솟았다. 왜 고정원이 이런 평가를 들어야 하는지. 왜 이런 식으로, 우리 관계가 잘못될 것처럼 다른 사람들이 참견을 하는지. 어지러운 와중에 명치에서부터 아프게 치밀어 올랐다. 나는 흥분하지 않으려고 애쓰면서 말했다.

"도움 같은 거 필요 없어."

목소리가 떨릴까 봐 성대에 힘을 줬다.

"그리고, 얘가 제정신 아니면……."

"……."

"내가 더 제정신 아닌 거니까."

거기까지 말하고는 정면에서 직시했다.

"어차피 네가 상관할 일도 아니고."

이희운의 표정이 어떻든, 더는 마음 쓰이지 않았다. 더 마주 보고 있을
이유도 없다는 생각이 들었다. 일부러 나쁘게 대할 필요도 없지만, 좋게
끝내려고 애쓸 필요도 없었다. 최대한 예의를 지킨 마지막 인사가 필요한
시점이었다.

"그럼, 잘 가. 건강하게 잘 지내라."

"……."

테이블에서는 어떤 소음도 일어나지 않았다.

이희운은 한참 뒤에야 답했다.

"……잘 지내요, 형."

그 말을 마지막으로 자리를 떠났다. 발걸음이 너무나 조용해서 그저 희
미한 기척으로 나갔음을 예상했다.

……다 끝났다.

긴장을 놓자마자 어깨에서 힘이 빠져나갔다. 식은 음식을 뒤적거리다
포크를 내려놓았다.

"그만 먹을까."

묻는 말에 나는 짧게 고개를 끄덕였다.

우리는 나가서 주변을 무작정 걸었다. 주변에 있는 공원을 돌고, 한 바

퀴를 다시 돌았다. 원래는 밥만 먹고 복귀하려고 했다가 예정에 없던 데이트였다.

걸으면서는 얘기를 많이 나눴다. 그 대화를 통해 나는 이희운의 얼굴에 든 멍 자국이 나 때문만은 아니라는 걸 알게 됐다. 고정원은 며칠 전 이희운을 찾아갔었다.

"화나서 화냈어. 그럴 자격 충분히 있다고 생각해서."

맞아, 나 자격 있는 거?

확인을 구하듯 고정원이 물었다. 다른 사람 눈치 보는 성격도 아니면서, 내 눈치를 보는 게 의외였다. 아마 폭력을 썼다는 걸 내가 안 좋게 볼까 봐 우려하는 것 같았다. 정당성을 나한테 확인받고 싶어 했다.

"⋯⋯당연하지."

기분이 복잡해지면서 고정원한테 미안한 마음이 들었다.

사실 나는 좀 충격을 받은 상태이기도 했다. 아까 식사 자리에서 받은 충격이었다. 이희운과의 그 일이, 생각보다 내게 영향을 크게 끼쳤다는 걸 깨달았다.

만나면 정말 아무렇지 않을 줄 알았다. 감정이 가라앉은 후라 이희운 얼굴을 봐도 전과 같은 줄 알았는데, 전혀 아니었다. 막상 마주치니까 어쩔 줄 모르겠는 기분이었다. 그때 그 집의 분위기, 그때 느꼈던 감정, 그때 내게 닿았던 감각들 같은 게 생생히 되살아나면서 회피하고만 싶었다.

나는 고정원을 올려다보며 말했다.

"⋯⋯고마워. 나 때문에 화내 줘서."

나는 전부터 화내야 할 일도 적당히 넘어갈 때가 많았다. 그게 성격이라 생각했지만, 돌이켜 보면 단순히 방어적인 습관이었다. 화를 내도 되나. 내 봤자 아무 일 안 일어날 텐데. 사람만 잃게 될 텐데. 그런 걱정을 하느라 움츠러들기만 했었다. 나중에는 참았던 게 곪아서 속앓이하는 걸로 마무리되는 게 대부분이었다.

"너랑 만나고부턴 아플 일이 없는 거 같네."

"……."

"……네가 맨날 나 대신 아파 주니까."

말해 놓고 쑥스러워서 다른 곳을 쳐다봤다.

"응, 난 그러려고 있는 건데."

고정원이 천연덕스럽게 받아넘겼다. 닭살스럽다 생각하면서도 웃음이 났다. 주책없이 벌어지려는 입가에 힘을 주고서 말했다.

"나도 너 안 아프게 해 줄게."

대신 아파 주겠다는 말이었다.

고정원은 느릿하게 걸으면서 웃었다. 가슴 떨리게 웃더니 덧붙였다.

"아니, 넌 아프지 마."

"……."

흘리듯 하는 말에 나는 대꾸하지 못했다. 고정원처럼 능글능글하게 받아쳐 보려고는 했다. 근데 입이 떨어지지 않았다. 목 주변을 쓸고, 머리칼을 흐트리고, 시큰해진 눈에 힘만 줬다.

"……슬슬 가야겠다."

돌아갈 때가 되고 나서야 깨달았다. 오늘 날씨가 굉장히 좋다는 걸. 고개를 들어 본 길목마다 녹음이 짙푸른 빛을 반사하고 있었다.

우리는 할 수 있는 말이 모두 소진된 것처럼 조용히 걸었다. 이따금씩 어깨가 스치고 손등이 스치고, 그런 좁은 간격을 유지하면서 학교로 향했다.

이따 봐.

방향이 달라지는 곳에서 손인사를 끝으로 갈라졌다. 그때부터 나는 혼자 걸어갔다. 강의동으로 향하고, 도착한 강의실의 구석진 곳에 앉았다.

수업 중에는 창밖으로 자주 주의를 뺏겼다. 종이의 귀퉁이에 무의식적으로 낙서를 늘어놓기도 했다. 낙서 사이사이, 고정원이 했던 말을 그대로 적었다가 선을 덧그어 감췄다. 공원에서 마주했던 표정들을 멍하니 곱씹어 보기도 했다.

어쩐지 그런 사소한 모든 일상이 스미듯 인상 깊은 오후였다.

10. 연애의 비밀 (7)

언젠가 방문할 기회가 있지 않을까 했다. 그 기회가 이렇게 갑작스레 찾아올 줄은 몰랐지만.

"괜찮다니까, 인휘야. 그런 거 안 사도."

"그래도 사 갈래. 그냥 내가 알아서 할 테니까 말리지 마."

급하게 들어간 대형 마트 식품 코너였다. 선물용으로 좋아 보일 만한 과일을 눈에 불을 켜고 찾고 있었다. 고정원은 몇 번이나 사지 않아도 된다고 말렸다. 나는 뭘 모르는 소리라고 생각해서 무시했다. 어른을 뵈면서 빈손은 예의가 아니었다.

물론 이게 정식 인사 같은 건 아니었다. 고정원이 필요한 걸 가지러 집에 가는 김에 겸사겸사 나까지 따라가는 사정이었다. 인사 목적이 아니긴 해도, 처음 뵙는 만큼 좋은 인상을 남기고 싶었다.

"너희 어머니 어떤 과일 좋아하셔? 딸기 좋아하셔?"

"좋아하실 거야, 뭐든."

표정을 보아하니 어머니가 좋아하는 과일이 뭔지 모르는 것 같았다.

"이거랑 이거 사 갈까?"

"하나면 충분해. 이걸로 하자."

고정원은 내 손에 든 청포도를 빼앗아 계산대로 향했다. 나는 갈팡질팡하다가 결국 딸기까지 챙겨서 뒤따랐다.

카운터 앞에서는 얼이 빠졌다. 황당하게도 고정원이 자기 카드로 계산을 해 버렸다. 내가 지갑에서 현금을 빼내고 있는 사이 벌어진 일이었다. 나는 눈 뜨고 코 베인 심정으로 허탈하게 지갑을 넣었다.

"네가 계산하면 어떡하냐. 내가 사야지 의미 있는 건데."

주차된 차에 오르면서 따졌다. 이것만큼은 내 돈으로 내가 사서 드리고 싶었기 때문에 진심으로 속상했다.

"누가 사면 어때. 우리가 남도 아닌데."

"그러니까. 우리가 남도 아닌데 왜 너만 돈을 쓰냐고. 이거는 진짜 내가 사고 싶었는데. 내가 사서 선물처럼 드리고 싶었는데……."

매번 이런 식이었다. 못마땅해서 중얼거리자 주차장을 빠져나가던 고정원이 내게 손을 뻗었다.

"인휘가 생각해서 산 선물 맞는데 왜."

"……."

"어머니한테도 직접 드려. 오다가 샀다고 말씀드리면서."

왜 속상한 건지 전혀 이해 못 하는 눈치였다. 핸들을 돌리며 주변을 살피는 얼굴에는 기분 좋다는 듯 미소마저 머금어져 있었다.

"……당연히 내가 드릴 거긴 한데……."

실제로 내 돈 주고 샀으면 훨씬 좋았을 거라는 얘기였다. 뭘 어떻게 해도 대화가 원점으로 돌아올 것 같아서 입을 꾹 다물었다.

도착하자 어머니께서 기다렸다는 듯 반갑게 맞이해 주셨다.

"어서 와요."

"……."

나는 차에서 내릴 때부터 긴장하고 있었다. 나도 알았다. 하지만 어디를 지나쳐 여기까지 당도한 건지 기억에 없을 만큼 긴장하게 된 건 예상 밖이었다. 하나 들어 주겠다는 고정원의 말을 무시하고 고집스레 양손에 든 과일이 발발발발 떨렸다.

"……안녕하세요! 조인휘입니다. 실례하겠습니다."

'반가워요. 정원이한테 얘기 많이 들었어' 말씀하시는 목소리가 멀고 불확실하게 들렸다. 시야가 흔들리며 어지러웠다. 안 되겠어서 고개를 푹 숙이고 과일을 내밀었다.

"저기, 이거, 드세요. 어머님."

슬쩍 미간을 찌푸렸다. 어머님이 맞나. 어머니라고 했어야 하나. 고작 받침에 미음이 붙고 안 붙고 차인데 헷갈렸다. 뱉어 놓고 나니 어머님은 결혼한 여자들이 시어머니를 부를 때 쓰는 호칭 같았다.

"아니, 어머, 어머니……."

기어들어 가는 음성으로 덧붙였다. 기분 탓인지 정적이 맴돌았다. '훗' 하고 뒤에서부터 고정원이 나직하게 웃는 기척만 들렸다.

"뭘 이런 걸 다 샀어. 그냥 와도 되는데……."

좋아하시려나. 걱정하며 열어 보시는 모습을 힐끔거렸다.

"고마워요. 요즘 젊은 사람 같지 않게 예의가 참 바르네, 얼굴도 잘생긴 친구가."

"앗, 아뇨, 네, 아니, 감사합니다."

'잘생긴 친구'라는 과찬에 등이 확 뜨거워졌다. 고정원 옆에서 듣기에는 더더구나 민망했다.

"근데 괜찮아요?"

물으시기에 되물었다.

"네?"

내가 너무 얼굴이 붉어진 탓인가 했다. 볼을 문지르자 어머니께서 난처한 듯 웃으셨다.

"아니, 정원이랑 같이 살면 답답할 것 같아서. 애가 지나치게 말이 없잖아. 성격이 좀 정 없고 칼 같아도 이해해 줘요."

"예?! 아니요, 그런 건 전혀······."

나는 손사래까지 치며 부정했다. 어머님께 송구스러운 기분이 들었다. 우리 둘을 단순히 같이 자취하는 동기 사이로만 알고 계실 텐데. 저하고 있을 때는 말 많아요. 정도 넘치다 못해 돈까지 막 퍼 줘요. 솔직하게 토로하는 말은 가슴에만 담아 두었다.

"얘가 고집도 은근히 세서 피곤할 거야. 양보하는 척하면서 잘 안 하지 않아요?"

어떻게 대답해야 할지 몰라 어버버했다. 때마침 지원 사격처럼 고정원이 끼어들었다.

"죄송해요."

상냥한 말씨로 선을 그었다.

"저희 과제가 급해서요. 그만 올라가 봐도 돼요?"

"이거 봐. 얘가 이런다니까. 네 얘기 한다고 싫은 거지? 알았어, 올라가 봐. 친구는 만나서 반가웠어요."

"아, 네. 저도요, 어머니."

꾸벅 인사했다. 곧장 등을 보이는 건 예의가 없는 것 같아 계속 꾸벅꾸벅 묵례했다. 뒷걸음질 치다 장식장에 부딪친 게 유일한 실수였다.

"후우."

계단을 올라 공간이 분리되자 해방감이 들었다. 두피가 온통 식은땀으로 젖어 있었다. 오죽 긴장했으면 이러나 싶었다. 고정원은 내가 긴장한 게 웃긴지 이마의 땀을 닦아 주면서도 실실거리는 웃음을 숨기지 않았다.

"나 웃겼어?"

"아니."

"뭐 실수한 거 없지?"

"응."

고정원네 어머니는 역시 좋은 분이었다. 똑바로 쳐다보지도 못했지만, 아무튼 멋있는 분이라는 인상이 남았다. 유능한 사업가 같은 이미지셨다.

"야, 근데 너희 어머니가 나랑 대화하고 싶어 하시는데 왜 끊었어. 섭섭해하시잖아."

떨어지게 돼서 안도했으면서 괜히 핀잔했다.

"괜찮아. 안 섭섭해하셔."

"근데, 네 방은 어디야……?"

나는 두리번거리며 물었다. 한 층만 올라갈 줄 알았는데 계속 계단을 밟고 있었다.

"4층에."

집 구조나 인테리어가 이제야 눈에 들어왔다. 대리석처럼 보이는 계단은 발치가 어둡지 않게 조명이 켜지고 있었다. 벽에 조명등도 그렇고, 분위기가 가정집이라기보다는 전시회관 같았다.

그러고 보니 집이 층이 많다 싶었다. 아까 지하 주차장에서부터 엘리베이터를 타고 올라왔다. 2층이 보이기에 무심결에 2층은 다른 집인 줄 알았다. 건물 전체가 통으로 단독 주택이었을 줄이야. 2층까지만 엘리베이터로 올라올 수 있고, 그 위의 층수는 직접 올라가야 하는 모양이었다.

"넓다……."

엘리베이터를 설치해야 할 정도의 규모라니. 넓고 복잡한 구조에 층마다 눈이 돌아갔다. 여기에 와 보니 얼마 전에 갔던 펜션이 소박하게 느껴질 정도였다.

"구경할래?"

"응."

기웃거리는 나를 데리고 고정원이 안내했다. 화장실이 곳곳에 있고, 야외로 이어지는 정원도 있었다. 그랜드 피아노가 놓인 공간도 보였다. 방들은 하나같이 넓어서 월세를 내 줘도 되겠다 싶었다. 우리가 몰래 들어와 살아도 아무도 모르지 않을까. 반쯤 진심으로 그런 생각이 들기도 했다.

"와……."

그리고 고정원의 방이 제일 멋있었다. 그 방은 방만으로 하나의 완성된 집이었다. 심지어 냉장고까지 따로 설치돼 있었다. 드레스룸이며, 휴식 공간처럼 꾸며진 알파룸이며. 가벽이 설치된 서재에, 뒤로는 탁 트인 테라스까지. 여기저기 다른 공간이 숨어 있어 끝도 없이 확장되는 느낌이었다.

기가 찼다. 이런 방을 내버려 두고 예전에 내가 살던 그 허름한 원룸에서 어떻게 같이 지냈나 싶어서. 우리가 이사한 오피스텔도 좋긴 하지만 여기에 비하면 한참 모자랐다.

"우리 방 빼고 몰래 여기 들어와 살아도 되겠다."

둘러보며 아까 했던 생각을 그대로 내뱉었다.

"그럴까, 그러면."

고정원은 즐거운 듯이 맞장구쳤다.

"신혼부부가 살기엔 좀…… 스릴 넘칠 것 같긴 한데."

신혼부부? 우리가? 묻기도 전에 고정원이 허리를 끌어당겼다. 손이 엉덩이로 내려왔다. 입술이 금방 달라붙을 것 같아서 목이 빳빳해졌다.

똑똑, 노크 소리가 울렸다.

경기를 일으키듯 푸다닥 떨어졌다. 문 쪽을 힐끗거리며 침을 삼켰다. 고정원은 '거봐, 내 말이 맞지?' 하는 표정으로 장난스럽게 눈썹을 들어 올렸다.

"네, 들어오세요."

고정원이 대답했다. 태연하기 그지없는 목소리였다. 곧 문이 열리고, 어머니께서 과일이 담긴 쟁반을 가지고 들어오셨다.

"저 주세요."

나는 뛰어가서 쟁반을 대신 들었다.

"과일 정말 맛있더라. 먹으면서 쉬엄쉬엄 해요."

쟁반 위에는 내가 드렸던 청포도와 딸기가 올라와 있었다.

"감사히 먹겠습니다!"

허리를 꺾어 인사했다. 깍듯함이 지나쳤는지 어머니께서 돌아보시곤 웃으셨다. 탁, 문이 닫히자 꼿꼿하던 등줄기가 흐물해졌다.

"하……."

고정원이 다가와 나를 끌어안았다. 또 오실까 봐 불안했다. 문을 힐끔대자 고정원이 자세하게 설명해 주었다.

"원래 특별한 일 아니고는 잘 안 올라오셔. 주로 1, 2층만 사용하시거든."

안심하고 경계 태세를 풀었다. 고정원의 허벅지에 앉아서 과일도 먹고, 두리번거리며 방 구경도 했다. 그러다 어느 순간 재채기가 터졌다. 막을 틈도 없었다. 마주 보고 있던 고정원의 얼굴에 스프레이처럼 튀어 있었다. 코앞에서 대놓고 침을 뱉은 거나 다름없었다.

"으앗, 미안."

당황해서 얼굴을 닦아 주었다. 촘촘한 속눈썹이나 우뚝 솟은 콧대에도 튀어 있었다. 뻘뻘거리며 닦자 우스웠는지 고정원의 입매가 부드럽게 올라갔다.

갑자기 옷 속으로 손이 들어왔다. 옆구리를 쓰다듬는 손길은 몹시 은근했다.

"야, 밖에 어머니 계시잖아. 오늘은 안 해, 절대."

"나도 그럴 생각 없어, 오늘은."

무덤덤한 대답이 나와 민망해졌다.

"뭐야. 빨리 손이나 빼."

손끝이 능청스럽게 심장 주변을 덧그렸다. '엄청 긴장하네' 놀리듯 중얼거린 고정원이 급작스럽게 젖꼭지를 꼬집어 비볐다. 나는 찌릿한 느낌을 못 참고 확 떨어졌다.

"야, 너 무슨 책 찾아야 한다며. 창고에서도 가져올 거 있고."

할 일을 일깨워 주었다. 고정원은 마지못해 일어났다.

"갔다 올 테니까 방 구경하고 있어. 마음대로 다 뒤져 봐도 되니까."

마음대로 뒤져도 된다니. 다소 위험한 멘트를 남기고 방 주인이 나갔다. 커다란 방 안에서 나는 혼자가 되었다.

"……."

자리에서 슬그머니 일어났다. 조금 들뜨는 걸 느끼며 우선 책장부터 둘러보기로 했다.

이게 다인가?

같이 살면서도 느꼈지만 참 단조로운 걸 좋아했다. 이 사람은 관심사나 취향이 대체 뭔가. 모르는 사람이 보면 미궁에 빠질 정도로 사적인 물건이 적었다. 아니, 있기는 꽤 있는데 범위가 협소하고 지나치게 딱딱한 느낌이랄지. 책장에는 각종 전문 지식을 다룬 책, 그리고 영문 원서들과 몇 권의 영문 시집 정도가 꽂혀 있었다. 책장 밑으로는 흑백의 추상화 액자가 놓여져 있었고, 눈에 띄거나 특징적인 건 없었다. 소설이나 만화 안 읽는 건 진짜였구나. 생각하며 나는 발길을 돌렸다.

향한 곳은 드레스룸이었다. 그리고 거기서 우연히 고정원이 입었던 교복을 발견했다.

"엄청 크네."

지금 입는 옷 사이즈랑 크게 다르지 않았다. 큼직한 교복을 쥐고서 거울 앞에서 몸에 대 봤다. 고정원의 풋풋한 학생 때 모습을 상상하기도 하면서 시시덕거렸다.

"우와, 뭐가 이렇게 많지."

드레스룸 한가운데에는 비싸 보이는 시계로 가득했다. 명품에 어두운 나로서는 아는 브랜드가 고작 한두 개 정도였다.

구경을 마치고 나와서는 침대 끄트머리에 걸터앉았다. 피로감이 밀려오며 눕고 싶었다. 소파에 누울까. 일어섰다가 무심코 눈앞에 보이는 협탁을 열어 보았다.

거기에는 담배와 지포 라이터가 있었다. 나는 멀뚱멀뚱 담뱃갑을 집어 들었다. 그걸 만지작거리고 있으려니 회상에 빠져들었다. 예전에, 집 앞에서 봤던 고정원이 떠올랐다. 담배를 피우고 있던 모습은 아직도 기억에 생생했다.

"……."

언제 오나. 궁금해져서 시계를 올려다봤다. 나간 지 30분도 넘은 것 같은데 왜 이렇게 늦어지는지 궁금했다. 같이 간다고 할 걸 그랬나.

10분을 더 기다렸다. 더는 안 되겠다 싶을 때쯤 방을 빠져나왔다.

"정원아, 고정원."

소심하게 부르며 복도를 걸어 나갔다. 방문이 다 열려 있어서 안을 확인해 보았다. 마지막 서재처럼 보이는 방에도 없었다. 아무리 봐도 4층 전체에 나밖에 없었다.

얌전히 들어가서 기다릴까. 발길을 돌렸다가 슬쩍 계단을 내려가 보았다. 어머니께서 1, 2층만 사용하신다고 했으니 괜찮겠지 싶었다. 아래에 없으면 도로 올라올 생각이었다.

"엇."

찾았다.

3층 복도에서 드디어 찾던 모습이 보였다. 복도의 중간에 있는 거대한 수납장 앞에서였다. 수납장 문이 다 열려 있었다. 안쪽으로는 고정원의 머리카락이 빼꼼 드러나 있었다.

"너 얼마나 찾았는지 알……."

어…….

"……."

등에 손을 대자마자 위화감을 감지했다. 그리고, 돌아선 고정원의 모습에 나는 얼이 빠지고 말았다. 정확히는 고정원의 모습이 아니었다. 고정원을 굉장히 닮은 모습이었다.

누구인지 알 수밖에 없었다. 눈매가 엄청 비슷했다. 코도……. 고정원의 생물학적 아버지라는 걸 광고하는 수준으로 닮아 있었다. 안경을 쓰고 계셨고, 쉽게 나이를 가늠하기 어려울 만큼 젊어 보이셨다. 자세히 보니 고정원과 닮기는 했는데 느낌이 달랐다. 뭐랄까. 훨씬 섬세하고 모범적인 분위기가 풍겨서…….

"정원이 친구?"

미쳤어.

인사하는 것도 잊고 정신이 팔려 있었다. 침묵을 깨뜨린 한마디 물음에 나는 고개를 털고 답했다.

"예, 저, 과제 하러 왔다가…… 아, 죄송합니다! 처음 뵙겠습니다!"

고개를 푹 담갔다. 첫인상이 너무 예의 없어 보였으려나. 걱정하며 안색을 살피자 눈이 마주쳤다. 빤히 내려다보는 시선이 꽂히고 있었다. 뭐 실수했나 싶어서 간담이 서늘해졌다. 내가 뭐라고 했더라. 방금 내뱉은 말인데 기억나지 않았다. 혼돈에 빠지며 온몸이 굳어지는 가운데 심장만 난리법석 쿵쾅댔다.

"난 두 번째인 것 같은데?"

"……예?"

얼빠진 대꾸였다.

"집에 한 번 놀러 간 적 있거든. 그땐 자고 있어서 인사를 못 하고 나왔어."

"아…… 아아, 예에."

그러고 보니 그랬다. 대면하지는 못했지만 나도 목소리만으로는 두 번째였다. 자는 척하느라 진땀을 뺐던 그날. 그날은 잔뜩 얼어붙었던 기억이 있다. 솔직히 무서운 분일 줄 알았다. 하지만 이렇게 실제로 뵙고 나니 막연히 상상했던 이미지와 달랐다. 얼굴은 물론, 키도 체구도 고정원과 비슷해서 기분이 묘하기도 했다.

"끝!"

뭔가를 찾고 계셨던 듯했다. 군데군데에서 책 서너 권을 빼낸 고정원의 아버지께서는 수납장 문을 닫으셨다. 나는 뒤에 서서 황송한 태도로 절절매고 있었다.

"이름이 뭐라고 했더라. 들어서 알고 있었는데."

흠칫했다. 그냥 가실 줄 알았는데 나를 들여다보며 미간을 찌푸리고 계셨다.

"아, 제 이름, 저…… 조……."

"아아, 그래. 맞아, 조인휘."

"네, 맞아요. 조인휘요."

내 이름을 외우셨다니. 놀라서 주억거리자 잘생긴 얼굴에 잔주름이 접혔다. 근사한 미소였다.

"이렇게 또 보니 반갑네. 그래, 편하게 있다 가요."

"아, 네……! 감사합니다."

고개를 숙였다. 툭, 하고 어깨로 가벼운 터치가 닿았다. 스킨십을 하실거란 생각은 못 했기 때문에 심장이 발치로 떨어질 뻔했다.

"……."

혼자 남고 나서도 나는 한동안 그 자리에 서 있었다.

와……. 와…….

환희에 가까운 감탄을 연발했다. 안심이 되면서 가슴이 사르르 녹는 기분이었다. 엄한 분이라고 생각했는데 이렇게 인자하게 대해 주실 줄은 꿈에도 몰랐다.

실실거리며 방으로 돌아왔다. 강렬했던 만남을 되새기고 있자, 얼마 안있어 고정원이 돌아왔다. 벌떡 일어난 나는 참지 못하고 터뜨리듯 말했다.

"정원아, 너희 아버님 진짜 멋있으시다."

"아버지가 집에 계셨어?"

챙겨 온 것들을 한쪽에 내려놓은 고정원이 의외라는 듯 물었다.

"응. 아래층에 계시던데? 너 찾으러 나갔다가 마주쳤는데 와…… 진짜 멋지셨어."

진짜로, 배우보다 잘생기셨더라.

여운에 잠겨 중얼거렸다.

"좋았나 보네."

"어, 나한테 완전 잘해 주셨어. 저번에 왜 나 자고 있을 때 집에 오셨을 때는……."

열변을 토하려는데 고정원이 지적했다.

"여기 빨개."

광대 부근이 살짝 꼬집혔다.

"빨개? 긴장했어서 그런가."

지적받은 부위를 손등으로 문질렀다. 그때 고정원이 뜬금없이 윗옷을 벗었다. 몸 자랑도 아니고. 나는 갑작스러운 행동에 놀라서 쳐다보고 있었다. 거침없이 전라가 된 고정원은 심드렁하게 한마디 뱉었다.

"씻자."

"아아, 너 먼저 씻어. 나 책 좀 읽고 있을게."

여기까지 와서 같이 씻는 건 좀 그랬다. 피하려고 하자 고정원이 팔을 붙잡았다.

"같이 들어가."

"……."

또 이러네.

가끔가다 이럴 때가 있었다. 하자는 대로 안 하면 끝까지 고집부릴 것 같은 기운을 풍길 때가. 버티고 서서 가만히 쳐다보면 숨 막히는 기분이 들었다. 이번에도 역시나 막무가내로 나올 태도였다.

"……알았어."

대답한 나는 티셔츠를 들어 올리며 팔부터 빼냈다.

들어간 욕실에서 나는 또 한 번 휘둥그레졌다. 좋은 내부도 그렇지만 다른 게 훨씬 놀라웠다. 투명한 부스 안, 나무로 제작된 건식 공간은 어딜 보나 사우나였다. 핀란드도 아니고 집에 사우나가 있다는 게 신기해서 몇 번이나 들락날락했다.

샤워 후 우리는 나란히 앉아 사우나를 했다. 안에서 한창 땀을 빼던 중, 나는 고정원의 아버지를 화제에 올렸다.

"근데 너희 아버지 말이야. 엄청 젊어 보이셨어. 어떻게 그렇게 젊으시지?"

마주쳤던 순간을 되새기며 미간을 찌푸렸다.

"약간, 외국 배우 누구 닮으셨는데…… 누구더라. 아, 이름이 기억 안 나네. 아무튼 진짜, 너무…… 진짜 너어무 잘생기셨어. 나 보자마자 굳어져 가지고 어버버했는데 나 웃기게 보셨으면 어떡하냐."

"……."

고정원이 왠지 말이 없었다. 가만히 내 얼굴을 응시하고 있을 뿐이었다.

"더워? 그만 나갈까?"

안색을 살피며 물었다. 고정원은 그런 나를 봤다. 시선이 입술로 내려갔다가 다시 눈으로 올라왔다. 무표정하게 나를 살피고는 담담하게 내뱉었다.

"다른 남자 칭찬하지 마."

단순하고도 직설적인 경고였다.

"나한테만 해. 그런 소린."

"……."

불순한 태도의 원인을 파악한 나는 기함할 뻔했다.

"……야, 너……."

훗훗해진 뺨을 느끼며 더듬거렸다. 다른 남자라니.

"난 너희 아버지니까 당연……."

더운 증기가 확 끼치는 것 같았다. 황당해서 어떻게 대처하지 못하고 있자 고정원이 묘하게 서운한 투로 흘렸다.

"나는 요즘 거의 못 들은 것 같은데."

너한테서 잘생겼다는 말.

"……."

말하면 과하게 흥분하니까 솔직히 자제하는 편이었다. 그런 속내까지 말하려다 말고 나는 한숨을 내쉬었다.

"……너랑 거푸집처럼 닮으셨잖아. 그러니까 잘생겼다고 한 거지, 바보야."

고정원은 별 관심 없다는 듯 시선을 거두었다. 나는 이게 뭐라고 또 눈치를 살폈다. 목덜미를 문지르는 모습을 곁눈질했다. 아닌 척해도 고정원은 그 말이 싫지는 않았던 눈치였다. 미묘하게 표정이 풀린 게 보였다. 어느 순간 내게 손을 뻗었다. 가뜩이나 더운 밀실에서 습한 손끼리 얽혔다. 잠자코 있었더니 입술이 짧게 닿았다 떨어졌다.

"……."

얼굴을 쓸어내린 고정원은 반대편으로 고개를 돌렸다. 설마 자기도 쑥스러운가. 표정을 보고 싶어서 얼굴을 들이밀자 웬일로 피하기까지 했다.

"왜 피해? 잘생긴 얼굴 구경하려는데."

일부러 잘생겼다는 말을 강조했다. 힐끗 나를 내려다보는 고정원의 눈빛이 볼만했다. 새침한 것 같기도 하고, 불만스러운 것 같기도 하고.

"와…… 어떡하지? 땀에 젖으니까 더 섹시한데."

희롱하듯 말하자 고정원이 비식 웃음을 터뜨렸다. 포식자처럼 여유롭게 나를 내려다보면서 '만져 봐도 되는데' 하고 도발했다.

"……그냥, 감상만 할게."

더 해 봤자 나만 곤란해질 게 뻔해서 놀리는 건 거기서 끝냈다.

씻고 나와서는 제대로 할 일을 했다. 같이 하는 건 아니지만 그래도 어른들께 말씀드렸던 대로 각자 과제를 했다. 떨어진 곳에서 제각기 노트북을 두드리다가 한 번씩 침대에서 뒹굴거렸다. 과제 하다가 침대에서 장난치고, 놀다가 과제 하다가, 간식을 먹다가. 하다 보니 늦은 시간이 돼 있었다.

"피곤하지. 마사지해 줄 테니까 여기 누워."

고정원은 큰 수건을 깔고 침대로 나를 이끌었다. '괜찮아, 오늘은' 하고 거절했는데도 불구하고 고정원은 '5분만 받아' 하고 고집이었다.

"그럼 진짜 5분만."

어른들 계시는 집이라 내키지 않은 거지 나도 내심 받고는 싶었다.

"힘 빼."

굳은 내 어깨를 지그시 누르며 고정원이 말했다.

"……응."

전신에 힘이 빠지자 그때부터 손이 거침없었다. 안 그래도 사이즈가 헐렁거리는 가운을 벗겨 버리더니 등에 서늘한 점액을 쏟아부었다. 향이 익숙했다. 집에서 고정원이 안마해 줄 때 쓰는 마사지 오일이었다.

"어, 뭐야. 이게 왜 여기 있어?"

고정원은 '가져왔어' 하고 태평하게 답했다. 나는 그 음흉함에 기막힐 뿐이었다. 보통 오일 마사지는 마사지로 안 끝나고 하게 되는 경우가 많았다. 그래서 오일은 시간이 느긋하고 해도 되는 날에만 쓰는 게 규칙처럼 굳어져 있었다.

"아, 싫어. 여기 어른들 계시는 집이잖아. 오늘 안 한다며."

"응, 안 할 거야. 정말 마사지만 할 거니까 혼자 앞서가지 마."

"그럼 그냥 하지 왜 오일까지 챙겨 와서 쓰냐고……."

"네가 제일 좋아하니까."

"……."

반박할 수가 없었다. 실제로 그게 제일 좋은 건 사실이었으니까.

"굳이 꼭 그런 건……."

웅얼거리다 이내 입술을 꾹 닫았다. 얌전해진 내 등을 커다란 손아귀가 정복해 갔다. 단단한 손이 눅진해진 피부를 힘주어 문지르자 신음이 났다. 근육들이 행복한 비명을 지르고 있었다.

"여기가 좋아?"

나는 터질 것 같은 소리를 참으며 끄덕거렸다.

"웃, 불 좀, 바꿔 주면 안 돼?"

나만 알몸인 게 부끄러워서 요청했다. 그러자 곧 리모컨의 버튼 소리와 함께 방 안 조명이 바뀌었다. 사이드만 연하게 붉은 빛이 들어오는 취침 등 모드였다.

"엄마가 인휘 좋아하시더라."

대퇴부 전체를 꾹, 꾹, 힘주어 덧그리며 고정원이 말했다.

"……웃, 정말?"

"응. 아까 내려가다가 얘기했거든. 네가 예의 바르고 착하다고, 굉장히 좋아하시던데."

뭐라도 사 오길 잘했다고, 뿌듯함에 젖어 들려는 찰나였다. 한 가지 걸리는 게 생각나면서 찜찜해진 나는 단호한 투로 입을 열었다.

"과일값. 내가 낼래. 내일 현금으로 줄 테니까 받아. 알았지?"

마사지하는 손길이 허벅지 안쪽을 지그시 눌렀다. 시원하면서도 참기 힘든 느낌에 몸서리치자 고정원이 한 템포 늦은 대꾸를 내뱉었다.

"네가 냈잖아."

"……무슨, 네가 냈잖아."

"난 산 적 없어."

"……."

실랑이를 할 거라고 예상은 했지만 이렇게 말장난하듯 우길 줄은 몰랐다.

"너는 왜 매번, 나 돈 못 쓰게 하는데?"

"매번? 어제도 인휘가 집에 들어오면서 피자 사 왔잖아. 매번 아닌 것 같은데."

"그런 거 말고, 의미 있는 거에, 진짜 돈 써야 될 때 쓰고 싶다는 건데……."

"우리 식사도 의미 있는 건데?"

"……."

고정원은 가볍게 말하고 있었다. 나만 진지해져서는 속상한 내색을 하고 있었고, 그러다 보니 대화가 튕겨지는 느낌이었다. 내가 자격지심이 있는 건가. 가끔씩 나를 자기보다 한참 어린 애 취급을 하는 것 같아서 좀 그랬다.

"흣……!"

큰 손이 오일을 타고 미끄러졌다. 허벅지에서부터 엉덩이의 둔덕을 지나 등, 그리고 목뒤까지 올라오는 긴 움직임이 시작됐다. 단순히 뭉침이 풀어져서 시원한 것뿐 아니라 살이 짓눌릴 때 성감까지 자극되며 후끈거렸다. 얼빠진 신음과 함께 몸이 뒤틀리고 열이 모이는 걸 느꼈다.

이대로는 안 되겠다 싶어 홱, 상체를 일으켰다. 그리고 돌아보며 따졌다.

"넌 사람이 진지하게 말하는 건데 왜 그래?"

"……."

"가끔씩 너 그럴 때면……. 아니다."

철모르는 애 취급 당하는 것 같다고 하려다가 말았다.

"왜. 그럴 때면 뭔데, 응?"

팔을 살살 잡아당기는 걸 밀어 냈다.

"왜 이렇게 골이 났지. 내가 뭐 실수했어?"

고정원은 나를 달래려고 들었다. 일말의 진지함도 없이. 표정을 보아하니 끈적한 장난이나 치고 싶은 기색이었다. 이게 진지해질 만한 사안이라곤 전혀 생각하지 않는 듯했다.

나는 티슈를 뽑아 미끌거리는 몸을 대충 닦아 냈다. 발치에 널브러진 가운을 대충 걸치고, 침대 가장자리에서 새우등을 말았다.

"그만 자자. 말해 봤자 어차피 안 통할 거 같은데."

이렇게 되는 게 서로 언성 높이는 것보다 나쁜 것 같았다. 대화가 안 되니까.

"인휘야."

"피곤해, 먼저 잘게."

부르는 걸 무시했다. 몇 번인가 더 불렸지만 눈을 감은 채 잠만 청했다. 고정원이 침대에서 내려가는 기척을 느꼈다. 뭔가 뒤에서 부스럭거리는 소리도 났다. 어쩔 수 없이 신경이 그쪽으로 쏠렸다.

"여기 좀 봐 봐."

침대로 되돌아온 고정원이 뒤에서 나를 안았다.

"뭐 가지고 왔는지 알아?"

"……."

"나 쿠폰 쓸 건데."

나는 들으라는 듯 한숨을 내쉬었다. 처음에는 더 만들어 달라는 둥, 아까워서 못 쓸 것 같다는 둥 난리도 아니었으면서. 평생 묵힐 것처럼 굴더니 얼마 전부터 슬슬 사용하고 있었다.

눈앞에서 내가 손수 만든 종이 쪼가리가 팔랑거렸다.

[무조건 용서 쿠폰]

"……."

아, 이런 게 있었지. 쿠폰을 보며 후회했다. 뽀뽀 쿠폰이나 더 만들면 되는데 괜한 걸 만들었다 싶었다.

"해 줘. 얼른."

굵은 엄지손가락이 쿠폰의 '용서'라고 적힌 글자 부분을 툭툭 두드렸다. 어쩐지 맥이 탁 풀리며 허탈한 웃음이 샜다. 나는 뒤돌아서 얼굴을 마주했다.

"쿠폰 통한 거야?"

"아니, 뭐. 쿠폰 때문이 아니라, 애초에 그렇게 화난 것도 아니었는데."

"……이거, 취소해도 돼?"

웃기려는 게 아니라 진심으로 묻는 표정이었다. 쿠폰에 집착하는 게 귀여워서 픽 웃음이 났다. 쿠폰값은 해 줘야지 싶어서 나는 꽉 끌어안고, 목줄기에 소리 나게 뽀뽀했다.

"미안해, 내가 무신경했다면."

"……."

짧은 사과에 서운함이 눈 녹듯 사라지는 걸 느꼈다.

"아니. 내가 미안해."

늘 받기만 하는 게 미안했다. 나는 미안하고, 고정원은 내가 미안해하는 걸 이해 못 하니까 이런 문제가 되풀이되기만 했다. 내 입장을 이해해 줬으면 싶지만 이것도 하루아침에 해결될 문제는 아니었다.

"……잘 자."

"잘 자. 좋은 꿈 꾸고."

뽀뽀를 동반한 인사를 했다. 곧 취침등이 꺼지고 방 안은 까맣게 암전되었다. 긴장 풀린 숨이 느른하게 새어 나갔다.

오늘은 긴장이 대단했다. 고정원네 집에 방문한다는 사실만으로 종일 그랬다. 부모님들을 만나 뵈면서 흥분 상태가 극에 달했고, 이제야 노곤해지면서 피로가 덮쳐왔다. 나는 모든 게 평화롭게 끝났음을 느끼며 수마에 빠져들었다.

옅게 잠들었을 즈음이었다. 뭔가 어수선한 기척이 느껴졌다. 가라앉아 있던 신경이 하나둘씩 깨어났다.

"……"

반대편으로 돌아누운 자세였다. 이불을 끌어안고 있었는데 뭔가 뒤가 이상했다. 뒤척거리듯, 심상치 않은 숨소리도 들려왔다.

"인휘야."

갑자기 귀에 낮게 꽂혀 들었다. 놀라서 어깨를 떨었다. 열덩이 같은 몸이 밀착되어 문질러지고 있었다.

"왜 이래, 갑자기."

잠이 깬 나는 당황해서 속삭였다. 묵직하게 닿는 중심부가 느껴졌다. 대체 언제부터 이런 상태였는지 짐작도 안 갔다. 아무것도 안 했는데 벌써부터 숨이 거친 고정원이 장난기 없이 메마른 소리를 내뱉었다.

"참기 힘들어."

헐렁한 가운을 들춘 손이 허벅지를 움켜쥐었다.

"뭐……가?"

거기서 앞으로, 또 위로……. 미끄러지듯 올라와 삽시에 턱을 붙들었다.

"네가, 여기 있는 게."

"……어?"

말뜻을 완전히 이해하기도 전이었다. 다가온 입술이 접착되듯 맞물렸다.

"응……!"

그때부터 나는 휩쓸려서 신음을 터뜨렸다. 헐겁게 걸친 가운은 어디론가 사라지고, 섹스가 시작되고 있었다.

"웃. 흐웃……!"

서로의 몸을 이용한 전희가 이어졌다. 서로에게 짓누르고 비비면서 흥분감에 어쩔 줄 몰랐다. 중간중간 이성이 돌아올 때면 나는 문 쪽을 힐끔거렸다. '잠갔어' 속삭이는 고정원의 말에도 불안해서 눈이 갔다.

음악이 틀어졌다. 그걸 계기로 고정원은 소리를 내며 빨아 댔다. 아슬아슬할 만큼 데시벨이 컸다. 식사할 땐 씹는 소리도 안 내면서. 입으로 애무할 때만큼은 누구보다 품위 없이 굴었다.

엉덩이를 쳐든 자세였다. 둔부 사이 골짜기가 축축했다. 끈덕지게 혀가 쑤시고 적신 결과였다.

"하고 싶은 대로 움직여 봐."

고정원이 명령했다. 명령해 놓고, 얼굴을 볼깃살 틈으로 처박았다. 그러니까 자기 얼굴에 대고 문지르라는 소리였다.

"아흑, 웃……."

민망함을 참으며 엉덩이를 내렸다 올렸다 했다. 단단한 코끝과 뜨거운 숨이 느껴졌다. 부드러운 입술과 축축한 혀도. 춥……. 엉덩이가 올라갈 때마다 입술이 떨어지며 야릇하기 그지없는 소리가 났다.

지금쯤 우리가 밤새 과제 하는 줄 아실 텐데. 고정원의 부모님을 향한 죄책감이 밀려들었다. 어른들 계시는 집에서 무서운 줄도 모르고 이런 짓이나 하고……. 하지만 그런 죄책감은 반동처럼 흥분을 부추기기도 했다.

"흐으, 으, 으응……."

오일이 새롭게 부어졌다. 고정원은 미끄럽게 만져 댔다. 손바닥이 스칠 때마다 흐느낌이 터졌다. 숨죽인 숨소리. 젖은 살 소리. 코끝을 자극하는 오일 향. 정신없는 와중에 마주 보고 삽입했다. 전희로 애태워지다 겨우 이뤄진 삽입이었다. 성기가 들어오자마자 사정이 터졌다.

"……하."

고정원이 팔을 뻗어 커튼을 젖혔다. 암전이었던 방에 빛이 스몄다. 어두워서 가려졌던 것들이 드러났다. 아래가 어떻게 맞물려 있는지. 살들이 어떤 형태로 짓눌려 있는지. 움직일 때마다 어떻게 전율하는지. 팽팽하게 긴장하고 있는 근육들이 낱낱이 보였다. 너저분하게 튄 정액도.

허벅지가 가슴팍에 붙을 정도로 젖혀졌다. 원래도 유연성이 나쁜 편은 아닌데 이제는 거의 연체동물인가 싶게 유연해졌다. 어떤 자세를 해도 당기거나 아프지가 않았다. 그 상태로 얕은 드나듦이 이어졌다. 쏠리는 무게감이 좋았다.

엎드리는 자세로 바꾸면서 삽입이 깊어졌다. 나는 베개를 꽉 끌어안았다. 버거운 이물감이 옅어지기를 기다렸다. 묵직한 고환이 살을 뭉개듯 눌러 왔다. 그런 깊숙한 결합이 이어졌다. 얼마 안 가 참기 힘든 쾌감이 밀려왔다. 살짝만 움직여도 내벽이 자극되는 게 느껴졌다.

"흑, 아……!"

고정원이 속도를 줄였다. 숨소리가 매우 거칠었다. 허리를 움직이면서도, 손으로는 엉덩이를 주물렀다. 안을 확인해 가며 드나들었다. 구멍이 드러나도록 볼기를 벌리는 행위는 집착적이었다.

"네가 봐야 돼, 이걸."

고정원이 하는 말이 귓가에 웅웅거렸다. 청력도 이상해진 것 같았다. 목청껏 울고 싶은 걸 참으며 베개를 입에 물었다.

"얼마나 맛있게 먹고 있는지 알아?"

'응? 인휘야' 하며 엎드린 고정원이 대답하라는 듯 무게를 실어 왔다. 내벽을 채우고 꿈틀거리는 살덩이가 느껴졌다.

"얼마나 사람을……."

"……."

"씹질 생각만 하게 하는지."

고개가 강제로 돌려졌다.

"알아야 돼, 넌."

말하며 입술을 빨았다. 밑으로는 질척하게 움직였다. 찔꺽찔꺽찔꺽. 거칠게 박아 대도 안이 워낙 흐물해서 물소리가 났다. 마사지를 받다가 이어지는 섹스는 이렇게 눅진해지기 마련이었다.

"아훗, 흐읏, 우으……!"

몸은 고정원이 주는 자극을 일일이 흡수했다. 삽입부뿐만 아니라 끼워진 손깍지까지 짜릿했다. 스치는 피부는 오일로 끈끈하고 찐득했다. 머릿속이 점점 제어를 잃고 풀어졌다.

방이 얼마나 큰지 알았다. 밖이 얼마나 넓은지도 알고. 저 밑에까지는 들릴 리 없다는 걸 알면서도 겁났다. 살 소리, 숨소리, 속삭여 대는 음담, 침대 진동까지 전부 문밖으로 샐 것 같았다.

"으음, 흑, 흐음……!"

참지 못할 지경에 이른 걸 느꼈다. 나는 허겁지겁, 고정원의 손을 입가로 끌어당겼다. 틀어막아 달란 의미였다. 솥뚜껑 같은 손이 얼굴의 절반을 덮었다. 코까지 틀어막히고 나서야 나는 안심하고 소리를 내질렀다.

"흐으, 읍, 으⋯⋯!"

절정에 달했다. 진동 모터가 달린 것처럼 부들부들 떨렸다. 고정원이 손을 떼자 고였던 침이 주르륵 흘렀다. 정신 차리기 힘들었다. 파득파득, 잔쾌감이 지나가며 허리가 튀었다.

힘들어서 납작하게 엎드렸다. 쉬려고 했는데 그새 뜨거운 게 뒤에 닿았다. 자세로 인해 좁아진 곳으로 성기가 퍽 꽂혔다. "아!" 소리쳤다. 순간 입술로 두꺼운 게 들어왔다. 고정원의 손가락이었다. 하마터면 그걸 씹을 뻔했다.

"아으, 앙, 아아⋯⋯!"

손가락들 때문에 입이 다물리지 않았다. 미칠 노릇이었다. 침이 질질 샜다. 무엇보다 소리가 하나도 막아지지 못했다. 막아 주지도 못하는 데다 오히려 들쑤셨다. 손가락이 혀와 점막, 치아를 문지르는 게 성감대를 애무하는 것과 같았다.

"하, 아아⋯⋯!"

"아⋯⋯!"

극점을 찍었다. 연이은 사정은 머리를 희게 물들였다. 입 안을 메우던 게 빠져나가자 콜록콜록 기침이 터졌다.

가슴이 쿵쾅거리며 뛰고 있었다. 내지른 소리가 너무 컸던 탓이었다. 들렸으면 어떡하지. 나뿐 아니라 고정원도 거칠게 내질렀다. 여태 냈던 것 중에 제일 큰 소리였다.

진짜 그만해야 할 시점이었다. 하지만 고정원은 대담하게 다른 체위를 시도했다.

"그, 만⋯⋯."

앉은 고정원 위에 내가 올라타는 자세였다. 고정원은 뒤로 상체를 눕혔

다. 한쪽 손으로만 내 허리를 지탱했다. 나는 자발적으로 움직일 생각은
하지도 않았다. 고정원이 이어진 곳이 마찰되도록 허릴 빠르게 추스르는
것만으로 벅찼다. 두 번 연속 사정한 성기에서는 아직도 꾸덕한 체액이
흐르고 있었다.

이를 꽉 물었다. 맞물린 몸이 앞뒤로 흔들리며 지독하게 느낌이 왔다.
두 번이나 쌌는데 갈수록 예민해지기만 했다.

"아, 그, 만, 그만……!"

그만하라고 하자 고정원은 더 격정적으로 했다. 상체를 세우고 나를 끌
어안았다. 엉덩이를 잡고 퍽퍽퍽퍽 박아 올렸다. 이성을 잃고 괴성을 내
지를 것만 같았다. 그 강렬한 감각을 거부하느라 필사적이었다.

"젭, 아, 제발……! 천천히 좀, 천천히……!"

신경질적으로 손을 휘둘렀다. 어깨를 퍽퍽 때려 가면서 애원했다. 윽박
은 못 지르는 상황이라 울먹대며 부탁할 수밖에 없었다. 눈물을 내비치자
그제야 고정원이 뚝 멈췄다. 역동적이던 동작이 그치면서 둘 다 입에서
뜨거운 숨이 터졌다.

"……천천히 하게 만들어 봐."

혼자만 계속 가지 말고.

고정원이 속살거렸다. 바짝 선 내 성기를 건드리면서. 귀두에선 분비물
이 나오고 있었다. 고정원의 복부엔 이미 그것들이 찐득하게 묻어 있었
고. 쳐다보자 굳이 훑어서 보여 주기까지 했다. 나로서는 실수로 배설물
이라도 묻힌 것처럼 수치스러웠다.

누군 들킬까 봐 심각한데. 이런 식으로 희롱만 하니까 서러워지려고 했다.

"진짜 심각하다고……."

쉿소리로 중얼거리고 귓불을 씹었다. 아프든 말든 잇자국이 나도록

질근거렸다.

고정원은 금세 반응했다. 내 성기를 뿌리부터 꽉 틀어쥐었다. 나는 미치겠어서 들썩거렸다. 항의하는 뜻으로 고정원의 등을 할퀴었다.

"좋아 죽겠네."

나 들으라는 듯 고정원이 혼잣말했다. 흥분감이 묻어난 얼굴은 정말로 기분 좋아 보였다. 내가 깨물거나 할퀴거나 하는 걸 성적인 행동으로 받아들인 모양이었다. 암담해져서 어쩔 수 없이 거짓말했다.

"나 배가 너무 아파."

"천천히 해 달라고?"

고개를 끄덕이자 조심조심 침대에 눕혀졌다.

"……."

정말 살살 해 주려는 건지 고정원은 움직이지 않았다. 천천히 내 양쪽 팔을 들어 올리기만 했다. 드러난 팔뚝 안쪽부터 겨드랑이의 오목한 곳까지였다. 고정원이 부드럽게 핥았다.

"오랜만에 옛날 생각이 났어."

"……흣, 응."

적시며 말하는 통에 입김이 간지러웠다.

"예전에 우리 통화했던 거 기억해?"

집중하려 애쓰며 눈을 맞추었다. '처음으로 같이 과제 했을 때' 하고 고정원이 부연했다. 아마 사귀기 전 얘기인 듯했다. 교양 수업에서 같이 조별 과제를 했던.

"이 침대에 누워서 너랑 통화했는데……."

겨드랑이를 적시던 입술이 옮겨갔다. 가슴으로. 턱으로. 귀로. 간지러운 나머지 작게 앓았다.

"너는 빨리 끊고 싶어 하고, 난 계속 길게 하고 싶어 하고."

"으응……."

내가 그랬었나. 생각하면서도 앓아 대기 바빴다. 간지럽고 뜨거웠다.

"통화 끝나고 새벽까지 네 생각만 했어."

그 말이 귓속에 파고들었을 땐 내벽이 확 조였다.

"……."

나도 놀라고, 고정원도 놀란 것처럼 굳어졌다.

"……근데 오늘은 여기 같이 있네."

지그시 주시하는 눈이었다. 보이지 않는 무언가를 더듬어 보는 듯도 했다. 과거의 나와 현재 여기 있는 나를 교차해 보듯.

"……."

그런 감회는 고정원에게만 해당되는 게 아니었다. 나도 기억 속 모습을 떠올리고 있었다. 지나간 추억들이 일일이 스쳤다. 카페에서 어색하게 과제 하고. 단둘이 된 술자리에서 마주 보며 취하고. 데이트처럼 영화를 보고 식사하고. 알 듯 말 듯 잡히지 않는 감정들에 휘둘려 하루에도 몇 번씩 들뜨고 가라앉고.

새삼 진정이 되지 않았다. 새롭게 감각들이 내리꽂혔다. 흥분이 치밀어 오른 나는 고정원을 끌어당겼다.

"음…… 흐…… 으음……."

입술끼리 닿는 접촉이 황홀했다. 머릿속에서 폭죽 같은 게 터지는 것 같았다. 나는 감촉에만 집중하면서 저절로 이어진 곳을 자극했다.

"아흑, 흑……!"

엉덩이가 철퍽, 철퍽, 울렸다. 전신의 신경이 날카롭게 섰다가 성기가 들이닥칠 때마다 와르르 무너지기를 반복했다.

"흐아으, 응……! 으……!"

깊은 곳으로 들어오는 리듬에 맞춰 나도 같이 허리를 움직였다. 더욱 깊숙하게 받아들였다.

"아, 학, 악, 아아……!"

"아, 아……!"

거의 정신 나간 채로 서로의 점막에 짓찧어 댔다. 살끼리 부딪는 마찰음이 층고 높은 방 안을 크게 울렸다. 이렇게 격렬하고 난폭한데 서로에게 상처 하나 나지 않는 게 신기할 정도였다. 가장 예민한 곳을 가장 거칠게 마찰했다. 죽을 것 같은 쾌감과 사랑만 느꼈다. 사정하고. 울부짖고. 다시 삽입하고. 점막이 다 녹을 것 같은 행위는 그 후로도 밤새도록 이어졌다.

* * *

똑똑똑.

노크 소리에 번쩍 눈이 뜨였다. 나는 용수철처럼 상체를 일으켰다. 휙휙 주변을 둘러보고 나서는 소스라치게 놀랐다. 이부자리는 지저분한 흔적들로 엉망이었다. 누구든 그걸 보면 우리가 간밤에 뭘 했는지 알 것 같았다.

"정원아, 아직 안 나갔니?"

어머니 목소리가 들려왔다. 눈앞이 새하얘졌다. 나는 이불로 헐벗은 몸부터 가렸다. 그리고 고정원을 흔들어 깨웠다.

똑똑.

노크 소리가 한 번 더 났다. 부스스 상체를 일으킨 고정원이 잠긴 목소리로 답했다.

"네, 어머니. 저희 지금 일어났어요."

문밖에서 어머니가 말씀하셨다.

"나는 지금 가 봐야 하니까, 둘이 점심 잘 챙겨 먹고 있을 만큼 있다 가."

"네, 그럴게요. 감사해요."

인사 안 해도 되는 걸까. 고민했지만 몰골 때문에 나갈 수가 없었다. 안절부절못하고 있자 문밖은 금세 조용해졌다. 고정원이 커다란 등을 늘어뜨렸다.

"잘 잤어?"

"……벌써 1시네."

정말로 오후였다. 간밤에 커튼을 걷어 낸 탓에 햇빛이 쏟아지고 있었다. 용케도 이렇게 밝은 데서 푹 잤네 싶었다.

근처에 널브러진 가운을 집어 들었다. 슥 걸치는데 피부가 유난히 매끈했다. 왜 그런가 생각해 보다가 떠올렸다. 몇 번이나 덧발라지던 마사지 오일. 그걸 시작으로 주마등처럼 수많은 장면들이 스쳤다.

"……."

죽겠네.

숙취도 아닌데 숙취처럼 괴로웠다. 아무리 넓은 집이라 해도 어른들 계신 곳에서 대체 뭘 한 건가 싶었다. 자괴감이 장난 아니었다. 아무것도 못 들으셨겠지. 못 들으셨어야 하는데. 걱정하며 까치집 된 머리를 매만지는데 재채기가 터졌다.

"에취!"

어제부터 이러더라니. 다 벗고 잔 탓에 감기 기운이 생긴 것 같았다.

"앗, 괜찮아."

비죽 나온 콧물을 고정원이 닦아 주려 했다. 휴지가 아니라 맨손이 길래 피했는데 소용없었다. 기어이 닦아 낸 고정원은 티슈가 있는 곳으로 손을 뻗었다.

잠시 티슈 놓인 협탁에 시선이 머물렀다. 협탁 서랍에 있던 담배와 라이터가 떠올랐기 때문이었다.

"……요즘엔, 담배 안 피워?"

"안 피워."

짧게 답한 고정원은 쓴웃음 지으며 덧붙였다.

"끊고 몇 달 만에 한 번 피우긴 했는데. 그땐 못 참겠더라."

그때가 언제인지 단박에 알았다.

"……요즘에도 피우고 싶은 거 아니야?"

"아니. 누가 담배 냄새를 싫어해서."

처음 들었다. 담배를 끊은 게 그런 이유라는 건.

"……누가?"

어머니 때문인가. 생각하며 묻자 고정원이 재밌다는 얼굴을 했다. 점점 웃음기가 진해지며 나를 보기 시작했다.

"……나?"

"싫어하잖아, 너. 애초에 끊은 이유가 너였는데."

어안이 벙벙해졌다. 나 때문에 끊은 거라니.

"담배 냄새 진짜 싫어하긴 싫어하는데…… 근데, 한 번도 말한 적 없는 거 같은데……. 어떻게 알았어?"

궁금해하는 내게 고정원은 장난스럽게 답했다.

"쫓아다니다 보면 저절로 알게 되던데."

아.

혹시 이런 게 아닐까 생각이 들었다. 전에는 김강우랑 붙어 다닐 때가 많았다. 김강우한테는 거의 항상 담배 냄새가 풍겼고, 그게 싫어서 뭐라고 자주 했었다. 아마 그걸 우연히 본 게 아닐까 하는.

"……"

픽 웃음이 샜다. 괜히 간질거려서 귓등을 긁었다.

"왜 웃어?"

"아니."

새삼 고정원이 애썼다는 생각이 들었다. 나한테 수작 부리고 집적거리고. 그렇게 잘난 주제에 연애 못 하는 척까지 해 가면서. 그땐 왜 그렇게 심각했나 의아해질 정도로 거짓말에 얽힌 일들이 모두 추억이었다.

"피우고 싶어지면 말해."

"응?"

"……담배. 너 끊었잖아. 혹시 피우고 싶어지면 말하라고, 나한테."

고정원은 미심쩍은 얼굴로 물었다.

"말하면?"

다가간 나는 양쪽 얼굴을 붙들고 입을 맞췄다. 윗입술과 아랫입술에 번갈아 가며 규칙이라도 있는 것처럼 뽀뽀했다.

"이렇게 해 주게."

뻔뻔하게 해 놓고 나니 머쓱했다. 침대를 내려가려는데 고정원에게 잡혔다. 숨 막힐 만큼 묵직한 근육으로 짓눌렸다.

"지금 피우고 싶어."

진지한 표정이었다. 그깟 뽀뽀가 뭐라고.

쪽쪽쪽쪽. 웃으면서 장난처럼 해 주었다. 하지만 시간이 흐르자 기어이 호흡이 가빠지는 키스로 이어졌다. 입술을 물고 빨고 하다가 내가 먼저 떼어 냈다.

"다음엔 우리 집 갈래?"

이걸 묻기 위해서였다.

"응."

대답한 고정원이 덧붙였다.

"그땐 인휘가 사 줘. 어머님께 드릴 과일."

어제 조금 다퉜던 게 효과가 있는 듯했다. 이번에는 양보해 줬다는 걸 알았다.

"내가 사 줘야지, 당연히."

으스대면서 나는 고정원의 손을 만졌다.

"……."

가만 마주 보던 중이었다. 보고 있는데 갑자기 그랬다. 뭔가, 이해되는 기분이 들었다. 대단한 건 아니지만 중요한 비밀을 알게 된 것처럼. 그냥…… 그런 생각이 들었다.

어쩌면 우리는 앞으로도 싸울지 모른다는 생각. 때로 감당하기 힘든 일이 생기고, 서로 지치게 될지도 모른다는 생각. 노력해도 끝끝내는 서로 변하지 않을지도 모른다는 생각.

근데 너무나 확신이 들었다. 우리가 서로를 놓지 않을 거라는 확신. 내 인생의 모든 선택에는 고정원이 한가운데 있을 거라는 확신.

이렇게 생겼구나.

단단한 손을 붙들면서 나는 생각했다. 처음으로, 사랑의 생김새를 알 것 같았다.

11. Dawn

새벽에 전화가 왔다.

잠든 조인휘의 옆에서 소리 죽여 수음하고 난 뒤였다.

어두운 방 안. 홀로 밝아진 화면에 뜬 저장명에 시선이 머물렀다. 정확히는 학번을 뜻하는 숫자 옆에 붙은 이름에.

'이희운'

휴대폰은 무음이었다. 몇 달 전, 늦게 걸려 온 전화 때문에 둘만의 시간을 방해받게 된 이후 조인휘의 휴대폰은 자정부터 '방해 금지 모드'가 작동되고 있었다.

곧 화면이 꺼졌다. 암전된 휴대폰을 지켜보던 나는 가만히 그것을 집어 들었다.

"……."

부재중 기록을 열자 이희운의 이름과 시간이 찍혀 있다. 삭제시키기 위해 선택했다가, 문득 생각이 바뀌었다. 나는 휴대폰을 들고 조용히 방을 나섰다.

조인휘가 자고 있는 방에서 가장 멀리 떨어진 방이었다. 문을 닫고 나서 통화 버튼을 누르자 득달같은 신호가 걸려들었다.

—네, 형.

고작 세 번의 연결음이 이어졌을 뿐이었다. 대기하고 있다 받은 것처럼 재빠른 응답이 들려왔다. 얼마간의 망설임과, 무수한 기대감이 느껴지는 목소리.

전신으로 뻗은 맥들이 요동을 쳤다.

—⋯⋯여보세요?

"희운아."

목소리를 내자 꽤 긴 침묵 끝에야 대답이 들려왔다.

—네.

"누군지 알겠어?"

—⋯⋯고정원 선배님, 맞으시죠.

"응."

대답하자 단절된 듯한 정적이 깔렸다.

"다른 게 아니라 지금 인휘가 자고 있거든. 통화 못 한다는 거 알려 주려고."

—⋯⋯네. 죄송합니다, 늦은 시간에.

"시간이 많이 늦기는 하다. 급한 일이라도 있는 거야?"

묻자 또다시 입을 다문다.

그 침묵을 뜯어 발기고 싶은, 고역 같은 충동을 느끼며 나는 책상에 놓인 장식물을 쓰다듬었다.

─아뇨. 그냥 알바 때문에 드릴 말씀이 있었는데, 다음에 하겠습니다. 죄송합니다.

"내일 시간 돼?"

─네?

"만나서 밥 한 끼 같이 하고 싶은데."

─아…… 네.

마지못한 기색이 역력했다.

─시간 내도록 하겠습니다.

어찌 됐든 승낙을 끝으로 통화는 끝났다.

용건이 사라지고 나서도 나는 방을 나서지 않았다. 구석에 놓인 안락의자에 앉아 깊숙이 등을 기댔다. 눈을 감고, 습관처럼 손끝으로 목제 테이블을 두드렸다.

탁, 탁, 탁, 탁, 탁……. 규칙적인 간격을 유지하며 두드리기를 수차례.

잠이 든 건 아니었다. 아무런 생각도 하지 않았다. 하지만 눈을 뜨자 통화를 끝낸 시각으로부터 한 시간가량이 훌쩍 지나 있었다.

"……."

목이 탔다.

어떤 목소리를 기대했는지. 어떤 상황을, 어떤 진전을 기대했는지. 어떤 상태로 어떻게 달떠 있는지.

잘 알고 있는 만큼 거세지는 충동을 느꼈다.

* * *

예약해 둔 음식점은 한정식집이었다. 별실이 따로 마련된, 조용하고 사적인 장소.

"인휘랑 작년에 처음 왔었는데 맛이 괜찮아서 종종 들러. 입에 맞는지 모르겠다."

"맛있네요."

이희운은 등장할 때부터 지금껏 경직돼 있었다. 내가 무슨 말을 할지 가늠 중이거나, 아니면 이미 어떤 방향으로 짐작하고 있는 듯했다. 대화는 거의 없었다. 이따금씩 눈이 마주치면 이희운 쪽에서 거북한 기색으로 피했다.

"실은 내가 고민이 있어."

"……예?"

앞뒤 자르고 꺼낸 말에 상대가 멍청한 얼굴을 했다. 누가 봐도 부자연스러운 도입이었지만 타이밍이야 어떻든 알 바 아니었다.

"남자랑 사귀고 있거든."

"……."

"그건 전혀 문제가 아닌데……."

나는 손에 든 젓가락을 받침대에 내려놓았다. 제대로 이야기에 몰입하려는 것처럼.

"누가 내 애인을 좋아해. 귀엽게도, 우리 과 후배야."

"……."

"혼자 속앓이하는 것 같아서 안타까우면서도."

눈앞의 목울대가 울렁이는 게 보였다.

"계속 거슬리네. 내가 질투가 좀 많은 편인지."

물을 한 모금 넘겼다. 잠시 창밖을 내다보며 생각에 잠긴 듯한 간격을 두고서 말했다.

"차라리 그냥 공개적으로 밝힐까 싶어."

"……사귀는 사이라고, 학교 사람들한테 알린다는 말이신가요?"

"응."

대답하자 동공이 흔들린 이희운이 입가를 굳힌다.

"애인분도 동의하신 거예요?"

"글쎄. 물어본 적이 없어서."

어떻게 반응해야 할지 혼란을 느끼는 듯, 이희운은 다소 산만하게 굴었다. 물을 들이켠 후에야 경직된 입술이 움직이기 시작했다.

"……설사 동의했더라도, 그건 아니라고 보는데요. 고작 그런 이유 때문에 밝힐 문제가 아니잖아요. 사람들 편견 많아요, 생각보다. 소문 때문에 어떤 안 좋은 일 생길지 모르는 거고, 나중에 사회생활 할 때 더 큰 문제 생길 수도 있고요."

진지할 대로 진지해진 눈을 쳐다보다가 이내 질문했다. 부드러워 보일 만한 웃음을 머금고.

"너는 꿈이 뭐야?"

뜬금없는 질문에 이희운은 인상을 찌푸렸다.

"좋은 직장 가고, 좋은 남자 만나서 조용히 살기. 뭐 그런 건가."

"……"

혼란함이 섞여 있던 눈빛이 매섭게 일변했다. '남자'라는 단어에 강하게 반응했음을 알았다.

"질문하는 의도가 뭐예요?"

"고립되고 싶거든, 나는."

"……네?"

다시 한번 말해 보라는 듯 이희운이 인상 썼다.

"밤낮으로 섹스만 할 것 같긴 한데."

"……."

"솔직히 좋아하는 편이라서. 그런…… 본능적이고 비생산적인 일들만 하면서 단둘이 종일 시간 보내는 거. 스케줄 없는 기간에는 실제로 그렇게 지내기도 했고."

침묵, 그리고 또 침묵이 이어졌다. 그사이 나는 눕혔던 젓가락을 들고 식사를 재개했다.

"정확히 무슨 뜻이에요? 고립되고 싶다는 게."

"……아."

육회를 집어 들던 젓가락을 멈추었다. 그리고 선선히 설명했다.

"그게 가능한 공간은 있어."

"……."

"장소도 있고, 가기만 하면 되는데……."

말미를 두다 눈을 들자 시선이 마주쳤다.

"언제가 될지 몰라서 혼자 마음 졸이고 있어. 나는 당장이라도 가고 싶은데 인휘가 바쁘잖아. 너도 알다시피."

"……."

눈앞의 안면이 흥분감으로 핏기가 도는 게 보인다.

"그러니까 거기에 고립시키고 싶다는 거예요? 인휘 선배를?"

"그렇게 표현하니까 어감이 좀 무섭다."

나는 웃고 있었다. 하지만 웃음기도 서서히 걷혔다.

"사실 새벽에 네 전화 오는 거 보니까 잠깐 그런 생각도 들더라."

움직이는 법을 잊은 것처럼 이희운은 가만히 있었다. 나는 홀로 식사를 이어 갔다. 와중에 조인휘에게 온 메시지에 답장을 보내고, 어디쯤인지 잠시 위치를 확인하기도 했다.

"사람 휘두를 생각만 머릿속에 가득하신 거 같은데."

"……."

"본인 비정상적인 건 알아요?"

도발적으로 쏘아보는 눈빛이 보였다.

나는 혀끝으로 입술 안쪽을 쓸었다. 알고 있다고 말해야 하나. 단순히 '알고 있다'고 대답하는 것만으론 모자란다는 생각이 들었다.

조인휘와 붙어 있는 걸 봤던 처음부터 지금 현재 이 순간까지였다. 그렇게 묻고 있는 상대를 향해 나 자신이 얼마나 비정상적이고 비도덕적인 생각을 품고 있는지 고백하고 싶었지만 굳이 그러지는 않았다. 거기까진 내가 생각해도 정말 병증에 가까웠으므로.

"이번 술자리, 굳이 안 나와도 돼."

이희운을 포함한 후배들과의 술자리 약속이 주중이었다.

"비정상적인 사람이 사는 술 마시기 싫을 텐데."

오늘로써 경고가 앞당겨졌으니 더는 볼 이유가 없었다.

"……그건 그렇네요, 확실히."

이희운이 자리에서 몸을 일으켰다.

"제가 먹은 건 제가 계산하고 가겠습니다."

"내가 부른 거니까 그냥 가."

"아뇨. 내고 가겠습니다."

"그럴래?"

이희운은 허리를 숙이는 인사 후 방에서 떠났다. 가볍게 코웃음이 났던 건 과할 정도로 예의 바른 인사법이 운동부 출신다워서였다.

적당히 식사를 마무리하고 나왔다. 차로 돌아오자 시동을 걸기 직전 메시지 알림이 울렸다. 아까 식당에서 보냈던 답장에 조인휘가 다시 회신을 한 모양이었다.

거치대에서 휴대폰을 꺼냈다. 밥을 맛있게 먹었느냐고 묻는 말풍선이 보였다. 그 아래 실시간으로 메시지가 뜨고 있었다.

[나는 이제 팀플 가는 중]

[배고파서 라떼 사 먹음 ㅠㅠ]

[이따 끝나고 전화할게~~]

나는 입력 칸을 응시했다. 하지만 끝내 답신을 보내는 일 없이 좌석에 등을 기댔다. 감은 눈으로 오늘 일정을 되짚었다. 지금 당장은 학교로 가서 들을 수업이 하나 있었다.

출발을 지체시키기 몇 분째. 문득 상반신이 갑갑하게 조여 와 목까지 채웠던 셔츠를 느슨하게 풀었다. 길고 깊은 숨이 목 밖으로 새어 나왔다.

"후……."

이건 의심할 여지 없이 확고한 분노였다. 그것도 표출되도록 내버려 두면 안 되는 종류의.

이희운의 수척한 얼굴을 떠올리며 흐리게 웃었다. 열병을 앓는 얼굴. 몸이 달아 잠들지 못하는 티가 역력한 얼굴을 떠올리자 불쾌감으로 비위가 뒤집혔다. 조인휘가 갑자기 왜 거리를 두는지 알고 싶겠지. 밤새 생각을 반복하다가 저 혼자 절절해진 감정을 참지 못해 새벽녘 전화했으리라는 건 불 보듯 뻔했다.

'이희운이랑 거리 둬.'

'……'

'내가…… 정말로 못 참겠어서 그래.'

얼마 전 차 안에서 했던 부탁이었다. 감정적으로 굴고 있음을 알면서 말 그대로 참을 수 없었다. 놀라서 굳어지던 표정과 황급하게 안아 주던 팔의 떨림을 기억한다. 오롯이 내게만 주어져야 할 다정함을 그 순간 온전히 누릴 수 있었다.

"……."

모순이 맞았다. 특정 순간들에 한하여 나는 조인휘가 조인휘가 아니기를 바라고 있으니까. 무르고 연한 속살은 나한테만 드러내길 원했다. 그 끔찍이 부드러운 안쪽으로 파고들려 하는 타인을 어느 때보다도 완고한 태도로 거부하기 원했다. 그래서 아무도 조인휘의 냄새를 알지 못하기를. 오로지 나만 맡을 수 있기를. 실상 그건 소유하고 싶은 욕구가 아니라 이미 삼키고 내 것이 된 것들에 대한 권리였다.

시동을 걸어 차를 출발시켰다. 학교 근처 카페에 다다라선 잠시 차를 세우고 안으로 들어갔다. 샌드위치와 베이글, 케이크를 종류별로 포장하고 탄산수를 여러 병 추가했다. 묵직해진 봉투를 받아 그곳을 나왔다.

학교 주차장에 주차를 한 뒤 휴대폰부터 확인했다. 앱으로 위치를 파악하기 위해서였다. 찍힌 곳을 보니 공학관이었다. 팀플 할 때 많이들 이용하는 곳이었고, 세미나실에 있으리라 추정할 수 있었다.

세미나실 앞에 도착해 메시지를 보냈다.

[아주 잠깐이면 되는데 나올 수 있어?]

몇 초 만에 답이 왔다.

[??? 무슨 말이야?]

[너 지금 어딘데?]

물음표 가득한 말풍선 밑으로 답장을 입력했다.

[너 있는 데]

그리고 얼마 지나지 않아 조인휘가 나왔다.

"……왜 여기 있어?"

눈이 크게 뜨여 있었다. 보면서도 믿기지 않는다는 표정이었다. 나는 들고 있던 봉투를 곧장 건넸다.

"먹으면서 해."

"……어?"

얼떨떨해하는 조인휘에게 낮춘 목소리로 말했다.

"이만 갈게. 수업 들어가야 해서. 끝나면 연락해."

"어? 어어……! 얼른 가."

말하면서도 어정쩡하게 서 있는 모습이었다. 사람들 기다리겠다, 말하자 퍼뜩 들어가는 듯싶더니 다시 내 쪽으로 손을 흔들었다. 나도 자리에서 마주 흔들어 주었다. 그제야 어설프게나마 웃는 낯을 보인 조인휘는 안으로 들어갔다.

건물 출입구를 빠져나와 뒤편을 향하는 중이었다.

"정원아!"

멀리서 부르는 소리에 돌아보자 방금 헤어진 얼굴이 보였다.

"어흐, 죽겠다."

전력으로 뛰었는지 숨이 거칠었다. 허리까지 굽혀 헐떡이고 있었다. 와중에 손에 들고 있는 건 가루형 비타민과 피로 해소제였다. 고작 이걸 주고 싶어서 쫓아왔다는 게 뻔히 보였지만 에둘러 말했다.

"왜 나왔어, 바쁠 텐데."

"이거, 헉, 주고 싶어서."

내민 것들을 한 손으로 받아 들었다.

"나, 이제 얼른 가 봐야 돼서."

조인휘는 엄지손가락만 빼내 뒤를 가리켰다.

"후우……. 그럼 저녁에 만나."

"……."

얼굴에서 아쉬움이 묻어났다. 그걸 보며 말없이 한 발짝 다가섰다. 허리 부근을 감싸려는 순간이었다. '헤헤' 허술한 소리로 웃은 조인휘는 뒤돌아 달려가 버렸다. 손안으로 잡힐 듯했던 열기가 눈 깜짝할 사이 사라졌다.

"……."

남은 건 비타민과 음료수뿐이었다. 거기엔 아직 미지근하게 체온이 배어 있었다. 달콤한 무력감이 느껴졌다. 홀린 것처럼 선 채로 나는 한동안 자리를 떠나지 못했다.

12. Afternoon Dream

꿈에 조인휘가 나왔다. 다 벗은 몸으로, 내 품에 안겨서 수다를 떨었다. 내용은 하나도 기억나지 않는다. 다만 특유의 보들보들한 피부 결이 깨고 나서도 실제처럼 생생히 남아 있었다.

일어나자마자 휴대폰부터 찾았다. 당장 목소리가 듣고 싶었기 때문이었다. 하지만 화면에 뜬 시각이 새벽 5시 10분, 아직 한창 잠들어 있을 시간이었다. 한 시간 반을 침대에서 뜬눈으로 기다리고 나서야 나는 전화를 걸었다.

―……응, 정원아. 잘 잤어?

정확히 다섯 번 신호음이 울린 뒤였다. 잔뜩 잠긴 조인휘의 아침 인사가 휴대폰을 타고 넘어왔다.

"미안. 너무 일찍 깨웠지."

─아니, 괜찮아. 일찍 일어나면 나야 좋지.

기지개를 켜는지 '으으' 하는 소리가 들려와 피식 웃었다.

"푹 잤어?"

─응…….

"어제는 내 옷 껴안고 안 잤어?"

묻는 말에 전화기 너머로 침묵이 흘렀다.

─……아, 언제 적 얘기를 해.

그래 봤자 불과 한 달 전 얘기였다.

한 달 전. 이번처럼 불가피한 일정 때문에 하루 외박한 적이 있었다. 다음 날 늦은 밤 귀가했을 때 나는 진귀한 장면을 목격했다. 불 켜진 거실, 소파 한구석에는 조인휘가 웅크린 자세로 잠들어 있었다. 내가 집에서 입는 옷을 꼭 끌어안은 채로.

물론 사진으로 남겼다. 피곤한 것도 잊고 몇 시간 내리 구경하는 미련한 짓도 했다.

─정원이 너는, 푹 잔 거야?

"그럭저럭."

부정적인 의미의 그럭저럭이었다. 조인휘와 떨어져 있는 며칠 동안 질 좋은 수면을 취한 적이 없다. 꿈을 자주 꾸고, 느지막이 얕은 잠에 들어 새벽녘이면 눈이 뜨였다.

─내가 알려 준 수면 어플 써 보라니까.

"그것보단 인휘가 책이라도 읽어 주는 게 더 효과 있을 것 같은데."

─아, 그래? 진작 말하지. 오늘 밤부터 읽어 줄게. 근데 뭐 읽어 주냐, 잠깐만…….

우당탕 책장으로 달려가는 발소리가 났다. 나는 소리 없이 웃으며 눈을 감았다.

"……."

떨어져 잔 날이 사흘을 넘어가고 있었다. 예정된 일정은 닷새로, 아직 하루가 남았다. 생각보다 신경질적인 컨디션이 이어지며 참을성이 빠르게 바닥나는 중이었다.

지루한 사교 모임과, 이전에는 참여하지 않아도 됐던 집안의 사업 관련한 일정들까지. 여기까지 오도록 붙잡아 둔 명분이 워낙 거스르기 힘들었던 까닭에 순응했으나 이 이상은 따를 필요 없다는 판단이 들었다.

"……하."

그럴 필요가 없다고 생각하자 애초의 선택부터 후회가 됐다. 금전적인 압박이 들어와도 큰 문제 없는 상황이었다. 아버지의 협박성 제안 같은 건 모르는 척 무시하고 조인휘와 어디서든 뒹구는 게 좋았을 뻔했다.

"오늘은 뭐 할 거야?"

읽어 줄 만한 책을 고르느라 정신 팔린 조인휘에게 물었다.

─어…… 오늘, 뭐 그냥 책 살 거 있어서 서점 갔다가 카페에서 공부 좀 하고 들어올까 생각 중이야.

"몇 시쯤?"

─음, 점심밥 먹고, 여유 있게 나가려고.

"그래……."

준비하고 움직이면 딱 맞춰서 만날 수 있을 것 같았다.

나는 침대에서 내려와 가운의 매듭을 풀며 말했다.

"알았어, 그럼 이따 또 연락해."

─응, 이따가 연락할게. 빠이.

"빠이."

똑같이 인사하자 조인휘가 키득거렸다. 내가 이런 식으로 유치한 말을 하는 게 아무튼 즐거운 모양이었다. 안 어울린다고 하면서, 어쩔 땐 일부러 시키기도 한다.

―그럼, 진짜 끊는다. 안녕.

"응, 안녕."

―……응, 끊어.

"응, 먼저 끊어."

―응…….

미련 넘치는 통화가 끝나고 나는 욕실로 향했다. 원치 않았던 일정의 마무리가 앞당겨진 상황에서 발이 의욕적으로 움직였다.

씻고 난 뒤 거울 앞에 서서 상태를 체크했다. 그리고 전날보다 공들인 면도를 시작했다.

"……."

몇 시간 뒤 만나게 될 거라고, 일부러 말하지 않았다.

불시에 들이닥치면 이번에도 뜻하지 않게 좋은 장면을 보게 되지 않을까. 그런 계산적인 생각도 없는 건 아니었지만.

깜짝 놀라게 해 주고 싶었다. 놀라워하고, 예기치 못했던 만큼 더 반가워하고. 그래서 결과적으로 감정을 숨기지 못할 조인휘가 보고 싶었다.

＊　＊　＊

어느덧 벌써 두 시간이 경과해 있었다.

두 시간째, 나는 서점을 거니는 조인휘를 따라 간격을 두고 천천히 이동하기만 했다.

경제 경영 섹션에서 몇 가지 책을 빼내던 조인휘가 하나를 선택해 옆구리에 끼우는 게 보였다. 그러고는 시선을 휘휘 돌려 가며 자리를 옮겨 갔다.

해당 책꽂이에는 책등 몇 개가 빼꼼 튀어나와 있었다. 전부 조인휘가 보던 것들이었다. 나는 조용히 뒤따르면서 허술한 손길의 흔적마다 한 번 더 손길을 보탰다.

"……."

원래대로라면 벌써 다가가 놀라게 해 줬어야 했다. 분명히 그럴 생각이 었는데……. 서점의 한가운데 홀로 서 있는 모습을 본 순간 작은 변덕이 생겼다.

며칠 만에 본 애인이 조금은 낯설고 신선한 인상을 풍겼기 때문일까.

마른 몸집, 어려 보이는 뺨의 봉긋한 곡선 등. 작은 신체적 특징까지 속속들이 시선이 머물렀다. 책 읽는 조인휘의 지척에서 눈길을 던지며, 우연히 끌리는 상대를 발견해 뒤를 밟는 듯한 도착적인 기분마저 느꼈다.

지금도 거리가 상당히 가까웠다. 통로 한 면에 설치된 의자에 걸터앉은 조인휘는 방금 전 꺼내 온 책을 펼치고 있었다.

"……."

코앞에 서 있는 것도 알아보지 못한다. 책에 고개를 파묻고, 한 줄 한 줄 글자를 정직하게 따라가느라 바쁘다. 집중할 만한 내용이 있는지 순식간에 빠져든 듯했다.

자기 무릎을 긁는 손가락이 보였다. 손끝으로 어딘가를 문지르는 게 조인휘가 무언가에 몰두할 때의 습관이었다. 내 허벅지에 하던 걸, 내가 없으니 본인에게 하는 듯했다.

내가 없을 때는 이렇구나.

문득 이런 것도 나쁘지 않다는 생각이 들었다. 채워지는 묘한 만족감이 있었다. 나한테 이런 관음적인 욕구가 있었나 싶을 만큼, 내가 없는 곳에서 시간을 보내는 조인휘를 관찰하는 게 즐거웠다. 아주 사소하고도 새로운 면모를 연속적으로 발견했다.

"저기……."

읽지도 않는 책 너머로 조인휘만 보고 있었다. 작게 부르는 음성이 들렸고, 돌아본 직후 나는 웬 낯선 여자와 눈이 마주쳤다.

뭘 하려는 건지 감이 왔다. 그대로 발 빠르게 자리를 벗어났다.

"아니, 저 이상한 사람 아니고요……."

책장을 가림막 삼아 피하자 여자가 통로로 따라 들어왔다.

"저 혹시, 여자 친구 없으시면 번호 좀 받고 싶은데."

"……."

뒤를 한 번 살펴보았다. 다행히 조인휘는 이쪽에 무슨 일이 있는지 눈치채지 못한 듯하다.

"저기, 앉아 있는 남자 보이세요?"

나는 여전히 책 삼매경인 모습을 손끝으로 가리켰다. 가리킨 방향에는 조인휘밖에 앉아 있는 사람이 없었다. 지목한 인물을 한 번 쳐다본 여자는 얼떨떨한 얼굴로 네, 하고 대답했다.

"제 남자 친구예요."

"……아……."

사색이 되어 쳐다보는 표정만으로 무슨 생각을 하는지 알 것 같았다. 여자는 말을 더하는 대신 고개를 까딱 숙이고 돌아섰다.

그사이, 조인휘는 자리를 벗어나 계산대를 향하고 있었다.

계산을 마치기 기다렸다가 따라나섰다. 통화 내용대로라면 이제 카페로 갈 차례였다.

출입구 밖 계단을 오르고, 걷다가 횡단보도를 건너고. 조인휘가 밟는 자취를 그대로 따라 밟았다. 사람들 틈으로 거리는 멀어졌다가 좁아졌다가, 갑작스럽게 멈칫한 조인휘가 내게 부딪힐 뻔하기도 했다.

"뜨거운 아메리카노 하나 주세요."

카페 안이었다. 뒤로 서 있는 나에 대해 조금도 의식하지 못한 조인휘는 평범하게 주문했다.

한 번을 안 돌아보네.

뒤통수의 작은 가마를 내려다보며 나는 알 수 없는 기분을 느꼈다. 둔한 걸 걱정해야 하는 건지, 아니면 한눈팔지 않는다고 좋아해야 하는 건지.

커피를 들고서 조인휘는 창가로 앉았다. 나는 가운데 한 자리를 비우고 나란한 곳에 앉았다.

조금만 고개를 틀어도 얼굴이 보이는 거리. 설마 이래도 모를까 했는데 정말로 모르는 눈치였다. 노트북과 필기도구를 꺼내고 바로 공부를 시작하는 얼굴에는 진지함이 묻어 있었다.

"……."

컵을 만지작거리다가 팔을 뻗었다. 테이블 위, 조인휘와 나 사이의 비어 있는 공간 쪽으로.

툭, 툭, 툭.

손끝으로 두드리며 일부러 존재감을 과시했다. 힐끗 쳐다보는가 싶더니 조인휘는 아무렇지 않게 다시 제 할 일에 집중했다.

내 손 좋아한다며.

웃음을 참으며 속으로 농담을 걸었다.

금방 딴짓을 하리란 예상과 다르게 산만하지 않았다. 혼자 있으면 이렇게까지 할 수 있구나 싶을 정도로, 조인휘는 집중력이 좋았다.

나는 아예 그쪽으로 몸을 틀고 있었다. 그래도 시선을 느끼지 못하기에 거리낌 없이 구경했다. 과연 언제쯤 알아차릴지 기대하는 것도 은근한 즐거움이었다.

야무진 폼으로 펜을 쥐고 있는 손을, 꽤 오래 들여다봤다. 슬슬 다른 것들이 눈에 들어오기 시작했다. 허술한 조인휘는 카페 의자에 걸어 둔 자기의 옷이 떨어질락 말락 한 것도 모르고 있었다. 커피잔이 노트북과 지나치게 가까워 자칫하다 쏟을 것 같기도 했다.

참견하고 싶어서 근질거려도 현재로서는 타인의 영역이었다.

만족스럽던 관찰이 슬슬 부족하게 느껴질 즈음.

다가온 누군가가 우리 사이에 비어 있는 자리에 앉으려는 낌새가 보였다. 나는 매너가 아닌 줄 알면서 급작스럽게 몸을 일으켰다. 내가 바로 옆으로 자리를 옮기자 다가오던 사람은 물러났다.

그리고 필기를 하던 조인휘가 드디어 이쪽을 쳐다봤다.

"······."

시선을 뻔히 느끼면서 나는 모르는 척 앞만 봤다.

조용한 침묵이 기대감을 증폭시키는 걸 느꼈다.

곧, 터뜨려지는 웃음이 귓가에 울렸다.

"뭐야, 너!"

가슴에 와락 안겨드는 무게감을 느꼈다. 나도 놀라서 팔을 둘렀다. 이런 데서 끌어안다니, 예상을 뛰어넘는 환대였다. 놀라움이 지나쳐 튀어나온 행동이겠지만 뒷덜미까지 기분 좋게 오싹했다.

마주 안고서 고개를 숙였다. 이끌리는 대로 목덜미에 코를 박자, 조인휘가 홱 몸을 떼어 낸다. 쑥스러운 듯 내리깐 눈이 보였다. 이제야 주위 시선이 의식되는 모양이었다.

"열렬해서 좋은데."

코앞에서 들릴 만큼만 나직하게 말했다.

"뭐야, 빨리 올 수 있는 거면 얘기 좀 해 주지. 내일 오는 것처럼 말해 놓고 진짜……. 난 뭐 이상한 사람이 옆에 앉은 줄 알고 자리 옮길 뻔했잖아."

호흡이 벅찼다. 안색도 목소리도 모두 상기되어 있었다. 입으로는 투정하면서도 좋아서 어쩔 줄 몰라 하는 게 보였다.

"너 놀래켜 주려고."

"아, 놀라서 기절할 뻔했다고……."

아이 같다. 감정을 못 숨기는 얼굴도, 솔직한 말투도.

입 안이 바짝 말랐다. 아마 홍조 띤 뺨에 당장 입술을 가져다 대고 싶어서겠지.

"점심 잘 챙겨 먹었어? 배 안 고파?"

묻는 말에 갑작스러운 허기를 느꼈다. 며칠 만에 제대로 느껴지는 식욕다운 식욕이었다.

우리는 보다 너른 자리로 옮겼다. 나는 디저트 몇 개를 주문해 순식간에 해치우고 그 이후로 조인휘의 수다에 경청했다.

꿈에서처럼, 조인휘는 끊임없이 재잘댔다.

"아, 근데 너 그거 알아? 내가 아까 서점에서 책 읽다가 본 건데, 인간하고 바나나의 DNA가 50퍼센트나 일치한대. 완전 신기하지?"

"그래? 몰랐는데 재밌네."

입으로는 맞장구를 쳐도 관심이 생기지는 않는다. 머릿속은 이미 다른 일로 바빴다. 눈앞의 마른 몸을 감싼 옷가지들을 벗기고, 그 아래 녹녹한 피부를 어루만지고 있었다. 조인휘가 좋아할 방식으로, 혹은 전혀 상상도 못 할 방식으로.

"방금 한숨 쉰 거야?"

"응?"

"어디 안 좋아? 운전하는 거 힘들었어? 아니면 아까 먹은 게 속 불편한가?"

걱정하는 말들이 쏟아져도 할 말이 없었다. 너 두고 음란한 상상 했어. 고백하는 대신 손가락을 뻗어 슥, 손등을 그었다.

"……."

파르르 떨리는 손가락이 보였다. 사뿐 내려앉는 속눈썹과, 튀어나온 목울대가 미끄덩 요동치는 것도.

며칠 만에 만나서인지 확실히 긴장의 정도가 달랐다.

아, 좋은데.

진심으로 좋다는 생각을 했다. 이런 반응이라면 종종 며칠씩 떨어지는 것도 나쁘지 않을지도 모른다.

"보고 싶었어."

함축시킨 한마디에 담긴 감정을 조인휘가 알았으면 싶기도 하고 영영 몰랐으면 싶기도 했다.

"……나도."

앳된 볼이 실룩거렸다. 좋아하는 감정을 애써 표정으로 드러내지 않으려는 게 빤히 보였다.

그러지 말라고 하고 싶은 충동이 일었다. 네가 그렇게 숨길수록 나는 더 벗기고 헤집고 싶어진다고, 충고하고 싶었다. 한 사람의 인생을 모조리 독차지하고 싶은 음험한 생각이 혈액처럼 몸을 타고 흘렀다.

이건 사랑이지만.

사랑이 아니어도 어쩔 수 없다. 사실 병이라고 생각될 때가 더 많았다. 사랑은 언젠가 식지만, 불치병은 낫지 않는다.

나는 커피잔을 건드리며 조용히 입을 열었다.

"오늘 꿈에 누가 나왔는지 알아?"

내 질문을 받은 조인휘의 얼굴이 보기 좋은 색으로 물들었다. 이미 내가 할 말을 알고 있는 것처럼.

"몰라. 말하지 마."

무뚝뚝한 대답이 이렇게 기분 좋을 일인가 싶다.

"아아, 말하지 마?"

"어, 말 안 해도 돼."

"……."

서툰 너.

내 교활함에 익숙해지지 않는 너.

꿈보다도 꿈같은.

그런…….

나는 감상하듯 고개를 기울였다. 입 안에 가득 고이는 단내를 느끼며, 커피를 한 모금 넘겼다.

햇살이 눈부시게 화창한 오후였다.

13. Settle Down

일상이 너무나 평화로운 나머지 자극을 주고 싶어지는 때가 있다. 그게 바로 요즘이었다.

우리 관계가 어떻게 될까 봐 넋 나가 지냈던 때가 고작 두 달 전인데. 방학 시즌이 시작되고부터는 더할 나위 없게 평온한 시기가 찾아왔다.

고정원이나 나나 예민할 일이 없었다. 아침부터 밤까지 붙어 있다 보니 정신적으로 여유가 생길 수밖에 없었다. 둘이서 멀리 놀러도 가고, 문화 생활도 하고, 어떤 때는 며칠 내내 집에서만 노닥거리기도 했다.

피트니스 센터도 같이 다니고 있었다. 그건 내가 먼저 한 제안이었다. 고정원을 스토킹했던 남자는 더 이상 없다 해도 혼자 보내기가 신경 쓰였기 때문이었다.

같이 다녀 보니 무척이나 만족스러웠다. 동반 스케줄이 생긴 것도 좋고, 규칙적으로 운동하게 된 것도 좋았다. 운동 기구 사용법은 고정원이 전부 가르쳐 줬다. 어찌나 전문적으로 세세히 가르쳐 주는지 PT를 받는 기분이었다. 이렇게 잘생기고 다정한 트레이너는 세상에 없겠지, 뭐 그런 유치해 빠진 생각마저 들었다.

아무튼 고정원은 가르치는 데 소질이 있었다. 자세를 잡아 줄 때 터치가 지나치게 많고 스스럼없어서 얼굴이 뜨거워질 때도 있었지만 열정적으로 지도하는 걸 뭐라 할 수는 없어서 나도 잠자코 열심히 응했다. 그렇게 몇 주가 지속되자 확실히 근육도 붙고, 체력도 좋아지는 걸 느꼈다.

좋은 일이 또 하나 있었다. 학기 중에 부모님 이사 때문에 빌려드렸던 돈을 드디어 돌려받았다. 많지는 않지만 일정 금액을 더 보태 주시며 덕분에 잘 썼다는 인사도 한 번 더 하셨다. 역시 무리를 해서라도 빌려드리기 잘했다는 생각이 들었다.

편하게 늘어져 있다가, 나는 기분이 좋아져서 물었다.

"우리 오늘 오랜만에 술 마실까?"

우리는 마침 노트북으로 영화를 시청하고 있었다. 소파와 소파 테이블 사이의 바닥, 그 좁은 공간에 둘이서 겹쳐 앉은 자세였다.

"그래, 그럼."

같이 술을 마신 지 오래돼서 그런가. 쉽게 승낙이 떨어졌다. '예!' 하고 양손을 들어 올리며 애같이 소리 지르자 고정원이 웃었다. 나는 간만에 좋은 데서 마시고 싶어서 휴대폰으로 검색에 들어갔다.

"굳이 나갈 거 없이 집에서 마시자. 내가 안주 만들어 줄게."

"어? 그럼 그럴까."

밖에서 마시는 것도 좋았지만 집도 나쁘지 않았다. 돈도 적게 들면서 편하게 많이 마실 수 있으니까.

"그럼 내가 지금 술 좀 사 올게. 기다려!"

마침 좋은 게 떠올랐다. 집을 나서는데 입가가 음흉하게 벌어졌다. 사실 전부터 생각하고 있던 차였다. 고정원이 술버릇이 나올 정도로 만취한 모습을 한 번쯤 보고 싶다고. 왠지 잘하면 오늘 그 모습을 볼 수 있지 않을까 싶었다.

나가서는 맥주, 소주, 과실주, 탄산음료를 종류별로 샀다. 살 때 또 신분증 검사를 당하는 바람에 기분이 약간 그랬지만, 뭐 요즘에는 겉모습 상관없이 무조건 검사하는 추세라고 듣기는 했다. 아무래도 상관없었다. 드디어 고정원의 술버릇을 알 수 있다니. 무거운 봉투를 들고 오는 내내 웃음이 떠나지 않았다.

해가 완전히 지기도 전. 부엌 식탁에서 이른 술판이 벌어졌다. 단순하면서도 뭔가 있어 보이는 안주를 다섯 가지나 만들어 낸 고정원은 당연하게도 내 속내는 전혀 예상 못 하는 눈치였다. 첫 잔이니까 원샷 하자는 말에 순순히 원샷을 했다. 더운 김에 벌컥벌컥 들이켜기 바라서 에어컨을 꺼 놨는데도 별말이 없었다.

"베이컨 대박 맛있다. 먹어 봐 봐."

포크로 찍어서 먹여 주었다. 고정원은 입 안의 베이컨을 우물거리며 내 뒷덜미를 쓰다듬었다. 티셔츠 네크라인 안쪽으로 들어온 손바닥이 문질문질 움직였다.

"갑자기 기분이 좋네."

"나? 나야 뭐, 요새 맨날 좋지."

너무 들떠 보였나. 감정을 절제하기 위해 올라갔던 입꼬리를 억지로 끌어 내렸다.

"아, 맞다. 내가 진짜 맛있는 술 만들 수 있어. 너 해 줄게, 잠깐만."

나는 딱히 술자리에서 폭탄주를 제조하는 타입도 아니었다. 그래도 지금만큼은 고정원을 취하게 하려고 허풍을 떨었다. 만드는 법을 정확히 모르는 관계로 과실주와 소주, 탄산음료를 아무렇게나 적당 비율로 섞었다.

"마셔 봐. 원샷 해야 맛있어."

원샷! 원샷! 소심하게 박수를 치며 부추겼다. 고정원은 의심스러운 것처럼 눈을 가늘게 떴다. 그래도 이내 시키는 대로 컵을 깔끔하게 비워 주었다. 나는 더 맛있는 제조법도 있다고 바람 잡으며 곧장 한 잔을 더 만들었다.

"아까부터 왜 나만 마시는 것 같지?"

세 잔째 말던 중이었다. 고정원이 하는 말에 하는 수 없이 나도 맥주를 한 모금 넘겼다. '너 마실 때 나도 계속 마셨는데?' 하고 우물거리다가 아예 새로운 제안을 했다.

"그럼 게임해서 마시자. 가위바위보 해서, 진 사람이 마시기."

"……"

고정원은 대꾸가 없었다. 시시한 게임이라 내키지 않는 것 같았다. 그래도 이게 그나마 이길 수 있는 게임이었다. 끈질기게 구슬린 끝에야 겨우 수락을 받아 냈다.

"가위바위, 보! 오, 이겼다."

첫 판부터 이겼다. 솔직히 상황이 이길 수밖에 없었다. 처음부터 미묘한 속도로 한발 늦게 내려고 마음먹고 있었다. 얍삽한 수법이긴 해도 뭐 어떤가 싶었다. 애인 사이에 장난치는 건데.

연달아 진 고정원은 연달아 마셨다. 그렇게 다섯 잔째였다. 컵을 든 고정원이 마시기 직전 멈추고는 너털웃음을 흘렸다.

"그렇게 이기고 싶어?"

"……뭐가. 졌잖아, 얼른 마셔."

모르는 줄 알았는데 뜨끔했다. 너무 연속으로 이긴 게 문제였던 듯했다. 티 나게 굴 수 없어서 다음 판부터는 제대로 했다. 그래도 벌주의 비율은 고정원이 월등히 높았다. 나는 기를 쓰고 이기려 하는 반면, 고정원은 성의 없이 주먹만 낸다거나 하는 식이었다. 상대가 이러면 흥이 깨질 법도 한데 목적의식이 워낙 강력해서 상관없었다. 술을 먹일 수만 있다면 뭐든 좋았다.

오로지 술을 위한 게임이 진행되고부터 얼마 뒤. 고정원의 눈이 조금씩 풀리기 시작했다. 얼굴빛은 똑같은데 표정이 많이 달라져 있었다. 식탁으로 조금 기운 몸도 그렇고, 어지러움을 느끼는 것 같았다.

"취기 돌아?"

물으며 나는 일부러 의자를 가까이 붙였다.

"음…… 좀, 어지럽긴 하네."

대답한 고정원은 무거운 고개를 내게 기댔다. 스르르 기운 머리가 어깨로 안착한 순간 심장이 목구멍으로 튀어나올 뻔했다. 작게 바람 빠지는 소릴 내며 웃는 것도 똑똑히 들었다.

"…….."

얘도 취하면 잘 웃고 애교스러워지는, 설마 그런 유형인 건가. 가슴이 두근 반 세근 반 뛰었다. 여태 와인 몇 잔 마시고 조금 기분 좋아지는 정도는 봤지만 이런 느낌은 절대 아니었다.

"나 좀 봐 봐."

취하기를 기다렸던 만큼 흥분이 일었다. 이렇게까지 격렬하게 신나는 건 정말로 오랜만이었다. 흥미진진한 나머지 숨이 다 가빠지는 걸 느꼈다.

"응? 일어나 봐, 정원아."

나는 고정원의 얼굴을 붙잡고 억지로 일으켜 세웠다.

"왜."

별것 아닌 한마디에도 왠지 모를 애교가 묻어났다.

"……."

시원한 입매를 그리는 입술이 젖어서 촉촉해진 게 보였다. 힘 풀린 눈꺼풀 아래 안광도 예쁘게 번들거렸다. 힘 빠진 고개를 살짝 젖힌 탓에 선이 뚜렷한 턱과, 그 아래 툭 불거진 결후에도 눈이 갔다. 잘생긴 사람은 취하면 더 매력적으로 보이는 건가. 누가 들으면 비웃을 만한 생각을 진지하게 했다.

"뭐 해."

갑자기 심각하게 아깝다는 생각이 들었다. 이걸 머릿속에만 찍어 두고 떠올리며 곱씹어야 한다는 게. 그래서 내일 당사자가 지워 달라 하면 지워 주겠다는 생각으로 나는 휴대폰 카메라를 켜고 있었다.

"그냥, 추억 남기는 거야."

"찍지 마."

밀어 낸 고정원이 얼굴을 들이댔다. '뽀뽀해 줄 테니까 하지 마' 하고 쪽쪽거리며 내 뺨에 입을 맞추기도 했다. 카메라를 치운 나는 실실 새어 나오는 웃음을 숨기지 못한 채 명령했다.

"잠깐만, 그럼 애교, 애교 부리면 안 찍을게. 애교를 부려 봐, 나한테."

흥분해서 '애교'란 말이 몇 번이나 나갔다. 나는 자제하기 위해 입술 안쪽을 깨물면서 고정원을 쳐다봤다. 벌써부터 기대감으로 손끝이 찌릿했다.

"……음."

고정원은 진지하게 고민하는 얼굴을 했다. 평소였으면 우위에 서서 능글맞게 굴었을 텐데 드물게 순진한 반응이었다.

"어려운데……. 좀 봐주면 안 돼?"

고정원이 자기 얼굴을 쓸어내리며 토로했다. 눈을 감고는 곤란한 듯 웃는 표정이 귀여워서 웃음이 터질 뻔했다. 정말로 좋아서 소름이 다 돋았다. 이럴 줄 알았으면 진작 취하게 해 볼걸. 진심으로 후회가 되는 순간이었다.

"취했나 봐. ……가서 자야겠어."

고정원이 덜컹거리며 커다란 몸을 일으켰다. 자리에서 일어나려는 걸 붙들어서 다시 앉혔다.

"왜, 가지 마. 취하니까 귀여운데, 너."

"……."

고정원이 나를 쳐다보고 나도 고정원을 쳐다봤다. 약간 부끄러운 분위기가 감돌았다. 슬슬 나한테도 취기가 도는 모양이었다.

"너 이름이 뭐야."

취조하듯 장난스럽게 질문했다. 어이없어서 웃을 법도 한데 고정원은 진지하게 답했다.

"……고정원."

"너 누구랑 살아."

"……인휘랑."

"같이 사는 사람한테 뭐 고백할 거 없어?"

취중진담 같은 게 듣고 싶어서 슬쩍 떠보았다.

"음……."

잠시 생각해 보는 듯하던 고정원이 나를 보며 말했다.

"사랑해."

뭐 숨기거나 잘못한 게 없느냐는 의미의 고백이었다. 이런 고백을 할 줄은 몰랐어서 나도 좀 민망해졌다.

"……얼마나 사랑하는데?"

"……. 글쎄."

"뭐야, 말해 봐. 얼만큼 사랑하는데."

"……너 아니면, 살 이유 없을 만큼."

"……."

죽을 거 같았다. 온몸이 화끈거리는 느낌이었다. 느낌이 아니라 실제 증상이었는지 반팔 아래로 드러난 팔뚝부터 손등이 불그스름했다.

도저히 안 되겠다 싶었다. 이걸 놓치면 두고두고 후회할 것 같아서 벌떡 일어났다.

"잠깐만, 이거 한 잔만 더 마시고 있어."

소주를 한 잔 따라 주고 가려는데 몸이 기우뚱했다.

"어디 가."

팔을 뻗은 고정원이 일어선 나를 잡아당겼다.

"아니, 어디 안 가. 잠깐 방에 좀 갔다 오려고. 1분, 아니, 2분만 기다려."

곤란함을 숨기고 친절하게 말했다. 팔뚝을 감싼 손은 여전히 풀어지지 않고 있었다. 어디 안 간다는 말을 그 상태에서 열 번은 했다. 취해서 말귀가 어두워진 고정원에게 몇 번이고 설명해 주고 나서야 가까스로 벗어날 수 있었다.

서둘러 방으로 들어갔다. 찾는 건 카메라였다. 고정원이 자기는 안 쓴다고 내게 넘겨준 DSLR. 대놓고 폰으로 찍으면 또 못 하게 할 것 같아서 좀 떨어진 곳에서 카메라로 몰래 찍을 생각이었다. 별짓을 다 한다 싶으면서도 한편으로는 추억인데 뭐 어때 싶기도 했다.

주방으로 가져온 카메라는 옷으로 가려 놓았다. 고정원의 얼굴을 향해 잘 설치해 두고는, 냉장고에 볼일이 있었던 척 생수를 빼 왔다. 고정원은 계속해서 혼자 술을 넘기고 있었다. 물론 아무것도 알아차리지 못한 기색이었다.

이번에는 뭘 물어볼까. 아니면 뭘 시켜 볼까. 침을 꼴깍 삼키며 머리를 분주하게 돌렸다.

"그만 마셔."

과하게 마시고 있음을 알아차리고 저지시켰다. 이대로 잠들어 버려도 큰일이었다. 나는 대신 찬물을 손에 쥐여 주었다. 가득 담긴 물을 긴 넘김으로 꿀꺽, 꿀꺽, 두 번 만에 해치운 고정원은 '후……' 한숨을 뱉었다.

"괜찮아?"

걱정스럽게 묻자 조용한 시선이 닿았다.

"……우, 왜?"

눈빛이 아까까지와 대비될 만큼 달랐다. 설마 카메라로 찍고 있는 걸 들킨 건가.

"……."

굳어 있자 고정원이 눈을 감고 고개를 젖혔다. 나는 소리 없이 한숨을 내쉬었다. 졸려서 그런 거였구나.

"졸려? 들어가 잘래?"

"……."

아무래도 계획은 실패한 것 같았다. 진심으로 찍어 두고 싶었지만 상황이 이렇게 되면 어쩔 수 없었다. 주량이 넘어간 고정원은 이제 잠이 쏟아지는 듯했다. 눈을 감고 벽에 머리를 기대고 있었다. 넓은 어깨를 구겨 식탁에 앉아 있는 게 불편해 보여서 일으켜 주려다가 주변부터 정리했다.

"일어나 봐."

식탁을 말끔히 치우고 고정원의 어깨를 흔들었다.

"정원아, 잠들었어? 여기서 자면 안 돼."

팔뚝을 끌어당겨 봤지만 일시적으로 꿈쩍할 뿐이었다. 겨드랑이에 얼굴을 넣고 일으켜 보려 했으나 이것도 역부족이었다. 현실적으로 의식 없는 고정원을 혼자 부축하는 건 불가능했다.

여기서 재워야 하나. 술을 깰 때까지 기다려야 하나. 고민하다가 어깨를 꾹 눌렀다. 한 번만 더 깨워 보고 눈을 안 뜨면 그냥 둘 수밖에 없었다.

"안 일어나면 두고 간다?"

장난으로 티셔츠에 손을 집어넣었다. 그때 허리가 휙, 끌어당겨지며 탄탄한 몸과 맞부딪쳤다.

대뜸 바지가 내려가는 바람에 소스라치게 놀랐다. 남은 속옷의 허리를 붙들고 나는 고정원의 품에서 벗어나려 애썼다.

"야, 너 왜 이래!"

지금까지 잠들어 있다가 어디서 이런 괴력이 솟는지 몰랐다. 밀치고 때리는데도 아무런 타격이 없었다. 고정원은 돌처럼 딱딱한 손으로 내가 입은 드로즈를 막무가내 끌어 내렸다.

"아, 하지 마, 바보야. 너 취했어!"

그러더니 자기 옷도 훌렁 벗었다. 울퉁불퉁 각 잡힌 흉부 근육이 드러나자 반사적으로 몸이 뜨거워졌다.

"……놔."

나는 고정원의 다리 사이에 갇혀 있었다. 무섭게 부풀어 오르는 성기가 내려다보였다.

"……야, 고정원. 너 이상해. 무서우니까 이제 그만해."

울먹거리면서 말했다. 그러자 고정원이 의자에서 몸을 일으켰다. 뒷걸음질 칠 뻔했지만 허리에 팔이 둘러졌다.

맞붙은 고정원의 몸이 오늘따라 거구처럼 느껴졌다. 설마 아직도 키가 크는 건가. 멍하니 생각하는데 입술이 내려앉았다. 부리로 쪼는 것처럼 가볍게 부딪는 입맞춤이 반복됐다. 내리깐 고정원의 눈은 관찰하듯 나를 응시하고 있었다. 나도 덩달아 불안감에 눈을 뜨고 입 맞췄다.

"더워……"

에어컨을 꺼 놔서 몹시 더웠다. 나는 입술을 떨어뜨리며 말했다. 손으로는 고정원의 가슴팍을 밀어 내면서.

"응."

대답하며 고정원은 내 턱을 다시 자기한테로 당겼다. 그리고 가만히 입술을 빨아 댔다.

"덥다니까."

고개를 홱 피하며 말했다. 귓전에 닿은 입술이 더운 숨과 함께 뭉개졌다.

"응."

이상한 대답이었다. 정말로 취해서 정신이 나간 게 느껴졌다. 말이 통하지 않는 것만으로 무서운 기분이 들면서 막막해졌다. 얼굴 이곳저곳을 배회하던 애무가 다시 입술에 닿았다. 나는 질끈 눈을 감았다. 축축한 혀와 동시에 엉덩이 골을 파고드는 끈적한 손길이 느껴지고 있었다.

"아, 아, 아…… 아……!"

미친 듯이 흔들렸다. 덜컹덜컹덜컹, 무너질 것 같은 식탁 가장자리를 필사적으로 붙잡았다. 빠르게 드나들던 성기가 퍽, 하고 처박히면 비명이 터졌다. 고정원은 내 엉덩이 속으로 성기를 꼭 짓이겨야 직성이 풀리는 것처럼 굴고 있었다. 튀어나온 볼기 살이 납작해지도록 밀어 넣고, 짓누르고. 그 안에서 둥글게 휘저으며 짓이겨 댔다.

"흐……"

허리가 무너지고 다리가 꺾였다. 일으켜 세워 놓고 고정원은 다시 적나라한 율동을 반복했다. 이번에는 느렸다. 두껍고 길죽한 살덩이를 밀어 넣었다가, 천천히 뺐다. 얼얼한 이물감으로 얼굴이 일그러졌다.

"그만……!"

아무리 말해도 소용없었다. 술 취한 사람은 일절 반응하지 않고 뒤를 맞추는 일에만 열중이었다.

"훗."

속도가 느려져도 성기를 짓이기는 행위는 똑같았다. 음모가 비벼지도록 박아 넣고는 거기서 뭉개고 또 뭉갰다. 그 큰 걸 뿌리까지 넣었음 됐지 꼭 이렇게까지 해야 하나 싶을 정도였다.

"응, 으응……!"

괴로웠다. 근데 괴롭기만 한 건 또 아니었다. 드나듦이 깊게 이어지고 있었다. 입 속으로는 손가락이 들어왔다. 두 개의 손가락은 하반신처럼 넣었다 빼는 왕복 운동을 시작했다. 나는 자칫 깨물지 않기 위해 입술을 오므려 그걸 빨아야 했다.

움직임이 빠르게 변했다. 입 속의 손가락은 깊숙한 곳에 쑤셔 박혔다. 미치겠어서 울었다. 피할 수 없음을 깨닫고, 나도 허리를 같이 움직여 댔다. 될 대로 되라는 식이었다.

"아, 아……!"

어느새 같이 즐기고 있었다. 살끼리 찧어 대는 쾌감이 머리를 쾅쾅 때렸다. 전율이 내달린 등허리가 꺾였다. 고정원이 속도를 냈다. 등을 젖힌 나는 마구 뒤흔들리는 격렬함 속에서 고정원의 팔뚝을 붙들었다. 어디론가 넘어갈 지경이었다.

까무러치는 발작이 관통했다. 정수리 한가운데, 쾌감의 꼭짓점이 자글자글 끓었다. 나는 고정원의 가슴팍에 뒤통수를 문지르며 꼿꼿해진 발끝을 떨었다.

고정원은 나를 힘주어 끌어안았다. 사정의 극점을 찍고 나서도 한동안 그렇게 틀어박혀 있었다. 입 속에 처박은 손가락도 그대로였다. 몇 번 더 박아 올리며 여운을 취하는 듯했다. 빠져나갈 때 고정원의 손가락에는 내 잇자국이 찍혀 있었다.

"하……."

완전 녹초가 됐다. 땀으로 흥건하게 절여져 있었다. 더워서 이대로 얼음물에라도 뛰어들고 싶었다.

"……에어컨……."

중얼거리자 몸이 휙 들렸다. 고정원이 나를 안아 들었다. 축 늘어져 안겨 있자 향한 곳은 욕실이었다. 그곳에서 한 장 입혀져 있던 티셔츠마저 벗겨졌다. 샤워 부스 안까지 운반되어 겨우 바닥을 딛고 섰다.

"읏, 차거."

샤워기에서 물이 쏟아졌다. 더운데도 섬찟하게 느껴질 만큼 차가웠다. 추워서 움츠린 채로 바짝 몸을 붙였다. 두꺼운 허리춤을 붙들자 갑자기 엉덩이가 꽉 붙잡혔다. 고정원은 그대로 내게 입을 맞췄다.

둘이서 찬물을 맞으며 키스를 했다. 땀이 씻겨져 내려가며 상쾌한 기분이 들었다. 다른 곳은 다 차가운데 입 속만 뜨거워지고 있었다. 이 정도로 차가운 물을 맞았으면 고정원도 슬슬 술이 깨지 않을까. 기대하며 입술을 빨았다.

춥, 하고 입술이 떨어졌다. 어깨에 올라온 손에 압력이 가해졌기 때문이었다. 서서히 누르는 힘을 따라 나는 무릎을 구부렸다.

타일 바닥에 양 무릎이 닿았다. 쏟아지던 물도 뚝 그쳤다. 샤워기의 레버를 조작한 손이 곧 아래를 향하는 게 보였다. 우뚝 선 성기를 몇 번 훑은 고정원은 내 얼굴 가까이로 그것을 붙였다. 그리고 내 머리통을 살짝 끌어당겼다.

"……"

무언으로 하는 지시였다. 말이 없어서 압박감이 몇 배로 느껴졌다. 그렇게 많이 마셨으니 금방 깰 리가 없다. 단념한 나는 어두운 샤워 부스 안에서 성기를 입에 물었다. 그리고 힘껏 빨았다. 빨리 사정했으면 싶어서 손까지 써 가며 열심을 냈다.

뭔가 불만족스러웠을까. 성기를 빼낸 고정원은 나를 일으켰다. 그리고 다시 들어올 때처럼 안아 들었다. 나는 커다란 타월로 감싸진 채 욕실을 나왔다. 성큼성큼 고정원의 걸음을 따라 안긴 몸이 흔들렸다. 대체 어디를 가나 했는데 멈춘 곳은 술판이 벌어졌던 주방이었다.

"엇……"

고정원이 카메라를 집어 들었다. 심장이 덜컹했다. 가리고 있는 옷을 들추고 기계를 집어 든 고정원은 그대로 침대 방으로 들어섰다. 나는 완전히 식겁했다. 여태 녹화 중이었다는 걸 깜빡 잊고 있었다.

"그거, 너 취한 거 찍으려고 갖다 둔 거야. 이상한 거 찍으려고 한 거 아니야."

"……"

"……너, 근데 언제부터 알고 있었어?"

"……"

고정원은 묵묵부답으로 나를 침대에 내려놓았다. 가져온 카메라는 협탁으로 올라갔다. 잔뜩 취해 있더니 카메라 설치해 둔 건 어떻게 알았는지 몰랐다. 문득 취한 게 맞냐고 묻고 싶어졌지만 입을 다물었다. 얼굴색 하나 변하지 않고 멀쩡히 걷는다 해도 이건 어딜 봐도 평상시 모습이 아니었다.

"너 많이 취했어. 이제 그만하자."

자세를 낮추고 다가오는 고정원이 부담스러웠다. 무언가 와락 시작될 것만 같았다. 눈빛도 그렇고 행동도 그렇고, 무섭다는 생각이 앞섰다.

"야, 고정원……!"

대뜸 고환을 움켜쥐는 손길에 놀랐다. 함부로 주무르고, 다리 사이의 감추어진 산으로 내려갔다. 만지는 방식은 순수하게 본능적이었다. 잘해 주려는 내숭조차 없이 욕구를 따라 노골적이기만 했다. 나는 고정원의 어깨를 붙잡았다.

"웃, 야!"

축축한 구멍이 문질러졌다. 손가락을 넣었다 빼냈다, 지저분하게 만지고 있었다. 시선은 내게 고정이었다. 그 쳐다보는 눈빛 하나만으로 나는 이 상황이 곤란했다. 왜 이렇게 사람을 수치감 들게 관찰하는지 몰랐다.

"앗, 좀!"

안으로 손가락이 깊게 파고들자 발버둥 쳤다. 투덕거리며 버둥대는 발에 고정원의 허벅지가 부딪혔다. 웅크린 채 마구잡이로 몸부림치다가 멈췄다. 발바닥에 턱, 하고 부딪친 다른 무언가 때문이었다.

"미안. 괜찮아……?"

건드린 건 발기해 있는 성기였다. 나는 움츠렸던 몸을 펴고 조심스레 물었다.

"너 뭐……!"

발목이 붙들렸다. 그리고 아래로 끌려갔다. 뭐 하는 거냐고 물어도 고정원은 당연한 것처럼 답해 주지 않았다.

"아……."

발바닥이 묵직한 음경에 닿았다. 낮은 신음이 쏟아져 깜짝 놀란 순간 눈이 마주쳤다. 흥분한 얼굴로 고정원은 내 발을 자기 성기에 겹쳐 쥐었다.

하얀 발에 벌건 성기. 보고 있는 것만으로 낯이 뜨거워졌다. 고정원은 경직된 내 발을 가지고 시근덕거리는 성기에 문질렀다.

닿는 느낌이 손보다 생생했다. 빼내려고 발에 힘을 주자 신음은 보다 낮게 터졌다. 눌리면서 자극된 모양이었다. 손도 아니고 더러운 발인데, 뭐가 그리 좋은지 몰랐다.

베개를 끌어당겨 안았다. 이렇게 된 이상 빨리 끝내자 싶어 자발적으로 움직였다. 발끝으로 꾹꾹 누르다가, 발바닥으로 음경을 비볐다. 발가락과 발바닥 사이 굴곡진 틈새를 이용해 귀두까지 문질렀다.

"읏."

흥분한 손아귀가 종아리를 거칠게 주물러서 아팠다. 고정원의 성기는 튀어나올 것처럼 펄떡거리고 있었다. 어찌나 무겁고 단단한지. 저걸 앞으로 쭉 잡아당겼다가 팩 놓으면 고정원은 돌덩이에 부딪힌 것처럼 아플 것 같았다. 혼자 시답잖은 상상을 하면서 나는 입술을 사리물었다. 고정원이 인상 쓰고 있었다. 곧 끝날 듯했다. 힘들어서 헐떡대면서도 거의 다 왔다는 생각으로 퉁퉁한 기둥을 열심히 비벼댔다.

그러는 사이 왈칵, 정액이 토해졌다.

"하……."

겨우 끝났다 싶어 한숨이 나왔다. 허벅지부터 종아리가 얼얼했다. 평소 안 쓰던 근육을 마구 사용한 탓이었다. 눕고 싶어져서 푹신한 시트로 폭,

얼굴을 기댔다.

그리고 그때 무슨 의도인지 고정원의 머리가 내 발치로 향했다. 예감이
별로 좋지 않았다.

"읍!"

역시나였다. 서로의 다리 사이에 얼굴을 파묻게 되었다. 비스듬히 누워
있자니 입술과 코로 딱딱한 살덩이가 퍽, 부딪쳐 왔다. 문지르는 살덩이를
꾸역꾸역 머금었다. 내 것도 뜨거운 점막 속으로 빨려 들어가고 있었다.

몇 번 들락거린 것만으로 흥분한 고정원이 점점 위로 올라탔다. 나는
입을 헤벌린 채 성기를 받아 내느라 고역이었다. 말도 안 되는 크기였다.
빠르게 움직이는 건 아니었지만 버거워서 계속 눈물이 났다.

"읍, 큭…… 컥……!"

이렇게 깊게 넣은 적은 없었는데. 나는 턱을 쳐들고 목구멍을 최대한
열어 두려 애썼다. 거대한 살덩이가 목구멍 안쪽까지 꽂히는 바람에 너무
괴로웠다. 쯔걱, 쯔걱, 담금질하는 소리가 났다. 지쳐서 겨우 끝나자 입
안에서는 침 섞인 체액이 늘어졌다.

고정원은 지친 나를 엎어지게 했다. 그리고 협탁에 뒀던 카메라의 위치
를 바꿨다. 침대에 올리고, 각도는 밑에서 위를 향하도록. 때마침 성기가
뒤를 파고들며 다리 한쪽이 접혀 올라갔다.

"아, 싫, 아……!"

한쪽만 올려도 아래가 훤히 노출됐다. 카메라에 접합부가 찍히는 구도
였다. 정확히 어떤 장면이 나오게 될지 예상이 갔다. 렌즈가 꼭 사람의
눈처럼 의식되면서 나는 고개를 반대편으로 돌렸다.

"악, 아흑…… 아, 아아……!"

침대 스프링이 튀도록 쾅쾅 박아 댔다. 성기가 꽂힐 때마다 쾌감도 같

이 꽂혔다. 움찔움찔 등줄기가 떨렸다. 가슴팍이 한껏 젖혀지자 확 뒷머리가 꺾였다. 내 머리를 잡아챈 고정원은 거침없이 키스를 퍼부었다.

상스럽게 해 댄 뒤에는 또 박았다. 빠르게 박다가 멈추었다. 고정원은 내 목덜미를 잘근거리면서 애무에 심취했다.

"아……."

낮게 울리는 신음에 깜짝 놀랐다. 실제 짐승이 낼 것 같은 목울음이었다. 한숨을 내쉰 고정원은 느릿하게 삽입을 즐겼다. 길게 뺐다가 끝까지 넣고, 안을 벌려 눈으로 확인해 가며 넣기도 했다.

그리고 카메라를 집어 드는 소리가 또 났다. 아니나 다를까 엎어져 있던 몸이 돌려졌다.

"이제 꺼……. 꺼 달라고……."

베개로 얼굴을 가리면서 부탁했다. 당연히 고정원은 대꾸가 없었다. 가리고 있던 베개를 치워 버리고 입을 맞추는 게 다였다. 힐끔 보니 카메라는 저 밑에서 아직도 우리를 찍고 있었다.

상체가 붕 떴다. 일으키는 대로 일어난 나는 고정원의 허벅지에 앉았다. 아직까지 벌어진 곳으로 고정원이 음경을 밀어 넣었다. 엉덩이를 쥔 손아귀와 밀려드는 뜨뜻한 살덩이가 느껴졌다. 목에 꽉 매달렸다. 삽입이 완전해지자 고정원은 움켜쥔 엉덩이를 들었다 내리길 되풀이했다. 처음에는 자기가 하더니 나중에는 나보고 하라는 식이었다. 허리를 치켜올렸다가 다시 내리면 잘했다는 듯이 커다란 손이 등줄기를 쓰다듬었다.

"야, 고정원……."

"……."

"읏, 흣…… 정원아."

나는 입술을 빨면서 부탁했다.

"제발……. 말 좀 해. 어?"

아까부터 소곤거리는 목소리였다. 녹화 중인 걸 의식했기 때문이었다. 실시간으로 누가 보고 있는 것도 아닌데 괜히 불안하고 신경 쓰였다.

"……나 저거 끄고 올래."

아무래도 안 되겠어서 허리를 멈췄다. 일어나서 카메라 쪽으로 기어갔다. 뻗은 손에 기기 본체가 닿았을 때였다. 얼굴이 시트로 처박혔다. 탄력 있고 부드러운 표면이지만 거센 힘이 가해진 충격에 놀랐다. 취해서 제정신이 아닌 상태라는 게 와닿는 몸짓이었다. 나를 처박은 고정원은 엎드린 내 뒤로 또 흉기를 밀어 넣었다.

"윽, 흐읏, 읏……!"

푹, 푹 찍어 넣었다. 찍어 넣으며 아주 옴짝달싹 못 하게 했다. 몸의 움푹 들어간 곳은 다 고정원이 나를 짓누르는 데 쓰였다. 한 손은 목뒤를 누르고 한 손으로는 허리의 오목한 곳을 누르며 성기를 박아 댔다. 서러워서 눈물이 찔끔 났다. 안 그래도 체구 차이와 무게만으로 버거운데 제압까지 하니 숨이 막혔다.

"……빼, 바보야, 이제 빼!"

침 범벅 된 입으로 소리쳤다. 그러자 고정원이 박던 걸 멈추고 성기를 빼냈다. 귀 먹은 것처럼 굴더니 뜻밖이었다. 나는 훌쩍이면서 고정원을 올려다봤다. 하지만 안도는 오래가지 못했다.

"엇, 뭐, 아 싫어……!"

비어 있는 뒤로 손가락이 파고들었다. 한창 벌어져 있었기 때문에 몇 개나 한꺼번에 들어왔다. 느낌으로 봐선 네 개가 들어온 것 같았다. 이렇게 많이 넣은 적이 없어서 나는 질겁했다.

도망가려고 몸을 빼는데 허리에 팔이 감겼다. 고정원은 납치하는 모양새로 옆구리에 내 몸뚱이를 끼웠다. 그대로 침대 사이드까지 끌고갔다. 끄트머리에 걸터앉고서는 내 하반신을 자기한테 올리게 했다. 거기서 손가락을 쑤셨다.

앗, 윽, 나는 소리를 내지르며 발버둥 쳤다. 도저히 벗어날 수 없었다. 앞으로 넘어온 손이 못 움직이게 성기를 꽉 틀어줘고 있었다.

"아, 싫, 앗……!"

퍽퍽퍽퍽, 젖은 안을 쑤셔 댔다. 얼마나 깊숙이 쑤시는지 손바닥까지 안으로 들어오는 걸 느꼈다. 이래도 되나 싶게 벌려 놓고 있었다.

참기 힘든 자극 때문에 미칠 거 같았다. 다리가 가만있질 못했다. 살이고 근육이고 파들파들 떨렸다. 하지 말라고 손을 뒤로 했다가 시트를 쥐었다가 난리도 아니었다. 앞도 고통스러웠다. 몸부림치면 뿌리째 잡힌 성기에 꽉꽉 압박이 가해졌다. 애무가 아니라 말 그대로 못 움직이게 틀어쥐고 있었다.

"익, 으, 아웃!"

목소리가 뒤집혔다. 엉덩이가 들렸다. 어느 한 지점을 찧어 대는 자극에 무릎은 마구 경련하고 있었다. 알고 있는 느낌이 격하게 휘몰아치는 걸 느꼈다. 극적인 무언가가 몰려오고 차올라 폭발할 것만 같은 초조함.

심하게 저항하자 고정원은 손과 팔에 강하게 힘을 주었다. 그리고 고개를 숙였다. 성기가 따뜻한 점막에 감싸이는 걸 느꼈다.

"앗, 시, 아, 떼, 하지, 아으……!"

거기서 입 떼라고 소리쳤다. 말도 잘 안 나와서 이상한 신음의 형태였다. 곧 넘어갈 듯이 시야가 깜빡거렸다. 기어코 그 감각이 온몸을 덮쳐왔다.

"아……!"

파악, 물이 터뜨려졌다. 그것도 고정원의 입 안에서. 묵직한 목 넘김 소리를 들으며 나는 입을 틀어막았다.

"……."

차라리 기절하면 좋을 텐데. 경련하다 눈을 뜨자 고정원이 내려다보고 있었다. 입술부터 턱까지 젖어 있었고, 손마디부터 팔뚝까지 축축했다. 뭐에 젖은지 아는 만큼 눈을 질끈 감았다.

……돌겠다, 정말. 어떡해.

감당이 안 됐다. 막막해서 울음이 터졌다. 도움을 요청하고 싶었다. 취기 때문에 의식 어딘가에 잠들어 있을 고정원을 깨우고 싶었다. 이런 상황에서도 의지할 데가 고정원밖에 없었다.

"흐으……."

손바닥으로 얼굴을 가리고 흐느꼈다. 가리고 있는 내 손을 치운 고정원은 입술을 붙여 왔다. 눈가에 뜨거운 혀가 닿았다. 처음에는 위로해 주는 줄 알았는데 아니었다. 단순히 먹고 있을 뿐이었다. 몸에서 나오는 체액은 다 입에 넣을 것처럼 굴고 있었다. 미쳤단 말이 목구멍까지 올라왔다.

고정원은 내 눈물을 빨면서 자세를 잡았다. 다리를 벌리고, 거대한 살덩이를 갖다 붙였다.

"흠……! 흐, 읍, 흡……."

덜렁덜렁 다리가 흔들렸다. 거대한 게 끝도 없이 드나들었다. 고정원은 말없이 거친 숨만 내쉬며 나를 보고 있었다. 내게로 온통 쏠려 있는 눈빛과 감정이 한 꺼풀 노골적인 걸 느꼈다. 아마 취해서겠지. 나한테 사랑한다고 말할 때, 내가 좋아서 어쩔 줄 모를 때 고정원은 딱 이런 눈을 했다.

서럽게 울고 나니 눈물이 그쳤다. 그리고 좀 덤덤해져 있었다. 아무리 취했다 하더라도 이렇게까지 막무가내로 밀어붙이면 화날 법도 한데. 진심으로 화나지는 않는 걸 보면 나도 참 쉬운 인간이다 싶었다.

"너, 내일 진짜, 엄청 화낼 거니까, 그렇게 알아, 진짜……."

그래도 억울해서 말은 그렇게 했다. 고정원은 내게 입술을 내렸다. 키스가 시작되었고 그게 생각보다 많이 부드러웠다. 단순히 표현이 아니라 정말로 달콤한 걸 느끼면서 혀를 섞었다. 서로의 신체를 끊임없이 더듬으며 움직임도 녹녹해져 갔다.

침대는 젖어서 축축했다. 땀인가. 생각했다가 아까 욕실에서 물을 뒤집어썼기 때문이라고 깨달았다. 몸속도 물기가 올랐다. 밖이건 속이건, 온통 물크러질 것 같았다. 나는 양다리를 허리에 감으며 조였다. 고정원의 뒷머리에 손을 박아 헤집기도 했다. 흥분으로 열이 솟구치고 뜨거웠다. 알아차린 건지 들어온 살덩이가 보다 녹진하게 움직여 댔다.

"아, 아, 아아, 아……!"

높고 달뜬, 부끄러운 신음이 새어 나갔다. 고정원도 점점 더 흥분하고 있었다. 침대맡까지 나를 몰아갔다. 침대 헤드를 부여잡고는 격렬하게 박아 대기 시작했다. 아픈 게 아니라 온몸의 신경이 야릇하게 곤두섰다. 나는 눈을 감았다. 덜컹덜컹 흔들리며, 곧 낭떠러지로 처박힐 충격을 기다렸다.

그리고 기절했다가 눈을 떠 보니 오후였다.

"……."

"……."

고정원은 면목 없는 얼굴로 내 곁을 지키고 있었다. 몸은 보송보송했고, 옷도 깨끗하게 입혀져 있었다. 침대 시트도 새 걸로 바뀌어 쾌적한 상태였다. 모든 게 일상으로 돌아와 있었다. 자극이라고 할 만한 건 하나도 없는, 평범해서 소중한 일상이었다.

"너 어제…… 어디까지 기억나냐."

부어오른 목에선 쉰 목소리가 났다. 큼, 가다듬는데 고정원이 미안한 표정으로 말했다.

"인휘 네가 잠깐 방에 갔다 온다고 했던 건 확실히 기억하는데. 그 이후로는 드문드문……."

그럴 것 같았다. 그때까진 내가 봐도 평범한 주사에 가까웠다. 카메라 찾느라 자리를 비운 동안 혼자 너무 많이 마신 게 문제였다.

"……미안해. 무리시켰지."

미안함이 지나쳐 무안함까지 느끼는 표정이었다. 심각하게 굳어져서는 눈치 보듯 나를 보는데 그게 또 잘생겨서 짜증이 났다. 귀엽고 잘생기니까 화내는 척하기도 힘들었다.

"됐어……."

심드렁하게 말하며 목덜미를 쓸었다.

"어디 아픈 데는 없어?"

다가온 고정원이 내 발을 부드럽게 주무르며 물었다.

"……."

아픈 데야 많았다. 인후통에 근육통에, 말 못 할 데가 제일 화끈거렸다. 어제 했던 걸 떠올렸다. 목구멍 깊숙한 데까지 넣던 것. 뒤에 손을 거의 다 집어넣던 것. 체액이란 체액은 다 빨아 대던 것. 마지막에는 얼굴에 뿌려서 문지르기까지 하던데……. 평소에도 심한 편이라고 생각했는데 어제와 비교하면 무난한 축에 속했다.

떠올릴수록 어제 일이 꿈처럼 느껴졌다. 거의 악몽에 가까운 꿈이었다. 한편으로는 걱정이 들었다. 취하면 본심이 나온다는데 설마 평소에도 그러고 싶은 걸 참았던 건 아니겠지 싶어서.

"너 앞으론 술…… 아니다."

술 마시지 말라고 말하려다가 말았다. 계획적으로 만취할 때까지 먹인 사람이 할 소린 아니다 싶었다. 고정원이 원래부터 술을 즐기거나 많이 마시는 타입도 아니고, 어제처럼 내가 부추기지 않는 이상 또 그럴 일은 없었다. 아무튼 예전에 고정원이 나 술 마시지 못하게 했던 심정이 이해가 됐다. 나는 주사 부리고 블랙아웃까지 되는 타입이니 오죽했을까.

"배고프지. 식사 침대로 가져올 테니까 여기 있어."

기다리고 있자 따끈따끈한 죽이 코앞에 대령됐다. 소고기죽이었다. 베드 트레이 위에 먹기 좋게 올려 준 고정원이 물었다.

"내가 먹여 줄까?"

"아아니, 됐어. 환자도 아닌데."

후후 불어 한 입 떠 넣었다. 맛있다고 몇 번이나 말하는 내 옆에서 고정원은 젓가락으로 반찬을 올려 주었다.

"나 띵띵 부었겠다."

"귀여워."

안 부었다는 소리는 아니었다. 혼자 미끈한 얼굴을 하고 있는 게 알미워서 나는 고정원의 귓불을 살짝 잡아당겼다. 당겨진 고정원은 내 입술에 쪽, 입을 맞추고 떨어졌다.

"미안."

마지막은 사과였다. 사과하라고 한 행동이 아니었는데. 선수 치듯 이렇게 나오니 구박하는 시늉도 못 하겠네 싶었다.

"……"

눈을 내리깐 고정원을 보는데 생각났다. 어제 초반에 취했던 귀여운 주사들이. 애교스러워지는 그 술버릇은 정말 좋았다. 그런 것만 생각하면

227

또 같이 마시고 싶을 정도였다. 앞으로 못 보는 거면 너무 아깝고 아쉬운데. 다음에는 정말 딱 그때까지만 취하게 해 볼까. 진지하게 생각하는 나도 제대로 박힌 정신이 아니긴 했다.

에어컨 바람이 솔솔 들어오는 방. 고정원이 해 준 따뜻한 음식에, 포근하고 향긋한 침구에, 한가로운 일정까지. 더할 나위 없이 안락하고 평화로운 순간이었다. 뭉클한 기분이 든 나는 고정원을 불렀다.

"있잖아."

"응?"

할까 말까, 망설이느라 이마를 긁적이다가 물었다.

"나 얼만큼 사랑해, 너?"

"……."

잠시 민망한 정적이 흘렀다. 약간 웃는 듯하던 고정원은 잠시 다른 곳을 쳐다봤다가 나와 눈을 맞췄다. 그사이 꽤나 진지한 얼굴이 되어 있었다.

"……너 아니면, 살 이유 없을 만큼."

웃길 줄 알았는데 웃음이 안 나왔다. 나는 눈을 내리깔고, 시큰해진 눈가가 가라앉길 기다렸다. 이렇게 행복해도 되나. 매일이 기적 같다는 생각이 이제야 들었다.

비밀한
연애

임현식 장편소설

———

기억
상실

IF 외전

1

서두른다고 했는데 벌써 저녁이었다. 운전대를 잡은 고정원은 신호를 응시하며 핸들을 두드렸다. 약속 시간에 늦지는 않겠지만, 홀로 세운 계획이 무산된 것이 아쉬웠다. 미리 말해 둔 시간보다 두어 시간쯤 일찍 도착하여 기뻐하는 얼굴을 보고 싶었다.

조수석에는 조인휘에게 줄 선물과 케이크가 놓여 있었다. 지난달 이미 생일 선물 명목으로 둘이서 해외여행을 다녀온 바가 있기는 했다. 여행비를 전부 부담하는 조건으로 다른 선물은 챙기지 않기로 약속했지만 그렇다고 생일 당일에 아무것도 없는 것은 말이 안 됐다. 어차피 제 입장에서는 처음부터 어길 생각으로 한 약속이기도 했다.

도착하기 전에 꽃을 한 다발 더 살까.

문득 양팔이 벌어질 만큼 커다란 꽃다발을 든 조인휘가 보고 싶어졌다.

좋아할까, 아니면 당황할까. 기분 좋은 상상을 하는 사이 겨우 신호가 바뀌면서 차를 출발시켰다.

이제 10분쯤 뒤면 집에 도착이었다. 얼굴을 볼 생각에 만족스러운 숨이 터졌다. 급한 마음처럼 고정원은 속도를 올려 쭉 직행하였다.

하지만 또 한 번의 정지 신호로 인해 주행에 브레이크가 걸렸다. 인내심을 시험당하는 기분을 느끼며 서서히 속력을 줄이던 때였다.

쾅!

뜬금없는 굉음과 함께 예기치 못한 충격이 후두부로 번졌다. 짧은 찰나에 손이 조수석으로 뻗어 나가며 고정원은 억세게 힘줄이 돋은 팔로 선물을 붙들었다.

뒤흔들렸던 차체가 가라앉은 순간 시야는 까맣게 암전되었다.

7시가 넘어가도록 고정원으로부터 연락이 없었다. 이례적인 행동을 걱정하며 조인휘는 현관에서 서성거렸다.

무슨 일이 생긴 건가. 15분 전쯤에 통화를 시도했으나 연결되지 못했다. 메시지도 남겨 놓았지만 답신은 아무것도 돌아오지 않고 있었다.

"……."

거실의 소파에 앉은 조인휘는 휴대폰 화면을 쳐다보았다. 분을 알리는 숫자가 바뀔 때마다 초조한 기분이 강해짐을 느꼈다.

혹시 일부러인가. 생일 서프라이즈를 해 주기 위해서 고의적으로 늦는 것일지도 몰랐다. 선물을 준비하지 못하게 했으니 깜짝 카메라 같은 것을 준비하는 것인지도.

거기까지 상상하다 한숨을 내쉬었다. 아침에 생일이라며 미역국까지 끓여 주고 나간 사람이 새삼 그런 행동을 할 것 같지 않았다.

제발 제발, 아무 일도 없어라. 진심을 다해 빌면서 조인휘는 한 번 더 통화를 시도했다.

뚜르르르……. 연결음이 또다시 오랫동안 지속되었다. 기계음으로 연결될 거라고 짐작될 즈음 휴대폰 너머로 목소리가 들렸다.

―네, 여보세요.

"……누구세요?"

낯선 목소리 너머로 혼잡한 소음이 겹쳤다.

―여기 서울성모병원인데요.

병원이라는 말이 나온 순간이었다.

―휴대폰 주인분이랑 관계가 어떻게 되세요?

조인휘의 시야가 회전했다. 심장이 너무 세게 뛴 나머지 귀와 눈 주위로 압력이 느껴질 정도였다.

"저 애, 아니, 동거인, 인데요."

간신히 대답했다.

―보호자분 와 주셔야 할 것 같아요. 환자분 교통사고로 지금 여기…….

끝까지 듣기도 전에 혼비백산하여 뛰쳐나갔다.

"어어……."

괴상한 목울음을 내며 택시를 잡고, 기사님께 위치를 설명한 뒤에는 휴대폰을 꺼냈다. 떨리는 손으로 포털 사이트에 '추돌'과 '교통사고'를 입력해 보았다. 당연히 아무것도 눈에 들어오지 않았다. 양손으로 움켜쥔 채 덜덜거리고 있자 목소리가 들려왔다.

"에어컨 많이 추워요?"

택시 기사의 물음에 조인휘는 횡설수설했다.

"예? 아뇨, 그게 아니라, 아뇨……."

반쯤 넋이 나가 떨었다. 방향 감각을 상실하고 우왕좌왕하기도 했다. 그러는 사이 어느새 병원의 접수처에 도달해 있었다.

병원 안에서 부들부들 떠는 것은 자신뿐이었다. 이상해 보일까 봐 화장실에서 간신히 진정을 한 뒤에 절차를 밟았다. 고정원의 보호자임을 밝히고, 안쪽에서 설명을 들었다.

어떻게 돌아가는 일인지 솔직히 알 수 없었다. 다만 '검사 결과는 심각하지 않다'는 것만은 똑똑히 알아들을 수 있었다. 큰 내상이나 외상 없이 비교적 가벼운 찰과상에 그친 정도이며, 머리에 충격이 있었지만 별다른 이상은 없다는 설명이었다.

몇 시간 후면 깨어날 거라는 설명을 들었을 때는 '감사합니다, 감사합니다' 몇 번이나 고개를 조아리고 있었다. 크고 작은 후유증은 있을 수 있고, 일정 기간 내원해야 한다는 설명도 덧붙었지만 그런 건 아무래도 괜찮았다.

고정원은 병실의 침대에 누워 있었다. 잠든 것처럼 우아하게.

"……."

얼굴을 보자 그제야 머리부터 발끝까지 힘이 빠졌다. 다리가 꺾이며 휘청, 흔들렸다. 주변의 누군가가 잡아 주려고 다가왔고, 간신히 중심을 잡은 조인휘는 모르는 사람에게 몇 번이나 고개를 조아렸다. 기분 나쁠 정도로 축축하게 젖은 제 얼굴을 닦으며 고정원에게 다가갔다.

옆에 앉아 간호랄 것도 없는 간호를 시작했다. 이불을 올려 주고, 손을 잡아 주고, 머리를 쓸어 주거나 가슴팍을 토닥여 주기도 했다.

그렇게 코를 훌쩍거리며 고정원의 얼굴만 들여다보기를 한 시간쯤이었다.

"엇, 저…… 정원아! 정원아!"

생각보다 일찍 의식이 돌아왔다. 너무 놀라서 저도 모르게 목소리가 크게 나갔다.

"너 정신 들어? 괜찮아? 어디, 아픈 덴 없어, 괜찮아?"

짙은 눈썹이 일그러졌다. 인상을 찌푸린 고정원이 창백한 얼굴로 서서히 상체를 일으켰다.

"……여기 어디야."

목소리가 이렇게 반가울 수 없었다. 조인휘는 울 것처럼 웃으며 답했다.

"여기, 여기, 병원. 너 집에 오다가 사고 나서……."

'사고'라고 내뱉은 것만으로 손이 덜덜덜덜 고장 난 알람시계처럼 떨렸다. 손목을 마구 털어 떨림을 가라앉히고 나서는 서둘러 물을 따라 주었다. 완전히 가라앉지는 못한 탓에 컵을 건네주면서 흔들흔들 물을 쏟았다.

"……."

반쯤 물이 줄어든 컵을 받아 들고서 고정원은 이쪽을 바라보았다. 어쩐지 이상하리만치 진지하게 주시하는 표정이었다. 심장이 철렁했다.

"왜, 어디 아파? 머리가 아파?!"

눈빛이 꼭 생소한 걸 보는 사람 같아서 이상했다. 정말로, 너무나 이상했다. 상태를 묻는 호들갑에도 고정원은 지나칠 정도로 차분하게 응시할 뿐이었다. 어딘가 달라진 상태를 깨닫고 공포감에 휩싸인 조인휘가 너스콜을 눌렀다.

"선생님, 얘, 상태가 이상한 것 같아요. 뭔가, 머리 다친 것 때문인 거 같은데……."

간호사에게 설명하며 조인휘는 흔들거렸다. 양발이 서로 꼬이면서 휘청거리고 머리는 기절 직전처럼 어지러웠다. 숨을 헐떡이면서도 최대한 설명하려고 애썼다. 이상 상태를 최대한 명확하게 설명해야 했다.

"잠깐만."

내내 묘한 눈길로 지켜보던 고정원이 갑자기 끼어들었다. 말을 멈춘 조인휘가 고정원을 쳐다보았다. 병실의 모든 시선이 고정원에게 집중되어 있었다.

"너, 조인휘잖아."

"……."

쥐 죽은 듯 조용해진 병실로 조소와 비슷한 탄식이 터져 나왔다.

"네가 왜 여기 있어?"

궁금해서 못 견디겠다는 목소리였다.

* * *

외상 후 일시적 기억 상실.

황당하게도 그게 자신의 진단 결과였다. 일반적으로 단기간에 회복되지만 다른 증상들이 동반될 시에는 내원하라는 설명이 덧붙었다.

퇴원을 결정한 고정원은 집으로 돌아가지 않았다. 대신 조인휘와 함께 낯선 오피스텔로 향했다. 조인휘의 입에서 나온 '믿기지 않는 이야기'를 직접 확인하기 위해서였다.

자신이 남자와 사귀고 있었다고 한다. 그것도 같은 과 조인휘와 3년째 교제 중이며, 사귀고 얼마 지나지 않은 시점에서부터 동거를 하고 있었다고.

일어나 보니 갑자기 짧지 않은 시간이 흐른 것도 모자라 그 세월을 메꾼 내용들이 비현실적이고 기가 막혔다. 순순히 받아들이기에는 불가해

한 지점이 지나치게 많았다. 차라리 조인휘가 무언가를 노리고 거짓말을 하고 있다고 보는 편이 현실적이었다.

병원에서 눈을 뜨고부터 고정원은 모든 상황을 불신하고 있었다. 하지만 사태를 정확하게 파악할 필요가 있었기 때문에 표면적으로는 상냥한 태도를 취했다.

"······많이 당황스럽겠다."

"어?"

먼저 들어서서 허둥지둥 안내하던 조인휘가 돌아보았다. 눈망울이 쏟아질 것처럼 눈꺼풀이 벌어져 있었다.

"뭐 나도 그렇지만, 인휘 네 입장에서 생각해 보면 엄청 섭섭할 것 같은데."

사귀는 사람이 기억을 다 잃었으니.

덧붙이자 딱딱해지는 듯하던 표정이 금방 다시 밝아졌다.

"야, 나는 너 큰 사고 안 난 것만으로 얼마나 다행인데. 너 최근 3년만 기억 안 나는 거잖아. 그 전은 다 나지, 그렇지?"

"······그렇지. 나는 지금 신입생인 걸로 기억하니까. 내가 기억하는 인휘 넌, 밝은 갈색 머리였는데."

귀에 피어스도 있었고. 덧붙이며 귓불을 슬쩍 건드렸다. 놀란 것처럼 퍼뜩, 상체를 뒤로 뺀 조인휘가 눈에 띄게 당황했다. 손끝이 닿았던 귓불은 그 부분만 물든 것처럼 붉어져 있었다.

"······."

고정원의 눈매가 가느스름해졌다. 오래 사귄 연인 사이라고 해 놓고, 고작 이 정도 스킨십으로 이런 반응이라니. 수상하다는 생각이 들지 않을 수 없었다.

"드라마나 영화에서 보면 완전히 기억 다 잃어서 자기 자신이 누군지, 이름도 까먹고 그런 사람들도 나오잖아. 너 그거 아니어서 진짜 다행이야. 그런 경우에는 기억 안 돌아오면 완전 큰일일 거 같지 않아? 아님 뭐 계속 기억이 갱신 안 되고 매일 어느 날 이전으로만 머물러 있는 경우라든가. 영화긴 해도 그런 거 너무 무섭더라고."

"……그러게."

역시나 조인휘는 쓸데없는 말이 많았다. 벌써부터 느껴지는 피곤함에 적당한 대꾸를 일삼으며 집 안을 죽 둘러보았다.

"……"

물건의 취향이 상당히 익숙했다. 정리법이나 인테리어 등, 자신이 머무르던 공간이라는 것은 확실해 보였다. 사귀는 게 맞든 아니든, 같이 살고 있었다는 것만큼은 부정할 수 없어 보였다. 하지만 그게 사실이라고 하면 더더욱 석연치 않은 마음을 떨칠 수 없었다.

"얼른 밥부터 먹자."

자신이 앉아 있는 동안 조인휘는 분주하게 밥을 차렸다. 식탁 위로는 미역국과 가짓수 많은 반찬들, 그리고 막 조리한 계란프라이가 올라왔다.

"다 네가 만든 거야?"

내려다보며 묻는 말에 조인휘가 어색한 기운을 풍겼다.

"반찬 몇 개는 니가 한 거고, 미역국도 정원이 너가 아침에 하고 나간 거."

"……"

소고기가 들어간 미역국이었다. 그것을 내려다보며 고정원은 어처구니없는 기분을 느꼈다. 이걸 만든 사람이 자신이라는 게 믿기지 않는 기분, 그리고 집 안을 둘러보며 내내 부부의 살림집이라고밖엔 느껴지지 않는 흔적과 생활감을 목도한 영향으로 속이 울렁거렸다.

"……해서, 그래서 내가 의사 선생님한테……."

산만한 조인휘는 식사 내내 입을 쉬지 않았다. 영양가 없는 수다에 맞장구를 치는 것도 지겨워 종내에는 침묵을 택했다. 조인휘는 호응은 아무래도 상관없다는 듯 떠들어 댔다. 입맛이 떨어져 깨작대던 젓가락을 내려놓았다. 단순한 사람들은 속 편해서 좋겠다는, 솔직한 조롱을 목구멍 안으로 삼켰다.

"여기가 우리 같이 쓰는 방인데……. 당분간, 너 혼자 써."

식사 후, 조인휘가 쭈뼛거리며 말했다.

"그게 너한테 아무래도 편할 거 같아서. 어 암튼, 편하게 쉬어 네 집이니까. 너 마음대로 다 하고, 뭐 찾는 거 있으면 나한테 물어보고. 불편한 거나, 뭐 혹시 아프다거나. 아니면 뭐 기억이 난다거나……."

알았지?

올려다보며 묻는 상대가 성가셨다. 막말로 제 입장에선 호감 있던 사람도 친했던 사람도 아니었다. 생판 남이 보호자 행세를 하는 것으로밖에 여겨지지 않았다.

"그럴게. 고마워."

형식적으로 답한 고정원은 자리를 피했다. 씻은 뒤 방으로 들어가 문을 닫았다. 차단이 되자 전신으로 들러붙던 불쾌함이 조금 나아지는 듯했다.

"후……."

단절되었음에 만족감을 느끼며 담배를 찾았다. 하지만 방 안 어디를 뒤져봐도 보이지 않았고, 사 올까 했지만 귀찮아져서 침대로 누웠다. 그리고 문득 생각이 나서 휴대폰을 꺼냈다.

"……."

메시지 내역과 통화 내역을 쭉 훑어 내리자 애인으로 추정되는 저장명이 분명하게 보였다. 부정하고 싶었지만 내용을 보니 상대는 조인휘가 확실했다.

인휘야, 애기야, 자기야. 유치한 호칭에 눈살이 찌푸려졌다. 통화는 기록을 보니 강박적으로 하루 대여섯 번이 기본인 모양인데, 그것 또한 자기가 추구하는 연애 스타일과는 정반대였다. 보면서도 다른 사람의 흔적을 보고 있는 것 같은 위화감이 들었다.

정말로 상대가 조인휘라는 것. 그리고 이런 식으로 무려 3년째 만남을 이어 가고 있다는 것까지 모두 증거를 통해 확인하면서도 현실감이 들지 않았다.

사진첩을 열어 보았고, 예상대로 파악할 만한 단서랄 건 보이지 않았다. 클라우드는 패스워드가 맞지 않았다. 늘 사용하던 조합이 아니라는 게 의외였다. 새롭게 비밀번호를 설정하려다 말고 눈을 감았다.

"하……."

긴 한숨이 깔렸다. 백번 양보하여 상대가 동성인 것까지는 어떻게든 납득할 수 있었다. 상대가 조인휘가 아닌 다른 남자였다면 지금보다는 훨씬 받아들이기 쉬웠을 것이다.

고정원은 얼마 전 자신이 기억하고 있는 조인휘의 모습을 떠올렸다. 물론 실제로는 얼마 전이 아니라 3년 몇 개월쯤 전이겠지만.

'그러니까아 혀를, 혀를 잘 써야 된다고……. 키스는, 쪽쪽거린다고 다가 아니야…….'

동기들끼리 모인 술자리였다. 떨거지들 사이에서 '강연' 비슷한, 무어라 해야 할지도 알 수 없는 추태를 부리던 것이 강렬한 인상으로 남아 있었다.

지독한 의문이 생길 수밖에 없는 시점이었다. 대체 3년 동안 어떤 대단한 사건과 대단한 심경의 변화가 있었던 것인지. 대체 어떻게 어떤 과정을 거쳤기에 상대에게 연애 감정을 품게 된 것인지. 이쯤 되면 영영 알 수 있는 길이 막힌 불가사의에 가까워 차라리 이해하기를 포기하는 게 합리적이었다.

하나 인정하자면 이전부터 조인휘에게 눈이 자주 갔던 건 사실이었다. 행동이 우스워서. 보고 싶지 않아도 눈에 띄니까. 그저 그뿐이었다.

"……."

하지만, 병원에서 눈을 떴을 때는 곧장 알아보지 못했다. 머리의 색과 모양이 달라져 있었기 때문이라거나 단순히 그런 문제는 아니었다. 차림새나 꾸밈의 문제라기에는 차이의 간극이 매우 컸다. 다른 사람이라고 우기면 속을지도 모를 정도로 분위기와 인상이 달라져 있었다.

3년의 세월이라는 게 그렇게 사람을 변하게 만드는 건가.

생각하며 일어난 고정원은 거울 앞에서 자신을 들여다보았다. 상당히 달라진 것 같기도, 별반 다를 게 없는 것 같기도 했다.

"……."

또다시 담배 생각이 간절해지면서 창가로 걸음을 옮겼다. 창문을 열었지만 후텁지근한 공기가 들어오기에 다시 닫았다. 에어컨의 온도를 몇 도쯤 낮추고, 신경질적으로 가운을 벗어 던졌다. 침대에 몸을 눕히며 협탁 위에 자리하고 있는 리모컨으로 불을 껐다.

암전된 방 안에서 고정원은 조인휘를 떠올렸다. 정확히는 조금 전, 식사를 함께하던 조인휘를.

애인이 몇 년간의 기억을 통째로 잃은 상황이었다. 무엇보다 둘 사이의 일, 관계를 모조리 잊었다고 하는 상황임에도 불구하고 태연한 모습이었다. 쉼 없이 떠들고, 웃고, 잘 먹고. 그런 성격일 것이라 짐작은 했지만 상황의 특수성을 생각하면 지나치게 무신경한 태도였다. 어찌 됐든 한없이 가볍다고 생각했던 자신의 평가는 맞아떨어졌다.

코끝으로 웃은 고정원은 눈을 감았다. 그대로 잠이 들 거라 생각했으나 몇 시간이 지나고 나서야 예민해진 신경으로 눈을 떴다. 침대에서 벌떡 몸을 일으켰다.

도저히 이곳에서는 잠이 올 것 같지 않았다. 원래 살던 집으로 가는 게 낫겠다는 판단이 들면서 하나씩 옷을 걸쳤다.

소리 없이 현관을 향해 걸어가던 중이었다. 묘한 소리가 들려오면서 발걸음이 우뚝 멈추었다. 무시하고 가려고 했지만 다시 귀를 파고들었고, 결국 소리가 나는 쪽을 향해 다가갔다.

가까워지자 보다 소리의 종류가 또렷해졌다. 문틈으로 새어 나오는 것은 숨죽인 울음소리였다. 어딘가에 얼굴을 처박고 내는 듯한 흐느낌은 녹음된 소리 따위가 아니었다.

"……끄윽, 윽……."

서럽게도 울고 있었다. 대체 언제부터 이러고 있었는지조차 알 수 없었다.

본래 있던 방으로 돌아온 것은 몇십 분의 시간이 지난 후였다. 아무렇지 않은 게 아니라 아무렇지 않은 척이었나. 단순해 보이던 남자가 애써 밝은 척 가장하고 있었다는 것을 알게 되자 기분이 이상했다.

"……."

침대에 누워 휴대폰을 들어 올리자, 화면에는 클라우드의 로그인 화면이 떴다.

패스워드가 뭘까.

오늘 사고 난 자신의 차에 있던 물품에 대해 들은 바가 있었다. 조수석에 선물과 케이크가 있었다고 했다. 그리고 오늘 아침 자신이 만들고 나갔다던 음식은 미역국이라고 했다.

그것들로부터 유추할 수 있는 사실은 한 가지였다. 혹시나 하는 마음을 가지고 고정원은 아이디 밑으로 패스워드를 입력했다. 늘 쓰는 특수문자와 영문의 조합 뒤에 오늘, 아니, 자정이 넘었으니 어제가 된 날짜를 넣어 보았다.

너무도 쉽게 잠금이 해제되었다. 황당함은 열린 클라우드의 내용물을 확인하며 걷잡을 수 없는 크기로 불어났다.

둘이서 찍은 다정한 사진들이 있었다. 여러 종류의 사진이 있었지만 성행위 중에 찍은 사진들도 있었다. 심지어 행위 중에 찍은 영상은 많은 양이 저장되어 있었다.

"……하."

노골적으로 쏟아지는 증거들 앞에서 말문이 막혔다.

사진을 하나씩 확대했다. 그리고 영상을 하나씩 재생시켰다. 그러는 동안 많은 것들을 이해하게 되었다.

조인휘가 왜 그렇게 다르게 보였는지 이제 알 것 같았다. 이런 짓을 3년간 내리 해 대면 어떤 방향으로든 변하지 않는 것이 어렵겠다 싶었다.

정말, 제정신이 아니군.

이런 비상식적인 기록을 마주하게 될 줄 몰랐다. 살림이라도 차린 것 같은 동거에, 노골적인 성행위 기록. 알면 알수록 기가 막힌 것밖에는 나오지 않았다.

3년이었다.

3년의 시간이 한 사람과 그 생활을 이렇게 통째로 바꿔 놓을 만한 시간인 것인지. 진심으로 의문이 들었다. 자신이 한 선택과 행보를 객관적으로 이해하기란 영영 불가능할 듯했다.

……3년 동안 뭐에 씌었다가 사고로 제정신을 차린 게 아닌가.

지금으로서 가장 그럴싸하게 느껴지는 추측과 함께 고정원은 휴대폰을 내던졌다.

아침 일찍 일어나 커피부터 내렸다. 천천히 마시며 30분쯤 지났을 때 눈을 비비며 나오는 조인휘와 마주쳤다.

"어, 일어났네. 좋은 아침."

'배시시'라는 표현이 어울릴 법한 웃음이었다. 행동과 표정이 유독 초등학생쯤 되는 어린아이처럼 보여 눈살이 찌푸려졌다. 사실 거슬릴 만한 부분도 아니지만 탐탁지 않은 사람을 상대로는 모든 걸 낮잡게 되는 모양이라고 생각하며 고정원은 시선을 거두었다.

"진짜 신기하다."

"……뭐가?"

"너 일어나면 커피부터 마시는 거, 습관 된 거는 한 1년쯤 됐거든? 3년간 기억은 없어졌어도 습관은 남나 봐. 와, 진짜 엄청 신기해."

신나서 떠들어 대는 조인휘의 눈두덩이 부어 있었다. 침구 따위에 얼굴을 처박고 울었을 테니 붓지 않을 리가 없었다.

"……."

아무렇지 않은 척 행동하는 조인휘를 응시했다. 말간 얼굴로 커피를 따르는 모습을 보며 머릿속에 떠오르는 대로 입을 놀렸다.

"3년이나 만나면…… 안 지겨워?"

웃으며. 마치 남의 일을 묻듯.

“……어……?”

얼이 빠진 듯하던 조인휘는 곧 이마를 긁적이며 답했다.

“아…… 사실, 3년이라고 연수를 말하니까 길게 느껴질 수도 있는데…… 사귀는 동안 1년이 진짜 매번 후딱후딱 가서, 눈 깜짝할 사이에 3년이 돼 버린 느낌이라, 지겹……다거나 그럴 새도 없었다고 할지…….”

커피잔을 들고 조인휘가 식탁의 맞은편으로 앉았다.

“그렇구나.”

입으로만 살갑게 호응하며 고정원은 무심히 쳐다보았다.

“우리, 어떻게 사귀게 된 거야? 너랑 나 그다지 공통점이나 접점도 없었으니까 궁금했거든.”

“아아, 뭐, 과제도 같이하고……. 사실, 우리가 사귈 때는 되게 쉽게…… 아니다, 쉽지도 않았구나. 암튼, 사귀고 나서 또 우리끼리 약간 다툼? 같은 게 있기는 했는데 그게…….”

신나서 떠들기 시작한 조인휘의 말을 잘랐다.

“아무리 생각해도 믿기지가 않는데.”

중얼거리면서 내뱉자 조인휘가 눈에 띄게 굳어졌다. 뭐가 믿기지 않는다는 건지, 보태지 않아도 알아들은 모양이었다. 고정원은 악의는 없었다는 듯이 변명했다.

“아니, 나는 그냥 신기해서. 인휘 여자들한테 굉장히 인기 많았던 걸로 기억하고 있는데…….”

아니야?

태연하게 잔을 매만지며 물었다.

“별로…… 그런 거 아닌데.”

조인휘가 정색하며 웅얼거렸다. 처음으로 완전하게 굳어진 표정이었다.

"……해 보니까 여자 역할이 더 좋았어?"

저급한 질문은 물론 고의적이었다. 크게 벌어지는 눈이 보였다. 희게 질렸다가 금방 빨개지는 얼굴색의 변화를 낱낱이 지켜보다 말했다.

"농담이야."

천천히 커피를 들이켜고 있자니 문득 재미없다는 생각이 들었다. 저조해지는 기분을 느끼며 끝까지 마시기도 전에 컵을 들고 일어났다.

"어, 어디 가?"

"집에 가 있으려고."

"……집?"

"원래 살던 곳. 여기는 아무래도…… 영 낯설어서."

"불편했어? 불편한 게 있으면 말하지. 거기 싫으면 내가 썼던 방으로 바꿔 줄까?"

붙잡으려고 하는 행동이 피곤했다. 애매하게 웃으며 두루뭉술하게 넘기던 고정원은 마지막으로 못을 박았다.

"원래 집에서 지내는 게 맞는 것 같아."

"……."

"기억이 언제 돌아올지, 아니면 안 돌아올지. 아무도 모르는 일이기도 하고."

조인휘의 낯빛이 하얗다 못해 푸르게 질렸다. '아니면 안 돌아올지' 하고 덧붙인 부분에서부터였다.

안색의 극단적인 변화를 코앞에서 목격한 고정원은 어처구니없는 기분을 느꼈다. 별것도 아닌 말로 어떻게 이렇게 순식간에 감정의 낙차가 생기는지, 어떻게 이렇게 모조리 밖으로 드러나는지 도무지 이해되지 않았다.

"대신, 연락할게."

"……어……?"

"……매일."

"아…… 어!"

매일, 연락해야 돼, 꼭.

다짐이라도 받는 것처럼 조인휘가 되짚었다. 고정원은 결국 확답 없이 자리를 빠져나갔다. 달래듯 행동할 필요 따위 없었다는 생각이 뒤늦게 들었기 때문이었다. 물론 성가신 연락을 의무적으로 할 생각 또한 추호도 없었다.

밖으로 나와 습관적으로 차 키를 눌렀다. 아무런 소리가 들리지 않아 곧 수리 중이라는 걸 깨달았다. 확실히 사고는 사고였는지, 컨디션이 평소 같지 않음을 느꼈다.

정처 없이 걸어 나가다 멈춘 곳에서 택시를 불렀다. 도착한 차에 몸을 실어 눈을 감은 순간 관자놀이를 관통하는 듯한 두통이 시작되었다.

기억이 돌아올지 안 돌아올지 아무도 모르는 일.

입 밖으로 내뱉고 나니 현실감이 느껴졌다. 실제로 사고를 당한 입장은 자신이었고, 기억이 돌아오지 않을 가능성도 염두에 두는 것이 당연했다. 현재로서는 돌아오는 쪽이 오히려 가능성 없게 느껴지고 있었다. 일이 이렇게 된 이상 정말로 가능성이 없기를 바라야 했다.

뉴스를 체크하다 말고 고정원은 헛웃음을 지었다. 세상의 3년 치 변화를 요약본 넘기듯 훑는 상황이 우스웠기 때문이었지만, 그 어떤 상황도 조인휘와 교제 중이었다는 사실보단 우습지 않으리라는 생각이 들면서 웃음기는 가셨다.

그날 이후 벌써 일주일째 연락을 주고받고 있었다. 통화는 가끔, 문자는 매일 했다. 조인휘는 메시지로 안부나 뜬금없는 사진 같은 걸 보내왔다. 자신은 최소한의 단답으로만 대응할 뿐이었다.

지잉-. 때마침 울리는 진동에 휴대폰을 들었다.

[여기 기억나?]

바닷가 사진과 웬 숙박업소 내부 사진이 보였다. 주로 이런 식이었다. 조인휘는 둘만의 추억이 있는 장소나 물건 따위의 사진을 보내며 기억을 자극하려 했다.

[모르겠어]

답장하자 금방 '오케이' 제스처를 취하는 거북이 이모티콘이 대화창에 떴다. 실망했으면서 아무렇지 않은 척하고 있다는 게 보이지 않아도 느껴졌다.

"……."

고정원은 언제가 적절할지, 조인휘에게 이별을 고할 시기를 가늠했다.

3년을 극진하게 사귀고 있었다는 것. 그 사실 자체는 인정하지만 비가시적인 부분까지 이해할 수 있는 건 아니었다. 감정의 깊이라든가 둘만의 정서라든가, 이해하지 못하는 만큼 관계를 지속할 이유를 느끼지 못하는 것은 당연했다.

영상 기록 외에도 최근 2년간 주고받은 메시지 및 통화 기록, 방범 앱과 커플용 위치 추적 앱 등. 평범하다기엔 상식적으로 이해하기 어려운 관계성도 헤어짐이라는 결정을 부추기기는 마찬가지였다.

그럭저럭 납득할 만한 상대, 그럭저럭 일반적인 만남, 그럭저럭 길지 않은 연애 기간이었다면 편리성 하나만으로 만남을 이어 가다 헤어졌을지도 모르겠지만…….

애초에 거부감을 느끼던 상대였다. 그에 더해 사회적인 편견이 따르는 관계라면 굳이 만남을 연장할 필요도, 이유도 없다는 판단이 지극히 합당했다.

지이이잉-. 전화가 울리기 시작했다. 상대가 조인휘라는 걸 확인하고 무시했다. 끊겼던 진동이 세 번째 이어지면서 그 끈질김에 마지못해 받았다.

―정원아, 바빠?

"조금. 무슨 일이야?"

―어, 무슨 일은 아니고……. 저녁 먹었어?

"지금 자정이 다 돼 가."

―아, 그치……. 나는 뭘 먹었나 궁금해서.

힘 빠지는 대화였다. 저도 모르게 입술에서 바람 빠지는 웃음이 났다.

"별거 없어. 그냥, 샐러드랑 로스트 치킨 정도."

―오…… 맛있었겠다. 나는 1차로 라면 먹고 2차로 케이크 한 판 전부 먹었는데 별로 배 안 부르네. 케이크는…….

뭐라 뭐라 떠드는 소리가 이어졌다.

급격히 몰리는 피로감을 느낀 고정원은 침대 헤드에 등을 기대고 눈을 감았다. 급작스럽지만 강력한 잠기운이 반갑게 느껴졌다. 사고의 후유증인지 최근 제대로 잠들지 못하는 날들이 이어지고 있었다.

떠들어 대든 말든 괘념치 않았다. 예의상 대꾸하거나 통화를 마무리 지을 생각도 없이 고정원은 그대로 잠에 빠져들었다.

개강 이후 첫 주말이 되면서 조인휘와 약속을 잡았다. 더 미룰 것 없이 오늘 관계를 정리할 예정이었다.

만나자마자 형식적인 저녁 식사를 마쳤다. 술자리로 이동하자는 말이 나왔고, 둘이서 가게를 나왔다.

주말 밤인 만큼 거리에는 사람이 많았다. 조인휘는 특유의 산만한 걸음걸이로 자꾸만 사람들과 부딪칠 뻔했다. 좁은 길목에서 팔짱을 낀 커플들을 배려하느라 뒤로 처지기도 했다. 보면서 거슬렸던 고정원이 팔뚝을 붙들고 걸었다.

"······고마워."

보호 같은 게 아니라 성가셨을 뿐이었다. 붙들어 준 것을 호의라고 오해했는지 조인휘는 반색하는 표정을 숨기지 못했다. 어울리지도 않게 수줍은 것처럼 입술을 비죽거렸다.

"······."

구석진 곳으로 데려가 옷을 벗기고 함부로 만진다고 해도 같은 반응일 것만 같은데. 문득 이런 생각을 하는 것 자체가 터무니없게 느껴진 고정원은 거리를 떨어뜨렸다.

들어선 라운지 바 안에서 깔루아밀크를 주문한 조인휘는 또 예의 그 '배시시' 하는 웃음을 지으며 마주 보았다.

"바는 너랑만 다녔는데. 깔루아밀크도 네가 추천해 줘서 먹기 시작한 거거든."

"······그래?"

조인휘는 생각보다 훨씬 순진해 보였다. 모든 행동이 김빠지게 물렁했다. 만만하게 본 누군가 파고들어 뒤흔들기 딱 좋아 보일 정도로.

어찌 되었든 그간 학교에서 보여 주었던 언행들과 현격한 차이가 있다는 것은 분명했다. 소문대로 '놀 줄 아는 남자'처럼은 보이지 않았다. 그 반대라면 모를까.

순진한 얼굴을 보고 있자니 그 행동들은 대체 뭐였는지 묻고 싶어졌다. 시간에 걸쳐 바뀐 결과인지, 아니면 처음부터 허풍이었는지.

"······."

음악에 맞춰 까딱까딱 리듬을 타며 조인휘는 이따금씩 깔루아밀크를 홀짝거렸다. 그러다 눈이 마주칠 때면 얼굴에 떠오른 감정이 숨겨지지 않았다. 온전하고 순전한, 당장 말도 안 되는 명령을 해도 순순히 따를 듯한 눈빛을 했다.

"근데 여기 춤도 출 수 있는 덴 줄 몰랐어. 그냥 밖에서 봤을 땐 술만 파는 덴 줄 알았는데."

바는 3층으로 분리된 구조였다. 아래층은 클럽처럼 춤을 추는 스테이지였고, 위층은 착석 테이블이 있어 아래를 전부 내려다볼 수 있었다.

"생각보다 시끄럽네, 좀만 있다가 가야겠다 그치?"

"······왜, 나쁘지 않은데."

칵테일을 한 모금 들이켜며 말하자 조인휘의 표정이 밝아졌다.

"아, 진짜? 다행이다. 하긴, 너랑 나랑 이런 데 온 적은 한 번도 없으니까 신선하기는 해."

원래는 조용한 곳에서 대화할 생각이었다. 대화를 통해 자발적으로 헤어지는 결말을 내도록 유도할 생각이었지만······.

"저기, 두 분이서 오셨음 저희랑 같이 마실래요?"

때마침 누군가가 접근했다. 다가온 여자 두 명을 본 조인휘의 표정이 굳어졌다. 경직된 표정을 살핀 고정원이 '그럴까요' 하고 답했다.

"괜찮지?"

가벼운 투로 묻자 조인휘는 얼떨떨하게 끄덕였다.

합석한 테이블은 어수선한 대화들로 채워지기 시작했다. 조인휘는 눈에 띄게 굳어져서 여자가 건네는 말에 버벅대면서도 성실하게 대답하고 있었다.

이런 상황도 나쁘지 않을 것 같았다. 굳이 말로 깨닫게 하기보다 오히려 이렇게 비언어적으로 상황을 몰아가는 쪽이 확실한 경우도 있으니.

"……."

여자가 건넨 담배를 물던 고정원은 문득 시선을 느꼈다. 담배 끄트머리에 불이 붙으며 입술에서 연기가 흩어지고 있었다. 천천히, 손가락 사이에 필터를 끼울 때까지, 맞은편의 조인휘는 희게 질린 낯으로 두 눈을 떼지 못했다.

시선이 따라오는 걸 느끼며 고정원은 여자에게 귓속말을 했다. 별 얘기는 아니었다. 그냥 이런 자리에서 할 법한 시시한 농담이나 칭찬 따위. 여자가 웃고, 자신도 따라 웃으며 시시덕거린다고 보여질 법한 분위기를 연출했다.

여자가 비스듬히 기대어 왔다. 고정원의 팔뚝에서부터 올라가 어깨, 목을 쓰다듬었다. 키스를 원하고 있음을 알아차린 고정원은 웃음을 흘렸다.

고개를 숙여 귓전을 스치듯 애무하는 것으로 끝냈다. 이 이상으로는 굳이 할 필요도 없을뿐더러 내키지도 않았다.

맞은편을 살피자 조인휘는 이쪽을 똑바로 보지도 못하고 있었다. 큰 눈에 눈물이 맺히는가 싶더니 '잠시만' 하고 자리에서 일어났다. 그러고는 아예 밑으로 내려가 버렸다.

연기를 머금고 내뱉기를 몇 차례. 몇 살이냐고 묻는 여자의 질문을 무시하며 고정원은 플로어를 내려다보았다. 스테이지의 한구석에 홀로 춤추지 않는 사람이 눈에 띄었다. 생김새나 복장, 섞여 들지 못하고 뚱하게 서 있는 포즈까지. 영락없이 미성년자로 보이는 조인휘가 그곳에 있었다.

조금 뒤 조인휘는 바에서 시킨 병맥주로 나발을 불었다. 돌아서 있는 탓에 옆모습이 보일 듯 말 듯 했다. 곁에서 춤을 추던 웬 남자가 조인휘에게 가까이 다가가는 모습이 보였다.

"⋯⋯."

사고 이후 두통이 불시에 찾아들게 됐다. 불쾌하게 지끈거리는 통증을 느끼며 아래를 주시하던 고정원은 남자가 조인휘의 얼굴 근처로 자신의 얼굴을 들이대는 걸 목격한 순간 자리에서 일어났다.

빠르게 계단을 내려가 큰 보폭으로 플로어의 목표 지점을 향해 걸어갔다. '왜 울어요? 네?' 하는 목소리가 음악 사이로 들리고, 시야를 가린 남자를 몸으로 밀어 낸 고정원은 뻔뻔하고도 쉽게 원하던 자리를 차지했다.

그제야 겨우, 맥주병을 든 채 질질 짜고 있는 꾀죄죄한 얼굴이 보였다. 이러고 있으니까 쓸데없는 관심을 끌지.

힘없는 손에서 맥주병을 빼앗아 한 모금 넘기며 내려다보았다. 어지간히 놀랐는지 젖은 눈동자가 좌우로 흔들거렸다.

"⋯⋯."

소란한 음악과 사람들 틈에서 둘 다 말이 없었다. 조인휘는 멀뚱히 서 있을 뿐이고, 고정원은 가림막처럼 그 주변을 감싸고 있을 뿐이었다.

조인휘는 뒤늦게 젖은 얼굴을 닦고, 빨개진 코끝을 문질렀다. 손등으로 문지르고 또 문지르고⋯⋯ 점점 신경질적으로 변해가는 손짓을 고정원이 붙들었다.

"화났어?"

"⋯⋯안 들려."

고개를 숙였다. 귓불에 입술이 스칠 만큼 밀착시켰다. '화나서 그래?' 한 번 더 물었다. 조인휘는 일부러인지 안 들린다며 똑같은 대답을 되풀이했다. 더 이상 물을 것도 없이 팔을 붙들어 보다 조용한 구석으로 이끌었다.

"미안."

사과하자 의아한 눈으로 올려다보았다.

"아무래도 난 우리가 사귄다는 의식이 없어서…… 생각 없이 행동한 것 같아."

그 말에 혼란스러운 표정을 짓던 조인휘가 우물거렸다.

"……괜찮아……."

이런 말도 안 되는 변명을 믿는 건가.

"속상했어? 이렇게 울 정도로?"

손을 들어 눈가를 건드렸다. 아니, 별로…… 하고 흐릿하게 웅얼거리며 눈을 내리까는 모습이었다. 그 센 척이 가소롭게 느껴져 무심코 웃음을 흘렸다. 이럴 거면 처음부터 신경 쓰이게 티 내지나 말든가.

"……."

시끄럽고 불결한 공간에서 얼마간 눈을 맞추고 있던 중, 고정원이 먼저 말을 꺼냈다.

"자리 옮길래?"

더워서인지 취기가 돌아서인지 양 뺨이 발그스름해진 조인휘가 고개를 빠르게 끄덕였다.

적당한 호프집으로 옮겨 술을 마셨다. 마시는 내내 빈 술잔에 술을 따라 주는 것은 오로지 자신이었다. 말을 들어 주고, 뭐든 적당히 맞춰 주었다. 그렇게 운 걸 보고 나서인지 당장 헤어지는 쪽으로 결론을 몰아가는 건 무리라는 생각이 들었다.

"너…… 진짜 꼴 배기 싫다."

조인휘는 취해서 술주정을 부렸다.

"담배 피우는 거, 진짜 꼴 배기 싫어. 고정원 너 그거 아냐? 모르지? 너 그거, 너, 담배 피울 때는 별로 안 멋있어 보여……. 아무리 내가 널 사랑해도, 그거는 진짜로 하나도, 진짜 하나도 안 멋있어."

했던 말을 또 하고 또 하고 되풀이하기에 몇 잔 더 마시게 하자 말수가 줄어들고 조용해졌다.

"근데 어떻게 나를 까먹지?"

이따금씩 중얼거릴 뿐.

"아니 어떻게…… 정원이가 나를 까먹지……."

실실 웃기도 했다.

말수가 완전히 줄어드는가 싶을 즈음 다시 한바탕 이야기를 쏟아 냈다. 두서없이 섞여 기승전결이 엉망이었다. 그러나 잠깐만 들어도 고정원이, 그러니까 과거의 자신이 조인휘에게 어느 정도로 끔찍했는지 알 수 있는 이야기들이었다.

"정신 차려."

한 시간 뒤쯤, 널브러진 조인휘를 들어 올렸다.

"응……."

제법 괜찮게 걸어 나가기에 굳이 부축하지 않았다. 그러나 계산을 하던 고정원은 잠시 뒤 콰당, 하는 큰 소리에 놀라서 돌아보았다.

화려하게 넘어진 조인휘를 보고 눈살을 찌푸렸다. 다가가 엎어진 걸 일으키자 이마가 벌게져 있었다. 한숨과 함께 흐물거리는 몸을 들어 올려 그대로 가게를 빠져나갔다.

택시에 조인휘를 태우고 자신도 탔다. 오피스텔로 목적지를 말하고 나서 신음과 함께 등받이에 몸을 기댔다.

지독한 피로감이 몰려들었다. 이런 일정을, 이런 상황을 예견한 것은 아니었다. 딱히 타인의 행동이나 결정에 휘둘리는 편은 아님에도 불구하고 특수한 상황인 만큼 매 순간 휘둘렸음을 인정했다.

택시가 오피스텔 주차장에 도착했다. 조인휘를 들고 나온 고정원은 조인휘의 지갑에서 발견한 카드로 공동 현관을 지나쳤다. 취해서 늘어진 몸을 한 팔로 대충 추슬러 올리며 엘리베이터를 빠져나와 현관까지 당도했다.

"안 들어갈래."

현관 앞에서 갑자기 주저앉은 조인휘가 억지를 썼다. 일으키려 하자 한쪽 다리를 꽉 붙들어 왔다.

"나 안 들어간다니까……."

고정원의 신발에 엉덩이를 붙이고 앉은 자세였다. 다리에 얼굴을 기대고 양팔로 붙들어 힘을 주고 있었다. 그 성가신 태도에 미적지근한 열이 끼쳤다. 제 입장에서는 데려다 놓고 한시라도 빨리 돌아가 쉬고 싶을 뿐이었다.

우두커니 서 있자 웅얼거리는 소리가 들렸다.

"……가면 나 또 혼자 자야 되잖아."

어, 좀 술 깬다…… 깨기 싫은데. 조인휘가 눈가를 문지르며 말했다.

"……."

여러 생각이 교차하며 고정원은 아무런 행동도 취하지 않고 가만히 기다렸다. 역시나 몇 분 만에 조인휘는 곯아떨어졌다. 그제야 늘어진 몸뚱이를 집어 들어 현관문을 열었다.

내부는 불빛이 은은하게 들어와 있었다. 전체 조명을 한 번에 켤 수 있는 센서가 보였지만 건드리지 않고 들어갔다. 일전에 같이 쓴다고 했던 방으로 조인휘를 안고 들어섰다.

"나 물…… 물, 좀……."

침대에 내려놓자마자 조인휘가 웅얼거렸다. 눈을 무겁게 뜨는 것을 보며 고정원은 대꾸 없이 방을 나갔다.

물을 건네기 무섭게 꿀꺽꿀꺽, 넘기는 소리가 크게 울렸다. 컵에서 흐른 물이 턱으로 떨어지며 물줄기가 갈라졌다. 잔뜩 흘려가며 마신 조인휘는 남은 물을 내밀었다.

"너도…… 마셔."

남이 먹다 남긴 것에 드는 거부감과 별개로 굉장히 목이 마른 상태였다. 고정원은 잠자코 컵에 남은 물을 받아 끝까지 비웠다.

더 이상의 의무는 남아 있지 않았으므로 그만 가 보려던 차였다.

"……자고 가면 안 돼?"

침대 끄트머리에 걸터앉은 조인휘가 불쑥, 자신을 끌어안았다.

"……."

처음 보는 표정에 고정원의 시선이 뿌리째 박혀 들었다. 그것은 아주 성숙한 얼굴이었다. 애처럼 배시시거리며 웃던 얼굴과 동일 인물이라고 차마 생각할 수 없는, 무언가를 '아는' 얼굴.

불가피한 수순처럼 떠올랐다. 퇴원하고 돌아온 날 이 방에서 확인했던 사진들과 영상들. 작은 엉덩이를 드나들던 살덩이와 서로 다른 몸이 한 몸처럼 엉켜드는 장면. 제정신이 아닌 것처럼 집중하던 행위 같은 것들이.

몸이 확 달아오른 것을 느꼈다. 굉장히 우스운데, 그것을 비웃을 수도 없을 만큼 강렬한 흥분감이었다.

고정원은 조인휘의 목덜미를 떼어 내며 고개를 숙였다. 젖어 있는 입술을 그대로 잡아 물었다. 축축한 살을 조심히 빨아 당기자 등줄기부터 정수리가 선득해졌다. 남자의 입술이란 게 느껴졌지만 눈앞이 짜릿하게 점멸했다.

춥, 젖은 소리가 나며 붙었던 점막끼리 떨어졌다. 뜨거운 숨을 뱉어 내며 상대를 내려다보았다. 순순히 눈을 감고 기다리는 얼굴이 보였다.

다시 입술을 물기 위해 고개를 숙이는가 싶던 고정원은 그러나 뒤돌아 방을 빠져나왔다.

도망치는 것처럼 성큼성큼 현관을 향했다. 그리고 문 앞에 다다랐을 즈음 불현듯 멈추어 섰다. 혈액이 몰린 탓에 걷는 것조차 통증이 일게 되자 비로소 막혔던 웃음이 터졌다.

"하⋯⋯."

한 번쯤은 해 볼 수도 있는 거 아닌가. 그렇게 골백번 해 댄 거면. 마지막으로 한 번쯤은⋯⋯.

생각이 다 끝나기도 전에, 고정원은 방으로 돌아가 참았던 만큼 격렬하게 입을 맞추어 대고 있었다.

눈을 떴을 때는 아침이었다. 오랜만에 취한 양질의 수면으로 가벼워진 몸을 느꼈다. 하지만 가뿐해진 컨디션과 상관없이 처한 상황은 조금도 개운치 못하다는 것을 깨달았다.

시체처럼 잠든 조인휘가 보였다. 그 옆으로 늘어진 체액과 얼룩, 콘돔 등 간밤의 충동적 행위가 남긴 흔적들이 적나라했다. 토사물과 다를 바 없는 광경을 식은 눈으로 내려다보던 고정원은 일어나 욕실로 향했다.

샤워 부스 안, 결벽에 가까운 샤워가 시작되었다. 단순히 청결이 아니라 소독이 목적인 사람처럼 체액부터 몸에 남은 찝찝한 감각까지 씻어 내려는 행위가 지독하게 반복적이었다.

욕실 밖으로 나오자 조인휘는 여전히 잠들어 있었다. 고정원은 물을 마시고, 새 옷으로 갈아입었다. 소지품을 챙기기 위해 방에 들어갔다가 침대로 눈길이 머물렀다.

조인휘는 미약한 미동조차 없이 엎드려 있었다. 수면 중이라고 이해하기에는 축 늘어진 사지에서 호흡의 고저가 느껴지지 않았다.

지켜보던 고정원이 가까이 다가갔다. 목에 손을 대 보자 다소 느리게 뛰고 있는 박동이 확인되었다.

"음······."

조인휘가 뒤척이면서 엎드려 있던 상반신이 드러났다. 도화지 같은 피부 위, 구강으로 애무한 자국들은 기묘한 문양처럼 시선을 끌었다. 보고 있자니 타인이 배설해 놓은 성욕의 마른 찌꺼기를 마주하고 있는 듯한 불쾌감이 느껴졌다.

천천히 침대에 앉았다. 고정원은 잠든 이의 하반신을 얄팍하게 가리고 있는 홑이불을 느린 몸짓으로 끌어 내렸다. 완전하게 드러난 하반신부터 천천히 훑어 올라가던 중 가슴팍에 시선이 머물렀다. 유륜을 둘러싼 잇자국이 우스울 만큼 또렷하다는 사실을 새삼 깨달았기 때문이었다. 어찌나 세게 흡착했는지 퉁퉁하게 부어 있기까지 했다.

'앗! 아, 앗······!'

평상시의 낮은 톤이 상상되지 않을 만큼 높아지던 목소리가 떠올랐다. 여길 입으로 당길 때마다 달뜬 신음이 쏟아졌었다.

'천박하네, 생각보다.'

하도 기가 막혀 헛웃음처럼 나왔던 한마디였다. 놀란 표정을 짓는 조인휘에게 입맞춤으로 얼버무렸던 것도 기억하고 있다.

동성의 몸에는 의외로 희미한 거부감조차 들지 않았다. 특수한 상황에서 충동적으로 치민 성욕이었기 때문일까. 오히려 같은 남자의 밑에서 흥분하는 모습을 자세히 보고 싶을 뿐이었다.

다리를 벌리고 보려고 하자 조인휘는 어쩔 줄 몰라 하며 필사적으로 숨기려 들었다. 상대가 애인이 아닌 낯선 남자라는 자각이 그제야 든 것처럼.

그 외에도 조인휘는 몇몇 행위에 소스라치게 놀랐다. 익숙한 방식이 아닌 듯했지만 자신이 그걸 배려할 이유는 없었다. 중간중간 안기는 것을 내치지 않는 정도가 할 수 있는 최대한의 배려였다.

"……."

당시의 상황을 더듬듯 손가락이 자국을 더듬어 올라갔다. 오감에 저장된 것들이 하나씩 떠올랐다. 성감대라 할 수 있는 부위들을 가볍게 훑어 오르다 목덜미까지 이르렀다.

목덜미와 귀에 흡착의 자국이 남아 있었다. 사정할 때 남긴 것이라는 걸 알아차린 순간 반사적으로 손에 힘이 서렸다. 머리칼을 움켜쥐자 통증을 느꼈는지 조인휘의 입에서 갈라지는 신음이 샜다. 살짝 눈을 뜨려는 것을 보며 고정원이 말했다.

"……더 자."

"으응……."

대답한 조인휘가 눈을 감았다. 움켜쥔 손에서도 힘이 빠져나갔다. 손을 붙인 상태에서 머리통을 느슨하게 쓰다듬어 주었다. 숨소리가 다시 노곤해질 때까지.

원래 사정이 그 정도의 자극이었던가. 떠올린 고정원은 불필요한 의문에 잠겼다. 이전의 경험과 차이가 있다는 것은 분명했다. 비정상적인 행위에 흥분하는 성향이 있으리라고는 스스로도 생각지 못했기에 찝찝한 기분은 다소 오래 지속되었다.

밖으로 나와 택시에 올랐다. 눈을 감자 오래도록 꺼지지 않는 깊은 한

숨이 뒤따랐다. 돌아가는 모든 상황이 자신을 비웃고 있는 것 같다는 생각이 들었다.

이후로 조인휘의 연락을 피했다. 차단은 하지 않았지만 답을 하지는 않았다. 열댓 개 쌓인 메시지 중 단 하나도 확인하지 않은 채 주말이 지나갔다.

사고 이후 교체된 차를 이용해 학교에 갔다. 오후의 전공 수업, 시작된 지 30분쯤 지났을 때 한 남자가 강의실로 들어섰다.

웅크리며 앞자리에 앉은 남자는 조인휘였다. 늦잠을 잔 건지 부은 얼굴에 전체적으로 정돈되지 못해 산만한 느낌이었다.

수업이 끝나면서 고정원은 이동을 위해 일어났다. 머릿속으로는 겹치는 강의를 모두 드랍시킬 생각을 하고 있었다.

"저, 정원아!"

부르는 소리에 돌아보자 기피 대상이 서 있었다. 언제 여기까지 왔는지 절박한 표정이었다.

"잠깐, 시간 돼? 할 말도 있고, 잠깐, 얘기 좀⋯⋯."

"얘기해."

가만히 서서 말하자 조인휘가 주변 눈치를 살폈다.

"카페로 갈래? 우리 자주 가던⋯⋯."

"그냥 여기서 해."

함께 이동하거나 마주 앉아서 대화하고 싶지 않았다. 선을 긋는 태도에 조인휘는 콧등을 구기며 과장된 표정으로 곤란한 기색을 숨기려 들었다. 얼마간 지지부진하게 서 있던 조인휘는 강의실 밖을 가리켰다.

"그럼, 나가면서⋯⋯."

건물 밖으로 나가 사람이 없는 곳에 들어서자 비로소 말을 꺼냈다.

"저…… 몸은, 괜찮아?"

조심스럽게 묻는 말이 실소를 일으켰지만 고정원은 웃지 않았다.

"당연하지. 인휘 넌…… 괜찮은 거야? 좀 부어 보이는데."

"아, 늦잠…… 자서."

조인휘는 변명하며 주먹으로 양 뺨을 문질렀다. 이제 와 부기를 빼려는 모습이 미련해 보였다. 잘 보이고 싶기라도 한 건가.

"할 말은 그게 다야?"

"아, 아니, 그냥…… 나는, 연락도 없고 걱정도 되고……."

횡설수설하던 조인휘는 본심을 흘렸다.

"우리, 그, 한 거……."

"……"

"잤……던 거, 그거……."

잤다는 말을 똑바로 내뱉지 못하는 게 본인도 답답한지 얼굴을 마구 문질러 댔다. 무엇을 알고 싶은 건지는 뻔히 보였다. 연인다운 행위를 했으니 그 뒤에 어떠한 변화가 있지는 않았을까 기대하는 모양이었다.

"……아."

가벼운 감탄을 뱉어 내며 고정원은 담배를 꺼내 들었다. 한 개비를 입술에 물며 나직하게 칭찬했다.

"잘하더라. 인휘야."

"……어?"

어벙한 얼굴을 마주하며 불을 붙였다.

"좋았다고 나는."

"……아…… 어……."

흰 피부가 순식간에 벌게지는 게 보였다.

"가끔 만나서 할까."

담배 연기를 내뱉은 고정원이 열없는 웃음을 흘렸다.

"해 보니까 확실히 알겠던데. 왜 그렇게 오래 만났는지."

조인휘는 대꾸가 없었다. 충격으로 굳어진 얼굴을 향해 가볍게 덧붙였다. 싫으면 어쩔 수 없고.

"……."

멍하니 입술로 꽂히는 시선을 느꼈다. 마주 보며 천천히 담배를 태웠다. 견고하게 굳어지는 침묵 위로 연기가 흩어지며 시간이 흘렀다. 태울 만큼 태운 뒤에는 휴대용 재떨이에 비벼 껐다.

"……할 말, 남았어?"

혼을 뺀 것처럼 창백하게 서 있던 조인휘가 눈을 들었다.

"……응."

시간을 끄는 느낌이 성가시게 느껴져 고정원은 눈을 가느스름하게 떴다. 그때 조인휘의 휴대폰에서 진동 소리가 울렸다. 슬쩍 화면을 확인한 조인휘는 어쩐지 정서가 불안해 보였다. 어쩔 줄 몰라 했다가, 금방 다시 흥분했다.

"저기, 정원아. 김강우가 나 만나자는데……."

"……."

"……만나면 안 되지? 너, 싫잖아. 그치?"

기대감으로 부푼 표정이었다. 그것만으로 고정원은 또 하나의 사실을 유추했다. 그동안 자신은 여자뿐 아니라 남자 관계까지 단속했던 모양이라고.

자신이 한 행동이지만 이해가 안 가는 걸 넘어서 경멸을 느낄 지경이었다. 고정원은 비정상적인 구속에 완벽히 적응한 멍청한 얼굴을 내려다 보았다.

"미성년자도 아니고."

말하며 코웃음 지었다.

"누굴 만날지 안 만날지, 그 정도는 알아서 결정해야지."

퍼뜩 양손을 든 조인휘가 변명했다.

"아니, 난 그런 거 아니라, 정원이 너가 김강우랑 만나는 거 싫어했으 니까…… 항상 만나지 말라고 했으니까 나는…… 우리끼리 약속한 거 라……."

고정원이 사람 좋게 웃으며 대꾸했다.

"그럼 더 잘된 거 같은데."

"……어?"

"간섭할 사람 이제 없으니까 자유롭게 만나. 평소 못 만났던 사람들 만 나고, 하고 싶은 거 다 하면 되겠다."

바빠지겠네.

굳어진 조인휘의 어깨를 토닥이며 덧붙였다.

"나도 이제 움직여야 할 것 같아. 일정 있거든."

손목시계를 내려다보았다. 실제로 아는 사람을 보기로 했다. 상대는 부 모님들끼리 친해 어려서부터 알던 사이로, 연락이 왔기에 기분 전환 겸 만나자는 약속에 응했다. 3년 가까이 얼굴 한번 안 보여 주다가 무슨 바 람이 불었냐는 반응에는 저 역시도 기가 막힐 뿐이었다.

"즐거운 시간 보내, 그럼."

그 말을 마지막으로 먼저 자리를 떠났다.

차 안에서 시동을 걸기 직전, 고정원은 길게 숨을 내쉬며 운전석에 등을 기댔다. 정신적인 피로가 쌓이는 것을 느꼈다. 한동안 가만히 눈을 감고 있다가 일어나며 오디오를 켰다. 사연을 읊고 음악을 들려주는 라디오 채널이 흘러나왔다. 원래라면 듣지 않을 소란스런 소리가 머릿속으로 침투하는 게 나쁘지 않아 켜놓은 채 주차장을 빠져나갔다.

"……."

학교 근처에서는 잠시 창밖으로 시선을 뺏겼다. 길목 한쪽으로 보이는 두 사람이 조인휘와 김강우였기 때문이었다. 김강우는 나란히 걷는 조인휘에게 어깨동무를 하고 있었다. 안다시피 밀착한 자세로 소란을 떠는 모습이었다. 까맣고 뭉툭한 손이 조인휘의 허리까지 내려갔다가 머무르기도 했다.

지나치고 나서도 사이드미러를 살폈다. 학교 근처 술집으로 들어가는 것까지 확인했다. 해가 지기도 전부터 술집이라니. 어정쩡한 표정과 자세로 끌려가던 조인휘를 잠시 떠올렸다가 이내 지웠다.

달리다 말고 두 번째 막힌 신호였다. 연달아 막히는 게 탐탁지 않아 미간이 좁아졌다. 운전대에서 손을 뗀 고정원은 짙게 숨을 뱉어 냈다.

시끄럽게 느껴지는 라디오를 끄고, 두통약을 꺼냈다. 대충 물 없이 삼킨 뒤에는 에어컨 온도를 낮추었다. 곧이어 휴대폰이 울렸다. 출발했느냐고 묻는 지인의 메시지를 보며 손을 뻗은 고정원은 알림을 드래그하여 제거했다.

3년 만에 만난 지인과의 식사 자리였다. 그러나 고정원은 자신에 대한 얘기를 하는 일은 없이 상대방의 말을 듣기만 했다. 본래 일신상의 일을 떠드는 편도 아닐뿐더러, 머리에 몇 년의 공백이 있는 만큼 할 말이 없는 것도 사실이었다. 상대는 개의치 않는 듯 그저 만남이 성사된 걸 기적에 가까운 이변으로 여겼다.

"너 갑자기 잠수 타서 별별 소문 다 났던 거 알아?"

장소를 옮기는 길에 여자는 고정원의 어깨를 가볍게 터치하며 말했다. 그랬어? 하는 고정원의 성의 없는 대꾸에도 즐거운 듯 웃었다.

"심지어 결혼했다는 소문도 있었잖아."

반은 맞은 셈이었다. 상대가 동성이었을 뿐, 누가 봐도 혼전 동거와 같은 형태였다.

"그럼…… 애인이랑은 헤어진 거야?"

고정원은 가만히 여자를 내려다보았다. 은근하게 기대감 묻은 표정을 보자 연상되듯 조인휘가 떠올랐다. 너무나 알기 쉽게 기대감 가득하던 표정을 떠올리며 대답했다.

"글쎄."

헤어질 테지만 그렇게 말해 주진 않았다. 은근히 거리를 두는 걸 알았는지, 미적지근한 대답을 들은 상대의 표정이 야릇하게 굳었다.

"나 요새 음악회 못 다녔어, 정신없어서. 표 생겨도 갈 시간 없어서 지인들 줄 때마다 서러워서 진짜……."

공연장으로 들어서자 여자가 활기를 띠었다.

"이 사람 요새 주목받는 피아니스트거든. 프로그램도 다 네가 좋아하는 곡들인 거야. 혹시나 해서 한번 연락해 봤는데. 안 했음 큰일 날 뻔했다 야."

여자는 자신보다 두 살 연상으로 클래식 전공자였다. 티켓을 보내거나 동반 참석을 제안하는 일이 흔했다. 기분이 좋아진 여자와 다르게 고정원은 말수가 줄어들었다. 그 상태에서 연주홀로 들어서고, 리사이틀이 두 시간 가까이 이어졌다. 연주는 섬세하게 귓속을 파고들지 못하고 신경을 거스르기만 했다.

연주회가 끝나고 리셉션으로 이어졌다. 여자는 지인들과 인사를 하겠다며 가려던 고정원을 이끌었다. 소규모의 리셉션은 사람들로 북적였다. 핑거푸드들이 차려진 뷔페 한편으로 고정원은 가만히 와인 잔을 들고 서 있었다.

"저기…… 괜찮으세요?"

누군가 묻는 말이 들려왔다. 고개를 반쯤 돌리자 낯선 여자와 눈이 마주쳤다.

"네?"

나직이 되물었다. 성가신 본심을 무심코 드러낸 것도 아닐 텐데, 말을 건 여자는 굉장히 어려워하는 표정을 짓고 있었다.

"얼굴이…… 창백해 보이셔서."

"……."

그제야 고정원은 지끈거리는 머리를 의식했다.

깨질 듯 극심한 두통이 언제부터인가 지속되고 있었다.

리셉션 도중 차를 타러 갔다. 어디를 그렇게 급하게 가냐며 붙드는 지인의 만류에도 불구하고 뛰쳐나와 목적지가 설정된 기계처럼 밤거리를 달렸다.

어느새 자신은 한 술집 앞에 서 있었다.

"……."

볼일이 있다면 있고 없다면 없었다. 또한 할 말이 있다면 있고 없다면 없는, 그런 모호한 상태였다.

고정원은 잠시 생각에 잠겼다. 차를 타고 올 때만 하더라도 이유가 명확했던 것 같은데, 막상 코앞에 다다르자 모든 게 흐리멍덩했다. 굳이 여기까지 온 이유가 뭔지 알 수 없게 되었다.

술집의 문이 열리면서 여자 둘과 남자 둘이 나왔다. 취한 사람들이 시선을 보내고, 자신도 그들을 쳐다보았다. 취기가 도는 여자는 남자에게 기대어 걸어갔다. 남자의 손이 여자의 옆구리 언저리를 감싸고 있었다.

시선이 떨어지며 고정원은 지체 없이 문을 열어젖혔다. 술집을 한 바퀴 둘러보고 눈을 내리깔았다. 김강우와 조인휘는 어디에도 보이지 않았다. 이미 몇 시간이나 지난 시점이니 자리를 옮겼거나 각자 돌아갔거나 가능성은 둘 중 하나였다.

휴대폰을 꺼내 아직 깔려 있는 커플용 위치 추적 앱을 실행시켰다. 그곳에 뜬 정보에 의하면 조인휘는 오피스텔이 아닌, 이 근처 다른 술집에 있었다.

그리고 즉시 옮겨 간 술집에서 고정원은 너무도 쉽게 조인휘를 발견했다. 김강우와 나란히 앉아 늘어져 있는 몰골이 시야의 한가운데를 차지했다. 김강우가 조인휘의 어깨를 감싸고, 조인휘는 취하여 안기듯 기대어 있었다.

시선을 꽂은 채 조용히 다가갔다. 테이블 앞에 서자 흥겹게 떠들어대던 김강우가 얼굴을 들었다.

"······어."

멍청한 표정이었다. 김강우는 팩, 밀어 내듯 조인휘에게서 떨어졌다.

"씨발, 놀래라. 뭔데. 갑자기."

"······."

"뭐······ 야, 너 오버하지 마 새끼야. 이 새끼 취해서 아까부터 질질 짜는 거 달래 주느라 얼마나 피곤했는 줄 알아? 올 거면 진즉 좀 오든가."

변명하는 얼굴이 시뻘겠다. 이쪽에서 말을 꺼내기 전부터 과민반응이었다. 파르르 떨며 궁시렁거리더니 급기야 자리에서 일어났다.

"암튼 난 상관없으니까 알아서 챙겨 가라 그럼."

고정원은 내빼려는 상대를 돌려세웠다. 팔을 당기자 홱, 거칠게 몸이 딸려 왔다. 인상이 험악해진 김강우가 가려고 하면 돌려세우고, 가려고 하면 또다시 돌려세웠다. 기 싸움처럼 몇 번이나 되풀이되자 종내에는 김강우의 숨이 가쁘게 차올랐다.

"뭔데 씨발!"

싸우나 봐, 수런거리는 말소리가 들려왔다. 고정원은 두통 때문에 신경이 예민해지는 것을 느꼈다. 궁지에 몰린 것처럼 사색이 된 김강우를 꽉 움켜쥐자 기어이 울 것처럼 일그러진 목소리가 새어 나왔다.

"야, 그냥 보내 주라 좀, 어? 나 조인휘랑 첨부터 술 마시려고 부른 거 아니고 그냥 밥 한 끼 할려고 한 건데…… 갑자기 얘가 술 마시고 싶다 해서…… 그리고 내가 일부러 끌어안고 그런 거 아니라, 존나 질질 짜니까……."

중간중간 한숨을 쉬더니 미안하다고 몇 번이나 사과했다. 그게 제 심기를 더욱 불편하게 하는 줄도 모르고.

고정원은 또다시 몇 가지 사실을 유추하게 되었다. 김강우가 조인휘와 자신의 사이를 알고 있다는 것. 그리고 만나지 못하게 할 정도로 자신이 김강우를 싫어했다는 것.

"……얘 만지지 마. 전에도 이런 소리 했을 것 같은데."

기억은 없지만 비슷한 경고를 했을 게 분명하다.

"어, 알았어. 잠깐 까먹었어. 안 만질게. 취해서 실수했어, 진짜 미안하다고."

비굴하게 어깨를 늘어뜨린 김강우가 손바닥을 마주 비볐다. 그때 직원이 다가와서 무슨 일 있느냐며 물었다. 소란을 일으키지 말아 달라는 눈치를 알아차린 고정원은 그제야 김강우를 보냈다.

눈앞에는 잠든 조인휘가 남았다. 기다란 의자에 마른 몸뚱이가 늘어져 있었다. 일으키려고 보자 뺨에 마른 눈물 자국이 보였다. 입을 대면 짠기가 묻어날 듯한 둥근 뺨을 가만히 내려다보던 고정원은 마침내 옆구리에 손을 넣어 일으켰다.

고요하게 가라앉은 오피스텔 안이었다. 인사불성인 취객을 들고서 소파로 향했다. 잇따라 털썩, 소리가 났다. 다소 거친 몸짓으로 내려놓은 결과였다. 아직 목에 감겨 있는 팔을 빼내자 힘 빠진 상체가 소파 위로 마저 쓰러졌다. 무게는 가벼웠지만 짊어지고 오는 내내 들러붙는 체온이 거추장스러웠다.

"……."

왜소한 체구를 내려다보던 고정원은 고개를 돌렸다. 시선을 분산시켜 집 안을 죽 둘러보았다. 몇 번 왔다고 그새 눈에 익었는지 전보다 익숙하게 느껴지고 있었다.

하루 만에 다시 오게 될 줄은 몰랐다. 관계가 정리되는 대로 짐이나 챙기러 오게 될 거라 생각했기 때문이었다. 당연하겠지만 마지막으로 나설 때와 달라진 게 없었다.

'에취', 작은 재채기 소리에 돌아보자 옆구리에 팔을 붙이고 웅크린 조인휘가 등받이로 파고드는 모습이 보였다.

무언가 덮을 만한 걸 찾던 고정원은 낮게 숨을 뱉었다. 여기는 실내였고, 밤새 내버려 둬도 얼어 죽을 만한 날씨도 아니었다. 데려다 놓은 걸로 충분하다는 결론이 나면서 고개를 돌렸다.

현관으로 가서 신발을 신었다. 문고리에 손을 댄 순간 그러나 움직임이 멈추었다. 지끈거리기 시작한 관자놀이가 느껴진 까닭이었다.

지금부터 운전해서 갈 생각을 하자 까마득해지며 무거운 피로가 목부터 어깨를 짓눌렀다. 사고의 후유증 탓인지, 지치는 경우가 없었던 체력이 고작 이런 일에 쉽게 피로를 느끼고 있었다.

고단함을 뿌리치지 못해 거실로 되돌아갔다. 소파로 다가간 고정원은 웅크리고 있는 취객을 안아 올려 침실로 들어섰다. 씻길 순 없으니 껍질이라도 벗길 생각으로 티셔츠와 바지, 양말을 차례로 몸뚱이와 분리시켰다. 속옷 차림이 된 조인휘를 침대에 눕히고, 이어서 자신도 벗었다.

전라 상태가 된 후에는 창가의 커튼을 쳤다. 그러곤 조인휘가 덮고 있는 이불을 들추어 그 안으로 들어갔다. 씻지도 않고 침대에 오르는 행위는 평소라면 용납되지 않지만 남의 집이라는 생각이 지배적인 데다 몹시도 피로했다.

"으음……."

칭얼거린 조인휘가 달라붙으면서 흐느적한 팔이 복부와 옆구리로 감겼다. 붙잡아 떼어 내려다 말고 고정원은 멈칫했다. 순간 스치듯 떠오른 건 하나의 장면이었다. 술집 한구석에서 김강우에게 기대어 안겨 있던 모습. 그리고 그 뺨에 남아 있던 찝찔한 물기.

"……."

어느 정도 시간이 필요하리라는 생각이 들었다. 꽤나 긴 시간을 만났으니, 정리에도 좀 더 시간이 필요한 게 당연하다면 당연했다. 떼어 내려던 가느다란 손을 놓아준 고정원은 가만히 팔을 들어 올렸다. 정리의 방법과 기한에 대해 되짚는 사이, 옆에서 곤한 숨소리가 들려왔다.

그 숨소리에 동화되듯 고정원의 숨 또한 이내 곤하게 잠겨 들었다.

다음 날 차로 함께 움직였다. 오후 수업을 함께 들었고, 그러는 동안 꾸준하게 시선이 이어졌다. 조인휘는 강의를 듣다가도 한 번씩 들뜨는 표정을 숨기지 못했다. 차라리 대놓고 보는 게 나을 지경으로 빈번히 이쪽을 힐끔거리고 있었다.

아침에도 이와 비슷한 사정이었다. 눈이 단번에 떠질 정도로 숙면을 취하고 일어나자 누군가와 눈이 마주쳤다.

당황한 기색을 내비친 조인휘는 그제야 보지 않은 척을 했다. 지켜보고 있었던 게 굉장한 실례라도 되는 것처럼 굴었다. 이불이 내려가며 아무것도 입지 않은 하반신이 노출되자 더 크게 당황하는 모습이었고, 그건 3년이나 사귄 연인 사이라기에는 어색한 반응이었다. 섹스를 해 보지 않았다면, 사진과 영상의 '기록'이 남아 있지 않았다면 오래 사귄 사이라는 것에 의구심을 버리지 못했을 것이다.

'······근데, 여기는 어떻게 들어왔어?'

'······.'

'혹시, 집 비번 기억난 거야?'

이어지는 조인휘의 질문에 가소로운 기분은 더욱 짙어졌다. 얼토당토않은 착각이 다시 시작된 모양이라 간결하게 답했다.

'네 키로 들어왔는데.'

조인휘는 아, 했다. 멍청하게 벌어지는 입술과 풀어지는 눈빛에서 실망감이 역력했다.

'······나 어제 김강우랑 술 마시고 있었던 것 같은데······ 너 어쩌다 여기서······.'

어젯밤 데려온 이유에 대해서는 적당히 설명했다. 김강우가 자신에게 연락을 했고, 마침 근처라 데려다줬다는 성의 없는 변명에 조인휘는 별다른 반응이 없었다. 고맙고 미안하다는 몇 마디를 풀이 죽어 중얼거렸을 뿐이었다.

하지만 시간이 갈수록 감정은 변화했다. 함께 아침밥을 먹고, 동승하고, 수업을 들으면서 표정이 눈에 띄게 달라졌다. 실망감은 사라지고 대신 억제하지 못한 흥분감이 새어 나오고 있었다. 뒤 마려운 개처럼 안절부절 힐끔거릴 때마다 고정원은 무시로 일관했다.

강의가 끝나자 조인휘의 입에서 기다렸다는 듯 한마디가 튀어나왔다.

"있잖아, 혹시 시간 되면…… 나랑 어디 좀, 갈래?"

"시간 돼."

선선한 승낙에 표정과 몸짓이 일시에 분주해졌다. 상대가 무르기라도 할까 봐 걱정하는 것처럼 조인휘는 빠르게 말을 이었다.

"어, 그럼……! 그러면 일단 지금부터 움직일까? 가서 밥부터 먹고, 내가 할 거 다 정해 놨으니까 넌 그냥 따라오기만 하면 돼."

수락할 필요 없는 제안을 굳이 수락한 것은 감정을 정리할 시간을 주기로 마음먹었기 때문이었다. 일방적인 단절이 아닌 다른 방법이 필요하다는 것을 인정했다.

어떻게 보면 순전히 변덕이기도 했다. 컨디션이 좋은 데다 날씨가 쾌청했고, 들뜬 조인휘의 산만함이 크게 거슬리지 않았다.

둘은 함께 차에 탔다.

"어디로 갈 거야?"

내비게이션 목적지를 설정하기 전 고정원이 조인휘를 향해 물었다.

"내가 할게."

쑥스러운 듯한 표정으로 조인휘는 손을 뻗었다. 잠시 후 기계에 입력된 곳은 야경으로 유명한 데이트 명소였다.

고정원은 곧 이게 데이트라는 것을 알았다. 정확히 표현하자면 과거에 했던 데이트의 복기였다. 그걸 알아차릴 수밖에 없는 빤한 눈치와 행동들이 곳곳에서 드러났다. 사진을 문자로 보내던 것처럼 기억 자극의 일환인 듯, 의도가 담긴 행동들이 계속되었다.

"내 거 맛있어. 먹어 봐."

음식점 안, 조인휘는 치즈가 늘어지는 돈가스를 내밀었다. 입 안으로 넣어 주려는 행동에 고정원은 입 끝만 끌어 올렸다.

"난 됐으니까 많이 먹어."

"……응."

씹고 삼키는 행위에만 집중한 식사가 끝난 후에도 조인휘는 공연한 행동을 멈추지 않았다.

"……경치 짱이다 그치?"

타워로 올라가는 케이블카 안에서는 천연덕스럽게 손을 붙잡아 왔다. 승객들의 시선이 창밖으로 몰린 사이를 노린 행동이었다.

"……."

밖을 내다보고 있지만 어딘가 어설프게 눈동자를 굴리고 있었다. 자연스럽지 못한 옆얼굴로 고정원의 시선이 꽂혔다. 케이블카가 타워에 도착하자 손은 어줍잖게 떨어졌다.

"여기서 사진 찍고 가자 우리."

조인휘는 전망이 좋은 곳에서 휴대폰을 들어 올렸다. 이전에도 여기서 둘이 사진을 찍었으리라 쉽게 짐작되는 언행이었다. 지켜보면 볼수록 돌아가는 상황이 번거롭고 우스운 연극처럼 느껴졌다. 쓸모없는 짓거리에 동조하느라 시간이 낭비되고 있다는 생각만이 확고해졌다.

"너 너무 커서 화면에 안 잡혀. 고개 좀 숙여 봐, 정원아."

굵은 팔뚝을 감싸 쥐며 달라붙은 조인휘가 휴대폰을 더욱 높게 들었다.

고개를 숙이는 대신 휴대폰을 가져가자 조인휘가 어버버 올려다보았다. 눈높이를 조금도 낮추지 않은 채 내려다보던 고정원은 조금 뒤 휴대폰을 돌려주고 말없이 앞서 나갔다.

"미안……. 사진 찍는 거 싫었지?"

한풀 꺾인 목소리가 바짝 뒤를 쫓았다.

"아니."

끊어 내듯 답하자 조용해졌다. 걸음을 재촉한 조인휘가 옆으로 다가온 게 느껴졌다. 고정원은 굳어진 안면 근육을 구태여 풀지 않았다.

걷는 내내 어깨가 부딪치고 드러난 피부끼리 스쳤다. 과도한 밀착감에 신경이 쓰일 무렵, 조인휘가 전망대 쪽으로 고정원을 끌어당겼다.

"구경하고 가자."

조인휘의 적극적인 주도하에 전망대의 안으로 들어섰다.

고정원은 가라앉은 눈으로 둘러보았다. 입장료까지 지불했으나 내부에는 흥미를 끌 만한 구경거리라고는 찾아볼 수 없었다. 자신과 다르게 조인휘는 이곳저곳 관심을 두고 일일이 구경하려 들었다. 뻔하고 조잡한 기념품을 들어 올리며 '사 줄까?' 묻는 말에는 무심코 조소를 흘렸다.

"……하긴. 너 취향 아니다."

어색하게 물건을 내려놓은 조인휘는 옆의 섹션으로 옮기면서 팔짱을 끼었다.

"……."

제 표정이 묘해졌다는 것은 굳이 거울로 확인하지 않아도 알 수 있었다. 고정원은 자신의 팔에 감긴 조인휘의 손을 내려다보았다. 의도적인 건지 아니면 무심코 한 행동인지 가늠하기 위함이었다.

아무렇지 않은 얼굴로 구경하고 있는 모습을 내려다보자 눈이 마주쳤다. 팔을 내려다본 조인휘가 화들짝, 뒷걸음질 치며 팔짱을 풀었다. 고정원의 반듯하던 이마가 언뜻 일그러지는 것을 보고는 서둘러 변명했다.

"미안, 습관돼 가지고……."

"……."

케이블카에서부터 지금까지였다. 내내 신경을 거스르는 불쾌함이 있었다. 그게 어디에서 비롯된 것인지 지금에서야 어렴풋이 감이 잡혔다. 반사적으로 억누르려 했던 충동의 종류를 자각한 고정원이 눈가를 지그시 눌렀다.

"갑자기 왜 그래? 아픈 거야? 열 있어?"

이마에 서늘한 손이 닿았다. 부드럽고, 그래서 간지러웠다. 신경질적으로 그것을 움켜쥔 고정원이 마른 몸을 바싹 끌어당겼다.

"……그렇게 밖에서 하고 싶어?"

이상하게 화가 났다.

"……뭐?"

당황한 조인휘가 입술을 떨었다. 고정원이 짧게 웃었다.

"처음부터 말하지. 이런 식으로 은근하게 굴 필요 없었는데."

"무슨, 그런 거 아냐, 나……."

억울한 듯 무너지는 눈썹이 보였다. 골격마저 무르게 느껴지는 손을 꽉 움켜쥔 채 고정원이 목소리를 낮추었다.

"……하자, 인휘야."

"……."

"해."

나도 하고 싶어졌으니까.

갈라지는 목소리가 피 쏠린 귓바퀴 속을 파고들었다.

조인휘는 손에 든 아이스크림을 바쁘게 할짝거렸다. 뺨은 한겨울 칼바람에 노출된 것처럼 달아오른 채였다.

"……."

얇고, 벌린 입술로 머금어 가며 정성스레 먹는 모습을 지켜보던 고정원은 문득 눈살을 찌푸렸다. 행위의 대가로 먹을 것을 사 준 듯한 추저분한 기분을 느낀 까닭이었다.

긴 숨을 내쉬었다. 의미를 다르게 받아들인 조인휘가 먹던 콘 아이스크림을 내밀었다.

"너도 먹을래? 여기, 이 부분 아직 입 안 댔는데."

달아 빠진 색을 하고 있는 색소 덩어리는 얇은 자국으로 뒤덮여 있었다.

"좀, 더럽게 먹긴 했다."

민망한 표정으로 중얼거리며 가져가려는 걸 고정원이 붙들었다. 그리고 한 입 베어 물었다. 지나친 단맛이 입 안으로 퍼지고 나서야 호의에 일일이 반응해 줄 필요 없었다는 사실을 깨닫고 손목을 놓았다.

"……."

시선은 자연스레 상대에게 머물렀다. 그 시선이 불편한 것처럼 아이스크림을 핥는 데에만 집중하는 조인휘의 모습은 맥이 빠질 정도로 유치하고 꾀죄죄했다.

가만 보면 계산적인 상대보다 훨씬 피곤하다는 생각이 들었다. 머릿속에 계산이 없는 만큼 오히려 사람을 충동질하는 구석이 있었다. 남들과는 다른 방식으로 사람을 자극한 끝에 마지막에는 결국 조종당한 듯한 기분을 느끼게 만들었다.

"여기서 좀, 앉았다 갈까? 아님, 나가서 산책이라도……."

아이스크림 묻은 입술을 쳐다보던 고정원이 시선을 거뒀다.

"나가자 그만."

사람이 모인 공간이 갑갑하고 덥게 느껴지던 차였다. 목덜미에는 아직 후텁지근한 열기가 남아 있었다. 목덜미뿐 아니라 빠르게 돌던 혈류의 영향으로 전신이 후끈거렸다.

"어, 잠깐만. 미안한데 저거 한 번만 하고 가면 안 될까?"

나가려다 말고 조인휘가 목청을 높였다. 손가락으로 가리킨 방향에는 인형뽑기 기계들이 늘어서 있었다.

"잠깐 좀 들어 줘. 너 다 먹어도 돼."

아이스크림을 떠맡긴 조인휘는 홀린 듯이 기계로 다가갔다.

"아오, 씨. 아깝다."

집게에서 인형이 빠져나가자 조인휘는 발을 굴렀다. 토끼 옷을 입은 정체불명의 캐릭터가 목적인지, 시작부터 그것 하나만 물고 늘어지는 모습이었다. 요령은 그리 나쁘지 않았지만 미묘한 각도 차로 뽑힐 듯 뽑히지 않고 있었다.

기다림이 지루해진 고정원이 녹기 시작한 아이스크림을 먹어 치우고 다가갔다.

두 번의 시도만으로 인형은 밖으로 나왔다. 제게는 쓸모없는 물건을 건네자 조인휘의 눈이 크게 뜨였다. 고마워……. 웅얼거리는 인사를 못 들은 척 앞서 나갔다.

어느새 조인휘는 쪼르르 옆으로 다가와 있었다. 인형만 뚫어지게 보면서 앞은 제대로 보지 않는다 싶더니 기어이 유리문 앞에서 부딪칠 뻔했다.

"앞에 보고 걸어."

충고하자 조인휘가 올려다보았다.

"어, 그럴게."

행복한 것처럼 환하게 접히는 웃음을 보자 고정원의 머릿속으로 전혀 다른 장면이 떠올랐다.

사정 직전 붉게 일그러지던 얼굴. 그 위를 스치던 전율 같은 것들.

"……"

불과 몇십 분 전 일이었다. 자신과 조인휘가 화장실의 비좁은 칸에서 유사 성행위를 했던 게.

젖은 입술을 빨면서 도대체 무슨 생각을 했었나.

화장실의 칸막이가 뒤흔들릴 정도로 거칠게 박고 싶은 욕구를 간신히 억누르던 기억밖에는 제대로 남아 있지 않았다. 장소의 본래 용도가 뭔지, 얼마나 더러운 곳인지. 상대가, 또 행위가 얼마나 말도 안 되는지에 대해 생각할 겨를이 없었다. 화가 날 정도로 섹스가 하고 싶을 뿐이었다.

"너랑 나랑 전에 같이 뽑아 둔 인형 몇 개 있거든. 걔네랑 같이 둘려고."

밖으로 나온 조인휘는 인형을 가슴팍에 붙이고 걸었다. 마치 키우는 동물이라도 되는 것처럼.

"니가 볼 때…… 나 무슨 동물 닮은 거 같아?"

수만 개의 자물쇠가 흉물처럼 걸린 철조망 앞에서 조인휘가 물었다.

"글쎄."

대답할 가치를 느끼지 못한 고정원이 말끝을 흐렸다.

"앉아, 여기."

커플이 머물렀다 떠난 벤치에 조인휘가 앉았다. 앉으라는 듯 바로 옆자리를 두드리는 걸 무시하고 앞으로 섰다.

"우리 애 이름이나 지어 줄까?"

인형의 배를 양손으로 꾹 누르는 모습을 고정원은 무감한 눈으로 지켜보았다. 새하얀 인형과 별반 다를 바 없는 피부를 눈으로 훑다가 별안간 툭, 내뱉었다.

"토끼."

"아, 그건 너무 성의 없잖아."

웃음을 터뜨린 조인휘에게 다시 말했다.

"아니. 너 닮은 동물."

"……아."

기뻐하는 얼굴을 보며 정말, 유치하기 이를 데 없는 연애 놀음을 했었구나, 다시금 생각하였다.

손이 천천히 올라갔다. 고정원의 길고 굵은 손가락이 느긋한 움직임으로 조인휘의 머리를 건드리기 시작했다. 머리칼의 가닥을 만지작거리자 굳어지는 듯하던 조인휘가 뺨을 붉혔다. 황홀한 듯 풀어지는 안면 근육을 지켜보던 고정원은 울렁거리는 속을 느꼈다.

정리할 시간을 주기로 한 결정이 잘못되었음을 인정한 순간이었다. 들이닥친 불쾌함을 어떻게 다스려야 할지 알 수 없게 되었다.

"……이걸로 마무리할까."

흐릿한 눈이 자신을 향했다.

"마지막 데이트치곤, 그렇게 나쁘지 않았던 것 같은데 아닌가."

"그게 지금, 무슨……."

걸린 침을 어렵사리 넘기는 소리가 들렸다.

"무슨 말이야?"

파르르 경련하는 눈꺼풀과, 뜻대로 되지 않는 듯 일그러지는 입매가 보였다. 이제는 더 이상 볼 일 없는 것들이었다. 여기가 끝이라고 생각하자 벌써부터 후련해지는 기분이 들었다.

"지금……."

"……."

"우리 관계 정리하자는 말이야."

하얀 손에 들려 있던 인형이 통, 튕기며 땅바닥으로 떨어졌다.

정체된 도로 위, 차는 시원하게 내달리지 못하고 멈춰 서길 반복했다. 꽉 막힌 차의 행렬을 앞에 둔 고정원은 차창 밑으로 팔을 괴었다. 느리고 무거운 한숨이 흘러나오고, 어깨부터 목뒤까지 둔중한 근육통이 느껴졌다.

단둘이라는 걸 의식할 수밖에 없는 협소한 공간. 어쩐지 공기가 답답해지는 듯했다. 환기의 목적으로 차창을 내리자 외부의 소음과 공기가 섞여들었다. 따라 하듯 옆자리에서도 지잉-, 차창을 내리는 소리가 들렸다.

한 손에 잡힐 듯한 크기의 뒤통수를 곁눈질한 고정원은 대시보드 아래로 손을 뻗었다. 오디오가 켜지면서 조용하던 차 안으로 웃고 떠드는 소리가 침입했다.

차는 조금씩 나아가다 다시 멈추었다. 도로의 상황을 주시하는 눈동자는 중간중간 짧게 조수석을 스쳤다.

"……."

다행히도 조인휘는 울지 않았다.

벌써 몇 번이나 우는 모습을 봐서인지 헤어지잔 소리에 눈물부터 터뜨릴 줄 알았는데 아니었다. 미약한 울음기조차 없이 멍한 얼굴로 앉아 있을 뿐이었다.

말을 꺼낸 직후에는 동요가 엿보였지만 결과적으로 예상보다 훨씬 침착한 모습이었다. 피곤한 일이 생기지 않아 시간을 절약한 것과 별개로 모든 과정은 의외로 소모적이었다. 막연히 후련하다고 하기에는 아직 불편한 과정을 밟는 중이었고, 예상을 엇나가는 상대의 태도에 안도를 느꼈지만 동시에 피로감 또한 느끼고 있었다.

간신히 교통체증이 풀리면서 달리던 차는 곧 오피스텔의 주차장으로 들어섰다.

양쪽의 차창이 지잉-, 올라가며 닫혔다. 차가 멈추고 오디오와 시동이 꺼지자 침묵이 빠르게 고였다.

조인휘는 손안의 인형을 쳐다보고 있었다. 바닥에 굴러떨어졌던 것을 주운 걸 보면 버릴 생각은 없는 모양이었다.

토끼 옷을 입은 정체불명의 인형에 눈길을 둔 채 고정원이 말했다.

"들어가, 그럼."

"……."

분명히 들었을 게 분명한 조인휘는 굳어진 자세로 움직일 기미를 보이지 않았다. 말없이 자리를 지키는 모습과, 창 너머의 오피스텔을 겹쳐 보던 고정원은 그제야 현실적인 문제 하나를 떠올렸다.

"오피스텔은 정리 안 할 생각이야."

한마디 말에 숙여졌던 얼굴이 이쪽을 향했다. 무슨…… 하고 웅얼거리는 입술을 보며 한 번 더 발언했다.

"필요할 때까지 인휘 네가 쓰는 걸로 해."

"……아……."

"그게 나도 마음 편하기도 하고."

"……."

"그냥, 복잡하게 생각할 거 없이 그 상태로 계속 지내 주면 고마울 것 같은데."

'위자료'라는 단어가 순간적으로 머리를 스치며 신물처럼 올라오려는 쓴웃음을 삼켰다.

입술을 달싹이던 조인휘가 눈을 빠르게 깜빡였다. 말을 뱉어 내지 못하고 안에서 되새기다 혼란에 빠진 모습이었다. 감정을 적당히 숨길 줄 모르는 미숙함을 지켜보기 거북했던 고정원은 창밖으로 시선을 돌렸다.

조인휘는 아무것도 하지 않고 시간을 끌었다. 미적거리며 지연시킬 대로 지연시킨 시간은 대략 30여 분 정도였다. 석조상처럼 굳어진 상태를 유지하다가 어느 순간 조용히 차 문을 열고 나갔다.

오피스텔 안으로 들어서는 모습까지 확인한 뒤에야 고정원은 운전대를 잡았다. 하지만 시동을 걸지 않고 가만히 주차장의 공터를 주시했다.

떠오르는 몇 개의 잡념을 억제하지 않고 내버려 두었다. 억누르려는 순간 역설적으로 증폭할 걸 알기 때문이었다.

천천히 움직이기 시작한 차는 이내 주차장을 빠져나갔다. 막히지 않는 도로를 타고 얼마 안 있어 집에 도착했다.

방으로 올라와 물부터 꺼내 든 고정원은 몇 번의 목 넘김으로 작은 생수병 하나를 비웠다. 옷을 벗고, 등줄기를 타고 오르는 후텁한 기운을 느끼며 욕실로 향했다.

피부가 서늘해지도록 씻고 나온 뒤에는 에어컨을 가동시키며 TV를 켰다. 이전에 괜찮게 봤던 영화 하나를 찾아 틀어 놓고 앉아 화면을 주시했다.

눈을 들면 시계는 30분이 지나 있고, 다시 보면 또 그만큼이 지나 있었다. 영화는 어떤 부분을 괜찮게 봤었는지 모를 정도로 아무런 특색이 없었다. 차라리 일찍 잠자리에 드는 게 낫겠다는 생각 끝에 영화를 종료시켰다.

가운의 허리끈을 풀어 헤친 때였다. 똑똑, 문 두드리는 소리가 들려왔다. 아주 작았기 때문에 하마터면 놓칠 뻔했다.

"……네."

들어오라는 싸인을 보내고 잠자코 서 있었다. 이 시간에 부모님이 올라오시는 경우는 극히 드물었다. 아마도 좋지 못한 이유로 오셨으리라 예감이 들었다.

대답을 했음에도 불구하고 기척이 잠잠하자 눈초리가 기민해졌다. 무언가를 감지하고 빠르게 다가선 고정원은 근거 없는 확신으로 문을 열었다.

"……."

불안정한 눈빛으로 서 있는 남자는 예상대로 조인휘였다. 파리한 낯빛까지 더해져 죄를 저지른 사람이 용서를 구하러 온 것처럼 보였다.

"들어와."

본가를 알고 있는 게 의외였지만 3년이나 사귀었으니 몇 차례 들락날락했을 법도 했다. 문득 실소했던 건 이 방에서도 그 짓을 해 댔겠지 싶어서였다.

"무슨 일이야."

건조한 물음에 눈동자가 느슨하게 벌어진 가운 사이로 머물렀다. 아침엔 똑바로 쳐다보지도 못하던 몸을 흐리멍덩한 눈으로 주시하던 조인휘는 고개를 들며 말했다.

"병원 가자, 정원아."

"……."

"내일, 나랑 같이 가 보자."

눈빛이 이상하게 반짝였다.

"너…… 너, 병원 가야 돼 꼭."

단호하게 뱉은 첫마디와 다르게 금세 말을 더듬으며 초조한 기운이 얼굴 곳곳으로 드러났다.

"의사 선생님이 기억 돌아온다고 하셨는데…… 진짜, 금방 돌아올 거라 하셨는데 너 지금 너무 안 돌아오고 있……."

잠자코 듣던 고정원이 말허리를 잘랐다.

"이미 다녀왔어, 병원."

"……어?"

얇게 쌍꺼풀진 눈이 놀라운 기색으로 벌어졌다.

"기억 돌아올 가능성, 없다던데."

"……."

넋 나간 듯 창백해진 얼굴로 조인휘가 바르르, 눈꺼풀을 떨었다. 시야가 흐려진 듯 인상을 구기고, 눈 주변을 거칠게 문질렀다. 거짓말이라고는 추호도 의심하지 못하는 반응이었다.

"다른…… 다른 병원 가자. 그 방면으로 더 유명한 대학병원으로 가면 돼. 가서 제대로, 다시 검사받아 보자."

"재검사 필요 없는 확실한 진단이었어. 안타까운 건 이해하는데……."

물기 어린 눈망울이 너울졌다. 함부로 문지른 탓에 충혈된 눈을 보며 말을 이었다.

"어쩌겠어 인휘야."

"……."

"결과가 이런 걸."

말해 놓고 고정원은 벽에 어깨를 기댔다. 곤란한 듯 목뒤를 주무르고,

피로한 표정을 내비쳤다. 비스듬히 시선을 내리깔자 눈이 마주쳤다.

꿀꺽, 목울대를 울린 조인휘가 절박해진 어조로 부탁했다.

"그럼, 좀만 더…… 우리 좀만 더 만나면 안 될까. 헤어지지는 말고, 몇 달이라도 더 만나 보는 건……."

"좋아."

단조로운 대답에 눈꺼풀을 빠르게 깜빡거렸다.

"가끔씩 만나서 섹스하고…… 하고 싶을 때마다 편하게 연락하는 거 언제든 좋아 난."

다음엔 셋이서 해 볼래?

목덜미를 쓸어내리며 내뱉은 물음에 조인휘가 얼굴을 붉혔다.

"그런 게 아니라……."

혼란하게 중얼거리더니 팔뚝을 붙들어 왔다.

"제발…… 어? 너 지금 아파서 그래. 다쳐서, 머리가 다쳐서…… 정상이 아니라……."

정상이 아닌 건 지난 3년간의 자신이었고, 거기에 장단을 맞춘 조인휘였다. 하지만 굳이 그 생각을 입 밖으로 내뱉진 않았다.

"정원아…… 부탁할게. 우리 절대로 이렇게 헤어지면 안 돼, 정말로."

비장한 목소리로 말하는 조인휘가 가소로웠다. 네 연애는 뭐가 그렇게 특별하냐고 빈정대고 싶은 충동을 억누르며 물었다.

"그래? 왜?"

"……절대 안 헤어지기로 서로 약속했어. 니가 헤어지자 해도 나는, 내가 절대 안 놓기로 했고, 또 너도 그러기로 했고…… 우리 몇 번이나 어려운 고비 같이 넘겼고……."

"……."

"진짜, 쉽게 한 약속 아니었어, 우리는. 그냥 하는 평범한 약속이 아니라 정말⋯⋯. 아무튼, 우리 진지하게 결혼하기로도 했고⋯⋯."

횡설수설은 둘째 치고 유치해서 듣기 힘든 말들이 쏟아졌다.

"이렇게 헤어지는 건 죽어도 안 돼⋯⋯. 헤어지면 정원이가 나 용서 못 해."

"⋯⋯."

"정원이 돌아오면 난리 날 거야 진짜로. 지금은 니가 잠깐 기억이 없어져서 그렇지, 나중에 다 정상적으로 돌아왔을 때 우리 헤어져 있으면 말도 못 하게 슬프고 당황스러울 거고⋯⋯. 기억만 나면 다 해결될 텐데 이렇게 니가 마음대로 결정해 버리면 우리는⋯⋯."

'정원이', '너', '우리'.

말 속에서 지칭하는 대상이 누군지 정확히 알고나 있는 거냐고 묻고 싶어졌다. 네가 말하는 '정원이'가 대체 어디에 있는 거냐고. '너'라고 불리는 나는 그럼 누구인 거냐고.

머릿속이 싸늘하게 식는 걸 느꼈다. 사라져야 할 방해물 취급이 불쾌했지만 틀린 것도 아니라는 생각이 들었다. 조인휘가 아무리 약속이니 뭐니 들먹여 봤자 자신으로서는 자기들 약속이 나와 무슨 상관인가 하는 냉소밖에는 들지 않았다.

⋯⋯정원이가 돌아오면?

"하⋯⋯."

조이기 시작한 전신의 근육을 느꼈다. 고정원은 가만히 조인휘를 내려다보았다.

"이게 정상이라는 생각은 안 들어?"

"⋯⋯뭐?"

287

제 팔뚝에 감긴 손을 제자리로 돌려주면서,

"이게 맞는 거고……."

똑똑히 말했다.

"이제 겨우 제자리로 돌아온 거야."

그리고 고의적으로 난도질했다.

"누가 봐도…… 우리가 연애하는 게 정상은 아니잖아."

식은 눈으로 쳐다보자 마주한 눈에서 눈물이 떨어졌다. 이마가 구겨진 걸 시작으로 참으려는 듯 괴상하게 일그러지는 안면이 보였다.

"끅……."

짐승 같은 울음소리가 짓눌려 나왔다. 목에 힘줄을 세운 조인휘는 고개를 피했다.

굳세지 못한 턱이 쉼 없이 부들거렸다. 아랫입술을 몇 번이고 안으로 말아 무는 게 보였다. 기어이 두 눈동자가 무너지며 바닥으로 떨어진 순간, 조인휘는 문밖으로 뛰쳐나갔다.

"……."

바닥에 떨어진 동그란 물 자국.

그것을 내려다보던 고정원은 이내 자리를 벗어났다. 가슴께가 찌릿한 착각이 들 만큼 처량하던 마지막 얼굴이 잠시 떠올랐다 사라졌다.

한창 수업이 진행 중인 강의실 안에서 시선이 앞사람에게 머물렀다. 앞쪽에 앉아 수업을 듣고 있는 곧은 등은 조인휘의 것이었다. 필기를 하며 성실하게 청강하는, 어제의 일에 영향을 받지 않은 듯한 태도를 보고 있자니 다소 묘한 기분에 휩싸였다.

수업이 시작되기 직전 조인휘는 볼캡을 눌러쓴 채 강의실 안으로 들어

왔다. 챙 밑의 얼굴을 반사적으로 확인했으나 그늘이 져 어둡게만 보였다.

계속 울었을까.

어제 방을 나서던 얼굴을 떠올렸다. 생각해 보면 타인이 눈앞에서 그렇게 서럽게 운 것은 처음인 듯했다. 아니, 캐나다에 가기 전 잠깐 만났던 여자애가 그렇게 울었던가. 벌써 희미해져서 기억이 나지 않았다.

하지만 하루 지났을 뿐인 어제의 일은 또렷할 수밖에 없었다. 특정 장면은 조각조각 훨씬 더 또렷해져 있었다.

정리하자는 말에 '왜?' 물으며 벌어지던 입술. '미안해. 나 뭐 잘못했어?' 물으며 짓던 웃는 것도 우는 것도 아닌 애매한 표정. 눈꺼풀을 무겁게 깜빡인 뒤 '야경만이라도 같이 보고 가면 안 될까' 비굴하게 부탁하던 목소리 같은 것들.

의문스러운 생각이 들었다. 만나고 헤어지는 자연스러운 과정을 받아들이지 못하는 이유가 궁금했다. 그게 그렇게 감정적으로 무너질 일인지, 그렇게 악착같이 매달릴 일인지.

술집에서 취한 조인휘가 했던 말들이 떠올랐다. 타인의 입을 통해 묘사된 자신은 다정을 넘어서 극진하기까지 했다.

지나친 다정함. 그게 좋아서, 그래서 그렇게 헤어지기 싫은 건가.

신경질적인 한숨을 토한 고정원은 해야 할 일을 떠올려 보았다. 오피스텔은 계약된 곳이 두 곳이었던 까닭에 하나를 정리할 예정이었다. 노트북 파일을 정리하다 발견한 계약서를 통해 옆집까지 나란히 계약되어 있다는 것을 알게 되었고, 오늘 아침 방문해 본 결과 명백한 공실임을 확인하였다.

같은 층에 나란히 붙은 두 집을 계약한 이유로 추측되는 것은 한 가지뿐이었다. 거기에 대해서는 질리는 기분과 함께 자조도 나오지 않았다.

이제야 사고로나마 정신을 차렸다는 게 다행으로 여겨질 뿐이었다. 앞일 생각하지 않고 너저분하게 벌려 놓은 흔적들을 새삼스럽게 발견하고 정리하게 된 것이 자기 자신이라는 게 다행인지 불행인지 알 수 없었다.

세 시간짜리 연강이 끝나자 빠른 움직임으로 가방을 챙긴 조인휘가 일어나는 게 보였다. 뒤도 돌아보지 않고 출구를 나서는 모습을 지켜보던 고정원은 천천히 물건을 챙겨 일어났다. 강의실을 가로질러 입구로 향하던 중에는 무심코 멈추어 섰다.

의자 밑으로 아무렇게나 뒹굴고 있는 우산 하나가 우연히 눈에 띄었다. 그러고 보니 아침에 잠깐 비가 왔었다. 새벽부터 비가 내린 탓에 강의실은 약간의 불쾌함이 느껴질 만큼 습도가 높았다.

"……."

조인휘가 강의실에 들어서며 손에 들고 있던 우산이 파란색이었던가.

생각을 마침과 동시에 뚜벅뚜벅, 주인 잃은 물건을 향해 다가갔다.

* * *

수업이 없는 날, 고정원은 스포츠클럽에서 두 시간 가까이 스쿼시를 쳤다.

땀에 푹 젖어 룸을 나섰을 때 입구에서 웬 낯선 여자와 맞닥뜨렸다. 자신이 나올 때까지 계속 기다린 것으로 보이는 여자는 같이 밥을 먹지 않겠느냐는 제안을 했고, 나쁠 거 없다는 생각에 고정원은 자리에서 즉흥적으로 수락을 했다.

"저 진짜로 이런 적 한 번도 없는데……."

근처에서 가볍게 식사를 한 뒤였다. 술을 마시러 이동하는 차 안에서 여자는 몇 번이나 비슷한 소리를 했다.

"주변 사람들이 알면 기절할걸요. 제가 모르는 사람한테 먼저 같이 밥 먹자고 한 거 알면."

"그래요?"

호응하면서도 고정원은 비릿한 웃음을 삼켰다. 여자의 표정과 몸짓이 지나치게 익숙했던 까닭이었다. 구석진 곳에 차를 세우고 손을 뻗으면 어떻게 될지 뻔히 예상되는 성적 긴장감이 고스란히 눈에 보이고 있었다.

물론 말이 그렇다 뿐 카섹스를 할 생각 따위 추호도 없었다. 차에서 하는 비위생적인 행위에 대한 판타지는 없을뿐더러 현재로서는 어떠한 성적인 충동도 느끼고 있지 않았다.

제안에 응한 것은 단순히 시간을 때울 목적이었다. 정확히는 조금이라도 더 자극적인 일로 육신에 피로를 더한 끝에 숙면을 취하고 싶었다.

도착한 칵테일 바에서 대화가 이어졌다. 취향 및 취미, 공통 화제로 주를 이루던 대화는 점점 사생활의 영역으로 넘어갔다. 앞서 자신의 나이와 함께 대학원에 재학 중임을 밝혔던 여자는 시시콜콜한 본인의 이야기를 들려주었다.

사이사이 여자가 던지는 사적인 질문에 고정원은 적당히 응수했다. 표면적인 정보는 알려 주지만 결정적인 것들은 적당히 얼버무리는 식으로.

대화가 지루해질 때쯤, 장소는 바에서 여자의 집으로 옮겨졌다.

"여기 들어와 있는 거 얼마나 기적적인 건 줄 알아요?"

고정원은 소파에 앉아 있었다. 음료를 건네며 여자는 으스대는 듯한 얼굴을 했다.

"그냥 하는 말이 아니라, 전에 사귄 남자 친구도 1년 만에 데려왔어요."

"완전 특별 대우네요."

"내 말 안 믿죠, 지금?"

음료를 한 모금 넘긴 고정원이 능청스럽게 대꾸했다.

"믿어요. 나도 보수적인 편이라."

여자는 고정원의 말에 일일이 웃음을 터뜨렸다.

"나 여기 앉아도 돼요?"

여자는 소파에 앉은 고정원의 바로 옆자리를 손가락으로 가리켰다. 비켜 주겠다는 고정원의 장난에 고개까지 숙여 가며 웃던 여자는 결국 두꺼운 몸통을 껴안듯이 하여 옆자리를 차지했다. 집이라서인지 행동이 보다 적극적으로 변해 있었다. 연인 사이에 할 법한 스킨십을 서슴지 않았다.

고정원은 여자가 하는 대로 내버려 두었다. 적당히 스킨십을 받아주고, 하소연을 들어주고, 듣고 싶어 하는 말들을 들려주었다. 해달라는 대로 해주는 태도에 친밀감이 올라갔는지 여자는 말을 놓기 시작했다. 그리고 어느 순간 허벅지 위로 올라탔다.

"정원이 너도 말 놔. 편하게 해, 응?"

"……지금이 편해요. 내가 연하잖아."

교묘하게 반말을 섞은 대꾸에 여자가 어깨를 움츠리며 몸을 기댔다. 들썩여 가며 웃다가 다시 상반신을 일으켜 눈을 맞추었다.

"처음에 너 나이 듣고 의외였던 거 알아? 나보다 한두 살쯤 더 많을 줄 알았어. 어려 보이는 직장인일 수도 있겠다 생각했었거든, 사실."

고정원은 건조한 웃음을 흘렸다. 처음에 나이를 묻는 여자에게 3년 전제 나이를 말할 뻔했던 게 떠올랐던 것이다. 증발한 3년의 세월이 떠오르며 그 시간을 빼곡히 메꾼 인물 또한 잠시 떠올랐다 사라졌다.

"근데 너 스쿼시룸 나오자마자 내가 말 걸어서 당황했겠다. 나 완전 수상했지?"

"예쁘던데요. 수상하진 않고."

빈말이 기분 좋았는지 여자는 애교스러운 몸짓으로 파고들었다. 등허리에 손을 얹자 더욱 밀착해 왔다.

"목소리 왜 이렇게 좋아?"

속삭거리는 물음에는 즐거워서 어쩔 줄 모르는 듯한 기색이 배어 나왔다.

"발성부터 좀 남다른데. 깊이감 있고. 너 혹시 영어권 국가 살았어?"

"잠깐, 몇 년씩?"

자세히 묻는 여자에게 고정원은 미취학 시절부터 아버지의 사업차 옮겨 다녔던 도시들을 간략히 말했다.

"나 다음 달에 시애틀 여행 가는데. 너랑 같이 가면 재밌겠다."

여자가 맞붙였던 상체를 띄우며 말했다. 뜬금없이 사귀는 사이처럼 굴고 있었다.

"……."

외모도 사는 수준도 월등히 좋은 축에 속하는 여자였다. 아닌 척하면서 드러나는 자신감도 그렇고 대화를 통해 유추되는 성격 등을 미루어 보아 '이런 적 한 번도 없다'는 말이 거짓이 아닐지도 모른다는 생각이 스쳤다.

그런 생각을 한 탓인지 닿은 체온이 거추장스럽게 느껴졌다. 끈적한 스킨십 또한 재미가 아닌 성가심을 유발했다.

"아, 정말-."

말끝을 늘어뜨리며 여자가 고정원의 뺨에 손을 가져다 붙였다.

"난 여태껏 내가 남자 얼굴 안 보는 줄 알았는데……."

뿜어내듯 짧게 웃은 여자는 다가와 뽀뽀를 했다. 감정을 주체하지 못하는 건지 끊임없이 웃고 있었다. 여자가 심취한 눈빛으로 고정원의 귀와 목덜미를 만지작거렸다. 뻗어 나간 손길은 팔뚝을 지나쳐 이내 손을 파고들었다.

고정원은 겹쳐진 여자의 손과 제 손을 내려다봤다. 사이사이 엉겨드는 가느다란 손가락을 붙들어 가슴께 위치로 들어 올리자 여자는 기꺼이 내 맡겼다.

작고 얇은 뼈대를 더듬으며, 고정원은 뇌리에 남아 있는 누군가의 손을 떠올렸다.

"……."

자신보다 한참 작다고 느꼈던 손이었다. 그러나 여성의 것과 비교해 보니 확연하게 크고 굵직했던 것임을 깨달았다. 손뿐만 아니라 몸 전체가 자신보다 작다고는 해도 엄연한 남성의 것이었다. 남성성에 어떠한 성적 감흥도 느끼지 못하는 자신이 어떻게 그렇게 오랜 기간 몸을 맞춘 건지 생각하면 할수록 미궁이었다.

"아……."

흥분한 신음이 흘러나왔다. 고정원의 손을 끌어당겨 자신의 몸에 가져다 댄 여자가 낸 소리였다. 여자는 제 손 아래 겹친 고정원의 손을 조종하듯 이끌어 옷을 끌어 내리게 만들었다.

속옷까지 벗은 여자는 거의 흐느끼고 있었다. 눈망울이 흐려지며 젖어드는 게 보였다. 전희에 들어가기 전부터 혼자 흥분에 치달아 우는 여자를 내려다보며 고정원은 미지근한 숨을 뱉었다. 한 번 가라앉히는 게 낫겠다 싶어 밀착한 귓전에 속삭였다.

"씻고 와요."

운동 후 씻고 나온 지 얼마 안 된 상태라는 건 피차 알고 있는 상황이었다. 명백히 흐름을 깼음에도 불구하고 여자는 곧 별다른 이의 없이 몸을 떼어 내었다.

"……응."

가볍게 입을 맞추며 멀어진 여자는 욕실로 향했다.

탁, 문 닫히는 소리가 들리자 고정원은 고개를 젖혔다. 적당히 시간을 때우려 했지만 더는 그럴 필요도 없을 듯했다. 이대로 집으로 가서 자고 싶다는 생각이 들었다. 지루한 걸 넘어서서 권태로웠고, 내내 몰입하지 못하고 관망하는 듯한 기분만을 느꼈다.

지이잉-.

진동에 고개를 든 고정원의 눈길이 유리 탁자로 쏠렸다. 테이블 위에 올려 둔 자신의 휴대폰은 전화가 왔음을 알리고 있었다. 화면에 뜬 발신자의 이름을 확인함과 동시에 동공이 흔들렸다.

발신인을 보고도 지켜만 보던 때였다. 어느새 타월로 몸을 가린 여자가 다가왔다. 향긋한 냄새를 풍기며 어깨에 팔을 둘렀다.

"나 오늘 진짜 미쳤나 봐. 자꾸 안 하던 짓 하고 싶어."

"……."

"들어가서 같이 씻을래?"

진동이 연이어 울리며 급박한 분위기를 조성했다. 주시를 끝내고 손을 뻗었으나 순간 뜻하지 않게 휴대폰이 남의 손으로 넘어갔다.

"안 돼. 못 받아."

휴대폰을 가져간 여자가 뒤로 숨기는 장난을 쳤다. 그리고 그사이 끈기도 없이 발신 요청이 끊어졌다.

고정원은 가만히 여자를 올려다보았다. 차갑게 응시하는 고정원의 눈을 본 여자의 얼굴에서 웃음기가 가셨다.

소파에서 일어난 고정원은 여자의 손에서 제 휴대폰을 낚아챘다. 여자를 스쳐 자리를 벗어나는 동시에 빠른 손놀림으로 통화 내역을 확인했다.

[오후 8:53]

부재중에 찍힌 발신자명은 '조인휘'로, 그것은 이전의 유치한 저장명을 그대로 둘 수 없어 바꾸어 둔 것이었다.

현관 앞에 서서 경직된 자세로 화면을 내려다보고 있었다. 제 쪽에서 다시 걸지 어떡할지, 짧은 갈등을 하는 사이 손안의 기기가 다시 울리기 시작했다.

바로 받으려던 고정원은 그러나 움직임을 멈추었다. 두어 번쯤 진동이 더 울리고 나서야 통화를 연결시켰다.

"……."

—……여보세요?

공간을 분리시키듯 이질적으로 느껴지는 목소리가 고막을 파고들었다.

"……말해."

긴장한 것처럼 목이 잠겼다. 휴대폰을 움켜쥔 고정원의 손등으로 혈관이 솟아올랐다.

—어, 아니, 그냥 별건 아니고……. 혹시 바빠?

두 번이나 전화해 놓고 한다는 말이 고작 이런 건지. 치미는 짜증을 억누르며 대꾸했다.

"아니."

갑갑함에 현관문을 열고 나갔다. 쾅, 문이 닫히며 잠금장치가 실행되는 기계음이 뒤따랐다. 그러는 동안 내내 침묵하던 조인휘가 망설이듯 말을 이었다.

—그…… 좀 더 일찍, 나갔어야 하는데…….

"……."

—아무튼…… 이제 나 나가니까, 여기, 오피스텔 정리해도 된다고 알

려 주려고. 그거 때문에 전화했어.

귀에 박히는 말마다 의문을 불러일으키고 있었다.

―말이라도 고마웠어. 계속, 졸업할 때까지 써도 된다고 배려해 주고……. 아무튼…….

"……다른 데 살겠다고?"

―……어.

그곳에서 조인휘가 나간다는 것은 전혀 염두에 두지 않았던 상황이었다. 게다가 일주일 만의 연락이 이런 통보라는 게 황당한 기분을 느끼게 했다.

지난 일주일 동안 조인휘가 어떤 태도를 보였던가. 떠올려 봐도 생각나는 거라곤 모자를 쓴 채 강의실에 앉아 있다가 끝나자마자 부리나케 벗어나는 모습뿐이었다.

"지금 어디야."

묻자 휴대폰 너머로 숨소리만 넘어왔다. 그 적막에 참을성이 닳아 갈 무렵 웅얼거리는 소리가 들렸다.

―아직 오피스텔이긴 한데…… 한 시간 내로 다 정리 끝나니까…….

"기다려."

―어?

통화를 끝낸 고정원이 빠르게 계단을 내려가기 시작했다.

30분 만에 도착한 오피스텔의 현관 앞에 서서 흐트러진 숨결을 정리했다. 가지고 있던 키로 문을 열자 거실에서 짐을 정리하던 조인휘가 놀란 사람처럼 획, 돌아보았다.

"아, 너 키…… 갖고 있었지."

조인휘의 말을 무시하고 고정원은 집 안부터 둘러보았다. 나간다기에 어느 정도 휑한 상태를 예상했으나 내부는 이전과 다를 바가 없었다. 조인휘의 물건은 고작 박스 두 개로 단출하게 담겨 있을 뿐이었다.

"이게 다야?"

묻는 말에 조인휘가 난처한 표정을 지었다.

"다 네 거였으니까 처음부터……."

고정원의 눈길이 박스 안 내용물로 머물렀다. 너저분한 안을 숨기듯 옷으로 덮어 버린 조인휘는 이내 방으로 향했다.

"……마침 잘됐다. 너 줄 것도 있었는데."

함께 이동한 방 안에서 조인휘는 흰 봉투를 건넸다. 내용물을 꺼내어 보니 5만 원권 몇 장이 나왔다.

"이걸 나한테 왜 주는지 모르겠는데."

"……월세야. 그동안, 정원이 네가 다 냈는데…… 마지막이라도 내가 제대로 내는 게 맞다 싶어서."

그동안 여러모로 신세 많이 졌어, 하고 주눅 든 것처럼 기어드는 목소리가 뒤따랐다. 고정원은 손에 든 봉투를 다시 조인휘 쪽으로 내밀었다.

"가져가. 이거 없어서 아쉬운 입장도 아니고……. 받는다고 고마운 기분이 드는 것도 아니라서, 사실."

조인휘의 눈동자가 바닥을 이리저리 배회했다.

"내가 미안하고 고맙지, 너한테 고마워하라고 주는 거는 절대 아니었고……."

뭘 망설이는지 뒷말을 잇지 못하던 조인휘가 목에 힘을 주며 내뱉었다.

"너는, 나한테 책임감 같은 거, 느낄 필요 없으니까."

"……."

"……나도 너한테는, 받을 이유 없고."

선을 긋는 태도에 고정원은 가만히 입을 다물었다. '너는', '너한테는' 하는 식으로 강조하는 부정은 마치 특정 '누구한테는' 허락된다는 소리로 들렸다.

가느다란 속눈썹에 힘이 서려 있는 게 보였다. 말이 오가지 않는 동안 자리에서 산만한 몸짓을 보이던 조인휘가 결심이 선 듯 봉투를 밀어 냈다.

"아무튼, 받아 줘. 그게 내 마음이 편해서 그래."

어쩔 수 없이 도로 받아 든 고정원이 상대를 주시했다. 그리고 그게 불편한 듯, 조인휘는 부자연스러운 표정으로 본인의 감정을 피력하고 있었다.

"갈 곳은 있어?"

질문을 받은 조인휘의 표정이 대번에 굳었다.

"……있으니까 나가지."

왜 없겠어, 내가 갈 곳이.

자존심이 상했는지 정색하는 투로 중얼거렸다.

"근데, 나한테 무슨 할 말 있어서 여기 왔던 거 아니었어……?"

눈도 제대로 마주치지 않는 주제에 그런 게 궁금한 모양이었다.

"……."

상대가 판을 깔아 주고 있었지만 아무런 말도 나오지 않았다. 실상 여기까지 찾아올 만큼 급한 용건이랄 것은 없었다. 나가겠다는 통보를 듣자마자 얼굴을 봐야겠다고 생각한 게 행동의 기저에 깔린 전부였다. 황당함을 억누르지 못했고, 직접 눈으로 확인하고 싶었다.

"없으면 그럼……."

"……."

"나는 이만 가 볼게. 카드 키는 현관에 뒀어."

낮은 음성으로 차분하게 내뱉고 나서 조인휘는 거실로 나갔다. 해야 할 일을 빼앗긴 기분으로 서 있던 고정원이 그 뒤를 따라 나갔다.

조인휘는 큰 박스 두 개를 겹쳐서 들어 올리고 있었다. 빈말이라도 야무지다고 말해 주기 힘든 허술한 폼이었다. 지켜보던 고정원이 다가가자 역시나 두 개의 상자를 한꺼번에 든 조인휘가 휘청, 중심을 잃었다.

쏟아질 뻔한 상자 앞으로 다가서서 밑단을 받쳐 들자 조인휘의 손이 함께 잡혔다.

"들어 줄게."

입을 꾹 다물고 있는 얼굴이 가까이 내려다보였다. 상기된 낯빛과 고집스럽게 내리깐 눈이 거부 의사를 드러내고 있었다. 거절하는 사람에게 호의를 강요할 생각은 없지만 필요 이상으로 밀어내는 태도가 거슬리는 것은 사실이었다.

고정원의 손으로 힘이 들어갔다. 그것에 반응하듯 조인휘가 과민한 몸짓을 보였다. 겹쳐진 손을 떨쳐 내려는 것처럼 흔들고서는 홱, 힘겹게 돌아섰다. 뒤뚱거리면서도 서두르는 걸음으로 현관을 향해 나아갔다.

"너……."

그 등에 대고 고정원이 내뱉었다.

"……."

강의실에 두고 간 우산에 대해 말할 생각이었다. 그러나 목구멍까지 차오른 말은 소리가 되지 못하고 삼켜졌다.

이쪽으로 몸을 돌리지는 않았으나 기다리듯 서 있던 조인휘는 짐을 한 번 추스르고는 발길을 옮겼다.

쾅당.

닫히는 마찰음을 끝으로, 집 안의 모든 소리가 사라졌다.

2

늦은 밤, 미리 알아 둔 학교 근처의 고시원으로 입실했다.

배정된 방으로 들어서며 느낀 첫인상은 '생각보다 청결하다'는 것이었다. 좁은 건 예상대로였지만 다행히 청결도가 만족스러웠다.

입실 후에는 가장 먼저 청소부터 했다. 물티슈로 바닥을 닦아 낸 조인휘는 책상이나 선반 같은 개인 시설도 꼼꼼히 닦았다. 관리자가 청소한 티는 났지만 청결할수록 좋은 법이었다.

청소 후 땀으로 젖은 전신을 씻고 나오자 긴 한숨이 터졌다. 안도인지 불안인지 스스로도 알 수 없는 한숨이었다. 풀썩, 침대에 주저앉은 조인휘는 비어 있는 책상을 물끄러미 바라보았다.

이전 사람은 얼마나 머무르다 갔으려나. 불쑥 든 궁금증은 곧 자신은 이곳에 얼마나 있게 될까 하는 생각으로 이어졌다.

"……."

끊어 내듯 생각을 그만두고 긍정적인 사고를 했다. 그래도 이 정도면 전혀 나쁘지 않았다. 보증금 없이 입주할 수 있다는 메리트 하나로 선택한 것치고 쾌적한 주거 공간이었다. 개인 화장실, 냉장고, 에어컨 등 갖춰질 건 다 갖춰진 방을 보니 막연한 긴장과 불안이 가라앉는 듯했다.

일어나서 남은 짐 정리까지 끝내고 나자 자정에 가까운 야심한 시각이었다. 허기진 느낌이 있어도 식욕은 느껴지지 않아 어떡할지 고민하던 조인휘는 일단 방을 나섰다.

공동 시설도 구경할 겸하여 발걸음을 옮긴 곳은 주방이었다. 밥, 김치, 라면. 무료로 제공되는 음식은 세 가지였고, 손에 닿는 대로 컵라면을 선택했다.

숟가락과 젓가락을 꺼내던 중, 누군가 말을 걸어왔다.

"저기 서랍 안쪽에 봉지라면 다른 종류로 몇 개 더 있어요."

옆으로 다가와 있는 남자는 또래로 보였다.

"……아, 고맙습니다."

"온 지 얼마 안 됐죠?"

남자가 냄비에 물을 받으며 붙임성 좋게 물었다.

"네. 오늘……."

"왠지, 못 보던 얼굴이더라."

같이 라면을 먹으며 얘기를 나누어 보니 남자는 자신과 같은 학교였다. 사학과에 나이는 한 살 위. 모르는 사람과 얘기하고 싶은 기분이 아니었지만 잡생각이 드는 것도 싫었기 때문에 성실하게 말을 주고받으며 식사를 끝냈다.

"여기 한 달 전쯤에 사람 죽었던 거 알아요?"

"······그래요?"

생각지도 못한 말에 놀라서 되물었다.

"40대 아저씬데, 한동안 복도에서 냄새 좀 났었어요. 으······."

몸서리친 남자는 '그럼 쉬어요' 하는 인사를 끝으로 자신의 방으로 들어갔다.

복도를 지나 자신의 공간으로 돌아왔을 때, 무슨 이유에선지 아까보다 방이 협소하게 느껴졌다. 두 평 남짓한 공간이 주는 압박감 속에서 조인휘는 멍하니 책상 의자에 걸터앉았다.

전공책과 노트북을 꺼내고, 과제를 하기 위해 프로그램을 실행시켜 놓았다. 하지만 단 한 글자도 입력하지 못한 상태에서 시간만 흘러갔다. 조인휘는 후우, 눅눅한 숨을 내쉬며 얼굴을 문질렀다. 도저히 집중이 될 것 같지 않아 결국 백지 상태로 노트북을 닫았다.

사람이 죽었었다니.

그 말을 들은 이후로 기분이 뒤숭숭해졌다. 쾌적하다고 생각했던 공간이 한순간 차고 습한 냄새를 풍기는 듯했다.

써늘해진 팔뚝을 문지르다 자리를 박찼다. 방에 딸린 화장실로 들어간 조인휘는 무작정 세수를 하고 나왔다.

젖은 얼굴을 수건으로 닦고 고개를 들자 시야가 흔들리며 현기증이 일었다. 이상하게도 멀쩡하던 방이 갑자기 지나치게 좁은 느낌이 들었다. 벽이 아까보다 훨씬 더 가깝게 다가와 있는 것처럼 느껴졌다.

"헉······."

호흡이 힘든 느낌을 못 참고 뛰쳐나가자 좁은 복도가 길게 이어졌다. 우두커니 선 채로 그 기나긴 통로를 바라보았다. 오래도록 바라보고 나서야 조인휘는 팔다리를 무력하게 늘어뜨린 채 방으로 돌아왔다.

'갈 곳은 있어?'

묻던 얼굴.

'받는다고 고마운 기분이 드는 것도 아니라서.'

말하던 목소리.

오피스텔을 나오기 전 마주했던 고정원의 모습이 떠올랐다. 눈빛, 말투, 심지어 체취까지 모든 것이 다른 사람 같았다. 아니, 이제는 다른 사람이라고 보아야 했다.

"후⋯⋯."

체한 것처럼 속이 갑갑했다. 인위적으로 몇 번이나 한숨을 내쉬다 책상 앞에 앉았다.

"빨리 와⋯⋯ 정원아, 빨리 와."

양 손바닥에 눈을 파묻고 아주 작은 소리로 중얼거렸다. 텔레파시 보내듯 되풀이하다 고개를 든 후에는 이어폰을 꽂고 음악을 재생시켰다.

'우리 관계 정리하자는 말이야.'

'우리가 연애하는 게 정상은 아니잖아.'

"⋯⋯."

넋을 빼고 앉아 있던 조인휘는 점점 숨통이 좁아지는 것을 느꼈다. 더듬더듬, 발치에 있는 가방을 뒤적여 꺼낸 것은 커다란 사이즈의 홈웨어였다. 꺼내자마자 조인휘는 그곳에 얼굴을 박고 숨을 들이켰다. 산소를 공급받듯, 옷에 밴 애인의 체취를 맡았다.

도둑질이란 것은 알았다. 알면서도 고정원의 옷을 몰래 가져올 수밖에 없었다. 사고 당일 벗고 나갔던 옷이라 체취가 가장 진하게 배어 있었기 때문이었다.

냄새를 맡으며 시큰하게 눈물이 고였다. 옷에 남은 체취는 그날 이후로 하루가 다르게 희미해지고 있었다. 이 냄새마저 곧 사라진다고 생각하자 끔찍한 두려움과 두통이 찾아들었다.

"끄……."

차라리 나도 기억을 잃어버리면 좋을 텐데.

생각하자 무언가에 홀린 것 같았다. 조금의 망설임도 없이 고개를 든 조인휘는 이마를 책상 끄트머리로 가져다 박았다. 커다란 소리가 울리고 이마에서부터 뒤통수까지 진동이 번졌다. 어쩐지 두통이 나아지는 걸 느끼며 한 번 더 머리를 돌진시켰다.

쾅!

쾅!

쾅!

연달아 내려치고 얼마쯤 뒤였다. 똑똑똑똑. 신경질적인 노크 소리가 들렸다. 닫혀 있던 목구멍에서 헉, 하고 마른 숨이 넘어갔다. 그제야 정신이 돌아오며 처박고 있던 얼굴을 들었다.

문을 힘차게 두드리는 소리가 이어졌다. 허둥거리던 조인휘가 다가가 문을 열었다.

"아니, 뭐 하는데 자꾸 쾅쾅……."

목청을 높이던 남자의 기세가 순식간에 수그러들었다. 상대의 시선은 눈이 아닌 조금 위를 향해 있었다. 빨개졌겠지 싶어 이마를 가린 조인휘가 사과했다.

"죄송합니다. 이제부터 조용히 할게요."

"……어, 예. 좀 조용히 좀 합시다, 같이 사는 덴데."

"죄송합니다……."

조아리는 사과를 끝으로 탁, 문이 닫혔다. 바깥과 차단되면서 별안간 익숙한 정적이 깔렸다. 육중하고 컴컴한 정적. 갑자기 속이 부대끼다 못해 뒤집히는 걸 느낀 조인휘가 화장실로 향했다. 웩, 게워 내는 소리와 함께 조금 전 먹었던 것들이 쏟아졌다.

"욱…… 켁……."

옆방에 들릴까 봐 최대한 소리를 참았다. 전부 비워 내고 나서는 일어나서 양치질을 했다.

한 차례 더 세수를 하다가 통증을 느끼고 고개를 들었다. 거울을 보자 충돌했던 이마의 부어오른 면적이 꽤나 컸다. 엉망인 꼴을 눈으로 확인하고 나서야 너무 감정적이었다는 후회가 들었다. 자해도 아니고 이렇게까지 할 필요는 없었는데.

"아……."

조심스레 만져 보자 따끔거렸다. 어떻게 처치할 길이 없어 그대로 화장실을 나온 조인휘는 사지가 쭉 늘어지는 것을 느끼며 쓰러지듯 침대에 누웠다. 무릎이 가슴에 닿도록 웅크리고 있다가 눈을 감았다.

'이게 정상이라는 생각은 안 들어?'

'이게 맞는 거고……. 이제 겨우 제자리로 돌아온 거야.'

목소리가 떠올랐지만 무시했다. 이성적으로 논리적으로 그건 고정원이 아니라고 납득했기 때문이었다. 자신은 상처받지 않아도 되고 상처받을 필요도 없었다. 그 사람은 제가 알던 고정원이 아니고 자신과는 남과 다름없는 사이일 뿐이었다. 게다가 큰 사고를 겪고 예민해진, 자신보다 훨씬 배려받아야 할 환자였다.

이해하려면 얼마든지 이해할 수 있었다. 헤어지는 것도 사실 그 사람 입장에서 생각해 보면 당연한 수순이었을 테고, 어차피 모든 것은 고정원이 돌아오기만 하면 해결될 문제였다. 시간이 걸리는 건 어쩔 수 없으니 자신은 그저 기다리기만 하면 되었다.

그렇게 정리하자 마음이 한결 편해지는 걸 느꼈다. 솔직히 지금 상황이 힘들지 않다면 거짓말이지만 모든 걸 버티게 해 주는 믿음이 있었다. 언제가 됐든 결국에는 돌아올 거라는 믿음이 꺼지지 않는 불씨처럼 존재하고 있었다.

'힘들었지.'

말하며 안아 주는 고정원을 상상하다 잠들었다. 새벽녘에 금방 눈이 떠지고 나서는 도저히 다시 잠이 들지 않아 책상 앞에 앉았다.

스탠드의 고적한 불빛만이 방 안을 밝히고 있었다. 조인휘는 하는 일 없이 가만히 책상 위에 올려놓은 인형 한 쌍을 만지작거렸다.

토끼와 거북이 인형. 막 사귀기 시작했을 때 함께 뽑은 것으로 몇 년간 자신들의 방을 지키고 있었다. 덩그러니 두고 나오자니 발이 떨어지지 않아 함께 챙겼는데 그러기를 잘했다는 생각이 들었다.

자꾸 만진 탓에 인형에서 온기가 느껴지는 듯했다. 확인하듯 매만지는 사이, 어느덧 고시원에서의 첫 아침이 밝고 있었다.

거울 앞에서 볼캡을 눌러썼다. 이마에 난 혹을 가리기 위한 임시방편이었다. 사실 고정원의 사고 이후론 매일같이 눌러쓰고 있었다. 울어서 부은 눈 때문에 차마 모자를 벗을 수 없었다.

"……."

거울에 비친 제 모습을 보며 조인휘는 초라하다는 생각이 들었다. 입고 있는 옷 때문에 더 그런지도 몰랐다. 가지고 나온 옷은 몇 벌 되지 않고, 그것마저 후줄근한 것들이었다. 고정원이 선물해 준 고급스러운 옷과 물건들은 차마 가져오지 못했다. 어째서인지 고정원이 기억을 잃고 나니 그것들에 대해 더 이상 소유권을 주장하면 안 될 듯한 기분이 들었다.

가까스로 시간에 맞춰 강의실에 도착했다. 안으로 들어서자 남다르게 커다란 등이 시야로 들어왔다. 조인휘는 그 등으로부터 최대한 멀리 떨어진 곳에 앉았다. 오른쪽 끝, 외진 자리에서 고개를 숙인 채 공간의 중심을 차지하고 있는 존재로부터 신경을 차단했다.

쉬는 시간이 되자 넓지 않은 강의실 중앙에서부터 웃음소리와 말소리가 들려왔다. 고정원의 주변에 앉은 여자 후배들이 내는 소리였다. 고정원이 대꾸하는 말들은 길이도 짧고 소리도 낮아서 잘 들리지 않았다.

보지 않으려 했지만 어느새 눈으로 좇고 있었다. 후배의 손이 고정원의 팔을 터치하는 게 유독 확대되어 시야에 들어왔다.

"……."

정원이 아니니까.

어차피 저건 정원이 아니니까.

되풀이하던 조인휘는 일어나 강의실을 나갔다. 자판기로 가서 물을 뽑아 꿀꺽꿀꺽 넘겼다. 숨도 쉬지 않고 비우고 나서는 볼일도 없는 화장실에 들렀다. 손을 씻고 또 씻고…… 나와서도 바로 들어가지 않고 강의실 문밖을 서성거렸다. 아슬아슬해질 때까지 시간을 끌다가 더는 버틸 수 없을 때가 돼서야 안으로 들어섰다.

발을 내딛기 무섭게 나오던 사람과 부딪쳤다. 체격 차로 인해 충돌한 순간 넘어갈 뻔했으나 상대가 붙들어 준 덕분에 사고를 면했다. 고개를 들자 서늘한 시선으로 내려다보는 완벽한 외형의 남자가 보였다.

"……."

하필이면 가장 피하고 싶은 인물이었다. 미안하다거나 고맙다거나 인사치레를 할 겨를도 없이 잡힌 팔을 빼낸 조인휘는 서둘러 피했다. 혼비백산하여 자신의 자리로 돌아오자 심장이 불쾌하게 두근거렸다. 나가지 말고 가만히 있을 걸 그랬다는 후회가 들었다.

수업이 끝난 뒤에는 고정원의 움직임을 살폈다. 쉬는 시간 때처럼 우연히라도 마주치는 것을 피해야 했다.

금방 일어날 기색이 아니라는 걸 확인하고 나서야 몸을 일으켰다. 빨리 나가야겠다고 생각하니 마음이 급했다. 이어폰을 귀에 꽂은 조인휘는 사람들이 몰린 입구를 비집고 들어섰다.

하지만 그런 부산을 떤 게 무의미해지는 사고가 일어났다. 스치던 사람과 이어폰의 줄이 얽히는 황당한 일이 발생한 것이다. 1차적으로 뒤에서 툭, 어깨가 밀리며 귀에서 이어폰이 빠졌고, 2차적으로 옆 사람의 이어폰 줄에 감기면서 매듭이 생겨나 버렸다.

조인휘는 멈추어 서서 크게 당황했다. 뒤에서 나오려는 사람들에게 계속해서 떠밀렸다. 줄이 꼬인 탓에 상대방과는 밀착한 상태였고, 밀리는 대로 자신 또한 상대를 가슴팍으로 밀게 되며 한층 민폐를 끼쳤다. 결국 붙은 채로 나와 함께 입구 옆으로 비켜섰다.

"죄송합니다."

신음하듯 사과하며 줄을 풀었다. 어서 상황을 모면하고 싶은 마음에 손놀림이 바빴다. 매듭은 만지면 만질수록 어째 이상하게 엉키는 느낌이었다.

"괜찮아요. 제가 할게요."

대뜸 얼굴로 손이 다가와 고개를 젖히자 남자가 웃었다. 다가온 손은 조인휘의 왼쪽 귀에 꽂혀 있던 남은 이어폰을 빼내어 갔다. 남자는 마찬가지로 자기 귀에 꽂혀 있던 이어폰 또한 빼내며 이후로는 손쉽게 엉킨 매듭을 풀었다. 귀에 꽂은 채로 딱 달라붙어 해결하려 했던 자신의 멍청함을 깨달은 조인휘가 얼굴을 붉혔다.

"이러니까 다들 블루투스 쓰죠."

남자가 풀어진 이어폰을 건네며 말했다.

"그러니까요."

씁쓸하게 웃으며 대꾸했다. 사실 자신도 블루투스형 이어폰이 있었지만 그것 또한 고정원에게 받은 거라 오피스텔에 두고 나온 사정이었다.

미안하다는 뜻으로 고개를 숙여 보였다. 여유로운 미소를 보이며 고개를 까딱 숙인 남자는 반대편을 향해 걸어갔다.

홀로 남겨지자 조인휘는 머쓱하게 뒤통수를 쓸었다. 서둘렀던 것이 무색하게 주변은 썰물이 빠져나간 것처럼 한산해져 있었다.

이동하기 위해 발길을 돌린 순간 자리에서 얼어붙었다. 통로 한쪽에 서서 이쪽을 쳐다보고 있는 고정원과 눈이 마주쳤다.

"……."

융기된 눈썹뼈 아래로 눈두덩이 깊게 들어간 서구적인 얼굴형이 보였다. 눈썹과 눈이 가까이 붙어 있는 데다 눈에 음영이 잘 드리워지는 탓에 고정원은 무표정할 때면 쉽게 화난 것처럼 보이곤 했다.

지금도 응시하는 표정이 꼭 화난 사람처럼 보였다. 놀라서 아무 반응도 하지 못하고 서 있자 곧 시선이 거두어졌다.

처음부터 보고 있던 건지, 아니면 우연히 마주친 것인지 알 길이 없었으나 곧 아무래도 상관없다는 생각이 들었다. 손을 움켜쥔 조인휘는 수업 중간에 부딪쳤을 때와 같이 빠르게 자리를 벗어났다. 하지만 거리가 벌어지며 점점 다리에 힘이 빠졌고, 종국에는 너털거리는 발걸음으로 걸었다.

들른 곳은 편의점이었다. 먹고 싶지 않아도 점심이었기 때문에 김밥과 음료수로 빈속을 채웠다. 식후에는 볕이 잘 드는 곳에서 휴식을 취하다 다음 강의동으로 걸음을 옮겼다.

도착한 강의실 앞에서 조인휘는 잠시 머뭇거렸다. 이번에도 겹치는 수업이라 아까처럼 마주치는 상황이 벌어질까 우려되었던 까닭이었다.

그렇게 신경 쓸 필요 없다고 재차 마음의 중심을 다잡았다. 손바닥으로 얼굴을 한 번 쓸어내리고, 얕은 한숨과 함께 안으로 들어섰다. 전방만을 보며 걸어 들어간 조인휘는 비어 있는 앞자리에 앉았다.

노트북으로 과제를 하던 중 누군가 옆으로 앉았다. 좋은 냄새가 나서 무심코 고개를 들었을 때 몸의 잔털들이 곤두섰다. 옆자리에는 눈을 내리깐 고정원이 노트북을 꺼내고 있었다.

"……."

대체 왜?

의문밖에 들지 않았다. 티 나지 않게 살짝 돌아보자 강의실 뒤편으로 빈자리들이 속속 눈에 띄었다.

마른침이 넘어갔다. 신경 쓰지 않는 것처럼 덤덤하게 노트북으로 시선을 돌렸다. 하던 일에만 열중했고, 교수님이 들어오며 수업이 시작되고 나서도 화면에만 시선을 박았다.

그런 부자유함이 수업의 종반까지 이어졌다. 목이 뻣뻣한 것을 느끼며 언제 끝나는지에만 집중하고 있을 무렵이었다. 교수님의 마지막 말이 막혀 있던 귀를 뚫고 들어왔다.

"……2인 1조, 지금 앉은 대로 옆 사람하고 짜면 됩니다."

이끌리듯 고개를 들었다. 팀플에 관한 설명이라는 게 확실했지만 제대로 듣지도 못했을뿐더러 마지막 말에는 아득해지는 걸 느꼈다. 옆 사람과 조를 짜라니. 암담해져서 굳어 있자 바로 옆에서 평이한 어조가 들려왔다.

"주제는 당장 생각나는 게 몇 개 있긴 한데……. 자세한 건 수업 끝나고 카페에서 얘기하는 걸로 할까?"

무척이나 태연하게 말하는 모습이 보였다. 조금의 감정적 동요도 없이 두껍기만 한 낯을 보며 조인휘는 목구멍에 힘이 서렸다. 그리고 새삼스레 깨달았다. 고정원에게는 이토록 아무렇지도 않은 일이었다.

"……그래. 그렇게 하자."

조인휘는 상대와 같은 온도로 덤덤하게 답했다.

자리를 정리하며 문득 다행이라는 생각이 스쳤다. 과 동기일 뿐이라고 곱씹자 술렁이던 가슴이 진정되며 정말로 그렇게밖엔 여겨지지 않았다.

* * *

일찍 도착한 카페의 내부는 예상외로 붐비고 있었다. 정문 근처라는 이유로 가볍게 잡은 장소였지만 조용한 곳으로 옮기는 게 낫겠다 생각하며 고정원은 자리에 앉았다.

약속한 시간에서 3분쯤 경과했을 때 조인휘가 나타났다.

"늦어서 미안."

고작 3분 늦은 것으로 사과하는 얼굴에는 홍조가 떠올라 있었다. 불안정한 호흡, 오르내리는 가슴팍을 보아 여기까지 뛰어온 모양이었다.

"……내가 좀 일찍 왔어."

고정원이 손목시계를 내려다보며 말했다. 후우, 숨을 내쉰 조인휘가 맞은편으로 앉았다. 가방에서 노트북을 꺼내어 놓고는 커피를 시키겠다며 일어섰다.

"밥 먹었어?"

질문을 던지는 고정원의 시선은 상대를 향해 있지 않았다. 조인휘를 보고 있는 것은 맞지만, 정확히는 얼굴이 아니라 팔뚝을 보고 있었다.

"⋯⋯어, 대충 먹고 왔지."

꾸물거리는가 싶던 조인휘가 마지못한 투로 물었다.

"너는?"

고정원이 눈을 들어 답했다.

"나는 아직."

그리고 대화의 간격이 붕 떴다.

조인휘는 제 뒷머리를 매만지며 무언가 생각에 잠긴 태도였다.

"그럼 어떻게⋯⋯ 밥부터 먹어?"

기다렸다는 듯이 고정원이 답했다.

"그럴까, 그러면."

주변을 정리하기 시작하자 조인휘도 자리로 돌아와 노트북을 가방에 넣었다.

"⋯⋯."

고정원은 눈앞의 깡마른 몸을 쳐다보았다. 눈길은 곧 아까와 같이 앙상해 보이는 팔뚝으로 옮겨 갔다. 소매가 팔오금까지 내려오는 오버사이즈 핏의 상의를 입은 조인휘는 유독 말라 보였다. 옷 때문이 아니라 실제로 체중 감소가 있는지 얼굴도 해쓱한 느낌이었다.

"⋯⋯왜 그래?"

메마른 목소리가 응시를 방해했다. 노골적으로 보고 있던 눈길을 거둔 고정원이 일어나 웃는 낯을 만들었다.

"아니. 뭐 먹고 싶은 거 있어?"

"⋯⋯글쎄. 밥 먹을 줄 알았으면 차라리 학교 안에서 볼 걸 그랬네. 대충 학식 먹으면 되는데."

고정원이 입을 다물었다. 순간적으로 굳어진 기류를 눈치채지 못한 듯했다. 조인휘는 한시라도 빨리 해치워야 할 목적이 생긴 사람처럼 무신경하게 앞서 나갈 뿐이었다.

뒤따르던 고정원이 성큼 거리를 좁혔다. 출입구에 다다르면서 긴 팔로 문을 열어젖혔다. 문고리에 조인휘의 손이 막 닿으려던 참이었다.

저절로 문이 열리자 조인휘가 의아해하는 표정으로 돌아보았다. 시선을 모른 척 마저 문을 열어 주었다. 상대가 여자일 때나 필요한 매너라는 걸 깨달았지만 그렇다고 무심결에 한 행동에 어떤 의미가 생기는 것도 아니었다.

"왜?"

태연한 얼굴로 물었다.

"……아니."

오히려 민망함을 느낀 듯 조인휘 쪽에서 시선을 떨구었다.

"가볍게 먹을 수 있는 곳으로 갈까?"

묻는 말에 조인휘는 고개를 끄덕였다. 이어서 얕은 한숨이 함께 들린 듯도 했다.

식사 후 카페로 되돌아왔다. 사람들이 빠지면서 제법 조용한 상태가 되어 있었다. 먼저 주문했던 커피 두 잔을 받으러 가면서 고정원은 디저트를 추가로 계산했다.

"얼마였어? 반 낼게."

트레이 위를 살피며 조인휘가 지갑을 뒤적거렸다. 식사 때부터 이런 식으로 돈 계산을 철저히 하려고 들었다.

"서비스라고 주시던데."

툭 내뱉으며 내려놓았다. 아…… 하고 조인휘가 바보 같은 소리를 냈다. 눈을 몇 번 끔뻑거리고는 지갑에서 손을 거두었다.

아주 거짓말은 아니었다. 조각 케이크는 직접 산 것이었고 나머지 스콘과 쿠키들은 서비스 명목으로 받은 것이었다.

"먹어."

"……어."

손대지 않을 듯한 분위기라 어쩔 수 없이 먼저 스콘을 베어 한 입 먹었다. 그러자 조인휘도 쿠키부터 하나씩 먹기 시작했다.

"일단, 주제에 적합한 기업들은 이렇게 추려 봤는데……."

대화 내용은 당연하게도 전부 과제에 관련된 것들이었다. 며칠 전 주제를 정하고 헤어진 뒤라 진척은 수월했다. 메신저로 자료나 의견 교환이 짧게 짧게 오갔고, 생각보다 훨씬 사무적인 분위기가 유지되는 중이었다.

"방금 보낸 자료 봤어?"

"응. 참고할 만한 거 꽤 있겠다. 근데 여기서……."

조인휘는 제대로 눈을 맞추지 않았다. 카페로 돌아온 뒤부터였다. 논의가 활발하게 이루어지는 중에도 시선은 다른 곳을 향했다. 노트북 화면을 보며 타자를 두드리거나 자료를 찾는 일에만 몰두했다. 마주 보고 앉아 있음에도 불구하고 눈이 마주치는 일이 전무한 것은 다분히 고의적이라는 생각이 들 수밖에 없었다.

"……."

한창 집중하고 있는 조인휘에게 접시를 내밀었다.

"나는 단 건 별로라."

타자 소리가 뚝 멈추었다. 조인휘는 앞에 놓인 케이크를 쳐다보았다.

"알아."

뭘 안다는 건가. 의문이 듦과 동시에 그 뜻을 파악한 고정원이 시선을

315

돌렸다. 먹지 않을 것처럼 무시하던 조인휘는 조금 뒤, 케이크를 건드렸다. 층층이 크림이 발린 얇은 크레페 케이크의 단면을 조심스레 잘라 먹고는 맛있다, 중얼거리기까지 했다.

"많이 안 달고 맛있는데. 너 진짜 안 먹어?"

반쯤 먹어 놓고 묻기에 짧게 대꾸했다.

"너 먹어."

말하자 그제야 허락이 떨어진 것처럼 빠르게 먹어 치우는 모습이었다. 볼캡을 쓴 탓에 눈이 가려지고 코와 입밖에 보이지 않았다. 한 입씩 먹을 때마다 가볍게 포크를 무는 입술에 시선이 머물렀다.

"근데 너가 조사한 사례, 빼지 말고 비교용으로 넣어도 좋을 것 같아."

조인휘가 고개를 들면서 그제야 눈과 눈이 마주쳤다.

"……그럼 자원 관리 사례도 비슷한 형식으로 할까."

시선을 노트북으로 가져오며 고정원이 호응했다. 대꾸가 없음에 이상함을 느끼고 보자 뜻밖에 놀란 표정이 보였다. 눈을 크게 뜬 채로 고개를 꾸벅, 숙이는 몸짓으로 맞은편 누군가와 인사를 하고 있다는 것을 알아차렸다. 고정원은 반사적으로 고개를 돌려 뒤편을 확인했다.

전공책과 노트북을 펼쳐 놓은 테이블에 앉은 한 남자가 보였다. 굉장히 유쾌하다는 듯 웃으며 이쪽을 보고 있었다. 낯이 익다는 생각을 하자마자 누군지 알아차렸다.

"……누구, 아는 사람?"

묻는 말에 조인휘가 당황하는 기색을 보였다.

"아니, 그냥 저번에 잠깐…… 같은 수업 들어서 얼굴만 아는데……."

변명하듯 말하다 말고 미간을 구겼다. 파르르, 아랫입술을 떨고는 최종적으로 무표정한 얼굴이 되어 노트북만 쳐다보는 모습이었다. 도무지 속을 알 수 없는 변화에 고정원은 더 이상 아무 말도 하지 않았다. 다만 자리에서 한 번 더 뒤돌아보았다.

시야로 들어온 남자는 책을 훑고 있었다. 혼자서 아직도 기분 좋은 표정으로 웃고 있었다. 시선을 느꼈는지 남자가 고개를 들면서 눈이 마주쳤다. 허공에서 잠시 건조한 관찰이 오가고 이내 자신이 먼저 고개를 되돌렸다.

관조하는 시선이 이번에는 조인휘를 향했다. 의도적인 건지 무의식적인 건지, 가만 보면 동성과 묘한 분위기를 조성하는 일이 잦다는 생각이 들었다. 김강우와도 그랬고 며칠 전, 뒤에 앉아 있는 저 남자와도 마찬가지였다.

스치는 두 사람의 이어폰 줄이 엉키는 같잖은 상황을 회상했다. 남자에게 바짝 붙어 시시덕거리던 모습까지 떠올린 고정원은 저도 모르게 헛웃음을 흘렸다.

"……왜 그래? 설마 파일 날라갔어?"

헛소리를 하는 조인휘에게 아니, 대꾸한 고정원이 자리에서 몸을 일으켰다. 담배를 피우고 오겠다는 말을 남기고 곧장 밖을 향했다.

나와서는 앞서 말했던 대로 담배를 물었다. 불을 붙이고 연기를 뱉어 내자 창가에 앉은 조인휘가 보였다. 과제에 몰두하는 옆모습을 보며 몇 번 연기를 뱉어 내다가 입끝을 올려 비식 웃었다.

맞은편에 앉아 있던 남자가 일어나 조인휘에게 다가오고 있었던 것이다. 그걸 보자 실소를 금할 수 없었다.

내가 자리를 비울 때까지 기다렸나 보지.

필터를 빨아당기며 가만히 돌아가는 상황을 지켜보았다. 남자가 무어라 농담을 했는지 조인휘가 입을 크게 벌려 웃었다. 남자는 마찬가지로

317

웃으며 귀를 가리키는 제스처를 취했다. 몸짓까지 동원하여 말하는 얼굴에서 과하게 들뜬 기색이 느껴졌다. 무엇보다 그 즐거운 표정이 남자 둘이 연출할 만한 광경으로 보여지기 힘든 어떤 위화감을 조성하고 있었다.

번호 교환이라도 할 줄 알았는데 남자는 곧 자리를 떠났다. 담배를 끝까지 태운 고정원이 다시 카페 안으로 발걸음을 옮겼다.

조인휘는 어떠한 내색도 드러내지 않았다. 자신이 나가거나 들어오거나 마치 일행이 아닌 것처럼 신경을 쓰지 않는 모습이었다.

"별일 없었어?"

조인휘는 쳐다보지도 않고 답했다.

"어…… 통계 자료들 찾아 놨어. 지금 정리해서 보낼게."

무신경한 입술을 쳐다보다 시선을 돌렸다. 자리에 앉은 고정원은 긴 팔을 뻗어 테이블 위에 놓인 아이스 음료를 가져다 마셨다. 조인휘의 것이었다. 자기 것이라고 항의하는 듯한 시선이 느껴졌지만 모른 척했다. '하나 더 시킬까' 묻는 말에 조인휘는 불만스러운 얼굴로 고개를 저을 뿐이었다.

착석하고 얼마 지나지 않아 관자놀이의 쑤시는 통증과 목의 뻐근함이 느껴졌다. 상당한 강도였기에 등받이로 고개를 젖혔다.

괜찮은지 한마디 정도는 물을 줄 알았던 조인휘는 그러나 아무런 말도 없었다. 조금 뒤 고개를 세운 고정원이 단단하게 뭉쳐 있는 목덜미를 주무르며 넌지시 물었다.

"밤에 잘 자?"

"……뭐?"

화면에서 눈을 뗀 조인휘가 이쪽을 보았다.

"궁금해서. 밤에 잠이 잘 오는지."

"……"

시비처럼 들리리라는 것을 알고 있었다. 응시해 오는 눈길을 피하지 않고 그대로 받았다.

"……그런 걸…… 왜 묻는데 지금."

나는 너 내 방에서 울던 거 생각하면 잠이 안 오거든. 실제로 그렇게 말하고 싶은 걸 참으며 한마디 덧붙였다.

"생각보다 괜찮아 보이길래."

부드러운 선을 그리던 뺨이 일순 굳어졌다. 창백해진 안색은 점점 상기되고, 내리깐 눈이 이리저리 흔들렸다. 알기 쉬운 동요를 보며 느껴지는 만족감이 스스로도 괴이했다.

"그만 가 봐야겠다."

말한 조인휘가 급하게 짐을 챙기기 시작했다.

"일이 있어서. 자료는 정리되는 대로 보낼게."

"같이 나가."

말하며 뒤따라 자리를 정리했다.

"난 이쪽으로 가면 돼. 가 볼게."

밖으로 나오자마자 조인휘는 돌아섰다. 골목 쪽으로 황급하게 사라지는 뒷모습이 작은 점이 될 때까지 지켜보고 서 있던 고정원은 이내 자리를 벗어났다.

오는 길에는 피트니스 센터에 들렀다. 웨이트 기구 중심으로 근력 운동량을 늘려 고되다 싶을 만큼 시간을 빡빡하게 채웠다. 샤워까지 마치자 뻐적지근하던 통증이 조금은 나아지는 듯했다.

귀가해서 간단히 저녁을 먹은 이후로는 과제에 매달렸다. 개인 과제를 하나 끝내고 시계를 보자 몇 시간이 훌쩍 지나 있었다. 등받이로 상체를 젖힌 고정원은 높아져 있는 안압을 느끼며 미간을 짓눌렀다.

'밤에 잘 자?'

'생각보다 괜찮아 보이길래.'

했던 말이 떠오르자 신경의 다발이 한꺼번에 조여들었다. 집중할 대상이 사라질 때마다 어김없이 조인휘가 떠올랐다. 찜찜하던 그 마지막 분위기 때문이라는 생각이 들었다.

휴대폰을 들어 올린 고정원은 메신저를 열어 놓고 가만히 정지되었다. 그저 화면 속 '조인휘' 이름 석 자를 들여다보는 게 행동의 전부였다.

오늘 있었던 일들 중 몇 가지가 장면 장면 머릿속에서 되풀이되었다. 자신이 자리를 비운 틈을 타 조인휘에게 접근하던 남자의 모습도 그중 하나였다. 여자에게 작업하듯 다가오던 모습이나 불필요하게 호감을 드러내는 표정과 행동 같은 것들은 확실히 비위를 거스르는 구석이 있었다.

남자를 떠올리면서 사고의 흐름이 멋대로 전개되었다. 조인휘와 남자에 대한, 상식적으로 말이 되지 않을뿐더러 절대 일어날 리 없는 일이 상상되면서 고정원이 자리를 박찼다.

담뱃갑을 들고 나가려는데 마침 휴대폰이 울렸다.

"……."

화면에는 내용 없이 파일명만 떠 있었다. 정리하는 대로 보내겠다더니 정말 자기 전에 정리해서 자료를 보낸 모양이었다. 이어서 조인휘가 보내는 메시지가 하나 더 도착했다.

[늦게 보내서 미안]

고정원은 담뱃갑 대신 휴대폰을 집어 들었다. 그대로 방에서 이어지는 테라스로 나오자 낮은 온도로 스치는 바람결이 느껴졌다. 난간의 한편에 자리를 잡고 통화를 시도하자 단조로운 신호음이 울리기 시작했다.

―어, 혹시 파일 잘못됐어?

연결된 즉시 성미 급한 질문이 날아들었다.

"······아니."

대답한 고정원이 고개를 살짝 숙였다. 이어져야 할 말이 나오지 않으면서 상대가 기다리는 기척이 느껴졌다. 의미가 불분명한 정적이 이어지고 난 뒤에야 입술이 열렸다.

"뭐 하고 있어?"

평소보다 한 톤 낮게 깔렸다. 이런 걸 물을 생각은 없었지만 불시에 말이 나왔다.

―······뭐, 과제 하고 있지 당연히······. 자료 부탁할 거 있음 그냥 톡으로 말해 주면 되는데. 나 오늘 늦게 잘 거라서.

통화의 용무를 과제로만 국한시키는 태도에 할 말이 없어졌다. 잠시나마 휩쓸렸던 기분이 제자리로 돌아오는 걸 느꼈다.

"오피스텔에, 네 이름으로 온 택배가 하나 있던데."

―아, 그거······.

무엇인지 짐작이 되는 눈치였다.

―미안한데 그럼 혹시, 내일 받을 수 있을까?

"알겠어. 가져갈게."

고맙다는 인사가 들려오며 대화가 형식적으로 마무리되었다. 그걸 끝으로 더는 어떤 말도 오가지 않았다.

"······잘 자."

차단하듯 통화를 종료시킨 직후였다. 비웃음도 한숨도 아닌 애매한 것이 터져 나왔다. 잠이 잘 오냐고 비꼬듯 물었던 사람이 몇 시간 뒤에 잘 자라는 말을 하는 게 얼마나 우습게 들릴지에 대해 생각했다. 휴대폰이 아니라 담배를 가지고 나왔어야 했다는 후회가 뒤늦게 스쳤다.

"……."

손에 쥔 기기를 다시 들어 올렸다. 몇 번의 터치로 화면에 뜬 것은 위치 추적 앱이었다.

아이콘으로 간단하게 특정인의 현재 위치가 잡혔다. 어렴풋이 예상했던 대로, 주소지는 학교 근처의 고시원이었다.

약속된 팀플 장소로 향하는 중 누군가 '선배'라 부르며 인사를 해 왔다.

"안녕."

모르는 사람을 향해 고정원은 적당히 인사를 돌려주었다. 기억이 날아간 공백만큼 낯선 얼굴들이 늘어나 있었고, 요령껏 아는 척을 하는 게 근래 일상이었다.

학생회관 건물로 들어서다 멈추어 섰다. 아는 얼굴이 눈에 띄었기 때문이었다. 자신의 옆으로 스쳐 지나가려는 남자에게 고정원이 말을 붙였다.

"안녕하세요."

고개를 돌린 남자가 놀란 얼굴을 했다.

"……아, 어제……."

"카페에서도 봤었죠. 같은 수업 듣는 분이라 인사하고 싶어서요."

"아아, 깜짝 놀랐네요."

고정원은 '죄송해요, 놀라게 해 드렸나 봐요' 하고 겉치레를 했다.

"아뇨, 유명한 분이잖아요. 나한테 말 걸 리가 없는데 무슨 일인가 하고."

낮게 웃은 고정원은 남자와 통성명을 했다. 그리고 소소한 화제를 서두로 대화를 이어갔다. 가볍게 이야기를 나눈 끝에 남자가 자신과 같은 학년이지만 두 살 위이며 정외과라는 걸 알게 되었다.

"다음부터 보면 인사해요."

웃으며 남자를 떠나보낸 뒤에는 시계를 확인했다. 약속 시간에서 어느새 5분이 지나 있었다.

서둘러 도착한 세미나실의 문을 열자 역시나 조인휘가 먼저 자리 잡고 있었다. 널찍한 테이블의 가운데에 앉아 과제에 몰두하는 모습이었다.

"늦어서 미안."

사과하는 말에 응, 하는 무뚝뚝한 대답이 돌아왔다. 고정원은 음료와 샌드위치, 어제 부탁받았던 택배 상자를 책상에 내려놓았다.

"먹고 해."

말해도 조인휘는 대충 끄덕일 뿐 화면에서 눈을 떼지 않았다. 몰두하는 얼굴은 눈 밑 그늘까지 더해져 어제보다 몇 배로 피곤해 보였다. 한 번 더 권하자 내키지 않는 표정으로 하나를 집어 들었다. 하지만 제대로 먹는 게 아니라 대충 구겨 넣고는 우물거리며 타자를 두드렸다.

"⋯⋯오늘 중으로 끝낼 수 있을 것 같아."

"뭐?"

되묻자 조인휘가 여전히 기계에만 신경을 쏟은 채 말했다.

"보고서는 일단 정리했고⋯⋯ 오늘 다 가능할 거 같아."

눈 밑이 어둡다 싶더니 새벽까지 한 모양이었다. 기한도 여유 있을뿐더러 각자 맡은 부분만 진행해도 문제없을 과제였다. 갑자기 혼자 폭주해서 끝내려는 걸 보니 황당한 기분이 들었다. 앞으로 적어도 두세 번은 더 만날 생각을 하고 있었다.

"왜?"

나직한 물음에 조인휘가 하던 걸 멈추고 눈을 들었다.

"나는 무임승차 같은 거 부탁한 적 없는데."

덧붙인 말 뒤로 침묵이 깔렸다. 고정원은 멀뚱멀뚱 올려다보는 조인휘에게서 노트북을 빼앗았다.

"나머지는 내가 할 테니까 눈이라도 붙여."

팔을 뻗은 조인휘가 노트북을 사수하며 인상을 찌푸렸다.

"어차피 잠 안 와. 그냥 같이 해."

"일단 파일 보내, 지금."

제 귀에도 다소 강압적으로 들리는 명령조였다. 불만스러운 표정으로 뭉그적거리던 조인휘가 조금 뒤 파일을 전송했다. 그것을 확인한 고정원은 팔을 뻗어 맞은편의 노트북을 아예 닫아버렸다.

"눈 감고 좀 쉬어."

"……."

그리고 그때부터 홀로 작업했다. 조인휘가 정리한 파일들을 훑는 것부터 시작해 정리에 들어갔다.

조용한 공간에 달칵거리는 마우스 소리, 두드리는 타자 소리만 울렸다. 자료를 취합하고 정리하고 분석하는 과정에서 단 한 차례 맞은편을 살피는 일 없이 집중했다.

시간의 흐름에 점차 둔해졌다. 무심코 앞을 보았을 때는 황당하게도 아무도 보이지 않았다. 표정을 굳힌 고정원이 자리에서 일어났고, 일어나고 나서야 아래쪽을 확인할 수 있었다. 조인휘는 나란히 붙인 의자를 침대 삼아 잠들어 있었다. 불편하지도 않은지 가방을 베고 숙면 중이었다.

곯아떨어진 얼굴을 본 순간 입에서 탄식이 터졌다. 웃음 섞인 한숨을 내뱉은 뒤 다시금 의자에 앉아 과제를 이어 갔다. 조인휘가 정리한 보고서를 고치고, PPT를 제작하며 남은 샌드위치를 먹어 치웠다.

몇 시간이 순식간에 날아갔다. 신경을 쓸수록 차이가 확연한 결과물인 까닭에 디테일까지 공을 들이면서 밝았던 창밖이 어느덧 어둑해져 있었다.

완성된 PPT의 점검을 끝내고 일어난 고정원은 양팔을 위로 뻗었다. 뻐근하게 굳어진 근육을 늘어뜨리며 창가로 향했다.

창밖을 내려다보며 가만히 서 있자니 흐릿하게 숨소리가 들려왔다. 옆으로 고개를 돌리자 테이블을 경계로 안쪽은 고요하고 평화로운 시간이 흐르고 있는 것이 보였다. 그 영역을 향해 발소리를 죽이며 다가갔다.

"……."

모로 누워 있던 조인휘는 이제는 정자세로 누워 있었다. 안구가 이리저리 움직이며 간헐적으로 떨리는 눈꺼풀이 보였다.

깨울 생각은 없었으므로 조용히 의자를 끌어당겨 앉았다. 숨소리만으로 깊이 잠든 것을 알 수 있었다. 어찌나 곤한지 애들처럼 색색거리는 소리가 났다.

모자는 거의 벗겨져 머리카락이 엉망으로 흐트러져 있었다. 그 사이로 이마에 난 시퍼런 혹이 보였다. 앞머리를 들추어 확인해 보려 했지만 인상을 찌푸리기에 손을 거두었다.

"응……."

끙끙대며 뒤척인 조인휘는 다시 잠에 빠져들었다. 고정원의 한가한 눈길이 숙면에 빠진 얼굴에서부터 그 아래로 늘어져 있는 몸을 느릿하게 오갔다.

관찰 아닌 관찰은 꽤 오래 이어졌다. 어젯밤 정리를 목적으로 들어간 클라우드에서 확인을 위해 모든 영상을 처음부터 끝까지 재생시켰던 것처럼.

느닷없이 벌컥, 문 열리는 소리가 들렸다. 동시적으로 손을 들어 조인휘의 얼굴을 덮은 고정원이 뒤돌아보았다.

"아, 누가 있네. 죄송합니다."

들어오려던 사람은 뒷걸음질을 치며 나갔다.

"……."

둑…….

둑…….

그리 놀란 것은 아니었다. 그럼에도 불구하고 고동이 무겁게 울렸다. 느리지만 평소보다 거센 박동을 느끼던 중 손바닥에 간지러운 것이 닿았다.

"음……."

깜빡거리는 속눈썹이 손바닥에 비벼지고 있었다. 작은 얼굴을 가리고 있는 자신의 손을 내려다보며 고정원은 문득 의아함을 느꼈다. 구태여 가릴 필요가 있었나. 밖에서 보일 거라는 생각에 무심코 가렸으나 행여 보인다고 해도 문제될 일은 아니었다.

조인휘가 더듬거리며 붙든 손을 시야에서 치워 냈다. 상반신을 일으키며 모자가 벗겨진 탓에 머리는 더욱 엉망이 되었다. 풀린 눈으로 주변을 둘러보던 조인휘는 바로 앞에 앉은 고정원과 눈을 맞추었다.

"……."

얼굴에 스르르 웃음이 번졌다. 부드럽게 올라간 입술에서 흐, 하고 옅은 소리가 났다. 고정원의 등줄기가 뻣뻣해졌다. 간지러운 감촉이 입술께를 스치면서 어깨는 더욱 경직되었다.

"……뭐냐, 이거."

상대의 입에서 뿌리까지 잠긴 목소리가 새어 나왔다. 아래를 내려다보자 방금 제 입술께를 스쳤던 조인휘의 손가락에 부스러기가 묻어 있었다.

아마 샌드위치를 먹을 때 묻었으리라 예상되는 흔적이었다.

"너 뭐 묻히고 먹는 거 처음……."

말을 맺기도 전에 한껏 접혔던 눈매가 되돌아왔다. 웃음기가 사라지면서 경직된 눈초리가 드러났다.

"……미안."

확 달라진 목소리로 사과한 조인휘가 시선을 피했다. 조금 전의 부드러움은 온데간데없이 얼어붙어 버린 안면이 보였다. 그 변화가 어찌나 극단적인지 한순간 다른 사람이 된 듯한 착각마저 들었다.

벌떡 일어나 모자를 쓰고 주변을 정리하는 몸짓에서 당혹스러워하고 있음이 드러났다. 시계를 한 번 보고 일어난 고정원은 허둥지둥하는 조인휘를 향해 말했다.

"PPT까지 끝냈어. 배고픈데 나."

짐을 꾸린 조인휘가 앞만 보며 대꾸했다.

"미안, 이제부터 들를 데 있어서……."

정리가 끝난 테이블 위로는 몇 가지가 덩그러니 남아 있었다. 고정원의 노트북과 택배 상자였다.

상자를 집어 든 고정원이 출구로 향하는 상대의 뒤로 바짝 붙었다. 문밖으로 나가려는 조인휘의 팔을 부드럽게 붙들어 세웠다.

"이거 네 거야."

돌아본 조인휘가 받아 들며 어물쩍 인사했다.

"아…… 고마워."

그리고 나서는 도망치듯 자리를 벗어났다.

"……."

조인휘가 사라지고 난 통로는 순식간에 인적이 끊겼다. 쏜살같이 가 버린 탓에 허무한 정적만이 맴돌고 있었다. 낮은 키에 맞추었던 등을 세우며 고정원은 하…… 더운 숨을 터뜨렸다.

긴 드라이브 끝에 집으로 돌아왔다. 허기를 느끼지 못해 저녁은 건너뛰었고, 대신 평소보다 오래 욕조에 몸을 담갔다.

씻은 후에는 공복감이 느껴지는 듯했으나 비스듬히 앉아 있기만 했다. 오늘따라 식사를 챙기는 일이 유독 번거롭게 느껴졌다.

무언가를 보거나 듣거나 하는 일 없이 그저 책상 앞에 앉아 있었다. 몸은 늘어지는데 머릿속만은 바쁜, 한가하지만 복잡한 시간이 이어졌다. 하루의 시작부터 지금까지의 일들, 특히 몇 시간 전 일들이 편집증적이라고 할 수 있을 만큼 빈번하게 떠올랐다.

"……."

뜨고 있던 눈을 감았다. 입술을 한 번 매만진 고정원은 소리 없이 웃었다. 다른 생각에 잠길 때는 서서히 웃음기가 걷혔다. 그런 식으로 지나간 일들을 음미하다 어느 순간 몸을 일으켰다.

일어나 향한 곳은 테라스였다. 그곳에서도 의미 없는 행동들이 연속되었다. 홀린 듯 걷다가 벤치에 앉고, 다시 일어나 우두커니 풍경을 내려다보았다.

한곳만 지긋하게 응시하던 시선이 위를 향했다. 차가운 빗방울이 어깨로 떨어진 후였다. 칠흑같이 어두운 하늘을 올려다보고 서 있던 고정원은 갑자기 무언가 생각난 사람처럼 큰 보폭으로 테라스를 벗어났다.

빠르게 방으로 돌아와 현재의 시간을 확인했다. 그런 다음에는 일말의 지체 없이 외출복으로 갈아입고 휴대폰과 차 키를 챙겨 들었다.

머릿속에 설정된 목적지는 다름 아닌 고시원이었다. 트렁크에 보관돼 있는 파란색 우산을 주인에게 돌려줄 생각으로 고정원은 방을 나섰다.

간헐적으로 떨어지던 빗방울은 빗줄기로 변해 추적추적 내렸다. 도착한 고시원 앞, 우산을 접은 고정원은 건물의 유리문을 젖혔다.

잠깐 사이에 머리와 어깨로 빗물이 스며 있었다. 젖은 머리칼을 쓸어넘기고 나자 짧게 숨이 터졌다.

휴대폰의 통화 버튼을 누름과 동시에 연결 화면으로 넘어갔다. 귀에 가져다 대는 고정원의 목울대로 침이 넘어가며 묵직한 소리가 울렸다.

뚜르르르⋯⋯.

신호음이 길게 이어졌다. 전화는 연결되지 않았고, 연달아 두 차례 더 시도했으나 모두 기계음으로 연결되었다.

휴대폰을 집어넣으며 단순한 불발이 아닐지도 모르겠다는 생각을 했다. 헤어지기 직전의 분위기와 그때 보여 주었던 조인휘의 태도가 '고의적인 무시'라는 가능성에 힘을 실었다. 딱딱하게 굳은 표정과 피하려 하는 몸짓 같은 게 근거로서 떠올랐다.

"⋯⋯."

조명 센서가 작동하지 않는 입구는 어둑했다. 덩달아 짙어진 시선이 계단 위로 이어졌다. 잠시 위층을 올려보던 고정원이 조용히 계단을 오르기 시작했다.

고시원은 건물의 3층부터였다. 꼭대기 층이 남자들이 사용하는 층이라는 것은 이미 사전 검색을 통해 파악한 바였다.

4층으로 오른 고정원은 들어서기 전 입구를 살폈다. 유리문에는 도어록과 같은 출입 제한 장치조차 없이 '외부인 출입 금지'라고 적힌 허술한 안내판이 붙어 있을 뿐이었다.

그 문을 젖히고 안으로 들어서자 길고 좁은 복도가 이어졌다. 미관상 갑갑한 건 둘째 치더라도 화재에 취약한 구조였다. 골라도 이런 곳을 골 랐나 생각하며 한 바퀴 둘러보았다.

미색으로 통일된 내부는 신축인 듯 보였다. 그러나 곳곳에 붙은 경고문 및 안내문들로 인해 묘하게 조잡한 인상을 풍겼다. 실내의 조명은 일부만 불이 들어와 있어 전체적으로 침침했다.

주방 같은 공동 시설은 다수가 사용하기에는 열악해 보였다. 미간을 굳 힌 고정원이 주변을 한 번 더 둘러보았다. 설마 샤워 시설도 공용인가 싶 었기 때문이었다.

파악을 대강 끝내고 나서는 출입구 근처로 섰다. 몇 번을 봐도 조악한 공간이었고, 막연했던 내부의 이미지가 구체화되자 혹평밖에는 남지 않 았다.

여러 생각이 교차하고 있는 사이 달칵, 문소리가 들렸다. 바닥으로 깔 려 있던 고정원의 시선이 정면을 향했다.

방에서 나온 건 학생으로 보이는 남자였다. 주방 쪽을 향하는 와중에 고정원을 발견하고는 힐끔거리는 눈길을 보내고 있었다. 눈이 마주친 순 간 고정원이 먼저 눈웃음을 지어 보였다.

"안녕하세요."

인사를 할 거라고는 예상하지 못했는지 남자는 눈에 띄게 당황했다. '아, 네' 하며 얼떨떨한 기색으로 고개를 숙였다.

"……새로 오신 거예요?"

선 채로 묻는 남자를 향해 고정원이 답했다.

"아뇨. 사실 친구 부탁받고 온 건데……."

목뒤를 매만지며 곤란한 기색을 내비쳤다.

"연락을 안 받아서 지금 좀 난감하네요."

"왜요? 방에 없어요?"

남자는 외부인 출입 금지라는 규칙을 들이미는 대신 관심을 보이며 다가왔다.

"……호수를 잊어서. 이 우산 돌려주려고 왔거든요."

"어…… 나 여기 사람들 대강 다 아는데. 여기 대학생은 몇 명 안 돼요. 한대생 맞죠?"

"맞아요. 한국대생. 들어온 지 얼마 안 됐다고 하던데."

그 말을 들은 남자가 눈을 확장시켰다.

"아아, 누군지 알겠다. 415호 같은데? 그 사람 경영학과 아니에요? 피부 하얗고 눈 크고. 저때 인사하고 같이 밥 먹었거든요."

"……맞아요. 그 사람."

고정원이 새삼 남자의 얼굴을 살폈다. 한 번 스치면 기억나지 않을 흐릿한 인상이라는 평이 내려졌다.

"덕분에 수고 덜었네요."

"아뇨, 뭐……."

남자는 무언가 더 말하고 싶은 눈치였다. 대화가 이어지기 전에 인사로 끝을 맺은 고정원은 곧장 415호로 향했다.

문 앞에서는 잠자코 서서 뜸을 들였다. 얼굴을 마주하기 직전 해야 할 말들을 한 차례 정리하기 위함이었다. 문득 스치듯 입술 끝으로 비웃음이 걸렸다. 어떻게 찾아왔냐고 묻는 조인휘에게 '위치를 추적했다' 답하는 스스로가 상상되면서였다.

뭐 하러 왔냐고 묻는다면 더욱 할 말이 없다. 우산을 찾아 주러 왔다고 답했을 때 조인휘가 지을 얼빠진 표정이 눈에 그려지는 듯했다.

똑똑.

손가락등으로 문을 두드렸다. 어떻게 말할지 결정을 내리기도 전에 행동이 앞섰다.

"……."

문 너머로 아무런 소리도 들려오지 않았다. 한 번 더 두드려도 기척이 없는 걸로 보아 자고 있거나 아직 돌아오지 않은 듯했다. 잠자리에 들기에는 이른 시간이었으므로 외출 중이라는 쪽으로 판단이 기울었다.

세미나실에서 나가기 전 들를 데가 있다던 조인휘의 말이 떠올랐다. 어째서인지 조인휘와 이어폰 줄이 엉켰던 남자의 얼굴도 함께 떠올랐다. 만나고 있을지도 모른다는 생각이 든 순간 휴대폰을 들어 올렸다.

―……연결이 되지 않아 음성사서함으로…….

통화는 이번에도 불발이었다. 꺼졌던 화면으로 곧 위치 추적 앱이 실행되었다. 위치를 알리는 스팟 아이콘은 여기서 지하철로 몇 정거장 떨어진 곳에 찍혀 있었다. 그걸 보며 담배를 꺼내 물었던 고정원은 뒤늦게 자신이 선 장소를 깨닫고 집어넣었다.

잠시 후 복도의 중간에서 문이 열렸다. 안에서는 반바지 한 장만 걸친 남자가 걸어 나왔다. 보기 거북한 상체를 노출시킨 남자는 이쪽으로 힐긋거리는 시선을 던지며 공동 시설 쪽으로 사라졌다.

고정원은 벽으로 비스듬히 등을 기댔다. 하…… 기가 막힌 듯 한숨이 흘러나왔다.

'왜 없겠어, 내가 갈 곳이.'

조인휘가 했던 말이 떠오르자 불쾌감은 한층 강해졌다. 굳이 지내 보지 않아도 어떤 환경일지 뻔히 알 수 있는 공간이었다. 이런 데서 살겠다고 아득바득 오피스텔을 나갔다는 사실이 사람을 환장하게 만들었다.

피로한 몸짓으로 얼굴을 쓸어내린 고정원이 바닥을 응시했다. 이대로 돌아가려면 그렇게 할 수도 있겠지만 조금 더 기다려 볼 생각이었다.

그러는 동안 이따금씩 사람들이 출입구와 방을 들락거렸다. 고시원의 관리자로부터 나가라는 경고를 받는 상황도 염두에 뒀지만 그런 일은 발생하지 않았다.

휴대폰은 내내 울리지 않았다. 아무것도 하지 않고 기다리며 생각은 더욱 깊숙한 무의식으로 잠겨 갔다. 집에 있을 때와 마찬가지로 머릿속에선 특정 얼굴과 특정 장면들만 빈번하게 반복적으로 떠올랐다.

고정원은 셔츠의 단추를 풀었다. 얇은 재질의 깃 없는 셔츠였으나 실내가 후텁지근하게 느껴지면서 이것도 거추장스러웠다. 욕조에 몸을 담갔던 영향인지 전신에 도는 열기가 금방 가라앉지 않았다.

눈을 감자 피부를 스치는 공기가 습했다. 복도에서는 언제부턴가 희미하게 표백제 냄새가 풍겼다. 복도로 새어 나오는 희미한 잡음에서 조잡한 생활감 같은 것이 느껴졌다.

기다림은 무료함에 길들여질 만큼 오랜 시간 이어졌다. 어느 순간 고성이 귀에 꽂혀 들며 고정원은 눈을 떴다.

"아니, 그럼 누군데!"

유리문 너머 층계참에서 들려오는 소리인 듯했다. 카랑카랑한 중년 남자의 음성과 낮고 웅얼대는, 나이를 예측하기 힘든 남자의 음성이 번갈아 울렸다.

"아니라잖아, 거긴 내가 확인했대잖아! 야, 너 내가 병신으로 보여?"

히스테릭한 폭언이 쏟아져 나왔다. 욕설을 제외한 말들로 미뤄 보면 없어진 물건에 대한 문제인 듯했다. 하지만 그것과 상관없이 애꿎은 누군가에게 화풀이를 하고 있다는 느낌이 강했다.

중재가 들어왔는지 불쾌한 소음은 겨우 사라졌다. 조용해지고 나서야 고정원은 손목을 감싼 시계를 확인했다. 서서 기다린 시간이 두 시간 반이었다. 그걸 확인하자 다른 무엇보다 스스로의 끈기가 지긋지긋하게 느껴졌다.

휴대폰을 집어넣으며 벽으로부터 등을 떼어 냈다. 입구를 향해 한 발짝 내디딘 순간 복도의 끝이 보였다. 유리문을 열고 들어오는 남자에게 자연스럽게 시선이 쏠렸다.

고개를 떨군, 유독 왜소해 보이는 남자가 거짓말처럼 시야를 가득 채웠다. 지극히 당연한 순서처럼 방금까지 폭언을 당하던 상대가 누구였는지를 알게 되었다.

조인휘가 걸어오고 있었다. 스스로의 부피를 최대치로 줄이려는 것처럼 쪼그라든 채로.

"……."

다가올수록 얼굴이 자세히 보였다. 놀랍도록 상한 얼굴 곳곳으로 고정원의 눈길이 샅샅이 머물렀다. 낮에만 해도 쓰고 있던 모자는 없고, 머리는 헝클어져 있었다. 맞은 사람처럼 뺨이 부풀어 있었고 입술은 한쪽이 터져 있었다.

고정원은 계속 그 자리에 서 있었다. 조인휘가 바로 문 앞까지 다가오면서 비로소 둘의 거리가 가까워졌다. 서로 앞뒤로 서게 되었지만 넋이 나간 듯, 조인휘는 고정원의 존재를 알아차리지 못했다. 열쇠를 찾으려는 건지 가방을 뒤적거리고 있었다. 한 손에는 싸구려 비닐우산을 들고서.

헤어진 지 몇 시간 만에 일어난 변화였다. 완전히 엉망이 돼 버린 모습을 보며 얼이 빠졌다. 대체 무슨 일이 있었는지 짐작조차 불가능했다.

열쇠는 곧 문고리에 꽂혔다. 뒤에 서 있던 고정원이 바로 옆으로 다가

섰다. 눈앞이 그늘지자 마침내 조인휘가 고개를 들었다.

"......."

흐리멍덩한 눈은 깜빡일수록 점점 초점이 맺혔다. 입 안이 마르고 손바닥이 뜨거워지는 것을 느꼈다. 고정원은 저도 모르게 인상을 찌푸렸다. 정면에서 마주한 얼굴 상태가 워낙 처참하여 믿기지 않는 기분이 들었다.

올라간 손이 부어오른 뺨을 감쌌다. 탁, 하고 우산이 떨어지는 소리가 들렸다. 동시에 얼굴에서부터 몸 전체가 굳어졌다. 조인휘가 와락 안겨 들었기 때문이었다.

"......원아, 정원아, 정원아......."

갈라지는 음성이 귓속으로 스몄다. 끌어안는 온기와 무게가 느껴졌다. 인지하지 못한 사이 입맞춤은 이미 시작되고 있었다.

끊어졌던 정신이 다시 연결되었다. 조인휘의 허리를 받친 고정원이 다급하게 열쇠를 돌렸다. 문을 열어젖히고, 그 안으로 입을 맞추며 들어갔다.

사방이 어두웠다. 캄캄하다는 걸 한참 뒤에야 인식했다. 불을 켤 정신도 없이 입을 맞추다 푹신한 곳으로 풀썩 넘어졌다.

"하....... 음......."

끓어올랐다. 뜨거워서 당장 벗지 않고는 견딜 수 없었다. 찢어발기듯 벗고 손에 닿는 대로 옷을 벗겼다.

사고의 과정이 생략되었다. 정신을 차리고 보면 벗은 뒤고 또다시 정신을 차리고 보면 젖은 몸속으로 들어가고 있었다. 그러는 동안 입술이 맞붙기를 반복했다. 뜨거운 신음이 입 속에서 뭉개졌다.

끼익, 끽.

침대라고도 하기 힘든 침대가 삐걱거렸다. 느리게 움직여도 마찬가지

335

였다. 결국 고정원은 조인휘를 안고 일어섰다.

"훗."

가벼운 몸이 매달려 왔다. '힘 빼' 속삭인 고정원은 마른 허벅지를 양팔에 하나씩 끼웠다. 그리고 빠진 성기를 움켜쥔 엉덩이 사이로 문질렀다.

한 번 벌어졌던 구멍은 큰 것을 잘도 삼켰다. 음경이 뿌리 근처까지 미끈하고 촘촘하게 박혀 들었다. 그 감각이 자극적이다 못해 도취될 지경이었다. 머리부터 발끝까지 조인휘에게 쥐이는 듯한 착각이 들었다.

"큭⋯⋯."

소리를 참느라 짓씹은 턱이 울끈 튀어나왔다. 사방으로 뻗은 무수한 힘줄을 붙들고 있는 기분이었다. 양껏 박아 주고 싶은 충동을 억누르며 천천히 움직이기 시작했다.

쩍⋯⋯. 쩍⋯⋯.

결합된 음부에서 소리가 났다. 끈적해진 살끼리 달라붙어 떨어지려 하지 않았다. 머리가 뜨거워졌다. 잠시 떨어졌던 입술이 서로를 찾듯 갈급하게 맞붙었다.

입술이 붙은 채로 눅눅한 숨을 토해 냈다. 부둥켜안은 몸속으로 성기를 추켜올렸다.

찰팍!

제법 큰 소리가 나면서 움직임을 멈췄다. 그러다 정적이 찾아오면 다시 찧고, 다시 또 멈추고, 안은 몸뚱이를 들어 올렸다 내리기도 하면서 서로의 점막을 자극했다. 힘을 쓰느라 움푹 팬 허벅지가 돌아올 새가 없었다.

윤활제 없이도 온통 젖었다. 복부에 비벼지는 조인휘의 성기도 그렇고 엉덩이 속에 박힌 제 성기 또한 마찬가지였다. 이 정도로 체액이 많은 편이었나 싶었다. 지저분할 정도로 분비된 나머지 이어진 엉덩이에서부터 바닥으로 뚝뚝 떨어졌다.

"후……."

미칠 것 같다는 생각이 들었다. 이 상황이. 감각이.

"흐으음."

조인휘가 낮게 앓는 소리를 내며 매달렸다. 목에 감은 양팔에 힘을 주고, 고정원의 뒤통수를 매만졌다. 그럴 때마다 더 단단해질 수 없을 것 같던 고정원의 몸이 한층 단단해졌다.

둔부를 움켜쥔 상태에서 고정원은 불시에 사정했다. 먼저 다다르자 조인휘가 뒤따라 쏟아 냈다. 사정감이 오래 지속되는지 연거푸 몸을 조였다. 그럴 때마다 고정원도 머릿속이 번득번득 점멸했다.

"음……."

입 맞추며 무릎을 꿇었다. 책상과 침대 사이 비좁은 공간으로 조인휘를 눕혔다.

"……."

토막 난 창문으로 희미하게 빛이 스며들었다. 어두운 방 안에서 조인휘의 성기가 내려다보였다. 한 차례 뱉어 내고 나서도 여전히 반질반질 달아올라 있었다. 그건 자신도 마찬가지였다. 음모까지 척척하게 젖었지만 몸속은 아직 바짝 메말라 있었다.

번들거리는 성기를 엉덩이에 붙였다. 개폐를 반복하는 구멍 안으로 밀어 넣자 순식간에 빨려 들어가며 집어삼켜졌다. 뜨거워진 목구멍을 느끼며 상체를 밀착시켰다. 그 상태로 드나들기 시작했다.

"흑, 으……."

삽입 운동이 느리게 이어졌다. 빨라지지 않도록 속도를 제한하는 온몸으로 땀이 흘렀다. 참고 있는 건 조인휘도 마찬가지인 듯 보였다. 아랫입술을 꽉 물고, 움켜쥔 고정원의 팔을 놓지 못했다.

상체를 일으킨 고정원이 엉킨 허벅지를 들어 올렸다. 그리고 맞물린 국부를 지그시 내려다보았다.

"……."

아래가 축축하고 지저분하게 뒤엉켜 있었다. 성기를 빼낼 때면 체액이 점액처럼 끈끈하게 늘어졌다. 벌게진 눈으로 관찰하며 뒤늦게 불을 켜지 못한 걸 후회했다.

부드러운 허벅지를 움켜쥐었다. 느린 움직임이 감질나는지 빼낼 때마다 눈앞의 성기가 움찔거렸다.

손을 뻗은 고정원이 그것을 감싸 쥐었다. 어처구니없게도 맛있게 생겼다는 생각이 들었다. 고조되어 문지르자 조인휘가 안을 조였다. 손에 절로 힘이 들어가던 그때,

"……원아……."

작은 부름이 들렸다. 금세 공기 중으로 흩어져 버릴 것 같은 속삭임이었다.

고정원은 등을 숙였다. 울고 있는 조인휘의 얼굴 가까이로 눈높이를 맞췄다. 왜 이렇게 우는 건지 알 수 없었다. 저번에도 행위 중 울었던 걸로 봐서 흥분하면 나오는 습관일지도 모르겠다는 생각이 들었다.

조인휘가 안아 달라는 듯이 팔을 뻗었다. 곧장 반응한 고정원은 뒤통수에 손을 넣으며 입을 맞추어 주었다. 부어오른 뺨에도 입술을 스치며 부드럽게 달랬다.

남은 손으로는 옆구리부터 허벅지를 매만졌다. 조인휘의 손도 고정원의 탄탄한 몸을 쓰다듬으며 애무를 쉬지 않았다.

"하……."

고환이 비벼지도록 박아 넣은 고정원이 움직임을 멈추었다. 얼굴을 파묻고 보들보들한 귓불을 빨아 당겼다. 입에서는 덥고 습한 숨이 쏟아졌다. 숨결을 섞으며 거칠게 박고 싶은 충동으로 어찔거리는 걸 느꼈다.

"응, 으응……."

다시 움직이기 시작했다. 느린 허리 짓에 금방 초조한 기색이 배어들었다. 비좁은 공간이나 소리를 죽여야 하는 상황이 갑갑해서 돌아 버릴 것 같으면서도 멈추어지지 않았다. 섹스하면서 이렇게 흥분한 적이 있었나. 젖은 목덜미를 빨면서 종일도 할 수 있겠다는 생각을 했다.

"정원아……."

조인휘가 한 번 더 사그라질 것처럼 불렀다. 고정원은 입을 맞추는 걸로 응답했다. 그리고 다시 몇 번이고 완전하게 수용되는 감각 속으로 빠져들었다.

침대 위에서 눈을 떴다. 비좁은 천장을 본 순간 간밤의 일들이 머리를 스쳤다. 상체를 일으키려 했으나 뒤늦게 저를 누르고 있는 무게를 느꼈다. 턱을 내리자 가슴팍에 뭉개진 조인휘의 뺨이 보였다. 벌거벗은 채 엉킨 몸들도.

"……."

작은 창문으로부터 햇볕이 스미고 있었다. 시간을 가늠하던 고정원은 조심스럽게 몸을 일으켰다. 조인휘는 피로가 상당했는지 일어날 기미를 보이지 않았다. 어제 봤던 뺨의 상처는 하루가 지난 오늘 더욱 부어 있었다.

침대를 내려와 방 안의 전경을 살폈다. 이미 어젯밤 체감했던 바이지만 가장 먼저 좁다는 생각부터 들었다. 어떻게 이런 데서 섹스를 했나 싶을 정도로 공간은 최소한의 크기였다.

휴대폰으로 확인한 시간은 벌써 오후였다. 나른한 몸을 길게 늘어뜨리고 돌아선 고정원은 한 번 더 침대 위를 살폈다. 앙상한 팔다리가 이불 밖으로 튀어나와 있었다. 그것을 보며 보양식 위주의 점심 메뉴를 생각했다.

방에 딸린 욕실에서 씻고 나왔다. 수건을 찾아 몸을 닦은 뒤에는 늘어진 옷가지들을 주워 올렸다. 조인휘의 것은 정리해 두고, 자신의 것은 그 자리에서 걸치기 시작했다. 입으면서 보니 셔츠의 단추가 한두 개 사라져 있어 헛웃음이 나왔다.

"……어……."

소리를 듣고 돌아보았다. 눈을 뜨고 있는 조인휘가 보였다. 언제 일어났는지 조금 어색한 표정으로 침대에서 상체를 일으키고 앉아 있었다.

"……일어났네. 밥부터 먹을래?"

고정원은 눈길을 돌리며 물었다. 목덜미의 빨아 놓은 자국들을 보자 어쩐지 민망한 기분을 느꼈기 때문이었다. 열중해서 빨아 대던 어제의 행동을 짧게 후회했다.

조인휘는 아무런 대답도 하지 않았다. 한참이나 정적이 이어진 끝에 이 상함을 느낀 고정원이 눈을 들었다. 그리고 안면이 굳어졌다.

"……."

충격을 받은 듯한 표정이 보였다. 도무지 어떻게 해석해야 할지 감을 잡을 수 없는 그야말로 혼란에 빠진 얼굴이었다. 자신이 무슨 말을 했었는지 되돌아보았다. 밥부터 먹겠냐는 질문의 어디가 문제였을지 되짚었지만 잘못된 부분은 그게 아니라는 생각이 들었다.

조인휘의 얼굴에 떠오른 감정이 갈수록 확연해졌다. 충격과 당황. 그리고 가장 알기 쉽게 드러나는 감정은 '실망'이었다.

눈을 내리깐 조인휘가 이불을 추슬러 올렸다. 실수하고 난 뒤의 낭패감 같은 것이 이어서 얼굴을 스쳤다.

"여기, 어떻게……."

"어떻게?"

입술에서 마른 목소리가 갈라졌다.

"아니, 안 알려 줬는데…… 어떻게 왔는지 모르겠어서."

고정원은 손바닥으로 얼굴을 문질렀다. 그 지경으로 섹스를 해 댄 다음 날에야 어떻게 찾아왔느냐고 묻고 있었다. 상황이 우스웠다. 우스운데 웃음이 나지는 않고 다만 신경이 딱딱하게 굳는 걸 느꼈다.

"……왜. 난 여기 오면 안 되는 거였어?"

"아니, 그런 건 아닌데……."

잇지 못하는 말끝에서 혼란한 감정이 전해졌다.

"왜……? 왜, 날……."

손을 내리자 의문으로 빼곡한 눈이 보였다. 진심으로 네가 왜 날 찾아왔느냐고 의아해하고 있었다.

빤히 쳐다보던 고정원이 고개를 옆으로 돌렸다. 손을 뻗어 의자 등받이에 걸려 있던 홈웨어를 집어 들었다. 퇴원 후 오피스텔에서 봤던 옷이라고 생각했는데, 역시나 이 옷은 조인휘의 것이라기엔 지나치게 컸다.

고정원은 울컥 치솟는 무언가를 삼켜 냈다. 그리고 이 좁아터진 곳에서 조인휘가 혼자 코를 파묻어 댔을 천 자락에 제 코끝을 가져다 댔다. 냄새를 한 번 맡고는 소리 없는 웃음을 흘렸다.

"많이 쌓인 것 같더라. 어제 보니까."

"……."

"실은 나도 좀 그랬거든 요새. 여자랑 해도 뭔가 전 같지 않아서."

사고 이후로 여자와 관계를 가진 적은 없었다. 하지만 일부러 그렇게 말했다.

"몸정이란 게……."

말끝을 흐린 고정원은 눈앞의 벗은 몸을 천천히 훑었다.

"있긴 있나 봐."

아니면 남자랑 더 맞는 건가.

중얼거리는 말에 조인휘가 고개를 푹 수그렸다.

어깨가 미세하게 떨리고 있음을 눈치챈 건 얼마쯤 뒤였다. 무어라 중얼거리는 소리도 들렸다. 정신 나간 사람처럼 혼자 중언부언하고 있음을 알아차렸다.

"……아니야, 넌 정원이 아니야…… 넌 아니야……."

조인휘는 몇 번이나 더 중얼거렸다. 말하면 정말 현실이 그렇게 되기라도 하는 것처럼. 진정이 됐는지, 그러고 나서는 이불 속으로 파고들어 웅크렸다.

"……."

등이 보이자 삼켰던 열기가 확 솟구쳤다. 강제로 이불에서 꺼내고 싶은 충동과 이대로 나가 버리고 싶은 충동이 격렬히 부딪쳤다.

'정원아…….'

불러 대던 것과, 그때마다 입을 맞춰 주던 자신이 떠올랐다. 이제야 그 완전하던 수용이 완벽하게 이해가 되었다. 일어난 순간부터 몸에 간지럽게 남아 있던 열기가 사라졌다. 누군가의 대역을 착실히 해냈다는 사실만이 선명하게 남았다.

고정원은 보폭 큰 걸음으로 방을 벗어났다. 쾅-! 소리와 함께 천장이 울리는 착각이 들 만큼 세게 문을 닫고 나왔다.

복도를 스치던 중이었다. 달각 문이 열리는 소리에 걷다 말고 반사적으로 돌아보았다. 시야로는 방금 자신이 나온 방 바로 옆 호실에서 웬 남자가 나오는 모습이 보였다. 남자는 조인휘의 방에 목적이 있는 듯 그쪽으로 다가가고 있었다.

되돌아간 고정원이 남자의 등 뒤에서 물었다.

"볼일 있어요?"

낮은 물음에 남자가 돌아봤다. 그리고 멍청해 보일 만큼 놀란 얼굴을 했다.

"······아뇨."

지켜보고 서 있자 거북했는지 남자는 다시 제 방을 향해 걸어갔다. 고정원이 그 뒤를 따랐다.

"옆방 두드리지 마요."

안으로 들어가려는 남자에게 경고했다.

"······에?"

남자가 얼빠진 소리를 내며 돌아봤다.

"관리자 통해서든 뭐든, 저 방 상관하지 말라고 말씀드리는 거예요."

"아······."

어설프게 끄덕거린 남자가 문을 닫으려 했다. 고정원은 대뜸 문틈으로 손을 넣고 닫지 못하도록 열어젖혔다.

"대답을 왜 똑바로 안 하지."

튀어나온 반말에 남자의 표정이 달라졌다. 올려다보는 눈빛에서 피하고 싶은 기색이 읽혔다.

"······네. 안 그럴게요."

문이 닫히고 나서도 고정원은 자리를 떠나지 못했다.

삭이지 못한 무언가가 튀어나온 뒤였다. 다스려지지 않는 감정과 한참을 씨름하고 나서야 가까스로 복도를 벗어났다.

조인휘가 자취를 감추었다.

보이지 않은 지 3일째 되던 날, 의도된 증발이라는 걸 확신했다.

위치 추적 앱은 무용해졌다. 위치를 표시하는 상대방의 아이콘이 화면에서 사라졌기 때문이었다. 통화를 시도할 때면 전원이 꺼져 있다는 안내 메시지가 흘러나왔고 그렇게 된 지는 이틀째였다.

"……."

깊은 밤. 원룸촌 골목의 가로등 아래 서 있던 고정원은 담배를 발밑에 지져 껐다. 그리고 가까워진 발소리를 향해 한 걸음 다가갔다.

휴대폰을 보며 걷던 상대가 고개를 듦과 동시에 소스라치게 놀랐다.

"아익, 씨발 깜짝야!"

"늦게 오네."

휴대폰을 움켜쥔 김강우가 귀신 보듯 올려다보았다.

"뭐…… 씨. 뭐야. 왜 여깄어, 니가?"

"바쁜 것 같아서."

찾아왔어.

작게 덧붙이고서 김강우를 직시했다. 고정원의 깊게 팬 두 눈이 탐색의 기운을 풍겼다.

"인휘는?"

"……조인휘, 뭐. 나한테 왜 찾는데."

"어디 있는지 몰라?"

김강우가 고개를 틀며 입을 벌렸다. 허, 하고 뱉어 내더니 미간에 주름을 잡았다.

"연락을 안 하는데 어찌 알어, 내가."

"……."

"암튼 난 전혀 모르고. 바빠서 들어간다."

손사래 친 김강우는 빠르게 건물 안으로 들어섰다.

"……무슨…… 뭐 하냐, 너."

계단을 오르다 말고 김강우가 돌아보았다. 그 뒤를 따라서 오르던 고정원 또한 멈추어 서서 마주 보았다. 인상을 찌푸린 김강우가 눈을 피하더니 확연히 달라진 목소리로 변명했다.

"……진심 나 몰라, 암것도. 그때 술집에서 그런 뒤로 조인휘 한 번도 안 만났어, 연락도 아예 안 했고. 아, 진짜로 맹세할 수 있다고."

메마른 눈길이 안달하는 얼굴을 훑다가 이내 위를 향했다.

"몇 층이야?"

말문이 막힌 듯 김강우가 뻐끔거렸다. 머잖아 단순하기 그지없는 목적을 이해했는지 떨떠름한 기색으로 오르기 시작했다.

"……여기야. 나 들어가서 쉴 건데. 용건 남은 거냐?"

현관을 열기 전 김강우가 한 번 더 싫은 티를 냈다. 고정원이 대답 없이 서 있자 한숨을 내쉬고는 마지못해 문을 열었다.

불이 켜지는 동시에 단칸방 구석구석으로 색출에 가까운 시선이 꽂혔다. 아무도 없다는 걸 확인하고 나서야 고정원은 입을 뗐다.

"혹시 연락 오면 알려 줘."

"……걔 이번에도 토낀 거냐?"

'이번에도'라는 말이 거슬렸다. 빤히 쳐다보자 김강우가 허둥대며 덧붙였다.

"아니, 너 옛날에도 한 번 조인휘 존나 찾아다녔었잖아. 그때 생각나서 그러지."

"고시원에서 나갔어."

"……뭐? 무슨, 고시원?"

뜬금없는 소리를 들은 것처럼 구겨지는 얼굴은 연기라고 볼 수 없었다. 아무것도 모른다는 말은 사실인 듯했다.

"갈 만한 곳 알아?"

"모르지, 나야."

"인휘네 본가 주소지는."

연속된 추궁에 김강우의 안면이 벌게졌다.

"니가 모르는 걸 내가 어찌 알아, 내가! 진짜 모른다고."

급기야 울 것처럼 눈가를 찌푸렸다.

"야…… 상식적으로, 니네 둘이서만 그렇게 죽어라 붙어 다녀 놓고 갑자기 왜 이러냐."

"……"

"조인휘랑 친한 사람 너 말고 아무도 없잖아."

그 대목에서는 할 말을 잃을 수밖에 없었다.

자취방을 나온 고정원은 닿는 대로 걷기 시작했다. 차로 이동하지 않은 것은 운전할 수 있는 상태가 아니라는 판단이 들어서였다.

최근 질 낮은 수면이 계속되었다. 그로 인해 신경은 예민해지고, 반대로 사고는 둔해졌다. 퇴화된 건가 싶을 정도로 한 가지 생각밖에는 집중하지 못했다.

느닷없이 멈추어 서서 통화를 시도하자, 이번에도 전원이 꺼져 있다는 익숙한 기계음이 새어 나왔다.

어두운 골목, 휴대폰을 내려다보는 습한 안광이 빛에 물들었다. 핏줄이 질기게 돋은 손이 기기를 단단하게 움켜쥐고 있었다. 고정원은 화면에 뜬 연락처의 목록을 하나씩 훑어 내리기 시작했다.

같은 학과 여러 명에게 전화를 걸었으나 성과는 일절 없었다. 머리가 무겁게 꺼지는 것을 느끼며 담벼락에 등을 기댔다. 눈을 감고서 앞으로 뭘 해야 할지에 대해 생각했지만 머릿속은 진창에 빠진 다리처럼 더디게 움직일 뿐이었다.

귀가하기까지 평소보다 많은 시간이 소요되었다. 주차장과 이어진 엘리베이터 앞에서 아버지와 조우했다.

"이제 들어오시나 봐요."

사업하는 아버지와는 마주치는 일이 드물었다. 스케줄 탓도 있지만 집 안에서도 생활 공간이 분리되어 있는 까닭이었다.

"안색이 왜 그 모양이야?"

고정원은 대답 대신 입꼬리를 당겼다. 곧 엘리베이터가 도착하면서 두 사람은 함께 올랐다. 신장이 비슷한 아버지는 옆으로 팔을 뻗어 고정원의 어깨를 주물렀다.

"……오래 있네. 금방 나갈 줄 알았더니."

의외라는 듯한 어조에는 반기는 기색 또한 스며 있었다.

"그 친구하고는 이제 정리된 모양이지?"

고정원은 순간 귀를 의심했다.

"……누구요?"

쳐다보자 아버지의 시선이 전방을 향했다.

"난 너 계속 고집부릴 줄 알았어. 보통 미친 사람처럼 굴었어야지."

노골적으로 안심하는 목소리가 이어졌다.

"이해해. 한창 그럴 나이였으니."

"……."

"아무튼 고맙다."

엘리베이터가 1층에 도달했다. 어깨를 두드린 아버지가 밖으로 발을 내디뎠다. 다시 문이 닫히면서 고정원은 홀로 남았다. 2층에서 멈추어 선 뒤에야 엘리베이터 밖으로 나갔다. 이어지는 계단을 오르고, 익숙한 풍경을 거쳐 제 방으로 들어섰다.

씻는 동안에는 생각을 정리했다. 조금 전의 대화로 알게 된 사실들을 재차 나열해 보았다. 아버지가 자신이 남자와 사귀는 것을 알고 계셨다는 것. 정확한 대상이 누군지 파악하고 계셨다는 것과, 그동안 자신은 '미친 사람'처럼 대응해 왔다는 것까지.

'미친 사람'이라고 표현한 것에 대해서는 궁금해할 것도 없었다. 오피스텔 계약 건만으로도 충분히 짐작되는 바였다.

"……."

아버지한테 고맙다는 말을 들은 적이 있던가. 돌아온 탕자 취급에 가까웠던 분위기를 떠올린 고정원이 실소를 흘렸다.

씻고 나와서는 안락의자에 앉았다. 테라스가 비치는 창밖을 향해 앉아 흐르지 않고 정체된 것 같은 시간에 머물렀다. 아무것도 하지 않고 방 안의 정물처럼 앉아 있는 것. 이건 근래에 자리 잡은 기벽이기도 했다.

'이해해. 한창 그럴 나이였으니.'

'아무튼 고맙다.'

조인휘와의 관계는 사실혼과 같은 지저분한 흔적들로 난무했다. 내용이 어떻든 동성 관계라는 것 하나만으로 일반적이라고 볼 수 없었다. 사고 이후부터 지금까지 그 생각에는 조금도 변화가 없는 입장이었다.

정상적인 선택에 안도했을 아버지가 어렵지 않게 이해되었다. 하지만 그것과 별개로 신경이 곤두서는 것 또한 사실이었다. 고맙다는 한마디가 그 어떤 과거의 흔적보다 불쾌한 이유를 알 수 없었다.

리모컨을 든 고정원은 조명을 일괄 소등시켰다. 침대로 걸어가 느슨하게 걸치고 있던 가운을 벗었다. 몽유병 환자처럼 침대를 오래도록 내려다보던 끝에 몸을 눕혔다. 불을 껐음에도 창밖에서부터 들어온 빛이 방 안 구석구석을 밝히고 있었다. 리모컨으로 전동 커튼을 닫자 그제야 암흑이 내렸다.

"······."

정자세로 누운 상태에서 눈을 감았다. 조금 뒤, 팔을 뻗어 휴대폰을 가져왔다. 화면에는 최근 2년 동안 주고받은 통화 녹음 기록이 떴다. 초 단위로 짧은 것부터 몇 시간에 걸친 긴 통화까지 다양했다. 그중 하나를 재생시키자 불쑥 음성이 흘러나왔다.

다소 낮은 목소리에 고등학생처럼 어리숙한 어투였다. 녹음된 통화 기록 속에서 조인휘는 자질구레한 보고를 하고 있었다. 언제 일어나서 뭘했고 뭘 먹었고 앞으로 뭘 할 건지 따위의 비생산적인 말들. 사이사이로 저들끼리만 아는 재미없는 농담도 섞여 있었다.

보고 이후에는 잡담이 늘어졌다. 대화 내용으로 보아 며칠간 떨어져 있게 된 상황이라는 게 유추되었다.

때때로 아무 말도 오가지 않았지만 통화를 끊는 일은 없었다. 각자 다른 할 일을 하면서 대화를 주고받다가 시간이 나면 같은 영상을 틀어 놓고 함께 시청하기도 했다. 지겨울 정도로 서로 사생활을 노출시키고 있었다.

한 차례 끊어졌던 통화는 같은 날 녹음된 다음 파일로 넘어갔다. 밤이 되자 예정된 것처럼 폰섹스로 이어졌다.

—영상으로 할래? 같이 보면서.

—……아니. 그냥 계속, 전화로 해.

—……못 참겠는데.

은밀한 말들이 오갔다. 조인휘가 어쩔 줄 몰라 하며 살을 비비는 소리가 낱낱이 녹음돼 있었다. 추행과 다를 바 없는 집요한 질문 및 명령들이 쏟아졌다. 대답을 주저하는 소리, 울먹거리는 숨결까지 또렷했다.

—정원아, 아, 정원아…….

습관인지 헐떡거릴 때 말끝이 늘어졌다. 낮은 신음이 점점 고조되었다. 그걸 들으며 누워 있던 고정원은 부푼 고가에 손을 올렸다. 주무르고, 문지르고, 뽑아낼 듯 마찰시켰다.

"하…….."

아찔한 사정에 이르렀다. 뒤처리를 하고 난 뒤에도 녹음된 통화는 끊어지지 않았다. 후회를 주고받는 것처럼 오가는 말속에 더운 기운이 녹아 있었다.

—같이 씻을까.

묻는 자신의 목소리를 끝으로 재생을 종료시켰다.

"……."

달아올랐던 피부가 서서히 식었다. 한숨을 내쉰 고정원은 손바닥으로 눈가를 덮었다. 그러나 얕고 산만한 생각을 배회한 끝에 다시 눈을 떴다. 뻗은 손으로 재생시킨 건 어제 들었던 녹음 파일이었다.

—……그래서 대학 시절 나는 책략가라고 손가락질당하는 부당한 대접을 받기도 했는데…….1)

---

1) F. 스콧 피츠제럴드, 〈위대한 개츠비〉, 책만드는집, 2001, 14쪽.

해당 파일에서 조인휘는 거의 혼자서 떠들었다. 대화가 아닌 일방적인 책의 낭독이 쉬지 않고 흘러나왔다.

—웨스트 에그 시내로 가려면 어떻게 가야 하지요? 그는 난처한 표정으로 물었다. 나는 그에게 길을 알려 주고 계속 걸어가는데, 그때부터는 더 이상 외롭다는 생각이 들었……지 않았다.[2]

읽어 내리는 목소리는 정직했다. 어색한 대화체나, 틀린 지문을 얼렁뚱땅 넘어가려는 부분에서는 어제와 마찬가지로 실낱같은 웃음이 터졌다.

—……요컨대, 인생은 단지 하나의 창을 통해서만 보면 아주 쉽게 성공할 수 있을 것처럼 보이는 것이다. 내가……[3]

특징적인 몇몇 발음에 집중하는 사이 의식이 흐리게 잠겨 들었다.

조인휘의 휴학이 확실해졌다. 학과사무실에서 확인된 사실이었다.

그로 인해 현재 학교 근처에 있을 가능성이 사라졌다. 본가에 있으리란 추측이 유력해지면서 고정원은 머릿속에 남아 있던 몇 가지 생각을 갈무리했다.

"무슨 생각 하는데 그렇게 심각해?"

누군가 말을 걸어왔다. 비스듬히 돌아보자 같은 과 선배가 다가와 있었다. 고정원은 형식적인 웃음을 보이며 얕게 목례했다.

"진짜 오랜만에 보네. 나 작년에 휴학했던 건 알지?"

"그랬나요."

마침 손에 든 휴대폰이 짧게 울렸다. 고개 숙여 확인한 고정원의 안면이 굳어졌다. 메시지 안에 '조인휘' 이름 석 자가 무엇보다 선명하게 눈에 들

---

2) F. 스콧 피츠제럴드, 〈위대한 개츠비〉, 책만드는집, 2001, 18쪽.
3) F. 스콧 피츠제럴드, 〈위대한 개츠비〉, 책만드는집, 2001, 20쪽.

어왔기 때문이었다. 화면을 열어 전문을 확인한 순간 짧게 날숨이 터졌다.

[안녕하세요. join1221 조인휘 고객님! 고객님의 소멸 예정 마일리지 안내드립니다. 20……]

광고성 메시지는 온라인 쇼핑몰에서부터 온 것이었다. 실수든 사정이 있었든, 휴대폰 번호를 본인 게 아닌 고정원의 것으로 가입했음을 알게 되었다.

"야, 과 모임도 좀 나오고 해라. 여자애들이 맨날 니 얘기 하던데. 근데 조인휘는 어디 가고 혼자 다녀?"

"……."

'전원 꺼진 휴대폰 추적'

입력하던 검색창을 끄고 휴대폰을 내렸다. 아직까지 그 자리에 서 있는 남자 선배와 눈을 맞추었다.

"인휘요?"

"어? 어."

"인휘가 왜요?"

마주하고 있는 눈 한쪽이 어색하게 구겨졌다.

"아니, 니네 둘이 거의 사귀는 것처럼 붙어 다니지 않았냐. 안 보이니까 신기해서."

"……."

짙은 속눈썹이 드리워지도록 눈을 내리깔았던 고정원이 다시 눈동자를 정면에 띄웠다.

"……그러게요. 선배 아직 졸업 안 한 것도 그렇고."

신기하네요.

뒷말을 들은 남자가 어이없다는 듯 웃었다. 하지만 망설이는 모양새로 우물거리는 입가에서 비굴함이 묻어났다.

"야, 너도 살아 봐. 인생 뜻대로 되는 일 잘 없다."

"안 바빠요?"

"뭐?"

"취업 준비 때문에 바쁠 것 같은데. 다행히 잘돼 가나 봐요."

웃으며 쳐다보자 남자가 얼굴을 붉혔다.

"……하, 씨. 이제 후배들한테까지 잔소리 듣네. 안 그래도 여기저기서 취업 준비 잘돼 가냔 소리 때문에 미치겠다, 아주. 씨."

남자는 경련하는 입가를 숨기지 못한 채 고정원의 어깨를 두드렸다.

"야, 간다. 열심히 해라, 나처럼 되지 말고."

남자가 바쁜 모양새로 사라지고 나자 고정원은 다음 강의실로 향했다. 머리가 지끈거린 탓에 중간에 커피를 마시고 방해받았던 검색을 재개했다. 어느 정도 구체적인 정보를 파악한 뒤 강의실의 뒤편으로 자리했다.

수업이 시작되고 나서도 이마를 감싼 손은 내려가지 못했다. 손등으로 혈관이 곤두서고 이따금씩 턱으로도 근육이 불끈 돋았다. 몇 시간 전 먹었던 약의 효과가 다했음을 느끼며 받치고 있던 손을 거뒀다.

책상에 올려 둔 휴대폰의 화면이 켜졌다. 전화였다.

"……."

저장되지 않은 번호를 내려다보며 문득 심장이 조이는 기분을 느꼈다. 없지 않은 가능성을 떠올린 고정원이 기기를 움켜쥐었다.

한창 수업이 진행 중인 강의실을 나섰다. 강의실 밖, 이어진 계단을 내려가기도 전에 통화 버튼을 눌렀다.

"여보세요."

―정원아!

여자 목소리였다. 뻣뻣했던 목줄기가 풀어지고 손아귀가 느슨해졌다. 튀어 나갈 것처럼 힘을 주고 있었다는 사실을 깨달은 고정원은 고개를 숙임과 동시에 머리칼을 쓸어 올렸다.

"……누구세요."

ㅡ뭐야, 너. 너 내 번호 저장도 안 했어?

"누구세요."

동일한 물음에 상대방이 웃었다.

ㅡ아, 정말. 맞혀 봐. 목소리 들으면 딱 감 안 와?

통화를 종료시켰다. 그리고 번호를 차단했다.

"……"

가만히 얼마 동안 화면을 내려다보던 고정원은 손끝으로 화면을 눌렀다. 발신 기록을 무수하게 메우고 있는 조인휘의 이름이었다. 귀에 가져다 댈 것도 없이, 전원이 꺼져 있다는 익숙한 안내음이 들려왔다.

머리가 무지근했다. 컨디션이 최저라는 걸 느꼈다. 이렇게까지 생활에 지장받을 정도로 상태가 나빴던 적이 있었나 싶었다.

'……아니야, 넌 정원이 아니야…… 넌 아니야…….'

얼굴과 목소리가 떠오를 때마다 기분이 더러워졌다. 휴학을 하든 어디를 가든 상관없지만 이런 식으로 끝나는 건 아니라는 생각이 들었다.

자신과 섹스를 한 게 그렇게까지 충격받을 일인가. 그렇게까지 구분 짓고, 철저히 부정할 일인가.

두꺼운 목덜미가 한순간 붉게 상기됐다. 턱부터 관자놀이까지 혈관이 솟을 만큼 어금니를 짓씹은 고정원은 계단을 벗어났다.

연강이 끝나면서 강의실을 나섰다. 그러나 건물을 채 벗어나기도 전에 모르는 사람에게 붙들리는 상황이 되었다.

오전에도 비슷한 일이 있었다. 애매한 화법으로 본론을 꺼내지 않는 상대를 무시하고 가려 하자 손에 쥐어진 것은 번호 적힌 종이였다. 근처의 쓰레기통에 버린 것으로는 낭비된 시간에 대한 보상을 받을 수 없다는 게 안타까울 뿐이었다.

"그래서 저희가 지금 준비하고 있는 게 이런 건데요……."

이번에는 어떠한 종류의 섭외를 하려고 하는 모양이었다. 무엇이 되었든 비슷하게 거듭되는 상황이 오늘따라 제 안에서 염증 반응을 일으켰다. 익숙하다고 생각했는데 컨디션에 따라 그런 것도 아닌 듯, 붙들린 채 서서 혐오감과 비슷한 무언가를 억눌러야 했다.

"……네."

표정의 온도가 점차 내려갔다. 상대가 무슨 말을 하는지 모르면서 기계적으로 대응했다.

"아무튼, 기분 나쁘셨다면 죄송한데……."

반복적인 단어들이 귀를 스치며 주변의 소음이 필요 이상으로 크게 들렸다. 이성이 살얼음처럼 예민해진 신경을 지탱시키고 있었다.

"……."

그때 고정원의 동공이 일시에 확장되었다. 시야에 한 사람이 들어온 순간이었다. 몇 초간 경직되었고, 시야에 잡힌 뒷모습을 놓칠세라 서둘러 다리를 뻗었다.

"저기요!"

부르는 소리를 뒤로하고 내딛는 걸음에 점차 가속이 붙었다.

조인휘가 있었다. 분명히 조인휘가 그곳에 있었다. 체크 셔츠를 걸친 마른 등은 착각할 수 없는 본인이었다.

그렇게 찾았는데 학교 안에 있었을 줄이야. 피가 솟구치는 듯한 과격한 기분을 느끼며 빠르게 거리를 좁혔다. 고정원의 육중한 몸이 교정을 가로질러 목표 지점을 향해 나아갔다.

"아! ……씨."

불만스러운 탄식이 귀를 스쳤다. 털퍽, 무언가 바닥으로 떨어지는 소리가 뒤따랐다. 누군가와 어깨가 부딪쳤음을 자각했으나 살필 여유가 없었다. 조인휘가 경영관으로 들어서는 게 보였다. 서둘러 쫓아가려는데 어깨가 과격하게 돌려세워졌다.

"저기요. 이거 안 보여요? 사람 치고 음료수 떨궈 놓고 지금……."

고정원은 상대를 쳐다보지 않았다. 조인휘의 행방을 살피느라 온 신경이 경영관으로 쏠려 있었다. 그사이 계단을 오른 뒷모습이 건물 안으로 사라졌다. 가슴이 확 조여들었다. 무시하고 가려 하자 어깨가 한 번 더 거칠게 돌려졌다. 눈앞에는 인상을 쓴 남자와 불안한 표정의 여자가 서 있었다.

"오빠, 그냥 가요."

"아니 예의가 없잖아."

왜 아직 학교에 있는 거지. 의문을 이기지 못해 방향을 틀자 바로 저지하는 힘이 가해졌다. 울컥 치민 열기가 순식간에 머리끝까지 달했다.

"아악!"

손을 붙잡아 꺾자 듣기 싫은 소리가 터졌다. 그대로 방해물을 떨궈 버린 고정원은 곧장 경영관을 향했다.

뛰어 들어간 입구에서도 누군가와 부딪칠 뻔했다. 거칠게 숨을 몰아쉬며 들어선 내부에서 드넓게 펼쳐진 전방과 좌우를 살폈다. 그리고 다급하게 에스컬레이터로 뛰어들어 올랐다.

자리마다 살피는 동안 비슷한 사람조차 찾을 수 없었다. 도서관부터 토의실, 층을 내려가 라운지까지 구별 없이 뒤지기 시작했다. 서 있는 사람부터 앉아 있는 사람까지 하나씩 체크했지만 그중 어디에도 찾는 얼굴은 없었다.

한 바퀴 다시 돌아도 결과는 같았다. 화장실 안까지 살펴보고 나오는 길에는 기어이 이가 바득 갈렸다.

건물 안 카페에 들어섰을 때 비로소 눈에 익은 체크 셔츠를 발견했다. 보일 듯 말 듯, 경계로 비죽 튀어나온 그것을 향해 빠르게 다가갔다. 팽팽해진 팔이 뻗어 나가며 기습처럼 마른 몸을 끌어당겼다.

"으악."

뚝.

이마에서 흐른 땀이 턱으로 떨어졌다. 언제 이렇게 땀이 났는지 몰랐다. 이마에서 내려온 물기가 속눈썹에 맺혀 시야를 흐렸다. 눈꺼풀을 깜빡이자 눈물처럼 뚝, 낙하했다. 다시 눈앞이 선명해졌을 때 고정원은 미친 사람처럼 웃었다.

"……누구세요?"

생판 모르는 얼굴이 서 있었다. 착시라고밖에는 설명되지 않을 정도로 다르게 생긴 남자다. 그나마 비슷한 거라고는 옷과 머리 모양, 체구 정도였다.

붙들었던 팔을 놓은 고정원은 젖은 머리를 쓸어 올렸다.

"죄송합니다. 착각했어요."

사과를 끝으로 돌아섰다. 온몸에 힘이 들어간 채 엘리베이터를 향했다. 짧은 이동 거리에도 사람들의 시선이 온통 달라붙었다.

심장은 아직도 미친 듯이 뛰고 있었다. 겨우 잡았다는 착각에서 비롯된 흥분감이 가시지 않은 탓이었다. 손안에 붙들었을 때 느꼈던 감각이 여전히 실제처럼 느껴지고 있었다.

"……."

유리창에 비친 제 얼굴과 마주했다. 무표정한 얼굴에서 번득거리는 안광은 유일하게 그 부분만 살아 있는 것처럼 보였다.

빨리 찾아야겠다는 생각이 머리를 스쳤다. 찾지 않으면 곤란해지리라는 예감이 어느 때보다 강하게 들었다.

* * *

삭삭삭삭.

솔질 소리가 주방에 울려 퍼졌다. 칫솔을 든 조인휘는 가스레인지 후드를 닦는 데 열중했다. 냉장고 정리, 설거지, 싱크대 찌든 때 청소를 마치고 마지막으로 남은 일이었다.

"후……."

입에서 단내가 나는 듯했다. 솔질을 멈추고 시계를 보니 어느새 10시 50분이었다. 집중하느라 시간이 이렇게 된 줄도 몰랐다.

둘러보자 주방은 눈에 띄게 청결해져 있었다. 나머진 내일 해도 되니까…… 하고 아쉬움을 뒤로하며 대강 마무리했다. 젖은 손을 바지에 문지르며 주방을 벗어나는데 벌컥 문이 열리며 어깨가 소스라쳤다.

"뭘 그렇게 놀라. 아빠 약 드신다니까 미지근한 물 좀 가지고 와."

"아…… 네."

대답한 조인휘는 주방으로 되돌아갔다. 찬장에서부터 컵을 꺼내 생수를 따르고, 전기 포트에 살짝 데운 물을 그 위에 따랐다. 미지근한 온도를 확인한 뒤 안방으로 가져갔다.

"여기요."

물을 놓아 드리고 나가려는데 등 뒤로 부르는 소리가 따라붙었다.

"앉아 봐."

"……네."

아버지가 당뇨 약을 복용하는 모습을 지켜보던 조인휘는 울적한 기분으로 눈을 내리깔았다.

"그래서. 언제까지 그러고 있겠다고?"

"아……."

바닥에 꿇고 있는 무릎을 매만졌다.

"곧, 나갈게요."

대답해 놓고 입 안이 순식간에 깔깔해졌다. 이래서 집으로는 안 오려고 했는데.

"지금 나가는 게 문제냐? 생활비 없으니까 들어온 거 아냐, 너 지금."

"……."

아버지는 평소 말수가 없으셨지만, 쌓이면 누구보다 많은 말들을 쏟아내셨다.

"사람은 성실한 게 제일 중요해. 성실함, 끈기. 나중에 회사는 어떻게 다닐 거야. 니가 쉬고 싶다고 쉬어져, 회사가? 나중에 알겠지만 학생 신분으로 학교 다니고 공부하는 게 제일 쉽다. 그것도 못 하면 기본이 안된 거야. 빨리 졸업해서 취직해도 모자랄 시간을……."

듣는 동안 부러진 듯 고개를 떨구었다. 잔소리는 점점 원치 않는 방향으로 나아가고 있었다. '학비', '나이 든 부모', '책임', '취업', '미래', '결혼'. 아버지가 하는 말들은 곧 거대한 부채감으로 쌓여 갔다.

토를 달거나 자기변호를 할 생각은 들지 않았다. 멀쩡히 다니던 학교를 휴학하고 돌아와 지낼 곳도 없는 아들. 남자 애인을 사귀고, 그 애인과 평생을 함께할 생각밖에는 없는 아들. 그걸 생각하면 한 공간에서 부모님과 눈을 마주치는 것조차 죄스러웠다.

"죄송합니다."

밖에서 좀 더 버틸 걸 그랬다는 후회가 들었다. 하지만 되돌아가도 결국 선택지는 부모님 댁밖에 없었다. 당시에는 어디도 갈 곳이 없었고, 부모님 얼굴이 너무 보고 싶기도 했다.

고시원을 나온 첫날은 PC방에서 보냈다. 그곳에서 숙식이 해결되는 아르바이트 자리를 알아보려 했으나 실패했다. 전화를 걸기 무섭게 '시간 좀 보고 걸어라, 이 호로 새끼야' 하는 욕설을 들은 이후 다른 곳에 연락을 넣지 못했다. 며칠 전 일 때문인지 삼사십 대의 남자 어른을 대하게 될 때면 위축감이 상당했다.

조인휘는 '그 사건'을 떠올렸다. 급하게 구한 서빙 아르바이트에서 손님의 구두에 술을 엎지른 일을.

'아, 이런 병신 새끼, 이게 얼마짜린데!'

엎자마자 고개가 돌아가도록 뺨을 맞았다. 주먹이 아닌 손바닥이었는데도 '빡' 하는 묵직한 소리가 울렸던 것을 기억한다.

손이 매워서 순간 정신을 못 차렸다. 정신이 들었을 때는 홀이 아수라장이었고, 손님에게 변상을 하는 대신 잘리게 되었다.

"……."

당혹감, 낭패감, 수치심. 그리고 폭력 앞에서 느꼈던 무력감에 다시금 압도되는 듯했다. 생생해지는 기억을 떨치기 위해 머리를 좌우로 털었다.

"……듣기 싫으면 됐다. 그만 가."

아버지로부터 차가운 일갈이 떨어졌다. 조인휘는 얼굴을 들었다. 머리를 흔든 제 행동이 오해받았음을 깨달았다.

"아, 아뇨, 그런 게 아니라……."

아버지는 들을 것도 없다는 듯 돌아누웠다. 겉도는 공기 속에서 조인휘는 홀로 바쁘게 손사래 치던 행동을 멈추었다. 입술을 달싹거린 끝에 무릎을 세워 일어섰다.

"……안녕히 주무세요."

"……."

탁.

안방 문이 닫혔다.

고개를 들자 텅 빈 주방과 대면했다. 웅-, 냉장고의 팬 돌아가는 소리. 째깍째깍, 벽시계의 초침 소리. 조용한 소음들 속에서 우두커니 서 있던 조인휘는 이내 옆방으로 향했다.

방에 들어서자마자 문을 닫고 구석의 앉은뱅이책상 앞에 앉았다. 공간이 순식간에 좁다란 사각형의 상자처럼 느껴졌다. 이상하다는 생각이 들었다. 밖으로 나왔어도 여전히 고시원에 있을 때처럼 느껴진다는 게.

"……."

방 안이 조용했다. 그 때문인지 머릿속의 소리들은 선명했다.

'아니라잖아, 거긴 내가 확인했대잖아! 야, 너 내가 병신으로 보여?'

시달렸던 상황이 상기되었다. 택배 도둑으로 몰렸던 일은 고시원에서 겪은 일들 중 가장 견디기 힘들었다. 하필 직전에 뺨을 맞고 와서였는지도 몰랐다.

손님에게 저지른 실수는 제가 한 일이지만, 고시원에서 발생한 도난은 아니었다. 이미 아니라고 밝혔음에도 전날에 이어 같은 내용으로 추궁당하고 있자니 정신이 이상해지는 듯했다. 해명도 듣지 않고, CCTV를 확인하자고 해도 막무가내였다.

나중에는 그저 화풀이라는 걸 깨달았다. 욕받이가 된 것처럼 가만히 서서 이 과정이 끝나기만을 기다렸다.

그리고 그 뒤에는…….

고정원과의 일을 떠올린 조인휘는 책상에 얼굴을 묻었다. 그리고 딱딱한 상판에 이마를 내리찧었다. 쿵, 쿵, 쿵. 자책하는 만큼 강도를 더하다 소리를 의식하고 멈추었다.

'많이 쌓인 것 같더라. 어제 보니까.'

그런 말을 들어도 할 말 없는 행동을 했다. 그건 사실이었다. 변명을 하자면 자신은 그날, 문 앞에서 고정원을 보았을 때 모든 게 돌아왔다고 생각했다. 어쩌면 그 순간만큼은 아무래도 상관없었는지도 모른다. 무의식 한편으로는 돌아오지 않았음을 느꼈던 것 같기도 하다.

사고 날 이후로 하루도 빠짐없이 상상해 왔다. 고정원에게 안기는 상상으로 하루를 버텼다. 현실인지 착각인지 구분되지 않을 정도로 망상에 빠져 살게 되었다.

그날도 마찬가지였다. 뺨을 맞고 나서도, 도둑 취급을 당하고 나서도, 계속 고정원만 떠올렸다. 부르면 나타나기라도 할 것처럼 속으로 부르고 또 부르고…….

그런데 정말로 눈앞에 본인이 서 있었던 것이다.

아침이 돼서야 적나라한 사실과 마주하게 되었다. 눈을 들지 못했던 것은 죄책감 때문이었다. 닮은 사람에게 매달려 몸을 섞은 듯한 꺼림칙함을 느꼈다.

'실은 나도 좀 그랬거든 요새. 여자랑 해도 뭔가 전 같지 않아서.'

고정원의 입에서 나온 말이었다. 하지만 모르는 사람이 하는 말이기도 했다. 눈앞의 남자는 엄연히 닮은 사람에 지나지 않았다.

하지만 알면서도 그 말을 들은 순간부터 호흡이 힘겨웠다. 공격을 당한 것처럼 몸 안쪽부터 무너졌다. 속이 뻥 뚫리면서 그곳에서 내장과 피가 쏟아져 나가는 것 같았다. 허망하고 아픈 느낌이 끊이지 않았다.

공황에 가까운 상태를 이겨 낼 수 없었다. 휴학계를 낸 것은 피치 못한 선택이었다. 그 뒤로는 상황이 이끄는 대로 이곳 일산까지 오게 되었다. 도망이라면 도망이었지만 후회는 없었다. 제대로 된 생활을 되찾고, 부끄럽지 않은 모습으로 고정원을 기다릴 생각이었다. 그것밖에는 머릿속에 없었다.

"……."

고개를 든 조인휘는 꺼진 휴대폰을 들었다. 만지작거리다가 전원을 켰다. 부재중 연락들을 무시하고, 무작정 녹음 앱을 실행시켰다.

화면에는 녹음된 목록이 여러 개 떴다. 최근에는 하루에 한두 번씩 녹음을 하고 있었다. 고정원이 보고 싶을 때, 통화하듯이 음성 편지를 썼다. 하루 일과나 그 밖에 하고 싶은 말들로 채운 일상적이고 소소한 내용이었다. 저장해 두었다가 나중에 고정원이 돌아왔을 때 들려줄 기록이기도 했다.

"큼."

목을 가다듬고 화면에 손을 올렸다. 빨간색 버튼을 누르자 화면이 녹음 상태로 바뀌었다.

"정원아, 나. ……어…… 나 지금 방이야."

녹음을 시작하면 통화할 때처럼 미약한 긴장감이 서렸다. 오늘도 기분 좋은 긴장감을 느끼며 뒷목을 문질렀다.

"근데 내 방은 아니야. 이사 오기 전에 집은 내 방 있었는데……. 여기는 훨씬 좁은 집이거든. 작년에 이사하셨잖아, 우리 부모님."

말하며 입가가 부드럽게 풀어졌다.

"그때 너 같이 오고 싶어 했던 거 기억난다. 계속 인사드리고 싶다고 했었는데……. 어떻게 아직도 한 번을 못 드렸네."

전부터 고정원은 부모님께 인사를 드리기 위해 부단히 애썼다. 하지만 이상하게 때마다 상황과 일정이 어긋났다. 약속을 잡은 날 엄마가 다쳐서 병원에 가게 되었다거나, 그 밖에도 갑작스런 장례식 참석 등으로 틀어지기 일쑤였다. 자신이 고정원의 부모님께 여러 번 얼굴을 비치는 동안 고정원은 단 한 차례도 인사를 드리지 못했다.

"어…… 너 기억 돌아오면, 부모님한테 인사부터 드릴까."

이럴 줄 알았으면 아무 때나 같이 올걸 후회가 됐다.

"우리 부모님 너 보시면 진짜…… 놀라서 입 떡 벌어지실 거 같은데."

마른 웃음이 터졌다. 잘생긴 배우들을 좋아하는 엄마가 고정원을 보고 놀랄 모습이 그려진 탓이었다. 조인휘는 손가락을 작게 꼼지락대며 말했다.

"나는 오늘은 인터넷으로 일자리 좀 알아보고 자려고. 아, 근데 내가 오늘 뭐 먹었는지 얘기 안 해 줬구나."

떨어져 있을 때면 통화로 서로 뭘 먹었는지 시시콜콜 알리곤 했다. 그래서 녹음을 할 때에도 매번 먹은 것에 대해 짧게라도 언급하게 되었다.

"나는 아침에 미역국에 밥 먹고……."

그러고 보니, 아침밥 외에 먹은 게 없었다. 입 안이 터져서 먹기 힘든 데다 애초에 허기를 느끼지 못했다. 학교 다닐 땐 억지로라도 챙겨 먹었지만 부모님 댁에 온 뒤로는 의무감이 사라지며 챙기지 않게 되었다.

"그냥…… 계속 집밥만 먹었네."

뺨을 쓰다듬는데 찌릿, 통증이 번졌다. 맞아서 다친 건 굳이 말하지 않았다. 말하면 다친 자신보다 더 예민하게 굴 걸 알고 있었다.

비식거리는 웃음이 새어 나갔다. 알바 하다가 실수로 벤 상처를 달고 왔을 때의 일이 떠오른 것이다. 병원에서 진료를 받고 파상풍 주사를 맞게 할 정도로 고정원은 유난이었다. 그리고 집에 돌아와서도 면역력이 약한 갓난아기 다루듯이…….

불현듯 웃음이 멈추었다. 조인휘는 목구멍을 조이고 이를 악물었다. 붉어진 눈에 힘을 주며 빠르게 깜빡였다. 이상한 소리가 녹음되기라도 할까 봐 필사적으로 참았다.

"……아. 오늘 집 청소를 너무 열심히 해서 그런가. 갑자기 엄청 졸리다."

졸린 것처럼 얼굴을 마구 문질렀다. 거친 몸짓 끝에 울컥거림이 겨우 잦아들었다. 벌게진 얼굴에 어설픈 웃음이 떠올랐다.

"잘 자, 정원아."

몇 초의 침묵 뒤.

"많이 사랑해."

나직한 고백을 끝으로 녹음을 마쳤다.

"……."

말소리가 사라지자 정적이 도드라졌다. 회로가 끊어진 것처럼 조인휘는 멍하니 넋을 놓았다. 그러다 갑자기 휴대폰을 들어 클라우드에 접속했다.

가장 처음으로 저장된 사진이 화면에 떠올랐다. 사귀고 초반에 찍었던 셀카는 어색함이 그대로 드러나 있었다. 당시 일을 회상하는 얼굴로 느슨한 행복감이 번졌다. 3년에 걸쳐 찍은 사진은 백 장도 더 넘었고, 처음부터 끝까지 두 번을 보고 나서야 휴대폰을 손에서 놓았다.

잘 때가 되어 이부자리를 폈다. 장롱이 없어서 한쪽에 쌓아 뒀던 이불을 하나씩 펼쳤다. 두꺼운 매트에 베개와 푹신한 이불을 얹는 것으로 잠자리를 만들었다.

암전된 사방에서 눈을 감았다. 의식은 금방 멀어지지 않았다. 뒤척이면 뒤척일수록 시간의 흐름이 초 단위로 느껴지는 듯했다. 오늘은 금방 잠들 수 있을 것 같았는데 역시나 태세를 갖추자마자 달아나 버렸다.

일어나서 불을 밝힌 조인휘는 방 한편을 차지한 책장으로 다가갔다. 책장에는 세월을 같이한 익숙한 책들이 빈틈없이 들어차 있었다. 이사 올 때 정리하고도 빼곡하게 남은 책들을 끝에서부터 하나씩 빼냈다. 빈 선반의 먼지들은 물티슈로 닦아 내고, 나름의 분류 기준을 정해 칸마다 새롭게 꽂았다.

'엄마가 언제 청소시켰어? 휴학했다고 시간 낭비하지 말고 괜찮은 일자리나 좀 구해 봐.'

낮에 청소할 때 들었던 말이 떠오르자 손이 머뭇거렸다. 곧 구할 거라고 대꾸는 했지만 솔직히 어떻게 될지 막막했다. 집에 계속 머무는 것은 아버지가 싫어하는 눈치라 숙식이 해결되는 일자리를 구해야 할 상황이었다.

지이이이잉-.

갑작스런 진동에 놀라서 뒷걸음쳤다. 조인휘는 책상에 올려 둔 휴대폰으로 눈을 돌렸다. 요즘 들어 소리에 민감해진 탓에 심장이 요란하게 두근거리고 있었다. 별것도 아닌데 깜짝깜짝 놀라는 일이 잦아졌다.

다가가 휴대폰을 집어 들었다. '010'으로 시작되는 미저장 번호가 발신자로 떠 있었다. 화면의 상단으로는 자정을 넘어가는 현재 시각이 보였다.

야심한 시간에 모르는 번호. 불안한 생각이 스치며 받지 않는 게 좋을 것 같다는 방어 본능이 일었다. 재촉하듯 진동을 보내는 기계가 부담스럽게 느껴지며 아예 전원을 꺼버렸다.

"후……."

한숨을 내쉬며 벽에 기대앉았다. 무릎에 얼굴을 파묻고서 벌레처럼 웅크렸다. 째깍째깍, 빠른 초침 소리를 듣고 있어도 시간이 무거운 추를 달고 더디게 흐르는 느낌이었다. 밤마다 왜 이렇게 시간이 안 가는지 몰랐다.

호흡이 힘들었다. 목을 감싸는 옷을 몇 겹이나 껴입은 것처럼 답답한 느낌과 함께 갈수록 숨구멍이 좁아졌다. 입을 한껏 벌리고 숨을 내쉬던 조인휘는 압박감을 더는 참지 못하고 벌떡 일어났다. 바람막이 점퍼를 집어 들어 걸치며 방을 나섰다.

"하……."

현관을 열고 나오자 바깥 공기가 코로 스몄다. 호흡하기 한결 나아지는 것을 느끼며 천천히 계단을 내려갔다.

탁, 탁, 탁……. 힘없는 걸음으로 내딛는 도중 주머니를 뒤져 보았다. 뭐가 없을 줄 알았는데 천 원짜리 지폐 몇 장이 손에 잡혔다. 편의점에 가서 맥주라도 마실까. 마시면 잠이 더 잘 오지 않을까. 그런 생각이 잠깐 스쳤지만 이내 사라졌다. 앞으로의 생활을 생각하면 허투루 돈을 쓸수는 없었다.

그렇게 입구에서 막 벗어났을 때였다. 조인휘는 맞은편에 넓은 면적으로 드리워진 그림자 하나를 발견했다.

기다란 인영.

그리고 그 인영을 만들어 낸 커다란 체격의 남자.

보자마자 질겁하여 몸을 숨겼다. 입구의 벽면에 달라붙은 조인휘는 부풀어 오른 숨을 진정시켰다.

잘못 본 건가. 설마. 내가 잘못 본 거지. 심장이 두방망이질 쳤다. 방금

본 광경은 현실보다는 차라리 환상에 가까웠다.

자신이 착각했을 가능성이 컸지만 너무도 실제처럼 선명한 광경이었다. 두려운 기분이 커지며 확인하는 것이 망설여졌다. 다리를 떨며 어수선하게 굴던 조인휘는 고개만 최소한으로 빼내 맞은편을 살폈다.

가슴께가 철렁 내려앉았다.

고정원이 확실했다. 가로등 아래 명암이 드리워진 얼굴은 가뜩이나 깊은 이목구비가 한층 짙어져 있었다.

혼란에 빠져 어찌할 바를 모르고 얼굴을 문질렀다. 여기 왜 온 거지. 어떻게 알고 온 거지. 위치 추적 앱도 탈퇴했는데 어떻게? 게다가 부모님 댁은 이사한 뒤로 아무한테도 알린 적이 없었는데 대체 어떻게 알고서?

조금 전의 모르는 번호는 고정원이었음이 확실해졌다. 휴대폰 번호를 그새 바꾼 모양이었다. 무언가 용건이 있으니 연락도 하고 찾아온 것일 텐데 아무리 생각해 봐도 구태여 이곳까지 찾아올 만한 급박한 사정 같은 건 떠오르지 않았다. 너무 늦은 시간이었고, 너무 돌발적이었다.

······설마 기억이 돌아왔나.

강하게 현기증이 일었다. 흥분감이 번져 나간 손끝이 떨렸다. 이마를 짚은 조인휘는 침착하게 머릿속을 정리했다. 벌벌 떨리며 흐트러지는 몸을 세우고, 벌어지는 상황을 제대로 인지하기 위해 노력했다.

우선 가로등 밑으로 서 있는 고정원의 표정을 다시 한번 살폈다. 그 얼굴에서 어떤 단서든 찾아내려 애쓰며 손으로는 휴대폰의 전원을 켰다. 휴대폰이 켜진 뒤에는 허겁지겁 부재중 연락들을 확인해 보았다. 다른 사람들은 제외하고 오직 고정원에게 와 있는 메시지들만을 살살이 살폈다. 기억이 돌아왔다면 메시지로 무언가 결정적인 말을 남겼을 게 분명했다.

"······."

그러나 단어 하나하나 뜯어본 집착이 무색하게 아니라는 결론에 다다랐다. 남겨진 메시지들에는 기억이 돌아왔음을 알리는 뉘앙스조차 없었다.

거세게 일었던 흥분과 떨림이 급속도로 가라앉았다. 이미 한 번 착각을 경험해 본 덕에 설레발치지 않은 게 다행이었다. 정말로, 천만다행이라는 생각이 들었다.

눈을 내리깐 고정원은 이쪽을 보지 못했다. 그것을 또 하나의 다행으로 여기며 조인휘는 처음부터 보지 못한 사람처럼 뒤돌아 계단을 올라갔다.

휘청거리는 걸음으로 방에 돌아왔다. 이불 속으로 파고들어 가 새우등으로 잠을 청했다. 밖에 누가 있든 무슨 일이 벌어지든, 자신과는 상관없는 일로 여기고 오로지 잠드는 데에만 신경을 기울였다.

지잉-.

진동 소리에 등이 떨리며 눈이 뜨였다. 한참을 버티다가 조용히 일어나 내용을 확인했다.

[집 앞에 와 있어]

"……."

거세진 고동을 무시하며 조인휘는 휴대폰의 전원을 껐다. 동굴과 같은 이불 속으로 기어들어 가 뻑뻑한 두 눈을 질끈 짓이겨 감았다.

엉망진창, 묘한 꿈을 꾸다 잠에서 깨자 사방이 어두웠다.

조금 전까지 자신은 고정원을 만났다. 밖으로 내려가자마자 자신을 안아 주기에 거기서 바로 꿈이라는 걸 깨달았다. 그런 다음 정말로 만나러 내려갔지만 그것 또한 꿈이었다. 그런 식으로 꿈속의 꿈을 몇 번이나 꾸었다. 의식과 무의식의 경계를 넘나드는 뒤숭숭한 장난 같았다.

조인휘는 시커먼 방 안에 무기력하게 누워 창문을 보았다. 그로부터 시간이 얼마나 흐른 건지 알 수 없었다. 방 안에는 시계가 없고, 휴대폰은 꺼 놓은 상태였다. 창밖의 어둑한 밝기로 보아 길어 봤자 몇 시간 정도가 지났으리라 예상되었다.

딱딱딱딱딱…….

바깥에서부터 들려오는 규칙적인 소리에 신경이 쏠렸다. 어딘가 익숙한 소리의 정체를 파악하고 벌떡 몸을 일으켰다.

창문을 열자 예상했던 대로 빗소리가 음량을 키웠다. 세상이 온통 척척하게 젖고 있었다. 소나기처럼 거세지는 않지만 부슬부슬 내리는 빗줄기가 꾸준했다.

"……."

이제는 정말 가고 없겠다 싶었다. 비까지 왔으니 있을 리가 없다. 상황이 이렇게 되니 좀 마음이 좀 편해지는 듯했다. 찝찝한 걱정거리 하나를 떨친 기분으로 창가에서 벗어났다.

그러나 편하게 잠자리에 들지 못하고 방 안을 배회하기 시작했다. 왔다 갔다 무의미한 에너지를 소비하다가 겨우 몸을 눕혔다.

눈을 감자 이번에는 커다란 빗소리가 신경을 거슬렀다. 아직까지 열려 있는 창문이 그제야 시야에 들어왔다.

닫으러 간 창문 앞에서 고개를 한 번 빼내어 보았다. 저도 모르게 아래쪽을 기웃거리던 조인휘는 미간을 찌푸리며 창을 닫았다. 애매하게 구는 스스로가 짜증스러웠다. 하지만 창문을 닫고 나서는 한숨을 내쉬며 방문 앞으로 다가섰다. 문고리를 붙들었다 놓았다 하며 결정을 내리지 못하고 미적지근하게 굴었다.

지금으로서는 확인만 하고 싶을 뿐이었다. 없다는 걸 눈으로 확인하고 나면 그때는 정말 푹 잘 수 있을 것 같았다.

지난한 고민을 끝내고 집 밖을 나섰다. 우산 하나를 챙겨 들고서 조인휘는 낡은 건물의 계단을 빠르게 내려갔다.

시커먼 아스팔트 바닥은 빗물로 젖어 번들거리고 있었다. 물이 고인 웅덩이에는 가로등의 노란 불빛이 비쳤다. 그것을 보다 고개를 들었을 때, 조인휘의 입술이 멍하니 벌어졌다.

담벼락에는 아무도 없었다.

우산을 들고 나간 골목에서 좌우를 살펴보아도 마찬가지였다. 새벽의 주택가는 무서울 정도로 고요하게 잠들어 있었고, 아무도 남아 있지 않다는 게 오감으로 느껴졌다. 안심이 되는 한편 가슴이 허무하게 가라앉았다. 어째서인지는 몰랐다.

코끝으로 희미하게 담배 냄새가 풍겼다. 축축한 대기에 섞여 든 특유의 향. 그것을 깨닫고 홱, 돌아본 조인휘는 지척에 서 있는 남자와 눈이 마주쳤다.

고정원은 기다렸다는 듯 담배를 껐다. 땅을 한 번 내려다봤다가, 다시 눈을 들어 올렸다. 어둠 속에서 짙어진 눈으로 조인휘를 응시했다. 무언가 요구하는 사람처럼.

"……왜……."

조인휘는 흔들리는 눈으로 상대를 자세히 살폈다. 고정원의 머리칼과 어깨가 빗물로 꽤 많이 젖어 있었다. 비를 피하지 않은 몰골을 보며 제정신이냐고 묻고 싶어졌다.

"일단……."

침을 삼켰다.

"일단, 들어와."

뜨거워진 가슴을 간신히 가라앉히며 말했다. 그냥 진즉 나와 볼 걸 그랬다고, 입구로 돌아서며 뒤늦은 후회를 곱씹었다.

눈앞의 거대한 등을 올려다보았다. 방이 작다는 생각은 못 했는데 고정원이 들어서자 민망할 정도로 공간이 옹색해졌다. 얼마 전 고시원 생활을 해 봤기 때문인지 그래도 이 정도면 널널하다는 생각이 들었다.

"……기다려."

조인휘는 조심스럽게 나간 거실에서 타월을 챙겼다. 고정원을 데리고 들어올 때도 이렇게 숨을 죽이고 살금살금 도둑처럼 들어왔었다. 혹시나 부모님이 나오실까 봐 심장이 터질 뻔했는데 들키지 않고 넘어가서 다행이었다.

욕실에서 가장 커다란 수건을 가지고 돌아왔다. 건넨 수건을 말없이 받아 든 고정원은 젖은 머리부터 닦았다.

밝은 데서 보자 젖은 정도가 심했다. 차마 그대로 둘 수 없는 몰골이라 서둘러 여벌의 옷을 찾아보았다. 한참을 뒤적거리던 조인휘의 표정이 굳어졌다. 괜찮은 것들은 세탁기에 있고, 줄 수 있는 커다란 사이즈의 옷은 지나치게 후줄근했다.

망설이던 손이 구석에 놓여 있던 택배 상자로 향했다. 내내 봉해져 있던 상자가 뜯기며 안에서 새 옷이 나왔다.

……돌아오면 주고 싶었는데.

잠시 쳐다보다가 포장지를 벗기고, 내용물만 꺼내어 상대에게 내밀었다. 수건으로 물기를 닦고 있던 고정원이 물끄러미 그것을 받아 들었다.

선물해 주려고 사 둔 트레이닝복 세트였다. 작년에 사 준 검정색 트레이닝복을 교복처럼 잘 입기에 똑같은 디자인에 회색으로 주문해 두었으나 배송이 늦어지는 바람에 사고 이후에 받게 된 것이었다.

고정원은 그 자리에서 바로 갈아입었다. 고개를 돌리고 있던 조인휘는 상대가 착의를 마치자 한 번 힐끔 보았다. 많이들 입는 스포츠 브랜드의 흔한 후드 집업과 팬츠였다. 색도 흔해 빠진 회색인데 흔하지 않고 오히려 특별해 보이는 듯했다. 골격 탓인지 남들과는 전혀 다른 옷을 입은 것처럼 느껴졌다.

"……."

잘 어울린다는 생각이 든 직후 고개를 떨구었다. 갑자기 욱하고 치민 감정이 스스로도 황당했다. 직접 줘 놓고 이제 와서 다른 사람한테 뺏긴 기분을 느낄 건 또 뭔지.

"……이거."

"어?"

놀라서 고개를 들었다.

"내가 입어도 돼?"

"……어. 입으라고 줬잖아."

탐탁지 않아 했던 속마음을 들킨 것 같아 불편했다.

"읏취!"

서 있는데 참을 새도 없이 재채기가 터졌다. 꼴사납게 뿜고 나니 뻘쭘했다. 비를 맞고 젖어 있었던 고정원은 정작 멀쩡해 보였다.

"……아무 데나 앉아."

"응."

대답만 할 뿐 고정원은 그대로였다.

어정쩡하게 팔뚝을 문지르며 조인휘는 새삼스레 의식되는 것을 느꼈다. 현란한 꽃무늬 벽지, 결로로 인해 생긴 벽의 곰팡이, 오래된 느낌이 나는 누런 비닐 장판 등, 좋은 것과는 거리가 먼 방의 상태가 갑자기 신경 쓰였다.

인테리어 잡지에 나올 법한 고정원의 본가가 떠올랐다. 자신들이 살았던 최신식 오피스텔도 머리 한구석에 떠올랐다. 그러자 더욱 살림살이가 부끄러워졌다. 부끄러운 자신이 또 부끄러워서 기분이 한없이 가라앉았다.

"왜?"

눈이 마주친 순간 딱딱하게 물었다. 고정원은 특유의 여운 있는 말투로 아니, 하고 답했다. 이어서 무언가 말할 거라고 생각했지만 아니었다. 여기까지 찾아온 이유가 있을 테고, 비까지 맞아가며 기다린 행동에 대해 변명이라도 할 법한데 그에 대해서는 짧은 언급도 없었다. 이 상황에서도 불편하고 눈치를 보는 건 자신뿐이라는 생각이 들었다.

"아침에, 부모님 7시에 일어나셔. 그 전에만 나가면 돼."

아무 말도 들려오지 않았다. 고정원은 최소한의 대꾸도 없이 이쪽을 응시하고 있었다. 왜 저러나 싶어 불편한 심기를 담아 마주 보았다.

"……."

잡념이 섞이며 눈동자가 애매하게 흔들렸다. 이 상황에서조차 외모에 대해 감탄하게 되는 현실이 어처구니없었다. 공들여 심어진 듯 정갈한 눈썹과 그 밑으로 깊은 눈이 보였다. 어떤 정서적인 환기를 일으킬 만큼 사연 있어 보이는 눈이었다. 어두운 눈동자에서부터 바깥쪽으로 미세하게 연해지는 홍채가 분위기와 깊이감을 더했다.

흠 하나 없이 완벽한 외형. 그러나 그 외형이 말 그대로 그저 완벽하게만 보였다. 객관적으로 감탄은 하지만 다른 어떠한 감정도 생겨나는 일은 없었다. 다른 차원의 사람을 눈앞에 둔 것처럼 무감하게만 느껴지고 있었다.

면전으로 손이 다가오기에 정신을 차리고 뿌리쳤다.

"왜 이래."

"……뺨."

내뱉은 목소리가 축축하게 울렸다.

"괜찮은 거야?"

걱정하는 말을 듣자 목이 꽉 메었다. 듣기 싫어 돌아서려 하자 두꺼운 손이 잡아 세웠다.

"어디 봐."

목덜미에 기분 나쁠 만큼 높은 체온이 닿았다. 팔뚝 또한 움직일 수 없게 붙들렸다. 뒷목에 잔뜩 힘을 준 조인휘는 가까워지지 않기 위해 버텼다. 밀착해서 얼굴을 살펴보는 상대의 행동이 곤란하기 짝이 없다.

좋지 않은 감정을 그대로 담아 직시한 순간이었다. 마주한 눈에 생각보다 알기 쉬운 감정이 떠올라 있어 눈이 크게 뜨였다. 너무도 익숙한 눈빛이었다. 그래서 저도 모르게 순간적으로 빠져들었다.

아…….

향수 섞인 체취가 끼치며 입술이 덮였다. 갈구하듯 쪼는 키스가 순식간에 깊어졌다. 큰 손이 목뒤부터 뒤통수를 감싸자 곳곳이 화끈거렸다. 닿은 곳도 입 속도 모두 열이 올랐다. 뜨거운 기운이 척추를 따라 깊은 곳까지 내려갔다. 조인휘는 감전된 것처럼 상대를 밀쳤다.

"……."

눈이 마주치자 그날 아침 느꼈던 기분이 느껴졌다. 몹시 거북했다. 이런 식의 정체 모를 죄책감을 또다시 느끼고 싶지 않았다.

"……이러지 마."

대체 왜 이런 짓을 하는지 속내를 알 수 없었다. 싫어서 헤어져 놓고 느닷없이 찾아오고 관여하고, 어째서 연인들 사이에서나 하는 행동을 하는지. 이해되지 않는 것은 둘째 치고 불쾌했다.

불현듯 '몸정'이라는 단어가 떠올랐다. 가슴이 덜컥했다. 섹스 때문이었나. 이 모든 행동이 그저 몸뿐인 관계를 맺기 위함이라고 생각하자 울렁거렸다. 어지럼증이 시야를 흐렸다. 같은 공간에 있는 것조차 넌더리 나게 싫다는 생각이 들었다.

"나 너랑 이런 거 할 생각 없어."

스스로 듣기에도 단호했다. 보다 확실하게 말하기 위해 조인휘는 재차 입을 열었다.

"키스든……."

섹스든.

행여 밖에 들릴까 작게 덧붙였다.

"그건 앞으로도 쭉 마찬가지고. 너 이러는 거 시간 낭비……."

말하는 도중 서로의 눈이 마주친 때였다. 쏘아붙이는 강한 시선에 놀라 입을 다물었다.

"아무튼……."

심장이 뛰는 바람에 시선을 피하고 침을 삼켰다.

"……오늘은, 오늘까지는 어쩔 수 없으니까 자고 가. 나는 마루에서 잘게."

나가려는데 부지불식간에 붙들렸다. 고정원은 붙들었던 손을 금방 놓았다.

"여기서 자."

"……."

"그럴 생각으로 온 거 아니니까."

반신반의하기도 했지만 표면적으로나마 안도되는 대답이었다. 나가서 자기도 사실 애매했기 때문에 결국 이러지도 저러지도 못하는 사이 자리에 못 박혔다.

난처한 심정으로 한숨을 내쉬려던 조인휘는 입을 다물고 도로 삼켰다. 거북하게 뭉친 숨들이 명치께에 걸려 있는 것이 느껴졌다.

동침은 어색하기 이를 데 없었다. 방의 가운데에 매트가 놓여 있고, 양쪽으로는 여분의 공간이 그리 넓지 못한 상황이었다. 혼자 쓸 때는 몰랐는데 매트가 굉장히 작았다. 편하게 누우면 서로의 몸이 닿았기 때문에 그게 싫어서 떨어지자 등이 반쯤 바닥에 닿았다.

"가까이 와. 그렇게 자면 불편하잖아."

작게 권하는 말을 딱 잘랐다.

"됐어. 지금 편해."

어두운 방에서 시선이 느껴졌다.

"아무것도 안 해. 의식할 거 없어."

사람을 자의식 과잉으로 몰아가는 발언이었다. 발끈해서 매트 안으로 몸을 밀어 넣자 어깨와 다리가 일부 닿았다. 닿든지 말든지, 그저 살덩이일 뿐이라는 생각으로 상관치 않았다.

맞닿은 부위에서 열기가 피었다. 둘 다 체온이 있는 만큼 어쩔 수 없었다. 숨소리마저 들릴 것 같아서 모로 눕자 벽을 마주하게 되어 그나마 좀 나았다.

잠들기 위해 노력했으나 꾸준히 잡념이 반복되었다. 여러 종류의 생각이 지나간 끝에 비좁은 고시원에서 소리 죽여 하던 행위가 구체적으로 떠오르고 있었다. 잡념을 몰아내기 위해 의식적으로 슬픈 생각을 했다.

쌀쌀해지기 시작하는 10월에도 방 안은 더웠다. 비가 내려 기온이 더욱 낮아졌음에도 불구하고 붙어 있으니 살갗이 후끈거렸다. 생각해 보면 고정원이랑 있을 때면 늘 이렇게 후끈후끈했다.

"……."

눈을 깜빡대던 조인휘는 어둠을 뒤집어쓴 방 안을 둘러보았다. 잠들지 못하고 있자 문득 어떤 생각 하나가 고개를 들이밀었다. 은밀한 목적이 하나 생겼고, 그 목적이 생긴 뒤로는 잠이 오지 않는 시간을 견디기가 한결 수월했다.

아주 오래 기다린 기분이었다. 동이 트기 시작하며 창문을 채운 짙푸른 색이 서서히 밝아지고 있었다. 기척을 내지 않으려 애쓰며 조인휘는 조심스럽게 등을 돌렸다.

바른 자세로 누워 잠들어 있는 고정원이 보였다. 어렴풋한 새벽어둠 속에서, 이제야 겨우 자신이 알고 있는 얼굴이 보이고 있었다. 익숙하디익숙한 애인의 잠든 모습. 이것을 보려고 그 긴 시간을 기다렸다.

잠버릇이 없는 고정원은 깨어 있을 때와 마찬가지로 단정했다. 흐트러짐 하나 없이 정적인 모습이 익숙하여 코로 작게 웃음을 흘렸다. 오래도록 기다린 보람이 행복감과 함께 밀려들었다.

깊고 느린 숨이 들려왔다. 조심스럽게 손가락을 코끝에 댄 조인휘는 숨결을 느끼고 뗐다. 별 게 다 좋아서 실없는 웃음이 났다. 홀린 듯 보고 또 보고…… 그동안 모자랐던 걸 채우려는 것처럼 끈덕지게 보았다.

오래도록 얼굴에만 머물던 시선이 점차 아래로 내려갔다. 완만하게 오르내리는 흉곽과 함께 조인휘의 눈이 강인해 보이는 손에 머물렀다.

공연히 빈 주먹을 움켜쥐었다. 보기만 하려 했는데 막상 보니까 잡고 싶은 충동이 솟구치고 있었다. 깨면 안 되니까 이걸로 만족하자 생각하면서도 입 안이 말랐다.

억지로 붙들고 있던 욕심이 끝내 터졌다. 간절하게 보고 있던 조인휘는 불가항력처럼 눈앞에 있는 손 밑으로 제 손을 밀어 넣었다.

손바닥끼리 맞붙자 더욱 참을 수 없게 되었다. 닿는 것으로 모자라 손가락을 오므려 붙들자 단단한 강도와 익숙한 형태가 손안에 가득 잡혔다. 꿈에서나, 상상 속에서나 붙들 수 있었던 그리운 애인의 손이었다.

조인휘는 자기도 모르게 불렀다.

"정원아."

부르자 상대가 정말로 '정원이'가 된 것 같았다.

"정원아……."

계속 불렀다. 몇 번을 반복해 부르다가 얼굴이 온통 젖은 걸 느꼈다. 빼낸 손으로 서둘러 얼굴을 훔쳤다. 급하게 자리에 누우며 이불을 뒤집어썼다.

일어났을 때 모든 게 돌아와 있으면 좋겠다. 아니, 아마 안 돌아오겠지만……

희망적인 생각과, 실망하지 않으려고 애쓰는 생각이 뒤엉켰다. 터지려는 감정을 억지로 누르는 사이 늦은 잠기운이 몰려왔다.

* * *

"잘생겨도 너무 잘생겼다."

칭찬을 들은 고정원이 쑥스러운 미소를 지었다.

"이름이 뭐라고?"

"고정원입니다."

"부모님이 아들 얼굴만 봐도 뿌듯하시겠어, 아주. 훤칠해서는…… 나는 무슨 우리 집에 웬 배우가 있나 했어."

이어지는 칭찬 세례에 하하, 웃음소리가 터졌다. 쑥스러운 듯 뒷목을 문지른 고정원은 옆에 선 조인휘를 쳐다보았다. 칭찬받는 당사자도 아니면서 야릇하게 빨개진 얼굴이 보였다. 그 위로 떠오른 감정은 명백한 거북함으로, 이 상황이 불편하다는 걸 너무나도 알기 쉽게 드러내고 있었다.

"왜 연예인 안 했대? 이렇게 잘난 얼굴 두고."

어른에게 시선을 돌린 고정원이 눈을 휘어가며 웃었다.

"끼가 없어서요."

"끼가 뭐 별거야. 얼굴이 끼지."

"그런가요. 그럼 지금이라도 해 볼까 봐요."

천연덕스럽게 장단을 맞추었다. 살갑게 구는 태도에 어른의 입에서도 웃음이 터져 나왔다. 넘치는 호감과 신뢰가 담긴 눈빛이 고정원을 향했다.

"그나저나 정원이한테 미안해서 어떡해? 오는 줄 알았으면 뭐 제대로 된 거라도 해 놓고 가는 건데."

"아뇨, 괜찮습니다. 밤늦게 찾아온 것만으로 죄송스러운데요. 자고 계실 때 온 거라…… 제대로 인사 못 드려서 죄송해요."

"그럴 수도 있지 뭘."

"괜찮으시면 다음에 다시……."

말을 이어 가는 도중 외침이 끼어들었다.

"엄마!"

한 발짝 다가온 조인휘가 사이를 가로막고서 말했다.

"얼른 나가셔야죠. 늦으면 안 되잖아."

"그래, 국 끓여 놓은 거 있으니까 그거라도 둘이서 먹고 가. 정원아, 다음에 다시 또 놀러 오고. 그땐 진짜 맛있는 거 해 줄게."

"네, 어머니. 다음에 또 뵐게요."

고정원이 배웅하듯 현관까지 다가갔다. 그 뒤로 조인휘가 금방이라도 중재할 것처럼 따라붙었다. 웃음이 만면해서 고정원을 토닥거리던 어머니가 나가시자 현관문이 쾅, 닫혔다.

침묵이 깔린 집 안에서 점점 멀어지는 발소리를 듣고 있던 중이었다.

"……너 얼른 가."

눈을 내리깐 채로 조인휘가 말했다. 싸늘한 말투와 표정에 고정원이 살풋 인상을 찌푸렸다.

"가라고. 못 들었어?"

왜 이렇게 날이 섰나. 새벽까지만 하더라도 이렇게 험악한 분위기는 분명 아니었던 것 같은데.

예민한 반응의 원인을 추측하던 고정원이 고개를 돌리며 작게 한숨을 뱉어 냈다. 어른과 인사를 나눌 때부터 이상했던 조인휘의 행동을 떠올리고는 곧장 상황을 납득했다.

3년간 사귀면서 조인휘는 분명 자신의 집에 드나들었다. 하지만 오늘 자신을 처음 보는 어른의 반응으로 미루어 보아 그동안 자신은 조인휘의 집에 인사드린 적이 없었던 모양이었다. 중요한 첫인사를 애인이 아닌 '남'에게 빼앗겨 화가 났다는 게 이제 눈에 보였다.

고정원은 곁눈으로 내려다보며 말했다.

"……어머니가 밥 먹고 가라고 하시던데."

조인휘가 홱, 올려다보았다. 일그러진 눈에 비친 감정은 넘실대는 불길처럼 보였다.

"그러니까 내가 7시 전에 나가라고 했잖아. 근데 왜……!"

화를 내는 듯하다가 고개를 떨구었다. 말을 삼킨 조인휘는 침묵으로 간극을 만들어 놓고 제 눈가를 가렸다.

"재워 줬으면 됐잖아. 그냥…… 그냥 나가. 나가 주라, 제발."

언행에 속속들이 짜증이 스며 있었다. 억누르고 있는 감정들은 잘못 건드리면 금방이라도 울컥 범람할 듯했다.

"……."

버티고 서서 고정원은 더운 숨을 내쉬었다. 지탱하는 양쪽 다리부터 복부, 가슴, 목줄기까지 돋아난 혈관이 튀어 오를 것처럼 씰룩거리는 게 스스로도 느껴졌다.

"옷은……."

얼굴에서 손을 치운 조인휘가 작게 말했다.

"벗어 놓고 가."

볼이 조금 붉어진 것을 보며 고정원은 소리 나지 않게 헛웃음 쳤다. 알고 있었지만 이런 취급을 받으니 기가 막혔다. 그래 봤자 어차피 내가 입을 옷 아닌가? 목구멍까지 치민 한마디를 삼키고는 단숨에 상의 지퍼를 내렸다.

지익-.

눈앞에서 옷을 벗자 조인휘가 시선을 피했다. 보란 듯 벗어젖히고서 간밤에 머물렀던 방으로 향했다.

창고 같은 방은 한눈에 들어왔다. 도대체 왜 이런 데서 애를 재우나. 새벽녘에 했던 생각을 다시 한번 했다. 제 옷으로 갈아입은 고정원은 벗은 옷을 허물처럼 들고 나왔다. 그리고 체온이 스민 옷을 굳이 상대의 품에 안겼다.

"미안."

사과하자 조인휘가 당황 어린 표정으로 올려다보았다. 하지만 이내 눈길을 피하고 미간에 주름을 새기는 모습이었다. 어서 사라지라는 듯, 거부의 분위기를 전면으로 풍겼다.

"……."

고정원은 깡마른 얼굴과 몸을 내려다봤다. 휴학은 왜 한 건지. 뺨은 누구한테 맞았던 건지. 밥은 제대로 먹고 있는데 그렇게 마른 건지. 얼굴을 본 순간부터 치밀어 오른 궁금증들을 목 안에서 눌렀다.

시선을 느끼고 있으면서 한 번을 마주 보지 않는다. 덤덤한 얼굴을 하고서 조인휘는 현관을 향해 앞서 걸었다. 철컥, 현관문을 열어젖히고는 묵묵히 고개를 떨구었다. 나가라는 뜻이 행동으로써 명백하게 전달되었다.

강력한 거부를 지탱하고 있는 건 완고한 의지였다. 고정원은 그 의지를 자극하는 일 없이 현관문을 나섰다. 밖으로 발을 내딛자 뒤에서부터 철문이 닫혔다.

축객하듯이 쾅, 큰 소리로 닫힌 현관을 잠시 바라보고 서 있었다. 돌아선 고정원은 층층이 먼지가 낀 계단을 한 걸음씩 내려갔고, 다 내려가고 나서야 뒤늦게 차 키와 휴대폰을 챙겨 나오지 않았음을 깨달았다.

"……."

되돌아가려던 고정원은 그러나 멈칫했다. 올라가지 않고 그대로 골목까지 걸어 나갔다. 건물의 옆으로 가만히 자리를 지키고 서 있자 어느 순간 요란하게 계단을 내려오는 소리가 들려왔다.

"고정원!"

부름이 근접한 순간이었다. 앞을 스치려던 조인휘가 휘청거리며 멈추어 섰다. 자리에 서 있는 고정원을 놀란 눈으로 올려다보았다. 그 손에는 차 키와 휴대폰이 들려 있었다.

"고마워."

말한 고정원이 손을 뻗었다. 숨이 가빠 헉헉대는 조인휘에게서 차 키와 휴대폰을 받아 들면서 손길이 부드럽게 스쳤다.

반공중에서 서로의 시선이 부딪쳤다. 비가 갠 하늘은 햇볕이 강하게 내리쬐고 있었다. 빛에 잠긴 조인휘의 눈은 홍채가 옅어지며 안을 채운 문양까지 또렷했다. 까만 동공으로는 마주하고 있는 자신이 비칠 듯했다.

"……너 왜……."

조인휘의 눈이 흔들렸다. 마주 보면서 고정원 또한 입 안이 마르는 걸 느꼈다. 몸이 굳고, 원치 않는 초조함이 느껴졌다. 어떻게 해야 할지 머릿속이 정리되지 않았다. 여기서 헤어지고 싶지 않다는 생각만이 더없이 확고했다.

아찔한 현기증이 시야를 흐렸다. 휘청거린 고정원을 조인휘가 몸으로 잽싸게 받쳤다.

"야, 너 왜 이래?"

겁먹은 목소리가 귓가에 울렸다. 중심을 무너뜨린 채로 고정원은 그 품에 파고들었다. 가느다란 등허리를 붙들며 목덜미에 얼굴을 묻었다. 뭘 먹고 뭘 바르면 이런 냄새가 나나. 환장할 만큼 좋은 냄새가 코끝에서부터 뇌 속을 파고들었다.

참지 못하고 힘주어 끌어안자 팍, 하고 밀어 내는 충격과 함께 몸이 떠밀렸다.

"……."

혐오를 담은 눈빛이 자신을 향해 있었다. 심장이 둑, 둑, 뛰며 거세게 반응했다. 장기가 뒤틀리듯 조여 왔다.

"……아파."

저도 모르게 말이 나갔다. 뱉어진 말에 조인휘의 표정이 달라졌다.

"뭐?"

뭘까 이게.

허탈한 느낌을 발치에 굴리며 고정원이 천천히 말을 이었다.

"가끔…… 뭔가 생각날 것 같은데……."

"……."

"그럴 때면 어지러워."

마주한 조인휘가 벼락을 맞은 것처럼 굳어졌다. 믿을 수 없는 것처럼 한참을 올려다보고는 겨우 입술을 움직였다.

"기억이…… 기억이 날 것 같아? 뭔가, 뭐라도 생각나는 것 같은 거야?"

감정이 물씬 배어난 목소리였다. 강력한 염원으로 인해 전율마저 스며 있었다. 고정원은 한 번 더 거짓말을 입에 담았다.

"……그런 것 같아."

무언가 기억이 났다거나 혹은 날 것 같다거나. 그런 적은 한 번도 없었다. 조금 전의 현기증은 연이은 수면 부족 때문일 가능성이 컸다. 제대로 먹지도 자지도 않은 상태에서 강력한 햇살을 받자 일시적으로 나타난 증상일 뿐이었다.

"벼, 병원에는? 혹시 가 봤어?"

"아니."

"그럼, 지금 가 보자 나랑. 가서 검사받고 처방받아 보자 같이."

말하며 조인휘가 목에 핏대를 세웠다. 흥분한 모습을 내려다보는 고정원의 두 눈이 서서히 짙은 색으로 잠겼다.

"나는 그냥……."

"그냥, 뭐? 괜찮아, 뭐든 들어줄 테니까 다 말해 봐."

조인휘는 안달 난 것처럼 팔을 덥석 붙들었다. 방금까지 나가라고 내쫓던 것과는 상반되는 행동이었다. 고작 몇 마디 말로 한순간 바뀐 구도와 상대의 적극적인 태도가 조금도 기분 좋게 느껴지지 않았다. 자신을 붙든 손을 내려다보며 고정원은 잠시 말을 보류했다.

"……너랑 있고 싶어."

하루 종일.

욕구에 가까운 말이 툭 터져 나왔다. 알아듣지 못한 것처럼 멍한 얼굴이 보였다. 팔을 붙든 손에서 힘이 스르르 빠져나갔다. 고정원은 마른 목을 축이고서 다시 입을 열었다.

"안 돼?"

잠시 망설이는 침묵이 지나갔다. '뭐든 들어주겠다' 했던 말처럼, 머지않아 조인휘는 작은 턱을 끄덕거렸다.

아침 일찍 오픈한 음식점을 찾다 보니 선택지가 얼마 되지 않았다. 들어온 곳은 규모와 인테리어가 패밀리 레스토랑을 연상시키는 24시간 설렁탕집이었다. 주문한 갈비찜과 설렁탕 두 그릇이 오래지 않아 식탁 위로 올라왔다.

"먹자."

하루 만에 제대로 된 첫 끼니였지만 내키지 않았다. 국물을 한 수저 뜨고 맞은편을 살피자 관찰하는 기색의 조인휘와 눈이 마주쳤다. 잠깐 어색한 기운이 흘렀다. 대화를 시도하는 대신 갈비를 하나 집어 주었다.

"먹어 봐."

조인휘는 그것을 순순히 받아 들었다. 한 입 우물거리고는 금방 입부터 열었다.

"그…… 기억이, 뭐라도 조금이라도 스치듯이 뭐 난 게 있는 거야? 정말, 사소한 거라도."

이미 음식은 안중에 없었다. '기억'에 대해 말을 내뱉은 직후부터 몹시 상기돼 있었다. 그러잖아도 커다란 눈이 반들거리며 빛나자 존재감이 강했다.

"……."

어린 소년 같다는 생각이 들었다. 표정도 그렇지만 마른 몸 때문이었다. 목덜미나 팔다리가 가늘다 못해 부러질 것처럼 보였다. 지난번보다 마른 게, 뭐든 많이 섭취하고 살을 찌우지 않으면 안 되는 수준이었다.

"그냥……. 순간순간 장면이 지나가는 게 다야. 그래도 긍정적인 반응이라고 생각해."

식사를 하게 만들 생각으로 고정원은 애매하게 떠벌렸다.

"아……."

맞장구치는 감탄사가 흐렸다. 잠시 넋을 놓던 조인휘는 격렬할 정도로 끄덕거렸다.

"응, 맞아. 그거 엄청 긍정적인 반응이지 당연히! 아, 진짜, 다행이다 진짜…… 난 이럴 줄 알았어. 곧 돌아올 줄 알았어. 의사 선생님이 원래 금방 돌아온다고 하셨거든, 보통."

"그래. 아마 곧 돌아올 것 같으니까……."

눈물이 고인 것도 아닌데 망막이 반짝거렸다. 희망과 환희로 범벅된 눈을 마주하며 말했다.

"일단 밥 좀 먹어."

"아, 응."

대답한 조인휘는 힘이 잔뜩 들어간 채 식사하기 시작했다. 기력을 되찾은 사람처럼 허겁지겁 퍼먹었다.

"천천히 먹어. 체할라."

"……응."

별말을 한 것도 아닌데 눈시울을 붉히고 있었다. 감정이 요동치는 듯했다. 음식을 입 안에 가득 품은 채 눈을 접어 웃기까지 했다.

음식물이 넘어가지 않아 수저를 내려놓은 고정원은 가만히 물을 들이켰다.

"근데……."

급하게 음식을 삼킨 조인휘가 말문을 열었다. 사레가 들렸는지 기침을 하다가 겨우 뒷말을 이었다.

"그…… 정원이 너도 너 성격 달라진 거 느꼈어?"

무슨 말을 하는 건가 싶어 쳐다보았다.

"사고 후에 머리 다치면 종종 그런 일 있다더라고. 원래 너 그런 성격 아닌데, 약간…… 예를 들면, 되게 점잖은 사람이 난폭해진다고 해야 하나?"

조인휘는 기다렸다는 듯 수다스럽게 떠들어댔다.

"원래 인간이 하는 행동이나 성격 같은 게 뇌 안에 무슨, 특정 부위들하고 밀접하게 연관 있어서 그렇다는데. 아무튼, 너 원래 안 그랬는데 갑자기 말하는 것도 그렇고 행동도 그렇고 엄청 달라져서……. 너도 그런 케이스 같아서 걱정했었거든."

"……."

얼마나 좋은 면만 보이려 노력했을지 훤히 보이는 듯했다. 그 노력을 3년이나 지속시킬 정도로 공을 들이고 있었다는 게 새삼 놀라웠다.

사고로 성격이 변한 게 아니라 원래 성격이 드러났을 뿐이라는 짓궂은 대답은 굳이 내뱉지 않았다. 의도적으로 상처를 주거나 질리게 하거나, 그래서 그 후에 조인휘가 사라지게 되면 고스란히 피해를 입게 되는 게 누구인지 깨달은 탓이다.

"그리고 기억 돌아오면, 기억 잃었을 때 일이 아예 지워지는 경우도 있고

다 남는 경우도 있다던데. 너는 다 지워져 버렸으면 좋겠다, 제발. 그치."

"……."

왜. 네 눈앞에 나는 지워졌으면 좋겠어?

묻고 싶은 말을 한 글자로 짧게 압축시켰다.

"……왜?"

"아니…… 좀, 그렇잖아."

말하기 망설이는 상대에게 고정원이 빙긋 웃어 보였다. 그러자 그제야 안심한 것처럼 조인휘는 나머지 말을 떠들어댔다.

"그냥 얼른, 너 기억 돌아와서 지금 이런 기억까지 다 사라졌음 좋겠어."

"……."

"근데 이제 진짜 얼마 안 남았다."

눈치라고는 존재하지 않는 것처럼 꿈에 부푼 얼굴을 했다. 지그시 쳐다 보던 고정원이 시선을 거두었다. 수저로 탁한 국물을 저으며 혼잣말처럼 내뱉었다.

"지금 나는 싫구나."

으하하, 천진한 웃음소리가 터졌다.

"아무래도 좀…… 그럴 수밖에 없잖아. 솔직히, 다시는 보기 싫지 나는. 그러니까 얼른 기억 찾아 바보야."

벌써부터 기억이 돌아온 것처럼 들떠 있었다. 고정원의 입술에 차가운 웃음이 걸렸다.

"……나는 고정원이 아니야?"

'아니야, 넌 정원이 아니야…… 넌 아니야……' 주문처럼 중얼대던 말 이 떠오르면서 표정이 멋대로 굳어졌다.

"어?"

"기억 잃어도 네 애인인데?"

"아⋯⋯."

갑자기 웃음기를 거둔 조인휘가 변명하듯 말했다.

"아니, 난 그런 게 아니라, 지금은 그냥⋯⋯ 뭐라고 해야 되나, 별로 안 친했던 동기에 가까우니까."

뒷덜미부터 등근육이 꽉 조이고 당기는 느낌이 들었다.

"⋯⋯섹스도 했는데?"

고정원이 작게 덧붙였다. 두 번이나 진득하게 결합되던 느낌이 아직도 생생한데. 너한테는 그게 아무것도 아니야? 속으로 되물으며 뜨거운 감정을 다스렸다.

"⋯⋯어⋯⋯?"

경직된 공기가 느껴졌다. 곤란해하는 표정이 보였다. 고정원은 그제야 얼굴 근육을 최대한 느슨하게 무너뜨렸다. 어떻게 보일지는 스스로도 알 수 없었다.

"농담이야."

집어 든 반찬을 조인휘의 그릇으로 옮겨 주었다. 그리고 애인처럼 다정하게 덧붙였다.

"얼른, 식기 전에 먹어."

"아, 응."

크게 한 입 떠서 우물거리며 조인휘가 물었다.

"너는 안 먹어?"

먹고 있다는 대답과 함께, 고정원은 역하게 느껴지는 음식물을 입 안으로 밀어 넣었다. 불쾌한 두통과 이물감이 한꺼번에 느껴지고 있었다.

3

도심에 살면 한 번쯤은 들를 법한 체인 카페였다. 장소는 처분했던 오 피스텔의 근처. 2층의 구석 자리로 안내한 조인휘는 눈을 빛내며 물었다.

"어때? 익숙해? 뭔가 기억나는 것 같아?"

'음' 하고 뜸을 들이던 고정원이 가볍게 주변을 둘러보았다.

"익숙해."

대답을 들은 조인휘의 얼굴이 활짝 피었다.

"그럴 줄 알았어. 우리 툭하면 여기 왔었거든."

실상 가장 유명하고 흔한 체인점이었다. 익숙하지 않은 쪽이 오히려 이 상했지만 별다른 언급 없이 커피를 한 모금 마셨다.

"머리…… 짧게 자른 것도 잘 어울린다."

조인휘가 멍한 얼굴로 말했다. 옅은 미소를 띤 고정원은 형식적인 인사로 답했다.

"고마워."

달라진 것은 머리 모양뿐만이 아니었다. 실질적으로 신상에 많은 변화가 있었다. 일산에서 조인휘를 찾아낸 이후부터 급격하게 진행된 일들이었다.

휴학계를 낸 것이 첫 번째였고, 조인휘의 본가 근처에 방을 얻은 것이 두 번째였다. 이 두 가지 변화로 인해 생활 반경과 패턴이 확연히 달라졌다.

처음에 조인휘는 왜 자신을 따라 휴학했냐며 기겁했다. 상당히 부담스러워하는 눈치였다. 하지만 '기억 찾는 일에만 집중하고 싶었다'는 대답에는 내심 반기는 기색 또한 숨기지 못했다.

물론 찾는다는 것은 말뿐이었다. 어떠한 시간적 물질적 노력도 기울일 생각이 없었다. 증발된 기억은 냉정히 표현하자면 타인의 과거와 같았다. 자신에게는 무관하고 무감하게 느껴질 뿐이었다.

"너 그렇게 시원하게 깎은 거 처음 봐."

만난 지 몇십 분이나 흘러 있었다. 아직도 신기하다는 듯 쳐다보는 시선에 고정원은 멋쩍은 것처럼 목을 문질렀다.

"좀…… 과감해지고 싶어서."

이마가 드러날 만큼 짧은 길이는 의도한 것이었다. 지난 3년간의 사진을 통해 이런 모습은 한 번도 시도하지 않았음을 알았다.

"……옷도, 뭔가 평소랑 다르네."

그 말에 고정원이 가슴팍을 쓸어내렸다. 티셔츠에 블루종 점퍼, 아래로는 무릎 부근이 살짝 드러나는 디스트레스드 진으로 단정한 걸 선호하는 평소 취향과는 거리가 먼 옷들이었다.

"어떤 것 같아?"

"뭐…… 어떻긴. 멋있지."

그 말이 그렇게 듣고 싶냐. 쏘아붙이는 조인휘의 발음이 웅얼웅얼 뭉개졌다. 공연히 본인의 뒷머리를 헝클어뜨리고 있었다.

"……."

어떻게 봐도 수줍음을 감추려는 행동으로 보였다. 그 생각을 끝으로 몸집만큼이나 커다랗게 융기한 고정원의 목울대가 들썩였다. 웃음기를 삼킨 고정원은 조용히 테이블 아래에서 다리를 옮겼다. 무릎끼리 교차되도록 얽자 그 사이로 더운 기운이 고여 들었다.

조인휘는 입을 꾹 다물고 있었다. 잠시 생각에 잠긴 듯한 표정을 했다. 낯빛은 상승하는 온도를 나타내는 온도계로 바뀌어 점점 색이 진해졌다. 냅킨을 만지작거리거나, 컵에 꽂힌 빨대를 씹는 불안정한 태도도 동반되었다. 보기에 애처로울 정도로 안면 전체가 붉어지고 나서야 가까스로 한마디를 내뱉었다.

"나 쳐다보지 말고 딴 데 봐."

명령의 말에 고정원은 순순히 눈길을 돌렸다. 시시각각 변하던 안색이 겨우 가라앉았을 즈음에야 물었다.

"어색해, 갑자기?"

"……."

말없이 컵에 담긴 얼음을 입 안에 넣어 굴리는 입술이 축축하게 젖었다. 으드득 깨물어 먹은 조인휘는 어색해 못 견디겠다는 듯 말했다.

"그냥…… 몰라."

얼버무리던 대꾸는 예상하지 못한 방향으로 전개되었다.

"이상해. 따른 사람 같아서."

"……."

가만히 마주 보는 시간이 길어졌다. 눈동자가 흔들린 조인휘가 먼저 피했다. 부자연스럽게 고개를 꺾고서 한쪽 다리를 떨었다. 목이 마른지 컵을 끌어당겼고, 걸쳐져 있던 빨대가 튕기며 바닥으로 떨어졌다.

"아, 씨……."

긴장감이 배어나는 몸짓은 모든 게 어설펐다. 막 성에 눈을 뜬 남자애가 이성을 의식하는 행동과 유사하게 비쳐지기도 했다.

차가운 커피를 한 모금 삼켰다. 고정원은 입 끝으로 조용히 웃었다. 오늘 아침, 밖으로 나서기 전 거울에 비친 제 모습을 보았을 때 느꼈던 위화감은 어느새 배 속까지 완전한 충족감으로 바뀌어 있었다.

어제보다 바람이 선선하게 불었다. 서늘한 가을 공기가 피부로 느껴졌고, 기온은 야외 활동을 하기에 적당한 정도였다.

주차된 차를 향해 걷던 중 휴대폰이 울리기 시작했다. 옆에서 조인휘가 전화를 받으면서 자연스레 통화 내용이 들려왔다.

"아, 네. 맞아요. 아아, 네, 감사합니다! 아, 다음 주부터요? 예, 가능해요!"

지원했던 곳에서의 연락인 듯했다. 조인휘는 자리에 멈춰 서서 공손한 목소리를 냈다.

"1시까지요? 예, 알겠습니다. 그때 뵙겠습니다-."

고개를 조아리며 통화를 끝내고는 긴 한숨을 내쉬었다.

"와, 다행이다. 여기 안 될 줄 알았는데."

"……어딘데?"

"독서실 총무 자리. 주말 파트타임."

고정원은 설핏 이마를 구기며 물었다.

"평일에도 일 구하지 않았나?"

"아, 응. 평일에는 카페 알바 하고, 주말에는 이거. 독서실 총무는 일거의 없어서 엄청 편하거든. 공부도 할 수 있고. 암튼 진짜 경쟁률 빡셌던 데라 안 될 줄 알았는데 운이 좋았어."

계속 일자리를 알아보고 있는 건 알았다. 조금도 달갑지는 않은 사실이었다. 떨어져 있는 시간이 늘게 되면 휴학계를 내고 따라온 수고가 무의미했다.

"덕분에 나도 공부 많이 하겠다."

중얼거리자 조인휘가 무슨 뜻이냐는 얼굴을 했다.

"카페랑 독서실. 앞으로 나도 매일 거기로 출퇴근할 거니까."

"아아."

입이 벌어진 조인휘는 속을 알 수 없는 표정을 지었다.

"꼭, 안 그래도 되는데……."

다소 거북해하는 내색이 비쳤다.

"가능한 한 매일 보는 게 기억 자극에 도움될 것 같아서."

떨떠름했던 얼굴은 그 한마디로 화색을 띠었다.

"아, 그렇네. 생각해 보니까 최대한 맨날 보는 게 확실히 도움 되겠다."

손바닥 뒤집듯 바뀌는 태도에 고정원은 저도 모르게 쓴웃음을 흘렸다.

"근데…… 주말에는 뭐, 잘 쉬었어? 어땠어? 뭐 새로운 게 기억나거나, 떠올랐다거나…… 혹시 있었어?"

조심스럽게 올려다보는 두 눈에 기대감이 어른거렸다.

"……어떤 장면이 떠오른 것 같기는 했어."

"진짜? 뭐, 어떤 거?"

"그냥…… 바다가 있는 장면."

태연하게 거짓말을 했다. 연인들끼리 흔히 가는 장소였기 때문에 깊게 생각하지 않고 가볍게 흘린 것이다. 하지만 조인휘는 생각 없이 흘린 그 한마디에 허겁지겁 달려들었다.

"바다에서 뭐, 어떤 걸 했는데? 또 뭐가 보였어?"

"글쎄, 그렇게 구체적으로 떠오른 건 아니라."

"……그래……."

실망감은 잠시뿐이었다. 조인휘는 출처를 알 수 없는 희망으로 급격하게 들떴다. 어찌나 들떴는지 걷다가 뜬금없이 손을 붙들기까지 했다. 겨우 손톱만 한 기억의 파편을 들이댄 것으로 경계가 누그러진 모양이었다.

잡힌 손을 내려다보았다. 고정원은 헐렁하게 얽힌 손가락들 사이로 제 손가락을 밀어 넣어 깍지를 끼웠다. 잠깐 그 매듭을 의식하는 듯하던 조인휘도 이내 기분 좋게 웃을 뿐이었다.

거짓말 덕에 허물어진 경계였지만 죄책감을 느끼지는 않았다. 어차피 기억을 찾으려는 것처럼 행동하는 것도 잠시일 뿐이었다. 모든 건 스쳐 가는 과정이고, 과정보다 중요한 것은 다른 데에 있었다.

차에 올라 가장 먼저 조인휘의 안전벨트를 매어 주었다. 벨트를 끌어오느라 가까이 다가갔을 때 조인휘는 놀란 것처럼 굳어졌지만 아까와 같이 금세 경계를 누그러뜨렸다.

"우리 어디 가지, 오늘은?"

들떠서 실실거리는 얼굴로 묻고 있었다.

"오늘은 좀 먼 데까지 가 볼까. 너 일 시작하면 앞으로는 시간 없을 것 같은데."

"아…… 그럼 거기 가면 되겠다!"

조인휘는 신이 나서 내비게이션의 목적지를 설정했다. 설정된 곳은 차로 몇 시간 떨어진 거리의 해수욕장이었다. 쑥스러움을 감추며 창밖을 내다보는 모습이 보였다.

"너랑 나랑 사귀게 된 곳인데……. 암튼, 가서 말해 줄게."

'바다'라는 단어에 격렬히 반응한 이유를 알 것 같았다. 그래, 하고 대답한 고정원은 출발하며 부드럽게 액셀을 밟았다.

차는 막힘없이 미끄러지며 고속도로에 진입했다. 달리는 차 안에서 고정원은 얼마 전 일을 회상했다. 조인휘의 거처를 간신히 찾아낸 날, 종일 함께 보냈던 하루에 대한 회상이었다.

그날은 용건도 없이 긴 시간을 함께 보냈다. 조인휘는 이따금씩 불편한 내색을 숨기지 못했지만 아무래도 상관없었다. 눈앞에 둔 것만으로 고문 같던 시간이 편하게 흘렀고, 그때부터 한시도 떨어지지 않는 환경을 진지하게 생각하게 되었다.

기억 찾는 것을 명목으로 정기적인 만남을 제안하자 조인휘는 기다렸다는 듯 수락했다. 그날부터 지금까지 만남이 이어지고 있었다. 조인휘의 주도 아래 남산을 방문했던 것처럼 추억이 있는 장소들을 둘이서 하나씩 다시 찾고 있었다.

옆자리를 힐끗 쳐다본 고정원은 오디오를 재생시켰다.

"주로 어떤 음악 들어?"

지금 막 궁금해진 것을 물었다.

"나?"

조인휘는 휴대폰을 꺼내더니 플레이리스트에 든 곡을 하나씩 읊었다. 정직한 영어 발음을 들으며 고정원은 싱거운 웃음을 흘렸다. 실상 그 웃음에는 아무래도 상관없던 타인의, 그것도 또래 남자애의 취향을 기억해 두기 위해 경청하는 스스로를 향한 조소도 어느 정도 섞여 있었다.

얼마 전까지 마지못해 적선처럼 해 주었던 데이트였다. 그 데이트를 이제는 자신이 적극적으로 주도하게 된 상황 또한 우습다면 우스웠다.

강한 햇살이 차창을 뚫고 들어왔다. 선바이저의 케이스에서 선글라스를 꺼내 쓰자 조인휘가 쳐다보았다.

"와……."

"……왜?"

"아니, 머리가 짧아져서 그런가, 느낌이…… 또 달라서."

또다시 멍하니 홀린 듯한 시선을 받아 내며 고정원은 시원한 입매로 웃었다.

휴가철이 아닌 바닷가는 한산했다. 모래사장에는 커플이나 가족 단위로 온 사람들이 눈에 띄었다.

"생각보다 더 휑하네."

해변에 선 조인휘는 예상과 다른 풍경에 살짝 놀란 듯했다.

"어차피 뭐, 바다 풍경은 거기서 거기니까……. 차라리, 그때 갔던 식당이랑 묵었던 리조트를 가 보자."

조인휘는 마음이 급한 모양이었다. 지금 당장 가겠냐고 물으며 초조하게 굴었다. '시간이 많으니까 천천히' 하고 느긋하게 답하자 그제야 수긍하고 고개를 끄덕였다.

지체시킨 일정을 여유 삼아 그대로 천천히 연안을 따라 걸었다. 조인휘의 머리카락이 바닷바람에 휘날리는 것이 보였다. 차분해진 조인휘는 진지하게 바다를 감상하고 있었다. 흰 포말들이 와르르 밀려들었다 넓게 퍼져 나가는 광경을 매료된 눈으로 바라보았다.

"어?"

한참 걸어가던 중이었다. 불현듯 소리친 조인휘가 홀로 저만치 달려 나갔다. 그리고 잠시 뒤, 주인 없는 축구공 하나를 발끝으로 몰고 왔다.

"이거 봐."

반가운 표정이었다. 양쪽 발에 이리저리 패스하며 가지고 놀더니 제자리에서 볼 리프팅을 하기 시작했다. 바닥에 떨어뜨리지 않고 연속으로 튕기는 폼이 의외로 능숙했다.

"잘하네."

칭찬하자 가지런한 이가 드러났다.

"중학교 때까지는 날라다녔는데. 밥 먹고 축구만 하던 시절도 있었어, 한때는."

"남자 형제 있어?"

고정원의 물음에 순간 리듬이 깨졌다. 공이 밖으로 튕겨 나갔다. 집중력이 사라졌는지, 제자리에 선 조인휘가 머쓱하게 머리를 긁적였다.

"아니. 누나 한 명."

"닮았어, 너랑?"

타인의 가족 관계 같은 건 늘 관심사 밖이었다. 하지만 조인휘의 가족 관계는 그것보다 더욱 자세한 사항들을 포함하여 흥미가 있었다.

"별로……."

무성의하게 대꾸한 조인휘는 튕겨 나간 공을 쫓았다. 발을 사용해 공을 띄우는 기술을 선보이고 다시 리프팅에 열중했다. 더 이상 어떤 설명도, 혹은 질문도 나오지 않았다.

나한테는 아무것도 안 궁금한 건가.

불쑥 솟은 반발심은 곧 상황을 자각함과 동시에 사그라들었다. 고정원은 단단하게 굳은 제 목줄기를 쓸어내렸다. 이미 저에 대해 다 알고 있는 조인휘가 아무것도 묻지 않는 건 당연했다. 그것을 무관심으로 받아들이고 기분이 저조해진 스스로의 예민함이 황당했다.

"우리 누나 너랑 만난 적도 있어."

튕긴 볼을 잡아 낸 조인휘가 말했다.

"그래?"

"……어. 사실 그때 기억은, 잊어줬으면 했는데……."

어떻게 진짜 잊어버렸네.

덧붙인 조인휘가 눈썹을 일그러뜨리며 웃었다.

잊어줬으면 하는 이유가 신경 쓰였다. 왜 저렇게 울적한 얼굴을 하는지, 보다 자세한 사정을 알고 싶었다. 하지만 조인휘는 입을 다물어 버리고 공을 튕기는 하찮은 일에만 집중했다.

근육이 뭉친 것처럼 흉부가 갑갑해졌다. 서로가 가진 정보의 차이와 서로를 향한 관심의 차이, 그 사이에서 발생하는 불균형이 거슬렸다. 대수롭지 않게 넘기기에는 불쾌감이 지나치게 비대했다.

"게임할래?"

물으며 다가가자 조인휘는 공을 패스했다.

"무슨?"

"글쎄. 이걸로 아무거나."

고정원은 조인휘가 했던 것처럼 발등으로 볼을 튕겼다.

"이기는 사람 부탁 들어주기. 괜찮아?"

균형을 맞추고 싶었다. 어떤 환경에서 어떻게 지냈는지. 뭘 좋아하고, 또 뭘 싫어하는지. 지리할 정도로 구체적이고 사적인 이야기들을 들어 보고 싶었다.

"재밌겠다."

적극적으로 수락한 조인휘에게 공을 패스했다. 리프팅을 누가 더 많이 하는가 하는 것으로 내용이 합의되자 조인휘는 성질 급하게 공을 띄웠다.

기선 제압을 하고 싶은 모양이었다. 과도한 자신감을 드러내며 무릎과 가슴팍을 이용해 리프팅을 하고 있었다. 하지만 보여 주기 식의 안정적이지 못한 자세가 이어지며 오래 못 가 바닥에 공을 떨구었다.

실수했다며 불평하는 걸 뒤로하고 고정원이 공을 튕겼다. 낮게 튕기는 리프팅은 길고 안정적으로 이어졌다. 결국 빠른 시간 내에 조인휘보다 훨씬 많은 개수를 달성했다.

"뭐야. 얍삽이 같아, 너. 나도 그런 식으로 하면 하루 종일도 하는데? 너 무릎 리프팅 할 수 있어? 아니다, 이번엔 헤딩으로 리프팅 해 볼래?"

결과를 받아들이지 못한 조인휘가 정색했다. 고작 이런 유희거리에 눈을 세모꼴로 치뜨고 달려드는 게 귀여워서 고정원은 꽤 길게 웃었다. 하지만 그 때문에 조인휘는 자존심이 더 상했고, 그리하여 대결이 몇 번쯤 더 반복됐다. 서로 방해하는 장난이 끼어든 이후에는 역시나 순수한 시합이 아니게 됐다.

"아, 안 돼!"

무릎으로 공을 튕기는 조인휘에게 몸을 밀착했다. 성적인 접촉으로 보일 만큼 바짝 달라붙자 조인휘가 공을 떨어뜨렸다.

"야, 이러면……! 이건 아니지."

조인휘가 억울한 표정으로 항의했다. 고정원은 심술궂게 일부러 공을 발로 차서 바닷물에 빠뜨렸다. 다급하게 소리친 조인휘가 바다로 달려들었다. 파도에 휩쓸린 공을 줍고 있는 뒤로 다가가 그대로 어깨에 들쳐 업었다.

"우악!"

매달린 조인휘는 놓으라며 호들갑스럽게 반항했다. 안아 든 몸뚱이를 물에 빠뜨릴 목적으로 내려놓았다.

"악, 차거!"

종아리의 반이 잠겼다. 깊은 곳은 아니었지만 주저앉으면 완전히 젖기에는 충분했다. 조인휘는 자기만 젖었다면서 물을 끼얹었다. 물을 정면으로 맞은 탓에 고개를 털자 그게 웃겼는지 손가락질을 하며 하하하, 청량하게 웃었다.

"작년 생각났어. 너랑 별장에 딸린 수영장에서 수영했던 적 있거든. 그 왜, 너네 집 풀빌라……."

또 모르는 얘기였다. 추억 타령을 듣는 게 지겨웠기 때문에 다시 목전에 둔 몸뚱이를 들쳐 업었다. 맞닿은 부분이 한순간에 젖었다. 요란하게 버둥거리는 조인휘를 데리고 좀 더 안으로 들어갔다.

난폭하다는 표현이 어울리도록 거칠게 놀았다. 서로 물을 먹이고 밀치고 끌어당기고……. 조인휘는 힘이 빠져 넘어질 뻔했다. 붙잡아 세운 고정원은 허리를 잡아당기며 마침내 끌어안는 자세로 밀착했다.

"그때도 여기에서……."

"……."

"우리 이런 장난 쳤어?"

겁먹은 것처럼 커다란 눈이 코앞에 있었다. 젖은 속눈썹을 깜빡이던 조인휘가 웅얼거렸다.

"……물놀이를 하긴 했는데……."

"옷 입고?"

"……아니."

"공 가지고 대결하다가?"

연달아 묻는 말에 조인휘는 웃음을 터뜨렸다. 그리고 얕게 고개를 저으며 아니, 답했다. 그게 만족스러웠다. 이건 이전의 추억에 대한 답습이나 재현 같은 게 아니었다. 그때와는 완전히 다른 기억이 된 것이다.

닿은 부분이 온통 축축했다. 따끈하기도 했다. 눅눅한 숨결을 느끼던 고정원이 비스듬히 고개를 숙였다. 하지만 완전히 겹쳐지기도 전에 마주한 턱이 어긋났다.

"……."

들러붙어 있던 체온이 떨어져 나갔다. 조인휘는 물 밖을 향해 나갔다. 맞닥뜨린 상어를 피해 도망치는 사람처럼 헐레벌떡 움직였다. 지켜보고 서 있던 고정원도 육중해지는 물의 저항을 느끼며 천천히 그 뒤를 따랐다.

"와, 미쳤다. 진짜 완전 다 젖었어 우리. 어떡하냐."

티셔츠에서 물을 짜내며 조인휘가 웃었다. 개구진 표정에서 조금 전의 야릇한 기운 같은 건 찾아볼 수 없었다.

물먹은 옷은 피부에 무겁게 달라붙었다. 흡수된 바닷물이 모래밭으로 뚝, 뚝, 떨어졌다. 음산하게 낮아지는 체온을 느끼며 고정원은 젖은 얼굴을 쓸어내렸다.

비수기인 만큼 리조트는 예약 없이 방을 잡을 수 있었다. 둘은 물을 짜냈지만 여전히 축축한 옷을 입고서 입실했다. 손에는 벗은 점퍼와, 편의점에서 산 속옷 두 개가 들려 있었다.

"으, 춰……."

조인휘는 양쪽 어깨를 부여잡고 문질렀다. 고정원은 포장을 뜯은 속옷 하나를 조인휘에게 건넸다.

"먼저 씻어."

"아냐, 됐어. 너 먼저 씻어."

고정원의 손가락이 파리한 입술을 건드렸다.

"하얘. 여기."

"……아. 헐, 그래? 입술까지 하얘진 줄은 몰랐네."

어조가 알아차릴 수 있는 정도로 딱딱했다. 조인휘는 서두르는 몸짓으로 휴대폰을 충전시키고는, 빨리 씻고 오겠다는 말을 끝으로 욕실로 직행했다.

나란한 두 개의 싱글 베드가 눈에 들어왔다. 하얀 침구에 의미 없이 시선이 달라붙었다. 타일 바닥에 떨어지는 물소리가 들려오기 시작했다. 우두커니 한가운데 서 있던 고정원은 젖어서 달라붙는 옷가지를 하나씩 벗었다.

10분쯤 지났을까.

샤워 가운을 걸친 조인휘가 머리를 털며 나왔다. 어지간히 뜨거운 물로 씻었는지 뺨이 복숭아 껍질처럼 발그레했다.

지체 없이 교대로 들어갔다. 짓이기듯 느린 한숨을 토해 내며 고정원은 하나 남은 속옷을 벗었다.

욕실 한 면은 완전한 노출형이었다. 탁 트인 오션 뷰가 조잡하지 않고 깨끗하게 펼쳐졌다. 하지만 눈길을 사로잡은 것은 운치 있는 풍광이 아닌 욕실 바닥에 떨어진 체모였다.

가느다란 털은 그렇게 보이지 않아도 음모임이 확실했다. 알아본 것은 기억 속에 조인휘의 나체가, 그중에서도 특정한 부위들이 인상 깊게 남아 있었기 때문이었다. 겨드랑이부터 음부까지, 흰 피부를 뒤덮은 체모라는 게 남성의 것이라기에는 가련할 정도로 엷었었다.

"……."

쓸데없이 오래 보고 있었음을 깨달았다. 고정원은 손에 쥔 것을 버리고 안으로 들어섰다. 부스로 들어서자 수증기와 함께 달콤한 향이 짙게 났다. 방금 전 조인휘를 스칠 때 났던 그 향이 샤워 부스 안을 빈틈없이 가득 채우고 있었다.

씻는 동안 성기가 홀로 발기했다. 물줄기를 흡수하듯 홀로 무럭무럭 팽창했다. 더 이상 무시할 수 없겠다 싶은 순간 고정원은 맥동하는 그것에 손을 댔다.

눈을 감는 것과 동시에 준비된 것처럼 상상됐다. 상상 속에서 자신은 방금까지 서 있던 방에서 조인휘와 뒹굴고 있었다. 과감하게 얽히는 전희는 바다에서 서로 몸을 얽어 가며 치던 과격한 장난과도 비슷한 듯했다.

조인휘는 어쩔 줄 몰라 하며 달라붙었다. 밀착하고, 비비고, 조르고…… 축구공이나 튕기며 천진하게 굴던 남자라고는 생각지도 못할 만큼 음란한 몸짓을 하고 있었다.

"아……!"

지나치게 몰입한 나머지 신음이 터졌다. 이를 악물었다. 손을 떼자 성기가 홀로 흔들리며 정액을 토했다. 하얗게 터뜨려지며 끝도 없이 씻겨 내려갔다.

고정원은 벽에 팔을 짚고 고개를 숙였다. 차가워진 물줄기가 거세게 후두부를 때렸다. 젖어서 달라붙은 짧은 머리칼을 쓸어 올렸다. 전신을 뒤덮은 찌릿찌릿한 쾌감이 불쾌하고 허무한 무언가로 바뀔 때까지, 그대로 쏟아지는 물속에 서 있었다.

씻고 나온 뒤에는 룸서비스를 시켰다. 조인휘가 고른 메뉴는 고기를 위주로 한 기름진 음식들이었다. 함께 다니면서 조인휘의 입맛이 담백한 음식을 선호하는 자신과 달리 전형적인 또래 남자애들과 비슷하다는 것을 알게 되었다.

"맛있어. 이거 먹어 봐."

얼마 뒤 배달된 음식들은 시설의 규모에서 예상되었던 수준을 상회했다. 한 입 크게 넣느라 볼을 부풀린 조인휘가 접시를 가리켰다.

권해진 대로 고정원은 스테이크를 한 조각 입에 넣었다. 부드러운 안심을 어금니 안쪽으로 씹으며 슬몃 눈살을 찌푸린 것은 눈앞의 광경 탓이었다.

소파에 앉아 책상다리를 하고 있는 조인휘에게서 위화감이 느껴졌다. 그 이유가 유독 횅하게 드러나 있는 고간 때문임을 눈치챘다. 가운이 갈라지며 허벅지와 함께 보이면 안 될 것이 보이고 있었다.

조인휘가 이쪽을 보았다. 그리고 곧, 고정원의 시선을 따라 고개를 숙였다. 눈길이 닿은 위치를 파악하고는 화들짝 몸을 떨었다. 벌떡 일어나 가운을 여미고는 방금과는 다르게 우스꽝스러울 정도로 얌전한 자세로 앉았다. 이마와 광대 부근이 뙤약볕에 덴 것처럼 벌겠다.

"뭘 그렇게 봐."

"……속옷, 안 입었어?"

"자고 가게 됐으니까, 내일 아침에 씻고 입으려고 했지."

고정원은 꽉 메는 목구멍으로 물을 넘겼다.

"밥 먹고 나면 입어. 내려가서 더 사 올 테니까."

"……괜찮은데."

식기가 달그락거리는 소리만 울렸다. 의식하지 않으면 어느새 눈길이 한쪽으로 머물렀다. 입지 않은 상태라는 걸 알아서인지 윤곽이 보다 적나라하게 느껴졌다.

대화는 거의 오가지 않았다. 음미할 여유도 없이 해치우는 것에 가까운 형태로 식사는 끝이 났다.

식후에는 근처의 편의점에서 여분의 속옷을 샀다. 넉넉히 열 장 정도를 더 사 오자 조인휘는 묘한 표정을 지었다.

"가운만 입고 다니는 거 안 민망했어?"

묻는 말에는 그저 가볍게 웃어 주었다.

이후로는 갈 곳도 할 것도 없었다. 옷이 젖은 관계로 멀리 나가기에는 무리가 있었고, 그대로 잠을 자기에는 아직 시간이 한참 일렀다.

사귀는 사이였다면 고립된 방 안에서 할 게 넘쳤겠지만…….

"……."

거북한 기분에 사로잡힌 고정원은 가만히 눈썹을 모았다. 침대에 걸터앉아, 아까의 물놀이로 젖은 담뱃갑을 건드렸다. 정면에 걸린 거울을 통해 조인휘와 눈이 마주친 것도 그때였다.

조인휘는 빠르게 눈길을 피했다. 마찬가지로 지금 상황을 거북해하고 있음이 느껴졌다.

꽉 막힌 분위기를 벗어나고자 고정원은 테라스로 나갔다. 경치를 내려다보고 있자 인기척이 느껴졌다. 따라 나올 줄은 몰랐기 때문에 등줄기가 굳어졌다. 조인휘는 어딘가 눈치를 보는 느낌으로 다가섰다.

"……여기, 우리한테 엄청 의미 깊은 곳인데."

또 그런 얘기인가.

상대의 행동이 갑자기 지겹게 느껴졌다. 엄밀히 따지자면 여행의 목적 자체가 이런 것이고, 애초에 이 리조트도 둘만의 그 거창한 사연 때문에 방문한 것이었다. 전부 알고 이해하는 상태에서 느닷없이 짜증스러운 기분을 참기 힘들었다.

조인휘는 이곳에 얽힌 추억들을 늘어놓았다. 유창하지도 못한 말솜씨로 구구절절 쏟아 내고 있었다. 여기서 어떤 일이 있었으며, 어떤 과정을 통해 사귀게 되었는지 따위의 일화들이었다. 흥미 없음에도 불구하고 멋대로 귀에 들어왔다. 그런 유치한 짓을 했었어, 내가? 이따금씩 끼어들어 비꼬고 싶은 충동을 참아야 했다.

"그래서…… 고백은 인휘가 먼저 한 거네."

조인휘는 쑥스러운 표정이었다. 그러면서도 자랑을 하는 사람 특유의 뿌듯한 얼굴을 했다.

"그렇지……. 남자답게 내가 먼저 했지, 그건."

미안하지만 조금도 박력 있는 상황이 아니었다. 있는 대로 부추겨져서 고백한 것으로 반강제나 다름없었다. 듣고 나니 솔직히 기가 막혔다. 고백까지 먼저 시켰을 줄이야. 하지만 그렇게까지 해서 확정의 형태로 굳히려는 마음도 이해 가지 않는 건 아니었다. 조인휘의 성격과 언행을 보고 있자면 자연스레 납득되는 부분이었다.

그 뒤로도 들뜬 상태가 계속됐다. 조인휘는 눈앞에 있는 상대가 추억 속 당사자라는 걸 잊은 듯 과시에 가까울 정도로 심취해서 떠들어 댔다. 때때로 '혹시 기억나? 어때?' 하며 반응을 살피기도 했다. 그럴 때만 정확하게 두 눈을 맞추었다.

고정원은 이야기를 듣다 말고 가운을 풀어 헤쳤다. 더워서 참을 수 없었다. 벗겨 낸 천을 한쪽으로 던지자 등 뒤로 목소리가 들려왔다.

"갑자기 왜…… 더워?"

"할 것도 없는데 수영이나 할까 싶어서."

테라스에는 프라이빗 풀이 있었다. 커플 타깃인 듯, 야외에서 분위기를 즐기도록 마련되어 있었다.

"같이 할래?"

돌아서서 가볍게 물었다.

"……아니……? 수영복도 없고."

"속옷 입고 들어가지 뭐. 여분도 많은데."

조인휘는 자기는 괜찮다며 어설프게 거절했다.

"왜, 의식돼서?"

그 말에는 파르르 반응했다.

"그런 게 아니라."

같이 들어가면 큰일이라도 나는 건가. 이제 와서 내외하는 것처럼 벽을 치는 게 우스웠다. 그래서 얼마 전 식당에서 들었던 말을 들먹였다.

"나는 싫다며."

"……."

"기억도 없는 나는 네 애인도 뭣도 아닌데, 그렇게까지 의식할 필요 있어?"

흘리듯 부드러운 어투였다. 언중유골을 알아차리지 못했는지 조인휘는 제법 진지한 표정으로 생각에 잠겼다. 정말 그런가 고민하고 있는 것처럼 보였다. 그리고 얼마 지나지 않아 설득당한 모양새로 주섬주섬 가운을 벗었다.

풀장은 두 사람이 몸을 담그기 좋은 크기로 제법 넉넉했다. 그러나 입수한 조인휘는 편하게 즐기지 못하고 어딘가 경직되어 있었다. 소극적인 움직임은 마치 살이 닿을까 봐 조심하는 것처럼 보였다.

경계하는 건 그 일 때문이겠지, 생각했다. 바다에서 맞닿기 직전 입술을 피했던 상황을 떠올린 고정원은 젖은 얼굴을 문질렀다. 주시하고 있던 행동을 그만두고 반대편으로 돌아섰다. '그런 분위기'가 될까 봐 지레 겁먹은 상대를 보고 있자니 빈말로라도 유쾌한 기분이 아니었다.

그대로 물속에 잠수했다. 꽤 오랫동안 움직이지 않는 상태로 있었다. 물 밖에서 급하게 부르는 소리가 들려왔지만 일부러 반응하지 않았다. 언제까지고 참을 수 있을 듯한 기분이 들었다. 조인휘가 억지로 몸을 일으킬 때까지 물속에서 눈을 감고 있었다.

"정원아, 괜찮아? 야, 고정원!"

안겨서 몸을 축 늘어뜨렸다. 이것 또한 일부러였다. 당황한 조인휘는 흔들며 이름을 불러 댔다. 생각보다 격한 반응을 보이며 인공호흡이라도 할 기세였다. 어떻게 할지 지켜보고 싶은 마음도 있었지만 오래 끌 장난도 아니라 그쯤에서 눈을 떴다.

"뭐야!"

등허리를 덥석 잡자 노성이 날아들었다.

"죽을까 봐 무서웠어?"

화가 난 조인휘가 품에서 주먹을 휘둘렀다. 미간에 잔뜩 주름을 만들고 필사적으로 씩씩거리는 얼굴을 보고 그만 웃음이 터졌다.

"재밌냐 이런 게?"

위협적으로 휘둘러진 팔을 붙들었다. 앙상하게 느껴질 만큼 납작한 팔뚝이었다. 빼내려는 것을 허용하지 않고 꽉 붙들어 내렸다.

반항이 사라지고 나서야 악력이 느슨해졌다. 고정원의 굵은 손이 팔뚝에서 손목을 향해 미끄러졌다. 스르르, 손과 손이 겹쳐지자 스킨십이랄 것도 없는 그 접촉에 찌릿함이 번졌다.

조인휘가 잽싸게 손을 빼냈다. 같은 느낌을 받은 건지, 아니면 그저 불편한 건지 알 수 없었다.

"……"

멀찍이 거리를 둔 조인휘는 딴청을 피웠다. 고정원은 손바닥을 한 번

쥐었다 폈다. 무엇을 해야 할지 알 수 없어 넋을 뺀 사람처럼 자리에 서 있었다. 전에 없이 기분이 들쑥날쑥한 것을 느꼈고, 변덕스러운 스스로의 상태가 이해되지 않았다.

원래 이렇게 어수선한 느낌이었던가. 일일이 반응을 살피고 감정적으로 영향을 받는 내내 성적으로 고조되어 입 안이 말랐다. 지금껏 경험한 데이트의 순간들을 떠올렸으나 이러한 감각에 대해서는 조금도 감이 잡히지 않았다.

언젠가부터 아래로 피가 몰려 있었다. 조인휘는 아무것도 눈치채지 못한 듯했다. 물속에서 조금 더 가깝게 거리를 좁혔다. 흥분한 상태를 들키고 싶지 않았지만 반대로 보여 주고 밀어붙이고 싶은 기분도 분명히 있었다.

"멍, 많이 빠졌네."

고정원은 손을 들었다. 얼룩덜룩해진 뺨을 스치듯 만지자, 고작 그 정도의 접촉에 조인휘는 입가를 굳혔다.

"응."

대꾸를 끝으로 또다시 알기 쉽게 피했다. 어색해하며 물장구를 쳤다. 그 물장구도 오래 이어지지는 않았다.

"그럼 난 먼저 좀…… 나가서 쉬고 있을게."

조인휘가 돌아선 순간 반사적으로 붙들었다. 불편한 자세로 움직임을 멈춘 조인휘는 어정쩡하게 돌아보았다.

고정원의 두 눈이 천천히 위에서 아래를 향했다. 해가 저무는 시각이었고, 자연의 조명은 실시간으로 달라지고 있었다. 저녁놀을 등진 조인휘의 얼굴과 몸 선이 아련하게 물들어 묘한 분위기를 띠었다.

"……."

흔히들 말하는 로맨틱한 분위기가 감돌았다. 드물게도, 그러한 분위기에 자신이 몹시 취하고 있었다.

나만 좋은 거야?

묻는 대신 지그시 쳐다보았다. 조인휘는 어찌할 줄 모르는 표정이었다. 눈썹 끝이 내려가 있었다.

"아…… 맞다!"

조인휘가 입을 크게 벌렸다.

"아까 바다에서 너 나한테 리프팅 이겼잖아. 원하는 거 하나만 들어줄 테니까 말해 봐."

돌파구를 찾은 것처럼 눈이 빛났다. 대충 장난스럽게 분위기를 몰아가려는 듯했다. 머리를 굴리는 게 보이는데도 짜증스럽다기보다 귀엽다는 생각이 들었다. 눈을 맞추고, 그대로 입까지 맞추고 싶을 만큼.

고정원의 입술이 벌어졌다. 궁금했던 것들을 물을 타이밍이었다. 충동처럼 키스하고 싶다는 말이 나올 것 같아서 목구멍을 조였다. 그러나 잠시 후 입 밖으로 나온 말은 머릿속으로 가늠하던 것들이 아니었다.

"……기억 찾기 싫어."

"뭐?"

뱃속 가장 깊은 데 깔려 있던 본심이었다. 이렇게 되면 만날 구실이 사라지게 된다. 천천히 가려고 했던 계획이 전부 무너져 버린다. 알면서 조종당하는 것처럼 입이 움직였다.

"너랑 사귀고 싶어."

"……그게 무슨 소리야?"

이해하지 못하는 표정이었다.

"기억, 찾기 싫어, 왜?"

얼굴만 보면 세상이 무너지기라도 한 것 같았다. 흐려진 눈망울을 하고서 조인휘는 쏟아 내듯이 물었다.

"네가 나를 안 보니까."

"무슨 소리야. 보고 있잖아. 억지 부리지 마."

서서히 눈살을 구기며 뒷걸음질 쳤다.

"돌아오고 있다고 했잖아. 이번에도 바다 생각 났다면서. 그래 놓고 왜 갑자기 찾기가 싫어? 말이 안 되잖아."

"······기억 상관 없이, 그냥 지금 네 눈앞에 있는 나를 봐 줬으면 좋겠다는 뜻이야."

고개를 숙인 조인휘는 젖은 손으로 얼굴을 학대하듯 심하게 문질렀다. 말릴 엄두도 나지 않게 문지르다가 어느 순간 돌아서서 풀장 밖으로 나갔다.

팍, 물이 튀어 오르며 고정원이 그 뒤를 따라 나갔다. 빠르게 멀어져 가는 조인휘의 뒷모습을 무서운 기세로 쫓았다.

테라스 문을 열고 방으로 들어선 순간, 조인휘는 고정원에게 붙들렸다.

"헤어지자며, 니가!"

고함을 터뜨리며 조인휘는 옭아매는 몸을 밀어 냈다. 고정원은 육중하게 버티고 서서 말없이 내려다보기만 했다. 묘한 정적이 흐르던 중 갑자기 숨을 들이켠 조인휘가 고개를 쳐들었다. 서로의 눈과 눈이 일직선으로 부딪쳤다.

"너······ 나 좋아진 거야? 진심으로?"

금방이라도 달려들 기세였다. 이번에는 혼란이 아닌, 의미를 알 수 없는 폭발적인 기대감이 서려 있었다.

"저번에는 우리 관계 비정상이라고······ 니 입으로 그랬잖아."

413

"……그때는 그랬어. 기억에 없는 건 뭐든 부정하고 싶었어."

"그럼…… 지금은 그렇다는 건, 나하고 사귀고 싶다는 건, 기억 돌아오고 있는 거 맞는 거 같은데? 아무리 봐도 그래서 다시 나 좋아지고 있는 것 같은데, 아냐?"

고정원은 진심으로 신물이 난다는 생각을 했다. 기억에도 없는 과거의 일부가 언제까지고 끈질기게 제 뒤를 물고 늘어질 것 같았다.

"기억 돌아오지 않으면 너랑 만날 자격도 없는 건가, 나는."

혼잣말처럼 낮게 깔린 말에 타올랐던 눈동자가 한순간 꺼졌다.

"그런 게 아니라…… 그냥, 나중에 얘기해."

기운 빠진 투였다. 계속해서 눈길을 피했고, 그런 태도가 고정원을 초조하게 만들었다.

"잘못했어."

"……."

"변명 안 해. 초반에 실수한 거 나도 인정해. 앞으로도 두고두고 만회할 거야."

진심이었다. 이제부터 제대로 만회하며 만나고 싶었다. 지난 3년보다 더 잘해 줄 자신도 있었다. 더욱더 다정하게. 진저리 칠 만큼 몇 배는 더 극진하게 대해 줄 수 있었다.

"아냐, 난…… 그런 문제가 아니라……."

조인휘의 태도가 뒤집혀 있었다. 그 경계가 뚜렷했다. 자신이 기억을 찾고 싶지 않다고 말한 뒤부터였다. 실망감과 거부감이 맨살에 닿는 살얼음처럼 뚜렷하게 느껴지고 있었다.

"나한테도……."

고정원은 뜨겁게 치민 것을 삼켰다. 울컥 토해 내려던 것을 한 번 더 가다듬고, 최대한 완곡하게 말을 이었다.

"나한테도 기회라는 걸 좀 줄 수는 없는 거야?"

조인휘는 눈조차 맞추어 주지 않았다. 마주할 수 없어서 더 안타깝게 느껴지는 눈동자를 다른 곳으로 이리저리 배회시키더니 툭, 중얼거렸다.

"모르겠어."

"……."

"지금 복잡하게 이럴 필요 없잖아. 어차피 기억 돌아오면 다 해결될 일인데……."

돌아와?

그게 해결이야?

반복되는 상황에 신경줄이 끊겼다.

"아니."

부정하자 조인휘가 눈을 들었다.

"돌아올 일 없어."

짧은 단언에 훅, 숨을 들이켠 조인휘의 목에는 굵은 핏대가 잡혔다.

"뭐?"

"어떡하겠어, 그럼."

터지기 일보 직전의 감정을 바닥까지 억누르며 말했다.

"나는 이미 다른 사람이고, 그건 이제 네가 제일 잘 아는 것 같은데."

싸늘해진 낯빛으로 완전히 돌아서는 모습이 보였다. 젖은 몸을 닦아 내고 마른 속옷으로 갈아입은 뒤 가운을 걸치는 모습 또한 시야에 들어왔다.

성큼성큼 걸어 나간 조인휘는 문 앞으로 다가섰다. 그리고 마침내 문고리를 젖히기 전 한마디를 남겼다.

"······꼴도 보기 싫다 너."

이후 한 시간이 넘도록 조인휘는 돌아오지 않았다. 휴대폰도 없이 나갔으니 행방을 알 수 없었다. 맨몸에 가운만 걸친 상태로 먼 곳까지 가진 않았겠지만 시간이 흐를수록 불안의 기미는 짙어졌다.

남겨진 뒤로 손에 잡히는 게 없었다. 한 시간이 경과하자 가만히 앉아 기다리는 것조차 견딜 수 없는 지경이 되었다. 차라리 직접 찾는 게 낫겠다는 생각에 고정원은 자리를 박차고 나갔다.

그 차림으로 갈 만한 곳들은 한정돼 있었다. 리조트 내부에 쉴 만한, 혹은 들를 만한 장소들을 물색했다. 나가면 있는 근처의 편의점도 살폈다. 하지만 찾아볼 수 없었다. 있을 거라고 생각했던 곳에서 찾지 못하자 머리가 지끈거리기 시작했다.

혹시 몰라 프론트에서 방으로 전화를 시도했지만 그마저도 불통이었다. 휴학하고 사라졌을 때의 상황과 겹쳐지며 점점 신경이 곤두섰다.

몇 시간이나 주변을 반복적으로 헤맸다. 몇 번이나 프론트를 오가며 묻기도 했다. 씻었던 몸은 땀으로 흠뻑 젖었다. 꼭 이런 식으로 굴어야 했는지, 시간이 경과함에 따라 화가 났다. 머리 꼭대기까지 솟은 분기는 육체가 지치는 탈력으로도 사그라들지 않았다.

혹시 몰라 방으로 돌아갔을 때였다. 이 잡듯이 찾아다녔던 사람을 그곳에서 마주했다. 조인휘는 말간 얼굴로 침대에 기대 휴대폰을 만지고 있었다.

"······어디 갔었어?"

묻는 말에 대꾸가 되돌아오지 않았다. 무시라는 생각이 들 때쯤 낮게 중얼거리는 소리가 들렸다. 그냥 여기저기 다녔다는 불친절한 설명이었다. 대화는 그걸로 끝이었다.

젖은 가운을 벗어 던진 고정원은 실소했다. 프론트에 부탁해 사람 찾는 방송을 요청했으나 '미아'만 가능하다며 거절당했던 걸 떠올린 것이다. 웃음이 나지 않을 수 없었다.

몸보다는 정신이 몇십 배로 지쳐 있었다. 그나마 숨이 턱턱 막히던 아득한 불쾌감은 가라앉아 있었다. 이제야 좀 숨 쉬는 것 같았다.

"나갈 거면 휴대폰은 들고 가."

욕실로 들어가기 전에 나직하게 부탁했다. 물론 조인휘로부터 대답은 없었다.

찬물로 긴 시간을 씻고 나오자 돌아누운 등이 보였다. 취침하려는 분위기였다. 그렇게 늦은 밤은 아니지만 자려면 잘 수 있는 시각이었다. 주변을 정리한 고정원은 조명을 소등시키고서 나란히 붙어 있는 제 몫의 침대에 누웠다.

당연하게도 잠은 오지 않았다. 어둠 속에서 고개를 돌리자 이불을 덮고 있는 등이 어슴푸레하게 보였다. 그 등을 바라보는 시간이 늘면 늘수록, 잠은 더욱더 멀리 달아나는 듯했다.

그리고 느리게 아침이 밝았다. 취하지 못한 수면과 상관없이 하루가 시작되었다. 간밤에 이어 서로 대화는 오가지 않았다. 조식으로 룸서비스를 시켰으나 조인휘는 거의 손대지 않았고, 고정원도 그에 맞추듯 식사를 짧게 끝냈다.

체크아웃을 마치고 나와 차에 오르자 겨우 둘 사이에 소리가 생겼다. 고정원이 오디오로 클래식 피아노를 재생시킨 덕이었다.

운전 내내 조인휘는 이쪽으로 고개를 돌리지 않았다. 접착시켜 놓은 것처럼 완고하게 방향을 지켰다. 잠을 자는 건 아니었지만, 그렇다고 다른 무언가를 하는 것도 아니었다.

차라리 자는 편이 낫겠다는 생각이 들었다. 지끈거리는 머리를 누르다 조수석을 보면 고집스럽게 돌린 뒷모습밖에는 보이지 않았다.

날카롭고 팽팽한 공기 속에서 이따금씩 조인휘가 한숨을 토했다. 그 소리가 꼭 숨 쉬기 괴로운 사람 같아서 들을 때마다 신경이 곤두섰다.

고정원은 어느 순간 갓길에 차를 세웠다. 나가서 담배를 피웠다. 그동안 조인휘는 조수석에서 웅크리고만 있었다. 짧게 피우고 돌아온 고정원은 시동을 걸면서 창문을 조금 내려 주었다.

일산에 도착하고 이내 골목으로 진입한 차가 멈추었다. 조인휘의 집 앞이었다. 그때까지도 시위와 같은 침묵이 계속되고 있었다.

"……당분가 보지 말자."

가라앉은 음성으로 한마디를 남긴 조인휘가 내렸다. 탁, 소리와 함께 차 문이 닫히자 운전대를 잡은 손등이 불끈 솟아올랐다.

고정원은 시트에 기대며 눈을 감았다. 당분간 보지 말자는 목소리, 그리고 방을 나서며 꼴도 보기 싫다고 말하던 전날의 목소리가 귀를 맴돌았다.

무거운 팔을 뻗어 오디오를 껐다. 피아노 선율이 사라지자 죽음 같은 정적만이 남았다.

* * *

"여자 친구 정말 없어?"

진짜? 정말로?

끈질기게 물어 오는 사람은 두 학번 위 선배였다. 맞은편에 앉아 몇 번이나 캐내듯이 묻고 있었다.

"없어요, 정말."

대답하며 애매한 미소를 띠었다. 착석하고부터 이어지는 소모적인 대화가 슬슬 지겹게 느껴지고 있었다.

언제 빠지는 게 적당할지를 가늠하며 고정원은 맥주를 한 모금 넘겼다. 눈썹의 앞머리가 스치듯 구겨진 것은 특유의 뒷맛이 오늘따라 역하게 느껴진 탓이다.

"근데 얘 진짜 연예인 상이다. 얼굴 입체적이고 여백 없고. 사람 콧대가 이렇게 높을 수 있는 거 처음 알았어."

"그니까. 나 여기로 고개 돌릴 때마다 놀라잖아."

"얘가 요즘 연예인들보다 훨씬 낫지 않아?"

외모에 관한 피상적인 칭찬들이 쏟아졌다. 끊길 만하면 어느새 되풀이되고 있었다.

"너무 띄워 주지 마세요. 진짜로 믿으니까."

고정원이 눈을 내리깔며 말했다. 틀에 박힌 대응에 주변에서는 웃음이 터졌다. 귀엽다며 누군가 과장되게 앓는 소리를 내기도 했다.

"너 밴쿠버 잠깐 있었다고 했나?"

"네."

"나 어학연수로 캐나다 생각 중인데. 토론토보다 밴쿠버가 나아? 어때?"

"……토론토가 낫지 않을까요."

"진짜? 왜?"

'그냥, 그럴 것 같아서?' 하는 성의 없는 대꾸에 상대가 크게 웃음을 터뜨렸다. 농담인 줄 알았는지 팔뚝을 가볍게 때리는 터치와 함께 진지하게 대답해 달라는 요구가 이어졌다.

"몇 번 가 봤을 때 좋았어요. 즐길 거리도 많구요."

"어? 잘 안 들려. 뭐라고?"

주점 안은 많은 사람들이 일제히 떠드는 소리로 어수선했다. 그것과 상관없이, 여자는 일부러 안 들리는 척을 하고 있었다.

원하는 대로 귀에 입술을 붙여 줄 수도 있었지만 그럴 만한 자리는 아니었다. 아닐뿐더러, 눈앞의 상대와는 어떤 식으로든 얽히고 싶지 않았다. 가볍게 무시하자 떨떠름한 표정을 지은 여자는 다른 사람과 대화를 시작했다.

그 시점에서 고정원은 자리에서 일어섰다. 자연스럽게 사람들 틈으로 이동해 시끄러운 테이블로부터 이탈했다. 주점의 출입구 계단을 내려가 아예 밖으로 향했다.

오염되지 않은 바깥 공기는 깨끗했다. 주머니에서 담배를 꺼내 물어 불을 붙였다. 연기를 뱉어 내고, 가만히 손목시계를 확인했다.

"후……."

술자리는 예상했음에도 불구하고 지루했다. 신입생 환영회라는 점에서부터 기대는 없었지만 말 그대로 시간 낭비였다. 판에 박힌 듯한 사람들, 똑같은 가이드를 읽고 오기라도 한 것처럼 어디서든 비슷하게 이어지는 대화는 이미 몇 번이나 겪어 본 것처럼 새로운 부분이 없었다.

두 대를 연달아 태우고 귀가 결정을 내렸다. 돌아가면 적당한 핑계를 대고 나와 택시를 부르면 될 것 같았다. 비좁은 통로에 들어서자 시끌벅적한 소리가 새어 나오고 있었다. 계단을 오른 고정원은 지체 없는 걸음으로 입구에 들어섰다.

가게 안에서 유난히 소란스러운 자리가 있어서 보니 자신이 앉았던 그 테이블이었다. 떨어진 곳에 서서 응시하는 고정원의 눈매가 가늘어졌다.

툭툭, 팔뚝에 무언가 닿는 느낌이 들었다. 건드림이라기보다는 미약한 스침에 가까워 처음에는 무시할 뻔했다.

한 박자 늦게 돌아보자 웬 남자가 서 있었다. 피부가 희고 눈매가 또렷하다는 게 첫 번째 인상. 그리고 다음으로 눈에 띈 건 염색모에 피어싱이었다.

"……."

알지는 못하지만 요즘 아이돌 같다는 생각을 했다. 골격이 가느다랗고 이목구비가 오밀조밀한, 지나가며 볼 수 있는 화장품 광고 포스터 속 남자들과 분위기가 비슷했다.

"저기……."

불러 세운 주제에 남자는 말을 잇지 못했다. 어떤 용건인지 짐작되지 않는 상황이었다. 학과 사람인 것은 분명해 보였으므로 고정원은 잠자코 기다렸다.

"그……."

심하게 망설이는 모습에 아, 하고 나직한 외마디가 터졌다. 자신에게 번호를 물으러 왔다는 것을 눈치챘다. 작게 실소가 터진 것은 이런 자리에서 번호를 주고받는 게 뭐 어려운 일이라고 이렇게 떠나 싶어서였다.

휴대폰을 꺼내려는데 작게 내뱉는 세 음절의 단어가 들렸다.

"키홀더……요."

"네?"

"스파이더맨 달려 있는 건데요."

생긴 것과는 다르게 꽤 낮은 목소리를 내고 있었다.

"그 스파이더맨, 아시죠? 거미줄 발사 모드 때 손 모양…… 아세요? 이렇게, 이렇게 하고 있는 스파이더맨인데."

남자는 조리 없이 지껄였다. 중지와 약지를 접은 손 모양으로 어설픈 모션을 취하기도 했다.

"……혹시 보셨어요? 떨어진 거."

고정원은 재킷의 주머니 안에서 붙든 휴대폰에서 손을 뗐다. 어이없는 착각을 뒤로하고 짐짓 사람 좋은 웃음을 지어 보였다.

"못 봤어요. 이쯤에서 잃어버렸어요?"

"아, 그게 저도 잘 모르겠어서……. 주머니에 넣어 놨는데 휴대폰 빼다가 떨어진 거 같거든요. 대체 얻다 떨군 건지를 모르겠네……."

남자는 산만하게 두리번거렸다. 고정원은 그대로 무시하고 지나치려 했다. 하지만 몇 걸음 지나지 않은 곳에서 멈추어 함께 주변을 둘러보았다. 단순한 변덕이었다. 소란스러운 자리로 돌아가고 싶지 않았고, 남자가 초조한 듯이 기웃거리는 게 거슬렸기 때문이었다.

두리번대던 남자는 바닥에 이마를 붙였다. 사람들의 발치를 살피고 싶은 듯, 더러운 곳에 아무렇지 않게 엎드리고 있었다. 그 모습을 곁눈으로 지켜보던 고정원이 한쪽 무릎을 꿇었다. 등을 낮추고, 바닥을 함께 살펴 주었다.

그러나 살피던 눈길은 어느새 바닥이 아닌 남자에게 향했다. 어쩐지 남자가 특이하다는 생각이 들면서 저도 모르게 보고 있었다. 행동에 다소 일반적이지 않은 느낌이 있었고, 결과적으로 눈길을 끄는 구석이 있었다. 확실히 이전에는 만나 보지 못한 타입이었다.

일어선 남자가 입구 주변을 살폈다. 고정원은 빠르게 남자의 팔을 끌어당겼다. 바닥에만 정신이 팔린 남자는 앞으로 지나가는 사람과 충돌할 뻔했다.

"엇, 죄송."

상황을 파악한 남자가 크게 당황했다. 얇은 귓바퀴가 순식간에 붉게 물들었다. 고정원은 핏발이 서서 얼룩덜룩해진 피부를 가만히 내려다보았다.

"……나는 고정원이라고 하는데."

주변의 왁자한 소음이 어쩐지 멀게 들렸다.

"……."

망울이 큰 눈을 보며 다시 입을 벌렸다.

이름이 뭐예요?

묻기 직전, 공기 막이 찢어지듯 소리가 침범했다.

"조인휘!"

부르는 소리에 남자의 고개가 돌아갔다.

"너 찾던 거 이거 아냐?"

멀찍이 테이블에 서 있는 한 사람이 보였다. 캐릭터가 달린 키홀더를 흔들고 있었다.

"어어어, 맞아 그거!"

손아귀에 붙들려 있던 팔이 빠져나갔다. 그대로 가는가 싶던 남자는 몇 발자국 앞선 곳에서 불쑥 돌아보았다. 그리고 꾸벅, 고개를 숙였다.

"감사합니다!"

큰 소리로 인사를 하고 다시 멀어졌다.

"……."

고정원은 얼마간 같은 자리에 서 있었다. 목뒤를 한 번 쓸고 나서야 천천히 걸어서 원래 자리하던 테이블로 돌아왔다.

"왜 이렇게 늦게 와?"

묻는 선배의 물음을 가볍게 웃어넘겼다. 이제 보니 남자와는 대각선으로 마주 보이는 자리였다.

"뭐야, 술 마시고 왔어? 혈관 터질 거 같은데? 야, 얘 얼굴 봐 봐."

"꺼져."

맞은편의 대화 소리가 귀에 들어왔다. 이 정도로 거리가 가까운데 한 번도 눈이 마주치지 않은 게 이상했다.

사람들은 여전히 흥겹게 떠들어 대고 있었다. 조금 더운 것 같아 내내 걸치고 있던 겉옷을 벗었다. 그리고 물끄러미 건너편을 응시했다.

남자는 그새 자리에 녹아들어 있었다. 사람들과 떠들썩하게 어울리는 모습을 보니 2박으로 진행된 오리엔테이션에 참석했는지도 몰랐다. 이미 무리가 형성되어 분위기가 상당히 친밀해 보였다.

소심해 보였던 건 낯가림 때문이었을까. 장난스럽게 웃고 떠드는 모습은 또래 여느 남자애들처럼 평범해 보였다.

"정원아, 네가 자취한댔나?"

질문이 끼어들면서 시선을 거뒀다.

"아뇨."

"아, 자취할 것 같은 이미지라 자꾸 까먹네. 자취는 할 생각 없어?"

"글쎄요…… 아직은."

대답을 하면 다시 또 다른 질문이 던져졌다. 쳇바퀴처럼 반복하는 사이 피로감이 진해졌다.

오티에 참석했었다면 어땠을까. 불현듯 그런 뜬금없는 생각이 머리를 스쳤다. 그래서 오늘 이곳이 아닌 맞은편의 저 테이블에 앉았다면……. 그랬다면 어땠을까.

힐끗 건너편을 살폈다. 맥주를 꿀꺽꿀꺽 넘기는 모습이 보였다. 얼마 안 가 탁, 잔을 내려놓음과 동시에 남자의 눈이 이쪽을 향했다.

고정원은 시선을 피했다. 무의식적으로 나온 행동이었다. 원래 그랬던 것처럼 자연스레 동석한 사람들과의 대화에 끼어들어 여유로운 웃음을 흘렸다.

시간이 흐른 뒤 다시 맞은편을 살피자 남자는 더 이상 이쪽을 보고 있지 않았다. 부산스러운 손짓을 곁들여 가며 옆 사람과의 대화에 열중하고 있을 뿐이었다.

"……."

잔에 입을 대면서 차가운 맥주가 목구멍을 타고 내려갔다. 여전히 맛은 나빴으나 취기가 도는 기분은 나쁘지 않았다.

"뭐야. 무슨 생각 하길래 그런 표정으로 웃어? 좋아하는 여자?"

옆자리에 앉은 선배가 눈을 빛내며 물었다.

"……아뇨."

내가 웃고 있었나. 생각하며 손에 들린 잔을 느리게 흔들었다.

조인휘.

독특한 이름을 조용히 혀끝에 올려보았다.

차 안에서 눈을 떴다.

"하……."

긴 숨을 내뱉으며 고정원은 지긋한 힘으로 눈가를 눌렀다. 운전석에 앉아 의식도 못 한 사이 잠이 든 모양이었다.

얕게 취한 수면은 잔상까지 또렷하게 남아 있었다. 덕분에, 조인휘와의 첫 만남이 방금 막 겪은 일처럼 느껴지고 있었다.

이제 보니 제법 인상적인 첫 만남이었지만 그동안은 거의 잊고 있었다.

머릿속에서 지워진 이유는 첫 만남 이후의 모습이 워낙 강렬했던 탓이다. 소심하고 순해 보였던 첫인상은 잇따른 언행에 의해 잘못된 판단으로 분류된 듯했다.

고정원은 코끝으로 웃었다. 기괴한 언행을 일삼고 다니던 조인휘를 떠올리면서 웃음이 참아지지 않았다.

허풍처럼 연애에 관해 떠들고 다니는 행동. 사이사이로 풍기는 부조화. 계속해서 눈길을 끄는 이유가 그런 것들 때문이라고 생각했지만 돌이켜 보면 아주 처음부터 보고 있었다.

"……."

짓누르듯 얼굴을 문질렀다. 사흘이나 면도를 하지 않아 턱 주변이 까슬했다. 선바이저를 내려 거울을 확인하자 비친 얼굴은 생각보다 상태가 좋지 못했다.

조명을 꺼둔 차 안에서 얼굴은 더욱 위험한 인상으로 비쳤다. 누적된 피로로 인해 눈이 깊게 들어가 있었고, 그 안에 눈동자는 핏발이 선 채로 침잠되어 있었다.

시계를 보자 30분 정도의 여유가 남아 있었다. 30분 뒤면 조인휘가 일을 마치고 돌아올 시간이었다.

"후……."

사이드미러에는 인적 없는 좁은 골목이 비치고 있었다. 골목에 차를 세워 두고 끈질기게 대기하는 잠복과 같은 행위는 벌써 일주일째였다. 딱히 이런 과정이 지겹거나 힘들지는 않았으나, 지속적인 무시가 신경을 무너뜨리는 것은 확실했다.

조인휘는 꽤 단호하게 무시하는 중이었다. 당분간 만나지 말자고 했던 말을 착실히 지키려는 것처럼 말을 섞지 않는 건 물론이고 얼굴조차 쳐다보려 하지 않았다.

"……."

휴대폰이 울리기 시작했다. 화면에 뜬 발신인을 내려다보던 고정원은 몇 초간의 침묵 끝에 전화를 받았다.

"네."

반대편에서 낮은 목소리가 튀어나왔다. 노기를 억누르는 음성은 아버지의 것이었다. 집으로 들어오지 않게 된 이유에 대한 추궁이 이어졌다.

─또 그 조인휘란 애야? 다시 만나는 거야, 그래?

시선은 사이드미러를 향했다. 골목을 지켜보며 고정원은 입을 꾹 다물고 있었다. 그게 아버지의 화를 돋우리라는 걸 알았지만 어떤 말도 쉽게 꺼내고 싶지 않은 기분이었다.

─너 지금 네가 하고 있는 짓이 얼마나 황당하고 더러운……!

말은 중간에 끊겼다. 터진 한숨에서 거친 감정의 결이 느껴졌다.

─……당장 집으로 와.

"……."

─내일 참석해야 될 중요한 모임 있으니까 자세한 건 와서 들어.

고정원은 그제야 입을 벌렸다.

"죄송해요. 안 될 것 같아요."

침묵으로 메워진 공백 끝에 아버지의 물음이 나왔다.

─네 엄마 생일 다가오는 건 알고나 있어?

"그땐 얼굴 비치겠습니다."

기가 차서 내뱉는 탄식 소리가 크게 울렸다.

─그거 알아? 너 연애질에 정신 빠져서 발인식 날 뛰쳐나갔을 때도 나는 너 이해하려고 애썼어. 이제야 좀 정신 차리나 했더니 뭐, 죄송해? 안 될 것 같아? 너 대체 네 아버지 얼마나 더 우습게 만들래?

처음 듣는 얘기였다. 발인이라는 중대한 예식 자리를 뛰쳐나가는 자신의 모습이 머리에 그려지지 않았다. 하지만 이유가 조인휘가 되면 불가피한 선택이었음을 이해할 수 있을 듯했다.

—연애가 전부가 아니야.

"……."

—세상이 그렇지가 않아. 슬슬 정신 차릴 나이 됐어, 너.

현실 감각이 있으면 동의할 수밖에 없는 말이었다. 객관적으로 연애는 삶의 전부가 될 수 없었다. 아버지의 생각이 어쨌든 자신에게도 연애가 전부는 아니었다.

—정원아.

부름에 답했다.

"네."

—너도 알겠지만 나는 강압적인 거 싫다. 서로 가족답게 해결할 수 있을 때 말 들어.

"……."

—믿는다.

뚝, 전화가 끊겼다. 신뢰를 가장한 강요의 말에 거북함을 느끼며 고정원은 시트에 등을 기댔다.

이 정도로 격정적으로 감정을 드러내는 아버지의 모습은 처음 보는 듯했다. 어찌 되었든 부모의 감정적인 대응은 자식으로서 난처하게 느껴질 뿐이었다.

입장과 기분을 이해하지 못하는 바는 아니었다. 불과 얼마 전까지 자신 또한 이 관계가 비정상적이고 도착적이며 안팎으로 어떤 유익도 가져오지 못하는 관계라고 생각했었다. 기억이 없어진 걸 좋은 기회로 헤어지려고까지 한 마당이었다.

하지만 이제는 상황이 달라졌다. 그만두고 싶지 않아졌다. 그만두고 싶지 않을 뿐만 아니라 더욱 강력한 형태로 가능한 한 오래 지속시킬 생각밖에 없었다.

지이이잉-.

진동이 다시금 울렸다. 저장명을 내려다본 고정원의 동공이 금세 위를 향했다. 받고 싶지 않았으나 어쩌다 한 번씩 걸려오는 전화인 만큼 무시하기는 어려웠다.

"네, 어머니."

―집에 못 오는 거야?

용건부터 떨어졌다.

"……."

고정원은 말없이 차창에 팔을 괴었다. 눈은 여전히 사이드미러를 향한 채였다.

―정원아, 너 진지하게 생각해.

그때 거울에 무언가 비쳤다. 골목 끝에서부터, 누군가 걸어오고 있었다.

―너 지금 과해지고 있어. 지금 너 하고 있는 일들이 가족들 다 저버리고 아프게 할 만한 일이야? 정말로 그럴 만한 가치가 있어?

물먹은 솜처럼 처진 고개. 목적지가 없는 듯한 느린 걸음.

"네."

닫혀 있던 입술이 벌어졌다.

―뭐?

"죄송합니다."

통화를 종료시킨 고정원은 차 문을 열어젖혔다.

돌아서서 성큼, 발을 내딛자 조인휘가 이쪽을 보았다. 상황을 파악한 조인휘는 망설임 없이 반대편으로 돌아섰다. 걸음에 속도를 붙인 고정원이 기민하게 거리를 좁혔다. 도망가려는 상대의 팔을 낚아챘다.

"오지 말라니까 왜 이래!"

냉랭한 일갈이 골목으로 울렸다. 붙들린 조인휘는 악착같이 반대편만 보고 있었다.

고정원은 잡고 있는 팔을 내려다보았다. 지나치게 마른 팔뚝의 굵기를 확인하듯 주무르자 팩, 뿌리쳐졌다. 신경질적으로 내친 조인휘는 거칠게 호흡했다. 불쾌한 것처럼 만져진 부위를 문지르고 있었다.

어느 정도 진정되기까지 기다렸다. 가파른 호흡이 완만해진 것을 확인하고 나서 내릴 때 챙겼던 봉투를 내밀었다.

"생각나서 샀어."

자꾸 마르는 게 신경 쓰여 산 것이었다. 단 걸 좋아하기에 그러한 입맛에 맞춘 케이크나 마카롱, 쿠키 따위의 디저트였다.

"받을 이유 없어. 가져가."

조인휘는 곁눈으로도 보지 않은 채 말했다.

"어머니 드려, 그럼."

그 말에는 획, 고개를 틀었다.

"그렇다면 더더욱 받을 이유 없어. 니가 왜 우리 엄마를 챙겨."

질문이 아니라는 걸 알면서 고정원은 대답했다.

"내가 너 좋아하니까."

마주한 눈자위가 젖어 들었다. 노려보듯 쏘아본 조인휘가 고개를 떨구었다.

"아무리 생각해도……."

"……."

"그건 아닌 것 같다."

부정적인 결론이 무엇에 대한 답인지 알았다.

"나는 그냥, 기억 돌아올 때까지 기다리고 싶어. 지금은 그거 하나만으로도 벅차서⋯⋯."

미안.

작게 사과의 말이 뒤따랐다.

"사귀지 않아도 돼. 그때처럼 주기적으로 만나 주기만 하면 돼."

부탁조로 말했다. 허튼소리는 아니었다. 이렇게 된 이상 만남을 갖는 것으로 충분했다. 당분간 그 이상을 요구하지 않을 자신이 있었다.

"너 병원 치료 다닐 거면. 기억 찾는 거, 적극적으로 동참해 주면⋯⋯ 그런 시간은 나도 얼마든지 같이 보낼 수 있어."

그러니까 그런 말이었다. 과거의 애인을 되찾는 용도 외에는 필요 없다는.

"⋯⋯싫다면?"

말하자 조인휘가 주먹을 쥐었다.

"연락하지 마."

기억 돌아올 때까지, 하고 덧붙이는 단언에서 굳은 의지가 엿보였다. 빈틈없는 거절을 마주한 고정원이 소리 없이 웃었다.

슬프지 않았다. 그런 감정은 아니었다. 다만 피부의 살점이 강제로 찢기는 것처럼 불쾌할 뿐이었다.

역겨운 고통과, 처음 겪는 혼란 속에서 물었다.

"내가 어떻게 해야 돼?"

"⋯⋯."

"어떻게 해야⋯⋯ 네가 나를 봐?"

질문은 공허한 울림처럼 흩어졌다.

"⋯⋯이러지 마."

조인휘가 곤란한 얼굴을 했다.

"나, 갈 데가 남아 있어서……. 미안."

핑계를 남겨 놓고 도망치려 했다. 그걸 붙들자 실랑이가 시작되었다. 밀쳐 낸 조인휘의 손길에 봉투가 떨어지며 내용물이 쏟아졌다. 포장된 색색의 디저트가 시멘트 바닥에 나뒹굴었다.

조인휘는 어쩔 줄 모르고 굳어졌다. 고정원이 고개를 숙이고 떨어진 것을 수습하자 미안했는지 가지 않고 함께 줍기 시작했다. 어쩌다 손이 겹쳐지자 조인휘는 불쾌한 것처럼 팟, 떼어 냈다. 그리고 그것을 기점으로 느닷없이 언덕을 뛰어 내려갔다. 고정원은 주워 담은 것을 그대로 버려두고 뒤쫓았다.

달려 내려간 조인휘를 몸으로 막아 세웠다. 어느새 대로변까지 나와 있었다.

"제발 좀……. 더 할 말 없어."

조인휘는 간절한 목소리로 말하고 있었다. 그러나 할 말이 없는 것은 쫓아온 자신도 마찬가지였다. 이 상황을 바꿀 만한 말이라고는 아무것도 떠오르지 않았다.

차라리 기억이 돌아온 척을 해 볼까. 작정하고 연기하면 알아차리지 못할 터였다. 순간적으로 생각이 들끓었지만 금방 냉정해졌다. 어떻게 해도 그건 하고 싶지 않았다. 병원에 다니며 협력하는 것 이상으로 역겨울 게 뻔했다.

누군가의 대신이 되어 섹스하는 건 이미 경험해 보았다. 달라붙고, 흠뻑 젖고……. 활짝 열어서 나가지 못하게 조이던 몸의 반응에 완전히 넋을 뺐었다. 하지만 다음 날 모든 게 조인휘의 착각에서 비롯된 걸 알았고, 이어진 낙차는 몰아쳤던 절정에 비례했다. 양극을 오가는 감각은 장난이라도 다시 겪고 싶지 않은 종류의 것이었다.

바아아앙-.

지나치는 오토바이가 굉음을 냈다. 언제 도망갈지 모르는 상대를 보며 고정원은 숨을 죽였다. 더 이상 아무것도 미룰 수 없게 된 순간 질문이 터져 나왔다.

"우리 처음 만났던 술자리 기억해?"

묻는 말에 커다란 눈이 자신을 향했다. 길목으로 늘어선 조명들이 눈동자를 화려하게 비추고 있었다. 오밀조밀한 얼굴이 한눈에 들어오자 이유 없이 가슴이 내려앉았다. 발치가 땅 밑으로 쿵 꺼지는 것 같기도 했다.

"나는 처음부터 끌렸어."

"……."

"네가 내 이름 알기도 전부터."

조용히 서로를 마주 보았다. 그날, 그 당시처럼. 느리게 깜빡이는 눈꺼풀을 보고 있자 거리의 소음들이 멀게 느껴졌다.

하지만 그것도 잠시였다. 눈가를 이지러뜨린 조인휘가 돌아서 달리기 시작했다. 얼굴에 스친 혼란을 놓치지 않은 고정원이 빠르게 뒤를 쫓았다.

네온사인이 쏟아지는 밤거리를 거닐었다. 눈앞에는 연약한 피식자처럼 곤두선 뒷모습이 있었다. 바로 붙잡을 수도 있었지만 그렇게 하지 않았다. 앞서가는 모습에서 느껴지는 예민함 때문이었다. 잡히면 당장에라도 까무러칠 것 같은 긴장감이 서려 있었다.

조인휘는 사람이 많은 곳을 찾아다녔다. 돌고 돌다 가장 많은 인파가 몰린 먹거리 골목으로 숨어들었다.

"잠시만요."

고정원은 무리 지은 사람들 틈으로 커다란 몸을 구겼다. 눈은 도망가는 뒷모습으로부터 한시도 떼지 않았다.

고깃집 앞에서 멈추어선 조인휘는 뒤를 돌아보았다. 살피듯 기웃거리고 있었다. 몇 미터 남짓한 거리에서 쫓고 있던 고정원과 눈이 마주치자 기겁하며 걸음에 속도를 더했다.

어처구니없을 정도로 결사적이었다. 조인휘는 뭉친 학생들 사이로도, 손잡고 있는 커플 사이로도 양해를 구하듯 연신 꾸벅거리며 앞질러 나갔다. 그렇게까지 해서 도망쳐야 하는 이유가 도대체 뭔가 싶을 정도였다.

겨우 인파를 벗어났을 때 뒷모습을 놓쳤다. 두리번거리는 고정원의 이마와 목으로 굵은 핏대가 섰다. 일찌감치 잡을 걸 그랬다는 후회가 맹렬하게 일었다.

조금 뒤 주변을 살피던 눈이 찌푸려졌다. 건너편, 공사 현장으로 접근하는 뒷모습을 발견한 직후였다. 골조가 버젓이 드러난 건물 안으로 들어서고 있는 남자가 보였다.

"조인휘!"

부르자 겁먹은 뒷모습이 화들짝 소스라쳤다. 조인휘는 건물 안으로 황급히 모습을 감추었다. 실수했음을 깨달은 고정원이 어금니를 꽉 물었다.

신호를 무시하고 횡단했다. 재빠르게 공사 현장 안으로 향했다. 어둑한 건물의 입구로 발을 내딛자 탁, 발소리가 울렸다. 사위가 확 어두워지며 여러 냄새가 풍겨 들었다. 습기 찬 판자 냄새, 시멘트 냄새, 먼지 냄새 따위였다.

사방이 쓰레기 천지였다. 폐자재뿐만 아니라 담배꽁초, 음료수병, 과자 봉지 등이 즐비한 공간은 창고와 같은 혼잡함이 느껴졌다. 게다가 노출된 골조들로 인해 상당히 위험했다. 한창 진행 중인 현장이라기보다 중단되어 방치된 현장에 가까웠다.

"……."

주위를 살피며 다가갔다. 인기척에 귀를 기울이며, 소리를 듣고 도망가지 않도록 조용히 접근했다. 밖에서 대기하는 편이 유인하기는 더 쉬울지도 모른다는 생각이 들었지만 계속해서 진입했다. 위험한 곳이었고, 범죄 장소로도 악용되기 좋은 환경인 만큼 혼자 남겨 두고 싶지 않았다.

나아갈수록 사고로 이어질 만한 요소가 많이 보였다. 골조 공사 단계의 내부는 모든 게 허술한 상황이었다. 위층으로 이어진 계단도 뼈대가 훤히 드러나 있었다.

현재의 층에 조인휘가 없음을 알아차린 고정원은 곧장 계단을 올랐다. 소리를 죽여 조용히 올랐지만 발소리가 들린 모양이었다. 지척에서 탕탕 탕탕, 멀어지는 발소리가 들렸다.

"가!"

위에서부터 내지르는 소리였다.

"쫓아오지 마. 가!"

궁지에 몰린 사람처럼 과격해져 있었다.

"제발…… 제발, 제발! 가라고 좀!"

절박한 외침을 들은 고정원이 우두커니 섰다. 조인휘가 현재 지나치게 감정적인 상태라는 생각이 들었기 때문이었다. 그리고 자신은 그보다 훨씬 더 감정적인 상태일지도 몰랐다.

초조함이 기어올라 손아귀를 꽉 움켜쥐었다. 여기서 다가갔다가는 모든 게 극적으로 악화되리라는 예감이 들었다. 조인휘는 이런 곳까지 도망 올 정도로 대면하는 상황을 원치 않고 있었고, 그걸 헤아리기에는 자신의 상태가 이미 극단으로 치달아 있었다.

해결하려 하지 말고 받아들여야 하는 상황임을 알았다. 쫓는 행동을 멈추고 감정을 가라앉히려면 긴 시간이 필요했다. 눈이 돌아 쫓아온 만큼 한곳만 향하던 집념이 쉽게 죽여지지 않았다.

"……."

그 상태로 오랜 시간을 서 있었다. 버티는 형태로 자리를 지키고 있자 어느덧 등줄기부터 손바닥을 오르내리던 열기가 가라앉았다. 한자리에서 습한 먼지 냄새를 맡고 서 있던 고정원은 사나운 집념으로 올랐던 계단을 다시 천천한 속도로 내려가기 시작했다.

탕,

탕,

탕.

소리가 울리며 문득 기묘하다는 생각이 들었다. 철골이 드러난 층계를 밟으며 내려가는 동안 지나간 기억들이 역행하고 있었다. 그중 가장 강렬하게 떠오른 기억은 조인휘가 본가로 찾아왔을 당시였다.

'이게 정상이라는 생각은 안 들어?'

'이게 맞는 거고…….'

'이제 겨우 제자리로 돌아온 거야.'

'누가 봐도 우리가 연애하는 게 정상은 아니잖아.'

무분별하게 던진 말들이 되살아났다. 형태 하나 무너뜨리지 않고 되돌아와 신랄하게 꽂혔다.

쉴 새 없이 부들거리던 턱.

몇 번이나 말아 물던 입술.

자제력을 잃고 경련하던 몸뚱이.

그대로 터지거나 증발해 버릴 것만 같던, 감정의 응고체 그 자체였던 조인휘.

그것들이 오늘 일처럼 생생했다.

"……."

긴 통로에 서 있었다. 어느새인가 어둠 속에서 빛나고 있는 눈이 보였다. 아무런 소리가 나지 않아 살피러 내려온 모양이었다.

"먼저 나가. 안 쫓아갈 테니까."

말하자 조인휘는 경계하는 것처럼 주춤거렸다. 아무런 모션을 취하지 않자 그제야 믿어지는지 멀찌감치 거리를 유지하며 출구로 향하는 모습이었다.

돌아서서 멀어지는 뒷모습을 고정원이 쳐다보았다. 지나치게 서두르는 움직임은 조심성이 없었고, 그 바람에 눈이 떨어지지 않았다. 저러다 다치는 게 아닌가 하는 우려가 들기 무섭게 통로를 스치던 조인휘는 철근 뭉치가 얹어진 자재 더미를 건드렸다.

부딪친 것은 부실하게 쌓여진 탑이었다. 충격이 가해진 자재물의 상층부가 아슬아슬하게 흔들렸다. 무너질 시 도미노처럼 앞에 쌓인 것들까지 연쇄적으로 붕괴될 수 있는 배치였다.

다칠 가능성이 눈에 보인 순간 빠르게 다가갔다. 자재들이 무너져 내리기 직전, 팔을 뻗은 고정원은 등 전체로 붕괴를 막았다. 콘크리트 바닥으로 얇은 철근 기둥 하나가 떨어지며 째앵, 듣기 싫은 소리를 냈다.

등으로 밀어 자재들을 제자리로 세웠다. 간신히 되돌려 놓고서 점퍼를 벗었다. 드러난 티셔츠의 한쪽 소매는 온통 젖어 있었다. 떨어지는 철근에 왼쪽 팔뚝이 찢겼음을 깨달았다.

혈량이 꽤 많았다. 금세 하완까지 적신 피는 계속해서 아래로 흘렀다. 선홍색 줄기가 손등과 손바닥을 거쳐 손톱 끝으로 뚝, 뚝, 떨어졌다.

"……어……."

다가온 조인휘가 중얼거렸다.

"안 돼……. 안, 피, 그만……."

혼비백산하여 질린 얼굴이었다. 양손을 벌벌 떠는 게 보였다. 피로 칠갑된 팔 주변을 차마 만지지는 못한 채 주변을 감싸고 있었다.

"……."

고정원은 그 모습을 가만히 지켜보았다. 관찰하듯, 긴장시킨 두 눈으로 주시했다. 순식간에 커진 동공이 산만하게 움직이는 조인휘를 따라 이동했다.

이 순간에도 떠오른 장면은 무료하기만 하던 그날의 술자리였다. 눈 깜짝할 사이 다가와 숫기 없이 말을 붙이던 남자가 겹쳐졌다. 대단할 것도 없는 첫 만남이 또다시 복원되고 있었다.

고정원은 입 안에 고인 단침을 삼켰다. 살이 무척 뜨거웠다. 다친 건 팔인데 전신이, 눈 속의 안구까지 뜨끈했다.

손을 들자 핏물이 후드득 떨어졌다. 그걸 본 조인휘가 패닉에 빠진 것처럼 눈물을 쏟았다. '구급, 구급차……!' 소리치며 움직이지 말라는 듯 피로 물든 손을 붙들었다. 한 발자국 더 가까이 다가와서 지탱하듯 허리춤을 감쌌다.

"……나한테 왔잖아."

고정원의 목소리가 낮게 파고들었다.

조인휘가 얼굴을 밀착했다. '뭐? 뭐라고? 아퍼?' 되풀이해서 물었다. 올려다보는 눈에 끊임없이 눈물이 방울지고 있었다.

"그날……."

다쳐서인지 제대로 힘이 들어가지 않았다. 끈적해진 손으로 조인휘의 목을 감았다. 부드러운 덜미부터 뺨을 한꺼번에 감쌌다.

"인휘 네가 나한테 왔잖아."

정신이 뜨겁게 흐려지고 있었다.

가까운 정형외과에서 처치가 이루어졌다. 다행히도 상처는 쏟은 혈량에 비해 깊지 않았다. 다만 면적이 넓었고, 팔뚝을 가로질러 두 개의 기다란 줄이 생겨 있었다.

간단한 수술 후 파상풍 주사를 맞았다. 치료실에서 나오자 대기하던 조인휘가 뛰어왔다. 안색이 여전히 희게 질려 있는 꼴이 보였다.

"괜찮아?"

"괜찮아."

병실에서 눈을 떴을 때가 생각났다. 그때도 지금과 크게 다르지 않은 상황이었다. 그때도 조인휘는 도리어 자기가 병자인 듯한 얼굴을 하고 있었다. 지독히 창백한 안색으로, 지독히 초라하게 떨고 있었다.

마주한 얼굴에 불쑥 눈물이 흘렀다. 고개 숙인 조인휘는 손등으로 눈가를 훔쳤다.

"……."

눈꺼풀이 내려오며 빛이 사라진 고정원의 눈동자는 무감한 기운을 풍겼다.

눈물을 보이는 게 자신 때문인지, 아니면 다른 이유, 다른 누군가 때문인지 알 수 없었다. 직설적인 물음을 삼킨 고정원은 목덜미로 시선을 내렸다. 씻어 내기는 한 모양인데 마른 핏자국의 일부가 남아 있었다. 군데군데 남은 붉은 자국은 아직 손자국처럼 보였고, 어쩐지 지워지지 못한 범죄의 흔적처럼 섬뜩해 보였다.

고정원은 쳐다보던 눈길을 떨궜다. 피로 젖은 손바닥에 감기던 부드러운 감촉을 머릿속에서 몰아내고 데스크로 이동했다. 그곳에서 치료비를 지불한 뒤 조인휘와 함께 출구로 향했다.

밖으로 이어지는 자동문 하나를 앞에 두고 고정원은 텅 빈 로비에서 멈춰 섰다. 벽에 등을 기댄 채 휴대폰을 꺼내 확인하자, 조인휘도 따라서 걸음을 멈추고 휴대폰을 꺼냈다.

휴대폰을 집어넣고 나서도 둘은 그대로 서 있었다. 이따금씩 눈이 마주칠 뿐 미묘한 눈치만 오갔다.

"왜 그래."

조인휘가 벌게진 얼굴로 이마를 짚자 고정원이 다가가 고개를 기울였다. 조인휘는 입술을 우물우물했다. 몇 번이나 머뭇거린 뒤에야 가까스로 내뱉었다.

"……미안해."

알 수 없는 사과에 고정원은 눈높이를 되돌렸다. 가만히 옆에 서서 어떠한 반응도 하지 않았다. 시간이 조금 지난 뒤 그만 가자는 한마디만을 남기고 출구로 향했다.

병원을 나와 길목으로 들어서서 걷던 중, 조인휘는 또다시 이상한 기색을 비쳤다. 고정원은 가만히 멈추어 서서 먼저 말을 꺼내기까지 기다렸다. 어지간히 하기 어려운 말인 듯, 통행인이 몇이나 지나갈 때까지 조인휘는 머뭇거렸다.

"내가……."

"…….."

"전부 다…… 정말로 미안해."

가까스로 나온 말이었다. 그만큼 단순한 사과처럼 들리지 않았다.

"왜?"

묻는 고정원의 입술이 비틀렸다.

"나하고는 죽어도 안 되겠어?"

물음에 조인휘가 고개를 쳐들었다. 말도 안 된다는 표정으로 좁은 턱을 흔들어 댔다.

"아니, 그게 아니라⋯⋯!"

그게 아니면 되는 문제였다.

"아니면 됐어."

빠르고 낮게 뇌까리고는 그대로 조인휘를 끌어안았다. 조인휘는 안기자마자 가만히 있지 못하고 달싹거렸다. 빠져나가고 싶은 것처럼 버르적댈 때마다 신경줄이 튀어 오르는 듯했다. 놓아주지 않고 끈질기게 잡아두면서 고정원은 깨달았다. 조인휘는 그저 붕대 감긴 상처에 닿을까 봐 신경 쓰고 있을 뿐이었다.

"괜찮아. 하나도 안 아파."

갈라진 음성을 귓속으로 밀어뜨리며 허리를 바짝 당겼다.

"⋯⋯."

자세가 고착되면서부터 시간은 빠르게 흘렀다. 골목의 구석이라고 해도 이따금씩 지나치는 사람들의 시선이 머물렀다. 고정원은 끌어안은 제 팔에 힘을 빼지 않았고, 조인휘 또한 순응한 것처럼 가만히 안겨 있었다.

"⋯⋯너는."

고정원의 입에서 막힌 숨이 터져 나왔다. 너는⋯⋯ 하고 또 한 번 반복한 뒤에도 더듬어 올라가는 것처럼 어렵사리 말을 이었다.

"너는 내 기억이 돌아오길 바라겠지만⋯⋯."

"⋯⋯."

"어쩌겠어. 나는 다 잊어버렸고, 그래도 널⋯⋯."

사랑하게 됐고.

은밀한 목소리로 고백했다. 조인휘는 숨 쉬기를 잊은 것처럼 굳어져 있었다.

"네가 예전 기억에만 매달려 있으면 나는 불안해져. 언제까지고 옛날 일만 그리워할 것 같아서 숨이 막혀."

옷자락을 쥐는 손길이 느껴지자 몸을 감싼 고정원의 손가락이 움찔 움직였다. 매 순간 달라지는 조인휘의 숨소리마저 자극처럼 강하게 느껴지고 있었다.

"……미안해."

시간을 끌던 조인휘가 억눌린 소리로 말했다. 더는 어떤 사죄의 말도 듣고 싶지 않던 고정원이 뭐가, 하고 인내하듯 대꾸했다.

"그냥…… 다. 오늘, 나 때문에 너 많이 다친 것도……."

"……."

고정원의 눈썹에 다시 한번 골이 생겼다. 아직도 쓸데없는 죄책감에서 벗어나지 못하고 있는 것이 답답했다. 누구의 책임도 아니라고 말해 준다면 그나마 편해질 테지만.

"……책임져 줘, 그러면."

구걸을 했다.

"나만 봐 줘."

속삭이면서 바닥까지 드러냈다. 네 애정을 원하고 있음을 드러내 놓고 빌었다. 진심이 담긴 목소리는 스스로 듣기에도 메스꺼울 만큼 밀도가 높았다.

안겨 있던 조인휘를 품 안에서 떼어 내자 섬세하고 유약하게 흔들리는 눈동자가 보였다.

"······딱 한 번이면 되니까."

부탁을 했다. 연인들 밀어처럼. 혹은 그것보다 간절하게.

"믿어 봐."

지독한 확신을 가지고서 말했다.

"나는 앞으로 절대 너 실망시키는 일 없어."

마주한 눈동자가 어지러울 정도로 흔들렸다. 멎을 기미가 보이지 않는다는 것은 그만큼 망설이고 있다는 증거였다.

끝끝내 밀어 내리라는 생각이 들었다. 하지만 요동이 잦아들 때쯤, 조인휘는 들이받는 것처럼 와락 안겨 들었다.

가슴팍을 때린 이마가 꾸물거렸다. 끄덕이는 움직임이었다는 건 대답으로 알았다.

"······어."

마침내였다.

"기억 안 돌아와도 돼."

허락의 말이 입김과 함께 뜨겁게 닿았다.

"그냥······. 지금 그대로여도 돼."

고정원은 눈꺼풀을 내렸다 떴다. 가만히 선 채로 벌어진 상황을 받아들이는 중이었다. 그것만으로 머리가 꽉 찼다.

지금 이 순간이 제게 분기점이 되는 중요한 순간이라는 것을 본능적으로 알았다. 그리고 그것을 깨닫자 불시에 모든 것이 완전해졌다.

어쩐지 깊은 곳에서부터 숨이 찼다. 조인휘가 제 품에 안겨 있다. 그 사실을 강하게 인지한 순간 참지 못해 목덜미로 얼굴을 묻었다.

애틋한 냄새와 촉감이 느껴지며 눈이 감겼다. 여기에 파묻혀 죽어도 아무런 불만 없을 것이라는, 다소 과격한 생각을 끝으로 얼굴을 떼어 냈다.

'근데 우리 안 가?' 묻는 조인휘를 그대로 구석으로 몰아가 입을 맞추었다.

빌라의 입구로 들어서기까지 5분이었다. 거기서 엘리베이터에 오르기까지 5분. 또다시 현관 앞에서 미적거리느라 안으로 들어오기까지 비슷한 시간이 소요되었다.

"화장실은 저쪽이고……. 여기, 소파에 편하게 앉아."

겨우 들인 손님이었다. 고정원은 나긋한 목소리로 화장실의 위치와 앉을 곳을 안내했다. 적응되지 않는 눈치로 서 있던 조인휘는 으응, 대꾸했다. 거실 한쪽에 놓인 긴 가죽 소파 쪽으로 눈을 굴리고 있었다.

"편하게 여기서 먹을까?"

오는 길에 포장한 음식을 소파 테이블로 내려놓으며 물었다. 조인휘는 아무래도 상관없다는 듯이 고개를 끄덕였다. 손을 씻으러 간 조인휘는 테이블 위로 설렁탕 두 그릇과 반찬이 세팅된 직후 돌아왔다.

'지금 나는 싫구나.'

'아무래도 좀…… 그럴 수밖에 없잖아. 솔직히, 다시는 보기 싫지 나는. 그러니까 얼른 기억 찾아 바보야.'

설렁탕의 하얀 국물을 보고 있자니 그때의 기억이 되살아났다. 입맛이 떨어져서 도저히 음식이 넘어가지 않았던 것을 기억한다. 일부러 싫어할 짓들을 해 놓고 면전에서 싫다는 말을 들으니 불쾌했다. 불쾌함을 넘어 아득하고 숨이 막혔다. 하지만 오늘 이후로 '다시 보기 싫다'는 그때의 말이 더는 속을 뒤집지 않게 되었다.

이 설렁탕은 조인휘가 직접 선택한 메뉴였다. 다쳤으니 이런 걸 먹어서 몸을 뜨끈하게 데워야 한다며 고른 것이다. 평소 선호하는 음식이 아니었으나 오늘따라 입에 맞았다. 바닥이 보이도록 비우고 나자 조인휘의 말마

따나 몸이 뜨끈해져 있었다.

"너 처방받은 약 있잖아. 얼른 그거 먹어."

식후 정리를 끝내자 조인휘가 물을 건네며 말했다. 챙김받는 기분이 나쁘지 않아 소리 없이 웃자 조인휘는 무안한 낯빛을 했다.

"방금 그 말이 왜 웃긴 거야."

"······아니."

"아니, 왜 웃기냐니까."

시시한 말대꾸가 오간 끝에 고정원이 웃으며 약을 복용했다.

거실로 돌아와 영화를 볼까 생각하며 조명을 어둡게 낮추려던 때였다. 조인휘가 주섬주섬 가방을 챙겨 드는 모습이 보였다.

"어디 가?"

"응? 시간도 너무 늦었고······. 너도 이제 쉬어야지."

"······."

말 그대로 분위기를 깨는 행동에 기가 찬 한숨이 터졌다. 집에 들어오기 전부터 이런 식이었다. 왔다 갔다 태도를 번복하는 탓에 안달을 내는 것은 자신뿐이었다.

애초에 여기까지 들인 것도 반쯤은 강제였다. '네가 있어야 밥이 넘어갈 것 같다'는 협박 아닌 협박을 하고 나서야 들일 수 있었다. 그 말을 하지 않았더라면 조인휘는 지금쯤 제 부모님 댁에 있을 터였다.

같이 있기 싫은 건가?

생각하자 무언가 울컥 치밀어올랐다. 하지만 빠르게 평정심을 되찾았다. 오늘 길에 벌어진 일들을 떠올렸고, 조인휘의 허용에서 비롯된 관계의 재정의를 생각했다. 자신과 조인휘는 사귀는 사이가 되었다. 앞으로 달라질 많은 것들을 생각하는 것만으로 사소한 것들은 무시할 수 있었다.

"조금만."

"……."

"그냥, 조금만 더 있다 가."

고정원은 내리깐 눈을 들어 올리며 조인휘를 보았다. 표정과, 은근한 몸짓을 이용해 알기 쉬운 미련을 흘렸다. 어떤 모습으로 어떻게 보일지 알고서 취하는 행동이었다.

"그래도…… 우리 부모님도, 늦으면 걱정하실 수 있고."

이미 자정이 넘은 시각에 허술한 핑계를 대고 있었다.

"지금 연락드리면 어때?"

"으음……."

고민하는 것처럼 얼굴을 문질렀다. 어찌나 세게 문질렀는지 얼굴에 손자국이 생기고 있었다. 조인휘는 불그스름해진 얼굴을 드러낸 채 툭, 중얼거렸다.

"……생각해 보니까 지금 주무시고 계시겠다."

그리고 사선으로 메고 있던 가방을 풀었다. 손가락으로 머쓱하게 이마를 문지르는 것을 보아 변덕스럽게 굴고 있다는 자각이 있는 모양이었다.

"근데 여기…… 되게 넓고 좋다."

조인휘는 집 안을 둘러보기 시작했다. 금세 집 구경으로 태세를 바꾼 조인휘에게 구태여 다른 말은 보태지 않고 자연스럽게 다가갔다.

"일부러 큰 곳으로 계약했어."

설명해 주며 나란히 움직였다. 실제로 같이 살 생각으로 선택한 집이었다. 장기 거처가 되지 못할 가능성을 감안해 욕심을 버린 결과가 이 정도였다.

둘이 지냈던 오피스텔에 비해 10평 가까이 컸다. 비교하여 우위를 차지하고 싶은 심리가 분명히 작용한 선택이었다. 이전의 오피스텔보다 훨씬 쾌적해 보였으면 했고, 실제로 조인휘가 지내면서 '전에 살던 데보다 더 좋다'고 느끼길 원했다.

"오, 여기 중간방 맞지? 근데도 크다. 그새 별거 별거 다 갖춰 놨네……. 인테리어도 그렇고 남자들이 좋아하는 스타일."

조인휘는 입을 벌리고 구경했다. 그 모습을 살피며 말했다.

"이 방은 인휘 너 공부할 때 써."

"……근데, 가구들이 신기하게 생겼다."

"……."

"처음부터 벽에 설치돼 있는 것처럼 생겼어. 소파도 그렇고 책상 위에 여기, 간이침대도……."

일부러 못 알아들은 척을 하고 있는 게 보였지만 그러려니 했다. 굳이 한 번 더 언급하지 않았고, 안방으로 이동하고 나서야 재차 운을 띄웠다.

"여기가 우리 같이 쓸 안방이고, 저기 안으로 이어지는 드레스룸은 인휘가 쓰면 돼."

"……."

껄끄러워하는 기색이 보였다. 곧바로 한 톤 낮게 덧붙였다.

"물론, 네가 원한다면."

조인휘는 헛기침을 했다. '생각해 볼게' 작은 음량으로 내뱉고는, 그 이상의 진행을 차단하려는 것처럼 부자연스럽게 떠들기 시작했다. 전부 인테리어에 대한 피상적인 감상이었다.

"여기 나무 가림막 있는 거 좀 멋있어 보인다. 어, 여기 침대 밑에서도 조명이 나오네. 대박이다. 와, 저기 거울 주변에서도 조명 나오고 완전 조명 천국이네. 밤에 불 끄고 저런 조명들만 켜 놔도 분위기…… 음, 근데 저기 벽에 붙은 조명은 뭐야?"

생각 없이 내뱉다가도 어떤 화제에 대해서는 분명히 회피하려는 게 보였다.

"무슨 사람 고개가 꺾인 것처럼 생겼어. 하핫."

보이는 대로 주워섬기는 조인휘의 뒤에서 고정원은 조용히 방문을 닫았다.

"간접 조명이 은은한 맛이 있어. 한번 볼래?"

리모컨의 버튼을 누르자 팟, 꺼지는 소리가 잇따랐다. 안방이 어두워지면서 간접 조명들만 남자 방 안의 분위기가 은근해졌다. 고정원은 가만히 침대의 끄트머리에 걸터앉아 조인휘와 시선을 맞추었다.

"……그러게. 멋있다."

조인휘가 고개를 돌렸다.

"나 아까 거실 구경을 제대로 못 했는데. 보러 가도 되지?"

그러고는 돌아서서 문을 열고 나갔다. 침대에서 몸을 일으켜 따라 나가자 거실의 한구석, 커다란 선반 앞에 서 있는 조인휘가 보였다. 고개를 비스듬히 숙인 채 장식물들을 구경하고 있었다.

옆으로 다가서자 서로의 팔뚝이 지그시 밀착됐다. 진짜인지 아니면 그런 척하는 것뿐인지, 상당히 골똘하게 구경하는 모습이었다. 장식물 중에서도 오브제 캔들에 관심이 가는 듯 그걸 유심히 보고 있었다. 지켜보던 고정원이 캔들 중 하나를 집어 들었다.

"장식 겸해서 이것저것 샀어. 이런 건 어때? 괜찮아?"

"어 그러게, 멋있네. 향도 좋고, 이런…… 디테일이 좋다. 건축물 같아서."

캔들의 표면은 계단처럼 조각돼 있었다. 울퉁불퉁한 표면을 조인휘가 손가락으로 쓰다듬었다. 그러나 칭찬하는 투는 어쩐지 책을 읽는 것처럼 감정이 느껴지지 않았다. 고정원은 캔들을 제자리에 돌려놓으며 말끝을 늘였다.

"긴장할 거 없는데."

"어?"

조인휘가 즉각 반응했다.

"그냥 같이 있고 싶어서 그래. 그게 다야."

치부가 건드려진 것처럼 눈을 부릅뜨고 있었다. 입술을 한 번 꾹, 깨문 조인휘는 고개를 되돌렸다.

"······알아 나도."

말투가 상당히 방어적이었다. 어린애들이 하는 말싸움처럼 들려 반사적으로 헛웃음이 나왔다. 자각이 있었는지 조인휘도 따라서 싱거운 웃음을 터뜨렸다.

"좀 재수 없었다 말투가."

멋쩍게 웃는 옆얼굴에 두 눈이 박혔다. 시선은 얼굴에서 점차 목덜미로 내려갔다. 그리고 깨끗한 피부에 아직까지 남아 있는 붉은 자국에서 멈추었다.

조인휘가 별안간 어깻죽지를 떨었다. 고정원의 뜨겁고 메마른 손이 닿은 탓이었다. 고정원은 다부지지 못한 목덜미 전체를 손바닥으로 어루만지듯 감쌌다.

"······."

눈이 마주치고 어느 순간이었다. 등을 숙이며 빨아당긴 점막은 약간의 물기와 함께 따끈하게 감겼다. 마찰음과 함께 머금었던 입술을 놓자 다시금 눈과 눈이 마주쳤다.

눈동자에는 혼란한 기색이 비쳤지만 거부감은 없었다. 거기서부터 모든 걸 뒤로하고 오랫동안 게걸든 사람처럼 돌진했다.

"음……."

의식하지 못한 신음이 샜다. 양손으로 마른 몸뚱이 곳곳을 성급하게 더듬었다. 불이 붙어 허겁지겁 입술과 턱을 삼키고 빨아 댔다. 육중한 무게를 버티지 못해 휘청거리는 조인휘의 몸을 붙들었다. 맨살에 닿는 것에 방해가 되는 옷가지들을 잡히는 대로 벗겼다.

'그냥 같이 있고 싶어서 그래. 그게 다야.'

바로 직전에 내뱉은 헛소리였다. 귓가에 스쳤지만 문자 그대로 스쳤을 뿐이었다.

"읏!"

티셔츠를 벗기자마자 맨살에 코를 박았다. 덜미를 빨아당기자 땀내 섞인 살내가 났다. 씻지 않은 살을 입에 넣는 게 아무렇지 않았다. 아무렇지 않은 게 아니라 기실 환장하게 좋았다. 노폐된 역한 냄새가 아닌 야한, 사타구니에 얼굴을 처박고 싶어지는 냄새가 풍겼다. 살짝 맡은 것만으로 바지에 짓눌린 성기가 들썩였다.

"읏, 헉……. 야, 안…… 돼, 정원……."

밀착한 탓에 목소리가 귓속에 번졌다. 애무처럼 느껴졌다.

"안, 돼, 그만……."

헐떡이는 호흡이나 진동까지 말초신경을 자극했다. 청각으로 스미는 자극이 의외로 강력했다. 계속 저 야릇한 목소리로 제 귀에 지껄이게 만들고 싶었다.

"으, 훗……!"

"하……."

목덜미를 타고 올라가 말랑거리는 귓등으로 코와 입술을 붙였다. 거기에 고인 것들을 들이켜고 있자 생각지도 못한 타격이 가슴팍을 밀어 냈다.

"잠깐, 잠깐만, 좀!"

안 돼. 그만. 잠깐.

거부의 말들이 겨우 머리에 들어왔다. 한 발자국 뒤로 몸을 물리며 고정원은 젖은 입술을 훔쳤다. 숨을 몰아쉬는 제 입술이 몹시 홧홧해진 게 느껴졌다.

"……실수, 했어."

스스로 생각해도 위험해 보이는 게 아닌가 싶게 헐떡이고 있었다. 흥분을 가라앉히려 노력하면서 고정원은 상대의 기색을 살폈다. 번들거리는 눈으로, 혹시 이대로 가 버릴까 하여 경계하고 주시했다.

"……나도……."

"……."

"나도 싫은 거는, 아닌데……."

전부 벗겨지고 속옷만 남은 꼴이었다. 그런 꼴로, 조인휘가 말했다.

"나도 다 알고 남은……."

말을 끝내기도 전에 들러붙어 입술을 모조리 삼켰다. 두 번째로 시작된 키스는 기어이 조인휘를 울릴 때까지 지속되었다.

눈꼬리에 흐르는 물기를 닦아 주었다. 힘이 빠진 몸을 받치고서 각도를 바꾸어 가며 맛보았다. 입술은 살이 오른 것처럼 퉁퉁해져 있었다. 윗입술과 아랫입술을 번갈아 머금어 단물을 빨아 삼켰다. 그것을 빠는 게 어떤 음식을 먹는 것보다 맛있게 느껴졌다. 열이 오를 대로 오른 손이 등허리를 지나 드로즈 안으로 들어갔다.

"씻, 고……! 씻으면, 씻으면 해, 어?"

아무것도 들리지 않았다. 이미 한창 섹스 중이었다.

"제발…… 나 안 씻으면 안 해."

"……"

"그냥 하는 말 아니고 진심으로 안 할 거야."

조인휘가 엄포했다. 속옷에 반쯤 침입한 손이 미련을 버리지 못하고 음란하게 살을 움켜쥐었다. 조인휘는 그 손을 붙든 채 어르기와 부탁, 협박을 모두 내놓았다. 뜨거운 숨을 내쉬던 고정이 마지못해 신음처럼 대꾸했다.

"……알았어."

만류하던 조인휘의 손에서 겨우 힘이 빠진 순간이었다.

교대로 씻고 나오자 어색하게 침대에 걸터앉은 조인휘가 보였다. 가운을 입고서 초조한 사람처럼 한쪽 다리를 떨고 있었다. 앞으로 시작될 일을 의식해서인지 이쪽을 쳐다보려 하지 않았다.

"와인, 한잔 마실래?"

묻는 말에 그제야 고개를 든다.

"괜찮아."

대답한 조인휘는 자리에서 일어나 과감하게 가운을 풀어 헤쳤다. 수동적으로 굴지 않을까 생각했는데 의외였다.

"……"

은은하게 조명이 감돌고 있었고, 서로의 몸이 구석구석 보이기에 충분한 조도였다. 아무것도 걸치지 않고 마주하자 벌써부터 힘을 받은 성기가 끄덕끄덕 맥동했다.

이대로 사흘 밤낮 하고 싶다는 생각이 들었다. 게걸스러운 흥분이 드러나지 않도록 숨을 고르며 고정원은 보다 가깝게 거리를 좁혔다.

"아, 잠깐만, 그냥 한잔 마실래."

서로의 몸이 닿기 직전이었다. 양팔로 밀어 내며 조인휘가 말했다.

"주문 끝났어."

거슬거슬해진 숨결로 말하자 몸을 반쯤 돌린 조인휘가 다급하게 지껄였다.

"잠깐만, 나는 그냥 옷 입고, 입고 할래."

새삼스럽게 벗은 몸을 의식하며 가운을 집어 들고 있었다. 손에 들린 천 자락을 빼앗으며 귓불을 물어뜯었다.

"입으로……."

귓바퀴부터 귓구멍까지 혀를 내어 빨면서 말했다.

"빨아 줄 거니까……."

"아……."

"입지 마 아무것도."

흥분감을 이기지 못해 한쪽 유두를 물어뜯는 것처럼 강하게 잡아당겼다. 튕겨 오르듯 경련한 조인휘가 밀치며 떨어져 나갔다.

그새 빨개진 제 가슴을 손으로 가리며 어쩔 줄 몰라 했다. 흥분하여 기세등등해진 고정원의 몸 상태를 외면하는 것처럼 조인휘는 고개를 숙였다.

"낯설어?"

"……."

질문에 대답하지 못하고 오히려 긴장하는 모습이었다. 자신을 낯설어하고 있다는 게 전해질수록 단전이 억세게 조였다.

"나도 낯설어."

횟수로 세자면 이번으로 세 번째였다. 첫 번째는 흥미 본위의 섹스였고, 두 번째는 정신없이 빠져서 했으나 그 뒤가 참혹할 정도로 불쾌했던 섹스였다. 지금부터 할 섹스는 그때와는 다른, 어떤 의미로는 처음이라고 할 수 있는 것이었다.

조인휘 또한 오늘을 제대로 된 처음으로 여기고 있다는 게 느껴졌다. 새롭게 받아들이고 새롭게 의식하고 있기 때문에 낯설어하는 것이다. 첫 번째는 기억이 돌아오길 바라서 했을 섹스였고, 두 번째는 기억이 돌아왔다고 생각해서 했을 섹스였다.

그리고 지금은…….

거기까지 생각한 고정원이 힘껏 끌어당겨 입을 맞추었다. 지금부터는 어떤 것에도 방해받을 일이 없었다. 모든 상황이 정리가 되었고, 조인휘는 자신을 받아들였다. 이제부터 이 입술을 빠는 것은 자신뿐이라는 것을 생각하자 머리 꼭대기까지 치민 성적 고양감으로 온몸이 터질 듯했다.

"내가 너 만져도 돼?"

떨어진 입술 틈으로 물었다. 이미 만지고 취하고 있으면서 입으로만 허락을 구했다. 키스 중에 양팔을 목에 둘렀던 조인휘가 급박한 애무에 다시금 겁을 먹은 것처럼 불편한 기색을 비쳤다.

"무서워?"

"그, 천천히, 살살 좀……."

"……이렇게? 이렇게 하면 좀 나아?"

둔부 사이의 살을 느리게 쓰다듬었다. 만지는 제 입에서 하아, 숨결이 뜨겁게 새어 나갔다. 옴폭한 곳에서 튀어나온 곳까지, 보기 좋은 골격에 얇게 달라붙은 살을 전부 쓰다듬었다. 이제부터 질리게 만질 수 있는 몸이라는 것을 되새기는 손끝이 저릿하게 조였다. 침대를 옆에 둔 채 한참이나 그렇게 서서 애무를 되풀이했다.

"만지고 싶은 대로 만져."

조인휘의 손을 이끌어 제 몸에 가져다 대며 고정원이 속삭였다.

"내 머리 만져 봐."

어설프게 근육을 쓰다듬던 조인휘가 시키는 대로 머리통을 만졌다.

"짧으니까 느낌이 달라?"

묻자 조인휘는 어딘가 멍한 얼굴로 고개를 끄덕끄덕했다. '어떻게 달라?' 묻는 말에 조인휘는 헐떡이며 모른다고만 답했다. 처음에는 그저 더 듬거리던 손길이 심취한 무엇으로 바뀌자 고정원의 숨결도 다급하고 가쁜 것으로 변했다. 쪼아먹듯이 조인휘의 입술을 삼키는 고정원의 귓등이 터질 것처럼 달아올라 있었다.

"흣, 음······!"

숨을 쉴 수 있도록 간간이 각도를 바꿨다. 허리를 끌어당겨 오래도록 혀와 혀를 얽으면 조인휘의 목에서 '아······' 끊는 신음이 울렸다. 호흡이 힘들어서 신호처럼 버둥거리면 그제야 고정원은 조금의 틈을 만들어 주었다.

살짝 떨어뜨려 주면 참았던 숨이 거세게 터졌다. 고정원은 그 터지는 숨결을 면전에서 고스란히 받았다. 기침을 하면 등허리를 쓰다듬고, 위로처럼 잘게 입을 맞추어 주었다. 고문처럼 호흡을 강제로 조절당하는 입맞춤에 조인휘는 괴로워서 매달리고 힘이 빠져서도 매달렸다. 버거워하는 것을 달래 가며 몇 번이나 같은 과정을 반복했다. 어떤 의미로는 삽입보다 좋았다.

"아, 음······!"

꼿꼿해진 성기가 서로의 몸에 부딪쳤다. 서로의 쿠퍼액과 언제 사출한지 모를 정액으로 얽혀 거미줄처럼 끈적해져 있었다. 짓누르고 치대는 난잡한 움직임이 더해지며 찌릿한 사정감이 몇 차례나 지속되었다.

고정원이 손을 아래로 뻗었다. 막 사정한 조인휘는 어디를 만져도 민감하게 몸을 뒤틀어 댔다.

"좋아?"

끄덕끄덕, 조인휘가 고갯짓으로 대꾸했다. 도톰한 둔부 사이로 손가락 두 개를 미끄러뜨린 고정원이 깊숙한 곳을 문질렀다.

"이건?"

"……지, 마."

무어라 하는 건지 들리지 않았다. 뭉개진 발음은 의미를 알아들을 수 없었다. '응?' 하고 제대로 된 답을 요구하자 짜증 섞인 대거리가 떨어졌다.

"……으니까, 묻지 좀 마."

좋으니까 묻지 말라는 말이었다. 고개를 숙인 고정원이 귀에 입술을 문질렀다. 냄새, 살결, 체온까지 구석구석 느끼며 성기가 달아올랐다. 시작과 끝이 모두 묵직한 둔기와 같은 형태로 발기해서는 번들거리며 분비액을 흘려 댔다.

이대로 조인휘를 눕히고 짓누르고 싶었다. 자신의 무거운 몸으로 마른 몸을 뭉개고 싶었다. 성기를 깊은 곳까지 넣고, 흔들어서 더없는 한계치의 쾌락을 느끼게 주고 싶었다. 본능만 남아 울고 소리치는 얼굴을 가장 가까운 데서 보고 싶었다.

더는 미룰 수 없어 침대에 눕힌 순간, 조인휘가 벌떡 몸을 일으켰다.

"안 돼."

거부의 말에 등줄기가 굳었으나 이어지는 말은 예상과 달리 걱정이었다.

"너 그러다 상처 터져. 가만히 있어, 내가 할 테니까."

"……."

자세를 전복시킨 조인휘는 고정원을 앉히고 그 위로 올라탔다. 적극적인 태도에 고정원의 가슴팍이 커다랗게 씨근거렸다. 치부끼리 맞닿아 비벼지자 자제력을 잃은 고정원이 그대로 삽입을 위해 둔부를 움켜쥐었다.

"잠깐, 바로 할게, 바로. 넣을 테니까, 어? 기다려 봐."

조인휘는 단단하게 당겨진 하악을 어루만지며 진정시키려 들었다. 달래느라 간지러운 말투까지 모두 사람을 뒤흔들었다.

힘이 빠진 고정원의 등이 침대 헤드에 닿았다. 조인휘는 고정원의 어깨에 손을 짚어 편한 자세를 찾았다. 적신 손가락을 뒤로 가져가 비좁은 뒤를 늘리기 시작했다. 자극받은 고정원의 성기가 복부까지 올라붙어 움찔거렸다.

"홋……."

삽입은 시도만 몇 차례 반복되었고, 구멍은 귀두를 겨우 삼킬 뿐이었다. 조인휘는 허리를 올렸다 내렸다 하며 버거워했다.

내내 괴로울 정도로 참아 내고 있던 고정원이 결국 상체를 일으켰다. 팔을 들어 조인휘의 등을 받치고, 그대로 돌려서 엎드리게 만들었다. 그 사이로 몸을 낮추며 고생하느라 벌게진 구멍에 제 얼굴을 들이밀었다.

"엇."

볼기를 벌려 상태를 보는가 싶더니 혀를 밀어 넣었다. 주위를 샅샅이 적시고 안을 벌린 뒤에는 흡입력을 더해 빨아 주었다. 사실 내내 이걸 하고 싶었다. 적신다는 목적조차 잊고 한참을 심취해 있자 조인휘가 말리는 소리가 들렸다.

입술을 떼자 봉긋한 둔부 사이로 타액이 길게 늘어졌다. 거기서부터 겨우 제대로 된 삽입이 진행되었다.

"하……."

고정원은 살집 하나 없는 허리를 움켜쥐었다. 천천히 삽입하려 애쓰는 손등으로 정맥이 불거졌다. 통증이 느껴질 정도로 팔뚝부터 시작해 모든 혈관이 확장되어 있었다.

들추어 올린 엉덩이에 흉기처럼 부풀어 오른 성기를 끝까지 밀어 넣었다. 뻑적지근한 쾌감이 척추부터 두개골을 때리며 허리가 끊임없이 움직였다. 움직이면서 더욱 면적을 부풀린 성기가 끈적한 점막에 감겼다 빠지기를 반복했다.

철썩!

소리가 나도록 힘껏 찍어 내렸다.

"흐윽!"

조인휘가 시트를 움켜쥐는 게 보였다. 고정원의 입에서도 큿, 하고 목 긁는 신음이 터졌다. 뿌리까지 잡아먹으려 드는 안쪽의 흡입력을 느낄 때마다 더 강하게 찧을 생각으로 눈이 벌게졌다. 그대로 폭주하려는 것을 조인휘가 소리치며 겨우 말렸다. 안 할 거라고 소리치는 말에 가까스로 성기를 빼낸 고정원의 위로 조인휘가 올라탔다.

"가만히…… 가만히 있어."

명령받은 고정원은 애꿎은 근육만 부풀렸다. 기다리는 동안 먹이를 앞둔 개처럼 귀두에서 분비물이 흘렀다.

"음……."

더욱 부피가 커진 성기를 어떻게든 삼켜 낸 조인휘는 홀로 고군분투했다. 어설프게 앞뒤로 움직이는 것을 지켜보던 고정원이 허리를 붙들어 주며 좀 더 편히 문지를 수 있도록 도왔다. 점점 안이 젖더니 어느새 조인휘는 허리를 뒤로 젖혔다. 성기에서 끈적한 물을 흘리며 훨씬 유연해진 몸짓으로 움직이고 있었다.

찰팍.

엉덩이가 근육으로 조인 단전에 내려앉았다. 그때마다 야릇한 살 소리와 더불어 신음이 달게 터졌다. 찧는 게 더 잘 느껴지는지 한참을 들썩거리다 이내 다시 휘저었다.

"아……!"

얼마나 느끼는지 안이 끈적했다. 의식이 살아 있던 표정도 녹을 것처럼 허물어졌다. 상처를 걱정해서가 아니라 자기가 이 체위를 좋아해서 고집한 게 아닌가 생각될 정도로 느끼고 있었다.

"좋아?"

"하, 아…… 좋, 아……."

흥분으로 무너진 얼굴을 보며 고정원은 몸 안에서 불을 지피는 감각을 느꼈다. 뜨거워서 정신이 다 몽롱하게 날아가는 듯했다.

"아흑, 으, 아……!"

어리숙한 남자의 모습은 더 이상 어디에도 없었다. 리듬을 갖고 흔드는 허리 짓이나 원하는 곳에 찧고 문지르는 행위, 커다란 걸 뒤에 넣고도 밝기해서 물을 흘리는 성기는 능숙한 어른의 것이었다. 화학 반응이 일어나는 것처럼 야한 냄새가 갈수록 진하게 풍겼다.

"아……!"

행위는 너무나도 몸에 익어 있었다. 하지만 자신과 익힌 것들이 아니라고 생각하면 머리가 아파 왔다.

"정원, 아, 아……! 정원아……!"

신음이 낮게 튀었다. 흥분이 극에 달한 조인휘가 단단한 어깨를 붙들며 이름을 불러댔다. 그 부름에 고정원은 일일이 몸이 조여드는 걸 느꼈다. 치달으며 고조되는 성감의 한편으로는 과연 부르고 있는 상대가 자신이 맞는지 의심했다. 진지하게 개명에 대한 욕구가 치밀었다.

끌어당겨 입을 맞추며 고정원은 가느다란 손을 제 머리로 이끌었다. 조인휘는 시키는 대로 한 손으로는 고정원의 목덜미를, 한 손으로는 고정원의 머리칼을 헤집었다.

뽑아낼 것처럼 조여 대는 점막이 느껴졌다. 머지않은 사정을 예감하고 손을 뻗었다. 제 복부를 끈적하게 때리는 성기를 붙잡았다. 엄지손가락으로 요도구를 빈틈없이 틀어막자 조인휘가 전신을 수축했다.

"으읏!"

입술이 떨어졌다.

"나올 거 같아?"

안을 죄는 압박감을 느끼며 물었다. 목소리는 어느새 잠겨 있었다.

"으으, 응, 나, 와……!"

조인휘는 상당히 고통스러운 듯 보였다. 관자놀이에 핏대를 세우며 목까지 벌겋게 물들였다. 고정원의 손 위로 겹쳐진 손은 절박했지만 힘이 하나도 없었다. 어찌할 바를 모르고 둔부만 꼭꼭 조여 대고 있었다.

"내 입술 깨물어 봐. 해 줄 테니까."

해결책을 알려 주자 조인휘가 입술을 깨물었다. 겉을 살짝 무는 정도였다. '더 세게' 하고 속삭이자 그제야 아픔이 느껴지는 세기로 물었다.

요도구를 짓누른 손가락을 치우며 허리를 거세게 들추어 올렸다. 움직임에 맞추어 손으로 음경을 자극해 주는 것은 덤이었다.

"으아, 아아……!"

분출하며 조인휘가 자지러졌다. 정액뿐 아니라 마른 몸에서 어떻게 이렇게 많은 물이 나오나 싶을 정도로 많은 양의 분출액이 뒤따랐다. 고정원의 손과 상체가 젖고, 시트 또한 흠뻑 젖었다. 그것을 보며 고정원도 지독한 사출을 이어 갔다. 싸지른 것들이 조인휘의 배 속을 흠뻑 적셨다.

힘이 다 빠진 조인휘가 뒤로 넘어갔다. 그것을 받쳐 주며 목덜미에 얼굴을 파묻었다. 그대로 두 사람의 몸뚱이가 함께 털썩, 무너졌다.

사정감이 계속해서 전신에 들끓고 있었다. 고정원은 등과 허벅지를 뒤 덮은 근육들이 단단하게 조이도록 힘을 주고 젖은 몸 안에 몇 번 더 자신 을 밀어 넣었다.

"아, 아……!"

"음……!"

취한 느낌 속에서 끝까지 여운을 갈취했다. 기진맥진한 조인휘는 흐물 거리는 팔로 악착같이 고정원을 안고 있으려 했고, 고정원은 그게 싫지 않아 얼마 동안 같은 자세를 유지했다. 저도 모르게 입꼬리가 부드럽게 올라갔다.

성기를 빼내고 얼굴을 살피자 조인휘는 여전히 넋이 빠져 있었다. 불과 몇십 분 전까지 알몸인 게 부끄러워 옷을 입고 하겠다던 사람이라고는 볼 수 없었다. 음부를 드러낸 채 다리를 벌리고도 조금도 부끄러운 기색 이 없었다. 엉덩이 사이로는 주입된 지 얼마 되지 않은 정액이 비어져 흐 르고 있었다.

"……이젠 안 낯설어?"

부드럽게 물으며 고정원은 손바닥으로 뒤통수를 받쳐 주었다. 풀린 눈 을 한 조인휘가 흐느적하게 손을 뻗었다. 몽롱한 얼굴로 고정원의 얼굴, 그리고 그 위로 짧아진 머리카락을 더듬었다.

씻겨 주고 쉬게 해야겠다는 생각이 들었다. 몇 번 더 하면 좋겠지만 벌 써 상당히 지쳐 보였고, 오늘은 이 정도로 만족할 수 있었다. 물론 씻으 면서 좀 더 스킨십을 하거나 가벼운 페팅을 이어 갈 수도 있었다. 키스는 횟수를 상관하지 않고 양껏 할 생각이었다. 이마에 가볍게 입을 맞춘 고 정원은 등과 다리오금에 손을 넣어 조인휘를 들어 올렸다.

목재 파티션으로 분리되어 있는 파우더룸 바로 옆이 욕실이었다. 지나치기 위해 파우더룸에 발을 들였을 때 고정원은 문득 발걸음을 멈추었다. 직사각형의 거울 앞에 잠시 멈추어 서서 들고 있던 조인휘를 바닥에 내려놓았다.

"……."

환한 조명 아래 두 사람이 거울에 비치고 있었다. 밝기가 강한 빛을 받아 낱낱이 드러난 나체가 서로 대비되는 것이 보였다. 새삼 대단한 차였다. 고정원의 팔뚝에 매달린 조인휘 또한 그 차이를 의식한 듯 거울을 보며 몸을 움츠렸다. 응시하는 고정원의 시선을 피하며 어쩔 줄 몰라 하고 있었다. 수치심을 되찾은 모양이었다.

"뭐 해…… 안 들어가?"

거울을 통해 눈을 맞출 수도 있었다. 하지만 조인휘는 굳이 뒤돌아보며 말했다. 고정원은 그런 조인휘를 내려다봤다가 다시 거울을 보았다.

가만히 조인휘의 상반신을 가로지르고 있던 제 팔뚝을 치웠다. 건조하게 마른 손으로 가느다란 옆구리, 그리고 부드러운 선을 띠는 복부를 잇따라 쓰다듬었다. 거울 속에 비친 자신과 조인휘를 주시하며 매만지는 행동을 이어 갔다. 처음으로 포르노에 중독되는 사람들을 이해할 수 있을 듯한 기분이 들었다.

"뭐 해, 간지러……."

클라우드에 남아 있던 영상을 볼 때와는 달랐다. 전혀 다른 기분이었다. 조인휘의 상대가 타인이 아닌 자기 자신이라는 점이 달랐다.

"이름을 바꿔 볼까 싶어."

갑작스런 발언에 조인휘가 놀라서 거울을 보았다. 그곳에서 눈이 마주쳤다.

"……뭐?"

"그냥."

"……."

"새로 시작하는 의미로."

조인휘는 혼란하다 못해 충격을 받은 얼굴이었다. '싫어?' 묻는 고정원의 말에 고민하는 내색을 보이다 이내 끄덕였다.

"왜?"

"……아니, 정원이 넌 정원인데……. 갑자기 다른 이름으로 바꾸겠다고 하니까……."

웅얼웅얼하며 눈을 피하고 있었다. 그 모습을 지켜보던 고정원이 가만히 숨을 삼켰다.

'……아니야, 넌 정원이 아니야…… 넌 아니야…….'

몇 번이나 되풀이해 말하던 장면이 겹쳐지며 기분이 형용할 수 없이 묘해졌다. 그때는 아니라 해 놓고, 지금은 또 맞다고 한다. 부정이 긍정으로 변했지만 유쾌한 변화로서 받아들여지지 않았다. 유쾌하다기보다는 오히려 야릇한 불쾌감을 불러일으키고 있었다.

"앞에 봐."

거울을 향해 조인휘의 턱을 가볍게 받쳐 들었다.

"너는 나 보고 있어."

"……."

"나는 너 볼 테니까."

말하며 부피감을 갖기 시작한 성기를 등 뒤로 문질렀다. 턱 주변을 입술로 애무하자 조인휘가 눈길을 피했다. 나 안 할래……. 소심하게 중얼거리며 벗어나려 했다.

"머리를 더 짧게 자를까."

"갑자기 무슨……."

"어떨 것 같아, 저기서 더 짧아지는 건."

거울을 통해 지그시 주시하며 물었다. 대답이 나오지 않는 사이 늘어져 있는 조인휘의 성기를 만지작거렸다.

"아, 그만 좀……."

"털이 옅어."

교묘하게 옮긴 손으로 가지런한 음모를 쓰다듬었다.

"……엉덩이도 그렇고."

"뭐……?"

"그래서 빨기 좋아. 부드러워."

조인휘가 거울 속 자신을 쏘아보았다. 얼굴에 열이 올라 있었다.

"전에는 이런 말 안 했나 봐, 내가?"

'전'에 해당되는 시기를 알아들은 모양이었다. 고작 그 정도의 말에 감정이 상한 것처럼 눈을 그렁그렁하게 적시고 있었다.

"혀로 쑤실 때마다 간질거리던데. 털이 간질거리니까."

웃음기 섞인 품평에 조인휘가 다시금 눈을 들었다. 미친 사람 보듯 흘기는 것이 보였다.

"진심으로, 좋아서 하는 소리야."

고정원은 부드럽게 목소리를 흘렸다. 그리고 애무를 시작했다. 후희이자 전희가 길게 이어졌다.

결국 침대로 이동하여 행위가 후속되었다. 정신없는 와중에도 조인휘는 고정원의 부상을 지적했다. 상처가 터지면 안 되니 자기가 올라가겠다고 했다. 누운 고정원에게 올라타 성기를 삼키고는 엎드리는 자세를 취했다.

앞서 거울 앞에서 한 차례 더 사정한 뒤였다. 조인휘는 지쳐 있었고, 고정원은 겨우 진정되어 있었다. 덕분에 보다 느리고 부드러운 삽입이 가능했다. 몰아치지 않고 감각 하나하나에 집중하면서 교감은 더욱 짙어졌다.

고정원이 멈추면 조인휘가 움직였다. 그러면 고정원은 만족스럽게 엉덩이를 주무르며 귀와 뺨을 애무했다. 조인휘가 고개를 똑바로 하자 입술끼리 맞닿으며 뽀뽀하는 소리가 났다.

"흣, 쪽, 흡……!"

조인휘의 입에서 중간중간 짜증 섞인 신음이 터졌다. 고정원은 아까부터 눈치채고 있었다. 규칙적으로 문지르는 움직임이 반복될수록 그랬다. 안이 들러붙으며 젖고 있었고, 분을 삭이는 듯한 신음이 자꾸 터지고 있었다. 흥분에 못 이겨 허리를 마구 움직이면서도 스스로를 짜증스러워하고 있다는 느낌을 받았다.

"뭐가 그렇게 억울해."

고정원이 물었다. 입술을 뗀 조인휘가 마찬가지로 짜증스럽게 고개를 저었다. 품에 안기며 시근거렸다.

"음, 으……."

흥분이 고조된 듯했다. 조인휘의 허리가 무절제하게 이리저리 튀어댔다. 일어나 앉으려 하기에 고정원이 붙들었다. 교차시킨 팔로 꽉 끌어안아 움직이지 못하게 했다. 젖은 두피에 입술을 문지르며 슬슬 움직여 주기 시작했다.

"아흣, 흣, 흣……."

손톱이 어깨에 박혔다. 움직임이 거세지자 벼랑에 매달린 것처럼 신음했다. 고정원은 양 무릎을 세웠다. 조그만 엉덩이를 움켜쥐고 세게 쳐올렸다. 철퍽, 메우고 나서는 완만하게 문질러 강약을 조절했다. 입술은 예민한 귓가에 가져다 붙였다.

"……그때 왜 나한테 말 시켰어."

"으……?"

조인휘는 흔들리느라 정신이 없었다. 말귀조차 제대로 알아듣지 못하고 있었다.

"스파이더맨 키홀더…… 찾아 달라고 나한테 말 걸었잖아."

"아, 흐으……."

움직이며 호흡이 거칠게 흐트러졌다.

"내가 마음에 들었어?"

내키는 대로 지껄이고 있었다. 헛소리인 줄 알면서도 흥분해서 어떻게 된 상태였다.

"그때…… 나랑 계속 눈 마주치는 거 너 알았어?"

말하며 고정원은 허리를 들었다. 깊은 곳으로 자신을 푹, 쑤셔 박았다.

"응? 인휘야……."

좋아서 미칠 거 같아. 속삭이면서 움직임을 늦추었다. 한 손으로 엉덩이를 잡고 느리고 얕은 드나듦을 반복했다. 남은 손으로는 조인휘의 등과 허벅지, 부드러운 몸 곳곳을 배회했다. 흥분한 손길이 무언가를 덧바르는 것처럼 끈질기게 오갔다.

"처음부터 이럴걸. 응?"

"으……."

"처음부터 이럴 걸 그랬다고."

"아읏! 흐읍……!"

정신없이 느끼느라 조인휘는 울기만 했다. 확 치미는 흥분을 느끼며 고정원은 자세를 전복시켰다. 경황이 없어진 조인휘는 위로 가겠다느니 고집부리는 일 없이 순순히 받아들였다. 오히려 벌린 다리를 교차시켜 고정원을 더 가까이 조였다.

흥분한 숨이 거칠게 긁혔다. 고정원은 하고 싶었던 대로 체중으로 짓눌렀다. 육체끼리 부대끼도록 묵직하게 박았다. 철퍽, 철퍽, 살 부딪는 소리가 울렸다. 젖은 살이 부르르, 떨렸다. 강한 마찰은 공기를 찢는 것처럼 소리가 컸다.

"앗……! 하앗……! 아, 윽, 흐윽……!"

울면서 조인휘가 매달렸다. 어느새 다리를 풀었다. 다리로 어떤 의사를 표현하는 것처럼 고정원의 허벅지를 탁탁 때렸다. 더 빨리, 더 세게 해 달라는 보챔의 의미로밖에는 여겨지지 않았다.

"……깨물어. 싸게 해 줄 테니까."

얼굴을 밀착시킨 고정원이 말했다. 헐떡대던 조인휘는 용케 알아듣고 곧장 입술을 맞댔다. 아랫입술을 콱, 세게 깨물었다. 그걸 기점으로 고정원의 허리가 힘차게 움직였다.

드나드는 왕복이 점점 격렬해졌다. 침대 전체가 뒤흔들렸다. 육중한 무게를 실은 피스톤 운동에 맞추어 조인휘가 목청을 높였다.

"아으……! 아으……! 아……!"

붕대를 감은 팔에 통증이 일었다. 전신에 몰아치는 쾌감이 그 위를 덮었다. 울부짖는 조인휘를 부둥켜안았다. 몰아붙이느라 제정신이 아니었다. 강하게 뭉개고 격렬하게 찧을수록 환희로 일그러지는 얼굴을 내려다보며 쾌감의 극치를 향해 달렸다.

곧, 전신으로 벼락같이 극렬한 쾌락이 들이닥쳤다. 넓은 등이 거센 자극에 떠밀리듯 한 차례 크게 들썩였다. 목구멍이 좁아지고, 그 틈으로 고통에 가까운 신음이 터졌다.

"아……!"

온몸이 뒤집히는 감각이 지나치게 강렬했다. 전부 토해 낸 고정원이 움직임을 멈추었다. 고개를 숙이자 입에서 침이 흘렀다. 정액처럼 늘어진 그것은 끈적한 선을 그리며 조인휘의 목덜미로 떨어졌다.

"하아…… 하……."

고정원은 젖은 입술로 헐떡였다. 아직까지 뒷덜미로 아찔한 소름이 오갔다. 조인휘 또한 아직까지 아래를 수축하며 경련하고 있었다. 턱을 뒤로 젖힌 채 이마에서 목까지 핏대를 세운 모습만으로 극단에 치달은 쾌감을 짐작게 했다.

꾸준히 몰아치는 파도처럼 만족감이 계속해서 들이치고 있었다. 헐떡이며 감상하던 고정원이 자세를 낮추었다. 조인휘의 턱과 뺨, 귓전에 제 얼굴을 짓뭉개며 애무했다. 입술끼리, 코끝끼리 문질렀다.

"사랑해."

행위 내내 목구멍을 옥죄던 말을 내뱉었다. 내뱉지 않고 배길 수 없었다.

"……."

쾌감에 잠긴 조인휘는 숨을 몰아쉬고 있었다. 눈이 마주쳐도 끔뻑끔뻑 혼몽해 보일 뿐, 비슷한 말조차 되돌아오는 일은 없었다.

"……사랑해."

"……."

"사랑해, 인휘야……."

속삭일수록 애달픈 기분을 느꼈다. 지나치게 힘이 들어갔는지 눈자위가 시큰거렸다. 고조된 기분을 다스리며 고정원은 말 없는 입술에 입을 맞추었다. 느껴지는 숨결이 들뜨고 날뛰는 심신을 안정시키는 듯했다.

삽입은 그 뒤로 몇 번 더 반복됐다. 침대뿐 아니라 바닥에서도 했다. 삽입 내내 다양한 체위를 시도했지만 사정은 입술을 깨무는 행위 뒤에만 허용했다. 마지막에 조인휘는 제대로 된 정액을 내뱉지 못해 그저 히뜩히뜩 허리만 젖히며 절정을 느꼈다.

"싫……어, 이제……."

조인휘는 부드럽게 안아 주려는 손길을 거부했다. 울면서 엎드렸다.

"응, 이제 그만. 절대 안 해, 절대로……."

고정원은 죽으라면 죽는 시늉이라도 할 것처럼 저자세로 조인휘를 달랬다. 실제로 바짝 말라 우는 꼴을 보니 애틋하고 가엾게 느껴져서 속이 탔다.

"물 줄까, 응?"

끄덕이는 조인휘를 품에 안았다. 물을 먹인 뒤에는 또 뭘 해 줄지 필요한 게 있는지 물었지만 조인휘는 고개를 가로저으며 자고 싶다고만 했다.

뒤치다꺼리가 이어졌다. 시트를 갈아 주고, 몸을 닦아 주고, 깊숙한 곳에 지저분하게 뭉친 정액을 닦아 주었다. 보송한 새 옷으로 갈아입히고 나자 '목말라……' 중얼거리기에 이온 음료를 가져와 먹였다.

숙면을 위해 간접 조명마저 없앴다. 암막 커튼으로 새까매진 방 안에서 고정원은 가만히 서 있다가 잠든 애인의 옆으로 앉았다.

"더……워……."

조인휘는 이불을 걷어 내고 있었다. 바로 얇은 이불로 교체를 해 주고 나서 안색을 살폈다. 이마를 짚어 보니 몸에서 열이 나는 듯하여 그 길로 지체할 것 없이 차를 몰고 나가 근처 약국에서 해열제를 사 왔다.

"잠깐만 일어나 봐. 인휘야, 약 먹고 자."

조용히 말하자 웅크리며 싫어했다. 자꾸 깨운다며 칭얼거리는 조인휘의 비위를 맞춰 가며 입에서 입으로 약을 먹이는 것에 겨우 성공했다.

조인휘는 30분 뒤에 깊이 잠들었다. 그동안 옆에서 지켜보고 있었다. 씻지 못한 자신의 몸에는 여전히 두 사람분의 체액이 묻어 있지만 조금도 찝찝한 느낌이 드는 것은 아니었기 때문에 옷을 벗고 다시 나신으로 침대에 올랐다.

"……."

몇 시간에 걸쳐 뜬눈으로 잠든 얼굴만 보았다. 동이 터 올 즈음에야 고정원은 침대를 벗어나 조용히 방을 나섰다.

거실의 베란다로 나가자 바람이 제법 찼다. 드로즈 위에 대충 후드 티만 걸치고 나온 고정원은 새벽바람을 맞으며 담배에 불을 붙였다.

행위가 끝난 뒤부터 두통이 이어지고 있었다. 조금 전부터는 관자놀이를 찌르는 통증으로 인해 가만히 서 있는 것조차 고역일 지경이었다.

하지만 물리적으로 느껴지는 두통보다 불쾌한 것은 형체 없는 불안감에 정신적으로 휩쓸리고 있는 느낌이었다. 극도의 불안감이 수면을 방해했고, 그 탓에 지독한 피로감이 뒤따랐다. 그 피로가 다시 불안감을 부추기는 악순환이었다.

짧아진 담배를 끄고 이어서 새로운 것을 꺼내 피웠다. 어느 순간 고정원은 눈을 감는 동시에 입술에서 담배를 빼냈다. 손가락 사이에서 연기가 피어올랐다.

원인 모를 이러한 불쾌감은 대체 어디서 오는 건가. 만족스럽게 섹스한 뒤였고, 원하던 것들이 전부 수중에 있었다. 불안감을 느낄 이유는 어디에도 없었으므로 생각이 연기처럼 모호하게 번졌다.

어쩌면 이전의 경험에서 비롯된 불안에서 아직 벗어나지 못한 것인지도 몰랐다. 자신이 잠들면 조인휘가 일어나서 누군가를 찾을 것만 같은,

그날 새벽처럼, 몰래 손을 붙들고 몇 번이고 그 이름을 불러 댈 것만 같은 불안이 아직까지 남아 있는지도 몰랐다.

고정원은 사그라질 것처럼 위태로운 모양새로 웃었다. 느슨하게 필터를 물고 뱉어 낸 연기가 공중으로 형체 없이 사라져 갔다. 이 지경으로 몸을 섞고 나서도 이러한 생각들로부터 헤어날 수가 없다는 사실이 기가 막혔다.

'기억 안 돌아와도 돼.'

'그냥…… 지금 그대로여도 돼.'

다른 무엇이 아닌 그 말이 제게는 현실이었다. 필요한 만큼 몇 번이고 조인휘가 했던 말과 안아 주던 감촉을 떠올렸다. 가까스로 신경증을 진정시킨 고정원은 연달아 태우던 담배를 갈무리하고 안으로 들어섰다.

어질러진 건 딱히 없었지만 정리를 했다. 하나하나 만지고, 제자리에 배치하며 조인휘와 지내게 될 공간을 재정비했다. 조인휘가 개인 서재로 쓸 방은 불을 밝히고 들어가 더 필요한 게 없는지 살펴보고 하나씩 점검하며 더욱 신경을 썼다.

정리를 마친 후에는 안방으로 돌아왔다. 조인휘는 여전히 곤히 잠들어 있었다. 잠든 얼굴을 보고 서 있던 고정원이 이불 밖으로 삐져나와 있는 손을 집어 들었다. 길고 매끈한 손가락은 야무짐과는 거리가 멀어 보였다. 매만지다 이불 속으로 넣어 주고 자신도 옆으로 누웠다.

암막 커튼 덕분에 방 안은 한밤중처럼 어두웠다. 꿈을 꾸는지 조인휘가 뒤척이면서 시야에는 뒤통수와 등만 보이게 되었다. 육중한 무게로 들썩이며 보다 가깝게 다가간 고정원은 감싸듯이 마른 몸 뒤로 제 몸을 겹쳤다.

입술이 부드럽게 올라가며 소리 없는 웃음이 나왔다. 그러나 이내 끊어지듯 뚝 멎었다. 그런 행동이 정신병처럼 몇 번이나 반복되었다.

"……."

지금까지 세 번. 조인휘와 맺은 관계의 횟수였다. 고작 그 세 번의 관계에 한 사람이 제 인생에서 갖는 의미가 완전히 달라지게 되었다. 삶에서 차지하는 위치와 범위가 전면적으로 달라지게 되었다.

오늘에서야 지난 3년이 완벽하게 이해되었다. 그 정상적이지 않은 모든 행적들이 지금에 와서 보면 지극히 정상적이었다. 우습게도 쌍둥이 형제를 둔 것처럼 기억에 없는 지난 3년 동안의 자신이 무엇을 생각하고 느꼈는지 알 수 있었다.

하지만 그런 건 어찌 되었든 상관없다. 이제는 자신의 것이었다. 그 그림자를 지우는 게 앞으로 자신이 할 일 중 하나였고, 어쩌면 가장 중요한 일일지도 몰랐다.

눈앞에 있는 목덜미로 다가가 코를 짓눌렀다. 안락한 체취가 구원처럼 밀려들었다. 지독하던 두통이 나아지는 기분을 느끼며 고정원은 눈을 감았다. 그제야 고단하게 지탱되고 있던 온몸의 근육이 느슨하게 이완되었다.

긴 꿈을 꾸었다.

눈을 뜨자 가장 먼저 흰 천장이 보였다.

"……."

위화감, 그와 동시에 묘하게 맑아진 머리를 느꼈다. 상체를 일으킨 고정원은 습관적으로 머리를 쓸어 올렸다. 손바닥에 감기는 감촉이 상당히 낯설어 동작이 멈추었고 반사적으로 왼편을 내려다보았다. 느껴지는 압박감은 상완에 감겨 있는 붕대 탓이었다.

시선이 내부를 한 바퀴 돌았다. 마찬가지로 위화감이 강했다. 의아한 상태로 장소를 파악하기 위해 침대에서부터 내려왔다. 대충 눈에 보이는 옷가지들을 주워 입었다.

홀린 것처럼 방문을 열고 나가자 빛이 쏟아졌다. 햇볕을 정면으로 받으며 고정원은 눈살 하나 찌푸리지 않았다. 그저 긴 다리로 성큼 걸어 거실의 중앙에 섰다.

"……조인휘."

눈을 뜬 직후부터 찾고 있었다.

"인휘야."

불렀지만 기척은 잠잠했다. 계속해서 이름을 부르며 내부 전체를 둘러보았다. 모조리 둘러보고 나서야 이곳에 저 홀로 남아 있음을 확신했다.

대체 여기는 어디인가. 익숙한 듯 불쾌한 느낌이 드는 것은 어째서인지 모르겠다. 술을 마시고 필름이 끊긴 것은 처음 있는 일이었다. 기억하고 있는 어제에 대한 정보를 떠올리려 애썼으나 떠오르는 게 없었다. 거실을 한 번 더 훑은 고정원은 다시 방으로 돌아갔다.

휴대폰이 어디에도 보이지 않아 난감했다. 혹시나 하여 집 안에 있는 유일한 기기인 침대 옆 휴대폰을 집어 들었다. 인식부에 손가락을 올리자 지문이 통과되며 화면이 열렸다. 제 것이 분명한 기기는 그러나 기종이 바뀌어 있었다.

"……."

화면으로 시간과 날짜가 표시되었다. 늦은 오후를 가리키는 시간도 예상 밖이었지만 그보다 날짜에 눈길이 머물렀다. 날짜가 긴 생각에 잠기게 할 만큼 위화감을 불러일으키고 있었다.

커튼을 걷고 창문을 열었다. 곧장 불어 들어 피부를 스치는 바람이 차가웠다. 내려다보이는 거리의 계절, 지나치는 사람들의 옷차림에 시선이 머물렀다. 모든 게 위화감투성이였다.

고정원은 재차 휴대폰을 체크했다. 메시지, 통화 내역, 메신저 등. 급하게 조인휘에게 전화를 걸었다. 하지만 신호음이 이어지는 사이 자신이 먼저 끊었다.

제 몸의, 무엇보다 뇌의 이상을 확신하고 밖으로 향했다. 당장 병원으로 가서 검사부터 받아 볼 생각이었다. 빠르고 큰 보폭으로 거실을 지나치던 고정원은 그러나 우뚝 멈추어 섰다. 지나치려던 식탁 위로 무언가가 놓여 있었다.

푹 자길래 안 깨우고 나간당.
아 그리고 된장찌개 좀 해봤는데⋯⋯
간이 좀 짜게 됨 ㅠ 쏘리
너무 짜면 물 좀 넣어서 먹어.
밥 먹으면 약 꼭 챙겨 먹고
난 일 좀 보고 부모님 댁에 들렀다 올게.
일어나면 연락 줘.

메모지의 글씨체는 조인휘의 것이었다. 적힌 내용대로, 인덕션 위에는 된장찌개로 예상되는 냄비가 보였다.

"⋯⋯."

메모지를 들고 가만히 서 있었다. 글자를 해독하는 것처럼 보고 또 봤다. 그러다 불현듯 뒤를 돌아보았다. 시야에 들어온 것은 거실에서 이어지는 베란다였다.

강렬한 무언가에 이끌리듯 그곳으로 걸어갔다. 잠금장치를 열고 창문을 열어젖힌 고정원은 난간 옆으로 놓인 재떨이 하나를 발견했다. 예정된 것처럼 자연스럽게 허리를 숙여 집어 들었다. 재떨이 안에는 세 대의 꽁초가 짧게 구겨져 있었고, 그것이 예전에 자신이 피우던 브랜드의 담배라는 것을 알았다.

누가 강제한 것도 아닌 응시는 계속되었다. 떨어뜨리려 해도 도무지 눈이 떨어지지 않았다. 온전한 제 의지라고도 할 수 없었다.

그렇게 선 채로 시간이 빠르게 흘렀다. 한참을 하염없이 바라보고 서 있던 고정원이 하, 숨을 뱉었다.

"하……."

한 번 더 뱉었다.

짧아진 머리를 쓸어 올렸다. 자리에서 꼼짝할 수 없었다. 고통스럽게 질끈 감긴 눈이 쉽게 뜨이지 못했다. 감각을 억누르는 오장육부로 극심한 통증이 스몄다. 결국 눈을 떴을 때는 모든 감각에 집어삼켜진 뒤였다. 팔의 근육이 부풀며 고정원은 손에 움켜쥐고 있던 것을 최대치의 힘으로 내던졌다.

콰장창!

거대한 소음이 빈집을 울렸다. 깨진 재떨이의 파편이 사방으로 튀어 올랐다. 거실은 순식간에 처참한 꼴이 되었다.

죽여야 할 상대는 이미 죽고 없었으므로 고정원은 그대로 엉망이 된 공간을 지나쳤다.

뛰쳐나온 밖에서 찬 공기를 들이켜며 성큼성큼 걸었다. 빠른 걸음으로 골목에서 대로변으로 들어설 즈음 손에 든 휴대폰이 울렸다. 눈앞으로 가져오자 화면에 뜬 이름 석 자가 보였다. 저장명은 너무도 익숙한 동시에 낯설었다.

"……."

통화 버튼을 누르고 휴대폰을 귀에 댔다. 융기된 목울대가 가만히 울렸다. 꽉 틀어막힌 것처럼, 아무 소리도 나오지 않았다.

―정원아. 너 이제 일어났어? 미안, 나 딴 거 하느라 폰 지금 봤어.

들려오는 목소리로 온 신경이 쏠리다 못해 쏟아질 듯했다. 목소리는 피부에 닿는 찬 공기와 더불어 유난히 청량하게 들렸다. 구역감이 생길 정도로 집중해서 듣고 있던 고정원은 간신히 한마디를 토했다.

"어디야."

―어, 나? 나 지금 부모님 댁 나와서 어제 그, 니네 집 가고 있는 중인데…….

말이 채 끝나기도 전에 발길을 돌렸다. 사거리의 횡단보도 방향을 향해 걷기 시작했다. 그 집에서 여기로 오기까지 어떤 길을 통해야 하는지 알고 있었다.

―너 지금 밖이야?

묻는 말에 대꾸하지 않은 채 묵묵히 걸었다. 얼마 지나지 않아 눈앞에 횡단보도가 나타났다.

―여보세요? 정원아. 야아, 너 내 말 안 들려? 왜 대답이 없어.

홀로 뚜렷하게 보이고 있었다. 사람들과 나란히 횡단보도의 맞은편에 서 있는 조인휘가.

"……들려."

대답한 고정원이 한 걸음 더 가까이 다가섰다.

―뭐야, 지금 밖에 나온 거야?

그렇게 찾던 상대가 불과 몇 미터 앞에 있다. 시선이 떨어지지 않았다. 작게 흔들리는 고갯짓 하나 놓치지 않았다.

―엥? 뭐야…….

바람이 뺨을 스쳤다.

―……저거 너 맞아?

이제야 눈이 맞았다. 조인휘는 얼떨떨함을 온몸으로 표출하고 있었다. 이쪽을 발견한 직후부터 팔다리가 응고된 것처럼 굳었다. 고정원은 휴대폰을 귀에 붙이고 서서 그새 더 마르고 작아진 제 애인을 마주 보았다.

―……뭐야.

눈꺼풀을 빠르게 깜빡이는 게 보였다. 그 안의 눈동자가 무르게 흔들렸다. 다른 곳을 향했다가도 금세 이쪽으로 돌아오고 마는 혼란함이 다 보였다.

―……정원아.

"……."

부르는 목소리가 달라졌다. 알면서 고정원은 대답하지 않았다. 맞은편에 서 있는 조인휘를 한시라도 놓칠세라 바라볼 뿐이었다. 눈자위가 욱신거렸다.

―야…… 고정원, 너 지금…….

기어이 말이 떨리고 뭉개진다. 울먹임이 새어 나오는 동시에 신호등의 불이 바뀌었다. 마주하고 서 있던 사람들이 일제히 반대편으로 걸어 나갔다. 거기서 단 한 사람만이 나아가지 못하고 주저앉으려 하고 있었다.

무너지는 가슴으로 숨을 삼켰다. 고정원은 건너편을 향해 전력 질주 했다.

4. behind (1)

오후 3시쯤 잠에서 깼다. 손바닥으로 얼굴을 문지르며 방을 나섰다. 잠기운이 남아 있는 시야는 흐렸고, 유난히 긴 통로가 나타나자 아득해졌다. 복도식 구조는 넓은 평수까지 더해져 이따금씩 까마득한 느낌에 휩싸이게 만들었다.

"……정원아."

이름을 부르며 복도를 따라 걸었다. 고개를 기웃거리며 하나씩 공간을 들여다보았다. 작은방, 욕실, 베란다, 중간방, 드레스룸까지. 그러나 고정원은 그중 어디에도 없었다.

"……고정원."

부르면서 초조해지고 있었다.

"너 어딨어?"

목소리에 조금씩 떨림이 스며들던 때였다.

띠, 띠, 띠……. 도어 록 버튼 소리가 집 안을 울렸다. 잠금이 해제되는 멜로디가 잇따르고 드르륵, 중문이 열렸다. 들어오는 이를 향해 뛰어오르자 한숨 같은 웃음소리가 귓가의 공기를 진동시켰다.

"지금 일어났어?"

묵직한 존재감을 만끽하며 조인휘는 끄덕였다. 목덜미에 얼굴을 파묻은 채 산소 보충하듯 냄새를 맡았다. 울고 싶을 만큼 좋은 냄새가 코를 통해 들어왔다. 안정제나 마취제를 맞은 것처럼 몸이 순식간에 이완되었다.

"너 어디 갔다 와."

울음기를 숨기려 했지만 목소리가 떨렸다. 고정원은 말없이 조인휘를 안아 든 채로 걸음을 옮겼다. 그리고 거실의 테이블에 다다라 그곳에 조인휘를 올렸다. 테이블 한가운데에는 미처 발견하지 못했던 메모지 하나가 놓여 있었다.

인휘야 나 병원 다녀올게.
일어나면 연락하고,
배고프면 냉장고 열어 봐.
사랑해.

자는 사이에 고정원이 사라졌고, 찾아봐도 보이지 않아 판단력이 흐려졌다. 예전부터 종종 메모를 남기고 외출한다는 것을 알면서도 당황한 나머지 찾아볼 생각조차 하지 못했다. 전화를 해 봐야겠다는 단순한 절차조차 떠올리지 못할 정도로 쉽게 공황 상태가 된 것이다.

"……깨워서 같이 가지."

"푹 자길래. 그사이에 빨리 갔다 오려고 했지."

고정원은 요즘 병원에 다니고 있었다. 팔의 상처 때문에 다니는 정형외과, 혹시 모를 기억 문제의 재발 방지를 위한 신경외과였다.

"그래도…… 담엔 꼭 깨워서 같이 가."

"응, 꼭 그럴게."

대답하며 고정원은 포옹을 해 주었다. 조인휘는 고정원의 양쪽 겨드랑이에 딱 맞물리도록 제 팔을 밀어 넣었다. 접착된 것처럼 밀착하여 양다리로 허리를 감았다.

외출했다 돌아오면 매번 이런 식이었다. 심지어 고정원이 쓰레기를 버리고 오거나, 코앞 편의점에만 다녀와도 그랬다. 그러지 않으려고 해도 오랫동안 떨어진 기분이 들어서 참을 수가 없었다. 한참을 이렇게 끌어안고 있어야 직성이 풀렸다.

어느새 자연스럽게 입술끼리 맞붙고 있었다. 키스하느라 고개가 꺾인 채로 고정원의 겉옷을 벗겼다. 고정원의 손길 또한 촉박하게 조인휘의 잠옷 바지를 끌어 내렸다.

몸이 돌려지고, 대뜸 볼기 사이로 젖은 성기가 문질러졌다. 굵은 귀두부터 천천히 들어오던 음경은 중간쯤에서 뿌리째 박혀 들었다.

"헉……."

뜨거운 점막을 빽빽이 메운 압박감에 숨이 막혔다.

"아……."

고정원의 손가락이 벌어진 입을 파고들었다. 난잡하게 혀를 문지르던 손가락이 빠져나갔다. 손가락은 벌어진 잠옷의 가슴팍으로 내려가 뾰족해진 유두를 둥글렸다. 단추가 풀리며 헐렁한 파자마는 어깨 밑으로 주룩, 흘러내렸다.

"읏······."

조인휘는 입술을 깨물었다. 안을 메운 것이 아주 더디게 왕복하고 있었다. 길고 굵은 성기의 시작과 끝, 그리고 빠듯하게 벌어졌다 다시 좁아지는 자신의 뒤가 여실히 느껴졌다.

빠르게 드나들 때보다 몇 배로 감각이 선득했다. 어느덧 조인휘의 음경에서부터 흘러내린 프리컴이 샅으로 고였다. 느린 움직임에 맞추어 흔들거리다 떨어졌다.

"이렇게, 느리게······."

속삭이는 소리가 탁하게 들렸다.

"몇 시간이고 계속 비벼 주는 거 좋아하잖아."

아니야? 물으며 고정원이 귓속에 혀를 넣었다. 진저리가 나며 절로 뒤가 조였다. 압박감을 느끼는지 아, 탄식을 터뜨린 고정원이 양팔로 구속했다.

"어 좋, 아····· 나, 해 줘, 몇 시간이고, 해, 줘······."

부탁하며 뒤로 겹쳐진 고정원에게 제 몸을 문질렀다. 닿는 몸도, 이어진 곳에서 느껴지는 열기도 모두 기꺼웠다.

함께 침대로 옮겨 갔다. 조인휘는 엎드려서 엉덩이를 들어 올렸다. 그 뒤로 고정원의 성기가 점막을 꾸준히, 천천하게 문질렀다. 숨이 헐떡헐떡 넘어갈 듯했다. 정말로 몇 시간이나 느리게 비비기만 하는 자극이 이어졌고, 소름과 몸서리가 한시도 쉬지 않고 내달렸다.

총 세 번의 사정을 거치고 나서야 식사가 시작됐다. 조인휘는 흐물흐물해진 몸으로 고정원의 다리 사이에 들어가서 앉았다. 다른 곳은 싫고 오로지 그 자리가 좋았다. 지정석에 앉아 고정원이 가져오는 음식을 군말 없이 입을 벌려 받아먹었다.

"이거 줄까? 아니면 이거?"

"……그거."

누구도 저희가 이러는 것을 볼 수 없었다. 여기는 둘뿐이고, 섹스를 포함해 별짓을 한들 아무도 알 수 없었다. 새삼스럽게 그 사실을 깨달은 뒤로 조인휘는 남사스러운, 남들 눈에 흉이 될 만한 행동에 거리낌이 없어졌다.

마음이 편한 게 우선이었다. 이래야 안심이 되면서 밥이 목구멍으로 넘어가니 어쩌겠는가. 비단 식사뿐 아니라 생활 전반이 마찬가지였다. 고정원의 기억이 돌아온 이후로는 보호와 시중에 가까운 보살핌이 조금도 부담되지 않았다. 오히려 그런 과도한 밀착 생활로 인해 정상적인 활동이 가능했고, 이제는 지극히 당연한 일상으로 수용할 뿐이었다.

식사 후에는 소파에 마주 앉아서 서로를 끌어안고 있었다. 조인휘는 마주 안은 고정원의 단단한 목덜미를 안마해 주며 물었다.

"이제 완전히 걱정 없다고 그러지? 후유증 같은 거, 더 없다고 그러지?"

"이제는 괜찮대."

"정말?"

"정말."

몹시 익숙한 눈빛이 자신을 따스하게 바라보고 있었다. 설명하기 어렵지만 분명히 존재하는 '어떤 느낌'이 그곳에 있었다.

눈시울이 뜨끈해지면서 조인휘는 고정원을 끌어안았다. 고정원이 마주 안아 주자 울지 않기 위해 어금니를 꽉 물었다.

그날, 고정원의 기억이 기적적으로 돌아왔던 날. 횡단보도 건너편에서 달려온 고정원에게 이런 식으로 안겼었다. 강한 힘으로 품에 안기자마자 장소도 잊고 목 놓아 울었다. 주체가 되지 않아 통곡에 가깝게 울다가 실신

했고, 눈을 뜨자 병원이었다. 제 손을 잡은 고정원이 옆을 지키고 있었다.

그때 고정원의 눈은 지독할 만큼 충혈돼 있었다. 안광은 평소의 몇 배나 축축하게 젖은 상태였고, 이마와 턱 곳곳으로 푸르게 혈관이 돋아 극심한 통증을 참는 사람처럼 보였다. 어떻게 봐도 아픈 사람으로밖에 보이지 않았다.

그 모습이 시간이 흐른 뒤에도 머리에서 지워지지 않았다. 그래서 조인휘는 고정원의 앞에서 되도록 울지 않으려 노력했다.

"부모님께 언제 인사드리러 가지?"

묻는 말에 온기를 내뿜는 가슴팍에서 떨어졌다.

"굳이, 바로 안 가도 될 것 같긴 한데."

고정원은 빠른 시일 내에 부모님을 찾아뵙고 싶다고 했다. 하필 머리에 이상이 있을 때에 만나 뵙게 되어 신경이 쓰인다는 뉘앙스로 말했던 게 며칠 전이었다.

"가고 싶어. 인사도 드리고, 같이 식사도 하고."

조인휘가 비시시 웃으며 고정원의 뒷목을 쓸었다. 짧아서 까슬한 머리카락의 감촉을 즐기듯 손가락으로 문질문질했다.

"생각해 보니까 급할 거 없어. 너 병원 다니는 것도 있고, 회복도 해야 되기도 하고, 일단 인사는 전에 드렸으니까 천천히……."

"그건 내가 아니었잖아."

"……어?"

말이 끊긴 조인휘가 눈꺼풀을 들어 올렸다.

"아, 응 알았어. 그럼…… 일단 엄마한테 시간 언제 되냐고 물어볼게."

"그래, 그렇게 해 줘. 편하신 시간에 내가 맞추면 되니까."

"응."

뭔가 기분이 이상했다. 그건 내가 아니었다니. 전에도 이런 식으로 구분 지어 말했었나.

일전에 물어본 적이 있었다. '기억을 잃었을 때의 일들을 기억하냐'는 물음에 고정원은 '띄엄띄엄' 하고 답했다. 어쩐지 그때 일을 화제에 올리는 것을 원치 않는 느낌이었다. 그래서 이후로는 묻고 싶어도 일부러 피해 왔는데…….

어쩐지 기분이 가라앉으며 속이 상했다. 그때 자신이 했던 행동들이 지금에서야 다소 부적절하게 느껴진 까닭이었다. 당시 자신이 취했던 선택들은 모두 어쩔 수 없는 대응이었다. 기억을 잃은 고정원과 잃기 전의 고정원을 구분 짓지 않고서는 견딜 수 없었고, 같은 사람이라고 인정하면 모든 게 끝나는 기분이었다. 그래서 거의 본능적으로 분리시켰던 것인데…….

"……있잖아."

"응."

손가락이 고정원의 짧은 머리카락을 파고들었다.

"네가 기억 잃었을 때……. 그, 나는 그게 절대 너 아니라고 생각했었거든? 너도 띄엄띄엄 기억이 난다고 했으니까 아마 알 수도 있겠지만……."

아무튼 나는 다른 사람이라고, 진심으로 그렇게 생각했었거든. 덧붙이며 조인휘는 짧게 한숨을 토했다. 그리고 고정원의 눈을 똑바로 쳐다보았다.

"근데 니가 다시 기억 찾고 나니까, 모든 게 다시 정상이 되니까 이제야…… 그니까, 그것도 너였었구나, 새삼 정원이 너 맞았구나 싶고……. 음, 나도 내가 뭔 말 하는지 모르겠는데 아무튼……."

"……."

"그냥, 어차피 다 너였고, 나는 고정원 너라면 다 좋고…… 그러니까……."

요지는 기억 잃었을 때의 자신을 너무 그렇게 부정하지 않으면 좋겠다는 말이었다. 부정할수록 다른 누구보다 본인이 가장 괴로울 테니까.

"개명하고 너한테서 내 존재 지우겠다는 게, 그게 나아?"

고정원의 말이 나직하고 빠르게 지나갔다. 눈이 바짝 뜨였다. 워낙 예상 밖의 말들이었기 때문에 내용이 즉각 머리에 들어오지 못했다.

"뭐?"

쳐다보자 고정원의 얼굴이 점점 다가왔다. 갑자기 빨라지는 속도에 눈이 반사적으로 감겼다. 이어서 쪽, 소리가 갔다.

"데이트 가자."

아직 대화가 끝나기도 전이었다. 갑작스러운 제안에 '갑자기?' 하고 묻자 단단한 입매가 부드럽게 풀어졌다.

"응. 갑자기."

"뭐…… 어디로?"

묻는 말에 따뜻한 손이 뺨을 어루만졌다.

"우리한테 중요한 곳."

* * *

남산을 다녀온 뒤로 쭉 이런 상태였다. 품에서 꾸벅꾸벅 조는 얼굴에 피로가 가득했다. 코로 한숨을 내쉰 조인휘는 뒤척이며 가슴으로 파고들었다. 점점 뒤로 꺾이는 고개를 지켜보던 고정원은 조용히 안고 일어났다.

침대에 눕히고 이불을 덮어 준 뒤에는 잠든 얼굴을 물끄러미 지켜보았다. 어렴풋이 웃음이 났던 건 데이트 내내 좋아하던 얼굴이 떠올라서였다. 입 안의 목젖이 다 보일 만큼 커다랗게 웃는 얼굴이 귀여웠다.

남산에서 할 수 있는 것은 다 했다. 사진도 꽤 많이 찍었다. 내려와서는 잘 가지 않던 노래방에도 다녀왔다. 조인휘는 뭘 해도 넘어갈 듯이 웃었고, 진심으로 즐거워했다. 간만에 보는, 한 점 흐림 없이 밝은 모습이었다.

내려다보는 고정원의 눈과 입매가 그윽해졌다. 몸이 느슨하게 기울어지며 고정원은 협탁 위로 팔을 올리고 다리를 꼬았다. 턱을 괸 자세로 얼마간 그대로 지켜보았다. 단순히 지켜보는 것을 넘어 관찰에 가까운 감상이 끝난 후에는 약한 조명만을 남겨 두고 방을 나섰다.

고정원의 눈앞으로 긴 복도가 이어졌다. 올바르게 자리하고 있던 시야가 돌연 이지러졌다. 벽에 등을 기대며 고정원은 고개를 숙였다. 참아 내듯 발치까지 온 근육에 힘을 주었다.

불쑥 치민 감정에 강렬하게 압도되며 급작스런 이명이 찾아들었다. 머릿속에서는 많은 장면들이 빠르게 스치고 있었다.

"하⋯⋯."

모든 증상은 어떠한 전조도 없었다. '그 기간'의 일들이 떠오를 때면 매번 이런 식이었다. 주고받았던 말들이 쏟아지고, 장면들이 세세하게 되살아나며 쏟아졌다. 셔터를 내리듯 갑작스레 들이닥쳐 일상을 통제하고 중단시켰다. 육신과 정신이 좀먹힐 동안 가만히 서서 호흡하는 일조차 고역이고 고통이었다.

"⋯⋯."

눈시울이 벌게지도록 힘을 주고 있었다. 증상과 감정을 간신히 가라앉힌 고정원은 손바닥으로 얼굴을 쓸어내렸다. 스스로에게 짧은 말미를 준 뒤에는 식은땀을 훔쳐 내며 거실로 향했다.

긴 복도로 인해 동선이 길었다. 이사 온 곳은 이전 오피스텔과 비교해 약 20평 정도 넓어진 상황이었다. 일부러 넓은 곳을 택했다. 조인휘가 잠시 스쳤던 '그 집'과 비교하는 심리가 없다고는 할 수 없었다. 조인휘는 공간 낭비 같아 마음이 불편하다고 했지만 곧 적응하리라 생각했다. 이전 오피스텔도 적응하기까지 시간이 걸렸으니 이곳도 마찬가지일 것이다. 대형 디스플레이와 서라운드 스피커를 갖춘 홈시어터 공간은 벌써부터 좋아하고 있었다.

'그 집'은 기억을 찾은 뒤 최대한 빠른 시일 내에 정리를 마쳤다. 처음에 조인휘는 그 집의 처분을 반대했었다. 번거롭게 이사할 것 없이 그냥 살아도 된다고 했지만 제 입장에서는 말도 안 되는 일이었다. 찜찜해서 싫다는 말로 설득시킨 후 빠르게 이사를 준비했다.

해당 공간에 있던 물건들도 물론 깨끗하게 폐기했다. 가구는 물론이고 드레스룸을 채우고 있던 옷가지, 향수, 시계, 신발 등, 모조리 처분시켰다. 정리 직전 살펴보았을 때 마치 역할극을 위해 마련된 물건들 같다는 생각이 들었다. 본래의 취향과 동떨어진 옷들과 향수는 그 목적이 분명한 만큼 구역질이 났다.

후, 소리 내며 고정원이 웃었다. 생각을 거듭할수록 웃음이 났다. 조인휘와의 미래를 계획하며 마련한 거처에 간신히 조인휘를 들이자마자 무산된 꼴이었다. 그 사실을 생각하면 묘한, 승리감과 비슷한 무언가가 느껴졌다.

"……."

고정원은 꺼낸 양주를 식탁에 앉아 따랐다. 천천히 세 잔쯤 비웠을 때 등으로 예상치 못한 무게감이 얹혔다.

"벌써 일어났어?"

푹 잠든 줄 알았더니 아닌 모양이었다. 어느새 나온 조인휘가 온기를 찾는 것처럼 안기려 들었다. 팔을 뻗은 고정원은 적극적인 몸을 끌어당겨 안아 주었다. 아예 들어서 제 무릎에 앉혔다. 이런 식으로 자다가 깨서 찾는다거나 불안해하고 있다는 게 전해질 때면 가슴이 미어지는 기분이 들었다.

"왜 혼자 술 마시고 있어?"

고정원의 양쪽 뺨을 만지며 조인휘가 눈을 맞추었다. 이리저리 보더니 부딪치듯 입술에 뽀뽀를 했다. 술맛이 난다고 불평하면서도 좋아 죽겠다는 듯 웃는 얼굴에 두 눈이 박혔다.

"그렇게 좋아?"

"……어. 좋지."

솔직하게 굴고 있었다. 최근 들어 표현이 더욱 솔직해졌다. 하지만 기억을 되찾은 이후로 달라진 태도가 마냥 좋은 게 아니라 아프고 애틋하기도 했다.

고정원은 조인휘의 입술에 제 입술을 찍었다. 쪼는 소리가 나도록 뺨에도 몇 번이나 되풀이했다. 입맞춤을 받은 조인휘는 집중력 없는 어린애처럼 몇 번이고 무릎 위에서 자세를 고쳐 앉았다. 그러고는 고정원의 두꺼운 몸통 곳곳을 만지작거렸다.

주무르고, 쓰다듬고, 깨물고……. 좋아서 어쩔 줄 몰라 하는 게 느껴졌다. 말 그대로 열렬한 애정 표현이었다. 유일하게 자신에게밖에 주어지지 않는 특권이기도 했다. 그 사실을 곱씹으며 고정원은 또다시 승리감에 도취되었다.

"가서 같이 잘까?"

"아니……. 잠 다 깼어."

"안 좋은 꿈 꿨어?"

"아니? 너가 노래방에서 걸그룹 노래 부르는 꿈 꿨는데."

오늘 있었던 데이트를 말하는 듯했다. 노래방에서 '제발 해 달라'는 조인휘의 부탁에 모르는 노래를 따라 불렀었다. 웬 아이돌 그룹, 그것도 여자 아이돌 그룹의 노래였다.

재밌을 건 하나도 없었다. 하지만 조인휘는 노래 부르는 자신을 보며 웃다가 눈물까지 비쳤다. 배를 움켜쥐고 자지러지던 모습이 귀여웠고, 그게 유일하게 재밌는 일이었다.

간지러운 기분이 든 고정원은 마른 몸을 바짝 끌어안았다. 보드라운 목덜미에 코를 문질렀다.

좋은 순간에 불길하게도 다시 서서히 두통이 밀려오는 듯했다. 눈을 감자 관자놀이가 지끈, 울렸다. 눈꺼풀로 뒤덮인 시커먼 시야로 불쑥 어떤 장면과 어떤 모습이 떠올랐다. 떠오른 두 사람이 곧 자신과 조인휘라는 걸 알았다. 둘은 거울 앞에서 보란 듯이 성교를 하고 있었다. 보란 듯이, 달라진 자신을 모습을 인식시키려는 남자의 얼굴이 보였다.

"……."

이러한 증상을 어떻게 설명해야 할지 몰랐다. 실상 이런 기억의 일부분을 마주할 때마다 타인의 경험을 목도하는 것 같았다. 이질감과 구역감이 부작용처럼 따라왔다. 이런 것을 과연 '기억을 잃었던 경험'이라고 할 수 있을지 확신이 들지 않았다. 그보다는 차라리 '육체를 빼앗겼던 경험'이라고 하는 편이 훨씬 적합했다.

조인휘가 그때의 자신을 다른 사람으로 받아들이고 마음을 주지 않았던 것. 기억이 돌아올 때까지 기다리려고 노력했던 것을 전부 알기 때문에 더 그런지도 몰랐다.

어떻게 거부했고, 어떻게 허용했는지 알고 있었다. 이상한 표현이지만 합법적인 외도를 낱낱이 지켜본 심정이었다. 그런 기분에서 벗어날 수 없었다.

해결책은 없고 혼자서 삭이고 안고 가야 할 문제임을 알고 있었다. 조인휘가 했던 선택과 행동에 대해 책망할 마음 같은 것은 조금도 추호도 없었다. 그럴 자격은 더더욱 없었고 있다고 하더라도 달라지는 것은 없었다.

'기억 안 돌아와도 돼.'

'그냥…… . 지금 그대로여도 돼.'

그건 마지못한 허용이지 사랑이 아니었다. 어떻게 봐도 불가피한 승낙에 가까운 것이었다. 알면서도 떠올릴 때마다 손끝이 싸늘하게 조였다. 당장 어떻게 하지 않고서는 견딜 수 없는 격통이 느껴졌다.

"아, 맞다. 그거 다용도실에 내놔야겠다. 택배 온 거."

외친 조인휘가 다짜고짜 품에서 벗어났다. 힘이 잔뜩 서려 있던 손아귀가 머물 곳을 잃었다. 남은 온기를 느끼며 멍하니 앉아 있던 고정원은 벌떡 일어나 뒤를 쫓았다.

다용도실 한편에서 조인휘는 택배 상자를 내려놓고 있었다. 그것을 지켜보며 등 뒤로 가만히 문을 닫았다. 좁은 공간은 몇 걸음 다가간 것만으로 거리가 훌쩍 가까워졌다. 막 허리를 일으키고 나가려는 상대에게 고정원은 고의적으로 몸을 부딪쳤다.

"……왜, 무슨…… ."

나아가려는 앞을 가로막았다. 몸을 이용해 지그시 누르고 밀어붙였다. 뒷걸음질 치던 조인휘의 등이 어느새 빈 벽에 닿았다.

세탁기와 보일러, 화분 몇 개가 놓인 공간이었다. 문 하나를 두고 베란다와 이어져 온도가 서늘했다.

"……넌 머릿속에 그 짓밖에 없냐."

"응. 너랑 그 짓 할 생각밖에 없어."

말하며 가슴팍으로 지그시 압박했다.

"여기서는 안 해 봤잖아 우리."

이사 오고 며칠 동안 집 안 곳곳을 돌아다니며 했다. 거실, 부엌, 침실, 작은방, 중간방, 휴게실, 드레스룸, 화장실 등 온갖 곳에서 흔적을 남기듯 해 댔다. 하지만 문 하나를 두고 밖으로 이어지는 이 다용도실에서는 아직이었다.

"아……."

뜨거운 손이 헐렁한 옷가지를 벗겨 내렸다. 뼈대에 얇게 달라붙은 피부 구석구석을 만지는 동안 고정원은 흥분으로 헐떡였다. 조인휘가 귀찮아 할 만큼 옆얼굴에 입을 맞추어댔다.

3.5킬로가 찐 몸에서는 약간의 살집이 잡혔다. 날마다 보양식을 해 먹인 보람이 있었다.

"다행이다. 살 붙어서."

귀에 대고 말하자 조인휘가 어깨를 움츠렸다. 그 틈에 다리 한쪽을 들어 올렸다. 벌어진 엉덩이 사이로는 굵은 손가락을 밀어 넣었다. 구멍은 몇 시간 전의 섹스로 아직까지 푹신했다. 손가락을 빼고 성기를 가져다 대기 무섭게 움푹 삼켜졌다.

"하, 읏……."

마주 선 채로 삽입하는 내내 팔과 손으로 차가운 벽이 닿았다. 발바닥에 닿는 타일마저 차가웠다. 온도의 대비로 이어진 곳은 더욱 뜨거웠다.

왕복할수록 조인휘는 느껴서 어쩔 줄을 몰라 했다. 분비액이 불투명하고 끈끈한 점액질로 변해 있었다. 드나드는 성기로 끈적하게 달라붙어 자극제 역할을 했다. 감도가 한층 좋아지며 서로의 입에서 뜨건 숨이 샜다.

접합부로 고인 체액이 마르지 않고 떨어졌다. 투닥, 투닥, 소리를 내며 타일 바닥에 얼룩을 만들었다. 화초 잎에도 튀어 있는 것을 본 고정원이 작게 한숨을 토했다.

조인휘는 고정원의 어깨나, 자기 손등을 물어 가며 쾌감을 참으려 했다. 그래 봤자 밑은 경련하듯 조였고, 얼굴은 무너지고 있었다.

어느새 조인휘의 손이 고정원의 팔뚝을 꽉 움켜쥐었다. 힘이 서려 긴박해진 손가락은 시트를 움켜쥐던 모습을 연상시켰다. 강하게 색정을 자극했다. 긴 손가락들과 붉어진 얼굴을 번갈아 보던 고정원이 허리를 세게 몰아붙였다.

"아!"

조인휘의 한쪽 다리가 완전하게 벌어졌다. 접힌 채로 벽에 닿았다. 그대로 육중한 무게를 밀어붙였다. 지그시 밀어붙일 때마다 아, 아, 끝이 올라가는 신음이 자극적이었다. 섹스에 환장하게 만드는 목소리였다. 하고 있어도 어떻게든 하고 싶어서 머리가 돌 것 같았다. 짐승처럼 목을 긁기 시작하며 고정원의 입술이 벌어졌다.

"음……!"

신음하며 고정원이 얼굴을 파묻자 빽빽한 점막이 기둥을 조여 왔다. 흥분해서 잔뜩 붓고 커진 살들이 서로를 짓누르고 비벼댔다. 너무 좋아서 화가 치밀었다. 붙든 상태에서 몇 번이고 강하게 쳐올렸다.

철퍽, 퍽, 철퍽!

때리듯 폭력적으로 살과 살을 부딪쳤다. 못 참겠어서 분내 나는 목덜미를 깨물었다. 잇새로 질근질근 물며 허리를 마구잡이로 치대었다. 조인휘도 흥분이 극에 달했다. 양손을 고정원에게 둘렀다. 가까이 당기고, 목덜미와 머리칼을 헤집으며 더 해 달라는 듯이 졸랐다.

고정원이 조인휘를 안아 들었다. 다용도실을 나가 삽입된 채로 걸었다. 혀를 섞으며 지저분하게 입을 맞추었다. 아래로는 엉덩이를 강하게 움켜쥔 채 흔들어 대며 연결부를 자극했다. 걷는 반동을 따라서도 매달린 몸이 거세게 들썩였다.

침실로 갈 것도 없이 소파에서 본격적인 행위가 시작되었다. 그리고 조인휘는 그때부터 정신을 못 차렸다.

"흣, 읏⋯⋯! 아, 좋, 아⋯⋯!"

이성이 사라지는 과정이 눈에 보였다. 눈이 흐려지고 입에서 침이 흘렀다. 허리가 옴폭해지도록 상반신을 한껏 젖히고, 광대와 뺨 언저리를 앓는 사람처럼 붉혔다. 벌어진 입 속이 선홍색으로 젖은 것까지 눈살이 찌푸려지도록 음란한 광경이었다.

"⋯⋯."

그동안의 스트레스 탓일까. 조인휘는 섹스할 때 전보다 더 몰입하는 경향이 있었다. 쾌감에 최대치로 집중하다가 이성이 나가는 어느 경계가 있었다.

"하, 으, 빨리, 다시⋯⋯."

체위를 바꾸는 잠깐을 못 참고 조인휘가 졸라 댔다. 움직임이 멈추자 스스로 엉덩이를 리드미컬하게 움직여 댔다. 고정원의 입에서 하, 하고 숨이 터졌다. 좋은 건지 싫은 건지 모를 과격한 발정이 일어나며 등 전체가 뻐근하게 굳었다.

그대로 조인휘를 들어 올려 앉히며 정상위였던 자세를 전좌위로 만들었다. 삽입이 깊어진 순간 귓가에서 야릇한 탄성이 터졌다. 살짝 들어 올리자 둔부에 붙은 살이 파들파들 떨렸다. 만족스럽게 느껴지는 모양인지 또 멋대로 움직이며 조인휘는 고개를 젖혔다.

"아으, 으, 으……."

음란한 리듬이 이어졌다. 앞뒤로 움직이는 모습은 거의 무아지경이었다. 상대가 누구인지도 잊은 것처럼 보였다.

기구를 넣어도 이랬을까. 아니면 다른 누군가였어도 끝내는 이렇게 되는 걸까. 그래서 기억을 잃은 자신과도 그렇게 느꼈던 건가. 흥분으로 온몸이 절절하게 끓는 와중에도 머릿속이 시끄러웠다. 입술이 헤벌어질수록, 허리가 빠르게 움직일수록, 안이 더 꽉 조일수록 그랬다. 좋은 만큼 의구심이 열기를 띠며 일었다.

"흐앗, 윽! 윽!"

탁, 탁, 살이 울리는 소리가 났다. 문지르던 움직임이 찧는 것으로 바뀌어 있었다. 유두를 뾰족하게 세운 조인휘가 전신을 부들부들 떨었다. 사정 직전의 징후를 드러내며 엉덩이 안쪽이 있는 대로 조였다.

"나 봐."

고정원이 낮게 명령했다. 조인휘는 정신을 못 차리고 계속 움직였다. 움직이지 못하도록 양손으로 허리를 움켜쥐고 한 번 더 명령했다.

"이쪽 봐."

"으……!"

괴로운 듯이 조인휘가 몸을 들썩들썩했다. 고정원은 꽉 틀어쥔 손에 일말의 여유도 남기지 않은 채 턱에 힘을 주었다. 사정이고 뭐고 이대로 벌을 주고 싶었다. 이런 식으로 마음껏 움직일 수 없도록, 원하는 때에 박히거나 원하는 때에 사정하지 못하도록 밑바닥에서부터 모든 권리를 내맡기게 만들고 싶었다.

과격한 욕구를 억누르며 고정원이 소리를 낮추었다.

"인휘야, 나 봐."

"으……."

"나 좀 봐. 응?"

……내 얼굴 봐. 속삭이며 뺨을 붙들었다. 눈을 보게 만들었다.

"해, 해…… 줘, 얼른……."

조인휘는 제정신이 아니었다. 약에 취한 상태 같았다. 복부에 비벼지는 성기는 흠씬 젖어서 물을 흘리고 있었다. 흐느적거리는 손으로 성기를 자극하려는 행동을 저지했다. 그리고 부푼 귀두부터 음경 전체를 한 손으로 꽉 틀어쥐었다.

"헉……!"

안이 험악하게 조였다. 가쁘게, 곧 숨이 넘어갈 것처럼 탄식이 터졌다.

"아훗, 나, 놔, 놔, 어, 르, 놔, 아……퍼, 바보, 야……!"

울면서 화내고 있었다. 그래도 바보라고 부르는 것을 보니 상대가 누군지는 아는 모양이었다.

"그러니까 얼른 내 얼굴 봐."

뒷목을 붙들어 코끝을 마주 댔다. 바르작대던 조인휘는 피할 수 없다는 것을 알았는지 끙끙거리던 신음을 멈추었다. 완만히 호흡하며, 축축하게 잠긴 눈동자를 위로 향했다. 눈이 마주친 순간 조인휘는 그대로 고정원의 아랫입술을 힘껏 깨물었다.

"……."

냉수를 뒤집어쓴대도 이처럼 차가워지지는 않을 듯했다. 억센 힘으로 붙들던 손이 느슨하게 풀어졌다. 반대로 조인휘의 뒷목은 뻣뻣하게 굳었다.

입술을 깨무는 행위.

그것이 언제부터 어떻게 비롯된 것인지는 명확했다. 자신과 조인휘, 둘

다 또렷이 기억하는 일이었다.

초점이 흐린 눈동자가 흔들렸다. 쾌락에 잠겼던 눈초리가 점차 정상으로 돌아오고 있었다. 실수를 깨달은 사람처럼 서늘해진 조인휘의 얼굴이 보였다.

"어, 나는 그냥……."

훅, 막이 씌워지는 듯했다.

이성으로 통제할 수 없는 무언가가 시야를 컴컴하게 덮었다.

* * *

"정말 이거면 되겠어?"

물으며 트레이를 내려놓았다. 좁은 테이블은 햄버거 세트와 햄버거 단품, 치킨 몇 조각, 그리고 너겟으로 꽉 찼다. 조인휘는 음식들을 내려다보며 고개를 끄덕였다. 콜라부터 한 모금 들이켜더니 허겁지겁 햄버거의 포장을 벗겼다.

"……."

고정원은 햄버거를 우물거리는 모습을 가만히 지켜보았다. 너무 울어서 눈두덩이 뚱뚱해진 탓에 먹는 모습조차 처량했다. 먹고 싶다고 해서 가까운 24시간 패스트푸드점에 데려오긴 했지만 여러모로 마음이 편치 않았다.

"맛있어. 행복하다."

오물오물 씹으면서 웃는 모습이었다.

"행복하다니까 내가 더 행복하네."

입에 든 것을 꾹 삼킨 조인휘가 얼굴을 붉혔다. 그럴 만한 흐름이 있었던가. 생각하다 저도 모르게 한숨이 새어 나갔다. 심하게 부푼 입술은 윗입술까지 퉁퉁하여 맞물린 소시지의 형태에 가까웠다. 귀엽다고 웃어넘기기에는 조금 과한 상태였다.

걱정스럽게 쳐다보는 시선을 느꼈는지 조인휘가 입을 열었다.

"왜…… 그렇게 봐?"

지적에 눈을 내리깐 고정원이 감자튀김을 가리켰다.

"이거, 먹어도 돼?"

"당연하지. 햄버거도 먹어. 이거, 너겟도 먹고."

조금도 먹음직스럽지 않은 음식물 중에서 집히는 대로 하나를 입에 넣었다. 씹어 삼키고, 사람이 몇 되지 않는 주변을 둘러보다 다시 고개를 되돌렸다.

"……."

조인휘는 빨대로 음료수를 빨고 있었다. 밝은 조명 아래 더욱 부각된 부기를 보고 있자니 가엾다는 생각이 들었다. 그렇게 만들어 놓은 당사자가 뻔뻔스럽게도 그랬다.

그 '실수' 이후로 누가 봐도 심하게 몰아붙였다. 몇 번이나 사정을 막았고, 새로운 습관이 들 때까지 학습시켰다. 말이 학습이지 성적 고문에 가까웠다. 조인휘는 몸부림도 많이 쳤고 울기도 많이 울었다. 잘못했다고, 사랑한다고, 애원하면서 존댓말까지 썼다. 그렇게까지 몰아붙인 게 자신이었다.

억지로 익히게 만든 지저분한 습관을 떠올리자 하반신이 뜨거워졌다. 생각을 멈춘 고정원은 테이블로 시선을 내렸다.

음료수 통을 감싸 쥐고 있는 마른 손이 보였다. 잡고 싶다는 생각이 들면서 늘어뜨렸던 팔을 위로 올렸다.

잡으려 했을 뿐인데 생각지 못하게 음료수를 건드리게 되며 팍, 엎어졌다. 선득함이 느껴진 순간 굳어진 채 테이블을 내려다보았다. 멍하니 보고 있는 고정원 대신 조인휘가 먼저 움직였다. 음료를 세우고, 엎지른 곳에 휴지를 받쳤다.

"웬일이래, 이런 실수를 다 하고."

뒤처리를 하며 웃는 조인휘는 어쩐지 만족해하는 듯한 표정이었다. 매번 챙김을 받던 상황이 바뀐 것이 못내 뿌듯한 모양이었다.

"야 정원아……. 너 괜찮아? 왜 이렇게 멍해? 설마 머리 아파?"

"……아니."

안 아파.

대꾸하며 고정원은 문득 홀로 직감했다. 이 불안은 죽을 때까지 떨칠 수 없다는 것을, 지극히 자연스럽게 받아들였다. 죽고 없는 자아를 상대로도 마음 놓을 수 없을 정도로, 평생 스스로 좀먹으며 살아갈 수밖에 없게 되었다는 사실을 인정했다.

"아프면 곧장 말해야 된다? 알았지?"

"그래."

살면서 어떤 일도 지금과 같은 고통을 주지 못했다. 돌이켜 보면 정말로 그러했다. 사고할 수 있는 무렵부터 대개 모든 것이 평이하고 쉬웠다. 삶의 많은 부분이 이미 정해져 있었고, 그것에 불만을 갖기에는 주어진 것들이 너무 많았다. 만족했다. 혹은 불만족스러울 이유가 없었다.

그게 전부라고 생각하고 살았다.

"고마워."

"……뭐야. 갑자기 뭐가 고맙대."

"그냥. 기다려 줘서."

"……."

사랑하다.

충만하다.

행복하다.

사전적 의미로서 끝났던 표현들이었다. 그것들이 완벽하게 구체화되던 매 순간을 정확히 기억하고 있었다. 그리고 지금 이 순간에도 그러한 구체화는 진행되고 있었다.

"……뭐, 아이스크림 먹을래? 맥플러리?"

쑥스러워서 말을 돌리는 게 보였다. 변함없이 서투른 애인을 앞에 두고 고정원은 희미하게 입꼬리를 올렸다. 사랑스럽다. 생각한 순간 아까는 잡지 못했던 손을 움켜쥐고 있었다.

5. behind (2)

"너무 맛있어요, 어머니."

고정원의 한마디에 식탁이 들썩였다.

"어어, 그래-? 너무 다행이다. 손님 온다고 해서 고기 특별히 좋은 걸로 샀는데, 맛있다니 다행이네. 무침은, 너무 짜지 않고? 입맛에 맞아?"

"하나같이 맛있어요. 간도 딱이구요."

조인휘는 젓가락질을 하다 말고 엄마를 바라보았다. 이렇게 환하게 웃는 모습은 오랜만에 보는 것 같았다.

식사 내내 대화가 한시도 끊이지 않았다. 고정원을 향한 엄마의 관심이 지대했다. 너무 속속들이 캐물으시는 것 같아 불편했는데, 정작 고정원은 그런 기색 없이 하나를 물으시면 열을 대답하는 수준으로 대화를 이어갔다. 이따금씩 자신 쪽에서 식탁 밑으로 다리를 건드리기도 했다. 그만 말하라는, 혹은 그런 말은 하지 않아도 된다는 신호였으나 고정원은 능청스럽게 웃을 뿐이었다.

식사 후, 고정원은 뒷정리를 도우려 했다. 그럴 필요 없다고 간신히 방으로 보낸 뒤 조인휘는 설거지하는 엄마의 옆으로 그릇을 날랐다.

"엄마. 설거지 내가 할게요."

"됐어, 몇 개나 된다고."

"그래도……."

어색하게 서 있자 옆구리가 쿡, 찔렸다.

"근데 쟤는 어쩜 애가 저렇게 귀족 같어?"

"……예?"

엄마는 고정원이 들어가 있는 방을 힐끔거리시며 말했다.

"말도 사근사근 이쁘게 해, 얼굴은 또 말할 것도 없어, 피부도 반질반질한 게 광이 나더라 아주. 목소리도 차분하게 착, 깔린 게 듣기도 좋고. 허우대도 큼직큼직 운동선수처럼 가슴이랑 어깨가 떡 벌어져서는……."

고정원에게 푹 빠지신 듯했다. 식사할 때도 보는 자신이 민망할 정도로 눈을 떼지 못하셨다. 사람을 홀리는 외모에 행동까지 예쁘게 하니 어른들이 좋아하실 수밖에 없는 심정이 이해가 갔다.

"너도 운동 좀 해라."

갑자기 싸늘해진 시선이 몸을 훑었다.

"왜, 나도 하는데 가끔."

"너도 저렇게 근육 좀 만들어 봐. 남자가 키가 아쉬우면 몸이라도 좋아야지."

이어지는 잔소리에 조인휘가 한숨을 내쉬었다. 생전 키 작다는 소리는 안 들었는데, 고정원과 비교하니 어느새 '아쉬운 키'가 되어 있었다. 그래도 애인이 칭찬받으니까 기분은 좋았다.

"사위 삼고 싶어, 정말. 어떻게, 네 누나 슬쩍 소개시켜 봐. 응?"

하지만 좋은 기분도 이어지는 말에는 급격히 가라앉았다.

"아까 얘기 들었잖아요. 쟤 만나는 사람 있다니까."

'네, 3년 넘게 만나고 있어요. 결혼할 생각이구요.' 여자 친구 유무를 묻는 엄마의 질문에 고정원이 한 대답이었다. 질문부터 긴장하고 있었던 터라 옆에서 사레까지 들렸다.

"혹시라도 사람 일 모르니까 하는 소리지."

"……"

어지간히 탐나시는 모양이었다.

"근데 쟤는 무슨 친구 집 오면서 이렇게 거한 것들을 가져온다니. 여자 친구네 집에 인사드리러 온 것도 아니고."

마지막 말에 헛기침이 터졌다.

"정원이 쟤가 그 친구잖아. 너랑 자취 같이 했던 금수전가 뭔가, 맞지? 집세랑 다 부담해 줬다며, 저 친구가. 네가 오히려 갚아야 하는 거 아냐? 뭘 도와줬길래 너한테 이렇게 잘해?"

"……그냥, 이것저것, 많이 도와줬어요."

조인휘는 멋쩍은 표정으로 뺨을 긁었다. 실제로 사귀는 사이고 인사드리러 온 게 맞다고 말할 수 없는 게 조금 씁쓸했다.

"어떻게 집안까지 부족한 게 없어. 성격 좋아, 키 커, 배우처럼 잘생겨…… 쟤 여자 친구는 절대 안 놓치려고 하기는 하겠다, 그지?"

아쉬워 죽겠다는 말투셨다. '저런 사위 보면 열 아들이 안 부럽지. 어느 집 사위 될지 벌써부터 배 아프네, 그냥.' 시샘 어린 투정까지 하셨다. 그 정도로 좋으신가. 물끄러미 엄마의 옆얼굴을 바라보던 조인휘는 자연스럽게 생각했다. 나랑 결혼하게 되면 우리 집 사위 되는 거 맞지 않나? 거기까지 생각하고는 혼자서 얼굴을 붉혔다.

"간만에 냉장고가 꽉 차네."

설거지를 끝내고 냉장고와 냉동고를 차례로 열어 본 엄마가 뿌듯하게 말씀하셨다. 온통 고정원이 사 온 것들이었다. 꽃바구니, 각종 과일 세트 외에도 고기를 비롯해 백화점에서 산 갖가지 선물들로 집 안이 혼잡해질 정도였다. 조인휘는 이런 그림은 예상도 못 한 채 먼저 와서 기다리고 있었다. 적당히 과일을 사 오겠다기에 그런 줄로만 알았다가 트렁크에서부터 끝도 없이 나오는 선물의 행렬을 보고 기겁을 했다.

"아들 덕에 엄마가 호강하네?"

"무슨……."

쑥스러운 기분이 느껴져 고개를 숙였다. 능력 없는 아들 대신 고정원이 효도를 해 준 것 같아 고마운 기분이 들었다.

"갈 때 반찬 많이 싸 줄 테니까 가져가. 앞으로는 더 자주 해 줘야겠다, 정원이랑 같이 먹으려면."

부담을 드리고 싶지는 않았다. 저희 자주 사 먹으니까 안 그러셔도 돼요. 대답하는 게 맞다고 생각했지만 입에서는 다른 말이 나갔다.

"……고맙습니다."

엄마가 챙겨 준 반찬을 고정원이랑 같이 먹고 싶은 욕심을 버릴 수는 없었다.

"얼른 가 봐. 정원이 심심하겠다."

엄마가 자신보다도 고정원을 신경 써 주고 있었다. 조인휘는 눈썹 끝을 늘어뜨리며 비시시 웃음을 흘렸다.

"네."

손에는 후식으로 챙겨 주신 과일 쟁반이 있었다. 똑, 대충 한 번 노크를 하고 방문을 열었다. 막연히 앉아 있을 거라 생각했던 고정원은 방 한 구석, 벽에 붙어 있는 책장의 바로 앞에 서 있었다.

"너 뭐…… 그거 내려놔!"

고정원에 손에 들려 있는 것은 제 졸업앨범이었다. 조인휘는 눈이 뒤집혀서 달려들었다.

"초등학교 때 안경 썼어?"

조인휘의 손이 닿지 않는 곳까지 앨범을 든 고정원이 사진을 뚫어져라 쳐다보며 물었다. 얄밉기 이를 데 없는 태도였다.

"그거 친구 거…… 아니, 그냥 내놓으라고 빨리."

하필 초등학교 졸업앨범이었다. 차라리 고등학교 앨범을 보지. 초, 중 앨범은 객관적으로 최악이었다. 특히 초등학교 졸업앨범의 야외 컷은 친구 안경을 빌려 쓴 탓에 더욱 웃겼다. 안경을 쓰는 게 한참 유행했고, 자신은 시력이 좋았기 때문에 늘 안경을 그림의 떡처럼 보던 시절이었다. 친구가 벗고 찍는다기에 허락을 받고 빌려 쓰고 찍었다. 안경은 테두리에 빨간색이 들어가 있었고, 지금에 와서는 당당한 표정과 포즈까지 더해져서 더욱 웃길 뿐이었다.

"아, 진짜! 왜 맘대로 보는데!"

보여지는 게 진심으로 너무너무 싫었기 때문에 정색을 하고 화냈다.

"귀엽기만 한데 왜."

고정원은 볼우물이 깊게 팰 정도로 웃음 짓고 있었다. 재밌어 죽겠다는 표정이었다. 그게 짜증이 났다.

"하……."

머리를 헝클어뜨린 조인휘가 떨어져 나갔다. 빼앗기를 포기하고 반대편 구석에 놓인 조그만 탁자에 가서 털썩, 주저앉았다. 휴대폰을 꺼내고 무작정 게임을 했다. 모든 게 짜증스러워서 우다다다 죽이는 게임을 하고 있자 어느새 고정원이 다가왔다. 뒤로 겹쳐 앉으며 은근슬쩍 끌어안았다.

"삐졌어?"

"더워. 저리 가."

미취학 아동 시절의 사진이야 기분 좋게 보여 줄 수 있었다. 하지만 졸업앨범은 한창 사춘기를 관통하는 학창 시절, 우스꽝스러운 특정 순간이 박제된 것이나 다름없어서 아무에게도 보여 주기 싫었다. 그중에서도 가장 보여 주기 싫은 상대를 고르라면 망설일 것도 없이 고정원이었다.

"초등학교 때랑 중학교 때 사진이 특히 귀엽던데. 심장 아팠어."

"……시끄러워."

말이 곱게 안 나갔다. 중등, 고등 앨범들까지 이미 찾아본 모양인데, 귀엽다느니 심장 아팠다느니, 그런 소리는 당사자인 자신에게는 빈정거리는 것으로밖에 느껴지지 않았다.

"고등학교 때는 지금이랑 똑같더라."

"어쩌라고."

"왜 그렇게 화를 내. 인휘도 내 앨범 봤었잖아. 기억 안 나?"

고정원네 본가에 갔을 때 고정원의 초, 중, 고 졸업앨범을 본 적 있었다. 물론 거기에서 '놀림거리'라고는 조금도 찾아볼 수 없었다. 보통 졸업앨범 사진이라는 게 굴욕적인 부분이 한 부분이라도 있기 마련인데 고정원은 예외였다. 혼자 반사판을 대고 조명을 받은 것처럼 완벽했다. 그것도 초, 중, 고 앨범 전부.

전부터 느꼈지만 이목구비가 시원시원하고 균형이 완벽해서 사진이 잘 받았다. 고정원을 보면 '실물은 좋은데 사진발이 안 받는다'는 말은 핑계처럼 느껴졌다. 사실 자신이 늘 그런 타입이 아닐까 생각하고 있던 조인휘로서는 얄미운 마음이 들지 않을 수 없었다.

"너는 잘 나왔는데 난 아니니까 그러지."

그런 앨범이라면 자기도 자랑 겸하여 누구든 보여 줄 수 있었다.

"……아닌데. 내 눈에는 귀엽고 예쁘고 잘생기기만 하던데. 왜 그러지."

빈말인 것을 알지만 듣기 싫지는 않았다. 그렇다고 상한 기분이 나아지는 것은 아니었다. 민망해서 눈도 마주치기 싫었다.

"인휘야. 나 좀 봐 봐."

"싫어, 하지 마."

뺨을 만지는 손길을 턱짓으로 강하게 떨쳤다. 좀 너무했나. 생각이 드는데 고개가 강제로 돌아가며 입술로 뜨거운 것이 덮였다.

키스는 생각보다 부드러웠다. 하지만 깊었다. 뺨 한쪽을 받치고 있는 고정원의 손이 뒷목으로 미끄러졌다. 춥, 쪽, 촉…… 입술이 떨어질 때마다 소리가 크게 났다. 예민한 입 안이 비벼지는 것도 그렇고 자세도 다소 힘겨워 '음……' 신음이 새었다. 고정원은 흥분했는지 입을 맞추며 니트 안으로 손을 넣고 있었다. 문도 잠가 두지 않은 상태였다. 거기서 번개 맞은 것처럼 정신을 차린 조인휘가 팍, 밀어 냈다.

"하……."

역시나 고정원은 상당히 흥분해 있었다. 눈꺼풀이 반쯤 내려간 눈은 아무런 빛도 흡수하지 못해 음침했다.

"오버야……. 이런 건 집에 가서 해."

말해 놓고 휴대폰 화면에 집중했다. 고정원은 뒤통수에 뜨거운 입술을 몇 번 찍더니 이내 자리에서 몸을 일으켰다. 따라서 올려다보자 목덜미를 잡아당겨 니트를 벗고 있었다.

"나 갈아입을 옷 좀 줄래?"

"어? 옷은 왜. 우리 이제 곧 금방 갈 건데."

"무슨 소리야. 어머님이 자고 가라고 하셨잖아."

"……."

아까 식사 때 나온 말이었다. '먹고 그냥 가게? 왜, 오늘은 놀다가 하루 자고 가지.' 하시는 엄마의 말에 고정원이 반색하며 '그래도 돼요?' 대답한 것으로 사실상 일박 확정이었다.

밤에 무슨 일이 있을까 걱정이 되면서 조금 암담한 기분이 들었다. 제발 오늘은 참아 줬으면 싶었다. 아니, 자신이야말로 어떤 교묘한 유혹이든 시작도 하지 못하게 무시해야 했다. 고정원네 본가에 있을 때와는 사정이 달랐다. 여기는 층마다 분리된 공간도 아니고, 좁은 만큼 옆방으로 소음도 쉽게 전달되었다.

"자고 갈 거면 뽀뽀 같은 것도 절대 안 돼. 여기 소리 진짜 잘 샌단 말이야. 옆이 바로 부모님 주무시는 안방이고. 진짜, 진심이야. 알았지?"

"안 해. 약속할게."

확답을 받아 낸 뒤에는 고정원에게 줄 만한 옷을 찾았다. 아무 생각 없이 옷장을 열자 회색 트레이닝 세트가 반듯이 개켜져 있었다. 그걸 본 조인휘는 그제야 이 옷을 잊고 있었음을 깨달았다.

"짜. 니 거."

옷을 받아 든 고정원은 잠시 그대로 서 있었다. 기억이 나는지 희미한 웃음이 서렸다.

"겨우 주인 찾았네."

507

"……그러게."

자리에서 갈아입은 고정원이 걸치고 있던 집업의 지퍼를 올리며 물었다.

"누가 더 잘 어울려?"

"응?"

"그때보다 더 잘 어울려?"

뭘 묻고 있는지 파악이 되자 당혹감부터 들었다. 무슨 소릴 하는 거야, 대체. 생각하며 조인휘는 눈동자를 방바닥 아무 데나 떨궜다.

"머리 짧은 게 더 좋았어?"

"……아니."

지금이 좋아. 하고 작게 덧붙였다. 한 달이 지난 것만으로 고정원의 머리는 굉장히 많이 길어 있었다. 그냥 하는 말이 아니라 정말로 지금이 좋았다. 짧았을 때는 훨씬 거친 느낌에 야성적인 분위기가 강해져 다른 사람 같았다. 머리 모양이 얼마나 영향이 큰지 새삼 깨달을 정도였다. 물론 잘 어울렸지만 낯선 것은 사실이었다.

"지금이 좋아?"

물으며 고정원이 은근하게 몸을 기울였다.

"응."

대답하며 슬쩍 피했다. 그리고 다가가서 방문부터 잠갔다. 다가온 고정원에게 밀려 뒷걸음질 치자 장롱 옆으로 비어 있는 벽에 끼었다. 고정원이 바짝 다가오면서 눈앞이 그늘이 졌다.

"……"

조인휘는 역광으로 그늘진 고정원을 올려다보았다. 눈동자를 위에서부터 아래로 내렸다. 이제 보니, 회색은 좀 부담스러운 색인 것 같았다. 일부러 큰 사이즈를 샀는데도 하의로 윤곽이 잡혀서 보기에 쓸데없이 야릇한 감이 있었다. 저 상태에서 거실에 나갔다가 부모님과 맞닥뜨리면 민망할 것 같은데. 고민하고 있는데 코에 쪽, 입술이 닿았다.

"아, 이런 거 안 된다니까."

인상을 쓰고 따지자 고정원이 웃으며 물러났다.

"실수했어. 미안."

절레절레 고개를 저으며 조인휘가 다가갔다. 그리고 거친 몸짓으로 고정원에게 뛰어올랐다.

"실수한 벌이야."

등에 매달려 목을 조르는 장난을 치자 고정원이 반격했다. 옷이 반쯤 벗겨질 정도로 우악스럽게 놀다가 지쳐서 떨어졌다.

둘 다 계속 웃었다. 눈만 마주쳐도 웃음이 날 때가 있는데 지금이 그랬다. 뒤늦게 깎아 주신 과일을 나누어 먹으며 달라붙은 자세로 노닥거렸다.

"그때 부모님 댁에서 한 녹음은 이 방에서 한 거지?"

'녹음'이라는 말이 나오자 바로 음성 편지 얘기인 것을 알았다.

"……응."

이제 와 말이지만 녹음해 둔 것들은 숨기려 했다. 고정원의 기억이 돌아오고 나니 왠지 부끄럽기도 했고, 들으면 괜히 속상해할 것 같다는 생각이 뒤늦게 들어서였다. 말하지도 않았는데 어떻게 알았는지 고정원이 기록을 찾아냈다. 그리고 자기 휴대폰으로 옮겨서 매일 들었다. 음악을 듣고 있나 싶어서 보면 그 편지였다. 민망하기는 했지만 좋아해 주니까 다행이었다.

그리고 고정원은 이후로 본인도 음성 편지를 녹음하기 시작했다. 맨날 붙어 있는데 왜 하냐고 묻자 '그냥, 나도 기록하고 싶어졌다'는 대답이었다. 성실하게 하루도 안 빼놓고 녹음하고 있었다. 녹음 뒤에는 공유하는 계정에 날마다 업데이트했다.

내용은 자신이 했던 것처럼 단순했다. 지금 뭘 하고 있고, 지난 시간에는 뭘 했으며 남은 시간에 뭘 할 건지. 마지막에는 꼭 사랑한다는 고백이 형식처럼 따라붙었다. 그 정도로 반복되면 무미건조하게 느껴질 법도 한데, '사랑해, 인휘야' 하는 목소리에는 매번 가슴이 시큰하게 뜨거워졌다. 요즘 새벽에 자다 깰 때면 고정원의 얼굴을 만지작거리다가 녹음을 연달아 들었다. 그러면 금방 다시 잠이 왔다.

"안녕. 인휘야."

뜬금없는 소리에 돌아보았다가 고정원이 휴대폰으로 녹음을 시작했음을 알았다.

"……."

굳이 여기서, 굳이 자신을 앞에 두고 녹음할 건 뭔지. 민망한 기분을 참지 못하겠어서 품에서 벗어났다. 좁은 공간이지만 최대한 멀찍이 떨어져 앉아 음악을 틀었다. 웹툰을 보며 딴짓을 했다. 그래도 한 공간인 만큼 다 들릴 수밖에 없었다.

"여기는 인휘네 부모님 댁이고…… 오늘 여기서 너랑 같이 자고 갈 거야. 어머님이 먼저 자고 가라고 해 주셔서 너무 기분 좋았고, 밥도 너무 맛있었어. 너무 잘해 주셔서 감사하고 행복하네."

"……."

음성 편지를 녹음해서 좋은 점이 분명히 있기는 했다. 매일같이 붙어 있어도 잘 표현하지 않는 부분이나 솔직한 속마음 같은 것들이 편지라는 형태를 통해 전달된다는 점이었다. 대놓고 하기에는 낯부끄러운 말들도 음성 편지로는 훨씬 수월하기 마련이었다. 자신도 해 봐서 알고 있었다.

고정원은 낮고 조용한 목소리로 녹음을 이어갔다.

"오늘 어머님이랑 대화하는 거 너무 즐거웠어. 여러모로 나에 대해 궁금해해 주셔서 기뻤고, 나도 여러 가지로 나에 대해 알려 드릴 수 있어서 너무 좋았고. 옛날에 우리 생각도 났어. 우리 서로 알아 가기 시작할 때 인휘 너한테 나에 대해 알려 주는 게 정말…… 너무 좋았거든."

그 말을 들으니 추억에 잠겼다. 돌이켜 보니 고정원은 정말로 초반에 말이 많았다. 사소한 것 하나를 물으면 본인의 신상부터 가치관까지 줄줄이 끝도 없이 늘어놓았다.

"음…… 오늘 식사하면서, 어서 내가 인휘네 가족 일원이 되고 싶다는 생각이 새삼스럽게 강하게 들었던 것 같아. 또, 어머님이 기꺼이 수용해 주실 것 같다는 믿음도 생겼고…… 막연히 꿈꿔 왔던 것들이 하나둘씩 구체화되고 있다는 생각이 들어서 기분이 너무 좋네."

그런 식으로 생각해 줄 줄은 몰랐기 때문에 찡했다. 조인휘는 시큰시큰한 코끝을 괴롭히듯 뭉갰다. '가족 일원'이라는 표현도 그렇고 특히 '수용'이라는 표현에서 생각이 깊어졌다. 얼마나 진지한 마음인지가 느껴졌고 그래서 고마웠다. 실은 결혼은 자신과 고정원 둘만의 일이라는 생각을 하고 있었다. 가족에게 알리고, 수용을 거치는, 좀 더 열려 있는 앞날은 생각해 보지 못했다. 지금부터 가능성을 열어 두는 것만으로 훨씬 희망적인 기분이 들었다.

"우리 지금 한 방에 있는데, 인휘 너는 나한테 떨어져 앉아서 휴대폰만 보고 있어. 이리로 와주면 안 되냐고 묻고 싶은데…… 그럴 생각은 조금도 없어 보이네. 물어보면 안 되겠지?"

"……."

오라는 소리를 참 교묘하게도 돌려서 하고 있었다. 조인휘는 그대로 일어나서 아까처럼 고정원의 다리 사이로 앉았다. 고정원의 가슴팍에 등 기대어 몸을 늘어뜨렸다.

"지금 이런 시간이 제일 행복한 것 같아."

고정원이 들어 올린 조인휘의 손을 천천히 어루만졌다.

"전에도 그랬지만, 사고 이후에는 이런 일상적인 순간들이 더 많이 소중하게 느껴지고…… 이렇게 너 안고 있을 때, 이 시간이 하루 중에 가장 행복하다고 느껴 나는."

"……."

"나한테 가장 중요한 시간은 너랑 보내는 시간이라는 게 정말로 잘 느껴져."

괜히 눈물이 날 것 같아서 눈을 깜빡였다.

"인휘야."

대답해야 할 것 같은 기분이었지만 가만히 있었다.

"들려?"

어이없는 느낌으로 흑, 웃는 자신을 따라 고정원이 웃었다. 맞닿은 가슴팍에 엷게 진동하는 느낌이 포근했다.

"하고 싶은 게 생겨서…… 오늘 편지는 여기서 끝내야겠다."

고정원의 큰 손이 제 손을 뒤덮었다. 강인하게 붙들었다.

"오늘도 많이 사랑해."

뜨겁게 느껴지는 음성을 끝으로 녹음 시간을 알리는 숫자가 꺼졌다. 기다릴 새도 없이 입술과 입술이 겹쳐졌다. 조인휘는 체온 높은 목덜미에 손바닥을 두르고 끌어당겼다.

많이 사랑해.

입술이 맞물린 채로 말하자 웅웅 울리며 발음이 엉망이었다. 고정원이 웃음을 터뜨렸다. 따라 웃으며 부드럽게 고개를 틀었다. 전에 없는 희망으로 가슴이 벅차오름을 느꼈다. 내일은 더 행복하리라는 믿음이었다.